Jack MINIER

Jeanne d'Arcadie
ou
La secrète couronne

Roman

DIAMEDIT

(2e édition)

©2012 DIAMEDIT / Jack MINIER

ISBN 978-2-9525-2661-6

À mes enfants,
élevés hors l'influence de tout dogme...

« Là où la lumière est plus forte,
l'ombre devient plus profonde »
Goethe

« On doit parvenir à aimer Dieu par amour
de soi, et non plus de Lui, car la prise de
conscience que l'on soit un don de Dieu
ouvre à l'amour de tout ce qui est Lui »
Bernard de Clairvaux

« Si vous voulez cacher quelque chose aux peuples,
inculquez-leur une façon de penser qui soit la plus éloignée possible de ce
qui se passe vraiment, afin que, si
la vérité est révélée au grand jour, elle paraisse bien trop
ridicule et fantastique pour que la majorité l'accepte.
Si vous faites suffisamment bien le travail, les gens vont
tourner la vérité en dérision, dire que c'est folie,
et ridiculiser quiconque essayera de la promouvoir. »
David Icke

AVERTISSEMENT

Il sera beaucoup question dans cette histoire de « l'Ordre de N .D. du MONT-SION », couramment dénommé SION.
Il s'agit d'un authentique ordre médiéval qui n'a rien à voir avec le « Prieuré de Sion », imposture d'un dénommé Plantard, ni avec un quelconque Sionisme ou Anti-Sionisme, et pas davantage avec le « Protocole des Sages de Sion » fabriqué au XIXe siècle par le faussaire Mathieu Golovinski et visant à dénigrer les Juifs et la Franc-maçonnerie.

PREMIÈRE PARTIE

Étrange cérémonie
Saint-Benoît sur Loire, 21 Juin 1429

Le soleil avait dépassé le zénith depuis longtemps et une courte averse d'été venait de rafraîchir l'atmosphère. Sous les fonds plats des barcasses de pêche et des lourdes gabarres de la « Corporation des marchands fréquentant la rivière de Loire », le fleuve royal coulait calmement son large chemin d'eau et l'on pouvait voir, vers l'amont, les couleurs d'un arc-en-ciel s'y mirer avec coquetterie.

Dans la boucle du fleuve, l'Abbaye de Fleury dressait, majestueuse, l'imposante silhouette du vaisseau multiséculaire se découpant avec grâce sur un ciel de nimbus qui, leur forfait accompli, fuyaient vers l'arrière-plan de la forêt toute proche.

De l'extérieur, les vitraux de l'édifice, éclairés par fugaces instants de la flamme tremblotante de cierges, laissaient supposer quelque office... Une cérémonie sans aucun doute très intime devait réunir là quelques grands seigneurs car quiconque, passant devant le somptueux clocher-porche, aurait pu être intrigué de la présence d'une quinzaine de destriers harnachés comme au tournoi qui attendaient dans la cour, gardés par une poignée de soldats en cottes de maille sous leurs surcots aux armes de Ponthieu : « D'or, aux trois bandes d'azur, à la bordure de gueules ».

Vu l'imposante taille de l'Abbaye, ces quelques cavaliers ne représentaient qu'un tout petit nombre de fidèles. Pourtant, deux gardes barraient l'entrée du sanctuaire.

Le moine sonneur n'avait pas encore appelé aux vêpres, mais on se rendait bien compte que le soleil était plus bas sur l'horizon qu'à l'ordinaire lorsqu'un troupeau de moines encore tous crottés des travaux des champs se rangea plus ou moins sur deux files. Se demandant au passage ce que pouvaient bien faire là de puissants personnages une après-midi de Saint-Jean, ils se pressaient déjà sous les figures sculptées du clocher-porche... Mais l'un des gardes s'interposa :

— Désolé, mes frères, vous allez devoir attendre un peu !... Le Prieur vous fait dire que l'office aura lieu avec du retard...

Un religieux plus observateur ou plus hardi que les autres se risqua à demander :

— Que se passe-t-il donc, soldat ? Vos écus arborent les armes de Ponthieu, n'est-ce pas ?... Le dauphin et sa cour seraient-ils en nos murs ?...

— Ils y sont, mon frère, ils y sont... mais pour vous dire ce qu'ils y fabriquent aujourd'hui !... Tudieu ! À cette heure je serais mieux les pieds sous la table de ma ribaude ! »

Devant le blasphème, le moine se signa et n'insista pas. Les vêpres auraient lieu plus tard, les frères retournèrent à leurs travaux...

*

Meurtre sur les bords de Loire
De nos jours, Orléans (France), 03 Mai 20h00

Il avait peu neigé l'hiver précédent, un effet du réchauffement climatique sans doute, et la Loire millénaire coulait péniblement ses eaux entre de larges bancs de sable, anormalement apparents en cette saison. Retenues à leurs anneaux, toues et gabarres, les plus lourds des vieux gréements ligériens utilisés autrefois au trafic de marchandises, reposaient maintenant leurs flancs le long du quai, voiles affalées sur leurs cabanes. Seuls, pour le plaisir des touristes, d'élégants fûtreaux plus légers et d'un tirant d'eau moins exigeant dressaient encore leur unique voile carrée dans un soleil couchant inondant le fleuve de couleurs chatoyantes et cuivrées.

Dépassant la Capitainerie fluviale, l'homme laissa derrière lui le bassin portuaire et les ponts, gara sa voiture sur le parking du Quai du Roi et s'en fut à pied vers le « Cabinet Vert », un restaurant chic face à l'avant-dernière écluse du Canal d'Orléans avant son débouché en Loire. Une petite passerelle métallique y enjambe l'ouvrage et mène de l'autre côté sur un haut mur de quatre pieds de large, formant rempart entre les eaux du canal et celles du fleuve lui-même. La construction s'étire à la manière d'une mini-muraille de Chine, à perte de vue jusqu'à l'écluse suivante car ce rempart de maçonnerie assure le maintien d'une profondeur d'eau minimale nécessaire à la navigation sur le canal, tout en parant en saison des crues aux débordements intempestifs du dernier fleuve sauvage d'Europe.

L'homme s'engagea tranquillement sur cette digue en remontant le fil de l'eau. À son approche, un héron cendré prit son envol, suivi d'une volée de mouettes rieuses surgissant affolées d'un bouquet de joncs en contrebas. Il les suivit du regard jusqu'à la rive opposée où l'île Charlemagne leur offrait son feuillage en perchoir et en aéroport son miroir liquide rougi aux derniers rayons du soleil... Conrad se retourna un instant pour contempler le spectacle du roi du ciel mourant dans l'axe du fleuve... Dans sa perspective, la voile pourpre d'un fûtreau passait et repassait devant l'astre rougi, déjà à demi mangé par l'horizon. « J'aurais bien aimé connaître cet endroit autrefois, songea-t-il, même de nos jours il est encore magique. Mais bon, je ne suis pas là en touriste !... »

Conrad n'était pas un touriste en effet. Bien qu'Orléans s'apprêtât à fêter dignement sa célèbre Pucelle et que Conrad fût un spécialiste du Moyen-âge, il était pour l'heure bien loin des futiles préoccupations d'un visiteur de passage. Il avait rendez-vous avec un bénédictin, mais le moine n'était pas là...

Conrad fit un rapide tour d'horizon : de l'eau d'un côté, de l'eau de l'autre. À sa gauche le niveau du canal était pour le moment très au-dessus de celui du fleuve qui, en contrebas à droite, léchait une grève de cailloux informes roulés en période de hautes eaux et foisonnante en cette saison d'un flamboiement de plantes sauvages... Devant, derrière, en amont comme en aval, des kilomètres de vue dégagée... Rien de plus facile à surveiller... Mais de moine, toujours point !

« Hum... l'endroit est pourtant bien choisi. On ne peut pas se rater... » pensa Conrad à haute voix.

Ce fut précisément à cet instant qu'il crut entendre un gémissement provenant de l'endroit d'où s'étaient envolées les mouettes... Il s'avança jusque là et se pencha sur l'aplomb dominant le fleuve... En bas, au milieu des joncs, le moine gisait... ligoté et bâillonné !

Conrad n'avait pas prévu cela, et le moine non plus visiblement... Songeant à appeler à l'aide, il scruta la berge opposée du canal : personne ! En ce début mai les journées étaient belles mais les soirées encore fraîches. À cette heure, les gens étaient en train de dîner, fenêtres fermées. Pas un chat sur le chemin de halage, les villas sur la hauteur bien trop loin pour qu'un de leurs occupants l'entendît, et l'unique promeneur tardif, un grand type au col relevé jusqu'à la casquette qu'il avait croisé en arrivant, avait disparu au loin... Conrad se pencha à nouveau : le mur était quasi vertical et sans aspérités. Il pensa bien à sauter mais... six mètres, tout de même !... et pour atterrir sur des pierres informes, c'était risqué ! Conrad aurait facilement sauté vingt ou trente ans plus tôt, quand il suivait un entraînement régulier à la commanderie cheftaine, mais aujourd'hui, à la soixantaine passée...

En bas, le pauvre moine roulait des yeux effarés en direction de son hypothétique sauveteur mais son bâillon l'empêchait de prononcer le moindre mot audible.

Pourquoi et depuis quand était-il là ?... Il ne semblait pas grièvement blessé, il pourrait sans doute patienter quelques minutes de plus... Conrad opta pour retourner sur le quai chercher de l'aide ou de l'équipement...

— Ne vous inquiétez pas ! lança-t-il au moine, je fais l'aller et retour, le temps de trouver une corde ou une échelle... »

Il repartit en courant dans l'autre sens et, essoufflé, parvint de nouveau à la hauteur du restaurant... Il songea bien à entrer pour demander du secours mais l'établissement était désert. En s'approchant, il vit une petite pancarte à la porte indiquant que c'était jour de fermeture.

« Ça ne fait rien, pensa Conrad, la voiture n'est qu'à trois ou quatre cent mètres. Je crois avoir aperçu une ou deux sangles dans le coffre. Ça fera l'affaire... »

Reprenant sa course, il arriva exténué à sa voiture et, pour se rapprocher de l'écluse plus vite, sauta au volant et mit le contact sans prendre les précautions d'usage...

Mal lui en prit ! Tout juste eut-il le temps voir briller un éclat métallique dans son rétroviseur et de sentir un vague parfum de fleur... une main se posa sur sa bouche et tira sa tête en arrière... il ressentit à peine le contact glacial de la lame effilée sur sa gorge...

*

Le risque du mensonge
Un mois plus tôt, de nos jours, Rome en Avril

Le Latium en Avril est un pays béni des dieux. Peut-être devrait-on dire de Dieu puisque le Vatican, établi au cœur de Rome, y étale ses quarante-quatre hectares de bois et jardins dans un microclimat de douce torpeur... Les parterres de fleurs multicolores, entretenus avec dévotion par une armée de jardiniers pontificaux, y offrent au regard des rares visiteurs de marque qui y ont accès une impression de Paradis qui ne démériterait pas de l'original. Étouffées par les hauts murs de la Cité-État, les voix criardes des klaxons italiens tentaient en vain d'en venir troubler la quiétude mais, à l'intérieur, les hirondelles et les colombes à l'affût des innombrables abeilles et papillons en plein butinage de printemps s'en trouvaient-elles dérangées ?... Son Éminence le Cardinal Pizzarini ne se posait même pas la question. Sécateur en main, ayant coupé quelques glaïeuls précoces pour garnir son bureau, le Cardinal Gris était pensif...

Derrière ses lunettes rondes, il avait un petit air de Trotsky sans la barbichette. En aurait-il eu une qu'il eût mieux valu ne pas la lui tirer car les colères du tonitruant prélat étaient célèbres dans toute la curie. Il savoura encore quelques instants la douceur des rayons printaniers sur la terrasse du Governatorato dominant le bois et les jardins du palais avant de franchir la grande baie vitrée ouvrant son bureau sur le parc. Il prit le temps de disposer les fleurs dans la splendide amphore panathénaïque trônant près de la cheminée, recula légèrement pour contempler son œuvre puis, satisfait du résultat, prit place dans son fauteuil en remontant sa soutane sur ses genoux. Il s'accouda à son bureau et joignit les paumes d'un geste machinal en considérant le mince contenu de la chemise rouge qui trônait sur le cuir damassé du sous-main...

« Dommage !... pensa-t-il à haute voix... dommage pour ce pauvre Dominique. Il va avoir fort à faire pour se dépêtrer de cette affaire ! L'évêché d'Orléans se retrouve en première ligne dans cette affaire... Mais nous ne pouvions pas laisser se développer l'hérésie, n'est-ce pas, Dom Jobito ?...

Dom Jobito acquiesça... Dom Jobito acquiesçait toujours à ce que disait le Cardinal Gris... Évidemment non, l'Église ne pouvait pas !... Elle ne pouvait pas revenir du jour au lendemain sur six siècles de vérités établies et de manipulation des consciences... Et encore !... six siècles... concernant cette seule affaire, mais ça n'était que l'arbre cachant la forêt... Deux millénaires, oui !... En fait, la totalité du pouvoir spirituel de Rome était en jeu ! Non décidément, l'Église ne pouvait pas laisser faire... Dom Jobito laissa tomber :

— Monseigneur Landau est un fin politique, il se débrouillera très bien... Le nécessaire a été fait à Bruxelles, ça devrait suffire... Il n'a pas besoin d'en savoir davantage pour l'instant, mais je vais néanmoins prévoir un plan B, au cas où... »

Dom Jobito était le *camerarius secretus* du prélat, son secrétaire mais aussi son âme damnée, une de ces ombres encapuchonnées qu'on voit parfois en pénitents sanguinolents dans certaines processions et qui agissent en coulisse, se chargeant des tâches peu avouables. Il existe de tels hommes dans tous les systèmes politiques, dans tous les pays et sous tous les gouvernements. Et sur ce plan, le gouvernement de l'Église Catholique Apostolique et Romaine n'était qu'un gouvernement comme les autres, l'organe d'un pouvoir bien temporel, malgré toutes les affirmations naïvement sincères de ses légions de missionnaires qui prétendaient ne s'occuper que de Spirituel et du Salut des âmes. Et de fait, ils n'avaient pas tort d'affirmer cela, c'était vrai aussi... en tout cas selon leur vision apostolique.

Pragmatique, la célèbre bien que très discrète « Congrégation pour la Doctrine de la Foi » était, elle, bien plus terre-à-terre. Efficacité avant tout ! Dès sa fondation au XVIe siècle, elle avait infiltré de nombreux ministères de l'Ancien Régime, puis de la République, par le biais de la Compagnie de Jésus qui avait mainmise sur le secteur de l'Éducation. Cet état de choses facilitait grandement le recrutement de ses jeunes élites, repérées dès l'enfance dans ses institutions.

La « Compagnie », créée en 1540 pour lutter contre la Réforme, était organisée en véritable armée avec un général à sa tête à l'image de tout *corpus militari*. Elle comprenait une section « renseignement-action » aussi redoutable que discrète, et qui fut longtemps un service très performant. N'était-ce pas l'Église qui avait inventé cette extraordinaire psychothérapie appelée « sacrement de Confession » qui, outre l'indiscutable soulagement qu'apporte l'aveu aux âmes tourmentées, servait accessoirement depuis des siècles à mesurer le degré de soumission des fidèles ?... Sondages d'opinions et manipulations médiatiques ne sont pas des inventions modernes...

Rompu à toutes les techniques de la conscience et du subconscient, Dom Jobito savait parfaitement que tout pouvoir temporel s'appuie nécessairement sur un socle mental et culturel : Dominer les esprits pour dominer le monde... On croyait depuis Zoroastre n'avoir jamais rien inventé de mieux que la religion pour ce faire... Mais toute religion est sujette à interprétation... C'est pourquoi au début du XXe siècle était apparu l'OPUS DEI... Ce nouvel ordre, pour autant qu'on puisse l'appeler ainsi, fondé par un prêtre intégriste espagnol en 1928, fonctionnait comme une véritable société secrète et s'était largement développé sous la dictature de Franco, entre autres, et sous toutes les dictatures en général sauf bien sûr celle de Staline.

Mais depuis l'élection au Saint-Siège de Karol Wojtyla, suivie de la chute du Mur de Berlin, l'Opus Dei[1] s'était aussi implanté à l'Est, au risque de discrets conflits avec l'Église d'Orient. C'est dire si la « Congrégation pour la Doctrine de la Foi » appelée aussi « Saint-Office » avait, comme on dit, le bras long... En 2005, l'accession au trône de Pierre d'un ancien haut responsable de cette honorable société avait immédiatement suivi la glorification de son fondateur dom Balaguer, qui venait juste d'être canonisé. Et ça n'avait rien d'une coïncidence.

Dom Jobito était lui aussi un élément important de l'Opus Dei, et d'une organisation plus ancienne et plus secrète encore, le Sodalitium Pianum, autrefois connue sous le nom charmant de « La Sapinière » et que tout le monde croyait disparue depuis le début du XXe siècle mais qui, notamment en Amérique Latine, avait intégré les rangs de l'Opus Dei. Se substituant au fil du temps à l'Inquisition elle-même, l'Opus Dei avait peu à peu pris en charge les dossiers les plus brûlants, et celui-là en était l'exemple par excellence, qui risquait de remettre en cause tout le dogme catholique et par là même la suprématie du Saint-Siège, autrement dit l'existence même de l'Église de Rome...

L'évêque de Rome n'était à l'origine qu'un évêque comme les autres, lorsque les assemblées[2] d'adeptes du Messie élisaient encore chacune leur propre dirigeant local, démocratiquement, par acclamation, et que tous ces premiers évêques étaient indistinctement et familièrement appelés « papas » en hommage à leur sagesse d'anciens. Mais, dès son avènement très politique, dans un organe indiscutablement lié à l'empire, l'évêque de Rome fut élevé au-dessus des autres par le Concile de Florence au prétexte qu'il était le successeur de Saint-Pierre supplicié à Rome et que le Messie aurait commis un célèbre calembour sur le prénom de cet apôtre[3] – comme quoi, le calembour n'est pas un art mineur ! – À ce titre, durant des générations et dans l'Europe entière, les papes s'arrogèrent le pouvoir de faire et défaire les rois et les princes chrétiens d'Orient et d'Occident au nom d'un Être

---

1 *Bien que créée en 1540 pour lutter contre la réforme naissante, la « Compagnie de Jésus » présentait avec l'ordre du Temple aboli en 1312 d'étranges ressemblances structurelles : - Ordre religieux mais organisé militairement avec un général à sa tête ; - Devise « Ad maiorem Dei gloriam » (pour la plus grande gloire de Dieu), très comparable à celle du Temple « Pas pour nous Seigneur mais pour la gloire de ton nom » ; - Rôle indéniable des Jésuites explorateurs de la planète et de la recherche scientifique qui prolongeait les expéditions maritimes des Templiers et leur recherche alchimique ; - Jusqu'à nos jours c'était le seul ordre qui à l'instar du Temple pouvait ordonner ses propres prêtres. Mais en 1982 Jean-Paul II a rendu l'Opus Dei totalement indépendant de l'épiscopat en lui accordant ce rare privilège de la « prélature personnelle », et a installé un « opusien » à la tête de la Compagnie de Jésus, neutralisant ainsi toute velléité de « modernisme » pour favoriser la stricte observance du « dogme »...*
2 *Du grec ekklesia (assemblée) qui donnera en français église*
3 *« Tu es Pierre, et sur cette pierre je bâtirai mon église »... En vérité, Jésus n'a pas pu dire cela car il ne parlait point Français mais Araméen, langue en laquelle le terme « Kephas » (Pierre) ne qualifiait pas un matériau de construction mais la dureté d'âme au sens de « cœur de pierre ». Pour quelqu'un qui prêchait l'Amour du Prochain, il eut été difficile de fonder un chœur d'église sur un cœur de pierre.*

Suprême que nul n'avait pourtant jamais vu. C'est dire combien le Saint-Siège était disputé, et nombreuses furent les époques où des dissidences se firent jour, avec les âpres négociations et les luttes armées qui en résultèrent. Le sang avait souvent coulé dans les courtines et les sombres prisons ecclésiastiques du Château Saint-Ange avant que l'État italien ne se l'approprie en 1871... Nous n'en serions plus là, paraît-il ?... S'il existe, Dieu seul le sait vraiment !

Durant des siècles en tout cas, la domination mentale de l'institution romaine sur ses fidèles s'était exercée du haut des chaires des universités, des cathédrales, et jusqu'à celles des plus modestes chapelles de villages. Malgré quelques tentatives telles la Pragmatique Sanction[4] de Charles VII ou le Concordat de Napoléon, le pouvoir de Rome était resté bien ancré au fond des consciences par l'incroyable réseau de renseignement et de prosélytisme que constituait son clergé jusqu'aux antipodes. Même la Révolution Française n'était pas parvenue à éradiquer son influence malgré les innombrables exactions commises envers les ecclésiastiques par les révolutionnaires de tous poils, ni malgré celles bien plus terribles exercées quelques siècles plus tôt contre les populations par l'Inquisition elle-même, paradoxalement au nom d'un Dieu d'Amour...

Indéfectiblement, durant près de vingt siècles, la France profonde avait gardé la Foi.

Depuis la Seconde Guerre Mondiale cependant, le cathodique tendait à substituer le catholique : la télévision avait fait son entrée dans les foyers et l'addiction à la petite lucarne avait peu à peu remplacé la messe et le prêche du dimanche... Au fil des décennies, les églises, lieux d'assemblées originelles, s'étaient lentement vidées de leurs fidèles au profit des émissions religieuses, un peu, mais surtout des journaux télévisés et autres programmes pseudo-culturels organisés comme de véritables grands-messes. Cette distribution électronique de la bonne parole, reçue individuellement dans chaque foyer, avait coupé peu à peu les relations humaines qu'avaient eues au moins jusque là le mérite de maintenir les assemblées dominicales, et l'influence de l'Église s'était amoindrie au profit du 5ᵉ Pouvoir, celui des médias...

À l'aube de ce XXIᵉ siècle pourtant, la manipulation politique de l'information devenant de plus en plus patente, plus nombreux chaque jour étaient les téléspectateurs se détournant de l'oracle télévisuel comme ils s'étaient détournés de l'Église. C'était maintenant le réseau Internet qui devenait la référence, pour la simple raison qu'il n'était en principe contrôlé par personne, et qu'à défaut d'une conscience commune dans cette effervescence libertaire chacun y retrouvait sa pleine indépendance de jugement et le poids de sa propre voix. Intuitivement, les gens accordaient davantage de crédit aux informations du Web qu'à celles ayant reçu une quelconque *imprimatur* gouvernementale ou vaticane. Elles n'étaient sans doute pas plus fiables, mais au moins la diversité de leurs sources assurait-elle qu'elles ne fussent plus dictées par une pensée unique...

---

4 *La Pragmatique Sanction : ordonnance promulguée à Bourges le 7 Juillet 1438, par le roi de France Charles VII, avec l'accord du clergé réuni en assemblée. Le roi s'affirme comme le gardien des droits de l'Église de France et nomme les évêques. Ce décret fut le premier pas vers le Gallicanisme. Il fut aboli quatre-vingts ans plus tard par Léon X.*

Devant ce déficit constant d'audience dans les pays de la vieille Europe particulièrement, et pour mieux combattre l'agressivité de certaines branches évangélistes d'un Protestantisme conquérant, il était devenu impératif pour l'Église Catholique de faire quelque chose pour « rester dans le coup », et l'imposant site Internet qu'avait mis en ligne le Vatican n'avait au plan marketing rien à envier à tout autre site d'une grande « major » de l'industrie culturelle internationale...

Après le concile Vatican II, Rome avait déclassifié une partie du contenu de ses célèbres caves. Naturellement, pas ce qui se trouvait dans la *Riserva*, cet incroyable bunker dont seul le Saint-Père en personne autorise l'accès et dont le bibliothécaire-gardien est nommé à vie sans en pouvoir jamais sortir autrement que les pieds devant... Non, évidemment pas ce contenu-là, mais, hormis ce lieu si secret qu'on en venait même parfois à douter de son existence, il existait des centaines de kilomètres de rayonnages renfermant des documents dont la consultation restait accessible, bien que réservée aux chercheurs patentés et dûment autorisés. Les moins compromettants de ceux-là avaient donc été mis en ligne et l'on pouvait désormais trouver sous forme numérique, comme sur la grande bibliothèque virtuelle de Google, une montagne de documents inédits ou jusque là difficilement accessibles au chercheur comme au simple curieux lambda.

Hélas, le diable se cache dans les détails, dit-on ! Et c'était bien là qu'il s'était planqué, le bougre, car dans cette masse de documents constituée pour l'essentiel d'innocentes chartes, cartulaires, *privilegii*, *cedula*, bulles, et d'une aussi abondante qu'anodine *litterae secreta*, l'un d'eux, rarissime et toujours ultra confidentiel, s'était retrouvé scanné et publié par erreur... C'était là l'une des causes qui avaient déclenché « l'affaire » !...

Tout d'abord remarqué uniquement de quelques spécialistes avertis, le fac-similé numérique du précieux document avait rapidement provoqué une ruée de chercheurs, historiens patentés comme amateurs.

Alerté par la fréquentation statistiquement anormale de cette partie de son site Internet, le Vatican avait immédiatement fait effacer la page fautive, mais un peu tard. Des centaines de latinistes de par le monde l'avaient déjà lue et des sauvegardes pirates circulaient sur certains forums... L'incident serait cependant passé inaperçu du commun des mortels et seuls quelques rares spécialistes auraient relevé l'anomalie qui serait ainsi restée confidentielle et improbable, si n'avait eu lieu en France dans le même temps un autre événement risquant de conforter cette bévue et d'ébranler fortement le trône sur lequel le Saint-Père posait son auguste postérieur...

La rumeur se répandait que l'Histoire de la Chrétienté et les légendes dorées de ses Saints n'étaient probablement pas aussi sincères et véridiques qu'elles étaient sensées l'être... À vrai dire, beaucoup s'en doutaient depuis longtemps, mais si la preuve concrète de tels soupçons avait été mise au jour, c'était tout le Catholicisme qui risquait de s'effondrer. Pas la Foi en Dieu qui, quoi qu'il arrive, relève de la conscience de chacun, mais bien plus grave : la foi en l'Institution romaine !...

Dom Jobito secoua la tête pour sortir de ses pensées soucieuses : il lui fallait maintenant assumer une de ces décisions qu'il n'aimait pas prendre !

Mais les hommes comme lui étaient là pour ça. En pénitence, il s'auto-flagellerait une semaine de plus...

Se tournant vers son ordinateur, il composa un message qu'il crypta sur 512 bits selon une phrase de l'Évangile de Saint-Jean, le tout noyé dans le code d'une image pieuse transférée par email... Depuis des années les réseaux Al-Qaeda usaient d'une technique comparable et elle avait fait ses preuves. Dom Jobito ne put réprimer un sourire... Le choix de cet Évangile pour crypter un tel message tenait du cynisme le plus absolu, mais on ne se refait pas...

Le mail, passant par une dizaine de serveurs-relais proxies de par le monde lui attribuant de fausses adresses IP, parvint quelques secondes plus tard à son destinataire de l'autre côté de la planète, sans que l'interceptât aucune des grandes oreilles en orbite qui scrutent en permanence les communications électroniques, ni encore moins qu'on risquât de le décoder.

*

Dans l'immense serre tropicale d'une luxueuse villa de la banlieue de Panama, un homme d'une cinquantaine d'années, long visage émacié aux petits yeux de rat agiles et toujours en mouvement, soignait amoureusement ses orchidées. Il releva la tête quand un vibreur l'alerta qu'un message urgent venait d'arriver sur sa boite de réception.

Quelques instants plus tard, il le décryptait :

« *Boîte 25, consigne de l'aéroport San Pedro. Billet aller-retour Paris, sur la Pan-American.*

Sur place, connectez-vous depuis un cybercafé au serveur que vous savez avec votre identifiant personnel. Mot de passe : "revelation_ARC_1429". Le détail de votre mission vous y attendra.

Comme d'habitude, vous avez carte blanche sur les moyens. Seul l'objectif compte.

Versement d'un acompte de 50% soit 50 000 dollars pour vos œuvres, effectué sur votre compte à San Marin. Le solde quand vous aurez terminé le travail. »

« En dollars US !... Ils sont décidément de plus en plus pingres ! s'exclama l'homme, la crise est passée par là aussi ! »

Pourtant, il tenait toujours une valise prête pour une mission de ce genre. Il jeta un coup d'œil rapide sur les effets qu'elle contenait, y ajouta un crucifix, divers petits paquets et instruments électroniques, avant de s'habiller et fermer les volets de sa maison. Il savait partir pour plusieurs semaines et peut-être ne pas revenir...

En montant dans le taxi pour l'aéroport, il jeta un dernier regard vers Panama et son Canal : seules dépassant de l'énorme tranchée dans la colline, les cheminées fumantes de cargos invisibles semblaient glisser sur le fond du décor.

*

Les spéculateurs guettent toujours
De nos jours, Genève (Suisse), fin Avril

Une douce lumière, agréablement tamisée par les stores, éclairait la spacieuse salle de conférence de la *Universal Trustee Company*, appelée familièrement « l'Universe » par ses collaborateurs, parce qu'elle leur versait précisément de très bonnes commissions sur les juteuses affaires que ceux-ci lui faisaient réaliser. Le représentant français jeta malgré tout un coup d'œil envieux sur le luxe qui l'entourait avant d'évader un regard rêveur sur le tombant du Salève inondé de soleil et trônant dans le paysage qui s'encadrait dans l'immense baie vitrée.

Le siège social n'était qu'à quelques pas de l'antenne d'Annemasse qu'il dirigeait de l'autre côté de la frontière. La Suisse a en effet cette particularité d'être comme un vaisseau fantôme au beau milieu de l'océan des réglementations européennes auxquelles elle a échappé jusque là, ses frontières sont celles de l'Europe mais, malgré les frais supplémentaires que représentait l'entretien d'un bureau à si courte distance, la société avait préféré diviser les risques d'indiscrétion en cloisonnant ses secteurs et en implantant des antennes plus anodines d'apparence dans chaque état où elle trouvait un intérêt à investir. Officiellement, Antoine Guyot était directeur d'une banale petite agence immobilière dont les affaires ne marchaient pas très fort depuis la crise, mais son compte en Suisse était lui fort bien approvisionné en commissions sur les grosses opérations financières apportées au trust...

Tout le secret de la réussite de la *Universal Trustee Company* tenait dans la fiabilité des renseignements qu'elle parvenait le plus souvent à obtenir avant ses concurrents, de moins en moins nombreux il fallait bien le dire. Sous divers noms de holdings, elle en avait en effet rachetés beaucoup durant ces dernières décennies, et tous les principaux cotés en bourse étaient désormais sous sa férule. Mais Dieu sait s'il y en avait encore de ces petits prétentieux qui, disposant de trois sous d'héritage ou d'un gros gain au Loto, se décrétaient soudain hommes d'affaires ou promoteurs pour rafler les bonnes occasions !...

« On les aura tous, ces petits cons ! » était le leitmotiv du représentant de la compagnie en France. « Encore quelques années, et l'immobilier sera si cher que plus personne ne pourra se permettre d'y investir sur 50 à 60 ans. Personne sauf Nous !... Monsanctus contrôle l'agro-industrie et les Sept Sœurs dominent l'énergie, mais les gens auront toujours besoin de se loger, et quand il n'y aura plus rien à vendre ou à construire, nous serons alors les maîtres de l'Occident. »

Le calcul semblait à la fois utopique et paradoxal, mais à la vérité pas tant que cela. Que se passerait-il en effet le jour où, sous couvert de multiples sociétés d'un même trust, tout le foncier d'un continent serait détenu par une même main ?... En certains pays, d'autres avaient déjà montré la voie dans le domaine des médias notamment, où quels que soient les canaux et les supports les informations avaient toutes la même couleur insipide. Et lorsqu'on étudiait l'évolution de la société depuis la fin de la seconde guerre mondiale, les faits lui donnaient raison. Juste depuis les trente glorieuses, le pouvoir d'achat des ménages modestes s'était vu amputé de moitié, rien que pour se loger... La capitalisation du groupe s'en était trouvée valorisée au centuple et ce n'était pas la récente crise des subprimes qui avait entamé ses actifs puisque tout était loué ou vide. Une façon comme une autre d'organiser la rareté, donc la valeur. Mais jamais l'Universe n'aurait revendu à quelqu'un qui n'aurait pas eu le sou. Le crédit, elle s'en servait oui, mais n'en faisait jamais à ses acheteurs, ou alors avec des garanties hypothécaires en béton. Elle avait su habilement refiler ses créances les plus douteuses à des groupes concurrents qui avaient éclaté les risques en milliers d'actions pourries, lesquelles venaient précisément de péter à la gueule de leurs souscripteurs. Du coup, en comparaison d'autres groupes financiers, la crise avait plutôt avantagé le trust, et ça ne risquait pas de s'arrêter demain. Au travers de la multitude de filiales apparaissant sur son organigramme confidentiel, l'Universe était probablement l'un des plus gros propriétaires fonciers au monde après le Vatican.

Immobilier, bâtiment et travaux publics, mais aussi hôtellerie, transport aérien et maritime, exploitation forestière et minière, enfouissement de déchets toxiques... au travers de ses filiales les activités de la compagnie étaient aussi variées qu'avariées, si l'on peut dire, tant les profits énormes qu'elle en tirait étaient le premier et seul de ses soucis. L'Universe avait toujours su placer dans des affaires juteuses ou qui, par le plus grand des hasards le devenaient miraculeusement aussitôt après, par le truchement d'une loi nouvelle ou d'une abrogation favorisant ses activités dans le pays où elle venait d'investir.

Évidemment, l'Universe disposait de puissants lobbies à Paris, Bruxelles, Strasbourg, New-York, Londres, Shangaï ou Sidney, mais il est des choses qui ne s'apprennent pas seulement en haut lieu. Les pressions sur les politiciens corrompus améliorent les rendements après coup, mais le principal dans les affaires sera toujours le renseignement de base, celui obtenu avant tous les autres. C'est pourquoi, à l'instar d'une grande chaîne d'information, l'Universe entretenait tout un réseau de correspondants locaux bien placés pour intercepter les infos intéressantes, bien que ne sachant pas toujours, à cause du cloisonnement, à qui celles-ci parvenaient au final.

La porte à deux battants arborant le sigle de la société, un œil stylisé sur une sorte de triangle évoquant les panneaux de travaux routiers, s'ouvrit subitement et interrompit la méditation du représentant français. Deux Directeurs Généraux entrèrent dans la pièce. Sa fascination pour le Salève abandonna aussitôt Antoine Guyot qui se tourna vers eux.

— Bonjour Messieurs.

— Bonjour, bonjour Guyot... Laissez tomber les salamalecs. Dites-nous plutôt ce qui se passe à Orléans ?...

Guyot tomba des nues :

— À Orléans ?... s'étonna-t-il. Et que voudriez-vous qu'il s'y passe à Orléans ?... C'est depuis des lustres une ville en léthargie...

Haussant les épaules, l'un des deux hommes jeta sur la table un exemplaire du New-York Times.

— Oui ? Eh bien, elle se réveille, voyez vous-même ! Vous savez que nous nous intéressons au secteur du Tourisme dans le val de Loire depuis que l'UNESCO l'a classé au patrimoine mondial... On ne va pas finasser entre nous, n'est-ce pas ? Vous vous doutez bien que ce n'est pas tant l'aspect écologique qui nous intéresse que le flux touristique basé sur le renouveau de cette ville depuis la récente mise en valeur de son patrimoine. Cependant, si pour une raison quelconque ses festivités traditionnelles devaient être supprimées, ça changerait la donne !...

Guyot parcourut l'article et releva des yeux de chien battu.

— En effet. J'avoue mon ignorance de l'affaire. Dans ma jeunesse Orléans était connue comme une ville assez morne, trop proche de Paris pour avoir une existence propre. Il ne s'y passait jamais rien hormis les sempiternelles et ringardes fêtes de Jeanne d'Arc auxquelles je me souviens d'avoir assisté... Qu'attendez-vous de moi, exactement ?

— Tenez-vous au courant, Guyot ! Le temps passe et les choses changent... Depuis quelques années la ville s'est refait une beauté et vient tout juste de décrocher le label de « Ville d'Art et d'Histoire ». Avec la crise, le niveau des prix a chuté, mais ça ne durera pas. Pour nous, c'est le moment d'investir parce que bientôt l'activité touristique va y exploser. Or, le bruit court que les fêtes traditionnelles y seraient menacées... Resterait bien ce fameux « Festival de Loire » qui semble être un succès, mais un an sur deux seulement, et en Septembre... Une fin de saison sans début, c'est un peu court pour nous !.. Que se passe-t-il à propos de ces Fêtes de Jeanne d'Arc ? Nos informateurs à Bruxelles et Strasbourg n'ont rien pu découvrir de précis. Vous n'auriez pas quelqu'un dans le coin qui pourrait nous renseigner ?...

Le représentant français réfléchit un instant.

— C'est possible, en effet nous avons quelqu'un. Il faut que je le réactive...

*

Un pigiste ordinaire
De nos jours, New-York, fin Avril

Le gargouillement de la cafetière se fit entendre dans la kitchenette du modeste appartement et l'arôme d'un café fumant se répandit jusqu'à la chambre de Jack Dorlanes. Il souleva une paupière fatiguée et palpa l'oreiller à côté du sien. Personne. Meredith était déjà sortie. Il étira lentement son mètre quatre-vingt cinq et jeta un coup d'œil à l'horloge de son portable : 8h30 déjà. Rejetant la couette, il enfila une paire de jeans et un pull... Un regard par la fenêtre... Un matin pâle et brumeux se levait sur Manhattan. Rien n'avait changé depuis la veille. *Ground Zero* était toujours aussi vide et triste. Jack se dirigea vers sa cuisine. Il trouva un mot sur le réfrigérateur :

« N'oublie pas ton rendez-vous avec Braskowitz ! »

L'idée que son éditeur allait lui avancer un peu d'argent le rasséréna. Il n'aurait qu'à éviter de croiser son propriétaire encore un jour ou deux !...

Jack était écrivain. Plus précisément journaliste enquêteur en free-lance et pigiste pour le New-York Times, parce qu'il fallait bien vivre de quelque chose, mais il avait déjà publié deux ou trois bouquins qui avaient eu, comme on dit quand on veut être aimable avec l'auteur, « un succès d'estime »...

Meredith était la secrétaire de son éditeur. C'est là qu'ils s'étaient rencontrés quelques années plus tôt. Elle avait flashé sur lui dès le premier regard et il n'avait jamais compris pourquoi, vu qu'il ne se trouvait pas vraiment plus séduisant qu'un autre. À la quarantaine, le miroir de la salle de bain lui renvoyait l'image d'un grand blond déjà bien dégarni, au nez proéminent et aux bajoues naissantes, et des abdominaux qui s'entretenaient tout seuls quand ils en avaient l'occasion... Allez savoir pourquoi, quand il lui arrivait de se regarder dans une glace, lui venait toujours à l'esprit cette idée d'une poire un peu blette... Seuls deux yeux perçants, bleu myosotis et qui semblaient perpétuellement répandre de l'azur autour de lui, pouvaient expliquer ce miracle...

Elle, 34 ans, brune aux yeux verts, svelte et sportive d'un bon mètre soixante-quinze, était plutôt bien fichue quant au physique. Quelques années plus tôt, elle aurait aussi bien pu devenir top-modèle pour quelque magazine de mode mais, aussi cérébrale que sensible, elle avait préféré les rangées de bouquins aux défilés sous les sunlights. Et Jack aimait les femmes intelligentes et sensibles. Si en plus elle était jolie, ça ne gâchait rien... Tantôt pure amante et tantôt maternelle, Meredith comblait plusieurs manques auprès de cet aventurier des fonds d'archives et, s'ils n'habitaient pas ensemble quotidiennement, elle égayait assez régulièrement sa vie de célibataire endurci. Ça les satisfaisait tous les deux et c'était très bien comme ça. Enfin, depuis trois ans qu'elle durait, c'était ainsi que Jack avait toujours vu leur relation.

Ayant avalé à petites gorgées une demi-tasse d'un robusta toujours trop brûlant, il entrouvrit la porte avec précaution et appela l'ascenseur. Trois étages plus bas, il se retrouva dans la rue. Manhattan bruissait déjà d'une vie hyperactive. Au pied de l'immeuble, un étal de fleuriste ambulant embaumait l'air de ses petits bouquets de violettes tandis qu'à côté un kiosque éventré lui offrait les dernières nouvelles : Jack glissa tout de même un dollar dans la tirelire et un numéro du New-York Times sous son bras. Sur le trottoir les golden-boys pressaient le pas, oreillette de leur *smartphone* dernier modèle greffée à l'oreille, ils écoutaient les *news* et les cours boursiers sur NYCW (*New York Citizen Web*), le média branché de tous les gens *hype*. Jack soupira sur cette société de consommation et s'engouffra dans la bouche de métro. Passer au journal, puis à la bibliothèque... À treize heures trente, rendez-vous avec son éditeur... Les piges au journal ne rapportaient pas bien lourd et son dernier roman n'avait pas vraiment mieux marché que les précédents mais il avait l'urgent besoin de régler quelques dettes criantes et s'était engagé à en écrire un nouveau avant l'été.

« J'espère que le père Braskowitz sera de bonne humeur, pensa-t-il, parce que pour l'instant je n'ai pas la queue d'un synopsis valable à lui proposer !... »

Il descendit près du Metropolitan Museum. Central Park était ouvert et il avait encore un peu de temps avant de passer au journal. Il alla s'asseoir pour lire tranquillement l'exemplaire qu'il venait d'acheter. Le New-York Times titrait ironiquement : *« Risque de révolution en France ! Les traditionnelles Fêtes de Jeanne d'Arc dans la ville de la célèbre Pucelle menacées de... tomber sous le coup de la Loi ! »*

Le rédacteur ironisait franchement sur le sujet, et le développement de l'article en pages intérieures expliquait que Bruxelles avait édicté une nouvelle « Directive » relative à la Laïcité et aux signes ostentatoires, interdisant aux collectivités locales de soutenir toute manifestation à caractère religieux... Canonisée en 1920, Jeanne d'Arc était une « sainte » et sa commémoration prenait donc le caractère d'une manifestation religieuse tombant sous l'interdit. Pour une fois, le texte de la Directive était clair : *« La religion relevant à cent pour cent du domaine privé et de la liberté de culte de chacun, interdiction formelle est faite aux collectivités locales d'organiser, subventionner, ou même seulement prêter la main à toute manifestation à caractère religieux, et aux élus de la République de prononcer quelque discours que ce soit à la gloire d'un saint, à quelque religion qu'il se rattache... »* Suivaient les sanctions relatives aux infractions...

Contrairement aux Européens, les Américains n'étaient pas habitués au concept de « signes ostentatoires », encore moins à la Laïcité élevée au niveau du dogme absolu, et le journaliste trouvait que cette nouvelle réglementation était pour le moins paradoxale dans la vieille Europe nourrie au biberon de l'Église... La première victime de ce neutralisme cultuel forcené était évidemment sa Culture, historiquement judéo-chrétienne. On nageait en plein délire... Il est vrai que, dès leur Révolution, les Français avaient donné le La de cette nouvelle musique et que la loi sur la Laïcité, votée en 1905 pour amoindrir l'influence de l'Église au sein de l'État, n'avait pas prévu l'arrivée massive de pratiquants d'autres cultes... Le Conseil de l'Europe avait donc pris l'affaire en main et remis tous les cultes sur le même plan avec cette « Directive », qui serait sans nul doute aussi inapplicable que bien d'autres touchant à la Culture.

Ça n'arrangeait évidemment pas tous ces petits patelins qui s'appelaient Saint-Truc ou Saint-Machin, et en premier lieu les villes où l'on célébrait un « bienheureux » spécifique... Orléans (l'originale, en Europe, pas la Nouvelle-Orléans) était au cœur de cette tempête dans un verre d'eau avec la célébration annuelle de Jeanne d'Arc qui se profilait dans les semaines suivantes. La population orléanaise se déclarait outrée qu'au prétexte d'éviter un soi-disant prosélytisme dont personne ne se plaignait d'être victime, Bruxelles pût remettre en cause de son propre chef la justification même de cette belle fête locale traditionnelle célébrée sans interruption depuis près de six siècles... Des manifestations de protestation avaient eu lieu, appuyées par les autorités locales... On avait saisi le Conseil Constitutionnel afin qu'il dise si cette Directive devait ou non être transposée en Droit Français... Bref, on faisait tout pour entraver une mise en application trop rapide en espérant carrément son rejet dans les oubliettes de l'histoire...

« Ils sont fous ces français ! pensa Jack. Que de jérémiades pour une illuminée entendant des voix ! »

Le timide soleil de printemps commençait à percer l'atmosphère grisâtre au-dessus de la ville. Il replia son journal et pressa le pas pour passer rapidement à la rédaction prendre quelques notes pour sa pige de la semaine, avant de se rendre à la bibliothèque. Il lui fallait trouver un bon sujet pour le père Braskowitz, et il savait que choisir un sujet est souvent le plus délicat du travail pour un écrivain. C'est en passant dans les rayons « Histoire Européenne » qu'il se gratta la nuque :

« Tiens, songea-t-il, et si je m'intéressais à cette Jeanne d'Arc ?... Voilà un bon sujet... le Moyen-âge, les chevaliers, tout ça... il y a largement de quoi faire rêver le yankee de base... Ce n'est certes pas un sujet très nouveau mais il y a certainement un nouvel angle à trouver... »

Il se décida à emprunter deux ou trois bouquins qui, au vu des quatrièmes de couvertures, lui parurent pertinents.

*

Directive embarrassante
De nos jours, Orléans, Hôtel de Ville, 04 Mai 09h00

En pleine préparation des fêtes, la Mairie d'Orléans était en ébullition. Quelques semaines auparavant, presque en catimini, Bruxelles avait émis cette Directive relative aux signes ostentatoires et aux manifestations religieuses. La raison officiellement invoquée était que : « *face aux intégrismes divers se propageant un peu partout dans les pays occidentaux, l'Europe devait trouver une parade, la plus neutre possible... etc.* »...

Mais Serge Dugarro, député-maire d'Orléans, n'était pas homme à se satisfaire d'une Directive sans explications circonstanciées. Il voulait comprendre ! Comprendre pourquoi on voulait priver SA ville de la manne touristique qu'attirait régulièrement chaque année cette belle fête traditionnelle... Il n'avait pas investi tant d'argent dans la réfection de tout le « Centre Ancien » pour des clous, fussent-ils des « clous d'Orléans[1] » ! Sans

---

1 *Plus modestement que les « clous d'Arago » qui marquent au sol de la capitale le méridien de Paris, les clous d'Orléans sont aussi de vrais clous plantés dans la chaussée du quartier piétonnier pour délimiter les terrasses des établissements publics.*

même parler de l'important budget annuel alloué à l'organisation de ces fêtes médiévales ni des retombées économiques pour le commerce local, il y avait tout de même le respect des traditions ! Depuis 1429, en près de six siècles bientôt et sauf cas de force majeure comme la Seconde Guerre Mondiale, sa bonne ville d'Orléans avait toujours célébré La Pucelle. Certes, Jeanne avait été déclarée « sainte » en 1920, mais ce que la ville célébrait depuis le Moyen-âge c'était sa « Délivrance » au plan militaire, pas la sanctification de son héroïne ! Et peu importait qu'initialement cette célébration ait pris la forme d'une procession religieuse... Si de nos jours elle se faisait de concert avec un clergé qui avait trouvé bon d'en faire une sainte depuis, ce n'était pas son affaire, c'était pure courtoisie républicaine et rien de plus ! Il avait donc monté un dossier plaidant en ce sens et exigeait une réponse de la part de la Commission Européenne. Et pas dans huit jours !...

À Bruxelles cependant, les deux responsables à l'origine de cette décision ubuesque restaient inexplicablement injoignables. Depuis trois semaines ils n'étaient pas reparus à leur bureau, leurs domiciles étaient déserts et leurs téléphones portables personnels basculaient imperturbablement tous les appels sur leurs messageries respectives qui, pleines à craquer, demandaient grâce. C'était du jamais vu ! On eût été au bord du scandale si cette disparition s'était sue en dehors du microcosme de la haute administration... Devant l'insistance exaspérée du Député-Maire d'Orléans et les demandes d'explications des plus hautes autorités françaises, le Président de la Commission avait provisoirement nommé d'autres fonctionnaires pour enquêter sur les véritables raisons qui l'avaient amené, lui, à émettre dans l'urgence cette Directive... Car rien ou presque, une rumeur, l'avait décidé à prendre cette mesure... Une rumeur que précisément on aurait bien voulu exorciser à Orléans !... On ne disposait que d'invérifiables éléments figurant dans le dossier abandonné par ses auteurs dans leur bureau vide, et leur disparition accréditait d'autant plus la gravité de la situation. On craignait même pour leur vie car le document confidentiel mentionnait une raison autrement plus alarmante qu'une simple affaire de religion : « *Menace bactériologique émanant d'un groupe intégriste planant sur le Val de Loire...* »

Menace très grave en effet, et parallèlement à la Directive sur la laïcité, l'alerte terroriste avait été immédiatement lancée trois semaines plus tôt en message crypté au Ministère de l'Intérieur et des Cultes à Paris. Les procédures de sécurité authentifiant les émetteurs avaient toutes été parfaitement respectées, cependant, c'était comme recevoir en recommandé une enveloppe vide sans aucune explication. Tous les éléments top-secrets, les sources, avaient mystérieusement disparu en même temps que les officiers responsables... Si bien que le Président de la Commission Européenne n'en pouvait dire davantage avant que ses fonctionnaires n'aient refait surface... De quelles sources avaient-ils tiré ces alarmantes informations ?... À quel groupuscule appartenaient les terroristes en question ?... On n'avait aucune donnée fiable...

Afin de ne pas faire paniquer inutilement les populations en diffusant officiellement aux médias cette hypothétique menace bactériologique, mais faire tout de même quelque chose « au cas où » – Principe de Précaution exige ! –, le Président de la Commission, perplexe, avait choisi de contourner la difficulté : Il avait ouvert un parapluie modèle extra-large en émettant dans l'urgence cette « Directive sur la Laïcité » qui dormait depuis des années dans les tiroirs. Suffisamment arbitraire pour être désavouée, mais ayant le mérite d'exister et donc de le couvrir, elle lui avait parue tout-à-fait adaptée à la situation. Il savait bien qu'elle était inapplicable dans les faits, mais dans le doute, ça donnerait une explication officielle et plausible à la suppression des cibles potentielles sans créer pour autant la panique. Une façon de se décharger du problème. Et tant pis pour les touristes orléanais ! Si la menace s'avérait, on le remercierait. Sinon, les irresponsables ayant lancé l'affaire serviraient de fusibles, mais pas lui !

Cependant, même cette seconde explication ne satisfaisait pas Serge Dugarro, Maire d'Orléans, qui ne décolérait pas. On n'était plus qu'à trois jours. La célébration de la Délivrance de la ville par Jeanne la Pucelle était connue du monde entier, de l'Amérique jusqu'au Japon, et des milliers de touristes ainsi que des troupes de musique et fanfares de renom en provenance de toutes les villes jumelées avaient déjà débarqué... Que faire ?... Annuler tout ?... Mais si l'alerte était bidon, c'était des millions d'Euros perdus pour la ville. Par contre, si elle était fondée, on ne pouvait pas prendre le risque d'une épidémie virale en laissant des centaines de milliers de badauds s'agglutiner sur les trottoirs durant des heures pour voir passer les cortèges !... Dans cette incertitude, il ne parvenait pas à se résoudre à tout annuler car il en allait aussi de sa conception du rayonnement de sa ville... À quelques heures des festivités, il devait prendre « la bonne décision »... Il s'activait comme un beau diable en appelant au téléphone tous ses contacts au Ministère de l'Intérieur, à la DGSE, à la DCRI[2]... Mais personne ne pouvait le renseigner plus en détail...

*

L'Ordre en alerte
De nos jours, Bruxelles, 05 Mai 07h00, siège de l'OTAN

Le Commandant Ryan Berger rangea son téléphone portable dans la poche intérieure de sa vareuse. Étirant ses longues jambes sous son bureau, il réfléchit quelques minutes, traça quelques lignes sur un bloc et sonna son ordonnance. Un jeune lieutenant entra, rectifia la position, et porta la main à sa visière.

— Repos Lieutenant. Allez vous mettre en civil et bouclez un sac de voyage pour quatre à cinq jours. Vous et moi partons en France... Tenez ! ajouta-t-il en tendant une liste à son subordonné : Pour le cas où... Nous aurons besoin de tout ça. Prenez ce qu'il faut à l'armurerie.

---

2 *Direction Centrale du Renseignement Intérieur, regroupant depuis Juillet 2008 les anciens services des RG (Renseignements Généraux) et la DST (Direction de la Sécurité Intérieure, ou contre-espionnage).*

— En France, mon Commandant ?

— Oui, en France, Scotty, répondit Berger avec un demi-sourire... Quelque chose vous étonne ?

— Non rien. C'est que l'OTAN et la France...

— Oublie un peu l'OTAN Scotty, nous partons en mission très spéciale et... très officieuse !... Tu me comprends ?... Je t'ai fait porter pâle sur le rôle de permanence. Tu es exempté de service et sensé te trouver à l'infirmerie pour cinq jours.

L'attitude jusque là très réglementaire du jeune officier changea d'un coup. Il afficha un sourire complice et soudain tutoya son supérieur.

— Compris Commandeur ! Donne-moi une demi-heure.

Repris par la force de l'habitude, l'aide de camp tourna les talons de manière réglementaire et sortit. Le Commandant Ryan Berger sourit. Ce n'était pas la première fois qu'il s'octroyait quelques congés du corps de l'Air Force pour mener à bien une mission moins officielle. Il avait fait nommer Scotty auprès de lui pour des raisons bien précises : Ils étaient tous deux membres d'une très discrète organisation, un Ordre de Chevalerie officiellement disparu au XIVᵉ siècle. En réalité, à l'instar de la Franc-maçonnerie après la seconde guerre mondiale, il avait subsisté de diverses manières en plusieurs pays européens, et nombre de ses membres avaient migré aux Amériques à l'époque où les Guerres de Religions ensanglantaient l'Europe. En France, durant des siècles et dans la plus complète clandestinité, le flambeau s'était transmis de générations en générations, le plus souvent en famille mais aussi par cooptation jusqu'à la Révolution Française, après laquelle l'Ordre réapparut un court instant sous l'Empire, puis s'occulta à nouveau.

Depuis le Iᵉʳ Empire, l'appartenance à des sociétés secrètes étaient devenue une mode. Le templisme y avait trouvé toute sa mesure. Parallèlement à la Franc-maçonnerie, de nombreux ordres nouveaux avaient vu le jour, plus ou moins copiés les uns sur les autres et se prétendant tous héritiers du fameux « Temple » originel, mais seul celui auquel ils appartenaient tous deux avait conservé la véritable tradition et surtout les archives... Car le vrai trésor de l'Ordre du Temple c'était ça : ses archives ! Ce qu'avait en vain recherché le roi Philippe-le-Bel, l'exterminateur de l'Ordre, et après lui jusqu'à nos jours d'innombrables chercheurs de trésors à la petite semaine, c'était l'or bien sûr, mais surtout le « savoir occulte » qu'on avait toujours prêté à ces mythiques Chevaliers du Temple...

Depuis l'invasion par les troupes royales de tous leurs établissements y compris leur Maison Mère parisienne, formidable forteresse dans le quartier du Marais, et cette arrestation au petit matin du Vendredi 13 Octobre 1307 de tous les Templiers de France, sept siècles s'étaient écoulés. Cette date était restée gravée dans la mémoire populaire comme le symbole d'un jour néfaste par excellence, et même en dehors de France on ne comptait plus les superstitieux hésitant encore à sortir de chez eux un Vendredi 13. Aux États-Unis d'Amérique on allait même jusqu'à ne pas construire de treizième étage aux immeubles et les ascenseurs passaient ainsi directement du 12ème au 14ème, anomalie intellectuelle dont s'amusaient beaucoup les Français.

Tout récemment et pour la première fois excepté sous l'Empire, l'Ordre occulté depuis ces sept siècles était sorti de l'ombre pour commémorer en grande pompe ce sinistre anniversaire dans une antique chapelle de Belgique, près d'Arlon. Dieu seul et quelques-uns d'entre les Frères triés sur le volet savaient combien d'événements avaient été rapportés dans leurs chroniques durant ces sept cents ans... Le temps de réapparaître au grand jour était imminent, mais l'ennemi héréditaire était toujours là... plus puissant et redoutable que jamais... Le Vatican !

*

Une pucelle impatiente
Vaucouleurs, 13 Mai 1428

L'hiver avait traîné en longueur. On était déjà à Pâques et le soleil de printemps n'avait pas encore ramené une température acceptable... Debout dans la grand'salle du château, devant la monumentale cheminée au linteau encore orné de la croix pattée de ses anciens possesseurs, Robert de Baudricourt tisonna les bûches pour se donner le temps de réfléchir avant de répondre... Il était perplexe... Son ami Durant-Laxart, du village de Burey, un homme de bien et de toute confiance, avait cru devoir lui amener sa nièce... et la pucelle l'avait mis lui, Baudricourt, devant tous les familiers du château, dans une position bien inconfortable où il se voyait obligé de mentir... Mentir, lui, un chevalier ?... Il n'aimait pas cela !... Oh, il savait très bien et depuis longtemps qui était cette jeune fille... Comment aurait-il pu l'ignorer ?... Trois ans plus tôt, lors de son propre mariage, elle avait accompagné son « père » invité au banquet, et l'adorable brunette aux yeux pervenche y avait clairement conquis le cœur de Robert, le neveu de sa jeune épouse. Mais il savait aussi qu'elle se réservait pour le moment, et il savait encore parfaitement à quoi et pourquoi. Depuis huit longues années en effet, dans la forteresse de l'île qu'il louait à son « père », à Domrémy, elle était formée par des gens de sa suite. Il savait tout cela, mais jusqu'alors il avait dû le taire, préserver le secret... Et voici que la jeune pucelle, au contraire, clamait maintenant à qui voulait l'entendre qu'elle devait partir pour la France par devers messire le dauphin et qu'elle le ferait couronner...

Et si ce n'était que cela ! Mais elle prétendait aussi, devant tous, que le royaume de France n'appartenait pas au dauphin mais à « son Seigneur »... et que « son Seigneur » voulait que le dauphin eût ce royaume en commende ; qu'il serait roi en dépit de ses ennemis et qu'elle-même le conduirait au sacre...

— Et qui est donc ce fameux Seigneur ?... avait demandé Baudricourt.

— Le Roi du Ciel ! avait-elle répondu avec un brin d'insolence.

« *Il est bien trop tôt encore, pensa Robert. L'Anglais n'a pas même mis le siège devant Orléans. Laissons-lui au moins le temps d'arriver !... Il me faut calmer l'impétuosité de cette jeune passionnée. Sans doute se sent-elle prête, mais le temps n'est pas venu...* »

— *A-t-on jamais entendu pareilles sottises ?!... s'exclama Baudricourt à la cantonade. Quel secours pourrait bien apporter une jeune paysanne au dauphin ?... Durant-Laxart, mon ami, reconduisez donc cette gamine chez son père, et dites-lui de ma part de lui administrer une bonne paire de calottes pour calmer ses délires !*

*

Découverte du vieux monde
De nos jours, Aéroport de Roissy, 05 Mai 15h00

Jack passa rapidement le contrôle des bagages. Il n'avait vraiment pas la tête d'un trafiquant et de toutes façons, depuis la mise en place du passeport biométrique, tout passager en partance ou débarquant entre USA et Europe était passé au scanner de fond en comble. Dès qu'il prenait son billet on savait tout de lui : son signalement, sa situation de famille, ses amours, ses fréquentations, ses empreintes digitales et même son ADN et son état de santé. Beaucoup ressentaient cela comme une véritable atteinte aux libertés individuelles, une inacceptable inquisition moderne, mais la politique ultra-sécuritaire mise en œuvre aux USA au prétexte du 11 Septembre 2001 avait frappé en Europe aussi...

Jack prit un taxi et montra au chauffeur l'adresse à Paris que lui avait donnée Meredith. Tout en roulant, il songea à la rapidité de succession des événements. Son idée subite de faire une enquête sur Jeanne d'Arc avait vraiment emballé l'éditeur, et le vieux Braskowitz lui avait immédiatement signé un gros à-valoir sur son prochain titre. Il avait lui-même suggéré que Jack profitât de ce mois de Mai pour venir assister aux célèbres fêtes orléanaises et fouiner un peu dans les archives locales... Jack avait bien sûr bondi sur l'occasion. Ça faisait si longtemps qu'il rêvait de venir en France... Déjà, gamin au collège, il avait choisi le Français en seconde langue sans trop savoir pourquoi... la sonorité peut-être, et aussi sans doute par amour pour son grand-père, mais il n'avait jamais vraiment eu le loisir de pratiquer depuis. Dans son adolescence, son grand-père Bernt (il s'appelait Bernhart mais tout le monde disait Bernt) avait souvent discuté avec lui en Français. Lui parlait couramment la langue du père Hugo, bien qu'avec un accent créole à couper à la machette ! Ses ancêtres cajuns avaient suivi le *Grand Dérangement* jusqu'en Louisiane, mais avec la Guerre de Sécession la petite plantation familiale avait périclité. Son arrière grand-père s'était installé en ville comme croque-mort, son grand-père avait pris la suite, puis son père avait trouvé un job dans les assurances qui avait amené la famille à déménager. C'est comme ça que Jack s'était retrouvé à grandir à Brooklin mais, enfant, pendant les vacances, il allait régulièrement rejoindre Bernt dans sa cabane du bayou où il aimait à pêcher l'écrevisse.

Grand-Pa' lui avait aussi montré quelques photos de France, souvenirs d'un temps maudit où l'Amérique avait dû venir rétablir la Démocratie en Europe... Bernt s'en était sorti avec deux blessures bénignes, mais tous ses copains étaient restés en Normandie ou dans les Ardennes... « Terribles temps où l'homme était un loup pour l'homme ! » pensa Jack...

Il y avait longtemps que Jack n'avait pas songé à son grand-père... Il se remémorait maintenant un tas de choses dont il aurait aimé lui parler... C'est ainsi, on croit toujours qu'on a le temps, et après il est trop tard !... Une cérémonie funèbre, les condoléances des amis, souvent des gens qu'on n'a jamais vus ni d'Ève ni d'Adam, et on finit par ranger au grenier quelques malles remplies d'objets hétéroclites... des médailles militaires ; des albums de photos jaunies dont on ne reconnaît même pas les personnages ; un rocking-chair ; quelques paquets de lettres enrubannées ; de vieux bouquins ; voilà les seuls souvenirs tangibles qui lui restaient de l'homme qui l'avait sans doute le plus aimé...

Qui lui restaient... c'était vite dit ! Ça faisait bien quinze ans, en fait depuis les obsèques, qu'il n'était pas retourné à Saint-Rose, Louisiana, où la vieille maison s'était en grande partie envolée avec le cyclone Katrina. Probablement que ces vieilles malles étaient parties avec. Jack n'aimait pas repenser à ces images télévisées... Il ouvrit son col de chemise et caressa le médaillon en or suspendu à sa chaîne, peut-être la dernière chose qui lui restait de Bernt et que ce dernier lui avait solennellement passé autour du cou au jour de ses douze ans... Dans les mauvais moments, il avait plusieurs fois failli le vendre mais s'était ravisé... On ne vend pas les souvenirs !

« Qu'est-ce que ça peut bien représenter, se demanda-t-il ?... un insigne militaire, scout ou quelque chose comme ça ? »... en tout cas un témoin qu'on se repassait d'une génération à l'autre s'il fallait en croire l'inscription...

C'était une grosse pièce d'un pouce de diamètre, de la taille d'un *Eagle* américain de 20 dollars et qui devait probablement peser comme lui son once d'or pur, munie d'une anse pour passer la chaîne. Sur ses faces immodérément polies par la friction et l'acidité sudorale de nombreuses générations, elle présentait ce qui pouvait encore être pris côté pile pour une épée couronnée, encadrée de deux autres symboles usés par le temps. Son nom de famille y figurait ainsi qu'une date : « DORLANES 1572 ». Côté face, une croix, et sur la tranche un indéchiffrable « NNDNNSNTDG ».

« C'est plutôt joli mais quel charabia ! Si au moins je lui avais demandé la signification !... » pensa Jack.

Le taxi arrivait maintenant dans le ventre de Paris. Les encombrements étaient plus qu'une habitude dans le quartier du Marais et le chauffeur expliqua que l'adresse où se rendait Jack n'était qu'à deux cent mètres, mais deux cent mètres qui risquaient de coûter cher en temps et en pollution... Rassemblant ses souvenirs scolaires, Jack se lança :

— OK, laissez-moi là, ça ira ! dit-il au chauffeur.

— Ça vous fera 35 euros...

— Une dernière chose : savez-vous où se trouve La Grande Bibliothèque de France ?

— Bien sûr ! Vous n'aurez qu'à traverser la Seine, et remonter les quais sur quelques centaines de mètres, ce n'est pas très loin et c'est une belle promenade pour un touriste. Tenez, voici un plan...

— Thanks !... Merci pour votre amabilité...

Jack flâna une petite heure dans la rue Vieille du Temple, découvrant les boutiques de joailliers, les pâtisseries arabes, et les marchands de fringues qui, sans vergogne, étalaient aux vitrines la production d'ateliers clandestins des fonds de cours remplies d'yeux bridés. Étrangement, il se sentit en pays de connaissance dans ce vieux Paris. Un peu comme dans *Chinatown* ou *Little Italy*. Il aimait bien cette ambiance à la fois furtive, discrète et travailleuse, du petit peuple au boulot. Passant devant la rue Barbette, il se remémora ce qu'il avait lu à la bibliothèque près de Times Square sur les amours de la reine Isabeau et du duc d'Orléans... La tourelle du vieil hôtel complice était toujours là. Et c'était peut-être là, devant cette vieille porte basse, que Jean-sans-Peur avait fait assassiner le Duc Louis ?...

« Incroyable France ! pensa Jack, et quel fabuleux patrimoine ! Chez nous, il y aurait longtemps qu'on aurait construit des gratte-ciels à la place ! »...

Obliquant par la rue des Francs-Bourgeois il laissa sur sa gauche le Musée Carnavalet et arriva Place des Vosges. En passant l'arche qui marque l'entrée de ce lieu privilégié, Jack retint un sifflement d'admiration. On ne s'attend pas à trouver en plein cœur de Paris la quiétude d'un jardin public cerné d'arcades et de splendides hôtels particuliers aux façades de briques rouges et hautes baies. « *Ce cher Sully a bien œuvré* » en avait dit Henri IV, et il avait raison ! Quatre siècles plus tard le résultat était toujours un ravissement pour les yeux et une fierté pour la capitale. C'était là qu'habitait le contact que lui avait donné Meredith, Françoise, vieille amie à elle et bouquiniste spécialisée en éditions anciennes.

Françoise Bourrin était sans jeu de mot un vieux cheval de retour qui savait vous juger un homme au premier coup d'œil. Elle portait fort bien ses quatre-vingt deux printemps, autres saisons comprises, s'appuyant sur une élégante canne-épée beaucoup plus vieille qu'elle encore... Mais elle avait toujours l'œil vif, la langue bien pendue et l'esprit agile. Elle accueillit Jack avec une grande familiarité, comme si elle l'avait connu gamin et tenu sur ses genoux.

— Alors comme ça, c'est toi le chéri de ma petite Meredith ?... Bienvenue chez moi, Jack ! Les amis de mes amis sont mes amis. Et Meredith est bien plus qu'une amie, elle est quasiment ma fille, donc tu es comme mon gendre ! Tu dois avoir soif après un voyage pareil, qu'est-ce que je te sers ?...

— Glad to meet you, Françoise ! Je prendrais bien volontiers un thé, si vous en avez...

— Un thé ? Pour un grand gaillard comme toi ?!!! Bah, si tu veux... Je vais faire chauffer l'eau, débarrasse-toi et mets-toi à l'aise pendant ce temps-là, tu as toute ma bibliothèque à ta disposition...

Jack posa son sac dans le vestibule sous une petite table juponnée, et fit deux pas vers la pièce voisine. Il tomba en arrêt ! La pièce en question, de dimensions plus que respectables comme les nombreux salons d'apparat des vieux hôtels particuliers de cette Place des Vosges, était couverte sur les quatre murs de vitrines allant du sol au plafond, lequel exposait à plus de quatre mètres ses caissons remplis d'êtres mythologiques. Sur les rayonnages intérieurs étaient soigneusement serrés des centaines, peut-être des milliers de livres anciens aux reliures de cuir patinées par les ans et les caresses d'amateurs passionnés... Des quantités impressionnantes de *in-folio*, *in-quarto*, *in-octavo*, *in-vingt-quatre,* des *codices* et quelques incunables même, étaient alignés à touche-touche sur dix niveaux d'étagères et sur la trentaine de mètres de pourtour du vaste salon !

— Mais c'est la caverne d'Ali Baba, ici ! Vous êtes à la tête d'un véritable trésor national ! s'exclama-t-il.

Le chignon de la vieille dame parut dans l'encadrement de la porte de cuisine. Elle surveillait la bouilloire d'un œil et son visiteur de l'autre.

— Tu crois ? Je ne sais pas... Et encore, je dois vendre de temps en temps les doublons pour faire place aux nouvelles trouvailles !... J'ai toujours collectionné les ouvrages anciens, depuis plus de soixante ans j'achète tout ce que je trouve... Mon grand-père faisait déjà ça avant moi et j'ai évidemment hérité de sa collection, je n'ai fait que l'enrichir comme j'ai pu... dit-elle modestement.

— Et vous y êtes visiblement parvenue ! J'espère que vous vous rendez compte de la valeur immense de ce patrimoine ?

— Valeur marchande, tu veux dire ?... Oui ça vaut sûrement quelque chose... Probablement beaucoup, je n'ai jamais fait le compte, mais ce n'est pas essentiel à mes yeux. Sa valeur sentimentale est bien plus grande pour moi. Je léguerai tout ça à Meredith quand je ne serai plus...

— Allons Françoise, ne parlez pas comme ça ! Vous êtes encore solide et vaillante !

— Mais je ne peux plus monter l'escabeau ! Mes vieilles jambes ne me le permettent plus et j'ai du mal à lever les bras. Il y a des années que je n'ai pas relu un livre rangé au-dessus d'un mètre soixante... Il ne faudrait pas vieillir !...

— Hélas ! Nous en sommes tous là, compatit Jack. Voulez-vous que je vous en descende quelques-uns ?

— Quelle bonne idée ! C'est très aimable de ta part mon garçon.

— Avez-vous une préférence ?

— Pas particulièrement... Et toi ? As-tu besoin de quelque chose de précis ? Tu fais des recherches sur Jeanne d'Arc, à ce que m'a dit Meredith... Tu devrais regarder sur l'avant-dernière étagère, dans le fond à droite, là... dit-elle en montrant du doigt. Il y en a quelques-uns qui devraient t'intéresser...

— Merci bien, Mam' !

Mais Françoise était retournée à sa bouilloire. Il entendait un bruit de tasses et de cuillers... Il monta quelques degrés de l'escabeau et commença de déchiffrer les titres guillochés à l'or fin sur le dos des reliures...

— Je n'y comprends pas grand-chose ! C'est tout en latin. Je n'aurais pas du m'intéresser autant au base-ball ! pensa Jack à haute voix.

La vieille dame reparut, portant un plateau avec deux tasses fumantes...

— Évidemment c'est du latin ! Dans cette partie, ce sont des ouvrages du XVe siècle ! On n'a commencé à écrire en François que bien plus tard...

— En François ?... Vous voulez dire en Français ?..

— Non ! En François !... C'est le roi François Ier qui, au XVIe siècle par l'Ordonnance de Villers-Cotteret, a imposé à son administration l'usage généralisé de ce qui deviendrait le Français. Mais ce n'était à l'époque qu'un dialecte du Val de Loire, un patois comme les autres, mélange de latin et de germanique faisant partie du groupe des langues d'Oil.

— Des langues d'Oil ?... Comme le gaz-oil ?...

— Si tu veux, mais alors en beaucoup moins gras !... Non, je plaisante ! Grosso-modo, les langues d'Oil sont les langues parlées à cette époque au Nord de la Loire. En Bretagne on parlait le Gaélique, en Alsace l'Alémanique, et au Sud de la Loire on parlait la langue d'Oc, l'Occitan si tu préfères, et en Val de Loire le « François »... Il est ainsi appelé parce que c'était, si je puis dire, la langue maternelle de François Ier... Bien que de mère italienne, il a été élevé aux châteaux de Blois et d'Amboise et tous ses petits camarades parlaient le dialecte local... Puis le mot François avec un O est devenu Français avec un A... Mais ce Français là, tu ne le comprendrais pas non plus... Je suppose que tu n'as jamais lu Rabelais ni même Ronsard en version originale ?...

— Et vous avez raison de supposer. J'en suis resté à Victor Hugo et Alexandre Dumas.

— C'est déjà bien pour un américain... Mais je crains que ça ne te suffise pas pour ton enquête ! Allez, assieds-toi et dis-moi ce que tu cherches...

— Tout d'abord, je voudrais comprendre QUI était vraiment cette Jeanne d'Arc... Était-elle vraiment une bergère ignorante ? Ça me paraît invraisemblable... Même notre président Bush II, pourtant croyant et même dévot comme on n'imagine pas qu'on puisse l'être encore de nos jours, même lui n'aurait jamais confié les codes nucléaires à une inconnue, gamine inexpérimentée sortant de son Kansas natal où elle aurait entendu de saintes voix !... Même lui, n'aurait jamais mis un seul Marine sous ses ordres ! Je présume que votre dauphin Charles n'était pas plus stupide que Bush... Ça me paraît d'ailleurs difficile...

— Ha ha ! Tu as l'humour bien français pour un amerloque ! Décidément, tu me plais Jack ! Meredith a bien choisi.

— Eh là !... N'allez pas trop vite en besogne, Mam' Françoise. Nous ne sommes pas encore mariés ! Je ne sais même pas si ça lui plairait...

— Je parierais que tu ne lui as seulement jamais demandé, hein ? Allez, va ! Tu ne connais donc pas les femmes, Jack ?... Elle est amoureuse de toi, ça crève les yeux !... Non seulement amoureuse, mais aussi très sûre de ton talent. Et elle s'y connaît, tu peux me croire ! Elle ne m'aurait pas envoyé un quelconque scribouillard de guimauve, je lui fais pleinement confiance là-dessus ! Mais cela dit, tu manques un peu de culture tout de même pour t'attaquer à un sujet aussi mystérieux que notre Pucelle nationale... Je crois qu'il va me falloir t'aider.

— Ce sera avec grand plaisir, Mam'.

— Madame ?!!! Tu veux me mettre en colère, animal ! Appelle-moi Françoise, comme tous les rares amis qui me restent...

*

Rencontre inattendue
De nos jours, Paris Gare d'Austerlitz, 05 Mai 20h30

Le train Corail direct pour Orléans s'emplissait à vue d'œil. Deux messieurs distingués, genre hommes d'affaires sortant du bureau, complets discrets et de bonne coupe avec une écharpe blanche tombant négligemment dans l'échancrure du veston, occupaient face à face le compartiment central, seul espace avec une tablette amovible au milieu permettant de se faire face. Le seul aussi permettant de surveiller simultanément les deux extrémités du wagon et donc de se couvrir mutuellement. Vieille habitude du renseignement militaire... Ryan Berger scrutait attentivement chaque nouveau passager qui montait.

— Dis-moi Commandeur, qu'est-ce que tu crains ? demanda Scotty à voix basse.

— Hum... Rien de précis, je ne sais pas au juste, mais je ne serais pas étonné qu'on ait de la visite... Et je n'aime pas être surpris.

— Personne ne sait que nous sommes ici, ni que nous voyageons par le train !

Berger baissa le ton et se rapprocha de son compagnon :

— Ce n'est pas de la paranoïa, Scotty ! Tu ne connais pas ces gens là, ils sont redoutables, infiltrés partout, et n'ont pas leurs pareils pour tirer les vers du nez... Il faut que je te dise pourquoi on est là : L'un des nôtres a été retrouvé mort hier soir à Orléans, la gorge tranchée et une fleur dans la bouche.

Scotty ouvrit de grands yeux :

— Un de nos frères... assassiné ?... Une fleur ?... C'est quoi cette histoire ?

— C'est précisément ce que nous devons découvrir.

— Et la fleur, selon toi, ce serait quoi ?... une signature ?

— Une signature, oui, et de quelqu'un qu'on connaît déjà. C'est pourquoi j'ai été alerté. Je soupçonne pour qui il travaille et je sais surtout qu'il ne laisse jamais de traces. Juste une fleur en guise de signature pour authentifier son sale boulot. Et je me demande bien ce qu'il fait à Orléans... De plus, j'ignore si ça a un lien mais selon les journaux les traditionnelles

Fêtes de Jeanne d'Arc sont menacées d'annulation. Officiellement pour une curieuse raison de laïcité, mais c'est bidon, en fait il s'agirait d'une menace terroriste. C'est déjà plus plausible, mais ça aussi c'est flou car on ne sait ni qui, ni où, ni quand. Rien, quoi !... Et à Bruxelles les responsables de l'alerte ont disparus !... Injoignables depuis plus de quinze jours... C'est un frère qui m'a prévenu, un fonctionnaire européen choisi par le plus grand des hasards comme remplaçant par intérim. Il se passe des choses bizarres et inquiétantes autour de cette célébration, et Conrad, trouvé mort hier soir à Orléans, devait être sur une piste...

— Mais laquelle ? Nous n'avons pas le moindre début de commencement du bout de cette piste...

— Oui et non... Nous avons des points de chute dans cette ville. Je sais que le Commissaire Principal André est Franc-maçon, mais nous y avons d'autres contacts et points de chute. Et depuis longtemps.

— Je n'ai pas le souvenir d'avoir lu quelque part la moindre trace d'une présence templière à Orléans. De nos jours, s'entend... Au Moyen-âge c'était une très forte préceptorie[1], je sais, mais depuis le procès...

— Détrompe-toi, Scotty. Très discrètement, c'est vrai, Orléans est longtemps restée pour nous une place d'influence. Je dirais même que ce fut depuis toujours « LA » place templière par excellence, bien que toutes traces en aient été soigneusement occultées... Au XXe siècle, on a un peu relâché les contacts locaux depuis l'éviction des américains par de Gaulle[2] mais nous y avons toujours de nombreux frères dans d'autres ordres ! Tu étais trop novice pour y assister mais certains furent invités à Arlon lors de la cérémonie du septième centenaire. Tu as encore des tas de choses à apprendre, fiston ! Mais... chut !

L'instinct est pour les vigilants une seconde nature. Ils détectent intuitivement à cent mètres le moindre détail qu'un citoyen ordinaire ne verrait pas si on le lui posait sur les genoux. Un homme d'une quarantaine d'années venait de monter dans le wagon par le bout que surveillait Ryan. Était-ce dû à l'attitude hésitante du bonhomme, ou peut-être à ses yeux bleus perçants qui ne pouvaient pas manquer de le faire remarquer ?... Tous ses sens en alerte, Ryan subodora immédiatement que ce personnage avait quelque chose de particulier...

Le wagon était presque plein. L'inconnu avançait dans l'allée centrale entre les rangées de sièges, cherchant une place encore libre parmi la masse des voyageurs. En ce début mai, la SNCF avait dû accrocher deux wagons de plus qu'à l'habitude. Le nombre des pendulaires, ces habitués revenant de leur travail quotidien à la capitale, était moindre qu'en fin d'après-midi pour la sortie des bureaux, mais, aucune annonce d'annulation n'ayant été communiquée, les touristes étaient eux très nombreux à se rendre à Orléans. Pourtant, ce type-là avait quelque chose de spécial. Il n'avait pas l'air d'un touriste ordinaire... Ses yeux bleus pervenche accrochèrent le regard que Ryan avait posé sur lui avant qu'il n'aie le temps de le détourner.

L'homme montra du doigt le siège à côté de Scotty et demanda avec un fort accent américain :

---

1 *Ancienne appellation d'une « commanderie templière ».*
2 *Voir en notes annexes les particularités de ce grand personnage français*

— Cette place est libre ?

— That's Ok, man ! You can take it, répondit Ryan. You're american ? Where are you from ? (c'est bon, vous pouvez la prendre ! Vous êtes américain ? D'où êtes-vous ?)

— Hey ! What a surprise !... I'm from New-York. Dont you hear my fucking accent ?... And you're from Minesota, huh ? I've a very good ear. But please, can we speak french ? I really need to make some improvements... (Oh ! quelle surprise ! Je suis de New-York. Ça ne s'entend pas ? Et vous du Minesota. J'ai une excellente oreille. Mais je vous en prie, parlons français, j'ai vraiment besoin de faire des progrès.).

— As you like. Si ce n'est pas indiscret, que venez-vous faire en France ? Vous n'avez pas l'air d'un touriste ordinaire...

— Right ! My name's Jack. Jack Dorlanes. Je suis reporter et writer, pardon, écrivain. Je viens faire un reportage ou une enquête sur ces famous fêtes de Jeanne d'Arc in Orléans. And you ?

Ryan éluda la question.

— Vous avez mal choisi votre année. Ces fêtes de Jeanne d'Arc pourraient bien être annulées. Une affaire sanitaire...

— Sanitaire ? C'est quoi ? Ah oui ! Parce qu'elle est "Sainte" Jeanne ?... Je sais... J'ai lu les journaux...

— Hélas non. La "sainteté" et la "santé" sont deux choses... Il est question d'un risque d'épidémie. Mais ce n'est pas officiel. En théorie vous ne craignez pas grand-chose, mais vous risquez d'aller à Orléans pour rien comme tous ces touristes qui pourraient bien être déçus.

— Too bad ! Ce serait dommage, mais j'ai d'autres choses à y faire qu'admirer les festivités.

— Et quoi donc ?

— Je dois surtout écrire un livre sur son histoire...

— Tiens donc ! Et qu'est-ce qui vous intéresse dans cette belle légende ?

— Précisément que cette histoire soit devenue une « belle légende »... Ça me semble trop merveilleux pour ne pas cacher quelque chose d'autre...

— Hé hé !... Vous avez du flair l'ami. Vous ne croyez pas si bien dire...

— Sorry ? Je ne sais pas bien dire ?...

— Laisse tomber, Jack ! I said: you dont guess how you're right ! (vous n'imaginez pas à quel point vous avez raison).

*

Dilemme municipal
De nos jours, Préfecture d'Orléans, 05 Mai 20h30

Serge Dugarro, le Maire d'Orléans, était dans une rage folle. Ordinairement d'un naturel zen et convivial, ce n'était pas souvent qu'il se lâchait, mais là, la coupe était pleine ! Ces incapables de Bruxelles n'avaient toujours pas donné signe de vie... Il craignait de devoir annuler les festivités et ne s'y résolvait pas. Déjà plus de cent cinquante mille touristes étaient arrivés au cours de la semaine. On en attendait encore deux à trois fois plus dans les jours à venir...

« Il est déjà trop tard pour tout arrêter. Si les fêtes sont annulées au tout dernier moment, ça va finir par un lynchage et des émeutes, c'est sûr !... »

L'équipe municipale au grand complet était réunie à la Préfecture pour tenir un conseil de guerre avec les autorités de l'État. Serge Dugarro interpella son adjointe à la santé. Elle était toute aussi perplexe que le Maire. Certes, pour parer à toute attaque virale les services locaux de l'EPRUS[1] étaient en alerte et prêts à distribuer les milliers de masques stockés dans des entrepôts secrets, mais elle n'avait jusque là reçu aucun rapport sanitaire faisant état d'un quelconque cas suspect. Rien n'était donc arrivé pour l'instant. Si menace il y avait, elle n'était, Dieu merci, pas encore mise en œuvre. Les services d'Interpol auraient peut-être eu vent de quelque chose de nouveau ?... L'adjoint à la sécurité intervint. Florent Tollimont avait de l'expérience, il avait déjà eu à faire face à des menaces ponctuelles en d'autres villes, mais lui non plus ne disposait d'aucun renseignement nouveau qui laissât supposer qu'une quelconque action terroriste ait commencé... Le Préfet confirma qu'au Ministère non plus, on n'avait rien de neuf depuis la veille, mais que « Le Principe de Précaution »... etc...

Le Député-Maire laissa éclater son agacement :

— Désolé Monsieur le Préfet, mais tout ça c'est de la langue de bois ! Du bois dont est fait le manche d'un parapluie large comme la Place du Martroi, et on ne me fera pas avaler ce parapluie !... Qui va payer la note pour votre Principe de Précaution ? Vous vous rendez compte, j'espère, du budget fichu en l'air en cas d'annulation... les touristes qui voudront se faire rembourser auprès de leurs agences de voyage et tous les procès qui s'ensuivront pour la ville... perdus d'avance !... et si ça se trouve pour du vent ?!! Tous les commerçants ont remplis leurs stocks. C'est l'État qui remboursera leurs pertes ?... Non, bien sûr ! C'est moi qui sauterai aux prochaines élections avec une affaire comme ça !... Ils s'en foutent à Bruxelles, mais moi pas. Et je ne vous parle pas de l'image de la ville à l'étranger ! J'en viendrais presque à souhaiter que la menace soit réelle : au moins on parlerait d'Orléans pour quelque chose !... Enfin non, je ne souhaite pas ça, bien sûr, mais je ne supporte plus de rester dans cette incertitude ! Nous devons trancher, et tout de suite ! Commissaire, une idée ?...

---

1 EPRUS : Établissement de Préparation et de Réponse aux Urgences Sanitaires. Établissement public administratif créé en 2007.

Le Commissaire Principal André, un homme jovial de la cinquantaine, rondouillard aux doigts boudinés, le crâne lisse comme un bonnet de bain au-dessus d'épais sourcils broussailleux, prit la parole. Il fit un véritable effort sur lui-même pour donner un avis pondéré :

— Je ne devrais pas dire cela sans doute, car si je me trompe ma carrière est finie, mais je serais plutôt d'avis d'ignorer l'alerte et de faire comme d'habitude. De toutes façons, nous n'avons aucun renseignement suffisamment précis pour circonscrire la menace dans le temps ni dans l'espace... si menace il y a !... La DST a activé tous ses informateurs dans les quartiers les plus chauds, nous avons interpellé préventivement vingt-cinq suspects connus pour leur activisme, mais rien... Personne n'a parlé, ou personne ne dispose d'aucun renseignement sur cette opération émanant d'un groupuscule fantôme. Si tant est qu'elle existe, cette menace vient de l'extérieur, d'une organisation inconnue de nos services et même des milieux intégristes locaux... C'est vraiment curieux, car on ne manipule pas aisément des produits bactériologiques, ça nécessite un laboratoire sur place ou une sérieuse logistique pour son transport depuis l'étranger, il y aurait forcément des fuites... Pour ma part, je n'y crois pas.

— Sur une échelle de 1 à 10, à combien évaluez-vous le risque, Commissaire ? Et comment peut-on y parer ?

— Aucune évaluation possible du risque, Monsieur le Maire, c'est du tout ou rien : Supposons réelle cette bombe bactériologique... Elle peut éclater n'importe où et n'importe quand, à Orléans ou ailleurs, et pas nécessairement durant le défilé ni même pendant les fêtes. En réalité, nous ne savons strictement rien et, quoi qu'il arrive, nous ne pourrions intervenir que trop tard... La seule chose qui nous ait fait prendre l'affaire au sérieux jusque là, c'était que l'alerte en message crypté venait bien de personnes autorisées à Bruxelles. Mais en l'absence de détails complémentaires, et surtout de ses auteurs et de leurs familles depuis près de trois semaines, cette alerte ne tient plus la route...

Le Maire réfléchit un moment et consulta le Préfet du regard... Le Préfet fit la grimace. À contrecœur il dût admettre la validité du raisonnement et hocha la tête en un signe d'approbation. Le Maire reprit :

— Vous avez raison Commissaire... *Mektoub* ! Il faut parfois savoir être fataliste. Tout ça n'est pas suffisamment précis pour qu'on en tienne compte. Si ça doit arriver, ça arrivera, et nul n'y pourra rien. Mais sinon nous épargnerons à la ville une perte sèche inutile et une très mauvaise image. Après tout, l'intox fait partie intégrante du terrorisme ! Ça fait des années qu'on entretient des patrouilles de CRS et qu'on ferme les jardins publics pour un plan Vigie-Pirate qui n'a heureusement jamais permis de découvrir quelque bombinette que ce fût à Orléans...

— *Mektoub*, comme vous dites Monsieur le Maire...

— À propos de fatalisme et de terrorisme, s'inquiéta le Préfet... on peut se faire égorger sur les bords de Loire maintenant, sans qu'aucun suspect ne soit arrêté dans les heures qui suivent ?... Car si les Orléanais ne sont pas au courant d'une alerte à la bombe, ils sont par contre largement informés par les journaux de cette autre forme d'insécurité... Un meurtre aussi sanglant dans le décor, ça non plus ça n'est pas très bon pour le tourisme ! L'enquête sur ce corps trouvé hier soir, elle avance, Commissaire ?...

— Hum... À tout petits pas, Monsieur le Préfet, à tous petits pas... Je confesse que nous n'avons pour l'instant aucun début de piste sérieuse, mais je dois rencontrer demain des homologues étrangers qui auraient déjà vu un cas de ce genre...

— Ailleurs qu'à Orléans, égorgé et avec une fleur de Lys ?... s'étonna le maire.

— Égorgé avec une fleur, oui, de lys, je l'ignore...

— Donc vous avez une idée ? en conclut le Préfet aussitôt... Ce serait quoi ? Un meurtre rituel ?... une secte ?...

— Je ne peux pas encore me prononcer, Monsieur...

— Ça ne fait rien, enchaîna le Maire. Tenez-nous au courant Commissaire... Sur ce, Monsieur le Préfet, Messieurs, je vous salue. Puisque nous avons décidé de continuer, il me faut encore passer à l'évêché afin que Monseigneur Landau adapte éventuellement son homélie... On doit tout de même au minimum le prévenir du risque, si faible soit-il, et je ne peux pas faire ça par téléphone...

*

Diplomatie et obséquiosité
De nos jours, Évêché d'Orléans, 05 Mai, 21h30

« Bonsoir Monseigneur. Désolé de vous déranger à cette heure tardive mais je sors d'un véritable conseil de guerre à la Préfecture... Nous avons finalement décidé de poursuivre... Adviendra ce qui adviendra ! Nous comptons beaucoup sur l'efficacité de vos prières, je ne vous le cache pas !

— Voulez-vous dire que vous maintenez les fêtes malgré la Directive européenne ? Ça ne m'étonne qu'à moitié de votre part, mais vous m'en voyez ravi ! Dieu vous inspire une grande sagesse...

— Il ne s'agit pas de ça, Monseigneur ! Nous avons un problème autrement plus grave, mais que nous ne pouvons résoudre pour l'instant, ni moi, ni le Préfet, ni même le Gouvernement.

— Vous m'inquiétez, Monsieur le Maire ! De quoi s'agit-il ?

— Nous n'avions rien dit jusque là pour ne pas inquiéter la population inutilement, mais vous Monseigneur, vous avez le droit de savoir... et peut-être pourriez-vous nous aider de vos prières, qui sait ?

— Dieu sait, mon fils, Dieu, Lui, Il sait !..

— Bien sûr, bien sûr, Monseigneur !... Enfin... avant qu'il ne nous envoie ses légions d'anges, nous risquons tout de même de tous mourir...

— Hélas, monsieur le Maire... ça nous arrivera à tous... vous croyez à la Vie Éternelle, j'espère ?...

— La question n'est pas là, Monseigneur, je ne suis simplement pas pressé d'en vérifier la réalité, ni pour moi ni pour les Orléanais !

— Mais de quoi avez-vous peur ainsi ? Un attentat sans doute ?...

— Comment le savez-vous ?

— Je commence à vous connaître, Monsieur le Maire. Il n'y a pas grand-chose qui vous effraie, hormis bien sûr ce que vous ne contrôlez pas. Et pour vous échapper politiquement, je ne vois guère que les âmes ou les actions terroristes. Comme c'est moi qui m'occupe des premières, j'en déduis ce qui vous préoccupe...

— Vous déduisez très bien. En effet, cette nouvelle Directive européenne sur les attributs ostentatoires et les manifestations de type religieux n'est pas encore transposée en Droit Français, ce n'est donc pas vraiment ce qui nous gêne pour les Fêtes de Jeanne d'Arc. En tous cas, pas pour cette année. Et d'ailleurs, sans doute ne paraîtra-t-elle jamais au Journal Officiel. Mais apparemment le bruit fait dans les médias internationaux autour de cette question a enflammé les esprits de certaines factions extrémistes...

— Enflammé ?... à propos de Jeanne !... risqua le prélat, comme vous y allez !

Serge Dugarro esquissa un sourire poli :

— J'apprécie beaucoup l'humour, Monseigneur, mais pas maintenant... certains indices laissent à penser que nous pourrions être l'objet d'une menace bactériologique... Peut-être n'est-ce qu'une fausse alerte, peut-être est-ce sérieux... L'ennui, c'est que nous ne savons ni où ni quand... Nous ne savons même pas avec certitude si ça sera pour Orléans. Tout ce que l'on sait, c'est que ça concerne le Val de Loire. Mais compte-tenu de l'importance et de la symbolique de notre tradition locale, tout porte à croire que ce sera pour nous, et sans aucun doute à un moment qui réunit une foule dense comme le défilé...

— Vous voulez dire la « Procession » ?... rectifia l'évêque. Effectivement, la menace est grave. Mais ne savez-vous rien d'autre sur ce projet de fous ?

— Hélas, Monseigneur, à cette heure, rien de rien ! C'est pourquoi nous avons décidé de l'ignorer, de faire comme si elle n'existait pas. Parce que après tout, le but du terrorisme est bien celui-là : faire peur aux gens avec ou sans raison. S'il y a de réels attentats de temps à autre, il y a aussi énormément d'intox pour entretenir un climat d'insécurité voulu. Ça fait partie d'une stratégie globale à laquelle il n'est pas question de céder tant qu'on ne sait pas au moins d'où et de qui ça provient... On a même vu, au cours de l'histoire récente, des gouvernements utiliser la peur suscitée par un soi-disant terrorisme, ou pire peut-être, l'organiser eux-mêmes pour mieux contrôler leurs propres peuples par l'entretien d'une ambiance sécuritaire... Je ne veux pas de ça chez nous ! Je suis donc partisan que, sans autre complément d'information, on ne tienne pas compte d'une telle menace. Mais je voulais pourtant vous en prévenir, confidentiellement bien sûr !... Pouvons-nous tout de même compter que vos services et vous-même honorerez de votre présence la cérémonie de la Remise de l'Étendard, comme chaque année sur le parvis de notre belle cathédrale ?

— La foi est un grand privilège, mon fils. Quand Dieu nous l'accorde, c'est pour la vie ! Évidemment, vous pouvez compter sur l'Église et sur l'évêque d'Orléans après-demain soir. Allez en paix, il ne se passera rien que Dieu n'ait décidé.

— Vraiment, il m'arrive d'envier vos certitudes, Monseigneur !... Merci et Bonsoir...

Serge Dugarro se retira pour rentrer en sa mairie mettre une dernière main à son discours. Dès que le Maire eut franchi le portail de l'évêché, Monseigneur Landau prit son téléphone et composa un numéro en international...

— Cardinal Pizzarini ? *Buonasera*, Éminence... Dites donc, qu'est-ce que c'est que cette histoire de menace d'attentat terroriste ? On ne m'avait pas dit cela !...

Monsignore Pizzarini explosa de rire. Il prit un ton suave pour répondre :

— Un attentat ?... Grands Dieux, quelle horreur ! Calmez-vous, Dominique !... Il n'en est pas question. Nous avons en effet appris qu'une telle rumeur circulait à Bruxelles, mais ça ne vient pas de chez nous, vous savez combien Sa Sainteté est pointilleuse sur les méthodes employées, jamais nous ne répandrions pareil poison, ironisa-t-il... Néanmoins, par précaution, nos deux correspondants et leurs familles ont été mis à l'abri en attendant que l'orage soit passé... Je suppose que dans ces circonstances les cérémonies sont annulées ?...

— Annulées ?... Pas du tout Éminence, elles ne sont pas annulées ! Elles auront lieu comme d'habitude depuis six siècles ! Qu'espériez-vous donc ?

— Mais enfin... vous disiez vous-même qu'une menace terroriste...

— Une menace d'attentat n'est pas un attentat. Elle était sans doute suffisante pour affoler quelques fonctionnaires à Bruxelles ou à Paris, mais beaucoup trop vague pour être prise au sérieux par les autorités civiles et militaires orléanaises. Elles vont renforcer la sécurité localement et voilà tout !

De contrariété, Son Excellence Pizzarini sentit s'empourprer son visage. Il sortit un inhalateur de son tiroir de bureau et respira plusieurs fois profondément.

— Vous voulez dire que demain soir vous allez déployer l'objet original aux yeux de tous ?...

— Comment faire autrement, Éminence ?

— Eh bien débrouillez-vous, Dominique ! Je ne sais pas moi... Mettez-y le feu ! Un petit accident de cierges...

— Éminence !... Vous plaisantez, j'espère ?... je ne suis pas un homme de main !... Et puis vous savez bien que cet objet n'est pas gardé chez nous.

Un déclic, puis la tonalité... Monseigneur Landau fut fort contrarié de constater à ses dépens comment un Prince de l'Église dont la courtoisie frisait souvent l'obséquiosité avait pu lui raccrocher au nez de manière si peu civile...

*

Salut et fraternité
De nos jours, Commissariat d'Orléans, 06 Mai 8h30

Le Commissaire André s'avança vers la main tendue de Ryan qui s'attarda une demi-seconde dans la sienne, recouverte par l'autre comme dans l'étreinte de deux vieux amis se connaissant depuis toujours.

— Messieurs, je vous remercie d'être venus si vite. Nous sommes vraiment dans le noir complet sur cette mystérieuse affaire. Aussi, quand un homologue d'Interpol m'a fait part de votre expérience personnelle, j'ai tout de suite voulu vous rencontrer.

— Cette affaire nous intrigue autant que vous, Commissaire. Peut-être avons-nous des réponses que vous n'avez pas, et réciproquement...

— Je vous écoute...

— Une minute Commissaire, vous permettez ?...

Ryan fit un signe à Scotty qui sortit un petit appareil électronique de sa mallette et, sous les yeux du Commissaire médusé, entreprit minutieusement le tour du bureau... Un léger grésillement ne tarda pas à retentir dans l'angle d'une étagère...

— Ah ! Il pleut chez vous, Commissaire !.. dit Ryan à voix basse. Puis, plus haut : Nous n'avons pas encore pris notre petit déjeuner, Commissaire... Vous nous accompagnerez bien pour prendre quelque chose en ville ? »

Le Commissaire ouvrit des yeux exorbités. Il était sidéré d'autant de culot !... Pas tant parce que les deux inconnus avaient pris la précaution d'inspecter le lieu comme s'ils avaient été chez eux, que parce qu'ils venaient précisément de découvrir que quelqu'un l'écoutait, lui, jusque dans son propre bureau du Commissariat Central !... Il allait se jeter sur le micro dissimulé mais Ryan l'arrêta d'un geste, puis, un doigt sur ses lèvres, l'attira dehors...

— Tss tss... Pas de réaction impulsive, lui dit-il à voix basse. C'est nécessairement quelqu'un de chez vous qui l'aura posé... Êtes-vous chasseur, Commissaire ? Montez un affût et observez. Vous pourrez piéger le renard qui a fait ça.

— Paul ! jeta en passant le Commissaire à un inspecteur du bureau voisin, je sors déjeuner avec ces messieurs. Prévenez vos collègues, je serai de retour pour une réunion dans deux heures...

L'inspecteur Paul leva les yeux pour observer un instant les nouveaux venus et laissa tomber sur sa poitrine l'oreillette de son baladeur avant de faire un signe d'assentiment à son supérieur et parût se replonger dans ses dossiers.

*

L'ancien hôtel particulier du Duc d'Orléans, dénommé pour cette raison la « Chancellerie », est sans doute la brasserie centrale la plus connue de la ville. Outre sa superbe façade XVIIIe, elle étend sur la Place du Martroi une large terrasse où ses tables et ses chaises offrent aux touristes de passage un lieu de pause très apprécié aux beaux jours. Autrefois martyrium, place où l'on élevait les gibets, la Place du Martroi est devenue de nos jours le point de repère incontournable des Orléanais comme de la plupart des visiteurs. Dessous, dans le parking souterrain, se visite un vestige en excellent état du rempart de l'époque médiévale, l'ancienne Porte Bannier, tandis que dessus l'énorme statue équestre[1] de Jeanne d'Arc trône au beau milieu de la place. Sous les sabots du cheval le Commissaire André avisa une table isolée :

— Ici, nous serons tranquilles ! Je vous écoute...

— Tout d'abord Commissaire, pour que les choses soient claires entre nous et sous le sceau du secret dont vous voudrez bien nous faire la grâce, sachez que nous n'appartenons pas exactement à votre obédience ni à aucune loge maçonnique d'ailleurs. Nous vous considérons comme des « frères » mais relevons d'un très vieil Ordre Militaire qui trouve son origine au Moyen-Âge... Beaucoup croient que la maçonnerie dont vous-même êtes membre émane de nous... Ce n'est que partiellement vrai. En fait, nous l'avons sans aucun doute influencée mais elle vient surtout des « Compagnons » que notre Ordre avait pris sous sa protection, et dont l'origine remonte plus loin encore...

Le Commissaire ne parut pas étonné.

— Vous parlez de l'Ordre du Temple, n'est-ce pas ? Pourquoi est-ce que ça ne me surprend pas ? J'étais sûr qu'il avait subsisté...

— Votre formation à douter de tout probablement ?Effectivement, le Temple est toujours debout, bien qu'occulté depuis des siècles...

— Occulté, occulté... plus tant que ça... J'ai lu quelque chose à ce propos dans les années 90 à Paris... Et encore il y a deux ou trois ans, une cérémonie en Belgique je crois, qui m'avait fort étonné...

— La célébration du sept-centième anniversaire, oui, nous avons eu le front de commémorer notre propre abolition, en tenue d'apparat au vu et au su de toute la Presse belge. Mais bizarrement très peu d'écho en a été fait en France, contrairement à la cérémonie de 1996 à l'église américaine de Paris qui, elle, avait fait la Une des journaux français. Cependant cette dernière n'était qu'une opération d'intoxication par la CIA, infiltrée depuis la fin de la Seconde Guerre Mondiale dans une multitude d'ordres parmi les plus folkloriques... Rien à voir avec nous ! Mais là n'est pas la question, Commissaire... Revenons à nos moutons, aurait dit Jeanne d'Arc...

— La pauvre ! En parlant de commémoration, elle a bien failli ne pas avoir la sienne cette année...

---

1 *Due au sculpteur Denys Foyatier, cette statue a été fondue en 1855, non sans humour, à partir de vieux canons anglais. Les bas-reliefs de Vital Dubray résument la légende de la Pucelle.*

— Failli, Commissaire ? Vous voulez dire que les fêtes auront lieu tout de même ?... Malgré ce qui se passe ?...

Le commissaire leva un sourcil étonné.

— Il ne se passe rien, Mr Berger. Juste une Directive européenne qui n'est pas encore transposée en Droit Français. Nous n'avons donc aucune raison d'annuler ces fêtes cette année...

— Pardonnez-moi Commissaire, mais nous aussi nous avons nos renseignements... Jouons cartes sur table, voulez-vous ! Vous et moi savons bien que la véritable question est cette rumeur d'attentat...

Le Commissaire marqua un temps de surprise. Ces gens étaient mieux renseignés que de simples flics.

— Hum, je vois que vous êtes bien informés... Alors vous devez sans doute savoir également ce que cette « rumeur » a d'insolite ?...

— En effet, les fonctionnaires ont disparu, n'est-ce pas ? C'est vrai que ça paraît très étrange...

— Comme vous dites ! C'est pour ça que les autorités locales ont décidé d'ignorer cette alerte, qui a tout de l'intoxication... Les Fêtes auront donc lieu comme prévu. Mais, c'est une autre affaire ! Parlez-moi donc de cette histoire de fleur de lys...

Ryan Berger sursauta.

— Pardon ! Vous avez bien dit : fleur... de lys ? Oh ! Mais vous n'y êtes pas, Commissaire, mais alors pas du tout !... C'est la MÊME affaire !...

— La même affaire ? Vous voulez dire que la menace qui plane sur les fêtes serait liée à cet assassinat ?

— Sans aucun doute ! Souvenez-vous des armoiries de Jeanne : une épée entre deux fleurs de lys... Et de l'ancienne devise d'Orléans : " *HOC VERNANT LILIA CORDE* ", que l'on peut traduire approximativement par : " *Dans ce cœur poussent les lys* "...

— Bon Dieu, mais c'est bien sûr ! s'écria le commissaire, comment n'y ai-je pas songé plus tôt ?

Ryan poussa plus loin son avantage rhétorique.

— Et d'après ce que j'ai pu lire ici ou là sur les dépliants de votre Office de Tourisme, n'est-ce pas précisément à l'occasion de ces fêtes qu'une nouvelle et mystérieuse relique doit être dévoilée au public ?...

— Oui, enfin, ce n'est pas à proprement parler une « relique » comme vous dites, c'est la reconstitution d'un original perdu... mais je ne vois pas...

— Quel est le rapport entre cette relique et le mort ? J'y viens, Commissaire... Mais préparez-vous à entrer dans un monde underground qui dépasse très largement vos enquêtes criminelles habituelles... Un monde où le meurtre individuel est la moindre des menaces pour la civilisation, car si c'est bien ce que je crois, il s'agit de « Pouvoir », et plus précisément de Pouvoir sur les consciences...

— Que voulez-vous dire ?... Ce serait l'acte d'un groupe intégriste ?... Une espèce de fatwa islamique ?

— Pas du tout ! Les Musulmans n'y sont pour rien. Je vous parle de l'Église Catholique, Commissaire !

— Comment ! L'Église serait impliquée ?...

— L'Église... c'est beaucoup dire. Non. Seulement une certaine partie, le côté obscur de la force, comme dirait Georges Lucas.

— J'avoue ne pas comprendre... L'Église n'est-elle pas entièrement aux ordres du Vatican ? Vous suggérez qu'il y aurait une AUTRE Église, occulte ?...

— En quelque sorte. Et le Pape officiel, l'homme en blanc, n'a pas toujours le dernier mot. Il y a aussi des hommes en bure, des Gardiens du Dogme comme ils se nomment eux-mêmes, qui sont sans doute les plus extrémistes des religieux que je connaisse, toutes religions confondues... L'Inquisition n'est pas morte, Commissaire ! Elle s'est juste occultée, comme nous. Elle a toujours été notre pire ennemie, et la bête sort de son antre comme nous sortons aujourd'hui de l'ombre... Ce mort que vous avez trouvé, nu et une fleur à la bouche... il s'appelait Conrad, et il était des nôtres... La fleur est une signature, toujours bien enfoncée au fond d'une gorge béante. Ici, à Orléans, c'est un lys blanc, mais à Québec j'ai vu un sabot de la Vierge, et au Brésil une fleur de la Passion... Toujours une fleur symbolisant la Vierge... Nous n'avions jusque là découvert aucun lien entre ces précédents meurtres, mais je soupçonne aujourd'hui qu'il y en ait un à trouver... Vous n'ignorez pas que notre ordre a toujours vénéré la Vierge, et dans les trois cas ce sont Templiers ou des descendants de Templiers qui ont été assassinés.

— Ce serait donc un tueur patenté ? On se croirait dans un roman !

— Malheureusement ça n'est pas une fiction ! Même procédé, mêmes symboles, ça ne peut être que le même auteur. Nous l'appelons l'*Ishkarioth*, ou en français le Sicaire, à cause de sa façon d'opérer à l'arme blanche... Mais je ne vous en dirai pas plus sur ce tueur que nous n'avons jamais pu identifier, ni sur l'identité réelle de notre frère Conrad, sa victime... Et ce que je vous dis là est bien sûr sous le sceau du secret !... Je crains que cette affaire ne dépasse le cadre de la Police Judiciaire. Vous ne pourrez jamais rien prouver sur les commanditaires. Ils sont bien trop forts pour vous !...

Le Commissaire s'offusqua :

— Vous me permettrez d'en juger par moi-même, Mr Berger !... Pouvez-vous me dire au moins ce que faisait votre homme ici, à Orléans ?

— C'est précisément ce que nous cherchons à établir. Il travaillait en free-lance et a été assassiné avant de nous faire remonter son rapport. Je ne le connaissais pas personnellement. Il était chargé de nos archives, c'est tout ce que je sais. C'était en quelque sorte un historien, un archéologue spécialisé dans l'histoire occulte du Temple. À notre avis, il était certainement sur une piste en lien avec les fêtes, une piste sans aucun doute de nature historique et probablement en rapport avec cette fameuse relique, mais quel lien ?... Je comptais sur vous pour nous éclairer, Commissaire... Quelle est la nature de cette fameuse relique ?

— Je crains de décevoir votre attente, Mr Berger. Personne ne le sait. C'est un secret bien gardé pour réserver la surprise aux Orléanais. Mis à part le

Maire et l'Évêque lui-même, seuls quelques moines sont peut-être au courant, car se sont eux qui ont fait la découverte, mais je ne vois pas en quoi elle justifierait un meurtre... L'enquête sur votre ami n'a pas avancé d'un pouce jusqu'à maintenant, mais vos lumières m'apportent un éclairage nouveau et je vais chercher dans cette direction.

— Fort bien. Des moines, dites-vous ? Et savez-vous de quelle congrégation ?

— Des bénédictins, à ce qu'on m'a dit. Mais j'avoue ne pas m'être posé de question à ce sujet puisque pour moi c'était du folklore sans aucun lien avec ce crime... Euh... dites-moi, Mr Berger... Si je comprends bien naturellement, pour cette enquête je ne puis espérer de votre part aucun témoignage officiel ?

— Naturellement ! fit Ryan dans un sourire. Mais nous sommes ici pour quelques jours, restons en contact. Peut-être pourrons-nous avancer plus vite ?

— Entendu. À quel hôtel êtes-vous descendus ?

— Pas d'hôtel, Commissaire. Nous avons pris l'habitude de nous fondre dans le décor. Vous pouvez me joindre sur mon portable, voici le numéro. C'est une ligne sécurisée mais n'oubliez pas que vous, vous êtes sur écoute !... À ce propos, si je puis me permettre un conseil, Commissaire, ne faites pas enlever ce micro. Ça donnerait l'alerte à l'indiscret sans pour autant vous renseigner sur son identité... Au contraire, servez-vous en pour faire de l'intox à votre tour... jusqu'à ce que vous découvriez qui est à l'autre bout ! »

*

Sous-sols orléanais
De nos jours, Orléans, cloître Saint-Aignan, 06 Mai 09h00

Jack avait réservé une chambre dans un bon hôtel proche du « Centre Ancien » d'Orléans, sur une petite place charmante au pied d'une grande vieille église. Le nom de l'établissement l'avait amusé : le « Jack-hôtel »... C'était prédestiné !

Il s'était levé de bonne heure pour profiter au mieux des lieux touristiques que l'hôtelier lui avait signalés comme exceptionnellement ouverts pendant les fêtes.

« Exceptionnellement », le mot l'avait fait sourire... En Amérique, de tels lieux touristiques seraient exploités commercialement à 200% à flux continu ! Décidément, ils étaient bizarres ces français... Il est vrai que la France dispose d'innombrables sites historiques multiséculaires alors que l'histoire américaine, hormis celle trop longtemps négligée des natifs, se résume assez vite à la reconstitution des Guerres d'Indépendance ou de

Sécession avant Mickey et Hollywood... Du carton pâte en fait, ou pas très très vieux... Tandis que là, en France, et spécialement à Orléans, il lui suffisait de faire trois pas hors de son hôtel pour tomber sur une crypte de treize siècles d'âge !... Pas tout-à-fait la même cuvée !...

Jack admira les chapiteaux romans de la crypte Saint-Aignan, ses sculptures polychromes à demi cachées par les renforts d'une reconstruction postérieure de la basilique supportée par la vieille crypte... Il apprit la légende prétendant qu'un souterrain reliait cette même crypte à une maison voisine appelée « Maison du Roi », et que celle-ci, majestueuse architecture de brique rouge actuellement occupée par les services de nettoiement la ville et par une école religieuse, n'était autre que la résidence orléanaise de Louis XI, le fils du dauphin Charles de Ponthieu devenu Charles VII par la grâce de Jeanne d'Arc...

Encore empli de l'émotion ressentie en cet ancien lieu sacré qui avait vu défiler des centaines de milliers de pèlerins devant le tombeau du saint autrefois inhumé là, Jack remonta jusqu'à la petite place dominant la Loire. Il réalisa soudain qu'en descendant dans ce modeste hôtel du centre-ville, il était en réalité entré d'emblée au cœur même de l'Histoire de France !... Sans qu'il sache dire pourquoi, l'atmosphère de ce lieu le fascinait déjà et une légère démangeaison lui chatouilla la nuque comme à chaque fois qu'il levait un lièvre intéressant. De fait, tous les symboles étaient réunis autour de cette place : la maison du roi, à l'ombre de l'imposante basilique dominant une aire publique où avaient dû se tenir des marchés et des foires, tout cela représentait en vraie grandeur une allégorie de la société moyenâgeuse dans laquelle l'Église toute puissante dominait tout, y compris le roi et le commerce... Cependant, des arcanes souterrains pouvaient mener à une toute autre vision du cours des choses...

Poursuivant son exploration, il découvrit les rues pavées du Centre Ancien, bordées d'innombrables maisons à colombages[1], de fenêtres à meneaux et de portes basses. De temps à autre, il croisait des grappes de gens en costumes du XVe siècle, des baladins, des jongleurs, des joueurs de cornemuse, de fifre et de tambourin... Et tout ce joyeux monde rayonnait de sourires et de gaîté... En certains endroits de sa balade, il se serait cru revenu six siècles en arrière et n'aurait pas été plus surpris que cela si on lui avait soudain présenté la véritable Jeanne en chair et en os... Après tout, ça n'aurait rien eu d'étonnant : au coin d'une rue, près du Centre Archéologique logé dans une vieille tour du rempart romain[2], il venait tout juste de tomber sur une maison à pans de bois dont la Municipalité avait le projet de faire une bibliothèque et qu'une plaque indiquait encore comme ayant été celle des frères de Jeanne, Pierre et Jean du Lys... Tout juste s'il n'y avait pas une boîte à lettres à leur nom ! Chaque pas qu'il faisait dans ce quartier le menait à un trésor historique !... La tête lui tournait de ce changement trop rapide de lieu et d'époque, mais il se sentait étonnamment allègre, comme s'il était chez lui dans cette atmosphère médiévale...

C'est lorsqu'il arriva devant la Collégiale Saint-Pierre le Puellier qu'il eut vraiment un choc ! Les musiciens en costumes qu'il avait croisés sortaient

---

1 *Depuis la rénovation de son Centre Ancien, Orléans s'est découvert la ville comportant le plus de maisons à pans de bois de tout le Val de Loire.*
2 *La Tour Blanche, rue de la Tourneuve*

de là. Une animation festive avait apparemment inauguré une exposition qui se tenait dans l'édifice durant ce mois de Mai. Le lieu était ouvert gratuitement au public. Il entra visiter.

Au vitrail de l'abside, illuminé par un éclatant soleil de Mai, ce pêcheur relevant son filet évoquait tout à la fois le Pécheur d'Hommes évangélique et les pêcheurs de Loire... « Saint-Pierre, bien sûr, pensa Jack, ce modeste pêcheur de Loire est sûrement une allégorie du pêcheur de Tibériade qui donne son nom au monument. Mais puellier, s'interrogea-t-il... Qu'est-ce donc qu'un « puellier » ?... »

De son blouson multipoche il extirpa un petit dictionnaire de voyage, un de ces bouquins qui vous apprennent à dire : « bonjour... je suis en panne !... où est la prochaine station de métro ?... », mais il eut beau chercher dans le lexique, il ne trouva pas « puellier », ni personne parmi les visiteurs pour lui expliquer le sens exact de ce mot étrange...

L'exposition portait sur les bateaux de Loire et le très important commerce sur ce fleuve, depuis les Celtes jusqu'au XIXe siècle, qui avaient fait d'Orléans, bien qu'au cœur du territoire, le second port de France avec trois kilomètres de quais et des centaines de navires à fonds plats qui embarquaient et débarquaient quotidiennement des cargaisons de toutes sortes pour les quatre coins de ce qui n'était pas encore un hexagone. Du bois, du vin, des peaux aux temps gallo-romains, du sucre et du chocolat des Antilles aux siècles derniers, en passant par la moutarde et le célèbre « vinaigre d'Orléans »[3]. Très intéressant.

Il apprit aussi que la Loire n'était pas navigable toute l'année, qu'elle était aussi sauvage et imprévisible que son Mississippi natal... « Sans doute est-ce la raison pour laquelle on y trouvait aussi des bateaux à aubes et une "Nouvelle" Orléans » songea-t-il...

Il fit deux fois le tour de l'exposition avant de ressortir. Autre chose l'intriguait... Il connaissait ce lieu ! Il avait déjà vu cela... Cette petite église superbement proportionnée, bijou d'architecture du haut Moyen-âge bien que très courant en France, il la connaissait, il en était sûr ! Une photo dans l'album de son grand-père, peut-être ?... ou une simple ressemblance... Il avait beau fouiller sa mémoire, il ne voyait pas où ni en quelle occasion il avait pu déjà voir ça... Pourtant, il était certain d'en avoir au moins vu la représentation. Une vieille gravure à la bibliothèque de New-York ?... À moins que ce ne fut un rêve prémonitoire ? Ça arrive parfois ce genre de visions. Et l'on se surprend à reconnaître plus tard une chose qu'on n'a jamais vue, ou un lieu où l'on n'est jamais venu...

Cette certitude le hantait encore lorsqu'il remonta vers la rue de Bourgogne. Sous le rayon de soleil matinal qui illuminait la rue dans toute sa longueur l'endroit était littéralement enchanteur. À ce moment de l'année en effet, vers les neuf à dix heures du matin, le soleil est encore proche de l'axe Est-Ouest de la ville qu'est la rue de Bourgogne. C'est dû à la conception de la première cité gallo-romaine, après que César eut fait incendier la cité gauloise. Mais de nombreuses cités de par le monde se sont vues orientées ainsi, ce n'est pas une exclusivité des architectes romains.

---

3 *Avant que de devenir célèbre par l'invention du vaccin, Louis Pasteur fit ses premières expériences sur les bactéries aux vinaigreries d'Orléans.*

Jack avait lu quelque chose là-dessus à propos des pyramides des Mayas lors d'un précédent reportage : de tous temps, les humains ont pris les astres pour repères, en particulier le soleil mais pas seulement.

L'implantation d'une cité, l'architecture, l'urbanisme en général, furent longtemps le domaine réservé d'une caste quasi religieuse de constructeurs, et ce, quelles que furent les époques et les zones géographiques de la planète.

De nos jours encore, aussi incroyable que cela paraisse en notre époque si cartésienne et mercantile, pour certains édifices on prend toujours grand soin de les aligner suivant les règles d'une architecture sacrée totalement ignorée des profanes... La célèbre Pyramide du Louvre et la Grande Arche de la Défense, à Paris, en sont l'illustration flagrante : extrêmement cultivé, l'ancien Président français qui les fit élever était un homme très versé dans l'occultisme. Il n'avait fait en cela que prolonger l'œuvre de Napoléon, commencée bien avant lui par les Templiers sous Philippe-Auguste qui construisit sur un alignement particulier les forteresses du Louvre et de Vincennes, et peut-être même par d'autres avant eux.

Certaines civilisations antiques, du moins le croit-on, seraient allées jusqu'à faire des étoiles et du soleil de véritables divinités décidant de leur sort jusqu'à leur fin inéluctable, au point d'orienter les tumulus leur servant de tombeaux pour accueillir leur lumière. Il en est encore de beaux exemples en Bretagne. En tout cas, tout comme leurs ancêtres dits païens, en élevant leurs églises les chrétiens les ont eux aussi « orientées » selon certains points du ciel, la plupart du temps sur le Lever et le Coucher du soleil, mais parfois aussi sur d'autres axes mystérieux... Celui de la Cathédrale de Chartres par exemple, est décalé de 45° par rapport au sens de rotation de la Terre. Qui sait quelles mystérieuses raisons ont présidé à cette orientation singulière...

Ici, à Orléans, rien de tel. De même que la Cathédrale ou la basilique Saint-Aignan, la collégiale Saint-Pierre le Puellier était orientée de manière classique, Est-Ouest, afin que l'officiant et les fidèles pénétrant dans le sanctuaire « avançassent vers la Lumière »...

*

Centre ancien
De nos jours, Orléans, 06 Mai 09h30, rue de Bourgogne

Dans ce quartier piétonnier d'Orléans qu'on appelle « Centre Ancien » on peut saluer, place Saint-Pierre-Empont, la toute récente statue de Calvin faisant face à l'église ronde du culte protestant qu'on appelle « le temple » et qui ressemble tellement à l'Église du Temple de Londres, elle-même inspirée du Saint-Sépulcre de Jérusalem. Construit au XIXᵉ siècle, ce temple là remplace la vénérable église Saint-Pierre-aux-Hommes faisant autrefois pendant masculin à Saint-Pierre-le-Puellier, réservée aux femmes. Après avoir subi comme tant d'autres les affres de la Guerre de Religions, elle avait dû être abattue après la Révolution Française. Un peu en amont, au croisement de l'ancien Décumanus romain appelé rue de Bourgogne, on trouve l'Hôtel de Sanxerre, dit aussi Maison des Chanoines où résida parfois Calvin. Depuis le cabinet de lecture qui déborde au-dessus des passants, il pouvait y surveiller jusqu'à la Loire l'ancien Cardo, la vieille rue de la Poterne et son prolongement, aujourd'hui rue Parisie, qui menait à l'époque à l'Hôtel-Dieu et la Cathédrale pour se terminer « place de l'Estape » juste au-delà de l'antique muraille nord.

Cette rue de Bourgogne, très animée, rappelle un peu le quartier Saint-Michel à Paris, connu du monde entier, et en cette matinée radieuse les très nombreux cafetiers et restaurateurs commençaient à sortir leurs tables et leurs chaises en terrasse. À quelques pas un kiosque tabac-journaux proposait entre autres publications le quotidien local. Jack en acheta un exemplaire et alla s'asseoir à la terrasse d'un bar à tapas pour commander un « petit déjeuner à la française » : jus d'orange, café-crème, croissants.

Un gros titre barrait la Une du quotidien : « *La Police ignore toujours qui est l'homme assassiné sur les bords de Loire* !... »

Poursuivant la lecture, il apprit qu'une mystérieuse victime avait été trouvée nue dans le canal longeant le fleuve, très proprement égorgée comme un mouton halal d'une oreille à l'autre. « *Du travail de professionnel* » pensait la Police, mais aucune piste n'avait encore été retenue. En fait les flics séchaient complètement. Les chiens avaient reniflé jusqu'au chemin de halage où l'on avait bien trouvé de vagues traces de pneus, mais illisibles sur le sable sec et la piste avait dû être abandonnée. Aucune empreinte, aucun vêtement de la victime aux alentours, aucune trace de sang non plus, ce qui faisait penser que l'homme avait dû être assassiné ailleurs puis déshabillé et jeté dans le canal d'Orléans. Son séjour de quelques heures y avait été néanmoins suffisant pour éliminer toute trace éventuelle d'ADN exploitable sur le corps... Aucune identité n'avait pu être établie pour la victime et on n'avait pas davantage d'idée sur la manière dont elle était arrivée là... On asséchait actuellement le tronçon du canal entre ses deux dernières écluses en espérant trouver d'autres indices, mais jusque là ça n'avait rien donné et l'enquête piétinait. Le Commissaire était pessimiste et les autorités locales se perdaient en conjectures...

Orléans est habituellement une ville tranquille : quelques homicides par an, aussi rares que minables et accidentels le plus souvent, mais pas plus de violence qu'ailleurs, voire plutôt moins. Un meurtre de ce genre enflammait donc les esprits... La victime ayant été égorgée, certains parlaient déjà d'une fatwa islamique ! D'autres, de règlement de compte entre proxénètes des pays de l'Est... Une chose très bizarre cependant intriguait les enquêteurs : on avait trouvé une fleur enfoncée au fond de la bouche du cadavre...

« Ah ! Ces français sont des poètes, ironisa Jack, ils y mettent les formes jusque dans les crimes. J'aurais pourtant cru qu'on était plus en sécurité ici que dans le Bronx... »

La serveuse interrompit là ses réflexions :

— Voilà... bon appétit, Monsieur ! dit-elle d'une douce voix à l'accent chantant...

— Merci Mademoiselle ! répondit Jack »

Reposant le journal, il attaqua le petit déjeuner, admirant un instant la silhouette qui s'en retournait déjà. Les jambes surtout. La jeune fille portait un élégant tatouage sur la cheville gauche figurant un dessin tribal, et sa démarche était particulièrement sexy. « Joli brin de fille ! pensa-t-il... et cet accent charmant... elle doit être italienne ou quelque chose comme ça... »

Pendant qu'il dégustait au soleil de la terrasse les savoureux croissants fraîchement sortis du four, il leva les yeux sur l'alignement de maisons pimpantes exposant sans modestie leurs superbes pans de bois. Bien que récemment restaurée, celle du bistrot où il petit-déjeunait ressortait du lot. « Ce doit être là encore une construction très ancienne dont le crépi cache, pensa-t-il, les probables colombages, restaurés et apparents sur les autres maisons de la rue. » Cependant les proportions de celle-ci lui semblaient bien plus imposantes, quelque chose s'en dégageait qui la rendait spéciale, plus imposante que ses voisines... Il interrogea la serveuse qui lui rapportait l'addition :

— Dites-moi, Mademoiselle, si vous savez... Est-ce que cette maison est ancienne comme la plupart des autres dans cette rue de Bourgogne ? Elle n'est pas alignée et semble construite sur un autre modèle. On dirait une église ou quelque chose comme ça...

— Vous avez raison, Monsieur, c'était je crois une maison des chevaliers, elle date du Moyen-âge !

— Vous voulez dire... de ces chevaliers qui portaient une croix sur l'épaule ?...

— C'est bien possible... enfin, il me semble... Vous savez, je ne suis pas historienne, je suis une étudiante immigrée qui fait des études de langues, je ne suis serveuse que pour payer mes études... Ah, mais par contre... Vous avez de la chance ! Voilà justement quelqu'un qui pourra vous renseigner...

Elle s'élança gaiement au-devant d'un passant :

— Hello, Johan !...

Un homme d'une soixantaine d'années mais d'allure jeune pour son âge, pantalon et gilet multipoches et queue de cheval effilochée, une baguette de pain sous le bras, embrassa la jeune fille...

— Salut Iris, comment va ?

— Vous tombez bien Johan, voilà un monsieur étranger qui voudrait savoir l'histoire de cette maison...

L'homme se tourna vers Jack avec un large sourire...

— Bonjour !

Jack se leva pour saluer l'arrivant.

— Bonjour... Je suis américain et journaliste... Je fais des recherches sur l'histoire de Jeanne d'Arc et sur la ville d'Orléans...

— Enchanté. Moi c'est Johan. Johan Mynier. Vous auriez pu plus mal tomber, en effet, l'histoire c'est mon dada !

— Votre... dada ?... Vous faites du cheval ?

— Sorry, je ne suis pas cow-boy, mon dada c'est-à-dire mon hobby.

— Ah, très bien ! J'ai de la chance alors ?...

— Il semblerait, Mr... Mr... ?

— Dorlanes, Jack Dorlanes... D.O.R.L.A.N.E.S.

— Amusant, ça ! Votre nom est une anagramme...

— Une quoi ?

— Une anagramme. Déplacez une lettre dans votre nom, et vous recomposez celui de la ville : Dorlanes = d'Orléans... Seriez-vous d'origine française ?

Jack pâlit...

— My God ! Je n'avais jamais pensé à cela ! Je ne crois pas, non, mes ancêtres venaient d'Europe mais plutôt d'Allemagne ou de ce qui en tenait lieu à l'époque... Johan, assoyez-vous, si vous avez le temps je vous offre un café... Vous êtes un homme... comment dit-on... providentiel pour moi !

— Pourquoi pas, je ne suis pas attendu. J'ai une course à faire à la Mairie, mais rien d'urgent...

— À la Mairie ? Vous êtes du Conseil Municipal ?

— Pas du tout, je ne suis qu'un citoyen ordinaire, juste un habitant comme un autre...

— Ah bon... dommage... Vous auriez pu me rendre un autre service...

— Lequel ?

— J'aurais voulu approcher le maire et la jeune fille qui tient le rôle de Jeanne d'Arc cette année, pour les interviewer... mais sans le protocole des conférences de Presse officielles..

— Si ce n'est que ça, ça peut peut-être se faire... J'ai quelques entrées à l'Hôtel de Ville... Pour quel journal travaillez-vous ?

— New-York Times. Je veux profiter de mon séjour pour faire un article mais je ne suis pas vraiment là pour le journal, je suis aussi écrivain et c'est à ce titre que je voulais...

— Compris Jack ! Il se trouve que je suis moi aussi écrivain, et j'apprécierais volontiers un peu d'aide si j'étais à l'étranger... Que voulez-vous savoir ? Dites-moi tout, et je verrai ce que je peux faire...

— C'est le Bon Dieu qui vous envoie, Johan !

— Ne mêlez pas le Bon Dieu à ça !... C'est bien plus simple : ma femme m'a demandé de rapporter du pain et la boulangerie du haut de la rue était fermée...

*

Jack et Johan parlèrent longtemps. Quelques heures et de nombreux cafés y passèrent, et ils ne tardèrent pas à se tutoyer comme de vieux amis...

C'est vrai que Jack n'aurait pu mieux tomber : Johan connaissait tout des lieux historiques de la ville, même ceux jamais décrits dans les dépliants touristiques, comme cette maison qui avait accroché l'œil de Jack quand il goûtait ses croissants devant ce qui avait été une synagogue avant l'an Mil, avant qu'on chassât une première fois les Juifs du royaume, et qui, transformée en chapelle St-Sauveur, avait été donnée aux Templiers au XIIIᵉ siècle. Johan connaissait aussi bien d'autres lieux, comme ces cryptes de très anciennes églises aujourd'hui disparues : celle de Saint-Serge et St-Bacchus, proche du Cloître Saint-Aignan sous une maison particulière, de Saint-Liphard ou de N.D. du Chemin, aujourd'hui enfouies sous certains bistrots de la rue, ou encore l'emplacement réel des célèbres Tourelles prises d'assaut par Jeanne d'Arc et oubliées durant des siècles mais dont les sous-sols avaient été retrouvés récemment par un de ses amis[1], les traces templières de la ville, celles de temples romains ou même de plus anciens lieux de culte celtique, et encore bien d'autres choses enfouies sous des strates de béton, de bitume, ou d'archives... Il ne fallait pas le pousser bien fort pour le lancer sur le sujet...

— Et tu n'as jamais eu envie d'écrire un bouquin sur Jeanne d'Arc ? lui demanda Jack.

— Bien sûr que si ! Avec un prénom comme le mien, tu penses bien que j'y ai songé. J'ai fait des recherches et pris un tas de notes tout au long de mes lectures durant ces trente dernières années, au point que je ne sais plus où les mettre... Et ma femme se croit d'ailleurs obligée de ranger mon bureau de temps en temps si bien que j'en égare régulièrement... Oh, si bien sûr, j'y ai songé, j'en ai même rêvé !... Mais nous sommes en France, et le monde de l'Édition ici n'est pas celui de Londres ou New-York. Aussi riche soit-il, le contenu d'un livre n'est malheureusement pas le critère essentiel chez nous. Un auteur n'est pris en considération que s'il est déjà un people connu dont la notoriété fera vendre du papier. Ce qui n'est pas mon cas en dehors de mon quartier...

— Alors, écrivons le livre ensemble !

— C'est très aimable à toi, Jack. Mais je suis plutôt attaché aux détails et à l'authenticité historique, tandis que tu cherches à écrire un « roman »...

— Qu'est-ce que ça peut faire ? De toutes façons, les américains sont de grands enfants, ils aiment les histoires fabuleuses et ici, en France, les histoires vraies sont encore plus fabuleuses que si on les inventait !

— Tu veux dire que l'Histoire qu'on nous présente comme vraie n'est qu'une belle fable ?... Là, tu as raison ! « *La vérité historique est souvent une fable convenue* »... Napoléon l'a dit avant moi.

*

---

[1] *Redécouverts au début des années 2000 par un passionné d'histoire locale, Jean-Pierre Dedieu au nom prédestiné.*

Hôtels particuliers
De nos jours, Paris, Place des Vosges, 06 Mai 11h00

Françoise avait grandement apprécié la compagnie de ce gaillard d'américain. Depuis longtemps elle ne recevait plus grand monde chez elle, à part quelques érudits à qui elle n'apportait plus rien, ou quelques chineurs d'antiquités trop avides qu'elle mettait immédiatement dehors avec gentillesse mais fermeté. Là, pour la première fois depuis bien longtemps, elle se sentait utile à quelqu'un, et si c'était le petit ami de sa chère Meredith, ça n'en avait que plus d'intérêt. Elle s'était donc mise au travail, et épluchait consciencieusement tous les vieux bouquins parlant de Jeanne d'Arc qu'elle avait pu collecter sur ses étagères et que Jack lui avait courtoisement descendus avant que d'aller prendre son train...

La plupart, postérieurs au XVIᵉ siècle et jusqu'au XVIIIᵉ siècle, ne contenaient guère que des choses classiques et connues de tous les écoliers, mais dans le lot quelques-uns dataient du XVᵉ... Peu à peu, elle s'était prise au jeu et les contenus commençaient à l'intéresser tout autant que l'état de conservation de ses trésors.

Elle en avait déjà parcourus quelques-uns lorsqu'elle tomba en arrêt sur une page d'un *in-quarto* rarissime, *Brevarium historiale*, rédigé vers 1430 et imprimé à Poitiers en 1479.[1] Attrapant une feuille et un stylo, Françoise en traduisit aussitôt le sens général pour Jack :

« *Après la Délivrance d'Orléans et des quelques villes de la Loire, Meung, Jargeau, Beaugency, et la victoire de Patay, Charles prend quelque repos au château de Sully durant le mois de Juin. Un soir, en l'Abbaye de Saint-Benoît sur Loire, la Pucelle demande au roi de lui faire un présent, sans préciser lequel, tout ce qu'elle voudra ! Le dauphin, amusé mais reconnaissant, promet. Il ne tarde pas à se mordre les doigts d'avoir peut-être promis trop vite... Jehanne demande rien moins que le Royaume de France !... Charles est stupéfait ! Il hésite un instant, mais ce qui est dit est dit et après tout, ce royaume, il le lui doit. Charles accepte :*

"— Jehanne, mon royaume est tien !"

Jehanne accepte le don du royaume et, par les quatre secrétaires du roi, en fait noter les termes dans une charte dont elle fait donner lecture solennelle...

"— Notaires, écrivez ! Le 21 juin à quatre heures du soir, l'an de Jésus-Christ 1429, Charles donne son royaume à Jehanne..."

Charles paraît ébahi de ce culot, mais il l'est encore plus quelques instants plus tard lorsque Jehanne, le désignant à sa cour, déclare :

"— Voici le plus pauvre chevalier du Royaume ! "

---

1 *Bibl. du Vatican, fonds du Vatican, n° 3757. Volume sur papier, inquarto, de 159 feuillets. Rédigé par le chanoine de Chartres, dom Landolphe de Columna. In-folio sur papier. Il renferme un abrégé de l'histoire universelle, depuis le commencement du monde jusqu'au pape Martin V. Ce manuscrit paraît de la fin du XVᵉ siècle. On en connaît sept exemplaires, quatre à la Bibliothèque nationale, un à Genève, et deux au Vatican. Seul l'un des deux du Vatican comporte le texte indiqué se rapportant à Jeanne d'Arc.*

Le temps suivant, pardevant les mêmes notaires, elle livre au "' Roi du Ciel " le Royaume de France qu'elle vient de recevoir... Puis, d'une voix forte, obéissant à une voix qu'elle est seule à entendre, elle investit à nouveau Charles – en tant que "' Lieu-Tenant sur terre du Roi du Ciel '" – de la régence du Royaume de France qu'en l'espace de quelques minutes il venait de perdre et de retrouver !... Et de tout cela elle fait dresser un acte solennel. »

Françoise n'en croyait pas ses yeux ! Elle dut relire pour bien se convaincre qu'elle n'avait pas fait d'erreur de traduction : Ainsi, l'espace d'un instant, Jeanne avait été Reine de France !... Elle avait osé réclamer et recevoir le Royaume en cadeau !... Puis elle en avait à son tour fait don à celui qu'elle appelait « Roi du Ciel », avant de le confier à nouveau et par délégation de cette Autorité Supérieure, très cérémonieusement, et en le faisant noter et proclamer par les juristes présents pour bien officialiser, qu'elle en remettait ainsi la charge au Dauphin Charles, devenu entre-temps et par cet abandon même le « Plus Pauvre Chevalier du Royaume, et Lieu-Tenant du Roi du Ciel » qu'elle allait bientôt faire couronner à Reims !...

« C'est à Reims maintenant qu'il me faut vous conduire... Venez donc au plus vite prendre la couronne à laquelle vous avez droit. Mon Conseil me tourmente on ne peut plus là-dessus ! »

L'essence même de la Mission de Jeanne était-elle là, en ce rite étrange d'un couronnement virtuel avant le formalisme de Reims ? Que signifiait cette mascarade, si c'en était une ?... Et si ça n'en était pas une, que signifiait ce tour de passe-passe, cet abandon du royaume entre les mains de Jeanne immédiatement suivi de la remise en charge de la Couronne de France à un « Pauvre Chevalier » ?...

Françoise était perplexe. Elle était une spécialiste des livres anciens mais pas historienne, et le contenant l'avait jusque là intéressée plus que le contenu. Mais pour un déchiffreur de symboles, tout ça ne pouvait pas être pur hasard sans signification ! Il y avait nécessairement une Volonté derrière, restait à trouver laquelle...

Ce lieu d'abord : Saint-Benoît, haut-lieu s'il en est de la Chrétienté occidentale, mais aussi fort point d'ancrage templier au cours du siècle précédant celui de Jeanne, ainsi que centre celtique par excellence, « l'Ombilic Sacré » réputé aux temps anciens pour la grande assemblée annuelle des druides...

Et puis la date... Cette « triple donation » – si hautement symbolique, à n'en pas douter, mais symbolique de quoi ? – avait eu lieu le 21 Juin 1429...

Paradoxalement, pour un bon chrétien cette date ne signifiait pas grand-chose. La très catholique Saint-Jean d'été n'avait fait que recouvrir pour mieux la phagocyter la date païenne antérieure du solstice d'été, tout comme Noël recouvrait le solstice d'hiver. Par contre, pour une Jeanne, devenir reine le jour de la Saint-Jean devenait porteur d'un sens particulier... Était-ce là une facétie, un pur jeu de l'esprit ? Une énorme blague de potache de la part de la Pucelle ?... Impensable ! Il y avait nécessairement autre chose...

Françoise prit son téléphone et appela Jack à Orléans. Elle devait lui faire part au plus tôt de sa trouvaille...

*

Vieux amis du jour
De nos jours, Orléans, 06 Mai 13h30, domicile de Johan

À Orléans les nouveaux amis commençaient tout juste à déjeuner quand la sonnerie du portable de Jack retentit. C'était Françoise qui voulait lui annoncer son intéressante trouvaille. Il lui était difficile d'expliquer la chose au téléphone et elle avait besoin d'une adresse email pour lui transmettre la copie scannée et la traduction d'un vieux texte latin. Johan donna la sienne. L'instant d'après, tous deux prenaient connaissance du message.

— Tu as déjà entendu parler de ça ?... demanda Jack. Cette soi-disant « Triple Donation », ça rime à quoi ?

— En effet, j'ai lu ça quelque part sur le Net, mais j'avoue ne pas y avoir accordé l'attention suffisante... Dès lors que le document de référence n'était visible qu'au Vatican... Je t'ai dit, je préfère le « very fiable », et si par la Mairie d'Orléans je peux te faire rencontrer en chair et en os la jeune Miss Jeanne de l'année en cours, je n'ai malheureusement pas mes entrées à Rome pour te présenter l'originale, même en version parcheminée...

— D'accord, mais là, nous n'en avons plus besoin. Il ne s'agit plus d'une page de forum ni d'un document des archives secrètes, il s'agit d'un livre d'époque et probablement d'un exemplaire rarissime, peut-être même unique en dehors des caves vaticanes... Un document jamais édulcoré. Notre amie Françoise est une experte en matière de *codices*, palimpsestes et autres *in-quartos*. Il ne peut donc pas s'agir d'une intox...

— Je reconnais que ça change la donne, en effet... D'autant que la copie circulant sur le Net est difficile à authentifier depuis que le Vatican a retiré de son site le document original. Preuve s'il en est que cette diffusion accidentelle devait gêner... Si on connaissait l'existence de cet exemplaire chez Françoise, je doute que ton amie en resterait longtemps la gardienne...

— Quoi ? Tu veux dire que le Vatican le ferait voler ? No... Je n'y crois pas...

— Je n'ai pas dit cela. Ils s'y prendraient sans doute autrement, mais ils se le procureraient d'une façon ou d'une autre pour en étouffer la diffusion. Ça n'est sûrement pas un hasard si le seul autre exemplaire connu de ce document qui fasse référence à cette « Triple Donation » est détenu par le Vatican. C'est tout simplement qu'ils ignorent l'existence de celui de Françoise.

— Que risque-t-elle à ton avis ? Faut-il prévenir la Police ?

— N'exagérons pas !... Et puis, que lui dirais-tu à la Police ? Que ton amie possède un inestimable trésor qu'un curé va lui voler ?... Elle va te rire au nez, la Police !... Non, le mieux est qu'elle n'en parle à personne tant qu'on n'aura pas découvert ce que ça cache... Car il y a obligatoirement quelque chose à découvrir derrière la discrétion vaticane à propos de cette étonnante cérémonie[1]...

— Que crois-tu qu'il y ait ?...

— Comment le saurais-je ? Un secret assurément, mais lequel ?

— Un secret à propos de Jeanne d'Arc, sans doute ?

— Évidemment, à propos de Jeanne... On n'aurait pas bâti une si fabuleuse légende autour d'un personnage de cette envergure en occultant ce genre de « détail » si l'image qu'on avait voulu donner d'elle n'avait été essentielle à préserver, ou au contraire à camoufler... Cette discrétion à propos de la cérémonie de Saint-Benoît doit donc avoir une grande importance. Je veux dire pour l'organe qui a bâti la légende. En l'occurrence, l'Église...

— Hum... Tu peux être plus explicite ?

— Les légendes ne sont pas des contes populaires sur lesquels chacun brode le soir à la veillée... Toutes les légendes sont structurées, « construites » au départ avec une volonté d'occulter la vérité pour la transmettre. L'occulter aux yeux du profane tout en la transmettant uniquement « à qui en est digne »... Comme disait Jésus lui-même : « *Que celui qui a des oreilles entende !* »... Elles comportent donc une part de vérité, sous forme allégorique et soigneusement voilée, mais marquée par des « signes » repérables par ceux qui les connaissent, et une autre part purement romanesque pour mieux égarer le profane, lequel n'en retient généralement que cette partie sans réel intérêt. Tu connais le proverbe chinois : « *Quand le sage montre la lune, l'imbécile regarde le doigt !* »...

Au travers du temps, les légendes transmettent des secrets aux générations suivantes mais, comme en Alchimie, seuls les initiés sont capables d'interpréter les « signes » et distinguer la poudre de projection[2] de la simple poudre aux yeux... Certains de ces signes sont le plus souvent des descriptions incongrues, des objets merveilleux ou inattendus, des choses inexistantes dans la nature par lesquelles on attire l'attention de l'initié dans le récit. Prends par exemple la Mythologie grecque : dans la légende d'Atlas, les « signes » sont des *pommes d'or* rapportées du Jardin des Hespérides...

— Plutôt d'Atlantide, non ?... corrigea Jack.

---

1 *Au début du XXᵉ siècle, un érudit collectionneur orléanais, Monsieur Sherle, demeurant rue de Bourgogne, avait réuni une très importante documentation sur Jeanne d'Arc comprenant les copies de nombreux documents anciens encore trouvables à son époque... Quelques décennies auparavant, les évêques d'Orléans Mgrs Dupanloup et Touchet en avaient fait la collecte systématique à destination du Vatican et seules les copies de M Sherle existaient encore dans le privé quand survint la Seconde Guerre Mondiale... Par un malheureux hasard son appartement fut bombardé. Fallait-il y voir la main de Dieu ?... M Sherle tenta vainement de sauver sa collection des flammes et y laissa la vie. Les documents en question n'existent donc plus en dehors des caves vaticanes et on ne peut y accéder de nos jours que sur autorisation du Pape lui-même.*
2 *Autre appellation de la Pierre philosophale.*

— C'est pareil ! Ce que je veux dire, c'est que ce ne sont évidemment pas de simples fruits cueillis dans le verger du roi Midas ou d'un Rockfeller antique... Des fruits authentiques en or, ça n'existe pas. Pas plus que des œufs de poule du même métal. Par contre, il y a des choses qui valent bien plus que l'or : l'instruction, l'initiation, le renseignement... S'il fallait accorder une base de réalité à la Mythologie grecque, ces pommes d'or étaient sans aucun doute des documents initiatiques, en tout cas un Savoir...

Dans la légende de Lucifer, le « porteur de lumière » comme son nom l'indique, donc « l'initiateur », que l'Apocalypse de Saint-Jean désigne comme le « Grand Dragon » et qu'on pourrait facilement confondre avec le Prométhée des grecs dérobant le feu au Ciel pour le donner aux hommes, le « signe » c'est *l'Escarboucle* autrement dit l'Émeraude, autre matière très précieuse, tombée du front de l'archange lors de sa chute sur Terre, et de taille si imposante que certains y voient le fameux Graal, une coupe creusée dans la pierre fabuleuse et contenant toute la science de l'Univers...

Dans le mythe popularisé d'Adam et Ève on trouve encore une histoire de « pomme » qui décillerait les yeux, alors que le texte biblique, lui, désigne clairement le fruit de « l'arbre de la connaissance du Bien et du Mal », ce qui est très différent et on ne peut plus explicite : il s'agit de la prise de conscience de soi... Il n'est nulle part question d'un pommier et, crois-moi, je mange des pommes assez souvent pour savoir qu'elles ne m'apportent qu'une relative bonne santé mais aucune connaissance particulière... excepté la pomme de mon Macintosh, peut-être ?... Cette ambiguïté légendaire serait la conséquence d'un jeu de mot, un de plus, le terme latin *malum* signifiant à la fois « le mal » et « pomme »... Pourquoi l'Église a-t-elle laissé prospérer cette confusion de sens ?... Elle devait probablement y trouver son compte et il aura fallu attendre Octobre 2002 pour qu'elle reconnaisse enfin officiellement (entre autres) qu'Ève n'avait jamais mangé de pomme !

Laisser croire que Dieu n'aurait pas apprécié que l'on goûtât les fruits de Sa Création est idiot ! Par contre, avoir puni les premiers hommes parce qu'ils auraient tenté de faire par eux-mêmes la distinction entre le Bien et le Mal est très révélateur d'une volonté de maintenir les humains dans l'ignorance... D'autant plus que l'exclusion de nos premiers parents de ce Jardin d'Eden, soi-disant à cause du fruit défendu cueilli sur cet arbre, intervient juste avant que nos deux ingénus ne s'intéressent au fruit de « l'Arbre de Science » qui, selon le Serpent (avatar du Dragon), les aurait rendu « comme des dieux »... Rabelais a dit : « *Science sans Conscience n'est que ruine de l'âme* ». Il avait assurément raison. Mais à l'inverse, qu'est la Conscience sans la Science ?... Rien d'autre qu'un conditionnement mental !

Et même dans les histoires plus récentes, la pomme de Newton est là aussi purement allégorique. C'est encore un signal pour initiés. Peu de gens le savent car ça n'est évidemment pas dans les programmes scolaires, mais Newton était un « Adepte ». Il pratiquait l'Alchimie, cette discipline très ancienne que les modernes se refusent encore à considérer comme science authentique... Eh bien, par cette pomme insérée dans sa légende, sa révélation de la Gravitation était signée comme un cadeau fait par les

Adeptes à l'Humanité, au moment voulu par Eux... Ce n'est d'ailleurs pas le seul cadeau qu'ils lui auront fait puisque, outre la loi de Gravitation, Newton a également révélé une *Théorie corpusculaire de la Lumière*, en grande partie confirmée par Einstein au XXe siècle, mais qui, à l'époque, a bien failli lui causer de graves problèmes avec l'Église... C'est sans doute la raison pour laquelle, trois semaines avant de mourir, il brûlera toutes ses notes... N'oublions pas non plus que les fameux *Dossiers Secrets* présentent Newton en « nautonier » de Sion !...

— Tu parles du fameux « Prieuré de Sion », celui qui a fait couler tant d'encre avec le célèbre « *Da Vinci Code* » de Dan Brown ?... s'étonna Jack.

— Oui oui, celui-là même, ou presque. Certes le Da Vinci Code n'est qu'un roman, mais il ne conte pas que des fadaises ! En réalité ce « Prieuré » de *Sion* est une imposture moderne, par contre un authentique *Ordre du Mont-Sion*, plus exactement « L'Ordre de Notre-Dame du Mont-Sion » a bel et bien existé et existe sans doute encore... Or, des documents déposés à la Bibliothèque Nationale font état de Newton en tant que Grand-Maître ou « Nautonier » de cet Ordre. Un « Newton-nautonier », c'est presque un pléonasme, un doublon phonétique... Même son identité peut prêter à interrogation car j'ajoute que la seule biographie connue de ce personnage pourtant si célèbre le fait naître un 25 Décembre (du calendrier Julien) et mourir un 20 Mars !... Autant dire qu'il est officiellement né à Noël, au solstice d'hiver, et mort à la veille de Pâques qui n'est autre que l'équinoxe de Printemps... On en a connu un autre !...

— Oui, et il est déjà bien marqué par les planètes, le bonhomme !

— Comme tu dis !... Quand il se met à étudier l'Alchimie, en 1666, les laboratoires de l'époque n'étaient pas ceux d'aujourd'hui, et la lunette de Galilée n'avait guère que cinquante ans. On était très loin des performances de Hubble ! Ça ne peut donc pas être sur la simple observation qu'il a fondé ses certitudes. D'où tenait-il cette science ?... Pour un type qui venait de nous délivrer des messages aussi importants que la Gravité des corps célestes ou la nature de la Lumière, nous permettant ainsi de mieux comprendre le Cosmos, il y aurait de quoi se poser de sérieuses questions sur son identité réelle... Était-il donc un extraterrestre ?... Non. Newton était un « philosophe », au sens où l'on entendait ce mot à l'époque, c'est à dire un savant en de nombreux domaines mais pas du tout à la manière dont on sépare aujourd'hui la Science et la Philosophie. En ce temps-là la Philosophie incluait tout à la fois les sciences de la Nature, l'Astrologie qui tenait encore lieu d'Astronomie, les Mathématiques, et la Physique dite alors « Philosophie Naturelle ». Newton publiera d'ailleurs son ouvrage exposant sa théorie de la gravitation universelle sous le titre « *Principes Mathématiques de la Philosophie Naturelle* ». C'est dire combien l'aspect évolutif de la sémantique influence notre vision du monde...

De nos jours, certains chercheurs prétendent que Newton aurait été atteint du « Syndrome d'Asperger », une forme d'autisme particulière qui fait fonctionner le cerveau des sujets comme s'ils en avaient plusieurs à la fois, comme dans une chaîne d'ordinateurs travaillant parallèlement... Michel-Ange, Charles Darwin, Albert Einstein, auraient eu ce syndrome, de même que Bill Gates parait-il... J'attraperais volontiers une telle maladie si c'en est une !

Pourtant, au XXe siècle, Keynes a dit de lui : « *Newton n'est pas le premier de l'âge de la Raison, il est le dernier des Babyloniens et des Sumériens, le dernier grand esprit qui a contemplé le monde visible et intellectuel avec les mêmes yeux que ceux qui ont commencé à construire notre héritage intellectuel il y a quelque 10 000 ans* ».

Une phrase qui laisse rêveur, non ?

Consciemment ou non, Keynes répondait à la question. Newton n'est pas un extraterrestre mais il a bel et bien bénéficié de 10 000 ans de savoir caché, et il en a délivré au monde une infime partie en signant son origine avec cette histoire de pomme. Il l'avouera d'ailleurs de façon assez claire pour celui qui veut comprendre : « *Si j'ai vu plus loin que les autres, c'est parce que j'ai été porté par des épaules de géants.* », faisant ainsi allusion à la célèbre métaphore de Bernard de Chartres, philosophe du XIIe siècle évoquant le savoir des anciens : « *nanos gigantium humeris insidentes* ».

— Oui oui, je vois... il faut donc rechercher l'anomalie dans la légende...

— C'est ça. Et surtout interpréter les faits à la lumière des croyances de l'époque. Mais dans la légende de Jeanne, quels sont les signes ?... Quelle est la part de vrai et la part affabulée ?... Il faut s'attacher à chaque détail, décortiquer chaque anecdote, chaque nom de personne ou de lieu, chaque emblème ou armoiries... Nous ne sommes pas au bout de nos peines, tu sais ! Il nous faudrait disposer de toutes les pièces du puzzle, ce qui est loin d'être notre cas...

— Je suis justement là pour tenter de répondre à ces questions... Et avec un secret d'Église en plus, l'affaire devient très alléchante pour un écrivain...

— Elle est captivante, j'en suis convaincu, mais par où commence-t-on ?

— Eh bien, pourquoi pas par cette « *triple donation* » par exemple ? Pourquoi l'Église cacherait-elle une telle anecdote si elle n'avait aucune importance ?

— On peut effectivement se demander pourquoi Jeanne éprouve le besoin de réaliser ce tour de passe-passe, puisque c'est pour en arriver au même résultat quelques semaines plus tard. Au final, c'est tout de même l'évêque de Reims – donc l'Église indubitablement – qui couronne les rois de France, lesquels tiennent ainsi officiellement leur pouvoir de Dieu...

— Mais à Saint-Benoît ce n'est pas un évêque, donc pas l'Église de Rome, qui fait roi le dauphin Charles. C'est Jeanne...

— Exact Jack. C'est Jeanne... Or, Jeanne ne détenait officiellement aucun pouvoir religieux, aucune prêtrise, d'ailleurs jamais accordée aux femmes depuis St-Augustin, et n'en recevra pas davantage plus tard... Elle n'était officiellement qu'une jeune fille comme tant d'autres ! Et si l'on élude l'hypothèse de ces fameuses « voix », au nom de quoi, ou plutôt au nom de Qui, aurait-elle pu s'arroger le Droit de Faire ou Défaire un Roi ?... C'était d'une impudence sidérante !

— Eh bien... je ne sais pas moi... il faut supposer qu'elle était considérée comme une vraie prophétesse, comme il y en a eu dans la Bible : Myriam, Débora, Hulda, Noadya...

— Tss tss... Je comprends que des commentateurs ultérieurs aient voulu faire croire que Jeanne était prophétesse, mais il faut tenir compte de la chronologie des événements. À cet instant, à Saint-Benoît, elle n'est encore selon sa légende et ne restera jamais raisonnablement qu'une jeune fille de dix-sept ans que, pour une raison qu'on ignore également, on avait mise à la tête des armées... Rien de plus au plan de la religion catholique. Je dirais même plutôt moins...

— Comment ça, « plutôt moins » ?

— Relis son procès. Tu verras qu'elle a grandi dans des croyances pour le moins suspectes aux yeux de l'Église... Ça sentait très très fort son parfum de paganisme local à Domrémy... Pour ne pas dire de soufre comme l'auraient bien voulu les Anglais. Ils auraient aimé en effet la voir condamner pour sorcellerie, ce qui aurait entaché le couronnement de Charles. Heureusement, une partie de l'Église ne l'entendait pas ainsi... Cependant, cette histoire « d'Arbre aux Fées » sous lequel elle allait danser enfant, tout près d'une fontaine et d'une vieille chapelle abritant une « Vierge Noire »... Pas vraiment très catholique, tout ça !

— La Vierge ? Pas très catholique ?...

— Bien sûr que non !... en tout cas, pas celles qu'on appelle les Vierges Noires et qu'on a tort d'assimiler à la mère de Jésus... La grande majorité des Vierges Noires de France, pour ne pas dire la totalité, faute de statistiques précises, auraient toutes été trouvées « miraculeusement » entre les XIIIe et XVe siècles... ici dans un champ, là dans un puits ou une rivière, mais toujours en des lieux anciennement consacrés au vieux culte celtique de la Déesse-Mère, la Terre, Isis ou la Gaïa grecque... Bizarre non ?... Nous en avons plusieurs avatars ici, à Orléans même, à Notre-Dame des Miracles ou dans la région, notamment à Cléry, en la basilique Notre-Dame où se trouve aujourd'hui le tombeau de Louis XI... Elle fut miraculeusement trouvée à Mézières-lez-Cléry par un couple de laboureurs sous le socle d'une charrue, près d'un lieu nommé « Mont des Élus » sur lequel trône de nos jours une imposante statue de la très chrétienne Vierge Marie, mais qui fut aux temps anciens un lieu celtique... On en a trouvées comme cela dans toute la France et à l'étranger, y compris en terre islamique. L'une des plus connues au monde, Notre-Dame de Chartres, figurant au célèbre vitrail avec un visage noir et un lys à la main, est particulièrement symbolique de ces anciens rites. C'est d'ailleurs notre Saint-Aignan d'Orléans qui fit bâtir une église au-dessus du puits celtique qui se trouve toujours dessous.

— Saint-Aignan ?... Tu veux dire celui d'à-côté, dont la crypte est près de la place où se trouve mon hôtel ?

— Celui-là même. On n'en a pas eu cinquante !

— Et ce serait lui qui aurait fondé Chartres ?...

— C'est bien ce que je dis. Il y eut même un pèlerinage célèbre de Chartres à Saint-Aignan d'Orléans qui dura plusieurs siècles. Oh ! notre Aignan n'a pas construit l'actuelle cathédrale de Chartres... Non, elle, ce sont les Templiers qui l'ont fait élever par les Compagnons, mais la toute première église de Chartres à cet emplacement fut fondée au IVe siècle par notre *Anianus* orléanais sur l'emplacement d'un lieu sacré celtique dont subsiste le puits. Puits que tous ses successeurs ont pris bien soin de préserver pour ses propriétés telluriques. L'ennui c'est qu'ils se gardèrent bien d'en parler... Et la légende de Chartres dit que la *Vierge-de-dessous-la-Terre* y fut miraculeusement trouvée au XIIIe siècle... comme toutes les autres Vierges Noires ! Et chaque fois elles sont honorées sous l'appellation, somme toute très anonyme, de « *Notre-Dame de*[3] *quelque chose, ou de quelque part*». Ce qui avait au moins l'avantage d'enseigner la géographie aux pèlerins.

— Et alors ?...

— À l'époque de Jeanne, ce qu'on appellera plus tard le culte marial est encore très très récent, promu par le grand Saint-Bernard lui-même deux siècles plus tôt et apparu en même temps que les Templiers entre le XIIe et le XIVe siècle. Je ne rappellerai pas ici les tout premiers termes de l'acte fondateur de l'Ordre du Temple : « *Bien a œuvré Damedieu... etc.* ». Dès son origine, le Temple est orienté non vers un culte à Dieu mais vers « *Damedieu* ». Et toutes les anciennes chapelles templières ont encore, ou ont eu, même lorsque la mémoire locale les a oubliées, leur Vierge Noire attitrée. L'Église les amalgamera plus tard dans le culte marial, mais on n'a jamais trop bien su de quelle Marie il s'agissait... Était-ce bien la Vierge Marie mère de Jésus, ou n'était-ce pas plutôt Marie-Magdeleine ?... L'Église entretient soigneusement la confusion en répondant : « Marie la Grande »... mais comme les Évangiles n'indiquent pas les mensurations de ses deux vedettes féminines, on en est réduit aux conjectures. Débrouillez-vous avec ça !

— Mais... qu'est-ce que ça change, Johan ?... L'une ou l'autre ?...

— Comment ? Mais ça change tout, Jack, TOUT !... Et je ne serais pas étonné que, si « secret d'Église » il y a, nous soyons ici sur une piste très odorante !...

— Sorry, je ne suis pas ton raisonnement, là...

— Enfin !... Mon cher Jack !... Un américain qui n'aurait pas lu Dan Brown, ça existe encore ?... C'est toi-même qui m'en parlais tout-à-l'heure !... Bon, le Da Vinci Code n'est pas mon livre de chevet mais l'affaire que son auteur évoque m'intéresse depuis longtemps. J'aurais presque pu écrire ce bouquin à sa place. Je me suis souvent demandé d'ailleurs s'il n'avait pas pompé certaines de mes interventions sur un vieux site Internet d'avant l'an 2000 et relatif aux Templiers[4] sur lequel j'exprimais déjà cette

---

3 *En Sicile, on les appelle « Matrices », c'est plus explicite. Il est à noter que dans la mythologie hindoue, « Maïa » est la personnalisation féminine du Principe Créateur, et il est permis de confondre « Maïa » et « Maria » car ce nom reste dans notre calendrier le mois de Mai officiellement dédié à Marie. Dans la mythologie grecque, Maïa est l'aînée des Pléiades qui, séduite par Zeus, donne naissance à Hermès.*

4 *www.templiers.org/ fut un site internet coopératif auquel l'auteur a collaboré et qui connut son heure de gloire sous le nom de « Projet Bauceant » entre 1997 et 2001, époque où il recevait des dizaines de milliers de connexions par mois. Mis en sommeil après injonction judiciaire (classée sans suite) d'un groupe belge se prétendant d'obédience templière, puis ré-ouvert selon une formule « club privé » en 2003, il est toujours le site de référence de tous les passionnés de l'histoire templière.*

idée que le Graal n'était autre que l'intimité de Marie-Magdeleine elle-même... Pour contenir le corps et le sang d'un homme, peut-on en effet imaginer plus approprié que l'utérus de sa femme ?... N'oublions pas que le Graal est présenté comme un vase, avec un grand V, et le V est depuis des millénaires le symbole par excellence de la féminité... C'est d'ailleurs sur un incertain V virtuel du tableau de Léonard, « la Cène », que tout son roman est basé. Argument un peu léger à mon avis, il aurait pu trouver un tas d'autres choses plus solides qu'un espace vide sur une toile pour étayer une thèse. Mais bon, chacun ses goûts et ses trucs. Pour ma part, j'ai quelques autres idées : sais-tu par exemple que Marie-Magdeleine fut la toute première des disciples, et qu'elle pourrait bien avoir été le véritable chef de file des tout premiers chrétiens ?... Même l'Église convient aujourd'hui qu'elle ne fut pas la pécheresse pour laquelle elle l'a fait passer durant des siècles. Là, je rejoins volontiers Dan Brown quand il fait émerger l'idée d'une déité féminine.

Mais bon, on discutera ça plus tard. Je vois que l'heure tourne et cet après-midi il y a concert d'orgue à la cathédrale que je ne voudrais pas manquer... La paella est servie, Jack... Bon appétit !

*

Contrition injustifiée
De nos jours, Abbaye de Saint-Benoît, 06 Mai 14h00

— Pardonnez-moi, mon Père, parce que j'ai péché...

Sur les dalles de grès de la grande nef, dans la vénérable abbaye du VIIIe siècle au narthex mondialement connu par son extraordinaire clocher-porche et ses sculptures médiévales, un moine, le visage couvert de larmes, s'agenouilla devant son supérieur pour se libérer de l'écrasante douleur morale qui l'oppressait.

L'abbé s'émût de ces larmes. Depuis que Frère Claude était devenu Dom Claude, prieur de Saint-Benoît, il n'avait jamais vu un de ses congréganistes dans un tel état.

— Que vous arrive-t-il, Frère Xavier ?

— Mon Père, j'ai commis une faute gravissime, et l'éternité en Enfer ne suffira pas à m'en punir. J'ai failli mourir, mais à cause de moi c'est une autre âme qui a rejoint le Père...

— Allons allons, Frère Xavier, ne vous chargez pas d'un tel fardeau sans raisons profondes... Si vous me disiez exactement de quoi il retourne ? Et c'est quoi toutes ces égratignures que vous portez au visage ?... Vous seriez-vous battu ? Je n'ose le croire !...

— C'est à cause du parchemin, mon Père... Je ne croyais pas que ça porterait à conséquences, mais Dieu m'a démontré combien je me trompais car cet homme est mort par ma faute...

— Ah ça, Frère Xavier ! Allez-vous vous expliquer clairement, à la fin ?!... De quelle mort vous sentez-vous donc coupable, et que vient faire un parchemin dans l'affaire ?

Frère Xavier exhiba le journal du jour sur lequel figurait la photo mortuaire de l'inconnu trouvé dans le canal.

— Ce malheureux... égorgé... trouvé dans le canal... J'avais rendez-vous avec lui, mon Père...

— Rendez-vous avec lui ? Mais ce n'est tout de même pas vous qui l'avez occis, frère Xavier ?!

— Ah ça non, bien sûr, ce n'est pas moi... J'ai même cru un instant être victime à sa place, mais à la lecture des journaux, j'en suis arrivé à penser que j'ai servi d'appât pour que l'assassin remplisse son office. Et je ne sais plus quoi faire, mon Père. Faut-il que j'aille me dénoncer à la Police ?...

— Doucement, doucement, Frère Xavier... Si vous n'avez fait que servir d'appât à votre corps défendant, vous n'avez rien à vous reprocher. Racontez-moi en détail comment la chose s'est passée... Et d'abord, ce que vous faisiez sur le bord de ce canal...

Frère Xavier reprit son souffle en même temps que son récit par le début.

— Voilà... Comme vous savez, mon Père, après la Révolution, nombre de bâtiments conventuels ou religieux ont été vendus en tant que Bien Nationaux à des entrepreneurs qui les ont trop souvent démantelés comme carrières de pierres. Mais notre Abbaye a été vendue à un architecte qui n'a pas voulu démolir une telle beauté. Il l'a donc simplement transformée en entrepôt et en a juste débarrassé l'intérieur... Lors du démontage de l'Orgue datant du Moyen-Âge, les ouvriers avaient trouvé une ancienne partition sur un parchemin tombé longtemps auparavant entre les tuyaux de l'instrument... À l'époque, ils n'y avaient pas porté attention et le nouveau propriétaire des lieux avait tout bêtement rangé le parchemin parmi un tas d'autres palimpsestes entassés par les moines depuis des siècles... On avait complètement oublié cette partition depuis, et c'est seulement lors des travaux de restauration de la bibliothèque, ces derniers mois, que nous sommes retombés dessus en faisant l'inventaire...

— Oui, je sais tout cela. C'est ce fameux document dont nous avons fait parvenir la copie à la Société Archéologique d'Orléans ?... Et alors ?

— Eh bien, la Société d'Archéologie est restée très discrète sur l'examen de ce palimpseste. Il semblerait qu'il date de l'époque de Jeanne d'Arc.

— Comment ça, il semblerait ?... Vous n'en savez rien ? Ne l'avez-vous pas examiné en interne ?

— Si fait, si fait ! Et nous nous sommes bien rendu compte que la partition musicale avait été réécrite par-dessus un document antérieur, mais vous n'ignorez pas que, si nous ne disposons plus des compétences des frères copistes du Moyen-Âge dans notre vieux scriptorium, nous n'avons pas encore non plus les moyens techniques modernes d'examens et d'expertise. J'ai donc dû n'en conserver que la copie numérique et envoyer l'original à la Société Archéologique, beaucoup mieux équipée que nous pour l'analyser.

— Vous auriez dû m'en prévenir, mais le mal n'est pas si terrible... La Société Archéologique est un organisme sérieux et le document est en de bonnes mains... Où est le problème ? Et quel est le rapport avec ce crime affreux ?

— C'est que, voilà... Il y a quelques jours, j'ai reçu un appel. Un belge qui se disait conservateur d'une fondation pour le patrimoine historique et qui aurait voulu l'examiner ou en avoir une copie... Je l'ai bien sûr renvoyé vers la Société Archéologique d'Orléans mais il a insisté, disant que pour l'instant le document était inaccessible avant les fêtes... Il était pressé de rentrer en Belgique... est-ce que je ne pouvais pas lui fournir une copie ?... J'ai vérifié, et il disait vrai, apparemment la Mairie d'Orléans souhaitait préserver la surprise... Bref, ce monsieur s'étant montré très aimable, je n'avais aucune raison de refuser d'accéder à sa demande et j'ai donc dupliqué la copie numérique que nous avions afin de lui en donner une sur CD Rom... Avec un matériel informatique approprié et par le jeu de sélection des couleurs, ce qui fut dessous transparaît, pas aussi clairement qu'avec l'original sans doute mais bon, c'est tout ce que je pouvais faire... Comme je devais me rendre pour autre chose à Saint-Loup, à l'entrée d'Orléans, nous avons convenu d'un rendez-vous sur le bord du canal afin de ne pas nous manquer. Et c'est là que d'un seul coup tout se complique !...

— Pourquoi cela ?

— Je ne sais pas comment c'est arrivé, mon Père, j'y étais avec quelques minutes d'avance quand j'ai soudain été saisi par derrière et une main s'est plaquée sur ma bouche ! J'ai senti une odeur bizarre, certainement du chloroforme, puis j'ai dû m'évanouir... Quand j'ai repris conscience, j'étais ligoté et bâillonné dans les hautes herbes au pied du mur du canal...

— Je comprends en effet que vous soyez choqué, Frère Xavier, mais vous en êtes revenu puisque vous voilà... Remettez-vous, et contez-moi la suite... Qu'est-ce qui vous fait penser que votre mésaventure a un lien avec ce meurtre ?

— C'est que... j'ai reconnu la victime, mon Père !... Ce monsieur belge est effectivement venu au rendez-vous quelques minutes plus tard... J'ai fait ce que je pouvais pour attirer son attention depuis mon lit de cailloux... L'homme m'a fait signe d'attendre, me faisant comprendre qu'il allait chercher quelque chose pour descendre me délivrer, mais je ne l'ai jamais revu... Jamais jusqu'à aujourd'hui, en photo dans le journal !... C'est bien lui. Pauvre homme !... Égorgé comme un goret !

— Vous parlez là de la victime, n'est-ce pas ? Mais alors... Qui vous a ficelé comme un saucisson et comment vous êtes-vous tiré de là ?

— Qui m'a agressé, je me le demande encore... Quant à savoir comment j'en suis sorti, c'est grâce à un couple de kayakistes passant une bonne heure plus tard et qui a entendu mes gémissements. Ils se sont approchés de la rive et m'ont trouvé parmi les joncs. J'étais si effrayé qu'une fois détaché je n'ai pas demandé mon reste. Je n'ai même pas pris le temps de les remercier ni de leur demander leur nom... Je suis rentré aussitôt à ma cellule, j'ai pris une douche et j'ai passé la nuit en prière. La journée d'hier a été épouvantable, je ne savais pas comment avouer ma faute, ni même si j'en avais commis une en faisant cette copie que mon agresseur m'a volée... Ignorant du drame qui s'était joué là-bas, je ne comprenais pas pourquoi on m'avait attaqué. C'est seulement ce matin, en voyant dans le journal la photo de la victime, que j'ai compris... Tout concorde, l'assassin était visiblement au courant de notre rendez-vous... Dieu me pardonne si je suis pour quelque chose dans la mort atroce de ce pauvre homme !...

— Quelle aventure, Frère Xavier ! Ce monde est décidément terrible ! Mais vous êtes là en entier, et c'est l'essentiel. Et cette copie ? Vous l'avez toujours ?

— Malheureusement non... Je présume que mon agresseur m'a fouillé pendant que j'étais évanoui et s'est emparé du CD avant d'assassiner mon visiteur...

— Probablement. Mais je voulais dire la première copie, à partir de laquelle vous avez fait un double pour votre Belge... C'est étonnant qu'on puisse aller jusqu'à commettre un acte aussi abominable pour un tel document... Allez donc chercher cette image dont nous disposons encore, Frère Xavier, et rapportez-la dans mon bureau que nous l'examinions ensemble de plus près...

Ah ! Et puis, allez en paix, mon fils, vous n'avez rien commis de répréhensible et vous êtes vous-même victime dans cette affaire. Je crois que vous devez porter plainte... Nous irons ensemble voir la police dès demain matin. En attendant, ne portez pas la croix d'une responsabilité qui n'est pas la vôtre... Ce serait un terrible péché d'orgueil, frère Xavier !

*

Les dessous d'une vieille Dame
De nos jours, Cathédrale d'Orléans, 06 Mai 15h00

La foule se pressait dans la grande nef centrale. Chacun tentait de se faufiler pour gagner une chaise avant qu'il n'y en eut plus une de libre. Quand Ryan et Scotty pénétrèrent dans l'édifice, des centaines de personnes comme Jack et Johan étaient déjà assises, dos tourné à l'autel central, face aux grandes portes cloutées au-dessus desquelles trône le Grand Orgue. Ryan et Scotty trouvèrent encore deux chaises au dernier rang.

Comme tous les monuments religieux, l'Abbaye de Saint-Benoît sur Loire avait été vendue après la Révolution Française. Si nombre de ces édifices ont servi de carrières de pierres, certains on été préservés et utilisés comme usines ou entrepôts, telle la Collégiale Saint-Pierre le Puellier un temps transformée en grenier à sel. Pour sa part, l'architecte qui avait racheté Saint-Benoît en avait fait un entrepôt et avait fait démonter l'antique orgue médiéval qui, quelques années plus tard, fut rapporté par le fleuve depuis l'Abbaye jusqu'à Orléans et remonté là au XIXe siècle.

Remis à neuf au cours des années précédentes, ça faisait plus de quatre ans qu'on n'avait plus joué du vieil instrument et chacun ce jour-là était impatient d'entendre attaquer dans quelques minutes, par un célébrissime organiste international, le *Requiem* de Duruflé... Tous les regards étaient donc tournés vers lui. Cependant, dans l'abside à laquelle le public tournait le dos, devant le pilier d'angle d'une chapelle, glissa une ombre furtive qui sembla littéralement entrer dans le mur...

Ryan, qui avait toujours l'œil partout, sursauta. Il tapa discrètement l'épaule de Scotty qui se retourna.

— Tu l'as vu ?... Le type, là... qui vient d'entrer dans la sacristie ?

— Désolé Commandeur, je n'ai vu personne. Je ne sais même pas où est la sacristie dans cet édifice...

— Bon, suis-moi, allons-y !... Un type qui se faufile ainsi sur la pointe des pieds doit sûrement avoir des choses à cacher... et sa silhouette me rappelle quelqu'un...

— Ah ben... si tu le connais c'est différent...

— Si c'est bien celui que je crois... c'est lui qu'on appelle *Ishkarioth*... Cette démarche feutrée et cette souplesse de félin, je m'en souviendrai toute ma vie. Je l'ai juste croisé une nuit il y a cinq ans dans une autre affaire à Québec... Mais ma vie, elle, a bien failli s'arrêter ce jour-là...

— Oh ! le tueur ?... et c'est qui, cet « *Ishkarioth* » ?

— Personne ne le sait vraiment. Il serait originaire d'Amérique Centrale. Je me trompe peut-être mais, si c'est bien lui méfie-toi Scotty, et surveille tes arrières, c'est un adversaire redoutable...

— Tu penses que c'est l'assassin de Conrad ?

— J'en mettrais ma main à couper... et si je me trompe, je préfère encore la main que le cou !... Mais que peut-il bien faire dans cette cathédrale ?... Ce serait un coup de chance extraordinaire de l'identifier ici... Dépêche-toi, suivons-le !

Arrivés devant la chapelle latérale, Ryan interrogea Scotty du regard. Il était perplexe... C'était pourtant bien là qu'il avait vu l'ombre disparaître, il n'était pas fou !...

Le fond de la chapelle était une œuvre d'art, un admirable lambris de bois sculpté dans le style du jubé bien que datant d'une époque très antérieure... Ryan palpa la surface à la recherche d'un mécanisme... Ne trouvant rien après quelques minutes, il déposa un euro dans la tirelire et se saisit d'un cierge sur le présentoir. Il l'alluma et passa lentement la flamme devant la boiserie. Celle-ci vacilla bientôt sous l'effet d'un très faible courant d'air, indiquant une jointure à peine discernable dans la semi-obscurité du lieu...

Ryan suivit le mince interstice jusqu'à trouver une cheville qui s'enfonça sous ses doigts. Le panneau s'ouvrit sans bruit. Les gonds venaient à l'évidence d'être huilés. Les deux hommes se glissèrent à leur tour par l'ouverture artistement découpée et intégrée dans le lambris. « *La porte du royaume est plus étroite que le chas d'une aiguille* » pensa Ryan...

Ça ne menait visiblement pas à une sacristie. Ça ressemblait furieusement à un passage secret avec l'amorce d'un étroit escalier, sombre et poussiéreux, qui descendait probablement à une sorte de crypte inconnue des plans officiels de l'édifice. La raideur et l'étroitesse du colimaçon obligeaient à descendre doucement. Les marches montraient très peu d'usure, indiquant par là que fort peu de gens avaient utilisé ce passage au cours des siècles. En bas, une simple pièce meublée d'un matelas à même le sol, d'une table pliante et deux chaises transformables en prie-dieu. Face à l'escalier, un tout petit autel, et autour de grands placards en bois brut. Seuls le matelas de mousse et des couvertures neuves et propres indiquaient que l'endroit avait été récemment utilisé. Un réchaud à gaz de camping, une casserole et un pack de lait entamé montraient qu'un squatter avait séjourné là plusieurs jours...

Un rapide coup d'œil leur laissa penser que cette espèce de chapelle souterraine ne comportait aucune autre issue, et malgré ça, personne ! Le Sicaire avait disparu ! Ils se mirent à inspecter soigneusement chaque placard après l'autre, sondant d'un coup de poing les fonds pour vérifier qu'ils ne sonnaient pas creux... Mais ils sonnaient bien plein. Les parois étaient taillées dans la roche.

Dans les placards, deux chasubles et des étoles poussiéreuses datant de Mathusalem, quelques ustensiles de service religieux, de vieilles revues en quantité, oubliées là sans doute par un bedeau peu soucieux d'ordre à une époque antédiluvienne, mais rien qui permit à un homme normal de s'évaporer...

— Shit ! Où est-il donc passé, l'animal ? s'exclama Ryan à haute voix.

Scotty secoua une revue pour faire tomber la poussière accumulée depuis plus d'un siècle. Elle portait une date : Janvier 1906.

— Ben dis donc ! Ils ne renouvellent pas souvent leur abonnement ici !

Ryan en secoua une à son tour, qu'il compara à celle que tenait Scotty.

— Au contraire, les gens qui ont oublié ces piles de revues ici n'en étaient pas les abonnés mais les abonneurs... Regarde, ce sont toutes les mêmes, elles portent toutes la même date de parution ! Ce sont probablement des exemplaires qui n'ont pas trouvé preneurs à l'époque et qu'on aura oublié de mettre au pilon...

— Hum... C'est étrange... dit Scotty.

— Quoi ? Qu'est-ce qui est étrange ?

— De déposer ici cette pile de revues non distribuées et seulement ce numéro-ci... Si c'était un genre d'entrepôt de la Presse Catholique de l'époque, on devrait trouver d'autres numéros, des trimestres d'avant et d'après... Mais pourquoi seulement celui-ci ?...

— Oui, tu as raison... C'est bizarre... Prenons-en un ou deux exemplaires et remontons. Nous les lirons à tête reposée.

Les deux hommes allaient remonter vers la Nef quand ils découvrirent sous l'étroit escalier une issue qui avait échappé à leur inspection : dans le grand placard mural qui jouxtait le débouché dans la pièce, une seconde porte étroite se découpait, non pas sur le fond mais sur le côté, ouvrant sans doute vers un prolongement de l'escalier en colimaçon... Mais celle-là était bardée de fer et fermée à clé. Sans matériel adéquat, ils ne pouvaient rien tenter. Ils n'insistèrent pas et remontèrent à la lumière diffuse des vitraux de la grande église. Le concert avait commencé. Tout le monde avait les yeux et les oreilles tournés vers l'orgue tonnant de sonorités éclatantes qui se répercutaient dans les poitrines et sous les voûtes à en faire trembler l'édifice... Personne ne les vit ressortir de cette petite porte du lambris.

*

Des chrétiens pas catholiques
De nos jours, un couvent de Carmélites en banlieue d'Orléans, 06 Mai 18h00

— Je vous rend grâce de votre hospitalité ma Mère, dit Ryan à la Supérieure Carmélite. Nous ne saurions être n'importe où ailleurs plus tranquilles qu'ici. J'espère que nous ne troublons pas le recueillement de votre congrégation...

— Mes fils, vous êtes ici chez vous ! Il y a longtemps, Dieu nous fit profiter de vos installations, nous mettant pour ainsi dire en charge de les conserver. Bien sûr, il y a eu depuis beaucoup de changements, mais c'est toujours Votre Maison !

— Je vous remercie, ma Mère, répondit Ryan. Peu de religieux ou religieuses ont encore ce type de raisonnement à notre égard.

— Pardonnez-leur, Commandeur, ils ne savent pas... Pour ma part, dans ma famille, plusieurs de mes ancêtres ont été des vôtres. J'ai même encore un frère – de ma famille génétique, s'entend – qui est Chevalier de Saint-Lazare, ici-même à Orléans... Je suis donc au courant de votre survivance occulte et des innommables accusations qui ont sali la mémoire du Temple... et je sais bien, moi, que toutes ces horribles accusations étaient fausses ! Mais tout le monde n'a pas cette chance... Quand le Père de Givrenches m'a demandé de vous accueillir en toute discrétion, mon devoir m'est clairement apparu : vous me demandiez l'hospitalité mais c'est moi qui devais vous remercier de toutes les souffrances subies par votre Ordre depuis sept siècles...

— Soyez bénie, ma Mère, pour votre grande charité. Quand nous sommes arrivés hier soir nous n'avions pas pu vous remercier, vous étiez en prière, mais aujourd'hui si vous aviez un moment à nous consacrer...

— Passons dans mon bureau si vous voulez bien. Inutile d'intriguer nos sœurs par une discussion publique dans ce cloître sonore...

*

Le bureau de la Supérieure carmélite était simple mais confortable. Une grande porte-fenêtre ogivale ouvrait sur un cloître au milieu duquel trônaient des plates-bandes soigneusement entretenues, où poussaient quantités de plantes rares à la manière des jardins médiévaux : un carré pour les légumes, un autre bordé de buis pour les simples médicinales et les plantes symboliques, un troisième pour les tinctoriales et plantes à parfum, le quatrième pour les épices.

— Vous avez là un magnifique jardin, ma Mère !

— Merci. Il fait la fierté de nos sœurs jardinières car il est conforme au *Capitulaire de Villis* édicté par Charlemagne. Nous tenons beaucoup à préserver toutes ces souches originales... près de quatre-vingt-dix espèces différentes tout de même !... se rengorgea la Supérieure. Et malheureusement, aujourd'hui avec la pollution et le réchauffement climatique, on les trouve de plus en plus rarement dans la nature...

— Malheureusement, comme vous dites !

— Mais vous n'êtes pas venu ici parler d'agriculture biologique, n'est-ce pas, Commandeur ? Racontez-moi... Quelles aventures a donc vécu votre Ordre depuis son abolition officielle ? Et d'abord, pour quelles véritables raisons a-t-il été aboli puisque l'on sait aujourd'hui que les accusations formulées contre lui à l'époque n'étaient que calomnies ?

— Hum... C'est délicat, ma Mère... Je ne voudrais pas froisser votre Foi visiblement très grande...

— Oh ! Alors là, vous pouvez y aller sans crainte ! J'ai l'habitude qu'on me chambre sur ce plan. Je vous ai dit que plusieurs de mes ancêtres étaient des vôtres, mais j'en ai aussi une grande part qui furent francs-maçons ou même athées... Et cependant je ne suis pas loin de penser qu'il y avait une certaine fraternité entre eux... En tous cas une philosophie qui les rapprochait...

— Et vous n'êtes pas loin de la vérité, ma Mère... Les Templiers ont toujours eu un statut à part dans la grande famille des Chrétiens. Vous n'êtes pas sans savoir qu'ils ordonnaient leurs propres chapelains ?...

— En effet, et ça m'a toujours surprise. Il n'y a aujourd'hui que les Jésuites pour bénéficier de ce privilège, et je me suis souvent demandé pourquoi...

— Oh, je peux bien vous le dire ma Mère... C'est un secret soigneusement caché aux profanes, mais à vous je peux en faire part, parce que vous êtes un peu... « de la famille » si je puis dire...

— Commandeur, vous m'intriguez au plus haut point ! Ne jouez pas avec mes nerfs !...

— Je vais être franc, voilà ! L'Ordre du Temple a toujours ordonné ses propres prêtres parce que ceux-ci prêchaient en réalité une Foi notablement différente du dogme enseigné par Rome aux fidèles...

— Que voulez-vous dire ? Les Templiers n'étaient-ils pas de bons chrétiens ?

— Oh mais si, bien sûr ! Et j'aurais même tendance à dire plus « fidèles » que beaucoup d'autres !...

— Comment ça ?...

— Vous connaissez les Écritures, ma Mère... Ce n'est pas à vous que je vais faire un cours de théologie. Eh bien, supposez que, d'un coup, toutes vos connaissances de cette belle histoire soient à revoir... Ça ne vous empêcherait pas d'avoir la Foi dans l'Essentiel de l'Enseignement de Jésus, je n'en doute pas : La Résurrection et le fameux « *Aimez-vous les uns les autres comme Dieu vous aime !* ». Par contre, ça vous obligerait à prendre un certain recul par rapport au dogme forgé par le Vatican au fil des siècles, n'est-ce pas ?... Par exemple, les récentes découvertes des Manuscrits de la Mer Morte sont plus que troublantes sur le plan historique, vous en conviendrez avec moi...

— Honnêtement, je suppose que je dois répondre par l'affirmative, confirma la Supérieure intriguée. Dieu merci, je n'ai jamais été confrontée à un tel dilemme car je fais confiance à ma hiérarchie pour trier le bon grain de l'ivraie. Mais où voulez-vous en venir, Commandeur ?

— À ceci : Les Templiers ont découvert dès le XIIᵉ siècle que Rome trichait sur le dogme qu'il imposait aux fidèles !...

Le Mère supérieure bondit !

—Le Vatican tricheur ? Ah, ça ! seriez-vous donc hérétique, Commandeur ?... Si ce n'était le Père de Givrenches qui vous ait recommandé, je...

— Calmez-vous, ma Mère ! Le Père de Givrenches, que vous estimez si bon chrétien et avec raison, est précisément l'un de nos chapelains... Il a été ordonné deux fois : une fois par un évêque catholique et romain, et une seconde fois lors d'un convent présidé par notre Grand-Maître actuel. Et je suis d'accord avec vous pour dire que c'est un homme exceptionnel, qui ne se contente pas du statut que lui accorde sa position de Supérieur de Saint-François.

La Mère Supérieure parut ébahie par la révélation.

— Le Père de Givrenches est des vôtres ?... Je ne l'aurais jamais deviné !... Mais je ne comprends pas comment peut-il être à la fois de Saint-François et du Temple ?... Comme dit l'Évangile, on ne peut servir deux maîtres à la fois...

— Comprendre... C'est là que réside le problème de ceux qui ne savent pas, ma Mère, en fait la plupart des gens. C'est juste une question de perception...

— Sans doute ! Mais j'attends tout de même de vous une explication convaincante...

— Patience, ma Mère... La voici : comme je vous disais, le Père de Givrenches est doublement ordonné. Mais souvenez-vous qu'il n'est pas le seul dans ce cas, notre Saint-Père le Pape lui-même porte une triple tiare appelée le *Triregnum*, et ceci n'est pas sans signification...

— Les pharaons en portaient bien une double, et ça n'en faisait pas des chrétiens pour autant...

— Certes, certes... Au temps d'Akhenaton ils n'en étaient pourtant pas si éloignés, cependant dans leur cas il s'agissait de réunir deux royaumes, pas deux missions. Mais le sujet nous entraînerait trop loin, nous l'aborderons peut-être un autre jour... Revenons aux différences entre le dogme catholique romain et la foi templière...

— Je vous écoute...

— C'est une chose pour laquelle il nous faut remonter très loin dans le temps... Vous savez que les premiers chrétiens sont arrivés par la Méditerranée, dans les petites colonies juives bordant le monde romain de l'époque, et notamment dans le Languedoc Roussillon actuel. Leur arrivée remonte autour des années 40 à 70 de notre ère, c'est-à-dire juste après la Crucifixion et un peu avant la chute de Jérusalem et la persécution de la première Église de Jacques... Vous savez aussi certainement que c'est l'empereur Constantin, plus de trois siècles après, puis son successeur Théodose, qui mirent fin aux nombreuses persécutions des premiers chrétiens en déclarant le Christianisme « Religion d'État » dans tout l'Empire ?...

— Je sais tout cela, bien sûr, mais...

— Laissez moi finir, ma Mère... Vous savez encore certainement que les *missi dominici*, envoyés par tout l'Empire romain alors déclinant, avaient pour mission de rassembler les diverses églises autonomes en une grande communauté de fidèles... Là où auparavant chaque Assemblée (« *ekklesia* » en grec) élisait son propre évêque localement, on les désigna par la suite de manière administrative et, disons-le, il arriva même qu'ils fussent parfois « parachutés » par Rome dans les diocèses comme on le fait aujourd'hui de vulgaires politiciens dans une circonscription à prendre...

— Vous êtes dur, Commandeur, mais on peut dire ça comme ça, en effet... Loué soit Constantin pour avoir répandu cette foi dans l'Empire, même de cette manière, dit la Supérieure en se signant... Et il est juste qu'ici, à Orléans, nous avons oublié les noms des tous premiers évêques pour nous souvenir surtout de celui de Saint-Euverte, le dernier à s'être fait élire par acclamations, puis de son successeur Saint-Aignan, désigné par lui...

— Vous connaissez mieux que moi l'histoire locale. Notez en passant que c'est précisément cet Euvertius, ou Saint-Euverte, qui décida (miraculeusement) de l'emplacement de la future Cathédrale Sainte-Croix, comme par hasard sur les reliefs d'un ancien temple romain, et à qui l'on dédicacera plus tard une église portant son nom également sur les fondations d'un ancien temple de Diane[1], devenu entre temps « N.D. du Mont »... Mais je passe rapidement sur quelques siècles pour arriver à la fondation de Micy, près d'Orléans où nous sommes, par un fidèle de Clovis...

— Vous parlez sans doute d'Euspicius et de son neveu Maximinus qu'on appellera Saint-Mesmin...

— Lui-même. Ce Saint-Mesmin, dont la topologie locale conserve le nom en maints endroits, fut en effet un grand civilisateur. C'était un homme très instruit pour l'époque, qui a su drainer les marécages et y faire pousser des céréales, construire les ponts et les moulins qui vont avec[2], cultiver le

---

1 *Contraction de « divina », la divine.*
2 *Moulins dont certains subsistent sur la rivière du Loiret.*

chanvre dont on faisait les cordages et toutes ces choses dont les anciens Orléanais avaient besoin pour vivre et commercer sur la Loire... Mais surtout, il a réuni à Micy la plus vaste bibliothèque des Gaules à l'époque, et de nombreux moines y vinrent étudier qui fondèrent ensuite des écoles célèbres au temps de Charlemagne, comme Meung ou Saint-Benoît sur Loire... Du marécage originel, il a su faire croître et éclore le Lys... Là a été longtemps la plus grande gloire de l'Église...

— L'image est belle, et jusque là je vous suis, mais je ne vois toujours pas où vous voulez en venir...

— Nous y sommes, ma Mère... Ce Maximinus est un saint « sauroctone », un chasseur de dragon selon la légende...

— En effet, il a même été inhumé dans la grotte qui servait de tanière à ce soi-disant dragon et qu'on peut encore visiter sous l'église de la Chapelle-Saint-Mesmin, sur nos bords de Loire... Mais je doute que vous accordiez quelque importance à ces jolis contes, Commandeur... Les chevaliers et autres chasseurs de dragons, c'est bien au cinéma...

— Ah ! ma Mère... n'oubliez pas que je SUIS un chevalier moi-même, en chair et en os, même si nous ne portons plus la cotte de maille !... et quant au Dragon, tout dépend de ce qu'on désigne sous ce nom... Tout, dans nos archives, porte à penser que ce dragon-là n'était qu'une allégorie relative à la survivance de très anciens cultes païens, toujours bien présent dans les esprits à une époque où le Druidisme était sensé avoir disparu depuis des générations, et où toute lumière devait impérativement et exclusivement provenir de la Très Sainte Église Catholique Apostolique et Romaine... Sous le règne de Charlemagne particulièrement, l'Église devint la source claire de la Civilisation. Le fait d'ouvrir les écoles plus largement, et même souvent aux gens modestes, a apporté une véritable explosion culturelle. Bien que ces écoles aient été uniquement sous contrôle de religieux, l'enseignement y était très « ouvert » dirais-je, puisque aussi bien Platon ou Aristote y étaient étudiés... Puis est venu ce qu'on a appelé l'âge sombre de la « Féodalité ».... Et là, tout a changé !

— Comment cela, tout a changé ?... L'Église est restée la même...

— Hélas non ! Toute société humaine a ses dérives, et l'Église n'a pas échappé à la règle. La moralité s'est délitée, les rivalités d'intérêts entre abbayes et monastères tout comme entre petits seigneurs locaux se sont accentuées, et ce furent les temps du haut moyen-âge et de l'obscurantisme le plus complet... Famines, rapines, champs incendiés, chasse aux cerfs et aux serfs, etc... Charles-le-Gros ramena un peu de calme avec la fondation des « communes » dont l'une des toutes premières chartes connues fut celle de Lorris, pas loin d'ici. Puis, avec l'avènement des Capétiens, originaires d'Orléans, l'Église prit peu à peu un rôle de plus en plus important dans la direction « politique » du royaume...

Déjà, depuis Clovis et le véritable « partage du Pouvoir » qui avait eu lieu ici même, à Orléans, en 511 lors du Premier Concile des Gaules, les évêques avaient reçu, un peu comme des Préfets de nos jours, charge comtale de défense de la cité. Ils y détenaient « Droit de Haute et Basse Justice » et en conséquence même les prisons dépendaient de l'évêque du lieu... Durant la période féodale, à partir de l'an 800 environ et jusqu'aux Croisades, les possessions ecclésiastiques, évêchés, archevêchés, abbayes, devinrent de véritables « fiefs » des Princes de l'Église, au sens de la possession terrestre et personnelle de territoires immenses. Les abbayes et les monastères devinrent de véritables entreprises commerciales, souvent très rentables et de ce fait souvent mises « en commende », c'est-à-dire données en bénéfices à des abbés laïcs, comme si on pouvait être à la fois régulier et séculier, du siècle et de l'ordre !... Ce n'était pas sans rappeler nos modernes actionnaires de grandes sociétés qui ne connaissent que la rentabilité immédiate au point d'en venir parfois à tuer l'outil et les hommes qui le servent. Mais ceci n'est qu'une parenthèse. Bref, tout cela avivait la rivalité entre clergé « régulier », relevant de l'Église, et clergé « séculier », les seigneurs de la Société Civile... Et l'on commença à entendre s'élever contre ces pratiques purement mercantiles et financières de vives protestations de la part des gens de bien, comme Eucher, l'un de vos évêques, et notamment des bénédictins... C'est néanmoins à cette époque que d'autres rêvaient d'entrer dans des ordres comme Cluny, devenu très riche, voire fastueux...

Alors naquit Cîteaux. Austère et ascétique en réaction à l'opulence de Cluny, l'Abbaye de Cîteaux se voulait exclusivement constructive et pédagogue...

— Allez-vous me les citer tous, Commandeur ? Je connais assez bien l'histoire des ordres religieux vous savez !... Allez donc droit au but ! Qu'avaient donc les Templiers de si particulier ?...

— Cette fois nous y sommes, ma Mère... Je ne dressais ce tableau que pour vous remettre en mémoire le fait que l'Église avait suivi de nombreux sentiers, et s'était parfois fourvoyée elle aussi avant de déterminer quel était le bon... Nous voici en effet parvenus à l'époque des Croisades... Elles ne furent pas prêchées uniquement dans le but de « délivrer le tombeau du Christ » comme le prétendent les manuels d'histoire, mais au moins autant pour la raison très temporelle et mercantile du contrôle des routes commerciales, en l'occurrence celles des pèlerinages se confondant en Orient avec la « Route de la Soie », tout comme de nos jours le clan Bush, par sa mainmise sur le Moyen-Orient, voulait contrôler les routes du Pétrole... Il est d'ailleurs symptomatique qu'il se soit appuyé sur le même type de raisonnement et de prétextes à l'encontre d'un très opportun « terrorisme islamique » dont s'étaient déjà servis les papes du Moyen-âge pour appeler à la Croisade... mais passons !... C'est là en effet qu'intervient un incident qui va à tout jamais imprimer sa marque dans l'Histoire, même si celle-ci fut jusqu'à maintenant gommée des manuels scolaires...

— Ah ! Enfin... soupira la Supérieure impatiente.

— Ceux qu'on appellera plus tard « les Templiers » étaient au départ des gens nobles et cultivés, aisés le plus souvent j'en conviens, mais simples particuliers appartenant à ce que nous dirions aujourd'hui l'élite de la Société Civile... Des gens instruits et éclairés qui considéraient que l'influence de la Religion dans la vie d'un homme est une chose trop délicate et importante pour la laisser aux seuls soins de « directeurs de conscience » faisant partie d'un « establishment », comme on dirait de nos jours, par trop temporel...

— Que voulez-vous dire ?

— Je veux dire que ces gens instruits et informés commençaient à renâcler devant la manière dont le clergé de l'époque, et jusqu'aux plus hauts niveaux de l'institution ecclésiastique, manipulait les fidèles à son profit. On pourrait de nos jours comparer la chose avec les clans de Polytechniciens ou d'Énarques qui, par un sentiment infondé mais entretenu d'appartenance à l'élite républicaine, monopolisent souvent par cooptation les postes à responsabilité politique ou économique de nos sociétés libérales... S'il est logique de les mettre là où leurs capacités les prédispose, il n'est pas normal de les y nommer du simple fait de leur appartenance à un clan. Or, depuis la prise de contrôle des Maires du Palais sous les Carolingiens, ce type d'oligarchie était la règle dans le royaume comme dans l'Église.

Nos jeunes seigneurs avaient bien vu comment la toute première croisade, celle dite « des Gueux » menée par Pierre l'Hermite, s'était lamentablement terminée en carnage... Bien que très pieux et Hommes de Foi, ces jeunes nobles ne faisaient plus confiance à « l'Institution » qu'était devenue l'Église de ce temps pour organiser de si lointaines expéditions, essentiellement guerrières, d'où pèlerins ou croisés revenaient rarement indemnes... Ils lui faisaient d'autant moins confiance que certains d'entre eux disposaient d'autres informations sur la Religion et l'exégèse de la Bible...

— D'autres informations ?... s'étonna la mère supérieure.

— Oui... Il existait alors à Troyes une école rabbinique fondée quelques décennies auparavant par le rabbin Rashi, et fréquentée aussi par de nombreux étudiants chrétiens. Les « Commentaires » de Rashi avaient marqué de façon indélébile l'interprétation littérale des Écritures, en éludant les fantasmes au point que Étienne Harding, fondant alors le scriptorium de Cîteaux, enverra ses moines à Troyes chercher une copie de ces écrits et en viendra à supprimer certains passages rajoutés dans la Bible chrétienne qu'il utilisait jusque là... Deux siècles plus tard encore, en 1320, le franciscain Nicolas de Lire, maître en théologie, s'appuiera lui aussi sur Rashi pour écrire ses propres commentaires...

Mais aux tout débuts de ce XIIᵉ siècle existait aussi, à Toulouse, une loge, dite des *Kaddosh*[3], étrange société initiatique datant d'avant l'an Mil, c'est-à-dire bien longtemps avant la première Croisade, et de laquelle avait été membre le pape Sylvestre II lui-même du temps où il n'était encore que le moine Gerber d'Aurillac, fidèle parmi les fidèles du réformateur robertien orléanais Hugues le Grand, et précepteur de son fils Hugues, dont durant près de mille ans la dynastie portera le nom...

— Son nom ? Vous voulez dire Hugues Capet ?

— Lui-même. Qui donnera naissance à la lignée des Capétiens. « Capet » n'était d'ailleurs pas son patronyme puisqu'on n'en portait pas à l'époque. C'était tout simplement Hugues d'Orléans, comme son père. Et on le surnommait « Capet » parce que, comme tous les comtes d'Orléans avant et après lui, il était chanoine de Saint-Aignan et qu'à ce titre il portait une courte cape...

---

3 *Kaddosh : de l'hébreux Kadoucha signifiant « sainteté », et se rapporte à ce qui relève de l'autre monde.*

— J'aurai au moins appris quelque chose aujourd'hui !... apprécia la Supérieure. Mais je vous en prie, continuez...

— Je reprends donc : à ce tournant des XIe et XIIe siècles, plusieurs chevaliers dont Raymond de Saint-Gilles, Hugues de Payns, le comte Hugues de Champagne et encore André de Montbard, faisaient partie de cette loge initiatique.

S'ils ne faisaient pas pleine confiance à l'Église quant à son enseignement dogmatique, et encore moins pour organiser la Croisade, ces gens érudits n'en accordaient pas beaucoup plus aux barons du siècle qui ne voyaient l'expédition que comme un excellent moyen d'aller se tailler des fiefs en Orient... Ils formèrent donc le projet de se rendre en Terre-Sainte eux aussi, afin d'étudier sur place les conditions d'intervention militaire, et y rechercher à la source des compléments d'information sur la naissance du Christianisme... Et parmi eux se trouvait des fidèles de Godefroi de Bouillon, de la Maison de Basse-Lorraine, autrement dit descendant de Clovis et Clothilde, via Charlemagne par les femmes...

— Hola ! Hola !... Je vous vois venir avec votre société initiatique... interrompit la Supérieure. Vous allez me resservir cette vieille lune de l'héritage de Clovis... La lignée de Jésus et Marie-Madeleine et tout le tintouin... Je vous prenais pour des gens sérieux, Commandeur !... Savez-vous bien le mal que cette histoire abracadabrante a fait à l'Église lorsque cet américain, un certain Brown je crois, a sorti son brûlot ?

Ryan hésita à contrer la Mère Supérieure...

— Qui sait, ma Mère ?... Son *Da Vinci Code* n'était certes qu'un roman, une histoire imaginaire, mais très plausible... C'est d'ailleurs ce qui en a fait le succès mondial... Il n'était pas le premier à soulever l'idée d'une union entre Jésus et Marie-Magdeleine, laquelle n'aurait rien de choquant en soi si elle ne contredisait la version de Rome...

— Tout de même, Commandeur... tout de même ! Quand on se voue à Dieu, on se doit de le faire pleinement !

— Je comprends que vous ayez de la difficulté à accepter cette idée ma Mère, vous qui avez fait vœu de chasteté comme nos ancêtres du Temple... Mais après tout, si en 325 le Concile de Nicée dit qu'après son ordination un prêtre ne peut plus se marier, jusqu'au XIIe siècle de nombreux prêtres vivaient toujours en concubinage notoire et ça ne choquait personne. Ce qui était choquant, c'était les conséquences, car en 836 le concile d'Aix-la-Chapelle admit ouvertement qu'avortements et infanticides étaient courants dans les couvents et monastères... Saint-Ulrich tirait argument des Écritures et du bon sens pour dire que la seule manière de purifier l'Église de ces horribles excès était de permettre aux prêtres de se marier, et on peut encore penser aujourd'hui qu'il avait raison. C'est le Concile de Latran qui a définitivement interdit leur mariage, mais pour des raisons toutes prosaïques : tout simplement pour éviter les revendications d'héritiers... Pensez que, même encore de nos jours, les prêtres ne font vœu que de « célibat » quand les moines et moniales comme vous en font un de « chasteté » !... La nuance est subtile...

Mais qu'importe le statut des prêtres dans l'Église Catholique, ce n'était pas mon propos. Ce que je voulais dire, c'est que le séjour sur place de ces hommes de foi les a amenés à étudier de bien plus près les origines de la Chrétienté, et à s'apercevoir que les préceptes originels n'avaient que peu de choses à voir avec la vision Paulienne ou avec les seuls Évangiles canoniques officialisés par Rome, parmi des dizaines d'autres, quelques siècles après la Crucifixion...

— Voulez-vous dire qu'ils auraient découvert des choses en contradiction avec les Évangiles ?

— Contradiction n'est pas le mot que j'aurais choisi. Je dirais plutôt nuances, rectifications, précisa prudemment Ryan.

— Là, vous m'intéressez, Commandeur, continuez, je vous en prie !

— Hum... Je sens que vous allez encore sursauter à l'énoncé de la suite, ma Mère...

— Ça ne fait rien ! Continuez ! Je vous ai dit que j'avais l'habitude de me faire charrier pour mes convictions...

— Je n'en critiquerai rien, rassurez-vous. Notre Foi est sans doute très voisine de la vôtre, selon moi elle est juste comprise sous un angle différent... Je continue donc : Comme vous le savez, Godefroi de Bouillon avait pris le titre modeste « d'Avoué du Saint-Sépulcre », ayant refusé de « *ceindre la couronne d'or...*

— *...là où le Christ avait enduré une couronne d'épine !* »... Je connais l'histoire. Mais que vient faire Godefroi de Bouillon dans cette affaire ? Il n'était pas Templier que je sache !...

— C'est exact, il n'était pas Templier pour la bonne raison que le Temple n'était pas encore debout, si j'ose dire... Mais c'est lui néanmoins qui en a dressé les premières pierres.

— Ah bon ?!.. s'étonna la Supérieure.

— Il a fondé « *l'Ordre de N.D. du Mont-Sion* ». Le seul authentique. Je ne vous parle pas de la falsification avancée par ce mythomane du XXe siècle qui a fait écrire tant de bêtises à propos d'un certain « Prieuré » de son invention... *L'Ordre de N.D. du Mont-Sion*, historique et sans contestation celui-là, fut créé par Godefroi, mais, si son existence est attestée, son rôle par contre est toujours resté très flou, et même secret. Un certain nombre d'indices laissent penser qu'il avait pour but d'influencer ou guider la civilisation au fil des siècles. En cela, il entrait en rivalité directe avec l'institution romaine, et on ne peut s'empêcher de penser que derrière cette création il y avait une idée rejoignant la fameuse lignée cachée qui a fait le succès du roman dont nous parlions tout à l'heure, lignée porteuse d'une philosophie sans rapport avec le dogme... Qui peut savoir ?... Il n'existe de *Sion* aucun acte officiel connu qui permette de confirmer ou démentir cette hypothèse... Mais une chose est sûre, le Mont-Sion était surtout un ordre de penseurs, philosophes, savants, mais surtout politiques, qui avaient besoin d'un bras armé en soutien, tout comme de nos jours existent des organisations paramilitaires jouxtant les factions politiques de l'E.T.A ou du F.L.N.C... Ce fut donc sur les instances de *Sion* que fut créé l'Ordre du Temple, un ordre à la fois monastique et militaire dont les premiers membres prononcèrent leurs vœux entre les mains du Patriarche orthodoxe de Jérusalem, lequel leur donna comme emblème leur toute première croix, celle à double traverse qu'on appellera bien plus tard « Croix de Lorraine ».

Ces premiers Templiers furent ainsi nommés parce qu'ils furent logés sur l'emplacement du Temple de Salomon, octroyé par Baudoin (frère de feu Godefroi de Bouillon décédé entre temps). Ces premiers Templiers sont sensés garder les voies de pèlerinage, mais est-il réaliste d'imaginer que neuf chevaliers auraient pu à eux seuls protéger les chemins de Palestine ?... Évidemment non, cette mission ne fut fixée que bien plus tard. Durant les neuf années qu'ils passèrent sur ces lieux, ils n'en sortirent pratiquement jamais mais profitèrent de ce séjour pour y faire des fouilles, notamment dans les anciennes écuries condamnées dix siècles plus tôt, lors de la démolition du Temple en 70 par les Romains après l'écrasement de la révolte juive...

Lors de ces événements tragiques, les prêtres du Sanhédrin n'avaient pas eu le temps de cacher l'ensemble de leurs précieux trésors religieux, et de grandes richesses et symboles prestigieux comme la Ménorah, ce grand chandelier à sept branches, furent emportés à Rome par Titus, d'abord, puis, après le sac de Rome en 410, rapportés par les Wisigoths jusqu'en en lieu secret du Languedoc. Mais les grands-prêtres étaient cependant parvenus à cacher un certain nombre de documents dans les écuries des sous-sols et à en murer les caches... C'est sur ces caches que tombèrent nos premiers Templiers et ce qu'ils y trouvèrent les laissa pantois... Car les jarres retrouvées renfermaient des documents comparables mot pour mot à ceux retrouvés dans les années 1947/56 dans les grottes de Qumrân...

— Quoi ?!!!

— Eh oui, ma Mère... des documents esséniens... et d'autres plus exactement « *naziréens* », branche cousine ainsi qu'on sait aujourd'hui... Après les avoir discrètement rapportés en France, ils les firent étudier par les plus grands savants, linguistes, rabbins et kabbalistes, appelés en renfort du Languedoc, d'Allemagne, d'Espagne, et même de l'université sarrasine de Cordoue où la civilisation musulmane explosait alors en une floraison extraordinaire. Intégrés dans l'équipe de cryptographes spécialement constituée par le futur Saint-Bernard et son prieur Étienne Harding, le Cistercien qui avait déjà radié dans sa propre Bible certains passages interpolés, ils se pénétrèrent alors des origines véritables du Christianisme plus de mille ans après sa fondation... Du Christianisme, mais aussi du Judaïsme car l'origine de ces deux religions remonte à bien plus loin dans le temps...

— Bien sûr, ironisa la mère supérieure, vous pourriez remonter comme ça jusqu'à Moïse...

Ryan éluda la remarque et continua :

— Plus loin encore, ma mère, mais là n'est pas la question... Outre des indications cryptées concernant un énorme trésor réparti en de multiples cachettes aux environs de Jérusalem, et dont ils ne trouvèrent qu'une très faible partie, ce sont surtout les précisions d'ordre évangélique qui les troublèrent... Imaginez leur surprise lorsqu'ils s'aperçurent que Jésus n'était pas « de Nazareth » – en tant que ressortissant d'une telle cité, laquelle n'existait pas en son temps –, mais « le Naziréen », c'est-à-dire adepte de la secte du même nom, et ayant subi avec succès son « Naziréat » avant d'être consacré rabbin, tout comme de nos jours on dirait « Docteur » à quelqu'un qui a obtenu son « Doctorat »... Comme vous le voyez, c'est assez différent !

— Dieu merci, ça ne change heureusement pas son enseignement, se réjouit la Supérieure... Jésus n'était donc pas de Nazareth mais d'un autre village, et alors ? La belle affaire !... Je suis néanmoins surprise de cette ré-interprétation sémantique... Pourquoi personne n'en a jamais rien dit ?...

— Oh, mais si, on en a parlé !... Et en premier lieu Saint-Bernard lui-même ! Et si l'on n'en trouve plus trace dans ses écrits restés accessibles au public, il en existe assurément des versions dans les caves du Vatican... En tous cas, nos archives à nous disent qu'il ne s'est pas privé d'en faire état dans ses nombreuses et vives discussions avec la prélature de son temps. C'est d'ailleurs la raison pour laquelle il fut tellement craint et respecté, alors qu'il n'était pourtant qu'un simple abbé de monastère...

Né à Fontaine-lez-Dijon, il était – et ce n'est assurément pas un hasard ! – le neveu de cet André de Montbard dont je parlais à l'instant à propos de la loge toulousaine des *Kaddosh* et qui figure parmi les fondateurs du Temple.

Bernard fit ses études à Châtillon-sur-Seine où existe, sous l'église Saint-Vorles, la source de la Douix, une source sacrée pour les Celtes et où depuis l'antiquité se pratiquait un culte à la Terre-Mère. Son caractère entier et la culture particulière dans laquelle il avait passé son enfance le poussèrent à s'intéresser aux autres croyances originelles, et il devint ainsi l'ami d'un évêque irlandais très charismatique lui aussi, chrétien marginal à la limite du paganisme celtique, un certain *Mael Maedoc O'Morgair*, plus connu sous le pseudo de *Saint-Malachie* pour ses prophéties en forme de devises des papes, et qui mourra en 1148 à Clairvaux entre les bras de Saint-Bernard, lequel écrira sa biographie...

À l'étude des documents rapportés de Palestine, le futur Saint-Bernard, naturellement prédisposé, est vite devenu le grand thaumaturge que l'on connaît, qui osait parler aux papes et aux rois sur un ton d'autorité qu'ils n'auraient supporté d'aucun autre moine... Il disait : « *Les affaires de Dieu sont les miennes, et rien de ce qui le regarde ne m'est étranger !* »... ou encore cette autre formule ambiguë : « *On doit parvenir à aimer Dieu par amour de Soi et non plus de Lui, car la prise de conscience que l'on soit un don de Dieu ouvre à l'amour de tout ce qui est Lui* »... De la part d'un simple abbé, on n'avait jamais vu cela dans l'histoire de l'Église, et on ne le reverra jamais plus... Il convenait lui-même que « *Dieu l'avait doué de puissances singulières...* » Mais pour ce faire, il avait à l'appui de sacrés arguments, c'est le cas de le dire...

— Votre histoire est très belle, Commandeur... mais incroyable, permettez-moi de vous le dire !... Pourquoi personne n'en aurait-il jamais rien su ?...

— Parce que tout cela est resté interne à l'Ordre Cistercien, ma Mère. Parce que depuis la prise de Jérusalem jusqu'à la fondation de l'Ordre du Temple, trois papes successifs furent issus de monastères bénédictins et cisterciens. Et dix ans plus tard, en 1128, la consécration officielle de l'Ordre du Temple à Troyes fut entérinée par un concile spécialement convoquée par Honorius II. Seuls y assistaient des évêques et abbés cisterciens ou en portant le label d'origine contrôlée si j'ose dire, y compris Élie, le prélat d'Orléans... La « Construction du Temple », au sens littéral, fut une œuvre entièrement cistercienne, et sa philosophie sous-jacente le fut tout autant.

— Ce qui est assez logique puisque les Cisterciens furent effectivement de grands constructeurs devant l'Éternel, remarqua non sans humour la Supérieure.

— Je ne vous le fais pas dire, ma Mère. Mais, vous me pardonnerez le jeu de mots : s'ils avaient construit jusque là des églises de pierre pour celle de Paul, il s'agissait alors de bâtir plutôt le Temple de Jean... Et ce « temple » n'a d'autre objet de vénération que la Création, la Nature elle-même. Ce n'était ni plus ni moins que la construction d'un « Nouveau Modèle de Société » !... Un nouveau modèle social qui, sans être communiste ou écologiste au sens moderne de ces termes, excluait toute notion de propriété pour les Templiers eux-mêmes durant tout le temps de leur engagement dans l'Ordre et, outre la préservation des ressources communautaires, le partage de la connaissance visait à la création de richesses plus équitablement[4] partagées dans la Société Civile. Le Temple y investit d'ailleurs énormément, selon de nouvelles règles et en fonction de l'éthique de chevalerie propagée à l'extérieur...

— Une belle éthique en effet, dont on pourrait rêver de nos jours. La Papauté n'aurait donc rien dit ?...

— Non seulement Innocent II qui venait de succéder à Honorius n'en a rien critiqué, mais il a même fortement encouragé Saint-Bernard et les premiers Chevaliers du Temple en leur accordant des privilèges exorbitants pour l'époque, et qui le seraient encore aujourd'hui pour une de nos modernes ONG... C'est lui qui leur accorda ce privilège exceptionnel d'ordonner leurs propres chapelains, et les exempta des taxes de toutes espèces et de comptes-rendus à nul autre qu'au Pape lui-même... En somme l'extraterritorialité avant la lettre, accompagnée d'un fort encouragement aux autres congrégations religieuses à doter ce nouvel Ordre de riches domaines et lui accorder les plus grandes libéralités. On ne pourrait pas rêver de nos jours éclosion d'une ONG sous des auspices plus avantageux. En proportion des richesses du temps, l'Ordre du Temple devint en quelques décennies l'un des plus grands propriétaires fonciers et industriels qu'il y eut jamais en Occident !... Il eut bientôt sa propre flotte, ses ports, ses entrepôts... Mais ça n'avait plus rien de commun avec la concurrence acharnée existant auparavant entre abbayes à l'image des trusts d'aujourd'hui, pas plus qu'avec une quelconque dictature politique, centralisatrice et parfois mafieuse que l'on trouve ici ou là de nos jours. Disons plutôt que ça ressemblait à une forme émergente de socio-libéralisme, ou d'humanisme entrepreneur, comme vous voudrez, dans laquelle l'entreprise individuelle côtoyait et s'harmonisait avec le collectivisme non-étatique du Temple qui, contrairement aux financiers spéculateurs minant de nos jours l'économie de la planète, agissait comme

---

4 *Équitable vient du latin « equus », ces anciens chevaliers celtes.*

le font dans notre société civile certaines de nos fondations à but non lucratif.

Il est difficile aujourd'hui de se rendre compte des chiffres puisque la comptabilité aurait disparu sous Philippe-le-Bel, mais en tout cas la recette fonctionnait ! Non seulement les Templiers défendirent les pèlerins contre les bandits de grands chemins – les pèlerinages de l'époque étaient l'équivalent de notre moderne Tourisme – mais ils développèrent le commerce sous toutes ses formes, ils inventèrent, ou du moins popularisèrent, l'usage de la « Lettre de Crédit » d'un bout à l'autre de la Méditerranée et même bien plus loin, réinventant la cryptographie pour sécuriser les lointaines transactions... En protégeant les échanges de bout en bout, ils rétablissaient une confiance qu'ils étaient les seuls à pouvoir garantir à tous...

— Une confiance dont nous aurions bien besoin de nos jours... émit la carmélite.

— Comme vous dites, ma Mère !... La prévarication ou la concussion, si communes dans le clergé de ce temps, que l'on parlât du séculier ou du régulier, n'avaient pas cours avec les argentiers du Temple... Leur réputation d'intégrité était telle que les rois eux-mêmes – je parle des prédécesseurs de Philippe-le-Bel – confièrent au Temple la charge de collecter les taxes pour le Trésor royal en de nombreuses places, foires et tonlieux...

À l'intérieur de l'Ordre, chaque Chevalier ou Sergent était pris en charge, mais rien ne pouvait accroître les intérêts financiers personnels des uns ou des autres, pas plus que ceux des dirigeants de l'Ordre... Bien sûr, certains avaient un train de vie plus élevé relativement aux nécessités de leurs fonctions et de leurs charges, comme nos dirigeants ont des frais de voyage, de représentation ou autres, mais aucun ne pouvait se voir ne serait-ce que soupçonné d'enrichissement personnel. Aucun d'eux ne pouvait thésauriser pour son compte aussi longtemps qu'il était dans l'Ordre. Le Temple, en s'enrichissant lui-même en tant « qu'organe au service de l'Homme » et non au titre personnel de ses membres, réussit ce miracle de développer globalement la Société, tout en respectant le potentiel de la Nature, car il ne s'agissait aucunement d'une société « de consommation » basée sur les profits mais bien d'un « Développement Durable » selon le terme consacré, et dont nos édiles modernes devraient s'inspirer.

Avec une telle rigueur de gestion, le Temple ne tarda pas à devenir un investisseur essentiel au pays, non seulement en France mais au Moyen-Orient et dans toute l'Europe occidentale. Ils furent vite imités d'ordres frères comme les Teutoniques, qui avaient quasiment les mêmes règles sauf qu'ils ne rendaient pas compte au Pape mais à l'Empereur. Par l'incitation au peuple à entreprendre pour lui-même, par l'instauration d'un « salariat », le Temple participa à libérer les serfs encore sous la dépendance de féodaux, en faisant ainsi des « hommes libres »... Libres de se louer à qui leur proposait du travail ou libres de s'organiser en « confréries », les syndicats de l'époque. Que dis-je, beaucoup plus que des syndicats, des fraternités.

Le Temple concourut ainsi, par ses investissements avisés, à augmenter le niveau de vie global. Les « grands travaux d'utilité publique » de l'époque furent à l'évidence les cathédrales, toutes construites en quelques décennies avec le concours des Compagnons, logés et protégés par le Temple tout le long de leur Tour de France. Ces Compagnons étaient dit alors « Compagnons du Devoir *de Liberté* ». Étrangement, dès l'abolition du Temple, la confrérie perdra le dernier terme. Sacré symbole que cette perte là qui change le sens de l'appellation au point de l'inverser !...

Les « Préceptories », appelées plus tard Commanderies, et les Maisons et Hôtels urbains du Temple servaient d'étapes bien avant qu'on inventât les Relais de Poste sous Louis XI, et jamais dans l'histoire on ne défricha autant pour créer de nouvelles cités ou installer de nouvelles industries. Jusqu'à nos jours certaines sont restées emblématiques d'une industrie locale, telle Villedieu-les-poëles, en Normandie, dont la spécialité est comprise dans le nom... Assez faciles à retrouver dans la topologie contemporaine car elles portent très souvent des noms remarquables de cette sorte : « villedieu » (ville de dieu), « la neuville » (nouvelle ville), etc., et comportent toujours une chapelle ou église consacrée à une Notre-Dame.

Curieusement, on constate généralement dans les environs immédiats des traces de présence celtique antérieure, marquée de menhirs souvent appelés « aiguille » ou « épine ». Malheureusement, on ne s'y souvient trop souvent que des chevaliers de Malte qui ont succédé aux Templiers après l'abolition de l'Ordre, mais les industries embryonnaires que le Temple avait installées et les millions d'arpents de terres emblavées et cultivées par des armées de paysans servant volontairement ces domaines, firent qu'aucune disette n'apparut durant les deux siècles de son existence, époque bénie qu'on a appelée depuis « la Petite Renaissance »... Ce fut d'ailleurs une remarquable période d'expansion de la démographie.

Le commerce maritime vit lui aussi une explosion de ses activités. Avec le Moyen-Orient bien sûr, et toute la Méditerranée en général, mais on s'interroge toujours sur les raisons qui leur firent développer une si grande activité portuaire sur la Mer du Nord et l'Atlantique, notamment Boulogne et surtout la Rochelle... Certains affirment même que les Templiers seraient allés en Amérique deux cents ans avant que Christophe Colomb ne la « redécouvre » grâce aux cartes conservées dans un monastère au Portugal. Je peux confirmer aujourd'hui que c'est vrai, et notamment que l'exploitation de mines d'Argent au Mexique a permis au Temple de faire de fructueuses affaires de change au Moyen-Orient, où l'argent-métal, blanc et lunaire, valait pour les musulmans beaucoup plus que l'or, jaune et solaire, qui avait cours en Occident.

Tout cela fit naître une économie très dynamique et un début d'industrialisation, mais par-dessus tout fit émerger la vision d'un monde nouveau dont on pouvait déjà percevoir le modèle chevaleresque et l'idéal philosophico-politique dans le Roman de la Rose, dès le XIIIe siècle...

— De deux auteurs de chez nous, d'ailleurs ! précisa la Supérieure : Guillaume de Lorris et Jehan de Meung... Un curieux ouvrage en vérité, en deux parties très distinctes, l'une purement romantique et l'autre très politique, philosophique, qui ne laisse personne insensible.

— Exact ma Mère. On vit ainsi se développer quantités de nouvelles cités, de nouvelles voies terrestres et maritimes, des commanderies, hôtels, hospices, relais et industries, une agriculture innovante et performante, infiniment respectueuse de l'écologie, etc... Jusqu'au jour où...

La Mère supérieure risqua :

— Jusqu'à Philippe le Bel ?...

— Hélas !... Ce roi avaricieux mais pas économe pour deux Sols se piqua de vouloir être reçu dans l'Ordre, escomptant en devenir le Grand-Maître... Il fut fort désappointé de voir opposer un refus à sa candidature. Il n'avait rien compris de la Mission du Temple, ou peut-être au contraire trop bien compris que, basé sur une confiance populaire qu'il n'avait jamais trahie, le pouvoir du Temple était bien plus grand que le sien... plus grand que celui du Saint-Siège lui-même, où Philippe, ayant fait assassiner Boniface VIII puis Benoît XI, avait fait monter son propre candidat Bertrand de Got, l'archevêque de Bordeaux, sous le nom de Clément V...

Afin d'abattre ce pouvoir du Temple, rival du sien et qui jouissait de tant de respect dans l'esprit du peuple, il ne restait que la calomnie pour lui faire perdre cette confiance populaire...

— Je connais la suite de l'histoire... coupa la Supérieure. Mais si vous m'avez dit Qui leur a accordé ce privilège d'ordonner leurs propres chapelains, vous ne m'avez toujours pas dit pourquoi ?... ni précisément en quoi consiste la divergence par rapport au dogme catholique ?... Le Vatican n'a pas changé son dogme depuis la découverte des manuscrits de la Mer Morte depuis 1947. Pourquoi l'aurait-il fait à l'époque si ce que vous me dites de ces copies est vrai ?

— C'est non seulement vrai, mais c'est essentiel ! Et vous avez raison, je ne vous ai pas encore dit pourquoi... En fait, ces documents ont démontré une chose : contrairement à ce que prétend la légende à propos du fameux jeu de mot sur le prénom de Pierre, Jésus n'avait jamais voulu instaurer une nouvelle « Église », ni même, encore moins, une nouvelle religion. Il avait voulu simplement ramener l'ancienne religion judaïque à ses racines originelles, mais il s'est heurté lui aussi au clergé en place, les Sadducéens et les ...

La Mère supérieure en avait assez. Elle interrompit l'interminable exposé de Ryan.

— C'est une hypothèse qui n'est pas très nouvelle, excusez-moi de vous le dire... Il n'a pas convaincu ses compatriotes et, en désespoir de cause, l'Évangile s'est finalement répandu parmi les Gentils... Ça a donné la Chrétienté que nous connaissons... Mais encore une fois, en quoi est-ce que ça obligeait le Temple à ordonner ses propres prêtres ?...

— Comprenez ma mère que c'est toute la conception de la Déité qui change ! Nous reconnaissons que Jésus est Fils de Dieu, certes, mais au même titre que tous les autres hommes le sont eux-mêmes, ni plus ni moins... Nous sommes tous les enfants de la Création. Nous sommes tous frères, tous SES frères ! À nos yeux, il n'est donc pas le fils « unique » que nous impose le Crédo, et ce « Père du Ciel » qu'Il professait n'est autre que la Force Créatrice Universelle de laquelle nous émanons tous, et à laquelle nous retournerons tous... D'ailleurs, contrairement à ce que l'on enseigne au catéchisme, le *Pater Noster* n'est pas une prière de sa composition mais l'adaptation d'une antique prière, en usage depuis déjà des siècles à son époque, et qui remonte à des temps qui ne sont même pas spécifiques de la religion judaïque... Tout dépend de l'acception accordée au mot « Père »... Le vocabulaire jouant ici un rôle essentiel, remplacez donc « Père » par « Créateur » ou « Force », à la manière de Georges Lucas, et vous verrez que la prière prend un tout autre sens, le dogme ne tient plus la route.

— Hum... admettons, j'ai l'esprit large... Mais encore une fois, qu'est-ce que ça change ?

— Ça ne change pas grand-chose au niveau de la Foi, j'en conviens, ma Mère, surtout du point de vue des nonnes ou des moines, mais ça change TOUT du point de vue de l'Institution hiérarchique qu'est l'Église de Rome !... Si nous sommes TOUS enfants de la Création, quel que soit le nom qu'on donne à Mère-Nature, nous n'avons plus besoin de l'intercession d'une hiérarchie cléricale pour nous adresser à celui ou celle qu'on appelle Dieu !... C'est d'ailleurs l'un des aspects qui, en Orient, rapprocha les Templiers de l'Islam... mais ce n'est pas la seule différence :

Le fait de « penser le Créateur » comme Force Universelle nous amène très vite à respecter tout l'environnement en tant que Sa Création... une façon de voir les choses qui nous reporte des siècles, voire des millénaires en arrière, au temps des Druides qui eux aussi vénéraient Dame Nature comme divinité première... Ils lui donnaient son nom grec : « Gaïa ».

— En effet ! Voilà une dérive qui n'est plus très catholique, mais pourtant toujours très chrétienne à la manière de François d'Assise, et même salutaire dans l'ère écologique qui s'ouvre aujourd'hui... Ce cher François avait déjà eu cette intuition fulgurante que la nature est notre milieu privilégié, mais les Franciscains n'ordonnent pas pour autant leurs propres chapelains !

— François d'Assise a pourtant eu quelques difficultés au début à faire admettre son point de vue sur la Création. À trop singulariser sa foi, il a même frisé l'excommunication !

— Oh, ce n'est pas un drame ! Même si vous considérez l'Homme Jésus comme un frère charnel, vous reconnaissez la divinité du Christ et les sacrements, n'est-ce pas ?... Le Baptême, l'Eucharistie... Je ne vois pas dans le dogme catholique et romain ce qui vous empêcherait, en plus, de respecter la Nature... De nos jours, ce serait même une grande qualité supplémentaire...

— Je suis bien d'accord avec vous, c'est pourquoi je disais tout-à-l'heure « plus fidèles que d'autres »... et apparemment Honorius et Innocent II approuvèrent cette conception. Mais en 1307 Clément V n'entendait plus de cette oreille une telle indépendance spirituelle... Deux siècles après la fondation du Temple et surtout dans les conditions où Clément V avait été porté au Saint-Siège, lui n'avait jamais eu le fin mot sur les raisons originelles de cette fondation... Clément n'était ni cistercien ni bénédictin et, depuis longtemps à l'époque de Philippe-le-Bel, la Papauté n'était plus dans les mêmes dispositions d'esprit vis-à-vis d'un Ordre si puissant, mais si insoumis et donc aussi incontrôlable, dont Innocent II avait favorisé l'émergence deux siècles plus tôt... Les conclaves passent mais les papes ne se ressemblent pas...

Notez bien que, même de nos jours, la filiation spirituelle entre un pape et son successeur n'est pas toujours évidente, et je me demande souvent quelle parenté peut bien exister entre un Jean-Paul II et un Benoît XVI... Et plus encore avec un Jean XXIII osant l'incroyable œcuménisme de Vatican II...

— Que voulez-vous dire ?

— Oh c'est juste un constat, une de ces comparaisons interdites... Mais alors qu'en 1943, à Cracovie, Karol Wojtyla n'était encore qu'un jeune homme empreint de la doctrine de Saint-Jean de la Croix, un Carme révéré chez vous, son futur successeur Joseph Ratzinger faisait, lui, partie des bourreaux qui auraient volontiers passé Karol par les armes et qui persécutaient la Pologne... J'admets que le futur Benoît XVI était très jeune et n'avait pas trop le choix, vu les circonstances. Mais le futur Jean-Paul II a eu lui aussi des choix à faire, et a risqué sa vie plus d'une fois pour les défendre...

— Commandeur ! s'insurgea la Supérieure, comment pouvez-vous insinuer une telle suspicion ? Notre Très-Saint-Père Benoît XVI est un homme vénérable...

— Je n'en doute pas, ma Mère, je ne faisais que comparer leurs parcours et orientations, s'excusa Ryan. Saint-Jean de la Croix et les Carmes d'un côté, dom Balaguer et l'Opus Dei de l'autre !... Le pardon et l'amour de la Création d'un côté, la glorification de la souffrance et l'inquisition de l'autre... L'Église fait parfois des grands-écarts troublants... Mais ça nous écarte du sujet, revenons aux Templiers...

Depuis la perte de Saint-Jean d'Acre et le retour de Terre-Sainte, le Vatican rêvait de fondre Templiers et Hospitaliers en un seul et même Ordre... Un Ordre qui, si j'ose dire, aurait été aux siens, à ses ordres à lui... C'est pourquoi, malgré toutes les accusations calomnieuses et infamantes de Nogaret pour déconsidérer le Temple aux yeux du peuple – manipulation médiatique, dirait-on aujourd'hui – ce dernier ne fut jamais excommunié ni encore moins condamné par un concile, mais purement et simplement « éteint par provision » et par une bulle papale[5] émise de la seule volonté de Clément V, comme pour éviter de prolonger la polémique avec un vrai procès, et surtout couper l'herbe sous le pied de Philippe-le-Bel...

Le Temple a donc disparu, et tous ses biens furent dévolus aux Hospitaliers de Saint-Jean, futurs Chevaliers de Malte. Ça arrangeait beaucoup de monde d'éluder ainsi un vrai procès canonique, sauf le roi Philippe qui escomptait bien mettre la main sur le trésor du Temple... Mais il en fut pour ses frais ! Dans les nuits précédant l'arrestation auraient mystérieusement disparu nos archives et un soi-disant fabuleux trésor... Des témoins rapportèrent plus tard avoir vu un convoi de chariots de paille et sur les quais de la Seine des bateaux lever l'ancre...

— Quoi qu'il en soit, votre Ordre a tout de même prospéré puisque vous êtes aujourd'hui devant moi...

— En dehors de France, oui, car tous les Templiers n'ont pas été arrêtés. En France, l'Ordre est entré en clandestinité. Nous avons dû abandonner

---

5 *la bulle « Vox in excelso », du 3 avril 1312.*

nos vœux monastiques pour mieux nous fondre dans la Société Civile et continuer de transmettre, souvent par la voie familiale, les valeurs universelles que nous défendons encore. Beaucoup d'autres se sont mis à l'abri des soldats de Philippe-le-Bel en entrant dans des Ordres frères ou en cherchant refuge à l'étranger, notamment en Aragon, au Portugal, et en Écosse auprès de Robert Bruce... Pour ma part, je suis descendant d'un émigré écossais et Scotty que voilà est d'origine flamande.

— À l'époque la Flandre était un duché indépendant de la France... précisa Scotty.

— Oui, oui... La Flandre et l'Artois... j'ai vu, comme tout le monde la célèbre série des « Rois Maudits », opina la Mère supérieure. Mais avant que de nous rendre au réfectoire, dites-moi, cher Commandeur... m'avez-vous bien tout dit de ce dont vous vouliez m'entretenir ?...

— Vous avez raison ma Mère, j'ai encore une chose à préciser : après sept siècles de silence... NOUS REVENONS !

— Dieu soit Loué, Commandeur !

— Hum... J'ai bien peur, ma Mère, qu'à notre époque cette expression soit mal comprise et qu'aussitôt on vous demande : « Combien par mois ? »...

— Votre humour est bien cynique, Commandeur ! Faites donc confiance à la Sainte Providence !

*

Dans la cellule contiguë au bureau de la Supérieure, le Père de Givrenches sourit intérieurement. Il reposa le verre avec lequel il avait écouté la conversation à travers la cloison, s'assit dans un fauteuil confortable et, fermant les yeux, reposa la tête en arrière. Toute religieuse entrant à cet instant dans la pièce eut dit qu'il méditait...

*

Enfants cachés des Princes
Paris, 10 Novembre 1407, quartier du Marais

Le ciel bas était empli d'une lourde menace. L'hiver s'annonçait rude. Ce n'était pas encore l'Avent que déjà un fin poudroiement blanchissait les rues de Paris et la froidure figeait les flaques au pied des fontaines publiques. Pour sûr, on pouvait dire qu'il faisait froid pour un début Novembre ! Dans le vieux quartier du Marais les passants emmitouflés dans de grandes houppelandes, pour ceux qui avaient la chance d'en posséder une, rentraient chez eux en pressant le pas et les huis se refermaient sur la nuit.

Depuis cette sombre journée de 1307, exactement un siècle plus tôt, le Marais avait bien changé. L'arrestation des Templiers avait laissée abandonnée la silhouette fantomatique de l'austère forteresse dressant sur le ciel d'écume des remparts inutiles dont les meurtrières dessinaient des cicatrices borgnes. De-ci, de-là, la lueur fugace d'une torche passant derrière éclairait un moment une courtine ou l'escalier d'une tour menant vers des sous-sols qui servaient désormais de prison.

Dans les ruelles boueuses d'un quartier en pleine rénovation, les hautes fenêtres de quelques hôtels particuliers flambant neufs laissaient tomber sur les ruelles une lueur diaphane qui illuminait les flocons. Éclairé à giorno, c'était le cas de l'Hôtel Barbette, construit récemment rue Vieille du Temple par la reine Isabeau pour lui servir de résidence privée. Privée surtout de la présence du roi son époux, Charles VI dit le fol, depuis déjà près de douze ans. Sa maladie mentale l'avait rendu invivable au quotidien, et Isabeau n'avait pu supporter plus longtemps ses sempiternelles imprécations ou ses colères subites. La reine avait pris du large en s'établissant dans cet hôtel au cœur du nouveau quartier.

Peut-on dire qu'elle n'aimait plus son mari ? Et d'ailleurs, l'avait-elle jamais aimé ?... On épouse rarement un roi par amour, il n'y a que dans les contes qu'on voit cela. Non, Isabeau avait épousé Charles parce qu'elle était destinée depuis sa naissance à épouser un roi. C'était ce qu'elle avait fait avec une parfaite bonne conscience et une relative bonne volonté tout d'abord, tant que Charles avait été un époux, disons... normal... Elle lui avait donné jusque là dix enfants dont quatre fils. Si l'un était mort tout bébé et un autre en bas âge de maladie, il lui en restait deux en âge de régner bientôt. Elle avait donc pleinement rempli son contrat vis-à-vis du trône de France et avait estimé qu'elle n'avait plus à supporter davantage les inconvénients d'un mariage arrangé...

Mais à trente-cinq ans Isabeau avait encore des appétits. Elle était encore jeune et belle, et depuis qu'elle faisait « hôtel à part » de son dérangé de mari, elle assouvissait ses besoins de tendresse auprès de son adorable beau-frère Louis, duc d'Orléans, et ainsi, cet adultère royal ne sortait pas de la famille.

D'un an plus jeune qu'elle, le frère du roi était un homme exquis que toutes les femmes de la cour adoraient et qui ne se privait pas de leur rendre hommage à toute heure du jour ou de la nuit. Ne disait-on pas qu'il avait troussé la duchesse de Bourgogne, la femme de son pire rival, Jean-sans-Peur ?... Et si ce n'était pas vrai, il le laissait dire volontiers. L'homme avait de l'esprit à revendre, et la vigueur et le courage d'un conquérant ! Un homme de cour, ce Louis ? Non certainement pas... Par contre, il savait la faire aux dames ! Isabeau avait succombé très vite à son charme et à son entreprenante libido. Un conquérant vous dis-je !

Depuis que la maladie du roi s'était déclarée, il y avait quelques années déjà, et que la reine Isabeau avait fait part de ses craintes conjugales, Louis n'avait eu de cesse de lui conseiller de partir, de quitter Charles afin de se mettre à l'abri, elle est ses enfants, de ses fureurs soudaines. Il lui avait même proposé de l'héberger dans l'un de ses châteaux au Luxembourg, mais elle avait décliné l'offre, parce qu'avec la mise sous tutelle du roi la régence lui revenait et qu'elle ne voulait pas aller s'enterrer loin de Paris en laissant le champ libre aux ambitieux... Elle avait donc emménagé dans ce magnifique petit « hôtel Barbette » dans le quartier du Marais, pas très loin de l'hôtel Saint-Paul que son beau-père Charles V avait fait construire au bord de la Seine et dans lequel résidait maintenant son mari.

Aussitôt qu'elle s'y fût établie, Louis y était venu la consoler de ses vicissitudes conjugales. Il s'était montré très tendre et infiniment courtois, ce qui la changeait de Charles, et très vite, ils avaient fini dans son lit. Depuis, presque quotidiennement lorsqu'il était à Paris, Louis ne manquait pas de venir remplir auprès d'Isabeau des devoirs dont Charles était incapable. Non qu'il fût impuissant mais, colérique et soupe-au-lait jusque dans ses périodes d'accalmie mentale, il lui était impossible de donner à Isabeau la tendresse et l'amour qu'elle était en droit d'attendre. Pour satisfaire aux besoins de chevauchées hygiéniques de son royal époux, elle lui avait donc délégué une de ses suivantes, Odinette, ravie de remplir cette mission de confiance.

La maladie du roi avait du même coup propulsé Isabeau à la régence du Royaume, et l'appui de Louis au Conseil lui avait souvent été utile pour endiguer les contestations permanentes de son cousin Bourgogne.

Avec Louis, tout était différent. Toujours attentif et aux petits soins, il la choyait tant qu'il pouvait, et Isabeau était heureuse... Déjà leurs amours adultères avaient donné un fruit : en 1403 était né un fils qu'on avait prénommé Charles, non pas comme le roi son père officiel mais comme Charles V, son grand-père. Et voilà que quatre ans plus tard, en ce jourd'hui 10 Novembre 1407, leur venait un nouvel héritier... Les dames de compagnie et quelques grands seigneurs réunis dans l'antichambre attendaient anxieusement l'annonce imminente du sexe de l'enfant. Les femmes de chambres avaient apporté tous les chandeliers de l'étage au pied du lit afin que les sages-femmes y voient bien clair et l'enfant fit enfin son apparition... Assurément, sous le signe du Scorpion ascendant Lion[1], son horoscope en faisait d'avance un grand militaire...

Mais au lieu du cri de joie attendu :

« Dieu nous garde ! s'exclama l'accoucheuse... un boubique[2] ! »

*

---

1 *Selon les préceptes astrologiques, née le 06 Janvier 1412 à Domrémy comme le voudrait sa légende, Jeanne aurait été « Capricorne ascendant Balance », c'est-à-dire une femme du monde, élégante et distinguée mais sans véritable charisme ni sens du commandement... Tandis que née le 10 novembre 1407 à Paris elle était « Scorpion ascendant Lion », autant dire une véritable guerrière !...*

2 *Boubique (en langage populaire moitié bouc-moitié bique) : anomalie physiologique relativement fréquente de la formation de nouveaux nés, aujourd'hui appelée « intersexualité ». Sauf exceptions, elle se corrige généralement d'elle-même à la puberté.*

Visite instructive
De nos jours, Orléans, 06 Mai 22h00, quartier Bourgogne

Jack et Johan étaient immédiatement devenus de vieux amis. Après un dîner improvisé ils profitèrent de la douceur printanière pour faire une promenade digestive dans le quartier, occasion pour Jack de se familiariser avec l'histoire de la ville et les extensions successives de la vieille cité[1].

L'église Saint-Euverte marque l'extrémité Est du quartier Bourgogne. Elle est située à l'intérieur des « mails », ces boulevards qui font le tour de la ville à l'emplacement du dernier rempart érigé par Louis XI après le Siège d'Orléans et démoli au XVIIIᵉ siècle sans avoir guère servi qu'aux guerres de religions.

— Voici l'un des plus anciens sanctuaires de la ville, dit Johan. À l'époque romaine on trouvait là un Temple de Diane... Et quoiqu'elle ait elle aussi été rasée et reconstruite plusieurs fois au cours de l'Histoire, on connaît l'existence d'une église ici dès le Vᵉ siècle. Au XIIIᵉ, elle dépendait très probablement des Templiers car tout ce pâté de maisons n'était alors que vignes et potagers et leur appartenait jusqu'à la rue Saint-Marc où se trouve l'église du même nom, et au-delà jusqu'à la Fontaine de l'Étuvée et à la Croix-Blanche. Outre la forêt, qui jusqu'au XVIᵉ siècle venait encore jusqu'aux portes de la ville, s'étendaient ici surtout des vignes et des vergers. Un beau domaine en vérité. Les Templiers disposaient d'une très puissante préceptorie[2] à Orléans. Suite à l'abolition de l'Ordre, l'essentiel de leurs biens ayant été dévolu aux Hospitaliers de Saint-Jean de Jérusalem, le souvenir des « Chevaliers au blanc manteau » a malheureusement disparu des mémoires un peu partout en France et fut remplacé par celui des Hospitaliers, mais c'est bien de domaines « templiers » dont je parle ici, et cette église en faisait partie. Elle paraît aujourd'hui s'être toujours appelée Saint-Euverte, en l'honneur d'un des premiers évêques dont on se souvienne, pourtant elle porta auparavant un autre nom : au Moyen-âge c'était « Notre-Dame du Mont ». Certains supposent que c'est à cause de la légère colline dominant la Loire, mais j'ai pour ma part une autre explication...

— Alors, cette église aussi aurait largement plus de 1 000 ans ? Elle paraît bien plus jeune...

— Elle l'est, bien sûr. La cité qu'a connue Jeanne d'Arc se résume en gros au quartier piétonnier du Centre Ancien. Comme je te l'ai dit, toutes les constructions extérieures aux remparts de l'époque ont été rasées pour assurer la défense de la cité, ce qui fait qu'au dehors seules les fondations et les cryptes ont l'âge respectable de mille ans ou plus. Tu as certainement vu la Porte Bourgogne reconstituée ?

— Ce truc horrible en bois peint ?... s'étonna Jack.

Johan éclata de rire :

---

1 *Voir en notes annexes le plan de la cité vers 1429.*
2 *Le précepteur de la Commanderie d'Orléans, Réginald de Pruino, prêtre originaire de Sens entré dans l'ordre du Temple en 1292, fut en 1309 à Paris l'un de ses plus acharnés défenseurs.*

— C'est ça même ! Le truc en bois peint... Mais il n'est là que pour quelques jours durant les festivités, je te rassure, on ne conserve pas cette horreur toute l'année !

— Vous êtes vraiment bizarres, vous les français ! Vous avez des monuments magnifiques d'ancienneté et en excellent état comme vos églises, vos cryptes, vos châteaux, vos hôtels particuliers, mais vous les fermez et vous fabriquez de fausses portes en carton-pâte pour vos touristes ?... Je ne comprends pas !

— C'est que, si nous avons de nombreux monuments d'époque, rares sont ceux transformés en musées. Notre patrimoine est riche et ancien, mais vivant, en ce sens que nous habitons toujours dedans. Et jusqu'à récemment, c'est vrai, les propriétaires privés ne l'avaient pas beaucoup mis en valeur, ce qui avait obligé à fabriquer du décor pour touristes à côté des véritables décors historiques qui jalonnaient nos rues, cachés sous d'horribles crépis... Heureusement, comme tu as pu le constater, ça a bien changé ces dernières années et avec cette réfection complète des façades du Centre Ancien on peut même dire que les Orléanais ont redécouvert leur ville en même temps que les touristes ! On s'est aperçu alors qu'Orléans comptait plus de maisons à pans de bois que n'importe quelle autre ville du Val de Loire...

Cette église-ci, démolie comme bien d'autres durant le siège d'Orléans, fut reconstruite sous Louis XI en même temps qu'on réalisait la dernière extension de la cité. Elle est aujourd'hui désaffectée et les dernières cérémonies religieuses y datent des années 80, lorsqu'un groupe de chrétiens intégristes se l'était appropriée quelques temps. Depuis, l'honorable édifice sert d'entrepôt de matériaux et d'œuvres d'art qui ne trouvent plus de place dans les caves du Musée.

— C'est une chose qui m'avait déjà étonné à Paris, que vous ayez tant de vieilles choses fermées... Vous avez du génie, une culture et un patrimoine phénoménaux, mais vous ne savez pas les vendre ! Nous en Amérique, si nous en avions seulement le dixième...

— Je m'en doute !... Mais comme tu sais, la France n'est pas le pays des affairistes, on laisse ça aux américains, nous préférons nous glorifier d'être le pays des Lumières, ironisa Johan... Tu peux voir au-dessus du porche la statue du saint tenant dans ses bras la maquette de la cathédrale Sainte-Croix qu'il aurait fondée... Enfin, pas celle d'aujourd'hui, qui date de la grande époque des cathédrales et qui fut en partie reconstruite sous Henri VI, mais celle de la toute première « Grande Église Sainte-Croix » dont on peut voir les fondations gallo-romaines retrouvées dans la crypte.

— Ah ! Parce qu'il y a aussi une crypte sous la cathédrale ? Et elle se visite celle-là ?

— Oui. Elle est même assez intéressante, mais tu sais, des cryptes ou des souterrains, il y en a partout ici ! Des connus et des moins connus... Des rumeurs courent à Orléans sur les innombrables galeries oubliées qui serpenteraient sous nos pieds. Sans compter les carrières de pierres tirées de dessous la ville pour la construire au-dessus... Et il est vrai que chaque excavation creusée pour les fondations d'un nouvel immeuble fait apparaître de grands trous ou des galeries ignorées qui se perdent dans le sous-sol de la cité. Généralement les promoteurs n'ébruitent pas leur découverte et, en toute illégalité, ils font très vite couler du béton par toupies entières dans ces trous imprévus qui risqueraient d'en creuser d'autres dans leurs prévisionnels de ventes...

— Si bien qu'on les perd une seconde fois ?... ironisa Jack.

— Exact ! Il existe heureusement quelques archives permettant de deviner sur un plan de la ville les sillons invisibles de ces passages oubliés... De temps à autre, une rumeur resurgit à propos d'un explorateur imprudent... La dernière en date qui ait défrayé la chronique remonte à une trentaine d'années et concerne précisément ce lieu-saint : un adolescent passionné de découverte insolite s'y serait égaré. On ne sait comment il serait parvenu jusque là... Par bonheur, ses appels auraient été entendus d'un vicaire du groupe intégriste dont je parlais à l'instant, officiant à l'intérieur de l'église alors que le jeune homme, harassé par une errance désespérée dans des galeries obscures, se trouvait prisonnier parmi les gisants à plusieurs mètres sous une dalle de la nef...

— Le pauvre ! Il aurait pu y crever comme un rat ...

— Sans aucun doute ! J'emploie le conditionnel parce qu'on ne sait pas trop si l'histoire est vraie... De nombreux démentis furent publiés par les journaux de l'époque afin qu'aucun autre aventurier d'opérette n'aille y risquer sa vie... Mais qu'est-ce qui était démenti ?... Qu'il existât des souterrains dont l'un aboutissait sous l'église, ou que quelqu'un s'y fut vraiment perdu ? On n'a jamais éclairci la question. Et comme il est plus que probable que de nombreuses galeries non répertoriées existent, les rumeurs continuent donc de courir, pas toujours du meilleur goût... Une certaine « rumeur d'Orléans » aux relents antisémites a même couru, selon laquelle des boutiquiers auraient enlevé des femmes en les faisant disparaître depuis les cabines d'essayage par des souterrains menant à la Loire, où on les aurait embarquées dans un mini sous-marin !

— C'est une drôle d'histoire ! dit Jack.

— C'est surtout d'une grande stupidité ! Nul n'a jamais enlevé personne, et surtout par la Loire qui ne supporte aucun bateau ayant de plus de cinquante centimètres de tirant d'eau ! Imagine un sous-marin, même miniature, alors que les nageurs en eaux vives y ont parfois les genoux qui raclent le fond !... Par contre, je peux attester personnellement de la réalité de souterrains sous ce quartier, ou du moins de tronçons, à commencer par mon propre domicile. En faisant des travaux dans mon immeuble qui ne date pourtant que de la Révolution Française et se situe, comme cette église St-Euverte, à l'extérieur de la première enceinte, nous avons découvert une cave de second niveau, gallo-romaine, avec son escalier de pierre menant à une trappe sous le trottoir de l'époque, et dont les marches portaient encore la trace des anneaux de métal utilisés pour y descendre les tonneaux... Je ne l'ai jamais faite expertiser mais elle a largement ses 1 000 ans d'âge et sans doute plus, comme diverses cryptes répertoriées... D'après les titres de propriété, une auberge a jadis existé sur l'emplacement. Avant la Révolution c'est sûr, mais très probablement au temps de Jeanne déjà, voire dès l'époque gallo-romaine si j'en juge par le style de la voûte de cette cave.

Nous avons retrouvé dans les archives le nom de cette auberge après de la Révolution. Elle portait l'enseigne : « Au Désir de la Paix »....

— Un nom sympathique pour une auberge. Probablement tenue par un vieux soldat ?...

— Probablement. Elle fut détruite au XVIIIe siècle avec la maison voisine pour faire place à la construction actuelle. Ces maisons appartenaient à la paroisse Notre-Dame du Chemin, très ancienne chapelle qui au Moyen-âge dépendait elle aussi des Templiers. Disparue au XVIIIe siècle, son nom subsiste à une impasse, sa crypte sous un restaurant.

— Un restaurant a remplacé l'église ?... Finalement, le lieu sera resté convivial, s'amusa Jack. C'est dommage pourtant d'avoir perdu cet édifice...

— Oh, il y a plein d'autres églises disparues. Autrefois la ville en était couverte. À certaines époques on en compta une bonne trentaine rien que sur les quelques quinze ou seize hectares de l'actuel Centre Ancien. Il faut savoir qu'au début du Christianisme les personnages importants étaient assez vite canonisés après leur mort, souvent un peu trop vite sans doute, et on avait l'habitude de marquer leur lieu de naissance et celui de leur mort par la construction d'une église à leur dédicace. Ainsi, en mémoire du moine qui fonda Meung-sur-Loire mais naquit à Orléans, nous avions sous un autre café plus loin dans la même rue une église dédiée à Saint-Liphard, comme celle qui existe encore au pied du château de Meung. Ce qui n'empêchait pas d'en avoir une ribambelle d'autres : Saint-Michel, Saint-Maclou, Saint-Etienne, Saint-Pierre Ensentelée, Saint-Pierre Lentin, Saint-Samson, Saint-Jacques du Châtelet, Saint-Sulpice, Saint-Éloi, etc., etc... Autant de traces d'un passé riche d'une ferveur populaire disparue avec elles. C'est la vie qui veut ça. Le nouveau monde se nourrit de l'ancien... Comme de nombreuses cités antiques, Orléans fut construite et reconstruite en couches successives qui forment les strates bien connues des archéologues. Paris a ses catacombes, connues du monde entier, mais tout le sous-sol d'Orléans est lui aussi mité comme un gruyère. Durant la Seconde Guerre Mondiale, les résistants passaient de cave en cave tout du long de la rue des Murlins ou du faubourg Bannier. Et en centre-ville c'est encore pire ! On comptait jusqu'à sept étages de caves sous la place du Martroi avant qu'on y fasse un parking souterrain et selon certains témoins, devant notre moderne médiathèque, lors de travaux pour réaliser un autre parking souterrain, les ouvriers seraient tombés sur une excavation si grande qu'elle aurait pu contenir la cathédrale en entier !... Bon, c'est sans doute exagéré, mais on ne prête qu'aux riches !... J'ai toujours entendu dire également que des souterrains franchiraient le fleuve pour rejoindre l'église de Saint-Jean le Blanc, mais ça, je n'y crois pas trop, c'est probablement une légende... S'ils ont un jour existé, ils doivent être inondés ou effondrés depuis des siècles...

— Tu ne crois donc pas aux légendes ?

— Si, si, si ! Je crois aux légendes... aux légendes « vérifiables » !...

— Je comprends ça mais, *ipso facto*, dès lors qu'on peut les vérifier, ce ne sont plus des légendes...

— Hélas... C'est mon drame !... J'aimerais bien croire à certaines... À celle de Jeanne par exemple !... Je ne peux pas m'empêcher de penser que les légendes dorées sont trop belles et trop bien cousues pour être entièrement véridiques et ne pas servir une cause partisane... J'ai toujours éprouvé le besoin de gratter le vernis trop brillant de la surface pour voir ce qui se cache dessous...

— Grattons, grattons ! Quand on gratte, c'est bien connu, il arrive que l'on gagne, plaisanta Jack... Est-ce que tu crois tout de même à ce prétendu souterrain reliant la « Maison du Roi » à la crypte sous l'église Saint-Aignan ?

— Ça oui, mais c'est plus qu'une légende, c'est une réalité historique. Ce souterrain a été muré pour éviter les accidents mais il a existé, c'est certain et, comblé ou pas, il est sans doute encore là. Louis XI l'utilisait comme les V.I.P. utilisent de nos jours les couloirs discrets et salons particuliers des aéroports pour ne pas être assaillis par leurs groupies... Faisant reconstruire la basilique Saint-Aignan rasée durant le Siège d'Orléans, Louis XI en avait profité pour faire élever une terrasse dominant les remparts et d'où, paraît-il, il aimait à contempler la Loire... Il empruntait ce souterrain pour se rendre en toute discrétion sur sa terrasse. Elle existe toujours, elle aussi, mais on ne peut y accéder aujourd'hui que sur l'invitation du Supérieur du Petit Séminaire qui occupe les lieux.

— Tu crois que je pourrais le lui demander ?...

— Pourquoi pas ? Nous irons ensemble si ça t'intéresse mais demain si tu veux bien... Là, il commence à se faire tard, nous allons peut-être aller nous coucher, non ?

*

Rentrant à sa chambre au Jack-Hôtel, son imagination d'écrivain déjà tout enflammée par les mystères de cette ville insolite où l'histoire enterrée resurgissait partout à fleur de terre ou perçait sous les vieux crépis, Jack pensa : « Johan a raison, il faut vraiment gratter la surface des choses... au propre comme au figuré ! Les choses les plus apparentes sont finalement bien souvent les moins véridiques... La Vérité se mérite et elle est là, sous nos yeux... sous nos pieds peut-être... comme une pierre précieuse qu'il faut juste extirper de sa gangue... »

*

Assassinat politique
Paris, 23 Novembre 1407, quartier du Marais

Louis et Isabeau sont tout à la fois heureux et inquiets. Heureux, cela ne se voit que trop parce que leur amour interdit rayonne sur leurs visages en chaque parole, chaque regard, chaque sourire, au point qu'on en fait des gorges chaudes dans Paris... Inquiets, parce que le bébé né il y a une quinzaine de jours est toujours d'un sexe incertain... Et s'il venait à rester ainsi, mi-chèvre mi-bouc ?... Ce serait la honte assurée ! La rumeur ne tarderait pas à dire que le diable lui-même s'en est mêlé à cause de leur péché...

En l'attente d'une évolution significative qui ne manquerait pas de survenir plus tard, il importait de cacher soigneusement l'enfant royal victime d'une telle malformation. Sur les instances de Louis, on a fait courir le bruit d'un fils mort-né prénommé Philippe, mais la reine a confié le bébé bien vivant à sa fidèle Jeanne, veuve de Nicolas, un chevalier lorrain de la connaissance de Louis.

Dans le doute on a prénommé l'enfant Claude, un nom chrétien qui serait aussi bien porté par un garçon que par une fille. Dès qu'il ou elle serait en mesure de supporter le voyage, on l'enverrait loin de Paris, à l'abri des intrigues permanentes pour un Pouvoir sous tutelle et où les rivaux potentiels ne manqueraient pas d'exploiter un tel scandale...

Il est sept heures du soir quand une femme de chambre les interrompt :

« Messire Thomas de Courteheuse fait savoir à Votre Altesse que le roi l'attend de toute urgence à l'hôtel Saint-Paul ».

Louis sort aussitôt. Pas besoin de prendre son carrosse, l'Hôtel Saint-Paul est juste à quelques pas dans ce nouveau quartier...

Cependant, près d'une porte basse à hauteur de l'Hôtel d'Évreux, dans la sombre ruelle qu'est encore la rue des Rosiers, se cachent une quinzaine de coquins. À son passage, dagues, haches et poignards haut levés, ils se jettent sur le duc ! Louis défouraille et fait face. Les assaillants sont masqués mais il a le temps de reconnaître leur meneur : Raoulet d'Ocquetonville, l'homme de main du duc de Bourgogne !

Louis comprend immédiatement : Ce n'est pas à sa bourse qu'on en veut, c'est à sa vie !... Il a beau être excellent bretteur, ses quelques gardes sont trop peu nombreux et sont vite submergés par le nombre des assaillants. Les coups de dagues pleuvent de tous côtés, pourtant, solide et vaillant, Louis continue de ferrailler comme un beau diable jusqu'à ce qu'un effroyable coup de hache lui emporte la moitié du crâne !... Il s'effondre... La boue de la ruelle des Rosiers se teinte d'un rouge écarlate... C'est fini... Le duc d'Orléans est mort.

Ce n'est pourtant pas assez ! Un des assaillants se précipite et, d'un coup de hache, tranche net la main gantée du duc, qu'il emporte en guise de trophée... Manière de prouver l'accomplissement de sa mission au commanditaire du meurtre ?... à moins que ce soit plus spécialement pour l'anneau qu'elle porte ?

Les valets et les gardes qui escortaient Louis ne peuvent que regarder les coquins s'enfuir en direction de l'Hôtel d'Artois, résidence parisienne du Bourguignon, avant de rapporter le corps jusqu'à l'église des Blanc-Manteaux...

*

Le Prévôt de Paris, Tignonville, conclut immédiatement à un assassinat politique. Mais le duc de Bourgogne se sent fort, très fort. Fort du soutien de la Sorbonne et du peuple de Paris qu'il a su séduire par ses fallacieuses promesses d'une monarchie contrôlée. En vérité, à 36 ans, le duc de Bourgogne est un incorrigible féodal qui tient à conserver la partition du royaume en provinces indépendantes et sous la coupe de grands seigneurs comme lui. Mais que ne ferait-on pas croire au peuple pour accéder au trône ?...

Prétendant à cette nouvelle gouvernance du royaume, et conseillé par un éminent juriste de la Sorbonne, un certain Pierre Cauchon, Jean-sans-Peur fait proclamer l'éloge du tyrannicide par le théologien Jean Petit qui le glorifie publiquement d'avoir fait assassiner Louis d'Orléans pour cette noble raison...

Le bruit a pourtant couru dans Paris que feu le trop séduisant Louis d'Orléans aurait aussi effeuillé la Marguerite en la personne de la belle duchesse de Bourgogne et que, peut-être, cet assassinat n'aurait pas eu que des motivations purement politiques... Qu'importe ! Charles VI-le-Fol pardonne publiquement à son cousin Bourgogne d'avoir fait assassiner son propre frère !...

Est-ce le cocu qui pardonne à un autre cocu, ou le roi déchu, déçu que son pouvoir soit passé aux mains du Conseil Royal ?... Le saura-t-on jamais ?... Mais si le roi pardonne, ce n'est pas le cas des Orléans...

*

L'énigmatique Sion
De nos jours, banlieue d'Orléans, 06 Mai 22h00

Hébergés dans leur cellule de couvent quelque part en périphérie d'Orléans, Ryan et Scotty parcouraient avec attention les revues rapportées de la chapelle secrète. En page deux, un article assez violent signé de l'évêque de l'époque exhortait ses ouailles à la révolte pure et simple contre la Loi sur la Laïcité votée fin 1905, le mois précédent la parution du bulletin. Ryan fronça les sourcils...

— Écoute ça, Scotty : « *Monseigneur Rouchet, évêque d'Orléans, invite tous les paroissiens du diocèse à prendre position contre cette loi inique qui sape les bases de l'Église, et à marquer leur hostilité envers cette infamie en manifestant Dimanche 30 Janvier prochain par un défilé de la Cathédrale à la Préfecture...* »... blah blah blah... je passe sur le laïus sans intérêt... Ah ! voilà : « *...Le Saint-Siège, en accord avec la Compagnie de Jésus, ainsi qu'avec le roi Charles XI, Grand-Maître de Sion en sa bonne ville d'Orléans,* *considèrent comme une véritable félonie par rapport à Notre-Seigneur Jésus-Christ cette spoliation des biens et édifices appartenant à l'Église... »*

— Charles XI ?... Qui c'est celui-là ?

— Charles Marie de Bourbon, le fils de l'Infant d'Espagne et à l'époque le prétendant légitime au trône de France... Il n'a pas régné bien sûr, c'est là le titre qu'il devait prendre au cas où... Article vraiment étonnant, tu te rends compte ?...

— Oui, c'est un véritable appel à l'émeute ! Je conçois qu'ils ne l'aient pas diffusé. L'évêque risquait gros si ça avait mal tourné !

— Ça oui. Ce fut sans doute un coup de gueule irréfléchi de cet évêque, un moment d'énervement passager face à ce qu'il ressentait comme un dépouillement et qui aurait pu le mener directement derrière les barreaux, et pas dans une geôle ecclésiastique !... mais ça n'est pas ce que je voulais dire[1] ... Moi je le trouve sidérant parce qu'il affiche en toutes lettres une chose impensable : le prétendant légitime au trône de France en 1905 est clairement présenté comme roi de France ET Grand-Maître de Sion !

— Oui... Et alors ?

— Alors ? C'est tout bonnement invraisemblable ! Plus exactement, ça l'aurait été si Charles XI avait régné, mais il est vrai qu'à l'époque il n'était encore que prétendant au trône...

— Il faut te décider, Commandeur, invraisemblable ou possible ? *Sion* existe bien, tu l'as dit toi-même... Et ces nobles étaient toujours chevaliers ou grands-maîtres de quelque chose... Pourquoi pas de Sion ?

— Parce que *Sion* n'a jamais été sous la coupe d'un trône, fût-ce celui de France... Ce fut même généralement l'inverse !

— Tu veux dire que c'est le trône de France qui dépendait de Sion ?

— Plus ou moins... Et cela depuis les Croisades, sinon avant mais uniquement parce que l'Ordre du Mont-Sion n'avait pas encore été fondé par Godefroi de Bouillon. En France les luttes intestines pour le pouvoir, notamment avec la famille de Lorraine à laquelle appartenait Godefroi, perdurent depuis l'avènement des Capétiens.

— Comprends pas ! C'est tout de même le roi qui gouverne dans un régime monarchique, non ?...

— Bien sûr, bien sûr !... Et la marmotte enveloppe le chocolat... Tu es encore naïf, Scotty ! Il te reste un tas de choses à apprendre !

Scotty parût piqué par la remarque :

— C'est sûr, je ne suis encore qu'un enfant en politique... tu n'as qu'à m'expliquer, Commandeur !

Ryan étouffa un soupir :

— Puisque nous sommes là... Il faudra bien un jour ou l'autre que tu passes au degré supérieur. Autant profiter du calme de cette cellule pour

---

1 *Article 35 de la Loi du 11 Décembre 1905 : « Si un discours prononcé ou un écrit affiché ou distribué publiquement dans les lieux où s'exerce le culte, contient une provocation directe à résister à l'exécution des lois ou aux actes légaux de l'autorité publique, ou s'il tend à soulever ou à armer une partie des citoyens contre les autres, le ministre du culte qui s'en sera rendu coupable sera puni d'un emprisonnement de trois mois à deux ans, sans préjudice des peines de la complicité dans le cas où la provocation aurait été suivie d'une sédition, révolte ou guerre civile. »*

t'enseigner un peu plus... Je n'ai pas voulu perturber la foi de notre généreuse hôtesse tout à l'heure, mais il y a de grosses lacunes dans ce qu'elle croit savoir. Le Temple ne fut que la part exotérique d'une organisation bien plus secrète qui s'appelait Mont-Sion à sa fondation, et qui a changé de nom depuis ce qu'on a appelé la Coupure de l'Orme, à Gisors, en 1188. *Sion* et le Temple, qui partageaient jusque là les mêmes Grand-Maîtres, s'y sont séparés. Mais si un siècle plus tard le Temple a été officiellement aboli, *Sion* est resté une organisation très puissante jusqu'à nos jours... Ne crois pas que ce sont les rois ou les présidents qui gouvernent et décident de tout ! Les autocrates vivent rarement très longtemps, et même dans une démocratique monarchie élective, tous les présidents s'entourent de conseillers. Quoique beaucoup plus discrets, ils sont souvent plus importants que les élus. Sous l'Ancien Régime ce fut la même chose, tant en France qu'en Angleterre ou dans le reste de l'Europe. Ça s'est passé différemment de part et d'autre de la Manche mais si les deux vieux pays sont parvenus à la Démocratie, c'est en grande partie grâce à l'action de *Sion* et du Temple, et, depuis le XVIIe siècle, des Maçons. La *Magna Carta* des anglo-saxons, qui servit de modèle à la *Constitution Américaine* et à la *Déclaration Universelle des Droits de l'Homme*, fut pour une grande part inspirée de la philosophie du Temple[2] et, même si l'histoire officielle se garde d'y faire référence, la Révolution Française lui doit aussi beaucoup.

Comme certains puissants d'aujourd'hui, quelques rois se sont crus parfois omnipotents. En réalité, à l'exception peut-être de Louis XIV, le Roi-Soleil, très peu ont pu exercer un pouvoir autocratique, ou pas longtemps, tel Napoléon, lui aussi très marqué par un soleil, celui d'Austerlitz... Shakespeare l'a bien dit : le Pouvoir isole. Plus on monte haut et plus on est seul. Et l'être humain, fût-il roi, empereur ou président, est incapable de supporter seul et longtemps cette charge écrasante. Il lui faut donc des gens qui l'entourent et le conseillent. Ce sont parfois de bons conseillers, trop souvent de mauvais. Le clan Bush par exemple, fut phagocyté depuis le début par une bande d'affairistes sans scrupules, doublée d'une secte de bigots, un avatar de *l'Opus Dei*, tout comme le fut Franco en Espagne dans les années 40 à 70. Pour dominer le monde, ces gens osent tout sous les prétextes les plus fallacieux. C'est pourquoi l'invasion de l'Irak fut présentée par Bush comme une « Croisade »...

— Oui, le mot m'avait d'ailleurs choqué...

— C'est que quelqu'un le lui avait soufflé. C'est un paradoxe qu'ont traité quelques rares philosophes : Le véritable Pouvoir ne tient pas au titre, ni même à la fonction, mais à l'influence que l'on peut exercer sur celui qui

---

2 *Déclaration Universelle des Droits de l'Homme ; Article Premier : « Tous les êtres humains naissent libres et égaux en dignité et en droits. » Si l'on cite volontiers la première partie de cet article relative aux Droits, on oublie trop souvent la dernière expliquant les Devoirs qui vont avec : « et doivent agir les uns envers les autres dans un esprit de Fraternité »*
On devrait changer le nom de cette Déclaration et la rebaptiser « Déclaration des Droits et Devoirs de l'Homme »
On croit souvent que cette « Déclaration Universelle » émane de la société judéo-chrétienne et est le premier acte marquant d'une civilisation équitable... On a tort ! En vérité, 539 ans avant Jésus-Christ, le cylindre de Cyrus-le-Grand, empereur achéménide de Perse (l'actuel Iran), écrit en akkadien cunéiforme et conservé au British Museum, déclarait déjà des choses comparables (tolérance religieuse, abolition de l'esclavage, liberté du choix de profession, etc.)

détient ce titre et cette fonction. Pour y parvenir, tous les moyens sont bons aux lobbies en tous genres, de la flagornerie au chantage, de la luxure à la concussion. Et quand ça ne suffit pas on passe au régicide, comme pour Henri IV, ou à l'assassinat politique comme pour Kennedy, en prenant bien soin de polluer la piste par quelques petits malfrats ou bigots manipulés qui la brouillent... Heureusement ces méthodes extrêmes restent des exceptions, on préfère généralement utiliser les travers humains de nos élites dirigeantes. C'est pourquoi, bien avant qu'on invente aujourd'hui le concept de « parité », les femmes ont toujours eu un rôle plus important qu'on croit en politique. La Montespan, ou Françoise d'Aubigné marquise de Maintenon[3], avaient bien compris cela sous Louis XIV, tout comme certaines Premières Dames ou maîtresses plus contemporaines. C'est d'ailleurs bien plus confortable de rester dans l'ombre, car la pleine lumière apporte certes la gloire mais comporte aussi ses inconvénients. Certains y ont perdu la tête : Louis XVI, Robespierre, Danton, et un tas d'autres. En fait, le véritable Pouvoir est toujours discret, voire invisible, et c'est pour ça qu'il dure. C'est un collège mouvant dont le grand public ne connaît pas les membres, mais je peux t'assurer que, parmi bien d'autres, *Sion* – ou quelle que soit son appellation actuelle – en fait partie ! Et si un fils de la Famille de France a pu en être membre à titre personnel, qui plus est Nautonier ainsi qu'on appelait autrefois le Grand-Maître, il ne pouvait pas être en même temps dirigeant es-qualité d'un pays, qu'il en fût roi ou président. En cas d'accès au trône il devait céder sa place dans l'Ordre. C'est une règle non écrite mais maintes fois vérifiée, et y déroger eût été carrément incompatible avec la mission dont *Sion* se sentait investi.

— Tu parles toujours là de l'Ordre du Mont-Sion, l'original fondé par Godefroi de Bouillon, ou d'une autre organisation ?... Je t'entends parler de ces personnages comme s'ils étaient quelques *deus ex machina* invisibles... On croirait une mafia...

Ryan sourit.

— Tu n'es pas loin de la vérité, Scotty. Ils sont souvent considérés par certains comme des dieux dans leurs domaines respectifs, par d'autres comme des démons... Sion, ou son avatar actuel, fait partie de ces influences occultes, mais il est loin d'être le seul. Il n'est qu'une branche occidentale parmi d'autres. Dans cette âpre lutte permanente et obscure d'une certaine philosophie, que pour faire court je dirai aristotélicienne, contre la quête du pouvoir absolu d'une élite façon Platon prônée par d'autres, on s'y perd facilement. Les principaux adversaires de *Sion* sont tout autant les intégristes de *l'Opus Dei* que la fameuse organisation des *Illuminati*, fondée par un jésuite au XVIIIᵉ siècle mais continuant l'antique Fraternité du Serpent qui, elle, date de plusieurs millénaires. Elle remonte en effet à Sumer et au dieu Mardouk qui terrassa sa propre mère, la déesse Tiamat, déesse de la Création, afin d'instaurer un « nouvel ordre universel » rationnel et élitiste...

— Un nouvel ordre universel. N'est-ce pas la devise figurant sur le Dollar : « *Novus Ordo Seclorum* » ?

---

3 *La marquise de Maintenon, qui épousera Louis XIV.*

— Le « Nouvel Ordre Séculier » en effet, il est permis de se demander pourquoi Georges Bush père a fait maintes fois référence dans ses allocutions à un soi-disant « Nouvel Ordre Mondial » alors que cette famille ne nous aura apporté que la guerre... En tous cas, contrairement à *Sion* qui a comporté des femmes parmi ses nautoniers, ce « Nouvel Ordre » était assez méprisant pour le sexe faible et pour le peuple en général... On aurait un bon aperçu de son idéologie en imaginant ce que serait devenue la civilisation si les nazis avaient gagné la guerre, ou si des firmes comme Montsanctus étaient en charge de l'écologie mondiale. Ce n'est heureusement pas encore complètement le cas, cependant nul n'est à l'abri de telles dérives totalitaires et la sourde lutte continue... Mais nous sommes du bon côté, Scotty !

— Hum... Ça ne me rassure pas. Les choses semblent avoir bien peu changé depuis la civilisation sumérienne ! Ça s'est juste étendu à l'ensemble de la planète !...

— C'est bien vrai. C'est pourquoi la lutte continue... Avec près de trois milliards d'hommes, l'Extrême-Orient dispose également de ses propres organisations. Au fil des siècles, certaines ont mal tourné, telles les Triades chinoises ou les *Yakusi* japonais... À l'origine, leurs buts étaient honorables, rebelles mais très démocratiques quant à leur fonctionnement interne, ces organisations n'étaient secrètes que pour mieux agir sans crainte ni contrainte contre les dictatures locales. La *Cosa Nostra* italienne, héritière supposée des *Carbonarii*[4], est un autre exemple de perversion mafieuse au fil du temps d'une organisation originellement politique. Mais Dieu merci, il y en a encore de saines et saintes, si je puis dire. Contrairement à ce qu'on pourrait croire, ce ne sont pas seulement des puissances financières, bien qu'elles le soient aussi pour la plupart et trop souvent criminelles. Je veux dire par là que leur influence ne s'exerce pas seulement sur les Bourses et les Marchés du monde, sur les trafics d'armes, de drogues ou autres produits discutables, mais aussi dans des domaines bien plus inattendus : culturels, artistiques, philosophiques, religieux... Et elles ne sont pas toujours d'accord entre elles, ce qui provoque parfois de sévères conflits... Par exemple, dans une homélie récente, le pape Benoît XVI a dépassé quelques bornes en comparant le matérialisme occidental au « dragon » des légendes que, selon lui, il faut absolument éradiquer. C'était évidemment une comparaison absurde ! Pas plus que le mythique animal, le matérialisme n'est en soi ni bon ni mauvais. Il n'est qu'un moyen tout bonnement incontournable pour toute civilisation, il faut juste ne pas en faire le but ultime. Et plutôt que stigmatiser le matérialisme, Benoît XVI aurait mieux fait de pointer du doigt la spéculation, avidité inhérente à toute société basée sur la consommation et le profit. Tout n'est qu'une question de mesure et d'équilibre...

— Oui, oui, je vois ce que tu veux dire... Et tu en connais, toi, de ces décideurs de l'ombre ? Je veux dire, personnellement ?

---

4 *Les Carbonari italiens datent officiellement du XIX*ᵉ *siècle, mais il en existait bien avant. En Lorraine, au XI*ᵉ *siècle, un moine de Sarrebruck dénommé Théodebald fonda une société secrète composée de charbonniers et bûcherons. Inventant la démocratie avant la lettre, elle visait à ce que les affaires publiques soient réglées selon le suffrage universel !... Et son Grand-Maître (à son corps défendant peut-être et à titre purement honorifique) n'était autre que... Jésus !*

— Hum... J'en ai identifiés deux, du moins je crois. Un Syrien et un Luxembourgeois. Deux sur une poignée, au mieux une cinquantaine peut-être qu'ils sont probablement dans le monde. Mais leurs nationalités n'ont aucune importance. Leur terrain de jeu est la planète, et il est rarissime de voir leur photo dans un journal, même à titre personnel... À l'instar des Francs-maçons, nul ne fait jamais état de son appartenance à ce club très privé, même si l'on peut être assuré d'en trouver dans les coulisses du G20 comme de l'ONU, du congrès américain ou des divers parlements nationaux... Bien évidemment il y en avait dans l'équipe Bush comme il y en avait sans doute autour de Poutine et autres dirigeants, et je jurerais bien qu'en France un certain magnat de la finance dans l'entourage du président Mitterrand en fut lui aussi... On soupçonne parfois d'y siéger telle ou telle personnalité de premier plan, comme ce Rockfeller qui finança la restauration du Château de Versailles après la guerre de 14/18 et en fit très certainement partie. Mais je doute que son descendant actuel en soit lui-même[5], et tout cela reste pure hypothèse de ma part, bien sûr. Comme toujours, avec ces sociétés secrètes, et avec *Sion* en particulier, on n'a jamais aucune preuve ! Il est même vraisemblable que ce « club privé » n'en soit pas un...

— Comment ça ? Il existe ou il n'existe pas ?...

— Il existe, c'est certain, au moins virtuellement. Un peu à la manière d'Al-Qaeda qui n'existe pas en tant qu'organisation structurée avec direction et bureaux, mais seulement comme « nébuleuse » en laquelle certains groupes autonomes s'identifient et s'entraident le cas échéant, mais sans être dépendant d'une tête. Ce « collège invisible » n'a ni siège ni existence officielle, mais on y traite malgré tout de puissant à puissant lors de rencontres informelles ou déguisées sous divers noms. La « Trilatérale » par exemple, ou le Groupe Bilderberg, pourraient en être des expressions...

Cela dit, pour revenir à notre mission ici, il y a surtout une chose dans cet article qui me turlupine : Pourquoi cet évêque des années 1900 a-t-il éprouvé le besoin de nommer *Sion* dans son brûlot en indiquant son siège à Orléans ?

— Parce qu'il y était sans doute ?...

— Évidemment qu'il y était ! Il y était depuis près de neuf siècles ! C'est le roi Louis VII qui l'y a installé en 1154 au retour de la seconde Croisade. Ce n'est pas nouveau pour nous, mais ce n'est pas non plus quelque chose que l'Église expose habituellement dans un journal... Elle a toujours été très discrète sur ce sujet, et je ne serais pas autrement étonné que ce soit la raison pour laquelle cette feuille de chou n'a jamais été distribuée...

— Et pourquoi cela ?

— Mais enfin, Scotty, comprends donc que dans cette lutte millénaire *Sion* n'est pas l'allié du Vatican, mais au contraire son rival le plus acharné !...

---

5 *À propos du Groupe Bilderberg, en 1999 David Rockefeller déclara à Newsweek international :* « Quelque chose doit remplacer les gouvernements, et le pouvoir privé me semble l'entité adéquate pour le faire. La souveraineté supranationale d'une élite intellectuelle et de banquiers est préférable au principe d'autodétermination des peuples. » *On laissera cette sentence à l'appréciation du lecteur...*

Si Godefroi de Bouillon a fondé l'Ordre de Notre-Dame du Mont-Sion, qui suscita les Templiers avec l'assentiment et la bénédiction des papes de l'époque, ce fut essentiellement pour influer sur le cours de choses, que d'autres princes de l'Église moins érudits et plus avides de pouvoir ne voyaient pas nécessairement du même œil... Mais au fil des siècles et d'une succession de papes fermés et dogmatiques, l'entente initiale entre l'Ordre de *Sion* et le Vatican s'est délitée pour devenir une réelle et mortelle adversité... Parce qu'il en était la part la plus visible, le Temple en a payé le prix en 1307.

— N'empêche que cet article cite bien *Sion* comme allié de l'Église dans cet appel à une manifestation...

— Il y a une règle d'or dans la vie : « De deux maux, il faut choisir le moindre ». L'article Premier de la loi de 1905 rappelle que « *La République assure la liberté de conscience* » et en ce début du XXᵉ siècle, outre ce que l'Église considérait comme la spoliation de ses biens par l'État, le plus grand danger pour elle était le retour à la Laïcité et l'instauration par Jules Ferry d'une école gratuite laïque et républicaine, qui risquait de la priver de son influence sur les jeunes consciences... Cette assertion dans un journal de 1906 démontre simplement qu'à ce moment l'Église se cherchait des appuis partout et se serait même alliée avec le diable, ou du moins son équivalent à ses yeux... Ça sentait le roussi pour elle... Elle faisait feu de tout bois pour contrer le Parlement français... Mais ce Monseigneur Rouchet était sans doute allé un peu trop loin en faisant référence à *Sion* dans son article sans prendre l'avis de sa hiérarchie... Ça n'a jamais dû passer *l'imprimatur* vaticane...

— Bah, finalement, ça s'est arrangé puisque l'Église est toujours bien là...

— Oui, ça s'est arrangé un peu plus tard, avec Maurice Barrès qui a relancé une version plus adoucie des rapports entre l'État français et le Vatican... Ils se sont même mis d'accord pour célébrer les fêtes de Jeanne d'Arc chaque 8 Mai, en pondant une loi sur le sujet à peine un mois après la canonisation de l'intéressée... Et le calendrier a hérité d'une « Sainte-Jeanne d'Arc ».

— C'est étonnant, observa Scotty, qu'on en vienne à parler de Jeanne d'Arc alors que cet article ne la cite même pas...

Ryan le regarda avec une soudaine stupéfaction... Il considéra un moment le fascicule qu'il tenait entre les mains et revint à Scotty...

— Oh ! Mais sais-tu, Scotty, que tu viens de me donner une très importante réponse ?...

— Une réponse ? s'étonna Scotty. Mais à quoi ? Je ne connais même pas la question !

— Ça ne fait rien. Tu viens de me donner la réponse à la question : « Que cherchait notre frère Conrad à Orléans et pourquoi y a-t-il perdu la vie ?... »

— Ah, bon ! Et cette réponse, c'est ?...

— Je crois que c'est : La Vérité au sujet de Jeanne !

— Et quelle est-elle, cette Vérité ?... Tu la connais toi ?

Ryan plissa les yeux, semblant fixer le vide... Ses pensées tournoyaient à grande vitesse, une sensation d'impuissante sur des événements extérieurs prenait lentement forme dans son esprit. Tel un fétu de paille au bord d'un maelström, il se sentait ballotté par des impressions fugitives qui menaçaient de l'engloutir dans la spirale d'un gouffre sans fond... Il se reprit :

— Je commence à en avoir une vague notion, oui... mais c'est encore très flou... et il serait intéressant de la confirmer en reprenant l'enquête là où l'a laissée ce pauvre Conrad...

— Mais nous n'avons toujours aucune piste !...

— Elle nous crève les yeux, la piste... Elle tient dans ce que je n'ai pas dit à la Mère Supérieure !...

— Tu veux dire que cette histoire de Sainte-Famille cachée serait véridique et que ces romanciers auraient levé un vrai lièvre ?... Nan...

— Qu'est-ce que j'en sais ? Je suis Commandeur du Temple, pas Nautonier de Sion, mais je sais additionner deux et deux, et si c'est bien ce que je pense, ce lièvre-là atteint au moins la taille d'un kangourou !... Et puis si, nous avons un début de piste... Cette porte de fer dans la cathédrale mène forcément quelque part...

— Sans aucun doute !

Ryan réfléchit une demi-seconde :

— Quelle heure est-il ?... Vingt-trois heures... Prends le matériel, on y va !

*

La piste du tueur
De nos jours, Cathédrale d'Orléans, 06 Mai 23h30

Le kaléidoscope des vitraux multicolores des nefs latérales tamisait à l'intérieur l'éclatante illumination du dehors. Dans la semi-obscurité, une ombre se faufila, écouta quelques secondes pour vérifier que tout était calme, et d'un pas souple, silencieux mais décidé, elle entreprit de traverser la grande nef centrale...

À cette heure le monument était fermé, et les grandes portes cloutées du portail principal barrées de l'intérieur par une solide poutre qui aurait empêché une armée de béliers de les enfoncer. Pourtant, cette ombre était là... Quelque SDF qui se serait laissé enfermer volontairement ou par erreur, et chercherait la sortie ?... Non, l'homme semblait parfaitement savoir où il allait, et ses chaussures à semelles de crêpe qui glissaient sans bruit sur le pavement à damier n'étaient pas celles d'un malheureux...

L'intrus s'arrêta un instant pour considérer l'ostensoir qui rayonnait sur l'autel comme un astre incandescent, l'or accrochant et renvoyant les mille feux des illuminations extérieures qui parvenaient jusqu'à lui. Il caressa pensivement la barbe de trois jours sur le visage anguleux qui dépassait de sa combinaison... une combinaison noire, digne d'un Ninja, parfaite pour passer inaperçu surtout dans la pénombre d'une cathédrale déserte... L'espace d'une seconde, un rictus ourla sa lèvre inférieure... « Après tout, qui sait ? » pensa-t-il... Et d'un pas ferme, il se dirigea vers la sacristie.

L'homme se mit à fouiller méthodiquement les placards, avec la rapidité et l'efficacité d'un professionnel... Rapidement il parut avoir trouvé ce qu'il voulait car un sourire se dessina sur sa longue figure. Un répertoire avec numéros de téléphone et adresses retint particulièrement son attention... « Voyons... associations... ah voilà : "Saint-Lazare"... »

Il prit quelques notes, remis le répertoire à sa place, referma le tiroir et ressortit de la sacristie, se préparant à repartir comme il était venu... C'est en passant devant la porte dite « Porte des Évêques » qu'un léger bruit attira son attention. Quelqu'un était en train de l'ouvrir !... À cette heure, ça n'était certainement pas un paroissien venant se confesser ! L'homme se jeta dans un confessionnal, et, laissant entrouverte la porte à claires-voies, observa...

*

Ryan et Scotty refermèrent doucement derrière eux et se dirigèrent directement vers la chapelle au lambris. Ils allumèrent leurs torches électriques et Ryan fit jouer le mécanisme de la porte étroite qui se referma sur eux. Il descendirent prudemment l'escalier jusqu'à la petite crypte et sa porte de fer repérée dans l'après-midi. Sortant de son sac une clé à percussion, instrument de serrurier très sophistiqué, Scotty s'apprêta à forcer la serrure mais, surprise ! Sans même qu'il la touchât, la porte s'ouvrit d'elle-même sans résistance...

— Qu'est-ce que ça veut dire ?... Elle est ouverte !...

Ryan mit une main sur sa bouche et lui chuchota :

— Ça veut dire, Scotty, que notre bonhomme n'est pas loin ! Peut-être même... Qu'est-ce que je dis... sûrement dans la cathédrale !... Sinon il aurait refermé derrière lui comme cet après-midi. Il y est donc encore...

— Shit ! Qu'est-ce qu'on fait ? On l'attend et on se le fait ? À deux contre un, c'est jouable...

Ryan réfléchit quelques secondes, puis :

— Pas sûr ! Et dangereux. Laissons donc ce plaisir au Commissaire... Nous devons d'abord comprendre pourquoi il a tué Conrad, et même si nous le prenions vivant ce genre d'homme ne parlerait pas. On continue ! En espérant qu'il ne nous ait pas vus, nous aurons ainsi une longueur d'avance sur lui. Ça nous permettra de découvrir où mène ce passage secret autorisant ce petit malin à aller et venir comme il l'entend dans un monument fermé... Allons-y ! »

Le passage s'enfonçait encore dans les entrailles de la terre par prolongement de l'escalier en colimaçon sur une bonne cinquantaine de marches abruptes, à cette profondeur taillées directement dans le calcaire de Beauce. À mi-course, un boyau partait sur la gauche, vers ce qui au niveau supérieur devait correspondre au chœur de la cathédrale. Ils éclairèrent dans la direction et firent quelques pas pour parvenir à une petite pièce circulaire au milieu de laquelle trônait la margelle d'un puits. On entendait quelques mètres mètres plus bas le gargouillis d'un cours d'eau vive. Un coup de torche électrique vers les profondeurs leur confirma qu'un ruisseau souterrain coulait bien là mais ne leur apprit rien de plus. Ils retournèrent à l'escalier. Tout en bas, ils trouvèrent une petite pièce en forme de palier avec deux ouvertures. Scotty compta mentalement :

— On est au moins à quinze mètres, non ?...

— Certainement. Même un peu plus.

Ils explorèrent un premier couloir étroit qui partait plein Ouest, approximativement sous le parvis de la cathédrale. Ryan vérifia l'azimut sur sa boussole et rapporta l'angle sur un plan de la ville : la direction indiquait la rue Jeanne d'Arc, droit vers la place de la République, mais ils durent bientôt rebrousser chemin car un effondrement avait bouché le passage quelques dizaines de mètres plus loin. Sans doute la conséquence des vibrations dues aux travaux de terrassement pour le percement de la rue Jeanne d'Arc sous le second Empire. À moins que ce fut plus récemment à cause des travaux du tramway. Impossible en tout cas de savoir où il menait, il aurait fallu dégager un tas de pierres et de terre, et de toute manière le Sicaire ne l'avait visiblement pas pris non plus... À l'opposé de cette branche, l'autre couloir filait en sens inverse mais restait très bas de plafond. Ils s'y engagèrent en courbant le tête. Cette fois le souterrain se dirigeait plein Est. Taillé à même la roche mère, parfaitement régulier et horizontal, on aurait pu le parcourir à l'aveugle en suivant la paroi de la main.

— Quel âge ça peut avoir, à ton avis ?

— Aucune idée... Des siècles, sûrement !...

— Si on se fie au fait que la cathédrale d'Orléans a été rebâtie par Henri IV, ça indiquerait le XVIe...

— Oh ! C'est bien plus vieux que ça !... Henri IV n'a pas rebâti entièrement à partir des fondations, il s'est contenté de faire reconstruire les parties effondrées de la nef à cause des mines protestantes durant les guerres de religions, mais l'abside et le chœur datent du Moyen-Âge et cette chapelle où se trouve cette porte est incluse la partie la plus ancienne...

— Ce qui voudrait dire le XIIIe siècle ? La grande époque des cathédrales ?...

— Assurément...

— Super ! Nous voilà vraiment sur les pas de nos frères d'antan !

Ryan, qui consultait sa boussole, s'amusa de la réflexion enfantine de Scotty, à la fois empreinte d'émotion et d'une respectueuse admiration.

— Heu... Effectivement, on peut le voir comme ça !... Allez, baisse la tête et avance, frère Scotty ! »

Ils marchèrent sans difficulté sur quelques centaines de mètres avant de buter sur un amas de pierres luisantes d'humidité sous la lumière des lampes-torches. Un autre effondrement. Décidément, les sous-sols de la ville semblaient avoir été sérieusement secoués par des bouleversements de l'Histoire. L'éboulement, déjà fort ancien mais par la force des choses beaucoup moins toutefois que le souterrain lui-même, laissait supposer que le boyau passait autrefois sous l'ancien rempart pour se prolonger vers l'Est. Ryan ressortit sa boussole et traça l'azimut sur le plan de la ville. Le trait menait droit à l'église Saint-Marc en passant sous l'église Saint-Euverte, mais l'éboulis leur interdisait de continuer et visiblement le Sicaire ne pouvait pas être passé par là lui non plus...

— Shit, s'exclama Scotty, encore un cul-de-sac ! Comment est-ce possible ? On a dû rater quelque chose...

Ryan palpa le mur et secoua la tête...

— Certainement. Ce mur paraît bien trop humide. Et puis on étouffe ici, tu n'as pas remarqué ? Il n'y a plus d'air... Retournons sur nos pas, mais prudence, l'*Ishkarioth* n'est sûrement pas loin... D'ailleurs, éteignons les lampes, pas besoin. Laisse courir ta main sur la paroi et marche en silence, et en tendant l'oreille !...

Ils reprirent le chemin en sens inverse, avançant pas à pas dans le noir le plus complet, tous les sens en alerte... Au bout d'une cinquantaine de mètres, ils sentirent que l'atmosphère était moins oppressante, moins humide, et qu'un léger courant d'air la rafraîchissait... Ryan stoppa net ! Un fugitif rai de lumière venait d'apparaître dans l'obscurité. Ils se plaquèrent contre la paroi.

Un bruit de ferraille leur indiqua que quelqu'un faisait glisser un élément métallique contre un autre... des grincements... puis à nouveau ce bruit... Un pinceau lumineux se promena un instant sur les parois et un grand rire sonore, incongru, se répercuta dans le boyau obscur !... Enfin la lumière s'estompa et le noir revint dans un silence sépulcral.

Ils restèrent encore quelques minutes sans bouger, à écouter... Rien.

— Je crois qu'on peut rallumer nos torches, dit Ryan.

Ils refirent la lumière et parcoururent les vingt à trente mètres d'ombre qui les avaient protégés avant de découvrir au sol deux empreintes toutes fraîches et bien marquées. Ils levèrent la tête. Juste au-dessus d'eux, le plafond évasé en entonnoir renversé s'élevait en cet endroit à près de cinq mètres. Il y débouchait un conduit de section carrée, équipé sur une face d'une échelle métallique coulissante flambant neuve, et solidement scellée à la paroi comme les barreaux des bouches d'égout. Le dernier élément était remonté. C'était ça qu'ils avaient entendu coulisser.

— D'accord, d'accord ! murmura Ryan... Notre ami le Sicaire fait les choses bien ! Il huile ou change les serrures, il pose des échelles...

— Dommage qu'il l'ait remontée si haut, cette échelle !... Ça va être coton de l'attraper...

— Oui, je crois bien qu'il nous avait repérés. Il savait que nous étions là et ça explique ce rire, il se foutait de nous !... Mais comment est-il remonté, lui ? Si l'élément avait été descendu jusqu'au sol tout à l'heure, nous ne l'aurions pas manqué...

Ils examinèrent les parois. À hauteur d'homme, deux pitons, scellés récemment eux aussi, avaient dû très certainement supporter quelque chose... quelque chose qui n'était plus là...

— Ce type est un perfectionniste, un maniaque ! Pointilleux jusque dans les détails inutiles... Nous avons commis une erreur, Scotty, nous aurions dû voir ça tout à l'heure en passant.

— Oui Commandeur, mais nous regardions par terre de peur de nous cogner la tête....

— Je sais... Du coup nous n'avons pas remarqué qu'à cet endroit le plafond remontait... Et ce salopard a remporté avec lui la gaffe dont il s'est servi pour tirer l'échelle. On ne peut quand même pas faire demi-tour ! À défaut de perche il faudrait un lasso avec un grappin... Qu'est-ce qu'on a ?...

Scotty fouilla son sac. Ils avaient pensé à emporter de la corde mais point de grappin. Quand à trouver une perche dans ce conduit désert, autant chercher une baguette magique chez un scientologue !

— Le fils de pute ! jura Ryan... On fait quoi maintenant ?... nous voilà bien plantés...

— Hum... peut-être pas... Je crois que je peux parvenir jusque là-haut, Commandeur...

— Inutile Scotty... même en grimpant sur mes épaules et bras tendus, tu arriverais à trois mètres cinquante ou quatre mètres, pas plus.

— Non, pas comme ça... Attends, laisse-moi faire...

Ryan s'écarta. À sa grande surprise, Scotty s'arc-boutant entre les parois du boyau, pieds contre l'une et mains contre l'autre, s'éleva rapidement à plusieurs mètres comme un acrobate de cirque...

— Très bien, Scotty ! Bravo !... dit Ryan admiratif, mais maintenant il va falloir que tu lâches une main pour agripper l'échelle... Fais gaffe ! C'est le cas de le dire !...

— Ne me fais pas rire, Commandeur, ou je ne pourrai plus me concentrer !

— Concentre-toi... C'est bon là. Plus que quelques centimètres et tu pourras l'attraper... Tu y es... YES !... Bravo Scotty ! Tu es un chef !

Scotty s'agrippait maintenant aux premiers barreaux. Un rétablissement acrobatique, et il se retrouva en position verticale sur l'échelle. Mais il lui fallait encore la dédoubler pour faire coulisser la partie basse jusqu'au sol. C'est une chose facile lorsqu'on a les deux pieds par terre, mais c'en est une autre lorsqu'on est sur l'échelle elle-même, avec cinq mètres de vide dessous... Il se hissa un peu plus haut dans le conduit et s'arc-bouta à nouveau, cette fois faisant face à l'échelle, un pied de chaque côté de celle-ci et le dos contre la paroi opposée du boyau. Enfin, il parvint à déboucler la corde retenant l'élément bas qu'il fit glisser à terre... Ryan s'y précipita.

— Super ! Allez, grimpe vite maintenant ! Et attention au débouché en haut. On ne sait pas où ça émerge et ce salopard est peut-être encore dans le coin...

Scotty monta encore une dizaine de mètres avant de rencontrer une assez lourde trappe de fonte, genre plaque d'égout. La soulevant doucement d'un bord, il fit jaillir le pinceau lumineux de sa lampe-torche pour jeter un coup d'œil alentour... Personne à l'horizon. Il se hasarda à relever complètement la trappe et sortit la tête... Ça devait être une cave. Un tas de bûches mitées et de vieux fûts couverts d'une poussière crasse et charbonneuse montraient que le lieu n'était plus fréquenté depuis des lustres ou davantage. Même les rideaux de toiles d'araignées étaient depuis longtemps abandonnés de leurs fileuses locataires.

— Ça va Scotty ? entendit-il sous lui.

— R.A.S., Commandeur. On peut sortir...

Une fois dans la cave, le reste fut facile. La porte dont les gonds avaient eux aussi été récemment huilés n'était fermée que par un simple cadenas qui rendit l'âme rapidement. Ils trouvèrent un escalier de service montant jusqu'au rez-de-chaussée vers un vestibule vieillot mais spacieux. Ça ressemblait à l'entrée d'un hôtel particulier de l'Ancien Régime qui avait dû être superbe. D'immenses tableaux aux couleurs un peu passées étaient encore accrochés aux murs d'un large escalier de pierre menant aux étages. Une porte vitrée donnait sur la cour. Elle n'était pas fermée. Ils se retrouvèrent dehors sous la lune et au grand air.

Époussetant les toiles d'araignées et la poussière dont ils étaient couverts, ils regardèrent où ils avaient émergés. Ils se trouvaient au milieu de la cour d'honneur en U d'un grand bâtiment de style XVIIe, fermée sur la rue de hautes grilles en fer forgé et d'un immense portail.

— Ah, mais bien sûr... la Bibliothèque ! s'exclama Ryan... L'ancien Évêché d'Orléans... J'aurais dû m'en douter. Au temps du Temple et jusqu'à l'époque de Jeanne, ce souterrain passant sous le rempart se prolongeait probablement jusqu'à la Commanderie Saint-Marc, en passant par l'église Saint-Euverte ou plutôt à l'époque Notre-Dame du Mont. Mais lors de la 3e extension, édifiée par Louis XI, le rempart Est engloba Saint-Euverte, et à fortiori après la construction de cet évêché au XVIIe siècle, le souterrain n'offrait plus d'intérêt... Pourtant, qui d'autre qu'un membre du clergé aurait pu en fournir les plans au Sicaire ?...

— La logique, Docteur Watson ! ironisa Scotty.

— N'empêche !... Le fait qu'il puisse s'introduire dans cette cathédrale avec la bénédiction de l'Église ne nous dit pas ce que l'*Ishkarioth* est venu y faire... Que cherche-t-il donc ?...

— Bah, ce n'est pas très important. Ce qui compte c'est qu'on l'ait « logé »... Nous savons maintenant où il dort et comment il fait pour entrer et sortir à toute heure de ce lieu d'asile... On va pouvoir rencarder le commissaire André qui se chargera bien de le serrer...

— Tu n'y es pas Scotty... pas du tout ! Il n'est pas question de déballer au Commissaire le secret de ce passage, ni encore moins le fait que le Sicaire ait incidemment établi son pied-à-terre dans cette petite crypte. D'abord, parce qu'il est des secrets qu'il vaut mieux garder pour soi, et ensuite parce que maintenant qu'il sait que nous l'avons « logé » comme tu dis, le Sicaire n'y reviendra plus, et nous passerions pour des ballots auprès du Commissaire. Non, il faut reconnaître une chose : il est très fort, très chanceux. Mais la partie n'est pas terminée...

— Mais qu'est-ce qu'on va faire alors ? Il a de nouveau disparu...

— Pour l'instant, Scotty... Pour l'instant... Mais nous avons au moins confirmé une chose : ce gars a clairement un complice ou un commanditaire au sein de l'Église... Peut-être ici-même à Orléans, peut-être plus haut... Si l'affaire est liée à cette histoire de relique, je doute que sa mission soit terminée tant que la fameuse surprise du Maire n'est pas annulée. Je suis sûr que ce type nous prépare autre chose... Il a toujours un coup d'avance...

— Un coup d'avance ?... On ne joue pas aux échecs !

— Oh que si ! Et c'est visiblement une partie à très gros enjeu, tu peux me croire... Mais je commence à discerner les pièces et la stratégie... Il va nous falloir garnir notre défense.. Le Commissaire est un brave homme mais il est dépassé par la fulgurance de l'attaque et le terrain apparaît miné de longue date... Mon petit Scotty, je vais de ce pas lui téléphoner...

— Tu as vu l'heure ?... Et puis tu prétendais à l'instant qu'il ne fallait rien lui dire...

— L'heure ?... Oh ça alors... tu ne peux pas savoir combien je m'en fiche ! dit Ryan en riant... Pour le reste, on n'est pas obligés de tout lui dire... mais je suis sûr qu'il va nous écouter avec attention. Contente-toi de me laisser parler...

*

Contrôle d'un pucelage
Poitiers, 15 Avril 1429

L'assistance, garnie d'ecclésiastiques, belles dames et grands seigneurs, retenait son souffle. Parmi la vingtaine de religieux qui avaient procédé à l'interrogatoire, on pouvait reconnaître Régnault de Chartres, archevêque de Reims et Chancelier de France, en robe bleu clair ; Pierre Cauchon, évêque de Beauvais et légiste reconnu de l'Université de Paris, ainsi que les évêques de Poitiers et de Maguelone, tous trois vêtus d'écarlate. Mais pour l'examen de virginité, qui devait être pratiqué ce jourd'hui par les matrones, les séculiers avaient rejoint les religieux sur des bancs au fond de la salle.

Outre le dauphin Charles lui-même, impatient de connaître le résultat, on pouvait y voir le jeune comte René d'Anjou son beau-frère, princièrement vêtu comme il convenait pour le roi en titre de Jérusalem et roi de Provence, et sa mère Yolande d'Aragon, richement parée elle aussi ; et aussi Nemours, qui lors de la réception de Jeanne à Chinon avait pris la place de son cousin pour tenter de la confondre, et Courteheuse, et Rais, et La Trémoille, et encore une foule d'autres personnages de haut rang ainsi qu'une poignée de clercs, scribes et huissiers qui avaient noté les réponses faites par la Pucelle devant la Commission...

Protégées des regards avides de certains par des draps tendus au milieu de cette grande salle froide, la jeune fille en chemise fit la grimace et se contracta quelques secondes au contact du doigt râpeux de la vieille qui fourrageait son intimité. Un mouvement de répulsion la traversa un instant, mais la jeune fille resta stoïque face à l'outrage qu'on infligeait à sa vertu. Puis la matrone retira le majeur inquisiteur, le huma au passage et l'essuya dans une serviette que lui tendait une bonne sœur.

— Elle est intacte !... annonça-t-elle à la cantonade. Aussi pure que la Vierge Marie !

L'assistance poussa un soupir de soulagement et applaudit. Le diable ou l'un de ses incubes n'étaient pas passés par là ! La fille n'était pas une traînée, pas une de ces ensorceleuses envoyées du Malin qui prétendent avoir des visions et ne font que duper leur monde... Celle-là au moins était sincère et, qui sait... peut-être était-elle vraiment envoyée de Dieu ?...

Après tout, elle avait correctement répondu à toutes les difficiles questions des théologiens... Parfois même avec un brin d'insolence ironique, comme lorsqu'elle avait répliqué à ce frère limousin au fort accent teinté d'occitan, que ses voix parlaient un meilleur français que le sien.

Oh ! bien sûr, elle aurait pu avoir appris sa leçon par cœur, mais cette hypothèse paraissait à exclure puisqu'il se disait à la cour qu'elle ne savait point lire... Il lui aurait fallu un répétiteur, et on se demandait bien qui et dans quel but eût pu jouer ce rôle auprès d'une jeune paysanne !...

On en conclut donc qu'elle était sincère et réellement « inspirée », et chacun s'en réjouit.

Yolande d'Aragon sourit intérieurement et jeta un coup d'œil complice à son fils René. Les choses sérieuses allaient enfin pouvoir commencer... Depuis le temps que l'Ordre attendait ce moment !

Près de dix ans déjà l'oncle de Yolande, Louis, cardinal et comte de Bar, avait fait passer le Barrois sous l'autorité de son petit-neveu, René d'Anjou, son fils à elle... René était encore bien jeune alors, et pour y parvenir il avait fallu bien des négociations, compromis et discussions de marchands de chevaux avec l'autre branche de la famille, les Luxembourg. Mais on s'était finalement entendu : en contrepartie du Barrois, que Louis de Luxembourg-Saint-Pol avait revendiqué autrefois comme succession échéant à sa femme par Guy de Châtillon, il était légitimement entré en possession du comté de Guise que son frère Jean avait déjà pris par les armes, et avait abandonné le comté de Bar à René d'Anjou.

Dans tous les cas, le comté de Guise en Picardie serait resté le fief d'une branche de Basse-Lorraine. Mais après l'écrasement de la chevalerie française à Azincourt en 1415 et l'infamie du Traité de Troyes de 1420 qui reniait au jeune dauphin Charles le droit à la couronne de France, il avait paru de la plus haute importance que, dès 1420 et sans léser quiconque, le Barrois passât sous la juridiction du roi de Provence et qu'on le fît savoir, car il devenait ainsi ipso facto un territoire neutre, hors conflit.

Et le comté de Bar avait effectivement représenté un îlot de calme dans l'œil du cyclone qui dévastait la France. De plus, à Domrémy il suffisait à Jeanne de traverser la rivière pour se retrouver en Lorraine, où elle aurait Charles II, duc de Lorraine et beau-père de René d'Anjou, comme protecteur tout proche... La sécurité de la jeune princesse cachée là à sa naissance par Louis d'Orléans n'aurait pu être assurée bien longtemps si Domrémy n'avait été en territoire neutre, mais, passé aux mains du duc d'Anjou, roi de Provence, Sicile et Jérusalem, et jouxtant la Lorraine de son beau-père, le Barrois s'était avéré durant ces dernières décennies beaucoup plus tranquille et aisément défendable contre les incursions anglo-bourguignonnes que ne l'eut été le comté de Guise... Ce bon Baudricourt, installé à Vaucouleurs dans le vieux château templier, avait parfaitement suivi les ordres et immédiatement mis à disposition de Jacques d'Arc la discrète forteresse de l'Isle.

Et en effet, neuf ans plus tard, la petite princesse était devenue une jolie jeune femme qui porterait fièrement les couleurs du dauphin son frère.

Auprès de ses dévoués Bertrand de Poulengy et Jean de Metz, celle qu'on nommait déjà la Pucelle d'Orléans avait tout appris de ce qui lui était nécessaire et bien plus... les « Voix » avaient fait le reste ! Elle était maintenant prête. La résurrection de la France pouvait commencer...

*

Portrait d'un inconnu
De nos jours, commissariat d'Orléans, 07 Mai, 2h30 du matin

Le téléphone sonna dans le bureau du commissaire André. Un brigadier de permanence décrocha :

— Mais enfin Monsieur, le commissaire dort à cette heure-ci et vous voudriez que je le réveille ? Il faudrait que ce soit vraiment urgent ! Ça ne peut pas attendre demain ?... hum... personnel, dites-vous ?... Et c'est de la part ?... Je vais voir...

Le brigadier composa le numéro du domicile personnel de son supérieur.

— Commissaire ?... Excusez-moi de vous réveiller, mais ça parait urgent. Un certain Pépin...

— Pépin ? Connais pas, envoyez-le aux pelotes et laissez-moi dormir ! Ce n'est pas sérieux, brigadier, il est presque trois heures du mat !

— C'est qu'il a insisté, Commissaire... Il a même dit de vous spécifier : Pépin, comme le parapluie... c'est personnel et urgent...

— Comme le parapluie ? Vous ne pouviez pas le dire tout de suite ?!! Passez-le moi !

— Le voilà, Commissaire...

— Allo, Mister Berger ?... Je ne pensais pas vous entendre de si tôt... Vous avez du neuf ?... Ah non, à cette heure-ci, il n'y a plus guère d'ouvertes que les boîtes de nuit et les épiceries arabes... Bon, alors disons chez moi... Rue de la vieille Levée, oui, c'est juste de l'autre côté du pont... Dans une demi-heure ? D'accord, je vous attends.

*

Quand Ryan et Scotty arrivèrent chez le Commissaire André, il était en robe de chambre mais avait préparé du café.

— Désolé de vous déranger à cette heure indue Commissaire, mais je pense que vous devriez faire vérifier si rien n'a disparu de la cathédrale... Nous venons d'apercevoir l'*Ishkarioth* qui en sortait...

— Le tueur dont vous me parliez hier ?... Vous l'avez reconnu ?

— Lui-même, Commissaire... enfin, je crois... En fait je n'ai reconnu que sa silhouette et son allure, que je porte gravées dans ma mémoire depuis cinq ans. Mais je serais bien incapable de vous décrire un portrait robot pour son visage... Ceux qui le pourraient sont morts.

Le commissaire se rembrunit.

— Hum... bien sûr, c'est important de savoir qu'il est encore ici, et le fait que vous l'ayez vu sortir de la cathédrale à cette heure indue accrédite l'hypothèse d'un lien entre le meurtre du canal et les fêtes de Jeanne d'Arc... mais tout ça ne tient que sur votre parole, vous me donnez aucun élément probant... qu'avez-vous d'autre ?

— En tous cas, il y était ! Et ça n'était certainement pas en tant que touriste ! Nous pensons qu'il pourrait avoir dérobé quelque chose dans la cathédrale, ou qu'il se prépare à faire un coup quelconque...

— Hum... un vol ?... Je m'attendrais plutôt à un attentat. D'après ce que vous disiez hier, c'est un tueur professionnel, pas un voleur...

— Vous ne m'avez pas bien compris, Commissaire. Si je n'ai jamais vu sa bobine en plein jour, je connais par contre sa méthode : c'est effectivement un tueur redoutable à l'occasion, mais c'est surtout ce que j'appellerai une sorte d'agent secret à tout faire... Un assassin professionnel certes, mais pas un assoiffé de sang. Si sa mission le réclame ou pour effacer les témoins gênants, il n'hésite pas à tuer, il y est toujours prêt, mais le meurtre n'est pas sa priorité lorsqu'il peut l'éviter. Et lorsqu'il égorge un homme, il le fait sans état d'âme, comme un soldat en guerre ou un snipper qui élimine une cible...

— Je ne vous comprends plus, Mister Parapluie, hier vous dénonciez ce salopard, maintenant vous semblez le défendre... Si ça se trouve, il a posé une bombe !

— Une bombe, non, ça n'est pas son style, je vous le garantis... Les meurtres qu'il a commis jusque là, tout du moins ceux dont nous sommes au courant, étaient tous dirigés contre des personnalités bien précises, liées à de grandes familles en opposition avec l'Église. Même si c'est certainement un intégriste à sa manière, il n'a rien du terroriste frappant au hasard... Cette rumeur de bombe bactériologique ne tient pas la route et ce n'est certainement pas lui qui en posera une, mais par contre c'est un excellent prétexte pour faire fouiller l'édifice, et vous pourrez ainsi vous en assurer... Pour autant, Commissaire, soyez sûr que je ne le défends pas, j'aimerais encore plus que vous le voir mis hors d'état de nuire. Et tout porte à croire qu'il prépare un mauvais coup ou qu'il a dérobé quelque chose dans la cathédrale en vue d'empêcher la cérémonie de ce soir...

— La cérémonie de ce soir ?... Mais c'est la « Remise de l'Étendard » ?!!... Décidément, vous y tenez à votre hypothèse !

— Il semblait qu'elle vous ait séduit aussi hier...

— Hier, c'était hier... Depuis j'ai réfléchi. Ça ne tient pas debout votre histoire d'Église fantôme... S'il y avait plus puissant que le Pape au Vatican, ça se saurait !... Et votre *Ishkarioth* est difficile à attraper parce qu'il commet ses forfaits tout seul. C'est d'ailleurs une marque d'intelligence car ce sont toujours les complicités qui finissent par vous trahir. Non, à mon avis, ce type est un solitaire, peut-être un intégriste mais surtout un dangereux illuminé, voilà tout.

— Et voilà ! Vous tombez vous aussi dans ce vieux chausse-trappe psychologique, Commissaire ! Vous pensez que c'est trop énorme pour être vrai, mais dites-vous que c'est bien souvent le contraire... Plus c'est gros et mieux ça passe !... Et depuis des millénaires, c'est comme ça !... Souvenez-vous de Jacques Clément, de Ravaillac, de Raoul Villain, de Lee Harvey Oswald, de Shiran-Shiran ou de Mehmet Ali Agça[1] pour ne citer que ceux-là... Certes, ils étaient tous un peu intégristes, voire franchement secoués, mais croyez-vous vraiment qu'ils aient agi seuls ?... Écoutez, il est tard, je ne veux pas éterniser cette discussion ni vous déranger plus longtemps car nous aussi nous devons aller dormir. Je voudrais juste que vous me promettiez une chose : faites inspecter la cathédrale dès ce matin à la première heure, vérifiez que rien ne manque pour la cérémonie et faites-la garder de l'intérieur jusqu'au soir... Soit vous aurez eu raison, soit ce sera nous. Ça ne vous coûte pas grand-chose et nous serons fixés... Je vous donne le signalement du bonhomme : un peu plus d'un mètre quatre-vingt, très mince, dans les quatre-vingt kilos et probablement une gueule en lame de couteau. Mais pour le reste, comme je vous disais, je ne l'ai jamais vu de près en plein jour et je ne pourrai donc pas vous donner la couleur de ses yeux ou des détails plus précis...

Le commissaire céda.

— Hum, bon d'accord... Étant donné le petit risque lié à cette alerte à la bombe bactériologique, je vais tout de même faire fouiller le monument...

---

1 *Clément assassina Henri III, Ravaillac Henri IV ; Villain, Jaurès ; Oswald et Shiran-Shiran, les frères Kennedy, Ali Agça tenta d'assassiner Jean-Paul II. Si chacun d'eux fait figure de « coupable idéal », aucun de ces « lampistes » n'avait cependant agi seul.*

mais c'est juste par acquit de conscience et pour vous démontrer votre erreur ! Et ça m'étonnerait que votre *Ishkarioth* s'y montre encore...

— J'en serais moins étonné que vous, mais c'est parfait. Une vérification des lieux et des objets cérémoniels, c'est tout ce que je demande... Sur ce, bonne nuit Commissaire. Du moins pour ce qu'il en reste...

— C'est ça, bonne nuit ! grommela le commissaire.

*

Au même moment, quelque part dans Orléans, avec une agilité déconcertante, une ombre escaladait la façade d'un immeuble du centre-ville jusqu'au balcon du troisième étage. Une persienne céda à la pression d'une pince monseigneur. Un mince faisceau circulaire explora le pourtour de la croisée, indiquant à l'intrus qu'aucun système de sécurité électronique ne protégeait l'endroit. Crissement rapide d'un diamant sur la vitre. L'espagnolette du vieil appartement produisit un léger claquement et le vantail de la fenêtre s'ouvrit. Un instant, l'intrus écouta. Rien ne bougeait. Il pénétra dans le lieu et referma les volets derrière lui. Il était dans la place.

Considérant le coffre-fort d'un autre âge qui trônait le long du mur, il caressa pensivement la barbe de trois jours. L'espace d'une seconde, un rictus ourla sa lèvre inférieure...

« C'est donc ainsi qu'il croient protéger cette pseudo-relique ?... Pauvres gardiens du Message ! »

Il extirpa de son son sac à dos un stéthoscope électronique, et se mit en devoir d'ouvrir le coffre sans le forcer. En quelques minutes, sans aucun bruit, le meuble béant laissa apparaître sur une étagère une immense pièce de pure soie blanche aux motifs brodés, soigneusement pliée dans un fin papier transparent. Il la déplia en plusieurs vagues sur le sol du bureau...

Sortant de son sac un pulvérisateur au contenu volatile, il en arrosa copieusement le tissu en tous ses replis, et attendit quelques instant que l'évaporation fît son œuvre et qu'il ne restât sur la toile qu'un mince film de phosphore invisible et inodore. Puis il replia soigneusement la soie blanche en sa configuration d'origine dans son linceul de papier, remit le paquet à sa place, referma le coffre, et enfin repartit par où il était venu...

*

Fouille en règle de la Maison de Dieu
De nos jours, Cathédrale d'Orléans, 07 Mai 08h00

— C'est bien la première fois qu'on aura vu ça ! s'exclama Monseigneur Landau. Une alerte à la bombe dans ma cathédrale ? Ce n'est pas possible

Commissaire ! Bien sûr, vous pouvez faire inspecter... Je vous fais accompagner par mon vicaire et par le bedeau. Ça ne va pas prendre la journée, j'espère, ils ont autre chose à faire aujourd'hui ! N'oubliez pas la cérémonie officielle ce soir, avant les traditionnelles illuminations... Et par ailleurs la cathédrale est fermée la nuit comme un château fort. Vous avez vu ces poutres derrière le portail ? Non, ce n'est pas possible que quelqu'un soit entré...

— Le portail principal d'accord, mais il y a d'autres portes moins blindées. Ou peut-être a-t-on fracturé un vitrail ?... J'ai toutes les raisons de croire qu'on veut nuire à la cérémonie... Pour ne mettre personne en situation délicate je n'ai pas demandé de mandat à un juge, et je n'ai donc aucun droit de le faire de ma propre autorité mais j'insiste, Monseigneur, pour que vous fassiez l'inspection de tous vos objets de culte et des objets mobiliers qui doivent vous servir ce soir... Je mets quelques hommes à votre disposition pour aller plus vite. Ils n'y connaissent rien mais vous devez bien avoir une liste à leur fournir ?...

De mauvaise grâce, Monseigneur Landau accéda à l'importune requête du Commissaire André. Visiblement contrarié, il ne voulait cependant pas avoir l'air de s'opposer à la force publique.

— Soit ! Puisque vous insistez, Commissaire...

Une heure et demie plus tard, le Commissaire André recevait le rapport de l'inspecteur qui avait surveillé la perquisition improvisée. Mais, aucune bombe ni colis suspect n'avait été trouvé, et apparemment rien ne manquait. En compagnie du recteur de la cathédrale, Monseigneur Landau parut visiblement ravi que ça se termine ainsi.

— Vous voyez bien, Commissaire, je vous l'avais dit... une fausse alerte ! Béni soit le Seigneur !

Le Commissaire paraissait furieux. Il grommela pour lui-même :

— C'était à prévoir ! Ces deux couillons m'ont fait perdre presque deux heures pour rien !...

L'évêque attrapa la phrase au vol.

— Hum... De quels « couillons » parlez-vous donc Commissaire ?...

— Oh, rien Monseigneur, je parlais pour moi... Deux farfelus qui m'ont été envoyés de Belgique... Je me suis un peu laissé emberlificoter par leur discours parce que leur raisonnement tenait la route au début... Mais là, je pense qu'ils se sont trompés... Avez-vous bien regardé si la fameuse relique qui doit être dévoilée ce soir est toujours là ?... Car elle n'est pas sur la liste, forcément, et mes hommes n'ont pas pu vérifier par eux-mêmes...

Monseigneur Landau réprima avec difficulté un haussement de sourcils mais se reprit très vite. Dans la tessiture de sa voix un autre que le Commissaire n'aurait pu percevoir le demi-ton supplémentaire quand il répondit :

— Rassurez-vous Commissaire. Cette relique, ainsi que vous l'appelez, n'est pas sous la garde de l'Église, elle ne peut donc être l'objet de cette prétendue intrusion. Mais ce que vous me dites est tout de même très étonnant... J'aimerais bien savoir qui sont ces belges dont vous parlez, qui sauraient mieux que vous ou moi ce qui risque de se passer dans « ma » cathédrale ?... Sont-ce des collègues à vous ?... Des fonctionnaires européens ?... Vous avez peut-être le fin mot de cette histoire d'attentat ou la raison précise de cette Directive antireligieuse ?...

— Malheureusement non, Monseigneur... Rien qui vous concerne directement. Mais ça ne m'étonne qu'à moitié vous savez... Ces fonctionnaires ne sont souvent que des gratte-papiers qui ne connaissent rien aux réalités du terrain. Excusez-moi encore pour le dérangement inutile, je dois vous quitter, le devoir m'appelle... Bonne journée, Monseigneur !

— Bonne journée, mon fils, bonne journée...

*

Le Commissaire André rentra rapidement à l'Hôtel de Police. En route il appela Ryan depuis son portable.

— Allo... Mr Berger ?... Oui bonjour, vous avez bien dormi ?... Moi aussi finalement... Bon, parlons peu parlons bien ! La bonne nouvelle d'abord : pas de bombe, et j'ai fait vérifier tout le mobilier de la cathédrale... Mais bien évidemment mes hommes n'ont pas pu accéder eux-mêmes à cette fameuse « relique », cependant l'Évêque m'a assuré qu'elle ne craignait rien puisque c'est la Mairie qui la détiendrait... Toujours aucune idée de ce qu'elle pourrait être ?...

— Non, pas encore d'idée précise, mais je sens que c'est la clé, nous tournons autour... Et c'est sans doute ce qu'avait découvert Conrad...

— En tous cas, je dois convenir que vous aviez raison... L'évêque s'est soudainement intéressé beaucoup plus à l'affaire lorsque j'ai parlé de vous...

Ryan sursauta.

— Vous avez parlé de nous ?!!...

— Oui. Oh ! Rassurez-vous, rien d'inavouable ! J'ai juste dit que deux personnes m'avaient été envoyées de Bruxelles... J'avoue que, n'ayant rien découvert d'anormal, j'étais de mauvaise humeur contre vous car j'avais du mal à justifier cette quasi-perquisition... Je me suis fait à moi-même une réflexion à haute voix que le prélat a saisi au vol... C'est d'ordinaire un homme habile et qui a du sang-froid, mais là, il m'a soudain paru anormalement curieux en me questionnant sur les deux personnes évoquées, vous en l'occurrence... Je lui ai laissé entendre que vous étiez de la Commission Européenne mais j'ai eu la sensation qu'il ne me croyait pas...

— C'est certain ! Il a dû s'interroger sur les raisons d'une inspection surprise aussi matinale, et n'aura pas manqué de faire certains rapprochements... Il fallait s'y attendre... Monseigneur Landau est assurément une personnalité respectable, mais si le Vatican est mouillé dans cette affaire, son représentant ici ne peut pas n'être au courant de rien... Certainement pas de tout, et il n'a assurément aucun lien direct avec le tueur que nous cherchons, mais il doit savoir quelque chose... Ça confirme ce que je vous disais...

— Oui, enfin... ne nous emballons pas ! Ce n'est qu'une impression, n'est-ce pas... aucunement une preuve de quoi que ce soit !... Et encore moins d'un rapport quelconque avec le meurtre de votre frère...

— Je vous l'ai dit, Commissaire, ils sont très forts... Et sinon, vous avez du neuf de votre côté ? Avez-vous retrouvé la voiture de Conrad ?...

Le Commissaire André bondit !

— Il avait une voiture, votre copain ?!... Vous ne pouviez pas le dire tout de suite ? Quelle marque ? Vous avez l'immatriculation ?

— Holà !... On se calme Commissaire ! Je n'en ai aucune idée. Contrairement à ce que notre sceau représente, il y a longtemps que nous ne partageons plus à deux le même cheval, nous privilégions toujours la liberté du déplacement individuel pour nos frères en mission. Ce qui est certain, c'est qu'il n'allait pas à pied. Il a dû en louer une dans le coin... J'ignore sous quel nom, mais il aura probablement conservé le même prénom. Ça devrait vous aider... Par ailleurs, – donnant-donnant, n'est-ce pas ? – j'aurais un autre service à vous demander Commissaire...

— Dites toujours...

— J'ai appelé sa Commanderie en Belgique pour avoir le numéro de son portable sécurisé. Si je vous le donne, pouvez-vous retracer ses derniers appels ?

— Quelle question ! Bien sûr, voyons !

— Commissaire, c'est entre vous et moi... Vous me comprenez n'est-ce pas ?... Je ne voudrais pas d'une intervention intempestive des services français...

— Hum... ça peut se faire... Un frère de ma loge travaille précisément dans ce service spécifique des Télécoms...

— Très bien. Vous avez de quoi noter ?...

Le Commissaire arrêta sa voiture sur le parking du Commissariat et nota, avant de descendre, le numéro indiqué. Puis il appela son ami des Télécoms et rentra à son bureau.

Dans le couloir, deux robes de bure l'attendaient, avec des moines à l'intérieur...

*

— Commissaire André ?

— Lui-même. À qui ai-je l'honneur ?...

— Je suis Dom Claude, prieur de l'Abbaye de Saint-Benoît sur Loire. Et voici Frère Xavier. Votre adjoint l'inspecteur Paul nous a recommandé de nous adresser à vous pour cette affaire. Nous venons porter plainte contre X à la suite de l'agression de ce frère, il y a trois jours sur les bords du canal...

— Il y a trois jours... sur les bords du canal ?... Tiens donc ! Et c'est seulement aujourd'hui que vous venez ? Vous étiez à l'hôpital peut-être ?... demanda André d'un ton sourcilleux.

— Non non, il va bien, intervint Dom Claude. Comme vous voyez, il n'a que des égratignures, il a été traumatisé moralement mais pas blessé. C'est pourquoi il a hésité à venir avant. Ce n'est qu'hier soir, en lisant la relation de cet horrible meurtre dans le journal, qu'il a fait le rapprochement avec sa propre mésaventure...

— Une seconde ! l'interrompit le Commissaire.

Il les fit passer dans la pièce d'à-côté, trouva trois chaises libres et chargea l'inspecteur Paul de prendre note de la déposition.

— Je vous écoute, racontez-moi ça... dit-il en se tournant vers Frère Xavier.

Frère Xavier raconta en détail sa mésaventure.

— Donc, vous n'avez à aucun moment vu votre agresseur ! De plus, vous avez pris une douche en arrivant et ça fait déjà trois jours de ça... Adieu les traces d'ADN !... Ça ne m'avance pas beaucoup... Et le nom du bonhomme avec qui vous aviez rendez-vous, vous le connaissez au moins ?

— Il m'a dit s'appeler Conrad... attendez, c'est un nom flamand je crois... Conrad... Conrad.... Lisblœm. Oui, c'est ça. Conrad Lisblœm.

— Évidemment !... un nom d'emprunt... mais bon, c'est toujours ça... grogna le Commissaire.

— Un nom d'emprunt ? s'étonna Dom Claude. Mais pourquoi nous aurait-il donné un nom d'emprunt ? Serait-ce quelqu'un de mal intentionné ? Nous parlons bien de la victime, n'est-ce pas ?

— Oui, oui, nous parlons bien de la victime, mon père, et non, cette personne n'avait aucune mauvaise intention, mais j'ai mes raisons de penser cela... Connaissez-vous le Flamand ou le Néerlandais ?

— Ma foi non. L'Anglais ça va, un peu d'Allemand et d'Espagnol, mais le Néerlandais...

— Eh bien, en Néerlandais, mon Père, apprenez que Lisblœm signifie... Fleur de Lys !... Et ça m'étonnerait beaucoup que l'assassinat à Orléans d'un type qui se fait appeler Fleur de Lys, retrouvé égorgé avec précisément une fleur de lys dans le fond du gosier résulte d'une pure coïncidence !... En tous cas, je vous remercie d'être venus. L'inspecteur va prendre votre déposition. Nous vous tiendrons au courant. Mais à moins d'une intervention divine, n'espérez pas trop... notre lascar est fuyant comme une couleuvre.

Les moines repartis, le Commissaire interpella son adjoint :

— Paul !...

— Commissaire ?...

— Faites le tour des loueurs d'Orléans et trouvez-moi un contrat de location de véhicule au nom de Conrad Lisblœm... Je ne me fais aucune illusion, le véhicule aura certainement disparu, mais voyez si on nous a signalé une épave correspondant à sa description... Je veux tout le monde sur ce coup ! Si on la trouve, direction le labo et passez-moi tout au peigne ultra-fin !

— À vos ordres Commissaire !

*

Secourus par le Vent, par l'Eau et par la Terre
Orléans, 29 Avril 1429

La ville était en liesse. Le ravitaillement envoyé par le dauphin Charles était enfin parvenu à bon port avec la Pucelle qui avait fait ce soir, en compagnie d'environ deux cents lances, une entrée remarquée par la Porte de Bourgogne.

Ça n'avait pourtant pas été de tout repos. Et ça avait même plutôt mal commencé : Formé à Blois, le convoi avait remonté la rive sud de la Loire et, arrivant devant la cité assiégée, il avait fallu se rendre à l'évidence : l'armée de secours était du mauvais côté du fleuve ! Les Anglais tenaient les Tournelles défendant l'entrée du pont et l'accès au Châtelet, donc à la cité. On ne pouvait pas faire traverser le ravitaillement sous le nez des anglais !...

L'erreur stratégique était flagrante, les capitaines qui avaient conseillé cet itinéraire devaient le savoir. Peut-être même avaient-ils volontairement saboté cette expédition pour discréditer la jeune fille ? La guerre est une affaire d'hommes !... Comment Charles avait-il pu établir à leur tête une « pucelle », qui de plus ne connaissait même pas la région ?... Certains s'interrogeaient, mais de grands princes et chevaliers bannerets avaient ordonné de suivre aveuglément les désirs de cette fille... Avaient-ils donc tous perdu la tête pour Elle ?... C'était à n'y rien comprendre !

Force avait donc été de continuer plus loin et trouver un autre passage pour franchir la Loire. C'est ainsi que l'on était parvenu face au bourg de Chécy. Grâce aux vents d'Ouest qu'on n'espérait plus, les bateaux avaient pu remonter d'Orléans à Chécy et l'on avait chargé armes et munitions, redescendues ensuite au donjon dit la Tour Neuve, édifié au coin du rempart de la ville à l'aplomb du fleuve mais du bon côté. Cependant, si les bateaux étaient en nombre suffisant pour les munitions, ils ne l'étaient pas pour embarquer une armée entière et il avait fallu renvoyer la plus grande partie des troupes faire le tour jusqu'à Blois pour repasser sur la bonne rive... Trois jours perdus et la fatigue d'un aller et retour de trente lieues à pied pour rien !

De son côté, afin de ne point perdre de temps, Jehanne et son escorte de deux cents lances avaient traversé le fleuve à Chécy et étaient redescendues par la forêt d'Orléans en évitant soigneusement d'approcher des bastilles anglaises. Le détour s'était effectué avec toute la prudence nécessaire : par Fay-aux-loges, puis le domaine de Saint-Lazare à Boigny, la Fontaine des Estives sur les anciens domaines templiers de Saint-Marc et Semoy, puis par ceux de l'Abbaye de Fleury, pour redescendre enfin, le soir venu, par l'ancienne route romaine de Chanteau[1] et parvenir à la Porte Bourgogne à

---

1 *Aujourd'hui le faubourg Saint-Vincent*

l'Est des remparts... Il n'eût pas fallu que les Goddons s'en aperçussent avant que d'arriver sous les murs de la ville. On eût risqué un second désastre, et il suffisait de la journée des harengs[2]!

Mais les anglais n'étaient plus assez nombreux. Pour on ne savait quelle raison, leur allié, le duc de Bourgogne, venait tout juste de rappeler ses troupes, laissant opportunément les anglais assumer seuls le siège de la ville. Ils avaient donc dû répartir la garnison des bastilles sur cette rive Nord. Du coup, leur nombre réduit ne leur permettait plus de bloquer chaque chemin de la forêt alentour, et à l'Est leurs bastilles très espacées ne purent s'opposer au passage des chariots et de l'escorte de Jehanne.

Une fois Jeanne parvenue sous les murs, il était trop tard pour tenter une quelconque intervention anglaise. Les gens d'Orléans étaient sortis à sa rencontre et, même affamés, ils n'en étaient pas moins très nombreux avec tous ces chevaliers et soldats aguerris qui constituaient la garnison de la ville : des bourgeois d'Orléans et des troupes du Bâtard certes, mais aussi des étrangers, beaucoup d'étrangers... Ne disait-on pas qu'il y avait là plus de six cents Écossais, et des Aragonais, des Italiens, des Portugais ?... sans compter la fine fleur vieillissante de la chevalerie française rescapée d'Azincourt...

Le convoi de ravitaillement arrivé dans les murs, la nouvelle s'était répandue comme une traînée de poudre. La Pucelle et ses gens avaient chevauché parmi la foule des Orléanais qui se pressaient dans les rues, sur les seuils des boutiques et aux croisées des étages. On avait agité des draps, des chemises, tous les linges qui tombaient sous la main pour attirer à soi le regard bleu de la jeune héroïne. Ça n'avait été durant des heures que hourras, vivats, alléluia, noël !... Ah ! Elle avait fière allure notre Pucelle d'Orléans sur son destrier blanc, en armure resplendissante et l'épée pendue au côté... De bouche à oreille il se disait à son propos qu'elle n'était autre que la célèbre Joyeuse de Charlemagne... Ce en quoi on avait bien tort, mais c'était une telle merveille de voir la Pucelle en nos murs qu'on n'hésitait point à enjoliver la chose... On l'acclamait comme si elle eut été elle-même la glorieuse figure entourée d'anges ornant l'Étendard immaculé qu'elle arborait fièrement d'une dextre gantée d'acier... ou plutôt telle Le Sauveur lui-même entrant à Jérusalem le jour des Rameaux...

Le Sauveur... Oui, l'image était bien la bonne, et à double titre parce que, outre l'espoir qu'elle ramenait dans la cité, elle y apportait aussi des munitions et des centaines de sacs de grains, des salaisons, des jambons, des saucisses, des fèves, des pois, des oignons, des légumes frais et du vin d'Anjou par pleines barriques... Holà tavernier, à tes fourneaux ! Ce soir, c'est le dauphin qui régale !...

Mais pour l'heure, après avoir traversé la cité sous les cris de joie de ses habitants et défenseurs, la Pucelle avait confié la bride de son royal destrier à son page Minguet, et avait pénétré seule, solennellement, dans la vénérable église romane du prieuré Saint-Samson, bâtie là depuis près de cinq siècles... Toute moderne et gothique qu'elle fût, la cathédrale n'était

---

2 *La « Journée des Harengs », le 12 février 1429, fut l'un des épisodes les plus navrants du siège d'Orléans. Elle fut appelée ainsi parce que les assiégés échouèrent dans leur attaque d'un convoi anglais de 300 chariots transportant du poisson en saumure. La bataille eut lieu en Beauce, à Rouvray-saint-Denis, et se termina sur une lamentable défaite des Français.*

pas sa priorité ! Elle avait voulu venir ici directement pour s'y isoler, s'y recueillir avant toute autre chose et avant même de saluer l'évêque et les échevins qui eux aussi attendaient patiemment à la porte, avec la petite troupe, que la Damoiselle eût fini ses grâces... Oui vraiment, elle avait l'air bien pieuse, cette jeune fille !...

Jehanne ressortit bientôt, le sourire aux lèvres...

— Tout va bien ? demanda la Hire...

— Tout va bien Étienne, tout est en ordre. Nous pouvons rassurer Messire René. Et tenez, faites donc aussi parvenir ce petit paquet à Marie de Laval[3]...

*

La nuit porte conseil
De nos jours, Orléans, cloître Saint-Aignan, 07 Mai 10h00

Jack et Johan ne se quittaient plus. Jack parce qu'il avait trouvé en Johan un ami français en même temps qu'un guide local, Johan de son côté parce que ce sympathique Américain lui redonnait la niaque...

Ça faisait des années que Johan écrivait. Sur l'histoire, l'évolution de l'humanité, la religion, en fait sur tout ce qui concernait l'itinéraire humain. Du roman au théâtre, de la poésie aussi, et même des contes érotiques, il s'était essayé à tout, non sans un certain talent que lui reconnaissaient volontiers le peu de ceux qui avaient lu ses œuvres. Mais la concentration de l'Édition en France était telle que, à moins de défrayer la chronique en dévalisant une banque, d'escalader à mains nues la face Nord de la Tour Montparnasse ou d'épouser une star du porno à seule fin de « passer à la télé », un écrivain inconnu et provincial de surcroît, avait très peu de chance de se faire éditer en dehors de son département. Oh, ce n'était pas faute d'avoir essayé ! Mais avant que de voir publier la moindre ligne il fallait commencer par se ruiner en photocopies et en timbres-poste pour envoyer ses manuscrits à deux cents éditeurs différents afin d'avoir une petite chance d'obtenir une réponse de deux ou trois d'entre eux, réponse pas nécessairement positive. Et deux cents copies de trois ou quatre cents pages à chaque fois, le compte était vite fait face à sa maigre retraite de travailleur indépendant... Johan avait donc renoncé depuis longtemps à publier ses œuvres en librairie et depuis l'apparition d'Internet se contentait de les partager gratuitement. Mise à part une certaine notoriété sur les moteurs de

---

3 *L'une des toutes premières choses que fit Jeanne lors de son arrivée dans la cité assiégée fut d'envoyer « un petit anneau d'or » à Marie de Laval, la veuve de Bertrand du Guesclin. On ne peut que s'interroger évidemment sur l'urgence qu'il y avait à lui faire parvenir ce que les historiens officiels ont toujours considéré comme un banal cadeau. Dans le contexte, ça ne pouvait être à l'évidence qu'un signe convenu attestant que les archives de Sion étaient sauves.*

recherche acquise au fil des ans, ça ne lui avait jamais rapporté un fifrelin, et à soixante ans passés il ne se faisait plus beaucoup d'illusions sur son brillant avenir d'écrivain... Et voilà que, débarquant de son Nouillorque, un béotien d'Américain inculte – mais lui, ayant déjà un contrat en poche avant même que son livre soit écrit – lui tombait dans les bras et sollicitait son aide sur un de ses sujets de prédilection, l'un des plus étonnants mystères de l'histoire !... Le vent de la chance avait-il tourné, comment ne pas y croire ?... Johan n'avait donc pas beaucoup dormi, mais il avait beaucoup pensé... Et mis à part l'intérêt d'être publié, ce Jack Dorlanes lui paraissait un type vraiment sympathique. Ma foi, si les éditeurs français ne faisaient plus leur boulot, tant pis pour eux ! Il allait co-signer avec Jack ce bouquin sur Jeanne d'Arc. Après tout c'était SA ville, SA Jehanne, SON histoire ! On allait voir ce qu'on allait voir !...

C'était dans cette disposition d'esprit que Johan avait rejoint Jack à son hôtel, en cette veille de commémoration de la Délivrance d'Orléans...

— Salut Jack.

— Hi Johan. Tu as bien dormi ?

— Pas vraiment. J'ai réfléchi toute la nuit à ta proposition et reclassé toutes mes notes sur le sujet. En fin de compte, je crois que nous pouvons écrire ce roman ensemble. Il sera peut-être indiqué « roman » sur la jaquette, mais rien n'empêche d'y dire des choses plausibles, n'est-ce pas ?

— Évidemment non, c'est même le secret de tout bon roman : dérouler sa trame sur des faits authentiques.

— OK Jack. Alors, tope là, c'est d'accord !...

— Tu m'en vois ravi. Par quel bout penses-tu attaquer la question ?

— Pour commencer, par cette histoire de « triple donation ». J'y ai réfléchi longuement. Le fait que ton amie Françoise détienne un original d'un tel document, jamais passé entre les mains d'éventuels censeurs, m'a conforté dans l'idée que c'est une piste solide. Il nous faut partir de là et comprendre quel est le but de ce « sacre virtuel »... J'ai donc disséqué la relation de cet événement mystérieux et j'ai trouvé quelques rapprochements intéressants à te proposer...

— Voyons ça...

— Je confirme ce que je disais hier. De nombreux éléments sont troublants dans cette histoire... À commencer par la date[1] : le 21 Juin, à trois jours de la Saint-Jean d'été aujourd'hui mais, vérification faite, il s'agissait bien du même jour ce début d'été 1429. C'est une date marquée d'une double symbolique : païenne d'abord : *l'Alban Efin* des druides ; mais également chrétienne et développant le même symbolisme. C'est en effet la fête d'un « saint », mais pas n'importe lequel : c'est Jean le Baptiste, celui qui s'efface devant la venue du Sauveur et qui dit : « *Il faut qu'il croisse et que je diminue* »... Or, sur le plan cosmique du vieux culte celtique, le Solstice d'été est le moment de l'année où précisément le jour recommence à

---

1 *La correction de mesure de l'année solaire qui nous vaut d'avoir des années bissextiles n'empêche pas les fêtes des saints du calendrier de se décaler d'env. 3 jours tous 4 siècles. L'instauration du calendrier grégorien datant de 1582, la Saint-Jean d'été a elle aussi pris trois jours de retard et est aujourd'hui célébrée le 24 Juin, mais elle était bien le 21 au temps de Jeanne.*

diminuer alors que la Saint-Jean d'hiver (ou Alban Arthan chez les Celtes, devenue Noël pour nous) est celui où il rallonge...

Par ailleurs, les fêtes solsticiales renvoient également au culte romain de Janus, le dieu aux deux visages. Ce dieu Janus qui regarde à la fois en direction de la phase ascendante et de la phase descendante... Double interprétation donc, exotérique et ésotérique, mais de surcroît, étymologiquement Janus égale Jean ou Jeanne, et le terme latin *janua* de même racine signifie « porte »... Symboliquement, en ce 21 Juin 1429, Jeanne est donc LA PORTE !

— Pfiouuu !... Quel symbole ! En effet, il est chargé ce 21 Juin ! Moi qui y voyais simplement la fête de la musique instaurée par un de vos ministres !... Heu... à propos Johan, on ne va pas rester assis là sur ce banc ? Hier j'ai entendu de la musique un peu partout. J'imagine qu'il y en aura encore plus aujourd'hui ? Si nous allions vers le centre-ville ?

— Excellente idée. Nous reparlerons de la Fête de la Musique, mais pour le moment allons dans le quartier piétonnier, vers la Cathédrale et l'Hôtel Groslot. Il y aura certainement des concerts sur les placettes et dans les jardins, et de plus il y a une foire médiévale à côté...

Les deux nouveaux amis se mirent en marche tranquillement. Jack emboîta le pas de Johan en s'amusant franchement du nom des rues qu'en bon touriste il suivait au fur et à mesure sur son plan : rue « de l'Oriflamme », des « Francs-Bourgeois », des « Ormes Saint-Victor », du « Bourdon blanc », etc...

— Dis donc, ça doit être plus difficile à retenir que « la onzième dans la cinquième avenue », hein ?

— Ça dépend, des noms curieux ou de personnages illustres sont aussi un bon moyen mnémotechnique, et puis ça a tellement plus de charme... Là, dans ce quartier, beaucoup de rues portent des noms de saints, mais plus loin nous avons aussi la « rue du chêne percé », la « rue de la chèvre qui danse », « de la vieille monnaie » ou encore la « rue des trois clefs » ou celle « des trois Maries »... C'est quand même plus poétique que « Ground Zero » !

— Et comment !... Ah ! Vous autres les Français, vous ne manquez jamais une occasion de charmer... Mais excuse-moi, je t'ai interrompu sur ta lancée...

— Oui, je disais donc : Attends, ce n'est pas tout !... Ce *Janus*, dieu aux deux visages, est le gardien de ces portes solsticiales et le détenteur des clés d'or et d'argent qui sont ses principaux attributs : La clé d'or ouvre et ferme la voie ascendante vers la lumière ou le Paradis, autrement dit « l'initiation », tandis que la clé d'argent ouvre et ferme la voie descendante vers les Enfers de l'ignorance... La possession de ces clés fait de Janus l'initiateur aux « Mystères », et ce n'est pas un hasard si les Compagnons des corporations de constructeurs ont encore pour patron Saint-Jean. Or, ces clés d'or et d'argent ne sont rien moins que celles figurant sur... les armoiries du Vatican !

— Whaoooh ! Je t'adore, Johan ! Je sens que ça va être un grand bouquin ! Mais où vas-tu chercher tout ça ? Es-tu Rose-Croix ?... Franc-maçon ?... quelque chose comme ça ?...

— Tu sais, contrairement à ceux d'Amérique, les maçons chez nous se dévoilent rarement... Mais en fait, non, je ne suis rien de tout ça. J'aurais sans doute pu entrer en Maçonnerie, on me l'a proposé à plusieurs reprises et je ne suis pas contre le principe d'une réflexion commune sur des sujets de société, mais en individualiste forcené j'ai toujours préféré mon indépendance complète à une quelconque pensée harmonisée, aussi libre soit-elle. Peut-être ai-je eu tort ? Peut-être pas ? C'est en tout cas mon seul itinéraire personnel qui m'a amené à m'interroger sur le symbolisme. J'ai beaucoup lu, et me suis abreuvé à de multiples sources, et tu vois, ça sert parfois de n'avoir aucune œillère... Je peux me planter bien sûr, ou au contraire avoir raison, mais au moins je ne le devrai à personne.

— Je vois je vois... Mais tu disais qu'il y avait de nombreux éléments troublants... On vient de le voir pour la date. Quels sont les autres ?

— Il y en a de nombreux autres en effet. Celui que je classerai en second est le fait que Jeanne ait demandé que l'on consignât le plus officiellement du monde cette « triple donation »... Ça ne peut pas n'être qu'un gag, le personnage de Jeanne et sa mission sont trop sérieux. Cette relation par acte authentique qu'elle prend soin de dicter elle-même aux « notaires », ainsi qu'elle les appelle, répond donc obligatoirement à un objectif précis : la transmission d'informations que devront comprendre des gens qui viendront après elle, ou d'autres de son temps qui ne sont pas présents à Saint-Benoît ce jour-là mais qui vont recevoir le message fort et clair... À commencer par les Anglais !... Je pense donc qu'il faut prendre à la lettre la chronologie de cet événement...

— C'est-à-dire ?...

— Il faut d'abord savoir qu'en symbolisme la couronne indique une « initiation », tout comme les cornes des diables des églises médiévales ou celles de Moïse sur la célèbre peinture de Michel-Ange à Rome[2]. Et à l'époque où se situe ce rituel – car c'en est un, n'en doutons pas – le dauphin Charles n'est pas encore couronné. Il ne le sera que trois semaines plus tard à Reims, mais à Saint-Benoît ce 21 Juin 1429 il n'est encore que Charles de Ponthieu, dauphin contesté et simple prétendant au trône, dont l'armée conduite par Jeanne a remporté quelques victoires sur la Loire... Tant qu'il ne sera pas couronné à Reims, il ne sera pas reconnu comme Roi de France. Pourtant, ce qui nous apparaît comme une parodie de sacre semble avoir eu, aux yeux de certaines personnes de ce temps, bien plus d'importance que le sacre officiel qui, trois semaines plus tard, n'en sera que la formalisation publique et secondaire.

— Hum, j'ai du mal à suivre... pourquoi secondaire ?

— Eh bien, aux yeux de ce « Roi du Ciel » si cher à Jeanne et à quelques autres personnages de l'époque, il n'est apparemment pas envisageable que le dauphin devienne un roi exotérique – ce qui se voit – sans avoir été initié auparavant aux choses ésotériques – celles qui ne se voient pas mais qu'il

---

2 *« Moïse cornu » de Michel-Ange est l'un des fleurons de la basilique Saint-Pierre-aux-Liens, à Rome.*

est essentiel d'intégrer pour bien régner –. Et pour initier quelqu'un d'autre, il fallait que Jeanne ait nécessairement été initiée elle-même !

— Sorry, Johan, je vais me faire l'Avocat du Diable comme on dit à Rome, mais en bon journaliste, je pose toujours les questions qui dérangent... Et là, je ne vois pas la nécessité d'une quelconque « initiation »... Et d'ailleurs, une initiation à quoi ?... Pourquoi ne serait-ce pas envisageable qu'un roi soit ignorant de certaines choses cachées ?... Vous avez bien eu des « rois-fainéants », et il y a encore de nos jours tellement d'imbéciles aux pouvoirs de par le monde, pourquoi n'y aurait-il pas eu un roi-ignorant ?... Et surtout, ça n'explique pas en quoi ni à quel titre Jeanne, simple petite bergère arrivant de sa Lorraine natale, aurait pu « initier » le dauphin à quoi que ce soit ?...

— C'est juste. Il y a eu des rois ignorants. Mais pour autant, je rectifierai tout de même ton observation sur nos rois dits « Fainéants ». En réalité ils n'étaient pas « fainéants » au sens de paresseux qui auraient voulu ne rien faire, mais plutôt « FEIGNANTS » (qui font semblant) ou, ce qui revient au même, « FAITS-NEANT » (sans pouvoir réel). Dans les deux cas ils étaient réduits à l'inauguration des chrysanthèmes tandis qu'en coulisse d'autres personnages gouvernaient à leur place et en leur nom. C'est très différent, n'est-ce pas ?... Ce simple glissement de lettres au milieu du mot en change tout le sens. On a déjà vu cela dans la transformation de SAN-GRAAL en SANG-REAL. Ça fait découvrir un tout autre sens à l'expression... C'est pareil pour nos rois « Fainéants », « Feignant » ou « Faits-Néant »... Tu as pu constater que je repérais assez vite les anagrammes. Idem pour les acrostiches ou autres jeux de mots, c'est un exercice qui m'amuse beaucoup mais c'est aussi une méthode qui fut souvent employée dans l'histoire pour cacher des choses aux yeux des profanes... D'autre part, si Jeanne a effectivement initié Charles, c'est que peut-être elle n'était pas la simple « petite bergère », que l'on dit...

— Ah bon ? Toi aussi alors, tu penses qu'elle était la fille cachée née des amours adultères de la reine Isabeau et Louis d'Orléans ?

— Pour ma part je considère la chose comme acquise. Jeanne l'a d'ailleurs quasiment dit elle-même à mots couverts, lesquels ont toujours étés interprétés autrement par l'Université puisque celle-ci dépendait de l'Église jusqu'à récemment, mais si on prend les textes à la lettre, ça me paraît clair : devant le duc d'Alençon, le beau cousin du dauphin, elle aurait textuellement déclaré : « *Tant plus serons ensemble du sang royal de France, mieux ce sera* »... Ce qui est très explicite : Elle se considérait comme étant du même sang que le dauphin Charles et que Jean le Bâtard, ses frère et demi-frère puisque tous deux comme elle enfants du duc Louis d'Orléans, amant de la reine Isabeau pour ce qui concerne Charles et Jeanne, et de Mariette d'Enghien pour ce qui concerne Jean... Là encore, les tenants de la légende dorée prétendent que la transposition en français moderne est : « Tant plus *seront...* », avec un « t » à la fin du verbe, ce qui le supposerait conjugué à la troisième personne du pluriel excluant le locuteur. Effectivement dans ce cas, Jeanne aurait parlé d'eux et pas d'elle. Mais je pense moi que l'on doit lire : « Tant plus *serons...* », avec un « s » qui marque la première personne du pluriel, ce qui évidemment en change tout le sens puisque ce pluriel inclut Jeanne elle-même. L'ennui, c'est que dans le texte en latin qui rapporte l'anecdote on ne faisait guère attention à l'époque à une orthographe pas encore fixée et qui laissait sérieusement à désirer. Il ne sera donc jamais possible de trancher d'un point de vue purement grammatical, mais si on tient compte du contexte, je ne suis pas le seul à penser que MON interprétation est la bonne, car Jeanne ne s'exprimait pas en latin lorsqu'elle discutait avec Charles, mais en français, et même en excellent français de l'époque, un français de cour...

— Du François alors ?

— Pratiquement, bien qu'un peu en avance. Le rapport en latin qui fut fait de cette anecdote résulte donc d'une compilation ultérieure et de l'interpolation probable d'un clerc, et cette querelle de traduction m'apparaît relever de la plus dérisoire tentative d'enfumage de la vérité.

Une autre polémique n'a jamais été réglée avec une certitude absolue quant au sexe de cet enfant né le 10 novembre 1407 à l'hôtel Barbette. Qu'il fût adultérin, on en est sûr, mais on a longtemps cru qu'il se serait agi d'un garçon, prénommé Philippe et mort à sa naissance. Cependant aucune trace de funérailles d'un d'enfant portant ce prénom ne fut jamais trouvée à Saint-Denis où l'on inhumait tous nos princes décédés à Paris et, étrangement, Claude de Villaret, secrétaire et généalogiste de la Couronne au XVIIIe siècle – donc à priori bien renseigné aux sources mêmes de la lignée familiale –, corrigera dans la seconde édition de ses œuvres[3] le prénom de « Philippe » en « Jeanne »... Et cette correction sera maintenue dans les éditions suivantes, montrant ainsi qu'il savait parfaitement à quoi s'en tenir !... Encore une fois, les tenants de l'hagiographie officielle auront beau dire qu'il s'agit d'une erreur de typographie... Allons donc ! S'il s'était agi d'une telle erreur, ce serait le contraire qui se serait produit : on aurait remplacé « Jeanne » d'une première édition erronée par « Philippe » dans la seconde, et non l'inverse ! C'est évidemment après relecture de la première édition que l'auteur a volontairement donné à son éditeur l'ordre de corriger « Philippe » en « Jeanne », et c'est pour cette raison que les éditions suivantes ont conservé la rectification... Toute explication contraire se heurte à la logique ! Et que l'auteur soit décédé avant parution de la seconde édition n'implique en rien que ça ne soit pas lui qui l'ait corrigée avant réimpression. Peut-être même, sachant qu'il allait bientôt mourir, a-t-il voulu précisément démasquer le mensonge avant que de disparaître... Il serait encore plus invraisemblable qu'à l'époque où l'on composait encore les livres caractère par caractère, un typographe ait précisément fait une « coquille » sur un nom entier, au seul endroit posant vraiment question dans une somme de 30 volumes !...

Ce qui est envisageable, mais qui à ma connaissance ne l'a été par personne avant moi, c'est que cet enfant né à l'hôtel Barbette n'ait pas été immédiatement appelée Jeanne, mais que son véritable état civil fut « Claude », un prénom androgyne qui permettait d'attendre l'évolution sexuelle future... Ce fut seulement quelques mois ou années plus tard, quand il y eut une certitude sur sa féminité, qu'on la surnomma Jeanne. Et

---

3 *Abbé Claude de Villaret* : « *Histoire de France en 30 volumes* » in 12° *tome 16, éditions Saillant-Desaint, Paris, 1767 – Corrigée 1770.*

peut-être déjà avec une idée derrière la tête de la part des décideurs ainsi que nous verrons tout-à-l'heure...

C'est donc bien Jeanne qui, selon moi, est née le 7 Novembre 1407 à Paris, de la reine Isabeau et de Louis d'Orléans. Et c'était évidemment d'un sang royal commun dont parlait Jeanne, puisque le duc Louis d'Orléans par définition, tout comme son frère le roi Charles VI dit le Fol, descendait en droite ligne de Saint-Louis... En parlant de ce « sang royal de France » Jeanne donne un « signe », un de ces signes dont nous parlions hier, car « Sang Royal » égale SAINT-GRAAL.

— Oui... Je connaissais cette hypothèse d'une Jeanne princesse cachée... Pas dans le détail mais j'avais déjà lu ça à New-York, et en arrivant à Paris je suis même passé devant l'hôtel Barbette qui aurait abrité ces amours adultères. Cependant je croyais à un de ces ragots comme il en court tant encore de nos jours à propos des mœurs d'une certaine haute société.

— Je ne crois pas que ce fût un ragot. Trop de libelles sur ces infidélités royales couraient dans le Paris de l'époque... L'hypothèse est évidemment contestée par les historiens classiques, et en premier lieu par les zélateurs de la zététique. J'ai eu l'occasion de discuter avec certains par Internet. Ils s'accrochent à la légende, mais, de l'aveu même de la reine Isabeau, le dauphin Charles était un bâtard[4]. Elle ne pouvait d'ailleurs l'avoir eu qu'avec son beau-frère Louis son amant car, c'est un point d'histoire incontestable, il était de notoriété publique que le roi et elle faisaient chambre à part, puis même « domicile à part », depuis 1394. Le roi avait sombré dans la folie deux ans avant et elle ne pouvait plus supporter ses crises qui devenaient de plus en plus fréquentes. Son beau-frère Louis d'Orléans lui conseilla de fuir, proposant de l'accueillir dans un de ses châteaux au Luxembourg dont il était duc engagé[5]... Elle avait donc rompu tous rapports physiques avec Charles VI et pour être tout-à-fait tranquille, dès 1397[6], elle avait elle-même poussé une courtisane au lit de son royal mari : une certaine Odinette de Champsdivers, de qui le Charles VI aura d'ailleurs une fille, Marguerite de Valois... Les rejetons nés d'Isabeau après cette date ne pouvaient donc plus être du roi. Et dans ces conditions, il n'y a rien de plus plausible que le dauphin Charles, né en 1403, fut lui aussi du duc Louis tout autant que le mystérieux enfant né en 1407...

C'est d'autant plus plausible que Charles avait des frères aînés, quatre fils, ceux-là sans aucun doute du roi Charles VI : le premier n'avait vécu que quelques semaines et le second était mort en bas âge de maladie, mais les deux suivants, qui auraient pu régner à leur tour – vois comme les choses du Ciel sont bien faites ! –, sont malencontreusement et tragiquement décédés à la fleur de l'âge juste avant leur majorité, à très court intervalle en 1415 et 1417. C'est-à-dire huit et dix ans après la naissance de Jeanne et la mort de Louis d'Orléans. Et comme par hasard, Charles, le petit dernier et le seul garçon qui n'est pas du roi mais du duc

---

Louis, qui se trouvait en position d'outsider sur la liste successorale, s'est retrouvé dauphin...

— Hum... Est-ce que tu soupçonnerais des assassinats politiques ?

— Difficile à dire, ironisa Johan, les voies du ciel sont impénétrables, dit-on. Mais la chose était très courante à l'époque... Cent ans plus tôt, Mathilde d'Artois, dite Mahaut, avait fait empoisonner le fils de Philippe-le-Hutin, héritier de Philippe-le-Bel... On avait assez souvent recours à ce genre d'expéditifs successoraux. Et je ne serais pas étonné si on me prouvait un jour que la fameuse « malédiction» de Jacques de Molay[7] n'avait été qu'une « consigne » donnée à ses Templiers pour évacuer de la scène politique la race maudite de Philippe-le-Bel... Ce qui arriva inexorablement et de bien étrange manière puisque, dans les délais annoncés, le pape Clément périt d'indicibles douleurs abdominales – poison, sans aucun doute – et Philippe fit une très opportune chute de cheval au cours d'une chasse à Fontainebleau !... Les malédictions tout comme les prophéties ont ceci de commun : elles ne se vérifient que par leur réalisation. Tout le problème est donc qu'elles se réalisent de manière à coller à l'annonce... En tous cas, cent ans plus tard, le roi d'Angleterre était par les femmes le dernier descendant vivant de Philippe-le-Bel, alors que le dauphin Charles et Jeanne, en tant que fils et fille de Louis d'Orléans, n'avaient rien de commun avec cette lignée, tout en étant doublement de celle de Saint-Louis puisque aussi bien Isabeau de Bavière que Louis d'Orléans en étaient descendants[8] tous les deux. Je ne doute pas que ce fut là un élément parmi d'autres du fameux « secret » entre Jeanne et le dauphin...

Quant à Jeanne, si elle était comme je le crois la petite sœur à 100% du dauphin Charles, née du même père, Louis, et de la même mère, Isabeau, elle avait les mêmes caractères génétiques !... elle était bien DE MÊME SANG... Nous ne le saurons évidemment jamais avec une certitude scientifique absolue puisque, privilège extraordinaire si je puis dire, les restes du corps de la suppliciée de Rouen furent incinérés une seconde fois avant que les cendres fussent jetées en Seine, afin qu'il n'en restât absolument rien... Ce qui semble être un cas unique dans l'histoire !...

Mais restons-en pour l'instant à la naissance de Jeanne : Il existe là aussi une preuve de son arrivée à Domrémy à l'âge de deux mois, une nuit d'hiver 1408, et non pas 1412 ainsi que nous conte sa biographie officielle... Bien sûr, là encore, les zélateurs de la légende réfutent cette version et peu d'historiens osent la traiter sérieusement. On les taxerait aussitôt d'être adeptes d'une soi-disant « théorie du complot » dans laquelle on amalgame allègrement tout et son contraire afin que personne n'y comprenne plus rien, ce qui permet à ses adversaires de tout nier en bloc.

— Je connais ça. C'est un procédé on ne peut plus énervant. Nous avons eu la même chose aux États-Unis à propos du 11 Septembre qui comporte pourtant nombre d'aspects obscurs... Mais revenons à Jeanne : si elle est née fin 1407, ça lui aurait fait vingt-et-un ans à la Délivrance d'Orléans, et non pas dix-sept ?...

---

7 *Malédiction lancée par le dernier Grand-Maître Templier depuis son bûcher de l'île aux juifs : « Je vous ajourne tous les deux, Pape et roi de France, à comparaître bientôt devant le tribunal céleste. Toi Clément dans les quarante jours ! Toi, Philippe avant la fin de l'année ! »*
8 *Voir les généalogies en notes annexes.*

— Oui. Et c'est évidemment une grosse divergence avec sa légende officielle. Pourtant, qu'est-ce que ça changerait une vierge de vingt-et-un ans au lieu de dix-sept ?... Rien ! D'un certain point de vue, ce serait même plus méritoire encore... Sauf que ça expliquerait son éducation et son savoir-faire militaire, tandis qu'à dix-sept ans ce savoir soi-disant inné relève du miraculeux ! Pourtant, là encore, Jeanne confirme elle-même cette différence d'âge en répondant très bizarrement au dauphin au soir de son arrivée à Chinon : « *mon âge se compte par sept* »... Que n'a-t-elle dit clairement son âge, on ne disputerait plus la question !... mais « *se compte par sept* » !... sauf si l'on accorde au chiffre 7 des propriétés particulières, voilà une formulation bien étrange... Comme elle ne peut pas n'avoir alors que quatorze ans, deux fois sept, c'est nécessairement trois fois sept, ce qui fait bien vingt-et-un si je sais encore compter... Et comme à son procès personne ne donnera d'autre date plus précise, on est bien obligé de s'en tenir aux propos de l'intéressée elle-même !... C'est seulement lors du second procès, celui en réhabilitation vingt-cinq ans plus tard, qu'une femme de Domrémy, Hauviette de Sionne[9], avouant 45 ans en 1456, confirmera de fait cette différence : « Jeanne était plus âgée que moi de trois ou quatre ans ».... Ce qui nous ramène bien en 1407/1408. Et bien qu'il existât effectivement un village de Sionne proche de Domrémy, c'est tout de même une bizarre coïncidence encore que cette dame Hauviette, la seule qui nous donne une précision sur l'âge réel de Jeanne, se dise précisément de « Sionne »... Mais nous verrons ce nom plus tard, nous n'en sommes plus à une étrangeté près !

— En effet. Mais, si c'est vrai qu'elle était âgée de vingt-et-un ans et non pas dix-sept, ça accorde davantage de crédibilité au fait qu'elle ait pu être initiée aux maniement des armes et à la monte d'un cheval... On peut du coup imaginer qu'elle ait été aussi initiée à d'autres mystères...

— Exact. Et c'est bien pour ça que, du point de vue des « légendistes », il faut absolument nier cette éventualité d'une Jeanne adulte et entraînée, qui contredit la miraculeuse innocence d'une jeune vierge encore adolescente et ignare. D'autant plus qu'il y a une foule d'autres indices troublants concernant son origine et sa date de naissance contestées...

— Lesquels ?... Mais attends. Il fait si beau... On ne pourrait pas trouver un endroit pour s'asseoir au soleil ?...

À ce moment, cheminant tranquillement, les deux compères étaient arrivés rue Dupanloup[10], d e v a n t l'ancienne résidence des évêques d'Orléans[11].

— D'accord. C'est plus sage en effet parce que tu pourrais bien « en tomber sur le cul », comme on dit chez nous... Nous n'avons qu'à entrer là, c'est l'endroit parfait pour une telle discussion ! C'est justement l'ancien palais épiscopal d'Orléans, la résidence du père Dupanloup qui, selon une

---

9 *Hauviette de « SIONNE ». encore un nom qui sonne étrangement. Entre les « Arques » et les « Sion » il n'y a jamais bien loin...*

10 *Évêque orléanais de la fin du 19ᵉ siècle, qui se démena pour introduire à Rome le procès en béatification de Jeanne d'Arc. Les anticléricaux de l'époque l'ont rendu célèbre bien malgré lui avec une chanson grivoise qui ne doit rien à sa passion pour la Pucelle.*

11 *Splendide hôtel particulier du 17ᵉ siècle, à l'emplacement du mur nord du rempart entourant la cité au temps de Jeanne et démoli lors de la troisième extension de la ville sous Louis XI et François Ier. Le bâtiment a servi de bibliothèque durant les dernières décennies.*

chanson populaire, appréciait grandement la gent féminine, vierge ou pas. Une chose est sûre, en tout cas, c'est que lui et son successeur, le cardinal Rouchet, firent des pieds et des mains au XIXᵉ siècle pour que l'Église sanctifiât la Pucelle... Passons dans le jardin public, derrière, nous y serons tranquilles...

Les deux compagnons traversèrent le magnifique bâtiment XVIIᵉ et se retrouvèrent dans un charmant jardin garni de pelouses et de fleurs explosant de couleurs en cette saison. En limite Est du jardin, un pan de muraille couvert de lierre témoignait encore de ce qu'avaient été les remparts de la cité au temps de Jeanne... Devant la somptueuse façade Sud du bâtiment, les arroseurs automatiques de la pelouse apportaient à l'air une bienfaisante fraîcheur qui relativisait la cuisante réverbération de la pierre blanche éclaboussée de soleil. Ils trouvèrent un banc libre juste devant, et Johan reprit :

— Nous parlions tout à l'heure de la symbolique particulière du 21 Juin. Mais il y a d'autres indices que la symbolique liée à cette seule date... Ce même 21 Juin 1429, et apparemment depuis Saint-Benoît sur Loire, le chevalier Perceval de Boulainvilliers adresse au duc de Milan une lettre relatant l'entrevue de Chinon et lui donnant des détails sur l'origine de cette fameuse « Pucelle d'Orléans », dont tout le monde parlait déjà sous cette appellation à Chinon deux mois plus tôt avant même qu'elle ait fait quoi que ce soit et évidemment pas encore délivré Orléans... Et cette lettre, en forme de flash-back comme on dirait au cinéma, contient la narration suivante. Écoute ça :

Johan farfouilla dans ses multiples poches et en sortit un papier.

— Ah ! Le voilà : « *Dans la nuit de l'Épiphanie, une petite troupe de cavaliers venant de Paris et accompagnant une haquenée sur laquelle était une femme portant un bébé chaudement enveloppé dans des couvertures s'arrêta devant la porte de Jacques d'Arc. Ils frappèrent à la porte à coups redoublés, réveillant les foules. Le tintamarre réveilla aussi les gens de Domrémy très étonnés par ce remue-ménage. Invités à célébrer l'événement, les villageois, ignorant de la naissance de la Pucelle, allaient çà et là pour s'informer de ce qui était arrivé* » ...

Devant l'air ahuri de Jack, Johan continua :

— Calme toi Jack, la vérité n'est pas si simple à découvrir, notamment à propos de cette lettre de Perceval de Boulainvilliers, car on en a défendu deux versions aussi suspectes l'une que l'autre... Bien évidemment, les tenants de la légende officielle se régalent d'un tel argument et prétendent à une interprétation enjolivée par un auteur contemporain. Ils sautent dessus, document à l'appui, pour vous démontrer que vous dites des énormités et que leur version de cette lettre ne relate rien de tout cela : point de haquenée, point de cavaliers, point de « venue » à Domrémy, mais une simple naissance très ordinaire... Cependant, le document sur lequel ils appuient leur contradiction est encore plus troublant que le précédent...

Et retournant son papier, Johan continua :

— ...en voici la version intégrale selon la traduction d'un de ces zélateurs de la zététique[12] dont je parlais tout-à-l'heure : « *Dans cette nuit de l'Épiphanie du seigneur, lorsque les peuples ont coutume de se souvenir plus joyeusement des actes du Christ, elle (Jeanne) entra dans cette lumière des mortels et, chose admirable, tous les habitants du lieu sont pénétrés d'une grande joie, et, ignorant la naissance de l'enfant, vont çà et là demandant ce qu'il est arrivé de nouveau. Tous les cœurs partagent cette allégresse. Que dire de plus ? Les coqs comme des hérauts de la nouvelle allégresse font entendre, au lieu de leur chant habituel, des chants inaccoutumés et, battant des ailes pendant deux heures, semblent annoncer un événement nouveau.* »

Évidemment, ça change tout !... Plus de haquenée, plus de cavaliers, plus de flambeaux, plus aucun mystère... Rien que du merveilleux, c'est de justesse qu'il y manque les rois-mages ! Pourtant ce texte dithyrambique sonne aussi faux qu'un denier de Philippe-le-Bel. Et pour s'émouvoir ainsi durant deux heures, en allant jusqu'à changer leur répertoire habituel, on doit donc croire que les coqs domrémois avaient un sacré instinct pour dénicher dès son éclosion la poule aux œufs d'or !... Laisse-moi pouffer une seconde... Là, ça y est !

Plus sérieusement, oublions la basse-cour et revenons à la noble enfant. Outre l'emphase et le merveilleux qui enluminent cette seconde relation d'un événement qu'on voudrait cependant faire passer pour ordinaire, on y dit bel et bien que les villageois « *ignorant la naissance s'informent de ce qui vient d'arriver* »... Quand on sait que les familles de l'époque comportaient couramment de 6 à 12 marmots et plus, que donc une naissance était chose des plus banales, il y a de quoi se demander pourquoi cet événement-ci en particulier devrait être relaté avec autant d'emphase dans un vocabulaire religieux... Une enluminure de style qui signe à l'évidence l'interpolation ecclésiastique du texte, et paradoxalement en détruit toute vraisemblance. Nous avons clairement affaire dans cette seconde version à un faux grossier, maladroit parce que d'un dithyrambique exagéré, ce qui date sa rédaction à une époque très postérieure, bien après le procès en réhabilitation. À vouloir trop prouver, il est encore plus incroyable que la version première...

Cet érudit parisien amateur de zététique est certainement très honorable, mais il ne connaît visiblement rien de la vie campagnarde !... À la lecture de cette seconde version, moi qui suis fils de beauceron, je m'interroge immédiatement : dans un patelin qui comptait à l'époque seulement 34 feux, comment les habitants, voisins, domestiques, auraient-ils pu ignorer qu'Isabelle attendait un heureux événement ? C'est une chose carrément invraisemblable quand on connaît la vie à la campagne, où les rideaux s'écartent au moindre passage d'un étranger au pays et où, la grossesse d'une voisine constituant un événement en soi devient immanquablement sujet de commérages... Comme toute parturiente, Dame Isabelle aurait du attendre neuf mois l'heureux événement. On n'imagine pas qu'elle fut cloîtrée chez elle tout ce temps. Et qu'on ne vienne pas me rétorquer qu'elle était invisible à Domrémy. Il lui fallait bien faire quelques courses ou régler quelques affaires d'ordre domestique, car elle habitait ce village. Elle n'est

---

12 *http://www.zetetique.ldh.org/jeanne.html*

pas restée neuf mois sans croiser ses voisins. Et si nul n'a rien remarqué avant au point de s'étonner de cette naissance, c'est bien la preuve que dame Isabelle n'était PAS enceinte ! Du coup, oui, il y a de quoi s'étonner de l'arrivée subite d'un nouveau né.

La location du Château de l'Île, dont seuls les hauts murs auraient effectivement pu cacher son état, interviendra seulement des années plus tard, en Avril 1420, et comme par hasard pour une durée de 9 ans, en fait jusqu'à ce que Jeanne quitte Domrémy pour Chinon !...

Cette dernière version, qui se voudrait très anodine mais est à l'évidence interpolée, ne présente aucune référence à l'année de l'événement qu'elle glorifie, il est donc tout aussi difficile d'affirmer ou réfuter que cette Épiphanie soit celle de 1408 ou 1412. Néanmoins, j'ai encore un argument qui prêche pour la première version : En effet, Jeanne a été promise. Apparemment contre son gré puisque il lui a fallu aller en Justice à Toul pour débouter le prétendant. Or, pour ester seule, il lui fallait être majeure, c'est-à-dire avoir vingt ans révolus selon la coutume locale. Et l'on trouve à Toul cette plaque apposée sur le parvis de la cathédrale indiquant : « *s'étant présentée seule lors d'un procès matrimonial intenté par son fiancé en 1428* ».

La messe est dite ! Jeanne avait donc vingt ans en 1428, ce qui lui en fait bien vingt-et-un (trois fois sept) pour le siège d'Orléans et confirme donc rétrospectivement l'arrivée à Domrémy en Janvier 1408...

CQFD ! Les légendistes sont à terre par KO.

Dans cette bataille de références, voilà un avantage certain donné à la version première : l'arrivée à Domrémy par cette froide nuit d'Épiphanie 1408 d'un bébé étranger au village, sous escorte et flambeaux, et donc nécessairement accompagné de la dame emmitouflée dans une voiture fermée, haquenée ou pas. L'enfant est confiée aux bons soins de dame Isabelle, parce que ce bébé-là n'est pas n'importe qui et dame Isabelle non plus. Isabelle qui, entre parenthèses, était dite Romée parce qu'elle était allée en pèlerinage, mais qui n'en était pas moins née « de Vouthon ». Or, si Vouthon est bien le nom d'un petit village près de Domrémy, c'est aussi un nom qui était plutôt bien porté dans la haute société de l'époque, car il était apparenté aux Beauvau, aux Ludres, aux Nettancourt, et même aux Armoises dont nous reparlerons plus tard. Toutes d'importantes et nobles familles, très loin de la classe de laboureurs sous laquelle on nous a si longtemps présenté la famille de Jacques d'Arc !... Et en cherchant bien, on pourrait même trouver un lointain cousinage avec des... Bourbon !

— La famille royale ?... En effet !... s'étonna Jack.

— Mais il y a encore d'autres choses, notamment à propos de cette date...

— Dis, je ne voudrais pas t'interrompre à nouveau mais tu n'as pas soif à parler comme ça ? Si on allait s'asseoir à la terrasse d'un café ? J'ai bien envie d'une petite bière...

— Pas bête ! Nous avons d'ailleurs une excellente « Bière de Jeanne »... Enfin, quand je dis excellente, c'est comme tout le reste à propos de Jeanne, c'est affaire de point de vue... plaisanta Johan. C'est une bière blanche, couleur qui convient à une jeune vierge... Brassée localement et uniquement à base de malt et de miel locaux, pour le matin c'est bien, elle n'est pas trop forte...

Ils sortirent du jardin public par l'admirable grille de fer forgé jouxtant l'actuelle synagogue, face au chevet de la cathédrale. Contournant cette dernière, ils passèrent devant la « Porte des Évêques » et Jack tomba en arrêt devant un petit amphithéâtre de verdure qui mettait en valeur des restes du vieux rempart : des fondations typiquement romaines de deux couches de brique et de pierre alternées surélevées de rangées de massives pierres taillées lui conservaient encore son aspect redoutable. On imaginait très bien ce que devait être l'état d'esprit d'un assaillant devant cet insurmontable obstacle lorsque la muraille montait encore à sept ou huit mètres de hauteur, avec des archers sur le chemin de ronde... Par contraste avec la sévérité du rempart, les arcs-boutants fraîchement ravalés de la cathédrale exhibaient leur dentelle de pierre blanche où filtrait délicatement le soleil de Mai. S'avançant jusqu'au café-tabac des Beaux-Arts, ils s'installèrent en terrasse...

*

Délivrance programmée
Orléans, Dimanche 8 Mai 1429

Dès l'aube, les vigiles surveillant l'ennemi du haut des remparts du Châtelet répandirent la nouvelle. Les défenseurs orléanais n'en croyaient pas leurs yeux : l'Anglais rassemblait ses troupes et levait le siège !... Assiégée depuis sept mois, la cité retrouvait sa liberté. La Pucelle avait gagné !

La bataille de la veille avait été rude et l'on avait bien failli la perdre. Dès le petit matin, après la messe, l'assaut avait commencé. Il avait duré tout le jour, car il avait fallu s'y lancer à quatre reprises, chaque fois repoussées. À la fin du jour le moral des troupes françaises risquait de chuter, il fallait conclure à tout prix...

L'intrépide Pucelle ayant été blessée d'une flèche au sein lors du dernier assaut, les capitaines avaient déjà ordonné la retraite, mais, après quelques instants de repos, une fois sa blessure pansée, l'héroïque jeune fille annulait l'ordre de ses subordonnés. Puis elle avait ordonné que les soldats mangeassent pour reprendre des forces, et elle regonfla l'enthousiasme des combattants en leur donnant elle-même l'exemple : Repartant à l'assaut, en véritable chef de guerre elle ne dit pas « En avant ! » mais « Suivez-moi ! »...

Et sans se préoccuper de la pluie de flèches et de pierres ni des torrents d'eau bouillante qui se déversaient des créneaux, elle avait couru d'une traite jusqu'au rempart, jusqu'à ce que la hampe de son étendard touchât la muraille...

Les hommes avaient suivi, hurlant leurs cris de guerre et injuriant, en haut des murs, les goddons terrifiés de cette hardiesse aussi improbable que tardive en soirée. Une fois de plus les fagots avaient comblé les fossés, une fois de plus les échelles s'étaient dressées, une fois de plus les soldats y avaient grimpé et, enfin, avaient sauté les créneaux pour atteindre la courtine...

Rapidement le combat s'était déplacé de l'extérieur vers l'intérieur des Tournelles[1]... La horde surgissant par-dessus la muraille avait envahi le fortin. Le sang avait ruisselé sur les escaliers de pierre et de bois. Il fallait se garder d'y glisser, mais les courageux soldats et chevaliers Français, Écossais et autres s'y étaient battus comme des diables. Peu à peu les Anglais avaient dû reculer et ils s'étaient bientôt trouvés acculés, le dos au fleuve sur les restes du pont de bois dont les défenseurs orléanais avaient eux-mêmes démoli deux arches.

Peu solide, la partie restante touchant les Tournelles s'était effondrée sous le poids des belligérants, et nombre d'Anglais tombèrent à l'eau. Encombrés de leurs armures, ils avaient trouvé la mort par noyade.

Avant de venir à Orléans avec Salisbury, le capitaine anglais Glacidas avait consulté à Chartres Jean des Bouillons, célèbre astrologue de l'époque, pour connaître le sort qui lui était réservé par le ciel. Il confirma en se noyant la prédiction faite par le mage : « Ni de coups, ni du canon, ni du fer, et sans saigner aucunement »...

Ce matin, du haut des remparts, la Pucelle et tous les Orléanais voyaient l'armée anglaise se mettre en ordre de bataille. Les goddons quittaient leurs bastilles pour se ranger dans la plaine.

Tous les défenseurs eux aussi avaient vu manœuvrer l'ennemi et, pressés de porter l'hallali, chevaliers et soldats étaient immédiatement sortis se ranger en ordre de bataille face aux rangs anglais. Les deux camps semblaient prêts pour un terrible combat final en plaine...

Le face à face des deux armées, à peu de distance l'une de l'autre, dura ainsi plus d'un heure. Mais personne ne bougea. La Pucelle avait interdit qu'on entamât la bataille, sauf pour se défendre si l'Anglais attaquait le premier. Mais évaluant ses chances et considérant sans doute que la partie était inégale, ce dernier n'en fit rien. Ses colonnes s'ébranlèrent vers l'ouest et repartirent vers Meung-sur-Loire où son état-major avait établi ses quartiers.

Orléans était libre. C'était la fin d'une longue angoisse.

Sous la direction du clergé on entonna le « Te Deum Laudamus » et toutes les cloches de la ville se mirent à sonner.

Tantôt, on ferait procession pour remercier le Seigneur...

---

1 Ancienne dénomination des « tourelles », petit castelet défendant l'entrée Sud du pont et dans lequel s'était fortifié l'assaillant anglais.

*

Comme les Rois-Mages
De nos jours, Orléans, café des Beaux-Arts, 07 Mai 11h00

Assis au pied des arcs-boutants et contreforts de la cathédrale, Jack et Johan admirèrent quelques instants les majestueuses tours se découpant sur fond d'azur à peine zébré de quelques cirrus. Ils attendirent que le serveur soit reparti pour goûter à petites lampées le contenu alléchant de la chope johannique. Jack attaqua le premier la mousse blanche.

— Wouah... Ça fait du bien, non ? Je commençais à me dessécher...

— J'en avais besoin moi aussi, confirma Johan. Parler donne soif, surtout sous un soleil pareil ! Il commence à faire si beau et chaud cette année. Les fêtes vont être magnifiques.

— Tant mieux ! C'est la première fois que je viens en France et je compte bien en profiter un peu ! Mais je t'ai interrompu... Où en étions-nous ? Tu disais qu'il y avait autre chose d'intrigant dans la date d'arrivée de ce mystérieux bébé à Domrémy...

— C'est ça. Oui, dans cette lettre j'avais remarqué comme un détail étonnant l'arrivée de Jeanne à Domrémy un soir d'Épiphanie... comme les rois mages... C'était un peu trop beau ! Quel heureux hasard, pourrait-on se dire, qu'une telle date de naissance pour quelqu'un qui passera vingt ans plus tard pour une prophétesse... je ressentais ça comme une fabrication... Pourtant, ça aurait pu paraître suspect si ça avait fait partie de la légende officielle, or, ça n'est pas le cas puisque celle-ci ignore délibérément toute année précise de la naissance de Jeanne à Domrémy. Par contre, quelle qu'en soit l'année, cette date si particulière qu'est l'Épiphanie ne tient pas à cette seule lettre du sieur Perceval de Boulainvilliers, puisqu'elle est reprise également dans la version des tenants de la légende officielle... On doit donc la prendre au sérieux. Et puis, il y a bien d'autres enfants ordinaires qui naissent aussi ce jour-là, alors, pourquoi pas Elle ?... me suis-je dit au premier abord...

Seulement, à la lumière de cette équipée cavalière, et dans la mesure où il ne s'agissait plus d'une « naissance » mais d'une mise en pension, voire d'une « mise en scène tapageuse » puisqu'elle a réveillé les gens du pays, ça faisait un détail remarquable de plus dans une histoire qui en comptait déjà beaucoup !... Beaucoup trop à mon avis...

Et puis l'illumination est venue ! Je me suis rendu compte que paradoxalement, la date importante n'était pas l'Épiphanie en soi, mais sa translation dans notre datation actuelle, car on n'a changé de calendrier qu'en 1582, plus d'un siècle après Jeanne... « Notre » Épiphanie est aujourd'hui le 6 janvier. Elle se situait à la même date en 1408, mais avec le passage du calendrier Julien au calendrier Grégorien, pour convertir cette arrivée à Domrémy dans une datation moderne, il faut ajouter 11 jours, ce qui nous donne la date du 17 janvier en style grégorien...

— Hum... Oui... Et alors ?...

— Eh bien la date du 17 Janvier est au moins aussi remarquable que Noël ou la Saint-Jean... C'est encore un de ces « signes » dont nous parlions hier, une signature typique de l'Ordre de Sion ! C'est sans doute l'inverse d'ailleurs, précisément parce que ce 17 Janvier d'aujourd'hui correspond à l'Épiphanie du calendrier Julien utilisé lors de sa fondation. On retrouve en permanence ce 17 Janvier dans l'histoire de Rennes-le-Château, ce petit bled dont l'histoire a fait la fortune de certains auteurs et hôteliers du Languedoc...

— Tiens donc !... Rennes-le-Château, n'est-ce pas ce petit village au curé milliardaire dont on a tant parlé lors de la sortie du roman de Dan Brown, le « Da Vinci Code » ?... Ce patelin est devenu célèbre jusqu'en Amérique depuis le best-seller !

— Exactement. Il était déjà célèbre chez nous depuis le début du siècle dernier, mais c'est bien lui, et, hormis le fait qu'on y développe le même thème, je ne m'explique pas très bien cette relation faite avec le roman en question... Ce que je trouve le plus étrange dans le fait qu'on en parle surtout depuis cette parution, c'est précisément que le « Da Vinci Code » ne fait aucune allusion directe à Rennes-le-Château. Il ne fait que reprendre la thèse de la Roseline et emprunter le nom propre du fameux curé, l'Abbé Saunière, qu'il attribue au conservateur de musée assassiné au début du roman... Ce sont là les seuls points communs entre ce best-seller et cette petite bourgade... Pourtant, malgré la singulière densité d'établissements templiers dans la région de Rhedae (l'ancien nom de Rennes, quand elle était capitale wisigothe), aucune scène du livre ne se passe dans le secteur... Sans aucun doute l'auteur s'est inspiré de cette histoire mais le nom de Rennes-le-Château n'y apparaît pas une seule fois. D'où mon étonnement qu'on ait pu faire un tel rapprochement avec ce petit village oublié de l'Histoire jusqu'à la fortune subite de son curé... Par contre, j'étais moi-même passé visiter Rennes-le-Château pendant des vacances d'été, deux ans avant que ne paraisse le bouquin de Dan Brown. Et en visitant sur place, j'avais été très surpris d'y trouver une statue de... devine qui ?...

Jack hésita à formuler la réponse qu'il pressentait :

— Jeanne d'Arc ?... Non !... Mais pourtant Rennes-le-Château n'est pas une ville johannique ...

— C'était pourtant bien elle !... Que le curé ait mis Notre-Dame de Lourdes dans son jardin, je peux comprendre, on venait juste d'élever la basilique de Lourdes à la gloire de « l'Immaculée Conception »... mais une statue de Jeanne d'Arc ?... Quelle surprise pour un orléanais !

— L'abbé Saunière était peut-être un admirateur ?

— Sans doute... Et la chose peut s'expliquer tout simplement parce que Saunière vivait à l'époque où Jeanne, venant d'être béatifiée, était en passe d'être canonisée... On peut donc penser qu'il lui voua un culte particulier pour cette seule raison, mais... il en est une autre possible, et infiniment plus attractive...

— Je sens que tu vas me sortir un argument de derrière les fagots... Je t'écoute !...

— Ça vaut ce que ça vaut... et à la limite, vrai ou pas, ce n'est pas essentiel à mon raisonnement... Ça ne fait qu'apporter une explication rationnelle au mystère du curé milliardaire, tout en ajoutant quelques éléments confortant l'idée d'une lignée divine occultée derrière la lignée régnante, hypothèse qui justifie l'appellation de nos rois « Feignants » ou « Faits-Néant »...

— Houla... Qu'est-ce que tu veux dire par là ?.. Une lignée « occultée » derrière une autre ?... Tu épouses donc la thèse de cette descendance de Jésus ?...

— Je n'ai pas attendu le best-seller de Dan Brown pour soupçonner cela. Les anglais Baigent, Leigh et Lincoln[1] en avaient déjà émis l'hypothèse bien avant lui, mais c'est une idée qui m'était venue il y a longtemps en étudiant les arbres généalogiques des dynasties successives et les luttes intestines que se sont livrées entre elles certaines « Maisons royales »... Ce n'est pas lisible constamment dans l'histoire, mais on sait bien que des pans entiers de celle-ci nous resteront à jamais inconnus... Cependant, tout comme on peut imaginer la banquise même si on ne connaît que la partie émergée des icebergs flottants en pleine mer, on trouve régulièrement au fil de l'histoire officielle des incohérences apparentes dues à des faits singuliers. Singuliers s'ils sont pris isolément, mais qui prêtent une relative crédibilité à mon hypothèse si on les croise et qu'on en regarde les dessous avec attention...

— C'est-à-dire ?... Par exemple ?...

— Par exemple ? On retrouve à tous bouts de champs dans l'histoire de Rennes un certain Prieuré de Sion... Il a été parfaitement établi que ce « Prieuré » là n'était que l'invention d'un mythomane datant des années 60. Cependant, un *Sion* peut en cacher un autre, et il faut se garder de jeter le bébé avec l'eau du bain car Godefroi de Bouillon, descendant de Clovis par les femmes et par Charlemagne héritier de la « Maison de Lorraine », est devenu en 1099 le maître de Jérusalem, et il a réellement fondé en Terre-Sainte le très discret Ordre du Mont-Sion, lequel s'est probablement maintenu jusqu'à nos jours.

Le rôle de cet Ordre du Mont-Sion dans l'Histoire de France est particulièrement obscur, ce qui facilita d'autant l'imposture moderne du « Prieuré » dont on a parlé à propos de Rennes-le-Château... Cependant, comble du comble pour un gratteur de coïncidences comme moi – et c'est là que la chose trouve un curieux rapport à l'histoire de Jeanne d'Arc –, c'est bien cet authentique Ordre de *Sion* qui fut officiellement établi à Orléans par Louis VII à son retour de Terre-Sainte, et dont tous les Grands-Maîtres appelés « nautoniers » prirent successivement les noms de « Jean » ou « Jeanne », en se numérotant : « Jean I, Jean II, Jeanne III, Jean IV, etc., ainsi que font des papes, lors même qu'ils s'appelaient en réalité Marie, Guillaume, Édouard ou Blanche !... N'est-ce pas étonnant ?...

— C'est singulier en effet !

---

1 *Dan Brown est l'auteur américain du « Da Vinci Code » et les anglais Baigent, Leigh et Lincoln, ceux de « L'Énigme Sacrée » (paru en 1982), tous deux best-sellers mondiaux portant sur la probable descendance du Christ.*

— Le fait encore que deux ducs de Guise furent assassinés, dont un près d'Orléans au cours d'un siège de la ville et l'autre à Blois par ordre du roi, mais les deux pour des raisons religieuses, tout comme le sera un peu plus tard Henri IV par Ravaillac, un soi-disant fanatique... Chose étrange et qui rapproche cet assassinat de celui de Louis d'Orléans comme d'ailleurs d'autres attentats politiques même contemporains, on n'a jamais pu déterminer avec certitude si Ravaillac avait agi seul ou s'il avait été manipulé... Mais ce que l'on sait avec certitude par contre, c'est que ce jour-là, on lui avait fait savoir que son ami Sully était au plus mal et c'est précisément en se rendant à son chevet, sur le trajet, dans la rue de la Ferronnerie, que son carrosse fut arrêté par deux charrettes de foin qui, quelle malchance, se renversèrent juste devant son carrosse !... Celui-ci dut patienter longuement parmi les badauds, ce qui permit à Ravaillac de monter sur le marche-pied et planter son couteau par trois fois dans la poitrine du roi... Pour quelles raisons Ravaillac se trouvait-il dans cette rue alors qu'il assaillait quotidiennement l'entrée du Louvre à plus d'un kilomètre ?... Un esprit soupçonneux comme moi ne peut pas s'empêcher d'y voir un complot bien ourdi, impliquant des complices renverseurs de charrettes et la manipulation du moine fanatique... Manipulé par qui ?... C'est une autre histoire, bien sûr, mais il faut toujours chercher à qui profite le crime n'est-ce pas ?... Henri IV était un roi qui dérangeait beaucoup, non seulement parce qu'il était proche du peuple, qu'il avait une vie assez dissolue et que la religion était le dernier de ses soucis, mais surtout parce que, par l'Édit de Nantes, il avait ouvert la porte à la Réforme... Une véritable déclaration de guerre au Saint-Siège !

Aux environs de Rennes-le-Château il y eut aussi un meurtre sanglant, jamais élucidé. Celui d'un collègue de Saunière, l'abbé Gelis, le curé de Coustaussa retrouvé mort dans sa cuisine. Il avait visiblement été torturé et, bien qu'il en eut beaucoup lui aussi, ça n'était pas pour de l'argent. L'assassin avait pris soin de disposer le corps dans la position du gisant, comme les chevaliers d'antan, et de signer son forfait d'un énigmatique « Viva Angelina »...

Tout ça est lié par une trame occulte... Bref, je ne vais pas entrer dans tous les détails, mais il y a dans l'histoire une foule d'indices qui cadrent avec cette hypothèse, si audacieuse qu'elle paraisse, et que d'aucuns ne manqueront pas de qualifier de « Théorie du Complot »... Que ceux-là croient ce qui leur chante, mais qu'ils ne viennent pas m'emberlificoter dans leurs contes pour enfants ! La lutte pour le Pouvoir date de l'origine du monde !

Pour en revenir à ce qui nous préoccupe ici, j'ajouterai que depuis les Mérovingiens et même bien après les Robertiens, Orléans fut toujours un fief à part... Séparé du domaine royal depuis 1344, c'est-à-dire au tout début de la Guerre de Cent Ans née de l'impossible succession de Philippe-le-Bel suite à la malédiction de Jacques de Molay, l'Orléanais fut toujours depuis ce temps l'apanage du frère cadet du roi... et comme je le signalais tout-à-l'heure, Jeanne était selon moi la cadette de Charles...

Ce constat présente l'avantage de répondre à deux questions essentielles que tout le monde devrait se poser quand on aborde l'histoire de Jeanne, et en tout cas tout historien sérieux, qu'on veuille ou non conserver une explication divine. Et cette question est celle-ci :

Si c'était Dieu qui avait inspiré Jeanne, pourquoi se serait-il tant intéressé à Orléans en particulier ? Et pourquoi aurait-il attendu près d'un siècle pour intervenir ?

Car nous parlons d'une guerre qui dura 100 ans. Dieu n'était vraiment pas pressé ! Qu'attendait-il donc pour susciter une héroïne ?... Et par ailleurs, bien que cette ville fut très riche par son commerce de Loire, il en existait de plus puissantes à l'époque, à commencer par la capitale, Paris, ou Chartres, ou Reims, ou bien d'autres dont la délivrance aurait conféré à leur sauveur beaucoup plus de poids politique que la levée du siège d'Orléans...

On nous raconte qu'Orléans était un « verrou » sur le fleuve... Je veux bien, mais tous les autres ponts jusqu'à Nantes étaient déjà entre les mains anglaises et ils pouvaient parfaitement mettre les pieds au sud par d'autres chemins, ce qu'ils n'ont d'ailleurs pas manqué de faire pour venir mettre le siège à Orléans par la rive Sud !... Ce n'est donc pas un argument recevable du point de vue stratégique. Le choix de mettre le siège devant cette ville répondait nécessairement à un autre souci...

— Et lequel, selon toi ?...

— La raison même de ce siège est floue... Le duc de Bedford lui-même confiera plus tard « *qu'il n'avait jamais bien compris pourquoi les anglais avaient assiégé Orléans* ». D'après lui : « *le siège en a été décidé par Dieu sait Qui !* » (sic)... Étrange manière de voir la question du côté anglais ! Et il ajoute que Jeanne « *terrorisait* » (re-sic) ses hommes !... On se demande bien pourquoi une frêle jeune pucelle de dix-sept printemps aurait pu « terroriser » des soudards qui n'avaient jamais eu peur d'affronter de mâles chevaliers ?...

À moins encore que cet apanage orléanais ne fut considéré comme une sorte de « capitale de réserve », un domaine en retrait pour gouvernement fantôme, je ne sais pas... quelque chose comme ça... En tous cas, Orléans était un symbole très fort pour certains, et c'est précisément CE symbole-ci, et pas un autre, que Jeanne aura pour toute première mission de délivrer...

Au regard de l'étrange remarque du duc de Bedford, on pourrait se demander si la décision anglaise d'y mettre le siège ne leur aurait pas été « soufflée » par une tierce partie ?... Toujours est-il que c'est ici, à Orléans et pas ailleurs, que Dieu aurait décidé de peser dans la balance !... Je trouve ça vraiment bizarre... Soit Dieu est un très mauvais stratège, soit il devrait régler sa pendule !... Attendre cent ans pour se décider à agir, fallait-il que les pucelles soient rares !

— Ha ha ! Peut-être avaient-elles découvert ce que vous appelez la capote anglaise ! s'esclaffa Jack.

— Oh ! Jack !... s'offusqua Johan amusé. Les mœurs étaient en effet assez libres au Moyen-âge, mais pas à ce point !... Blague à part, et toujours par rapport à ces incidents étranges qui convergent vers l'hypothèse d'une lignée secrète derrière la dynastie officielle, voici la cerise sur le gâteau : Depuis Clovis, la France a toujours été distinguée des autres pays occidentaux évangélisés en tant que « *Fille Aînée de l'Église* »... On peut considérer cela comme flatteur ou non, selon qu'on est croyant ou pas... Mais que doit-on penser quand à notre époque, en 1996, grand pourfendeur s'il en est de capotes anglaises et bien avant son successeur Benoît XVI, le pape Jean-Paul II lui-même va en Bretagne célébrer le 1 500ᵉ anniversaire du baptême de Clovis par une grand-messe digne d'un concert pop ?... À Reims, où Clovis fut parait-il baptisé[2], et à Tours, où il reçut la pourpre impériale sur le tombeau de Saint-Martin, je comprends... Mais pourquoi en Bretagne où Clovis n'a jamais mis les pieds ?... Et pourquoi spécialement à Sainte-Anne d'Auray ?... un lieu quasiment passé inaperçu de l'Histoire sauf aux temps celtiques et pour un court épisode de l'épopée de du Guesclin ?... Du Guesclin, comme par hasard prédécesseur de Jeanne d'Arc dans la lutte contre l'Anglais ?...

— Hum, émit Jack.... Je vois bien la continuité historique entre Bertrand du Guesclin et Jeanne d'Arc, mais je ne vois pas clairement le rapport avec cette commémoration du baptême de Clovis en Bretagne...

— C'est bien ce qui pose question ! Personne ne le voit, ce rapport ! On ne porte pas assez d'attention aux traditions et aux symboles. Que toi tu ne le voies pas, c'est normal, vous autres américains n'avez que les traditions indiennes ou importées, mais chez nous, la Bretagne c'est le pays du Celtisme...

— Bah, contrairement à ce que tu penses, Johan, le Celtisme m'est assez familier... Nous avons de nombreux Irlandais en Amérique. Je connais aussi un tas de Bretons à New-York, et j'ai souvent participé à leurs *festnoz*, mais je ne vois toujours pas le rapport...

— Eh bien, ce rapport, c'est « Dana » en celte, ou si tu préfères « Anne » en bon catholique. La petite ville bretonne de Sainte-Anne d'Auray était aux temps celtiques un lieu de culte à Dana, avatar local de Déméter ou de Cybèle, déesse païenne de la fécondité et de la Nature. Tu noteras qu'on a miraculeusement trouvé là aussi à l'époque templière une « Notre-Dame » pour la remplacer, mais bien des siècles avant J.C. on y faisait déjà pèlerinage. Recouvert ensuite par la chape chrétienne qui s'est répandue sur tous les anciens lieux celtiques, le site voué à Dana est devenu celui de la très chrétienne Sainte-Anne d'Auray, officiellement en hommage à la mère de Marie, la grand-mère de Jésus dont la légende locale prétend qu'elle était originaire...

— Exit Dana la païenne !

— Comme tu dis, Jack, exit Dana ! Pourtant les pèlerinages ont continué jusqu'à nos jours... mais furent-ils toujours aussi « chrétiens » qu'on le croit ?... En tous cas, jamais Clovis n'est allé en Bretagne, royaume étranger à son époque. Il n'y a remporté aucune victoire, n'y a prononcé aucun vœu de conversion comme il l'avait fait à Zülpich (aujourd'hui Tolbiac), ou à Tours sur le tombeau de Saint-Martin, ou à Orléans sur celui de Saint-Aignan... Donc Jean-Paul II n'avait pas la moindre pertinence historico-religieuse à célébrer précisément là cette grand-messe gigantesque pour le

---

2 *Le lieu de baptême de Clovis est d'ailleurs disputé par la ville de Strasbourg. (voir en notes annexes)*

1 500ᵉ anniversaire du baptême de Clovis... Aucune raison rationnelle, sauf... sauf si on a une autre interprétation de l'Histoire Sainte...

— Houla la !... Tu nous emmènes où comme ça Johan ? Tu veux réviser le dogme catholique ?

— Je crains qu'il ne soit effectivement nécessaire de rétablir une cohérence de faits et d'observations insolites... Mais rassure-toi, je ne change rien à l'enseignement des Évangiles, encore une fois je ne fais que « compléter les manques »...

— OK !... fit Jack en terminant sa bière. On peut continuer en marchant un peu ?

— Pourquoi pas ? Descendons jusqu'à la Loire en passant par le Centre Ancien, la place de la République, l'Hôtel des Créneaux et le Beffroi. Il me plaît de penser que d'après les archives locales, un de mes ancêtres[3] les a construits à l'époque de Jeanne, de même que l'église Notre-Dame de Recouvrance adossée au rempart Ouest, mais je n'en suis pas certain car je n'ai pas pu remonter mon arbre généalogique jusque là. Et toi ?

— J'ignore tout de mes aïeux. Mon grand-père tenait son arbre, je crois. Il m'en avait vaguement parlé un jour, mais je n'étais qu'un gosse et j'avoue n'en avoir rien retenu... Tout ça doit être resté dans des malles au fond du grenier, et le grenier s'est envolé avec le cyclone Katrina. Il y a des jours où ça me manque de ne pas savoir d'où je viens...

— Dommage, en effet !...

— J'y pensais pas plus tard qu'hier dans le taxi en arrivant à Paris. Pour savoir où il va, chaque homme a besoin de savoir d'où il vient, et je me disais que je devrais retourner un peu en Louisiane pour retrouver mes racines...

*

Marianne, mère cachée de la Chrétienté ?
De nos jours, Orléans, place de la République, 07 Mai 12h00

Sur la splendide petite place pavée de blanc, un impressionnant bâtiment abritant aujourd'hui le Conservatoire de Musique expose au passant la pierre taillée de sa façade six fois centenaire. Au-dessus, en arrière-plan, se dresse le Beffroi du XVᵉ siècle avec son horloge égrenant les heures, dominant de ses quarante mètres la Place Louis XI et le délicat Hôtel des Créneaux datant de la même époque. On peut rejoindre l'Hôtel des

---

3 *Un certain Jehan Mynier, entrepreneur, est en effet cité par les archives de l'époque. Mais compte-tenu que l'usage des patronymes n'était pas encore répandu, il est probable que le terme « mynier » désigne plutôt le métier de mineur (extracteur de pierres ou carrier), donc d'entrepreneur, et le doute subsiste sur la réalité de cette ascendance.*

Créneaux par un discret passage couvert appelé Passage du Saloir, ouvert de temps à autre aux promeneurs et aboutissant rue Sainte-Catherine. Au premier plan sur la place, à l'entrée du quartier piétonnier, trône la statue de Marianne, symbole de la République Française.

— Et voilà encore une bizarrerie de l'Histoire, fit remarquer Johan en passant... Comment la République, issue de la Révolution Française si âpre à se débarrasser de tous les symboles religieux, a-t-elle pu affubler sa représentante d'un tel prénom ? Même en la coiffant d'un bonnet phrygien[1]...

— Quel prénom ? Marianne ? C'est plutôt joli comme prénom. Qu'as-tu contre ?

— Bien sûr que c'est joli Marianne... ou plutôt « Marie-Anne » car c'est ça l'étonnant : c'est la contraction de deux prénoms évangéliques ! À une époque où l'on pourchassait tous les curés et où l'on appelait ses enfants Brutus, Désiré, Gemmapes ou Victoire, comment peut-il être venu à l'idée d'un authentique Révolutionnaire de donner ce double prénom évangélique au futur symbole de la République ?... Il y a des choses qui échappent aux hommes... À moins qu'il n'y ait derrière ces hommes d'autres volontés qui, dans l'ombre, influencent les événements... Ça n'est d'ailleurs qu'une illustration de plus de ce que je disais tout-à-l'heure...

— À propos de la religion ?

— Oui... Le dogme catholique, tout ça... Ce que je vais dire va sans doute te paraître complètement dingue, et même hérétique au plus haut point bien qu'historiquement vérifiable en grande partie, mais pourtant je crois que c'est seulement une petite part de la vérité...

— Dis toujours...

— Oh !... tu ne sais pas où tu m'emmènes, là ! Quand on me lance sur ce sujet, on ne m'arrête plus !... Il faut d'abord reprendre l'histoire depuis l'origine pour saisir la cohérence du raisonnement, et remonter encore plus haut dans le temps, aux débuts de Rome, vers 580 avant J.C. C'est en effet à peu près à cette époque que les choses commencent à se mettre en place...

Rome gagne en puissante en Méditerranée pendant que la Grèce perd peu à peu de sa splendeur, et la technique tend à remplacer la philosophie... La Gaule de son côté est un pays celte, un pagus, où l'on pratique assez uniformément un culte basé sur le respect de la Nature, ou des diverses « forces » et « esprits » de la Nature, ce qui revient au même. Contrairement au culte romain qui, bien avant la chrétienté, avait investi ses lieux sacrés en y construisant de nombreux temples et statues, le Celtisme se pratiquait sans édifices artificiels ni idoles. Le pape Grégoire le Grand dira plus tard à ce sujet : « *J'ai décidé qu'il n'était pas à propos de détruire les temples des dieux mais seulement leurs idoles* ». Le Celtisme se pratiquait au moyen de rituels druidiques, seulement en des lieux naturels marqués uniquement de rochers bruts, d'arbres, ou le plus souvent de sources... Nous en avons des traces par milliers, évidemment recouvertes ultérieurement de symboles

---

1 *Le bonnet phrygien coiffant les sans-culottes est directement hérité des adeptes de l'art alchimique et remonte au culte de Mithra, ou Sol Invictus, dont, sous Aurélien en 274, le jour anniversaire était le 25 Décembre.*

chrétiens. Même chose pour les noms de lieux et les dates du calendrier ainsi que je le soulignais tout à l'heure...

— D'accord... Jusque là, je te suis...

— Donc au VIᵉ siècle avant J.C., les nombreuses nations gauloises vivaient d'une manière que je qualifierai de « société conviviale » sous une forme assez libertaire, ni vraiment démocratique au sens moderne, ni vraiment féodale bien qu'il y eut des classes, des equus ou nobles chevaliers, ni véritablement théocratique bien que les druides eussent une influence très grande... En somme, une société « mentalement libre » et sans barrières, un peu à la façon des Indiens des plaines d'Amérique avant l'arrivée des colons. Et ça n'est d'ailleurs pas leur seule ressemblance car on a trouvé en Amérique des tumulus très semblables, et par ailleurs les Gaulois se servaient également de signaux de fumée depuis les hauteurs, parfois, comme chez nous en pays plat, depuis des tertres artificiels... La « Butte à Byron » au nord d'Orléans ayant été rasée au siècle dernier, le « Mont des Élus » à Mézières-lez-Cléry, au sud, en reste l'un des rares exemples...

L'histoire a longtemps présenté les Gaulois comme des gens chicaneurs et indisciplinés, mais le principal reporter de guerre ayant été César lui-même en ses œuvres, je considère ces dernières comme suspectes de propagande électorale et tout juste bonnes pour inspirer les bandes dessinées ! En vérité, les Gaulois n'étaient pas plus chicaneurs que bien d'autres peuples. Ils s'avéraient par contre des cavaliers émérites et des artisans très habiles ainsi que le prouve un trésor trouvé à Neuvy-en-Sullias, non loin d'Orléans, composé entre autres choses de sculptures remarquables de finesse et d'élégance que l'on peut admirer aujourd'hui au Musée Archéologique de la ville tout à côté d'ici, rue Sainte-Catherine.

Leur commerce développait des échanges souvent très lointains avec le nord de l'Europe et les Vikings, comme avec le sud jusqu'au Moyen-Orient par la Méditerranée. Et le fleuve Loire, que l'on pouvait remonter à la voile depuis l'Atlantique, servait de trait d'union à ce commerce... D'où l'intérêt stratégique en ce temps-là de la cité de Cénabum (Orléans), située au point le plus septentrional du fleuve, au point de départ du plus court chemin vers la Seine et l'une des rares cités de l'époque à disposer d'un pont.

Vers le Vᵉ siècle avant J.C., Rome la militaro-technicienne allait bientôt acquérir une puissance hégémonique aux dépens de la vieille philosophe Athènes... La population gauloise étant très prolifique, c'est à cette époque que l'Empereur des Gaules, le roi biturige Ambigat, qui avait sa résidence à Avaricum (la Bourges actuelle représentait alors le « centre du monde » gaulois), décida deux de ses neveux, Bellovèse et Ségovèse, à émigrer vers d'autres territoires... Ils rassemblèrent deux armées et chacun partit vers son destin : Bellovèse vers les Alpes italiennes, et Ségovèse vers les forêts hercyniennes d'Europe de l'Est... On les confondra souvent sous le même surnom générique de « Brennus » parce qu'ils étaient tous deux nés en Brenne, mais ils eurent deux destins bien distincts :

Bellovèse conquit Rome et s'y fit un nom dans l'histoire en faisant payer un très lourd tribut aux citoyens romains médusés d'avoir été vaincus si facilement par ceux qu'ils considéraient alors comme des barbares . C'est à lui que l'on attribue l'expression « *Vae Victis* ! » (Malheur aux vaincus !). Les Gaulois de ses troupes s'installèrent tout autour de Rome, en Toscane, en Ombrie, dans les Abruzzes et firent souche. Là finit l'histoire de Bellovèse...

Ségovèse quant à lui mit davantage de temps mais parvint jusqu'en Grèce et bien au-delà. Au passage, les célèbres Tectosages, originaires des Pyrénées et qui constituaient le fer de lance de ses troupes, pillèrent le richissime site de l'Oracle de Delphes dont, paraît-il, ils rapportèrent chez eux le fabuleux trésor, ultérieurement caché dans un lac ou des grottes de l'Ariège, et qui fera naître bien des légendes...

Mais ces conquêtes lointaines s'étalaient sur des décennies, sur plusieurs générations, femmes et enfants suivant derrière la troupe des conquérants. Au fur et à mesure de leur avancée, une génération remplaçant l'autre, nombre d'entre eux, vieillissants, se retiraient des troupes combattantes et s'implantaient comme colons dans les pays conquis, notamment autour de la Grèce et au Moyen-Orient, créant ainsi des relations sur place pour les voyageurs et les marchands restés basés en Gaules... Au fil du temps, ils s'intégrèrent parmi les populations de nombreux territoires sous domination grecque, dans le Péloponnèse, en Orient, et jusqu'en Palestine... On en trouve la trace dans les antiques textes grecs sous le nom de « *Galates* » et, quelques siècles plus tard, ce sont eux que les textes romains et les Évangiles désigneront sous le terme « *Gaulonites* », signifiant littéralement « descendants de gaulois », pour la plupart installés en Galilée...

Au passage, je te ferai remarquer que le nom même de *Galilée*, par opposition à Judée (pays des « *Yuds* ») est utilisé dans le Livre de Maccabées pour désigner le « pays des étrangers »... Certains érudits étymologistes donnent l'explication suivante : *Galil* viendrait d'une racine hébraïque signifiant « rouler » qui désignerait un cercle de pierres qu'aurait fait dresser Josué à Guilgal... Pour quelles raisons Josué aurait-il fait dresser ce cercle de pierres ? Aucune explication ! Mais est-ce seulement bien lui qui les a fait dresser ? N'étaient-elles pas déjà là avant ?... Le doute est permis aux exégètes... Pour ma part, je vois une autre origine bien plus simple à l'étymologie de ce nom de Galilée avec la racine *gallic*, le coq gaulois qui a donné ailleurs Galice, Galles, Gaules, Galates ou Gaulonites...

La seconde explication n'excluant évidemment pas la première puisque, les cercles de pierres étant eux-mêmes pré-celtiques, il n'y avait rien d'étonnant que nos « gaulonites » s'installassent précisément là, en cette Galilée qui aura toujours été un carrefour des civilisations.

— En effet, c'est logique !

— Au cours du siècle suivant Alexandre-le-Grand conquit toutes ces contrées, et y implanta des cités remarquables, dont Alexandrie en Égypte et sa célébrissime bibliothèque. Puis Rome montant en puissance, les légions romaines étendirent l'Empire jusqu'en Syrie et tout le pourtour de la Méditerranée, et enfin, celles de César finirent par envahir les Gaules... Et... Et c'est peut-être à cause de César et d'Orléans qu'est née la Chrétienté !

— Quoi ! À cause d'Orléans ? s'étonna Jack. Tu délires ! Je te soupçonne d'être un peu chauvin, mon cher Johan ! Et puis, qu'est-ce que César vient faire là-dedans ? Il était mort bien avant la naissance du Christ !

— C'est vrai, fit Johan amusé, mais l'Histoire est un long fleuve pas toujours tranquille, alimenté par une multitude de ruisseaux convergents... Elle suit un cours imprévisible mais implacablement logique dans une chronologie parfaitement identifiable... Indirectement, on peut tout-à-fait attribuer à César cette responsabilité de l'émergence de la Chrétienté... Et d'ailleurs Jésus lui-même n'a-t-il pas dit de « *Rendre à César ce qui lui appartient* ! », inspirant du même coup l'idée même de « Laïcité » qui définit la République Française ?...

Johan s'amusa un instant de la perplexité de Jack, puis il reprit :

— Non, je blague bien sûr !... Il parlait d'autre chose... Cependant mon hypothèse n'en est pas moins fondée et plausible... tu vas comprendre : Environ deux générations avant J.C., César voulait ravitailler ses troupes avant que de partir combattre les Vénétes, une nation bretonne du Morbihan actuel où précisément se trouve Sainte-Anne d'Auray... Les Bretons ont toujours été un peuple fier et courageux, et ceux-là particulièrement acceptaient mal la tutelle étrangère.

— Ce qui n'a pas échappé aux créateurs de la célèbre bande dessinée Astérix... s'amusa Jack.

— Bien vu, Jack ! En tous cas, de nombreux bretons remontant la Loire depuis Nantes sont venus se réfugier à Orléans comme ils le feront plusieurs fois au cours de l'histoire... Un peu plus tard, aux premiers temps chrétiens, ils y apporteront même avec eux leurs « saints » locaux comme St-Paterne, autrement dit, leurs rites celtiques rhabillés... Mais n'allons pas trop vite... Au temps de César, ces rites celtiques étaient déjà là, et bien là, chez les Carnutes, ainsi qu'on appelait les habitants d'ici, et deux grands centres celtiques sont aujourd'hui unanimement reconnus comme tels dans la région : Chartres et Saint-Benoît sur Loire...

En 54 av. JC, *Cenabum* (Orléans) est le grenier de la Beauce. César veut donc y acheter du blé et du foin pour ses légions, stationnées pour l'hiver sur nos rives de Loire en attendant d'aller tailler du Vénète en Bretagne. Les Romains sont nombreux et il faut beaucoup de ravitaillement. Du coup, les prix flambent et la révolte gronde parmi la population locale. Quelques Carnutes bien énervés et remontés par les druides finissent par s'en prendre aux commerçants romains installés dans la cité et chargés de négocier ces approvisionnements. Ces derniers sont massacrés. C'est le début de la Guerre des Gaules...

Le soir même, relayé par des cris à travers champs et par des signaux de fumée à la manière indienne, le signal de la Révolte qui vient d'éclater dans *Cenabum* est connu jusqu'en Auvergne où Vercingétorix prend la tête des tribus gauloises.

Je passe rapidement sur l'épopée. Lorsque ce n'est pas Vercingétorix qui brûle les réserves des greniers, c'est César qui rase et incendie les cités. Dans la région, il en sera ainsi de *Vellaudunum* (Montargis), *Cenabum* (Orléans), *Noviodunum* (Neuvy-sur-Barengeon) et bien d'autres. Les légions de César ont bien failli être battues, épuisées qu'elles étaient par la politique de la terre brûlée systématiquement appliquée par Vercingétorix. Mais après avoir fait parcourir à ses poursuivants affamés des centaines de kilomètres, de la Narbonnaise aux Alpes, des Alpes à la Bourgogne, de la Bourgogne à la

Loire, le chef Arverne arrive devant *Avaricum* (l'actuelle Bourges qui fut comme je le disais tout-à-l'heure capitale et centre des Gaules du temps d'Ambigat). Là, les habitants le supplient d'épargner leur cité. Il a la mauvaise idée de leur céder, on ignorera toujours pourquoi, et il continue son chemin en laissant derrière lui des greniers pleins sur lesquels se jettent les légions romaines épuisées... Malgré ça, nos vaillants gaulois remporteront encore une victoire à Gergovie. César est écœuré ! Il s'accorde une permission et s'en retourne piteusement à Rome réclamer des renforts.

C'est ce moment que choisit Vercingétorix pour aller s'enfermer dans Alésia afin d'y attendre lui aussi des renforts... qui arriveront trop tard !

Apprenant cette pause de l'armée gauloise à Alésia, César revient en catastrophe et installe un siège autour de la colline. La guerre de position, c'est son point fort, le siège est mis, le piège est refermé. Vercingétorix sera finalement battu par la stratégie romaine aussi sûrement que Davy Crockett par l'armée mexicaine à Fort Alamo. C'est la fin. Une fin pleine de panache mais une défaite tout de même, et ce sont ses conséquences qui nous intéressent ici :

Outre la déportation de leur chef dans les prisons de Rome avant de l'y faire étrangler six ans plus tard, César donna un Gaulois comme esclave à chacun de ses légionnaires. Comme après la Grande Guerre de 14/18, ce furent d'un coup des centaines de milliers d'hommes en moins dans la population. Ajoutés aux morts dans la guerre elle-même, on parle d'un million d'hommes mûrs soustraits à la vingtaine de millions d'habitants que comptaient les Gaules à l'époque. Et il n'y resta que les femmes, les enfants, et les vieillards incapables de procréer... Ce fut un temps où il était difficile de trouver un mari, et tout particulièrement sans doute, en Bretagne, chez les Vénètes !...

Cenabum (Orléans) fut incendiée par César pour le rôle déclencheur que la cité ligérienne avait tenu dans cette guerre. C'est de ce moment que date le plan romain qui caractérise notre Centre Ancien.

En 52 av. JC, la *Pax Romana* était tombée sur les Gaules... Mais ça n'empêcha pas les Gauloises et Gaulois survivants de circuler dans l'Empire, au contraire[2]... Et parmi ces voyageurs, une voyageuse : une femme qu'on appellera Anne, issue d'une noble famille originaire de Bretagne, résolut de se rendre en Palestine... Sans doute ne s'y serait-elle jamais rendue si cette Guerre des Gaules, éliminant la plupart des hommes en âge de se marier, ne l'avait privée d'un parti convenable sur place... C'est pourquoi je dis : c'est la faute à César ! Je plaisante bien sûr, mais... qui sait ?... En tous cas notre Dana-Anne est partie là-bas.

— Tu veux dire la Anne du prénom composé Marie-Anne attribué à la République ? Cette Anne, mère présumée de Marie ?

---

2 *Un certain AVITUS au IVe siècle devint même empereur romain !... Son neveu, prénommé Avitus lui aussi, apportera à Tours à Clovis la pourpre impériale de la part de l'Empereur de Constantinople. Il se fera ensuite moine à Micy puis ermite en forêt de Châteaudun. C'est ce dernier dont on peut visiter la crypte sous le collège Jeanne d'Arc.*
Une anecdote cocasse existe à son propos : après sa mort les habitants de Châteaudun et ceux d'Orléans se disputant sa dépouille comme relique, l'évêque trancha dans le vif en accordant aux Casteldunois le bras et la main du défunt moine !

— Exactement. Mais laisse-moi poursuivre : Anne est donc en Palestine, ou plus exactement en Galilée... Là-bas, les Gaulonites, ces hommes d'ascendance celte ne manquent point. Depuis des siècles qu'ils sont là, certains se sont convertis au Judaïsme, la religion locale, et se sont alliés aux grandes dynasties indigènes, d'autres au contraire font partie des fameux Zélotes, ces redoutables combattants que l'histoire nous présente comme des rebelles à Rome. Hormis le dernier, prénommé Joachim, on ignore qui furent ces hommes qu'Anne épousa successivement, mais ils étaient certainement des guerriers car ils mourraient très jeunes : elle tombera trois fois veuve, chaque fois avec un nouvel enfant. Au total trois filles, trois demi-sœurs, toutes trois d'origines au moins semi-gauloises sinon entièrement celtes... Elles avaient noms : Marthe, Salomé, et enfin la plus jeune, une certaine Marie qui atteindra ses seize printemps vers l'an – 4, date communément admise aujourd'hui pour la Nativité...

Jack, jusque là auditeur patient, montra soudain de l'agacement :

— Qu'est-ce que tu me chantes là, Johan ? Marie était juive ! Tu ne peux pas remettre ça en question !

— Ah bon ? C'est si évident pour toi ?... Et d'où prends-tu cette certitude ?... Relis tes Évangiles ! Ils ne donnent aucune généalogie de Marie. Hormis de sa mère Anne et de son père Joachim, on ne sait pas d'où elle sort[3]. La filiation de Jésus donnée par Matthieu et reprise par Luc, avec des différences d'ailleurs, ne concerne pas sa mère Marie mais Joseph, son père adoptif ! Ce qui, pour une insémination officiellement obtenue par l'opération du Saint-Esprit, n'a évidemment aucun sens sinon d'alerter l'initié par cette incohérence flagrante[4] !...

C'est donc qu'il y a quelque chose à chercher et à comprendre... Or, dans un livre célèbre des années 70, « *Jésus, ou le Mortel Secret des Templiers* », un grand-maître du Grand-Orient a soutenu l'hypothèse que le véritable père charnel de Jésus fût un certain Judas de Gamala, dit aussi Judas-le-Gaulonite, chef des Zélotes, et de ce fait recherché par Rome. Le fait est qu'en ces temps troublés où les Juifs étaient divisés en diverses factions, si Qumrân était un monastère essénien, Gamala était par excellence la place forte des Zélotes. Et ce serait lui, Judas de Gamala qui, pour ne pas exposer inutilement sa progéniture, aurait fait épouser officiellement sa fiancée par un homme à lui, Joseph, ancien combattant zélote ou peut-être membre de sa famille et veuf d'un premier mariage, suffisamment vieux et fidèle pour ne pas être tenté de toucher la jeune fille... Le mariage par procuration n'est pas une invention nouvelle, surtout en Orient... On a juste oublié de signaler le vrai nom du procurant... C'est une hypothèse qui, bien avant ce Grand-Maître maçon, fut envisagée par des auteurs comme Renan et qui se trouve renforcée bien involontairement par les travaux récents d'un

---

3 *Il est d'ailleurs étrange que seul l'évangile apocryphe de Jacques fasse mention de Joachim.*

4 *L'Évangile est clair sur ce point : « Jacob engendra Joseph, l'époux de Marie, de laquelle est né Jésus appelé Christ ». (Matthieu 1-16) « L'Arbre de Jessé » donnant une supposée généalogie de Marie est donc une incohérence puisque le même évangile précise que Joseph ne l'avait pas touchée... Pourtant, on verra se répandre cette allégorie à partir du XIIIe siècle, et l'évêque de Clermont Jacques d'Amboise (fils de Pierre d'Amboise qui fut compagnon de Jeanne d'Arc au siège d'Orléans et qui participa à la Praguerie et à la Ligue du Bien Public contre Louis XI) en fera faire en 1507 une statue célèbre pour orner le sommet de la flèche de sa cathédrale. Il s'agit bien sûr d'une Vierge à l'Enfant, sur le modèle des Vierges Noires...*

généalogiste américain, Tony Burrows, qui a fait des recherches sur la famille biologique de Jésus : d'après lui, c'était ce que nous appellerions aujourd'hui une famille recomposée puisque Joseph avait déjà ses propres enfants qui allaient donc officiellement devenir les demi-frères de Jésus. Mais si Jésus fut bien le premier-né de Marie, il ne fut pas le dernier puisqu'il y eut deux frères puînés dénommés Simon et Judas, ce qui suppose que Judas-le-Gaulonite soit revenu de temps à autre visiter Marie, en toute discrétion... Or, si les enfants de Joseph : Jacques et José (ou Jude), demi-frères aînés et d'adoption de Jésus, portaient bien des prénoms bibliques, Tony Burrows nous confirme que « Jésus », « Simon » et « Judas » étaient tous trois des prénoms de héros, guerriers réputés en Galilée. En Galilée, pas en Judée !...

Ce chef zélote étant dit « Judas de Gamala », on peut en déduire qu'il avait sa base opérationnelle à Gamala, le célèbre nid d'aigle que les romains eurent un mal fou à prendre quelques décennies plus tard. En cela au moins, son héritier est donc bien le « *fils du Très-Haut* »...

Par ailleurs, Renan ne pouvait pas le savoir mais je peux te confirmer aujourd'hui que si la parthénogenèse existe (dans un cas sur des millions, mais elle existe), cette auto-fécondation ne peut donner que des clones de la mère, c'est-à-dire des filles uniquement ! Pour un fils, Marie devait obligatoirement avoir connu[5] bibliquement un partenaire mâle. À moins d'envisager la fécondation in-vitro par ange Gabriel interposé comme le suggère le Coran. Et je te rappelle qu'en grec le mot *angelos* signifie très exactement « messager »...

Jack ne disait mot. Il se grattait la tête, le cheveu ébouriffé, avec une inflexion des sourcils qui laissait deviner sa perplexité.

— Oui, je comprends ton étonnement, reprit Johan. La légende d'une Marie éternellement vierge vole en éclat, mais il ne faut pas prendre les gens pour des imbéciles ! Je veux bien qu'elle fut enceinte la première fois sans avoir perdu son hymen, ce sont des choses qui arrivent parfois quand les jeunes gens sont un peu timorés, mais qu'elle fut encore vierge après l'accouchement... à d'autres !... Que je sache, on ne lui a pas fait de césarienne !

— Tu te rends compte de ce que tu dis ? Au Moyen-Âge, on t'aurait brûlé vif pour une telle supposition...

— Oh ! C'est assurément hérétique, je m'en rends bien compte mais c'est surtout beaucoup plus plausible que la version officielle... En tous cas, une chose est sûre : si la généalogie de Jésus passant par Joseph est aussi stupide qu'incongrue, aucune généalogie de Marie n'a jamais été donnée, encore moins par sa branche maternelle. Or chacun de nous a deux parents et si, selon la tradition, la qualité de juif s'acquiert par la mère, il se trouve que la grand-mère Anne n'était pas juive... Par voie de conséquence Marie ne l'était pas non plus, en tout cas pas de naissance, même si elle a effectivement pu se convertir au Judaïsme !... Elle était Celte, mon cher

---

5 *Le terme « connu » a une signification biblique très délicate en français. En vérité il est amusant et très explicite car il dérive du latin « connil », qui donnera le mot « con » en français argotique, et qui désignait à la fois un lapin et le sexe féminin pour les raisons qu'on imagine... L'expression « connaître bibliquement » une femme est donc parfaitement justifiée.*

Jack ! Incontestablement Celte ! Et Jésus lui-même pourrait bien l'être à 75% ou plus si l'on considère comme vraisemblable cette origine cachée d'un procréateur « gaulonite » au lieu et place du Saint-Esprit... Hormis le sacro-saint dogme, rien ne contredit donc ce que j'avance, aussi extravagant que ça paraisse... Ah ! Je t'avais prévenu, hein !... Mais accroche-toi, ce n'est pas fini !

— Qu'est-ce que tu vas nous inventer encore ?...

— Je « n'invente » rien, mon cher Jack, je complète les trous du puzzle version officielle en osant risquer des hypothèses plausibles, ni plus ni moins réfutables que les leçons de catéchisme... Qu'on me prouve le contraire !... J'attends de pied ferme les arguments d'un éventuel contradicteur... Ayant reçu une éducation catholique dans mon enfance, il m'en restait quelque chose et moi aussi, au début, je me suis dit : « Johan, tu es fou ! »... Mais j'ai instruit la question à charge autant qu'à décharge et je n'ai rien trouvé à m'opposer à moi-même... Ma seule mais vraie différence avec les exégètes « autorisés », c'est que je lis l'histoire « en creux » si je puis dire, surtout face à ce qui est imposé comme un dogme, me fiant davantage à CE QUI N'EST PAS DIT qu'à ce qui l'est. Mais toujours dans la mesure où l'hypothèse reste plausible et cohérente, sauf preuve du contraire, avec ce que l'on tient par ailleurs comme certain par recoupements avec des documents historiques ou des apocryphes n'ayant jamais été interpolés, les plus rares... J'avance en somme comme l'astrophysicien qui émet une hypothèse sur l'existence d'une planète parce qu'il a découvert mathématiquement une anomalie dans l'orbite d'une étoile, et qui vérifie, sans jamais voir la planète en question, la validité de son hypothèse avec le peu que l'on connaît des Lois de l'Univers. Si rien ne contredit son calcul et qu'au contraire son hypothèse explique des anomalies constatées, il l'adopte comme base d'une nouvelle cosmologie, toujours aussi hypothétique tant qu'on n'a pas envoyé une sonde vérifier *de visu* son « invention », quitte à ultérieurement rectifier l'hypothèse au fil de nouvelles découvertes...

— Hum, effectivement, si la méthode est admissible en Astrophysique, elle l'est d'autant plus en Sciences Humaines. Peu orthodoxe, c'est clair, mais pourquoi pas ?...

— Que l'hypothèse maçonnique précédemment citée soit la bonne ou pas, tu sais que Marie, se retrouvant officiellement enceinte « des œuvres du Saint-Esprit » selon la tradition évangélique, épousa un homme bien plus âgé qu'elle, Joseph, « charpentier » de son état...

Et soit dit en passant, ce terme « charpentier » est intéressant parce qu'il a une double signification : ce peut être l'homme qui travaille le bois, bien sûr, mais c'est aussi un terme ésotérique, voire argotique mais en l'occurrence c'est la même chose[6], pour désigner un « initié »... Une telle expression existe encore de nos jours quand, pour parrainer quelqu'un partageant un secret, on dit qu'il est « du bâtiment », c'est-à-dire un homme de confiance... Et initié à quoi ? Aux pratiques de la Magie... Si l'on considère la « Magie » comme un savoir, une science empirique occulte mais authentique de nos anciens, Chaldéens, Druides, et autres Prêtres égyptiens, il faut admettre que ça change toute la vision classique du bonhomme Joseph... et du même

---

6 *« L'argot » et en effet un langage initiatique, tout comme « l'Art Goth ».*

coup celle du fiston !... Les « Mages[7]» venus honorer la Nativité étaient avant
tout, eux aussi, des initiés, des savants Chaldéens qui pratiquaient
l'Astrologie, il ne faut pas l'oublier !...

Oui, je sais ce que tu vas me dire : l'Astrologie est aujourd'hui
complètement remise en cause par l'astronomie moderne[8]... Mais ce qui
compte pour expliquer l'histoire, ce n'est pas ce que nous pensons nous, de
nos jours, c'est ce que pensaient les gens qui l'ont faite au moment des
événements ou dans des récits qu'ils en ont laissés ! Il faut se mettre à leur
place, « penser comme eux » !... Le dauphin Charles lui-même avait son
astrologue attitré, un certain Simon de Phares, descendant du poète Jean
de Meung qui avait écrit la seconde partie (la partie politique) de l'admirable
Roman de la Rose, et dont le fils prénommé Simon également sera à son
tour nommé astrologue officiel. N'eût été ce soutien de Charles VII, ce fils
faillit d'ailleurs fort mal finir, car l'Université de Paris l'aurait volontiers fait
griller vers 1494 au moment des controverses soulevées par Pic de la
Mirandole et Savonarole qui finirent très mal tous les deux... Comme tu
vois, l'Astrologie tenait une place énorme dans la pensée de l'époque, et
dans ces disputes avec les théologiens les astrologues étaient en première
ligne.

Sans oublier que leurs connaissances, pour empiriques qu'elles soient,
étaient bien plus pertinentes qu'on ne les imagine de nos jours... Pour n'en
donner qu'un exemple, j'ai toujours trouvé stupéfiant que depuis l'Antiquité,
dans la mythologie Neptune soit le « dieu de la mer », alors qu'on n'a en
réalité découvert cette planète qu'en 1846[9] et qu'on vient seulement de
déduire de son observation par Hubble et Voyager 2 qu'elle est
essentiellement composée de glace, c'est à dire d'eau !... Coïncidence ? J'en
doute... Mais comment nos anciens pouvaient-ils le savoir ?

Or, c'est bien d'Astrologie qu'il est question pour la Nativité car nos trois
mages auraient « suivi une étoile »... Et... quelle admirable coïncidence !...
On appelle précisément « les trois rois » ces trois étoiles qui, s'alignant sur
Sirius, l'étoile la plus brillante du ciel le 25 Décembre, indiquent le lever du
soleil dans le zodiaque, et par conséquent tout changement d'ère
astrologique...

Déjà bien avant la Nativité chrétienne, on célébrait dans la Perse antique
le culte de Mithra, ce dieu solaire né un jour de solstice d'hiver et à qui l'on
sacrifiait des taureaux... Dans une partie voisine du même Moyen-orient
c'était celui de Ahura-Mazda, dieu de la Lumière, parfois confondu avec le
précédent pour les mêmes raisons... Ces braves mages ne pouvaient donc
manquer la Nativité marquée par l'entrée de l'astre du jour dans le signe des
Poissons. Jésus lui-même ne manquera pas d'en souligner l'importance en

---

7 *Du persan "mag" et du grec "mageia", la magie était à l'origine la science des mages iraniens, les*
Maga. Aristote déclarait le "peuple des Mages" plus ancien que les égyptiens. Cette tribu était
spécialisée dans les rites. Des Maga s'installèrent en Inde avant les invasions aryennes.
8 *Le calcul des ères astrologique est d'autant plus discuté qu'il est complexe compte-tenu de la*
précession des équinoxes, et que les astronomes n'utilisent pas les mêmes règles que les
astrologues. Selon Jean Sendy, nous sommes déjà dans l'Ère du Verseau (« L'Ère du Verseau », Jean
Sendy) qui fixe le début de cette ère à 1950. Par contre, pour Max Duval qui se base sur la longitude
écliptique de l'étoile Régulus, l'humanité doit entrer dans l'Ère du Verseau en l'an 2012. Par des
calculs différents, les Mayas établirent à cette dernière date leur « fin du monde »...
9 *En 1613, Galilée l'avait observée mais avait cru qu'il s'agissait d'une étoile.*

multipliant quelques-unes de ces petites bêtes, et un peu plus tard dans les catacombes les chrétiens dessineront des poissons en signe de ralliement. Ainsi, après le Veau d'Or (fils du Taureau révolu des égyptiens et babyloniens) et après l'Agneau pascal (fils du Bélier révolu lui aussi d'Abraham) sont venus les Poissons qui seront durant deux mille ans la seule source de protéines autorisée pour le jeûne du Vendredi. On nage en plein dans l'Astrologie ! Par ailleurs, on représente traditionnellement le signe de la « Vierge » tenant une gerbe de blé. Or Bethléem (*beth-lehem*) signifie littéralement « La Maison du Pain » ou de la céréale qui sert à le faire... autrement dit pas vraiment une étable mais une grange avec du blé et de la paille... Ça fait réfléchir, non ?...

Si seulement c'était là les seules bizarreries !... Mais cet aspect des choses nous entraînerait trop loin, je passe donc sur les détails, gardons les pieds sur Terre et restons-en à l'homme Jésus lui-même et à un développement rationnel de l'affaire...

Peu après sa naissance, la Sainte-Famille dût fuir quelques années en Égypte afin de sauver l'enfant-roi nouveau né d'un méchant holocauste de bambins, programmé par Hérode et qu'on appellera le « Massacre des innocents »... À partir de là, dans les Évangiles, un grand trou !... On ne retrouve l'enfant Jésus qu'à l'âge de 12 ans pour quelques heures d'un examen oral mémorable devant les Docteurs de la Loi, puis il disparaît de nouveau pendant dix-huit ans, jusqu'à son entrée en scène pour le début de son grand rôle, si je puis dire.

Durant tout ce temps, de quelques semaines ou mois, âge de la fuite en Égypte, jusqu'aux douze ans de sa première apparition publique... Qu'a-t-il fait ?

— Il a étudié, j'imagine...

— Et avec les meilleurs maîtres si l'on en juge au résultat. En Égypte en tout cas, et durant plusieurs années, la famille se fixa évidemment à Alexandrie, l'un des plus importants centres urbains de l'époque puisque Alexandrie comptait alors plus d'un million d'habitants, et sans doute l'un des plus civilisés et des plus intellectuels de ce temps dans tout le pourtour méditerranéen. Le Pharos, presque neuf encore, dressait fièrement ses trois étages à plus de 130 mètres au-dessus du port et, à l'opposé, les « Aiguilles de Cléopâtre », deux obélisques rapportés d'Héliopolis marquaient encore l'entrée du Cæsarium aujourd'hui sous les eaux. Là, à Alexandrie, des gens de toutes couleurs, origines et religions, se côtoyaient à longueurs d'années sans qu'on notât le moindre incident ségrégationniste. C'était pourquoi, bien qu'ayant essaimé des communautés tout autour de la Méditerranée, la plus grande diaspora juive de ce temps se trouvait à Alexandrie, tout comme elle est à New-York de nos jours...

Sur les plus de 700 000 papyrus, tablettes et parchemins qu'elle avait contenus jusque là, la Grande Bibliothèque d'Alexandre en avait perdus près de 40 000 dans l'incendie de la ville par César, une cinquantaine d'années plus tôt, mais la bibliothèque de Pergame fut mise à contribution pour remplacer les rouleaux détruits et de nombreux savants et docteurs ayant accès à cette immense savoir pouvaient encore y enseigner la science de leurs prédécesseurs, tels Platon, Socrate, Aristote, Pythagore, Héraclite,

Aristarque de Samos, Ératosthène, autant de gens qui savaient que la Terre était sphérique et flottait dans l'éther, mais qui connaissaient aussi la philosophie accompagnant ces savoirs, ainsi que la Torah et tous les rites égyptiens, sumériens, babyloniens, zoroastriens, etc...

La Septante raconte qu'au IIIᵉ siècle avant J.C. et pendant 72 jours, 72 rabbins s'étaient enfermés au Pharos pour traduire en araméen et en grec la totalité de l'Ancien Testament !... Il faut donc croire qu'à l'époque de Jésus enfant on en trouvait encore des copies rédigées en hiéroglyphes, à tout le moins le Pentateuque, officiellement traduit par Esdras un siècle plus tôt au retour de la captivité à Babylone, mais que cette traduction présentait à leurs yeux quelques sérieuses lacunes... Et puis, peut-être que s'enfermer dans le plus grand phare du monde connu pour être « éclairé », ça n'était pas une si mauvaise idée, après tout ?...

Quoi qu'il en soit, au temps du jeune Jésus il y avait encore là, à Alexandrie, les meilleurs maîtres d'école rabbinique au monde. Et c'est là que le futur Messie fit ses études. Inutile de préciser que l'enfant avait une certaine précocité... Un « surdoué », dirions-nous aujourd'hui. Selon moi, ce petit génie absorba très vite non seulement les saintes écritures judaïques, mais la totalité des autres, et il en conçut très probablement une certaine synthèse... Toujours est-il que, lorsqu'il revint en Judée à douze ans, il étonna les Docteurs de la Loi tant par l'étendue de ses connaissances que par la pertinence et la sagesse de ses réponses.

Mais après ?... De douze à trente ans ?... Comment le sieur Jésus a-t-il meublé ce second trou dans sa future biographie ?

— Il aura étudié, encore et encore, et peut-être voyagé ?...

— ...et étudié, et voyagé... et étudié, et voyagé... Quoi de plus logique ? Certains prétendent qu'il serait venu étudier chez les druides de Grande-Bretagne, notamment à Glastonbury où une légende persistante veut que Joseph d'Arimathie ait débarqué plus tard, et où se situera également la légende du roi Arthur... Il ne put évidemment manquer de se rendre au sanctuaire de Stonehenge, à une soixantaine de kilomètres, qui, depuis des millénaires avait une réputation comparable à celle de notre Lourdes actuelle... Jésus serait même allé jusqu'en Inde et dans l'Himalaya où il aurait eu contact avec le Bouddhisme, lequel avait déjà à l'époque plus de cinq siècles de sagesse à offrir au monde... Tout est possible puisque c'est une partie de sa vie dont on ignore tout et qui dura tout de même 18 ans.

— Mais ce n'est qu'une hypothèse...

— Oui, ce n'est qu'une « hypothèse », comme tu dis, mais que rien ne réfute !... Au contraire, la logique l'impose : tout homme se destinant à régner sur ses semblables se devait – et se devrait encore, mais surtout Lui avec l'exemple du Grand Alexandre sous les yeux –, de connaître le monde en voyageant un minimum. Et c'est très certainement ce que fit le Galiléen.

Par ailleurs, un autre émigré, un cousin de Jésus de quelques mois son aîné mais d'un caractère bien plus vif et emporté, avait également fait ses études en Égypte. C'était Jean, le futur Baptiste, sujet brillant lui aussi mais clairement instruit chez les Esséniens qui eux-mêmes entretenaient depuis des siècles une importante communauté sur le Nil, et pas seulement à Alexandrie puisque l'origine de leur communauté remonterait à Héliopolis, cité de la Lumière par excellence au temps des pharaons Amenhotep III et son fils Akhénaton, et encore à Memphis et Karnak, célèbre pour ses alignements, et je te fais remarquer en passant qu'il existe aussi un Carnac en Bretagne, avec de mystérieux alignements tout près de Sainte-Anne d'Auray... Or, les Esséniens, on le sait aujourd'hui, avaient une conception très particulière de la « vie éternelle ». En fait ils croyaient davantage à la « Re-Naissance » éternelle qu'à une résurrection définitive dans un paradis céleste. La nuance est d'importance, car ce n'était pas très éloigné de la métempsychose prônée par l'École Pythagoricienne de la Grèce antique, elle-même très voisine de la réincarnation du Bouddhisme tibétain, alors que la notion de Vie Éternelle au Paradis propagée par le Christianisme se rapproche davantage du Nirvāna des Bouddhistes ayant atteint « l'état d'Éveil », un état que précisément Jésus au Golgotha reprochera à ses disciples de n'avoir pas su garder... Le double sens, toujours !

Jean et Jésus : à eux deux, ils faisaient la paire, comme on dit chez nous. Le politique et le bras armé. L'un, homme de terrain, pragmatique et culotté bien qu'il ne s'habillât que de poils de chameau comme auraient pu le faire nos modernes « hippies » des 70's ; l'autre, toujours habillé de lin blanc comme nos druides, fin politique et profondément mystique et savant. Je dirai même « scientifique », une chose n'excluant pas l'autre à cette époque, et ayant tout assimilé du « Pouvoir de l'Esprit sur la Matière » notamment dans le domaine médical, un savoir qui reste encore entièrement à re-découvrir pour nous...

Une hiérarchie aussi naturelle qu'évidente s'imposa entre eux deux : Jésus serait le « Maître de Justice » dont parlent les Rouleaux de la Mer Morte, et Jean le disciple actif et dévoué qui préparerait le chemin... Mais quel Chemin ?.. S'agissait-il d'imposer une nouvelle religion ?... Ou pire, une nouvelle Église ?... Rien de tout cela. Il s'agissait d'un « retour aux sources » ! Et retourner aux sources c'était reprendre en considération des lois naturelles quelque peu oubliées depuis des siècles au fil des tribulations des tribus juives... celles des ancêtres Chaldéens, Celtes et Égyptiens, bien plus proches de la Nature et de l'Humain que la dialectique de la hiérarchie pharisienne en place à Jérusalem, dans un monde romain écrasé sous une hégémonie technocratique, dirions-nous aujourd'hui, et où la technicité matérialiste insolente, militaire et conquérante de Rome, remplaçait insidieusement l'antique amour de la sagesse (*philo-sophia*) des Grecs.

— Si je te suis bien, les temps changent et les technologies évoluent, mais pas la psychologie ni les mentalités... On retombe toujours dans les mêmes travers...

— Je ne te le fais pas dire !... Mais retournons en Judée des années 30 où la domination politique de Rome se cumulant aux intérêts de la cléricature en place ne permettront pas à nos deux Galiléens de faire aboutir cette révolution spirituelle chez leurs contemporains... et l'on sait comment l'histoire s'est terminée pour l'un comme pour l'autre. Pourtant, ce que l'on sait moins, c'est pourquoi et à la suite de quelle mise en scène... Peut-être même devrais-je dire « mise en Cène »...

— Une « mise en scène », dis-tu ?... Mais de quoi parles-tu ?

— Je parle de l'Homme mort sur la Croix... Est-on bien sûr qu'il y ait vraiment expiré, ainsi qu'on nous l'enseigne ?... Après tout, Jésus était un maître en de nombreuses sciences et notamment en Médecine, spécialité des « Thérapeutes », branche essénienne d'Égypte, autant que spécialité druidique. Contrairement aux usages, on l'aurait crucifié à un moment où, la Pâque juive approchant, il fallut le descendre très vite de son instrument de torture pour le placer immédiatement à l'abri dans un sépulcre neuf – sans risque de pollution par les miasmes d'un quelconque cadavre antérieur –, très proche du lieu du supplice et appartenant comme par hasard à son ami et disciple secret Joseph d'Arimathie qui le fit aussitôt envelopper d'aromates et plantes médicinales, Myrrhe et Aloès, apportées par Nicodème.

L'Aloès est une plante très utilisée encore, qui a la propriété de soulager la douleur et guérir très rapidement les plaies et les brûlures... La Myrrhe de son côté est un anti-infectieux remarquable, un anti-viral, aseptisant et anti-inflammatoire qui a aussi des propriétés anti-spasmodiques et stimulantes...

Autant dire que tout y fut mis en œuvre, non pas pour embaumer un cadavre, mais pour soigner et ramener au plus vite à la vie le corps d'un homme qui avait beaucoup souffert, certes, mais qui n'était pas encore éteint malgré le coup de lance de Longinus...

J'ai dit « malgré » ? J'aurais du dire « grâce à », puisque en crevant la plèvre et en laissant s'écouler le liquide qui commençait à emplir ses poumons, le soldat romain évita à Jésus une horrible mort lente par asphyxie. C'était un procédé très inhabituel. En général, au contraire, pour raccourcir l'agonie et accélérer la mort du supplicié, on lui cassait les jambes afin qu'il ne puisse plus s'appuyer dessus. Or, là, non seulement on ne les lui casse pas, mais on lui donne de l'air !... Et soi-disant pour raison de fête juive, on le redescend au bout de trois heures seulement alors que la plupart des crucifiés mettaient parfois des jours à expirer sur leur poteau d'infamie !...

Joseph d'Arimathie étant un disciple « secret », il pouvait se permettre de réclamer le corps à Pilate, qui ne le lui accorda pourtant qu'après avoir vérifié auprès de son centurion car, nous dit l'Évangile de Marc (15) : « *Pilate s'étonna qu'il fût déjà mort* »....

Ça n'est certainement pas un hasard si la Passion eut lieu à la veille de la Pâque, symbole du renouvellement cosmique et de la « Renaissance » de la nature... Ce n'est certainement pas un hasard non plus si l'événement s'est déroulé bien plus vite que pour n'importe quel autre crucifié.

Alors oui, je dis « mise en scène » !

Il aura incontestablement fallu un sacré courage à Jésus pour s'y prêter car il a réellement souffert, mais il connaissait très certainement les techniques mentales des fakirs hindous pour mépriser la douleur, et le jeu en valait la chandelle, comme on dit...

De plus, il avait parfaitement préparé son coup : Les Évangiles canoniques nous enseignent que Judas amena les soldats jusqu'au Jardin de Gethsémanie et leur désigna Jésus par un baiser resté célèbre, avant que d'aller se pendre sans même dépenser ses trente deniers... Mais ce que ne disent pas clairement ces Évangiles canoniques, c'est que Judas avait été chargé de cette mission par Jésus lui-même !... Dans l'épisode de la Cène, le pain trempé désignant celui qui allait « le trahir » et auquel Jésus dit : « *Va maintenant, et fais vite ce que tu as à faire* », nous est présenté comme la preuve que Judas n'est qu'un beau salaud. Mais il peut très bien s'interpréter autrement. Le sacrifice de l'Agneau de Dieu (fils du Bélier) étant indispensable à marquer l'avènement de la nouvelle ère, il fallait nécessairement que quelqu'un fasse le sale boulot. Mais pas un traître ! Au contraire, quelqu'un de toute confiance !... Et « *Judas Ishkarioth* », autrement dit un sicaire, un de ces intraitables militants de la Liberté, porteur de la terrible « *sicca* » – ce poignard à lame courbe qui ornait en Palestine la ceinture de tout bon patriote – était sans nul doute le meilleur choix possible pour une telle mission... Une mission kamikaze à la manière des martyres palestiniens de notre époque...

Durant toute sa vie publique, Jésus s'évertua à « rester dans les clous » si j'ose dire, non pas ceux de la croix ultime qu'il supporta durant ces trois longues heures, mais ceux des Écritures. Il n'est pas un quidam quelconque qui ferait par hasard ou par la volonté d'une entité supérieure des choses annoncées d'avance par des prophètes... Non non... En vérité, Il fait en sorte de « coller à ces prévisions » dans la volonté délibérée d'être identifié au Messie annoncé... Il s'ingénie à mettre en œuvre les choses telles que prévues dans les Écritures car il sait parfaitement que les « prophéties » n'adviennent que si on les aide un peu... On peut donc s'interroger sur la réalité de ce « destin » messianique qui avait toutefois besoin, pour se vérifier dans les faits, de certains petits coups de pouce du personnage central...

De mon point de vue, donc, Judas n'est pas le traître qu'on veut nous montrer, mais bien le vecteur indispensable à l'accomplissement d'un événement destiné à marquer l'humanité, événement décidé et organisé à l'avance par Celui qui assumera d'en être la victime s'offrant en holocauste, certes, mais avec cependant toutes les précautions médicales voulues pour survivre à ce supplice. Supplice après lequel on ne le reverra plus publiquement, il se cachera même, et ne sera plus reconnu qu'avec difficulté de certains disciples sur le chemin d'Emmaüs.

Voilà ce que j'appelle une « mise en Cène »...

On peut compléter le tableau en soulignant que le tombeau de Joseph d'Arimathie, situé tout près du calvaire, était – c'est bien spécifié dans l'Évangile – un tombeau tout neuf, autrement dit jamais pollué par un autre cadavre, que la Myrrhe arrête les saignements, que l'Aloès facilite la cicatrisation... Il y a encore le fait que le fameux Longinus, ce soldat qui donna un coup de lance au flanc du supplicié – non pour l'achever mais au contraire pour lui éviter d'étouffer – deviendra quelques mois plus tard le premier évêque chrétien d'Anatolie... Sacrée promotion pour un exécuteur, non ?... Tout ça fait irrémédiablement songer à une véritable mise en scène visant à justifier la merveilleuse histoire de Résurrection. Pour moi, il me paraît clair que Jésus n'est pas mort sur la Croix. Il y a souffert, ça oui ! Mais il était encore bien vivant lorsque ses copains l'en ont descendu.

— M'enfin !... Pourquoi un homme sain de corps et d'esprit monterait-il une telle arnaque ? Il faudrait être fou pour souffrir pareillement de manière volontaire !... Même en évitant la mort par un artifice savant et le secours rapide de ses disciples, il a tout de même souffert et pris le risque de mourir vraiment...

— Oui, sans aucun doute, Jésus était un homme courageux. Cependant, un fakir hindou qui se transperce les joues, les bras ou le ventre est-il moins courageux ? C'est tout aussi mystique et tout aussi vain. Mais ça démontre le pouvoir de l'esprit sur la matière, la maîtrise de la douleur, et ça, c'est énorme ! C'est purement philosophique, ça n'a rien de surnaturel, les Yogis font ça régulièrement sans qu'on en fasse pour autant des « fils de Dieu ». Mais entre la collusion de Rome et de l'establishment juif d'un côté, et le Sanhédrin de l'autre, Jésus en son époque avait-il une autre possibilité de créer l'événement pour clamer SA vérité ?... Pas vraiment. Son seul espace de communication, comme on dirait aujourd'hui, était la philosophie et la promesse, ou la révélation, comme tu voudras, de la continuité de la vie au-delà de la mort. Bouddha et d'autres avaient dit ça avant lui. Il l'a juste mieux mis en scène, de manière adaptée à son temps et à son peuple. Car il s'agit bien d'une mise en scène, et en Cène par la même occasion. Judas n'aura fait qu'obéir, que jouer le mauvais rôle qu'on lui a demandé de jouer. Celui du traître, mais... sur ordre !

Au fond, peu importe la mort réelle ou seulement frôlée de Jésus sur la Croix et sa disparition ultérieure dans un anonymat complet. Il est indéniable qu'il aura bel et bien « offert sa souffrance » durant la Passion, et ce fut sans doute plus dur encore que de mourir vraiment.

— Offert, dis-tu, mais offert à qui, si ce n'est à Dieu ?... Et dans quel but ?...

— Mais pour « racheter des péchés du monde » bien sûr !... Il est vrai que cette espèce de comptabilité spirituelle m'a toujours semblé absconse. Elle restera à jamais un pur acte de foi et tout dépend de l'idée qu'on se fait de Dieu... L'essentiel fut que l'événement de cette Pâque-là marquât les esprits à jamais et que, vraie ou fausse, la « Bonne Nouvelle » de la Résurrection se propageât, que l'Humanité prît conscience qu'il existait « une Vie après la Vie » et qu'on y restait comptable des actes commis en celle-ci... Car cette Rédemption n'efface que le « péché originel », le fameux « karma » des orientaux, elle n'efface pas les saloperies que l'on commet en cette vie et qui empoisonnent nos consciences individuelles et collective comme la pollution notre atmosphère... C'est pourquoi, bien que ne croyant plus du tout au catéchisme de mon enfance et pas davantage à quelque institution religieuse que ce soit, Jésus reste cependant pour moi un personnage extraordinaire dont il faut suivre le principal enseignement : « *Aimez-vous les uns les autres* »... J'y ajouterai même, à la manière de François d'Assise : « *Aimez toute la Création, dont vous êtes vous-mêmes partie intégrante* »...

— Soit ! En admettant que tu aies raison et que cette « Résurrection » soit bidonnée... Qu'est-ce que ça change au fond ?

— Ça change tout, car sans elle on n'aurait jamais fondé une nouvelle église ! Mais il se trouve que les gens y ont cru, et on connaît la suite : l'élan était donné et les disciples, tout d'abord conduits par Jacques et surtout

Marie-Madeleine, allaient porter durant les premiers siècles cette « Bonne Nouvelle » aux « Gentils » que nous étions, se faisant fort mal voir des autorités romaines qui considéraient d'un mauvais œil ces pratiques non conformes à celles de l'Empire... Non pas que les romains aient eu du mal à accepter une religion ou un dieu de plus, ils en intégraient déjà tellement, mais ils n'acceptaient pas qu'un dieu unique fasse de l'ombre à leur Auguste local. À l'époque, politique et religion étaient souvent très imbriquées. Certains empereurs vénérés à l'égal des dieux eurent même leurs propres temples dédiés, et c'est bien le monothéisme qui leur posait problème... Puisque l'empereur était un dieu, il leur était difficile d'entendre : « *Rend à César ce qui est à César et à Dieu ce qui est à Dieu* »... C'eût été de la laïcité avant l'heure dans un monde encore dirigé par des ploutocrates inavoués !

Des centaines, puis très vite des milliers de ces nouveaux adeptes firent donc les frais des Jeux du Cirque romains, ce qui n'empêcha pas la jeune secte de répandre son enseignement dans tout l'Empire avec une étonnante facilité, particulièrement chez les Grecs jusqu'en Syrie, chez les Coptes d'Égypte et chez les Celtes qui, comme les mages chaldéens, attendaient eux aussi du changement d'ère astrologique un renouveau spirituel dans lequel la Nativité trouva tout naturellement sa place. En signe d'accomplissement, l'antique représentation d'une femme prégnante au joli ventre arrondi devint la « Vierge à l'Enfant »... Fils du Taureau, le Veau d'Or avait été détruit par Moïse mille cinq cents ans plus tôt pour se voir remplacer par la religion d'Abraham. Voici que l'Agneau de Dieu clôturant le Bélier venait à son tour mourir aux rivages de l'ère des Poissons... Des poissons que l'on retrouvera bientôt de manière très inattendue dans l'histoire de Jeanne, mais que pour l'instant les tout premiers chrétiens dessinaient surtout dans les catacombes de Rome...

— Jusqu'au moment où, l'Empire se liquéfiant de toutes parts, Constantin jugea qu'il était plus habile et opportun d'instrumentaliser cette nouvelle religion que de la combattre ?... hasarda Jack.

— Exactement ! Avec Constantin d'abord, puis avec Théodose, le Christianisme devint donc « Religion d'État » avec son organigramme administratif[10] et ses Préfets : les Évêques, qui seraient désormais nommés par le pouvoir central romain ou désignés par leur prédécesseur... et à partir de là, tout le Message initial s'est trouvé perverti. L'Évêque de Rome, élevé par le système impérial au-dessus de ses confrères, a pris la main sur les communautés éparses et l'enseignement des chrétiens originels a quasiment disparu devant l'édiction du « Droit Canon » par le Concile de Nicée... Les tout premiers chrétiens n'étaient en fait que des judaïsants quelque peu réformés, ou des « Gentils » adeptes d'un ancien culte à la Création et au Créateur. Mais désormais ceux qui ne suivraient pas le dogme romain seraient déclarés « schismatiques » ou « hérétiques » et pourchassés comme tels. Par la promotion du Paraclet[11], la civilisation occidentale allait changer de paradigme...

---

10 *Encore de nos jours, on peut constater la similitude des limites géographiques des diocèses et celles de l'administration romaine.*
11 *Selon l'interprétation des Évangiles, le Paraclet est l'Esprit-saint « consolateur ». Selon Jésus lui-même, il s'agissait de « l'Esprit de Vérité »... La nuance est subtile...*

Jusqu'en 70 de notre ère, à Jérusalem, Jacques avait tenté de faire bouger le Judaïsme. Ce n'est qu'à partir du constat d'échec, après que la Révolte Juive fût mâtée par Vespasien et Titus, que les prosélytes chrétiens se sont répandus chez les non-juifs, les « Gentils »...

Ah tiens au fait ! Sais-tu ce que signifie ce terme : les « Gentils » ? ou plutôt « *Gentilis* » en latin ?

— Bah, le latin et moi... Je ne sais pas. Les peuples voisins ?... des gens sympathiques et conviviaux ?... Des non-violents ?...

— Tss tss... Ça, c'est le sens moderne, mais, en latin de l'époque, *gentilis* a le même sens que dans le mot « gentilhomme »... Ça signifie littéralement « DE BONNE RACE » !... La consigne était donc donnée d'aller évangéliser les gens « de la bonne race »... Et comme il est clair que ça ne désignait pas les Juifs eux-mêmes, réfractaires à la réforme, ça nous ramène aux Grecs et aux Celtes... et le « Peuple Élu » des fils d'Abraham commença à perdre l'auréole qu'il avait acquise près de deux millénaires plus tôt. La « Connaissance » de Dieu (les secrets de l'Univers) allait désormais être transmise à d'autres et par d'autres...

Après l'Égypte et la Galilée, c'est donc bien en pays celtique, en Gaules, au bon vieux pays de la grand-mère Anne, qu'à partir de là ont débarqué les membres de la Sainte-Famille un beau soir sur les côtes de Roussillon... Là au moins on ne viendrait pas leur chercher misère, car au premier siècle ce n'était pas Rome l'ennemi des disciples de Jésus, pas plus que le peuple juif, mais bien l'institution cléricale régnant à Jérusalem et hostile à la réforme proposée qui lui aurait retiré du pouvoir spirituel sur les consciences de ses ouailles. À preuve, Ponce-Pilate s'est publiquement lavé les mains de la condamnation de Jésus, ce dernier fût-il prétendant au trône de Judée, montrant ostensiblement par ce geste qu'il s'agissait d'une affaire interne ne concernant pas Rome. Le procurateur romain viendra quelques années plus tard prendre sa retraite en Languedoc (appelée alors Narbonnaise) sans qu'on trouve trace de la moindre animosité de la part ou à l'encontre des très nombreux Juifs déjà établis dans la région de Narbonne.

Jack se gratta la tête...

— Voui, voui, voui !... Je vois maintenant à quoi tu voulais en venir... Jésus serait donc d'origine semi-juive par sa lignée davidique et semi-celte par sa mère et sa grand-mère, voire entièrement celte si son père charnel était vraiment ce Judas-le-Gaulonite... Ce qui expliquerait pourquoi la Sainte-Famille est revenue s'installer en Gaules, et pourquoi 2 000 ans plus tard Jean-Paul II serait allé en Bretagne célébrer Anne-Dana ?

— Exactement.

— Pfiou ! Impressionnant ! Mais je dois reconnaître que ça se tient... Pourtant, la cité de cette Dana bretonne – en admettant que ce soit effectivement le nom celte de la grand-mère Anne du sieur Jésus, comme tu dis – en quoi est-elle liée au baptême de Clovis ?

— Elle ne l'est aucunement. C'est bien le point intrigant... Officiellement, ça n'a aucun rapport !... Et c'est ce qui avait piqué ma curiosité lors de cet événement pontifical pourtant si médiatisé... Pourquoi en Bretagne ?

Pourquoi à Sainte-Anne d'Auray ? Et la seule explication suffisamment cohérente pour justifier le choix de ce lieu nous oblige à considérer que, malgré ses dénégations, le Vatican sait exactement à quoi s'en tenir sur l'hypothèse génétique de la véritable lignée de Jésus... Ce qui donne raison aux auteurs qui soutiennent cette idée de lignée cachée, le « San-Graal » (ou « Sang-Real ») transmis aux descendants par Marie-Magdeleine.

— Alors, les Dan Brown et autres Baigent seraient dans le vrai ?...

— Oui, je ne cesse de te le dire ! Sauf qu'ils ne sont pas allés assez loin dans leurs déductions. Chercher en aval du couple Jésus/Marie-Magdeleine, c'était bien, et ça explique certaines choses par rapport aux rois de France, mais ça ne fait que rendre plus mystérieuse la raison pour laquelle cette lignée soi-disant divine se devait de régner sur la France... En réalité il fallait aussi aller gratter EN AMONT de cette filiation pour comprendre la raison de ce choix des Gaules, devenues la France en tant que « Fille aînée de l'Église »... Mais outre le fait que, pour épouser Clothilde, Clovis se soit cru obligé de répudier sa première femme (franque rhénane et mère de Thierry), il y a un autre détail qui me chiffonne beaucoup à propos de sa conversion...

— Lequel ?

— C'est l'histoire du « Vase de Soissons ».

— On a finalement identifié celui qui l'avait cassé, ce fameux vase ?... ironisa Jack.

— Oui. Et à son tour, au champ de Mars, Clovis lui a cassé la tête, répliqua Johan. Mais blague à part, cette histoire qu'on raconte aux enfants dès le cours préparatoire m'a longtemps chatouillé les synapses. D'après toi, combien de gens ont cassé des vases depuis mille cinq cents ans, et pourquoi était-ce si important de retenir précisément ce haut fait d'armes de Clovis ?... Là aussi, le fait qu'on nous fasse retenir une anecdote aussi futile qu'un bris de vase est un signal d'alarme. C'est d'autant plus intrigant que Clovis ayant récupéré le vase en question, l'a rendu à l'évêque de Reims, et qu'à la fin de sa vie ce dernier l'a fait fondre !... Tu m'a bien entendu ? Il l'a fait « fondre » !... L'objet n'était donc pas « cassé ». Au pire, il était cabossé. Car on ne fait pas fondre de la terre cuite ou de la pierre. On fait fondre du métal. De l'étain, de l'argent ou de l'or. Et pour fabriquer un vase en métal précieux c'est que le contenu devait être encore bien plus important que le contenant...

— Ça me paraît une déduction juste. Mais encore...

— La belle légende officielle du baptême de Clovis nous fait assister à l'arrivée d'une colombe apportant la « Sainte-Ampoule »... Son contenu entrera dans la fabrication du Saint-Chrême dont on oindra à l'avenir tous les rois de France... Ce baume, composé parait-il des larmes et du sang du Christ et rapporté d'Orient par Joseph d'Arimathie n'aurait-il pas été le « contenu » en question ?...

— Évidemment, ça expliquerait la grosse colère de Clovis envers son soldat ignorant. Ce contenu aurait donc eu des propriétés essentielles qu'aucun autre onguent de remplacement n'eût possédé ?...

— Tout le secret est là ! Car il s'agit apparemment d'une substance extraordinaire qui se régénère toute seule ! On en use depuis quinze siècles et, malgré les accidents de l'histoire, l'ampoule en contient toujours autant. Comprend qui peut ! C'est scientifiquement inexplicable, sauf à imaginer que l'ADN du Christ contiendrait entre autres un gène « régénérant », ce qui pour le moins révolutionnerait nos connaissances actuelles sur la biologie...

Mais laissons de côté pour l'instant cette spécificité du dit Jésus. Ce qui compte surtout à mes yeux, c'est la véritable réforme basée sur le rapport au cosmique qu'il voulait insuffler dans l'esprit de ses contemporains. Et on comprend alors pourquoi, héritière de cette pensée au travers des Templiers, des alchimistes et de Sion, la France fut au cours de son histoire un creuset philosophique et scientifique d'importance. En tous cas, chaque fois que l'Église ne s'est pas opposée de tout son poids à la divulgation des secrets de l'Univers par les libres-penseurs.

— Comme c'est toujours le cas chez nous où l'on enseigne encore le Créationnisme... compléta Jack. Cependant, je comprends que ce soit une hypothèse séduisante pour un romancier qui veut s'offrir un best-seller sur la Sainte-Famille, mais tout ça nous éloigne beaucoup de Jeanne d'Arc...

— Erreur !... Ça nous en rapproche au contraire !... Et précisément parce que nous allons, là aussi, gratter plus loin que le temps de Jeanne.

— Je comprends de moins en moins...

— C'est pourtant bien simple : Je t'ai dit tout à l'heure que la véritable intention de Jean-le-Baptiste et Jésus était probablement – selon moi, bien sûr – de « revenir aux sources », aux sources gréco-celtiques entre autres, considérant la Nature comme la Mère de toutes choses... la Mère, et non le Père ! Note bien la nuance. D'ailleurs, si en hébreux le nom de Dieu est féminin, nous, nous parlons toujours d'un paternel CREATEUR... Cette notion masculine chez nous tient surtout à la structure de nos langues modernes occidentales et au fait que nous admettions comme postulat que Jésus est « Fils de Dieu » et dieu lui-même, avec le Père et son associé le Saint-Esprit, dans ce qu'on appelle le « Mystère de la Trinité » représenté par l'œil dans un triangle... Pourquoi est-ce un mystère d'ailleurs ?... Parce qu'il nous serait impossible d'imaginer trois personnes en une seule ?... C'est là se faire une bien piètre opinion de nos facultés imaginatives ! En réalité cette Trinité n'est qu'une belle allégorie destinée à nous faire comprendre que tout est dans tout, que l'Univers entier, ses lois et ses forces, la nature des choses stellaires et la nature de l'Homme, tout cela ne fait qu'UN parce que nous avons tous en nous une infime parcelle de cette Force Universelle, et qu'en ce sens nous sommes tous ses « enfants »...

Malgré l'interdiction du Pentateuque de tailler des images de Dieu, étant donné que Jésus a vécu comme n'importe lequel d'entre nous, en homme parmi les hommes, nous n'hésitons pas à faire figurer dans nos églises la représentation de ce soi-disant Fils Unique, et entre autres celle particulièrement masochiste et culpabilisante d'un homme « souffrant pour nous » sur une croix... Ainsi, par dérives successives, après Jésus et tous les saints, nous en venons à l'image d'Épinal d'un Dieu-le-Père comme un gros bonhomme barbu assis sur son nuage... Ce qui est évidemment ridicule et serait gravement irrévérencieux si une telle entité existait ! Si, ce dont je doute pour ma part, une telle entité pensante existait extérieurement à nous, c'est au niveau cosmique qu'il faudrait la rechercher, et ça ne serait évidemment pas représentable en gravure, peinture, ni sculpture !... Ça évoquerait plutôt la « Force » invoquée par Maître Yoda dans « Star Wars »... Tout nous ramène d'ailleurs toujours aux étoiles et à l'Astrologie, à commencer par le calendrier.

Cette « Force », ce « Dieu », les francs-maçons l'appellent « Grand Architecte de l'Univers », nom que lui donna également Calvin à une époque où la Maçonnerie était encore dans les limbes. Les musulmans lui prêtent 99 noms (le 100ᵉ étant secret), et comme les juifs ils ont bien raison de ne pas en tailler d'image, mais pour nous, chrétiens, c'était inéluctable avec un « Fils » fait de chair et d'os. Du coup, au lieu d'approfondir la spiritualité, le rapport à l'universel qu'Il enseignait en son temps, l'affaire a vite tourné à l'idolâtrie d'un « Homme-Dieu » comme en existaient déjà bien d'autres.

En Égypte ou en Grèce, on sculptait les statues des dieux, mais avant le Christianisme, pas plus chez les Celtes que chez les Bouddhistes, aucune représentation figurative n'avait jamais été faite d'un dieu dans l'acception spirituelle où nous l'entendons. Bouddha n'est pas un dieu, c'est un guide. Pharaon ou l'Empereur de Rome avaient certes le statut de dieux (Augustes) ou de « fils de... », et certains eurent même leurs temples dédiés. Mais ils naissaient et mourraient comme tout le monde, sans ressusciter. Et personne ne s'y trompait. Il arriva même qu'on y assassinât de ces dieux-là pour leur donner un remplaçant. Cette notion de « divinité » était donc toute relative...

Chez les Celtes au contraire, la Déesse-Nature n'était pas représentée de manière figurative. Elle était uniquement « symbolisée », sous forme anthropomorphique certes mais impersonnelle et purement allégorique, d'une femme enceinte sans visage, figure de la génitrice et du mystère de la Création. À l'époque, selon les régions, on la nommait Isis, Demeter, Cybèle ou Belisama. Mais quel que fût le nom qu'on lui donnât, elle restait la déesse éternelle de la fécondité régnant sur la nature, les sources et les fontaines... Éternelle ! C'est-à-dire qu'elle ne mourait point, jusqu'à ce qu'on remplaçât son culte par celui rendu à un homme ressuscité. Et je me demande si nous avons vraiment gagné au change...

Cenabum, avant de devenir Orléans, hébergeait un avatar de cette déesse de la Nature portant le doux nom d'Accionnae, et un culte lui était rendu à la Fontaine d'Estives[12] où l'on a récemment retrouvé une mosaïque gallo-romaine à son effigie. Plus tardivement, la femme enceinte sans visage deviendra une mère tenant son enfant sur les genoux, signe d'accomplissement comme je disais, et là, la parenté est frappante avec les Vierges Noires de l'époque templière, la mystérieuse « Notre-Dame-de-sous-la-terre » du vitrail de Chartres, et toutes ces anonymes « Notre-Dame » locales...

— Attends un peu, l'interrompit Jack... Si je te suis, ça veut dire que toutes ces cathédrales et chapelles très chrétiennes dédiées à une Vierge Noire seraient en réalité consacrées à une divinité païenne ?

---

12 *dite aujourd'hui « Fontaine de l'Étuvée »*

— Païenne ?... qui suis-je pour l'affirmer ?... Mais je remarque que ce culte marial s'est propagé à partir de notre grand Saint-Bernard, celui-là même dont je t'ai résumé tout-à-l'heure le caractère prophétique, celui qui avait une si grande connaissance de la culture celtique, païenne et ancestrale, mais qui se permettait pourtant de sermonner des rois et des papes !... La coïncidence chronologique avec cette subite éclosion de Vierges Noires est pour le moins intrigante...

En tous cas, comme nous l'avons vu à propos de la date du 21 Juin et de la Saint-Jean par rapport au calendrier celtique marquant le cycle des saisons, l'Église a dû faire des prouesses pour substituer dans l'esprit de ses ouailles Sainte-Marie-la-mère à toutes ces résurgences paganistes du Féminin Sacré... Pour imposer le Christ, il avait fallu utiliser le calendrier Julien, et plus tard Grégorien mais toujours un calendrier SOLAIRE, réglant le cycle des saisons... Solaire, donc masculin chez nous... Tu me suis ?

— Oui... Avec peine...

— Je dis « chez nous » parce que dans certaines langues, et particulièrement les langues sémitiques, les féminin et masculin ne s'appliquent pas aux mêmes choses : en arabe notamment, LE Lune est du genre masculin et LA Soleil du féminin. Et les musulmans comme les juifs basent leur calendrier sur les lunaisons alors que le nôtre est solaire... Par ailleurs, ne reconnaissant pas Jésus comme « Fils de Dieu » inclus dans une hypothétique « Trinité », mais simplement comme un grand prophète pour ce qui concerne les musulmans – il est carrément zappé dans le Judaïsme – ils n'ont pas basé leur datation à partir de ce petit événement advenu, paraît-il, en Palestine en l'an zéro de notre calendrier bien que passé inaperçu de tous les chroniqueurs romains... Ils ne sont pas davantage embarrassés de la persistance d'anciens cultes païens que de son côté la religion catholique n'est toujours pas parvenue à éradiquer même vingt siècles plus tard. Et comme d'autre part le véritable Nom de Dieu est imprononçable dans l'une ou l'autre religion, ils ne sont pas comme nous préoccupés d'un accord de genre en se demandant si Dieu est masculin ou féminin... « Il » ou « Elle » est Dieu, point-barre ! Comme disent les musulmans « La ilaha illa Allah » : « il n'y a de dieu que Dieu »... On se fout de quel sexe il est !

— Alors, risqua Jack, ce n'est donc pas un hasard si les Français sont parmi les rares peuples au monde à toujours s'interroger sur... « le sexe des anges » ?...

— Ha ha ! Bravo Jack ! C'est un rapprochement que je n'avais pas encore osé... Mais face au Féminin Sacré qui resurgissait avec impudeur de ces puits celtiques comme la Vérité du sien, il a fallu à l'Église se prêter à une gymnastique astronomique, si j'ose dire, et se plier à bien des contorsions théologiques pour imaginer enfin au XIXe siècle la notion « d'Immaculée Conception », enrobant ainsi dans une acception admissible par le dogme un culte « marial » fort dérangeant pour elle depuis le Moyen-Âge...

En effet, même en admettant que toutes ces « Notre-Dames » étaient sensées désigner la maman de Jésus, comment justifier qu'on rendit un culte à une simple mortelle, fût-elle vierge éternelle et mère d'un « Fils de Dieu » par insémination artificielle due à ce bon docteur Gabriel ?...

Comment se passer aussi de tous ces saints intercesseurs garnissant le calendrier pour mieux phagocyter les cycles naturels ?...

Plus grave encore : comment expliquer qu'on donnât à toutes ces maisons de Dieu, les plus diverses au plan géographique mais toujours situées à proximité de sources antiques ou directement au-dessus de puits celtiques, les dédicaces d'indéfinissables « Notre-Dames » toujours miraculeusement trouvées au cours des XIIIe et XIVe siècles et lourdes d'un paganiste qu'elles véhiculent encore ?... Tout cela entretenait la plus grande confusion entre la sainte-mère d'un fils de Dieu et une Marie-Magdeleine largement plus exotique, que l'Église d'alors tenait absolument à faire passer pour une Marie-couche-toi-là...

— Pour la putain de service, dis-le franchement !

— Exactement. La Mère et la Pute. Ça ferait un beau titre de polar, n'est-ce pas ? La Mère, irréfragablement vierge même après son (ou ses) enfantement(s), et la femme écarlate, aussi irrésistiblement ensorceleuse que la fée Morgane des romans arthuriens...

— Excuse-moi de digresser encore, parce que ça n'a évidemment rien à voir avec ce que tu me contes là, mais puisque tu parles des légendes arthuriennes, en tant qu'écrivain j'ai toujours trouvé bizarre aussi le fait que ces romans naissent soudain de nulle part au beau beau milieu du Moyen-Âge... Ce Chrestien de Troyes a vraiment eu un trait de génie ! C'est le Dan Brown de l'époque, non ?

— Hé hé !... Non seulement ta remarque n'est pas dérangeante mais elle est au contraire très pertinente, et le parallèle me paraît assez juste relativement au trouble apporté dans les esprits dévots... Ces textes ne sortent pas de nulle part, Jack, ils content des histoires bien plus anciennes que le Moyen-Âge. Elles sont directement tirées du Celtisme[13], de la légende irlandaise du héros *Cuchulain* et de divers auteurs des Ve, VIe, et XIIe siècles... L'aspect paradoxal de la chose, mais qui ne l'est qu'en première approche, est que l'imprimerie n'étant pas encore inventée ce sont tous ces moines copistes des *scriptoria* de nos monastères bénédictins qui vont permettre au XIIe siècle la diffusion de masse et l'incroyable popularité de ces histoires d'origine païenne. Selon moi, ça ne peut pas être une coïncidence ni une erreur d'évaluation quant à l'impact de ces textes romantiques sur la société féodale...

Ce Chrestien de Troyes, sensé en être l'auteur, est lui aussi bien trop beau pour être entièrement vrai... Tout d'abord le terme de « roman », qui rappelle sans confusion possible les abbayes « romanes » dans lesquelles ont été copiés ces premiers vrais livres reliés qui ne traitassent point de religion ni de chasse... Et puis ce prénom : « Chrestien », que je suspecte de n'être qu'un pseudo transparent... Et la précision « de Troyes » qui en rajoute une

---

13 *Notamment Geoffrey de Monmouth, et un auteur du VIe siècle l'historien de langue latine Jordanes, contant les aventures très comparables d'un certain RIOTAMUS (nom signifiant « roi suprême »). Certains archéologues situent Camelot dans le Sumerset, sur le promontoire de Cadbury à Westcamel, et l'île d'Avalon près du monastère de Glastonbury (où aurait débarqué Joseph d'Arimathie) dont les moines du XIIe siècle ont prétendu avoir trouvé le tombeau de Guenièvre et Arthur (squelette de 2,40m !) Mais sachant que le roi Arthur est venu sur le continent guerroyer contre les Goths, une autre version situe cette « île d'Avalon » à Avallon, France. Ce qui revient à dire que le tombeau du roi Arthur pourrait être dans le Morvan cher à Mitterrand, non loin des Châtillon s/Seine et Bar s/Aube chers à Saint-Bernard.*

couche quand on sait que Troyes fut le berceau du Temple, officiellement porté sur les fonts baptismaux par un concile uniquement composé de Bénédictins et Cisterciens moins de cinquante ans avant que ne sorte le premier « roman » des scriptoria de leurs abbayes. Ne serait-ce point là le modèle d'une « Nouvelle Chevalerie » qu'il s'agissait d'établir ?...

Quant à l'homme lui-même, sensé avoir vécu entre (env.) 1135 et (env.) 1191, on ne sait que fort peu de choses de lui et l'on n'a jamais vu aucune représentation ni peinture de ce trouvère, sensé avoir vécu en chair et en os à la cour de... – quel heureux hasard ! – Marie de Champagne, dont pourtant les portraits de cour ne manquent pas... Mais pour être plus précis, on devrait plutôt parler de la cour de feu Thibaut de Blois son mari, devenu comte de Champagne en 1125 par la grâce de son oncle Hugues qui, après avoir étudié les documents rapportés de Terre-Sainte et offert au futur Saint-Bernard le territoire de Clairvaux, légua son comté de Troyes et son titre à son neveu, afin de retourner à Jérusalem se faire l'un des tout premiers Templiers... Le lien apparaît du coup assez évident entre une chevalerie et l'autre... celle des romans de Chrestien et celle du tonton Hugues...

Par contre, on sait que les « Romans de la Table Ronde » furent écrits à plusieurs mains : dans les derniers paragraphes de *Lancelot ou le Chevalier à la Charette*, inachevé par le soi-disant Chrestien en 1175 alors qu'il en paraîtra d'autres après sous la même signature, il est même précisé le nom du moine qui le termina : Godefroy de Lagny. On sait aussi qu'il fut (ou qu'ils furent) le(s) protégé(s) de Louis VII, ce même roi qui installa entre autres les Templiers et l'Ordre de *Sion* à Orléans...

De là à penser que les Romans de la Table Ronde sont, depuis le début, une œuvre monacale collective et que ce « Chrestien » n'est qu'un pseudo générique porté par plusieurs auteurs, il n'y a pas loin !... une limite que pour ma part je franchirai allègrement à défaut de preuves contraires. D'ailleurs, peu importe que ces « romans » eussent un ou des auteurs. Pour moi, ces légendes arthuriennes ne sont rien d'autre qu'une invention bénédictine à but prosélyte, tirée des traditions celtiques et sans aucun doute destinée à préparer les esprits aux règles nouvelles... C'est une véritable opération de promotion politique pour une « Nouvelle Société ». De la « pub » avant la lettre ! Depuis Grégoire de Tours qui brossa admirablement la saga mérovingienne de manière à flatter le rôle de l'Église, celle-ci excellait dans cette science du marketing.

Et tu noteras qu'on trouve là encore une référence au Dragon : le père d'Arthur qui, dans la « *Prose Lancelot* » prétend être né à Bourges (tiens donc !), a pour nom « Uther Pendragon », c'est-à-dire « fils du Dragon » comme d'autres sont « fils de dieux ». Et les innombrables références aux fées des lacs et fontaines qui émaillent ces récits nous ramènent une fois de plus aux « sources » du Celtisme, aux deux sens du terme... La représentation traditionnelle de cette fabuleuse épée Excalibur, s'enfonçant dans un lac pointée vers le ciel par une main de fée, évoque avec une grande similitude celle qui sera représentée entre deux lys (fleur d'eau) dans les armoiries de Jeanne... Et je ne dirai rien de la légende qui courait de villages en villages bien avant l'émergence de Jeanne à l'histoire, selon laquelle ce serait Merlin qui aurait prédit « *qu'une vierge venue du Bois Chenu chevaucherait contre le dos des archers* »... Les archers sont identifiables aux anglais bien sûr, surtout depuis le désastre d'Azincourt, mais Merlin est le mage celtique par excellence et on sait combien les écossais et les irlandais (des celtes eux aussi) étaient ennemis des Anglais, des saxons non-celtes...

— Au fait ! À qui appartint-elle vraiment cette épée que Jeanne fit chercher spécialement en Touraine ? Il y a polémique à ce sujet...

— C'est exact. La légende dorée voudrait qu'elle appartint à Charles-Martel qui arrêta, paraît-il, une invasion d'arabes à Poitiers... Comme par hasard, des arabes ! Autrement dit des musulmans, engeance haïssable aux yeux de l'Église d'alors et malheureusement encore à ceux de certains extrémistes d'aujourd'hui... Quel symbole si effectivement cette épée avait été celle de Charles-Martel !... Mais c'est évidemment une présentation travestie. L'épée dont usa Charles-Martel en 732 devait être depuis longtemps rouillée et tombée en poussière sept cents ans plus tard, en 1429... J'ai personnellement une toute autre origine à proposer car si cette épée est dite « de Fierbois », c'est parce qu'elle avait été déposée en la chapelle du même nom sur la tombe de Clignet de Breban, à qui Valentine Visconti l'avait offerte après l'assassinat de son mari Louis d'Orléans, qui la tenait lui-même de Bertrand du Guesclin !...

Elle avait donc cinquante ans tout au plus, mais... quel symbole parlant pour les Templiers occultés car son dépôt en ce lieu n'était pas sans justification : la petite bourgade de Sainte-Catherine de Fierbois n'est en effet qu'à une lieue de « L'Île-Bouchard », place templière reprise aux anglais cinquante ans plus tôt, Beaucent en tête, par le 28e Grand-Maitre du Temple qui s'appelait alors... Bertrand du Guesclin[14] !

— Du Guesclin, Grand-Maître du Temple ?... Voilà qui est nouveau ! D'où sors-tu cela, Johan ? Le Temple n'existait plus au temps de du Guesclin !

— Oh ! ce n'est pas nouveau du tout, et je ne sors pas cela de mon sac à malice, j'ai les moyens de le prouver, je te le démontrerai tout-à-l'heure... Mais procédons par ordre et revenons à cette affaire de culte du Féminin Sacré...

Aux XVe siècle et suivants, l'Église nia autant qu'elle put cet aspect celtique et paganiste des Vierges Noires. Depuis l'abolition du Temple en 1312 et à plus forte raison à l'époque de Jeanne cent ans plus tard, il n'était plus question de laisser à quiconque la plus mince chance d'identifier ces « N.D. » à une autre qu'à « Marie la Grande »... Zappée la Marie-Magdeleine repoussée aux portes de l'Enfer !... finies les Dana, les Isis, ou les Belisama !... terminées les fées et autres « Dames » des lacs ou des fontaines !... La réitération du dogme était en cours et malgré toutes ses représentations de pierre subsistant aux cathédrales et chapelles templières comme autant d'étranges gargouilles crachant les eaux du ciel, le Dragon cessa d'être !... L'Inquisition, inventée au XIIIe siècle pour éradiquer les Cathares, prenait toute sa mesure maintenant que le Temple était aboli. Et cette « révolution culturelle » médiévale allait durer des siècles, sans jamais vraiment parvenir à éradiquer les vieilles croyances car au fond des

---

14 *Voir en notes annexes la note sur Bertrand du Guesclin.*

campagnes, et jusqu'aux débuts de l'ère industrielle, les paysans invoqueront toujours leurs superstitions locales, et pour le moindre puits creusé dans un champ feront appel aux sourciers et sourcières locaux...

— Tu veux dire sorciers et sorcières ?...

— Non non ! Le mot originel est bien « soUrcier », avec un beau U en forme de puits. Le sourcier est celui qui détecte les sources ou cours d'eaux souterrains au moyen de la baguette ou du pendule... Note bien cela aussi : la dérive sémantique du mot « sorcier » est caractéristique de cette « chasse aux sourciers » qui va durer 700 ans ! Ces gens très proches de la nature et généralement herborisant – il existe encore de nos jours de nombreux adeptes dans nos campagnes – sont dotés d'une hypersensibilité aux courants telluriques ou autres énergies éthériques. Une sensibilité rationnellement inexplicable, certes, mais dont les résultats sont statistiquement impressionnants, au point que certains sont employés par la police dans des enquêtes sur des personnes disparues. Ces facultés leur permettent notamment de déceler les failles et autres discontinuités géomagnétiques dans la croûte terrestre, précisément là où se trouve l'eau... Ce talent particulier reste un mystère en l'état actuel de la science, mais il est bien réel et mis en pratique encore tous les jours. Il arrive que cette hypersensibilité permette aussi à ces sourciers de percevoir d'autres signaux et parfois en déduire (ou prédire ?) d'autres choses, d'ordinaire imperceptibles au simple mortel... Pourtant, contrairement à ce qu'on croit, ça n'a rien de magique, et ce n'est pas seulement un don inné qu'on pourrait avoir ou pas. Cela peut aussi « s'apprendre » et se développer... Et bien qu'en fin de compte elle ne fût condamnée que comme relaps pour le port réitéré de ses habits d'hommes auxquels elle avait renoncé, de quoi les Anglais ou la Sorbonne auraient-ils voulu accuser Jeanne et quelle ineptie ont propagé jusqu'à nos jours les manuels scolaires du siècle dernier ?...

— D'avoir été brûlée comme « sorcière » ?... En effet, c'est une curieuse coïncidence...

— Coïncidence... Coïncidence... C'est vite dit !... En tous cas, l'aventure de la petite Bernadette Soubirous à Lourdes en 1858 tombera à pic pour relancer le concept de « L'Immaculée Conception »... Un coup de génie en termes de récupération : L'eau miraculeuse de Lourdes ne l'était plus par le privilège d'incertaines Vierges Noires ni de sulfureux sorciers, mais par l'intercession directe de la « Reine du Ciel »... Génial, non ?... En bonne logique, cette dernière ne peut être que l'épouse du fameux « Roi du Ciel » évoqué par Jeanne d'Arc, mais on passera ça sous silence, trop gênant encore au XIXe siècle... Changement de terminologie, changement de sens : Reine du Ciel, ça vous a une autre gueule, avouons-le !... Enfin on avait trouvé le moyen de contrer la terrible épidémie des « Notre-Dames » datant des Templiers... Rends-toi compte !... Des gens qui crachaient sur le crucifix... Quelle engeance, vraiment ! Il fallait que le pape Innocent II fût fou pour leur avoir accordé tant d'autonomie jusqu'à les laisser ordonner leurs propres chapelains !...

— Les Templiers ordonnaient leurs propres prêtres ?

— Oui, par privilège spécial du pape accordé à cet Ordre. Incroyable non ? Il n'y eut ensuite que les Jésuites a obtenir ce privilège mais bien plus tardivement, et tout récemment l'Opus Dei. Les Templiers devaient avoir de sacrées bonnes raisons à faire valoir pour obtenir du Vatican de se mettre ainsi à l'écart du Catholicisme ordinaire... Discrètement toutefois... car très peu de leur contemporains ont osé le faire remarquer. Et je suis à peu près convaincu que c'est précisément à cause d'un culte particulier qu'il rendaient à Marie-Magdeleine... Ça n'était pas par hasard, ni par dévotion particulière envers une disciple maltraitée par l'Église, mais tout simplement parce qu'ils avaient une conception non pas dogmatique mais gnostique de la religion. Tu connais la différence entre les deux termes ?...

— Pas vraiment...

— En gros, le Dogmatisme, s'appuyant sur les seuls évangiles canoniques, est basé sur la Foi du charbonnier : tu dois « croire » et obéir à ce que l'Église t'enseigne et basta !... Tandis que le Gnosticisme, tiré des évangiles apocryphes écartés par le Concile de Trente, est basé sur le Savoir et la Connaissance... Sans développer ici une thèse au sujet des évangiles de Philippe ou de Marie-Magdeleine, retrouvés à notre époque en Égypte mais inconnus des Templiers en la leur, le seul des quatre évangiles canoniques qui se rapproche le plus des apocryphes est comme par hasard celui de Jean, que les Templiers et les Cathares retiendront comme livre de référence... Pourtant, ils devaient savoir des choses, car dans l'Évangile selon Marie-Magdeleine, retrouvé à Nag-Hammadi en 1945, on se rend compte qu'elle fut très loin de la prostituée que l'Église en avait faite. En vérité elle était la principale des disciples, on pourrait même dire l'adjointe remplaçant le Maître Jésus lorsque celui-ci était absent, en répondant à sa place aux questions des autres disciples masculins... C'est dire son importance dans la communauté des tous premiers chrétiens. C'était sans doute très choquant à une époque où la classe des prêtres de Jérusalem et la gent masculine se considéraient intellectuellement très supérieures aux femmes et plus tard, l'Église, incontestablement machiste depuis St-Augustin, fera de Magdeleine le prototype de la pécheresse... Mais ce machisme n'est sans doute pas la seule raison. En effet, la philosophie développée par ces évangiles apocryphes, et celui de Marie-Magdeleine en particulier, relevait davantage de la Gnose que du dogmatisme imposé par Rome... Une Gnose qui sentait son petit parfum de paganisme en privilégiant la recherche de vérités universelles plutôt que la Foi aveugle en une institution impérialiste... Il fallait donc absolument écarter cette gêneuse du panorama et c'est le pape Grégoire Ier, au VIᵉ siècle, qui s'en chargea.

Depuis, les divers conciles n'avaient fait que confirmer cette déchéance de la première disciple du Maître. C'est seulement depuis Vatican II et surtout Jean-Paul II que l'Église, presque contrainte et forcée, est revenue sur cette idée fausse que Marie-Magdeleine eût pu être une femme de mauvaise vie... Cependant, elle est encore très loin d'admettre l'idée qu'elle fût l'épouse de Jésus. Trop de choses seraient remises en question par ce simple aveu... En réalité, s'appelant Myriam elle aussi, et non pas Maria comme le laisse croire une trompeuse traduction latine, il y a de fortes chances qu'elle fut une princesse de sang, car « *Myriam* » n'est pas seulement un prénom ! En langues sémitiques il signifie aussi « Princesse », et on peut donc supposer que Marie-Magdeleine ou plus exactement Myriam-Magdalena n'était pas un prénom composé mais un titre. Il n'existait d'ailleurs pas de prénoms composés comme aujourd'hui. « Jean-Baptiste » était Jean LE baptiste, celui qui faisait profession de purifier les hommes en les plongeant dans l'eau du Jourdain. Et *Myriam-Magdalena*, très loin d'être la dernière des dernières, était en réalité Princesse de la cité de Magdala, petite cité de pêcheurs sur les bords du lac de Tibériade. En Galilée évidemment... D'où l'on pourrait présumer une ascendance celte pour elle aussi !

Dans une telle condition sociale, il n'était pas scandaleux qu'elle épousât Jésus, galiléen lui-même et prince lui aussi, puisque descendant officiellement de David au moins par une branche, et qui se devait d'être marié pour accéder au statut de « rabbi »... Nul doute qu'il épousa une femme de haut rang, probablement riche, et surtout ralliée à sa conception spirituelle de l'Universalisme.

Les noces eurent lieu à Cana, en Galilée toujours, et ce furent évidemment les leurs !...

Pourquoi un simple invité se mêlerait-il de changer l'Eau en Vin pour réapprovisionner les convives d'un mariage qui ne serait pas le sien ?... Ce serait faire injure à l'hôte. Hôte que l'Évangile de Jean – le seul à relater ce miracle – se garde bien de nommer autrement que « le marié »... Évidemment que c'est le marié ! Et c'est clairement un grand mariage avec un tas d'invités de haut rang, pourquoi ne pas le dire ?... De toute évidence là encore il y a eu interpolation.

Et quoi de plus normal que toute cette sacrée famille se réunisse régulièrement à Bethanie ?... « *Beth* » signifiant « maison », Beth-Annie c'était tout simplement la « Maison d'Anne », c'est-à-dire rien moins que la maison de la grand-mère !... la villa familiale, en somme ! Celle où, encore aujourd'hui, toute famille normalement constituée se réunit pour les fêtes, les deuils et autres événements familiaux... Ce qui explique au passage que l'époux de Marthe, l'oncle Lazare, en léthargie et considéré comme mort, fut enseveli dans le caveau du jardin familial !

Jack émit un petit sifflement d'admiration :

— Jolie démonstration !... Je dois reconnaître que je ne trouve aucun argument pour contrer ce raisonnement, fort peu catholique, et c'est peu dire, mais incontestablement cohérent...

— Merci. Et voilà comment on est passé, en à peine deux mille ans, du Celtisme au Christianisme en passant par le Judaïsme, puis revenus à un Celtisme déguisé à l'époque des Templiers après leur séjour en Orient...

— Si j'ai bien suivi, tu prétends donc que les Templiers auraient redécouvert sur place une « religion des sources » ?...

Johan éclata de rire.

— Religion des sources ?... Manon Manon ! aurait dit Pagnol... Ha ! Ha ! Bah, ne cherche pas, c'est un *joke* très *frenchie*, tu ne peux pas comprendre... Non, ce n'est pas exactement ce que je voulais dire, mais le jeu de mots est intéressant car en effet ce « retour aux sources originelles », au sens métaphorique, pourrait bien aussi concerner, et au sens propre cette fois, le pouvoir de l'eau...

Outre que le signe des Poissons fût un signe d'Eau, et que le tout premier miracle de Jésus s'exerçât sur des jarres d'eau transmutée en vin, n'oublions pas en effet que pour « purifier » les adeptes Jean-le-Baptiste baignait directement et entièrement les impétrants dans le Jourdain comme l'on fait encore dans la piscine de Lourdes avec des malades de toutes sortes...

— Et le tout premier miracle de Lourdes, avec tous ces malades trempés l'un après l'autre dans la même piscine, est bien qu'il ne s'y produise jamais aucune contagion !...

— Assurément ! Mais ce n'est pas spécifique au domaine chrétien de notre « Immaculée Conception », car ce même miracle se reproduit régulièrement sur les rives du Gange et ailleurs, où l'on révère pourtant d'autres divinités... À moins que ça ne soit les mêmes sous d'autres noms ?... Car enfin, il y a bien des choses insensées en ce monde, considérées comme miraculeuses parce qu'elles ne s'expliquent pas par la Science ou que celle-ci n'a jamais cherché à expliquer : par exemple, excuse la trivialité du sujet mais pour qu'une eau soit considérée comme « potable » selon nos normes occidentales, la limite tolérable de coliformes fécaux ne doit pas dépasser 50 unités par volume de 100 ml. Or, sur les bords du Gange, à Bénarès, on en relève jusqu'à 40 000 unités ! Et pourtant, depuis 3 000 ans et plus, des milliers de pèlerins se baignent et boivent chaque jour dans une eau à laquelle on continue de confier directement les cadavres des femmes enceintes et des nouveaux-nés, considérés comme purs, ainsi que les cendres des innombrables corps incinérés chaque jour sur ses rives afin de purifier les voyageurs en partance vers l'au-delà... sans qu'il s'y propageât pour autant la moindre épidémie de diphtérie ou dysenterie ! Chez les autochtones du moins, parce que je ne conseille à aucun occidental d'en boire !... Il y a obligatoirement une raison à ce miracle-là, mais laquelle ?... On vient seulement de découvrir ces dernières années que les eaux froides du fleuve sacré, descendant du « Toit du Monde » en bouillonnant dans de multiples chutes, étaient particulièrement riches en oxygène. Ce qui pourrait expliquer la dégradation rapide de sa population bactérienne. C'est en effet une hypothèse mais qui reste très aléatoire, et quand bien même ce serait la bonne explication, comment les indiens des millénaires passés le savaient-ils ? On ne peut que constater les résultats, jamais en apporter une explication rationnelle. Et pourtant ces phénomènes sont toujours liés à l'eau... à l'eau « vive » pour être plus précis. C'est-à-dire celle des fleuves, des sources, des lacs ou des fontaines. Jamais à l'eau stagnante des mares ou des étangs.

— Hey !... C'est juste ! Je n'y avais jamais songé sous cet angle...

— Je te le dis, Jack. Il faut regarder les choses « en creux », le plus apparent est rarement l'essentiel. Tout comme pour les manuscrits interpolés au moyen-âge par des armées de moines copistes, ce qui importe n'est pas l'enluminure, aussi jolie soit-elle. L'important c'est précisément ce qu'ils ont effacé, gommé, gratté ou caché du texte original pour réaliser leur copie conforme au dogme.

— Évidemment... Encore faut-il pouvoir accéder aux manuscrits originaux pour comparer ! Ils ne courent pas les rues ni les bibliothèques ! Les documents les plus anciens remontent au moyen-âge, on n'en trouve guère avant...

— C'est un fait. Parce que l'Imprimerie n'existait pas encore, ou du moins Gutenberg ne l'avait-il pas encore industrialisée. Les « copistes » étaient tous des clercs dépendant d'abbayes, et du même coup les parchemins disponibles ayant, par chance, échappé au réemploi ou aux autodafés de l'Inquisition, sont presque tous suspects d'interpolations. C'est bien dommage que Gutenberg ne soit pas né cinq ou six siècles avant ! Il nous aurait imprimé bien plus de sources authentiques que celles encore exploitables aujourd'hui, et nous aurions pu découvrir d'autres documents confortant celui de ton amie Françoise.

— Ah ! N'exagérons rien. Ce pauvre Gutenberg... Il fallait d'abord que le principe de l'imprimerie existât avant qu'il eut l'idée de ces caractères assemblables...

— Lui ou un autre auraient pu avoir cette idée cinq siècles plus tôt[15]... L'Église imprimait bien déjà ses images pieuses sous Clovis !

— Imprimait, as-tu dit ?... Tu prétends que l'Église « imprimait » à cette époque reculée ?

— Bien sûr ! Et même avant ! Le procédé d'impression par xylographie nous a été apporté en même temps que le collier de cheval par des envahisseurs : les fameux Huns d'Attila, repoussés à Orléans grâce à l'orage de trois jours déclenché par notre cher Saint-Aignan ! C'était un procédé qu'ils avaient eux-mêmes appris en Chine des siècles avant que de venir envahir nos plaines d'Europe... Et sais-tu à quoi ils s'en servaient ?

— Ma foi non, je donne ma langue au chat !

— Eh bien, comme tous les soldats du monde de tous temps, ils jouaient aux cartes lorsqu'ils étaient au repos. À l'époque, de fines lamelles de bois imprimées de diverses figures de couleurs. Mais comme ces cartes s'usaient, il fallait les remplacer. Ils avaient donc apporté avec eux la technique pour les imprimer, la xylographie qu'on trouve encore chez les Tibétains pour les livres sacrés : on sculpte en bloc la totalité du texte et des images sur une planchette de bois qu'on passe ensuite au rouleau encreur... L'Église s'empara aussitôt du procédé pour ses images pieuses mais, même si quelque clerc a jamais pensé à utiliser le procédé pour écrire des textes, elle s'est bien gardée de démocratiser ce savoir-faire. Trop dangereux de répandre l'éducation parmi les brebis. Quand elles se mettent à penser par elles-mêmes, on perd son pouvoir sur leurs consciences ! Vois le résultat aujourd'hui avec Internet !... L'éducation comme l'information sont des cadeaux trop précieux pour être distribués sans contrôle. Il aura fallu attendre Charlemagne pour qu'une écriture cursive, la caroline, facilitât l'apprentissage de l'écriture, puis la Renaissance pour la grande diffusion par l'imprimerie. Mais jusqu'à l'an mil, toute instruction passait par le filtre de l'Église. C'est seulement à partir des Croisades que la littérature s'est vraiment démocratisée, notamment par les trouvères, les troubadours occitans et leurs contacts avec l'Islam d'Espagne, puis avec le Moyen-Orient.

---

15 *Cinq siècles avant Gutemberg, les chinois avaient déjà inventé l'imprimerie par idéogrammes assemblables.*

Jusque là, jusqu'au Moyen-âge à quelques exceptions près, seuls les nobles avaient accès à l'éducation, et encore était-ce un moyen de les « formater »...

— À propos de Moyen-Âge, tu me parlais de ces Grands-Maîtres qui se faisaient appeler « Jean » ou « Jeanne »... C'était qui, ces gens là ?

— C'est là que ça devient intéressant. Ces gens-là, ces « Jeans » là pourrait-on dire, ces *Janus*, étaient les Grands-Maîtres de Sion, le vrai, l'original, l'Ordre fondé par Godefroi de Bouillon à Jérusalem en 1099. Selon les désormais célèbres *Dossiers Secrets*, *Sion* se serait séparé de l'Ordre du Temple, son bras armé, à Gisors en 1188, alors que jusque là ils partageaient les mêmes Grands-Maîtres successifs auxquels se réfèrent des romanciers comme Dan Brown pour son *Da Vinci Code*. Il est d'ailleurs étrange que, dans un autre bouquin[16] de ce même auteur parlant des *Illuminati*, secte officiellement disparue au XVIe siècle mais dont parlent encore de nombreuses pages d'Internet comme d'une réalité de notre époque, il nomme *Janus* le mystérieux commanditaire d'une série de meurtres symboliques liés au sempiternel conflit entre l'Église et la Science. La Science de l'époque, c'est-à-dire la Société Savante aussi bien en Mathématiques, Physique ou Médecine, qu'en Astrologie ou en Alchimie.

Je ne saurais dire quant à moi s'il y a un lien entre *Sion* et les *Illuminati*. J'en doute un peu car leurs buts étaient résolument divergents, mais la probabilité est grande qu'il y ait eu ponctuellement certains contacts entre ces divers mouvements qui avaient en commun d'autres « savoirs » que ceux distillés par l'Église... Comme par hasard, on trouve des noms comme Nicolas Flamel, Léonard de Vinci, Michel Nostradamus ou encore plus tard Isaac Newton, Robert Flud, dans la liste des Jeans (ou *Janus*) de Sion, et ce sont tous des « savants » en leur époque. Pourtant les deux organisations ne sont pas à confondre car les *Illuminati* correspondraient plutôt à une secte scientiste réfutant toute idée d'équilibre écologique, tandis que selon moi *Sion* aurait eu pour but principal de protéger un savoir antique lié à la Nature au travers de la filiation du Saint-Graal. En tous cas, les uns comme les autres avaient une conception du monde très divergente du dogme officiel de Rome et étaient très loin du Créationnisme toujours enseigné de nos jours chez les bigots.

Bien sûr, déposés seulement en 1964 à la Bibliothèque Nationale de France (cote « 4° 1m 249 »), ces Dossiers Secrets restent suspects aux yeux des historiens sans pourtant que ces derniers n'apportent aucune preuve contraire les réfutant. Ils ne peuvent qu'en nier toute valeur historique par pure défiance envers une origine qui leur échappe. Ils n'y font donc jamais référence et, avec un ostensible dédain, évitent de s'appuyer sur les informations qu'ils contiennent. Moyennant quoi ils passent très probablement à coté de vérités édifiantes... Sans doute préfèrent-ils passer à côté que passer pour des empiriques ? Ça les regarde. Je considère pour ma part qu'une bonne partie de ces Dossiers Secrets est plausible, car les renseignements qu'ils donnent sont recoupés par nombre d'autres documents... On sait par exemple, que cet Ordre de *Sion* fut installé à Orléans en 1154 par Louis VII le Jeune en l'église Saint-Samson, église disparue de nos jours mais qui se trouvait précisément sous nos pieds, à

---

16 *« Anges & Démons » de Dan Brown, éd. Pocket Books, div. Simon & Shuster inc. New-York*

cette place où nous marchons, dénommée aujourd'hui « Place de la République »... Et de cela au moins, on trouve la trace dans les archives locales sans nécessité de recourir aux fameux Dossiers Secrets, ce qui confirme au moins partiellement la véracité de ces derniers... Note en passant qu'en dehors de son siège à Orléans, *Sion* disposait aussi d'une petite trentaine de commanderies, les principales se trouvant à Bourges, Gisors, Jarnac, Paris, et au Mont Saint-Michel.

Après la Coupe de l'Orme à Gisors et la séparation entre les Templiers et *Sion*, l'Ordre prendra par la suite le nom de « *Sion-Ormus* », et si le Temple a été officiellement aboli cent ans avant l'arrivée de Jeanne, on peut être assuré que le très secret *Sion-Ormus* existait encore à son époque, et qu'il exerçait même une influence très importante. Il n'y a d'ailleurs aucune preuve qu'il se soit éteint depuis et n'ait pas subsisté jusque beaucoup plus tard, survivant à la Révolution Française et sans doute même jusqu'à maintenant, quel que soit son nom actuel...

— C'est passionnant votre Histoire de France ! Mais hormis ce nom mythique de Janus, symboliquement pris pour titre numéroté par les Nautoniers successifs, quel lien Jeanne la petite bergère lorraine aurait-elle bien pu avoir avec ces « Jeans-là » ?... À l'époque, il devait y avoir des dizaines de milliers de personnes en France qui s'appelaient Jean ou Jeanne...

— C'est vrai. À commencer par le demi-frère de Jeanne, Jean-le-Bâtard, dit aussi « le beau Dunois ». À cette différence près qu'ordinairement les nobles ou même les rois usaient de leur propre nom de baptême, pas d'un titre numéroté autre que leur prénom originel comme font les papes ! C'est tout de même très différent, car un titre de cette sorte implique une puissance sur un Ordre ou Institution quelconque...

Quant à notre Jeanne, tu as tort de l'appeler la « bergère lorraine »... D'abord elle n'était pas bergère, et de plus elle n'était pas lorraine ! Elle était en fait barroise, car en 1429 Domrémy dépendait du duché de Bar, à la limite de la Lorraine mais territoire appartenant à René, roi de Naples-Sicile et comte d'Anjou, et pas au duc de Lorraine ni non plus au roi de France. Si on opte pour sa légende, elle était donc tout sauf lorraine ou française !

Jack sursauta :

— Jeanne d'Arc !... Pas française ?!!!

— Non, mon cher Jack, pas française... Sauf évidemment si l'on considère qu'elle est en vérité née à Paris, ce qui en fait effectivement une française, mais si l'on n'en doit croire que sa légende officielle, née à Domrémy elle serait barroise...

Il est d'autant plus étonnant que certains mouvements d'extrême-droite nationaliste se soient par la suite emparés de son image lorsqu'on sait qu'en fin de compte c'est une « étrangère » qui aurait sauvé la France !... Selon eux, une Lorraine, soit, mais une Lorraine de revanchard, une Lorraine de 14/18 sanctifiée en 1920... sachant que la paroisse de Domrémy dépendait de l'évêché de Trèves, c'est oublier un peu vite qu'à son époque à elle, ça en faisait presque une Allemande !... Tout ça me fait vraiment rire !

Quant à son patronyme « d'Arc », si l'on en croit la belle histoire brodée après les faits, Jeanne aurait été officiellement la fille de Jacques d'Arc et d'Isabelle Romée... Mais en réalité, pour une toute autre raison dont je parlerai tout-à-l'heure, et si toutefois « d'Arc » fût jamais l'attribut de son père putatif, il ne sera employé pour Jeanne et pour la première fois que vingt-cinq ans après sa mort supposée... Selon Régine Pernoud, ancienne directrice du Centre Jeanne d'Arc d'Orléans qui s'est taillé comme historienne une incontestable réputation littéraire, il n'est même pas certain que son soi-disant père se soit appelé « d'Arc ». L'auteure donne d'autres éventualités, comme DART ou TARD, qui auraient été déformées par la suite. Dans l'acte d'anoblissement de Jeanne proclamé par Charles VII à Romorantin, elle est appelée DAY[17] et il donne du « du Lys » à sa famille d'adoption... On n'imagine pas que le notaire se soit trompé sur le nom de la personne ! Une faute d'orthographe dans le texte, passe encore, mais pas dans le nom propre de l'intéressée !... Il n'est donc pas exclu que ce soit là aussi après coup qu'on ait étendu au père le nom « d'Arc » attribué à Jeanne vingt-cinq ans après sa mort supposée...

Jack ne releva pas. Il paraissait effondré :

— Alors comme ça, Jeanne n'était pas française ?... Ça alors ! Je n'en reviens pas !

— Il faut t'en remettre, Jack ! Voyons ! Tu es toi-même américain et ce n'est pas si terrible ! plaisanta Johan. Dans le cas de Jeanne, c'est même très instructif !...

— Instructif ? Comment ça ?...

— Comme je viens de te le dire, Domrémy dépendait de René d'Anjou, anciennement seigneur de Guise devenu duc de Bar, ultérieurement roi de Naples car descendant du roi de Sicile son ancêtre – lequel avait accordé l'hospitalité au Pape en Avignon, territoire indépendant et étranger au Royaume de France au temps de Philippe le Bel –.

René d'Anjou était également roi d'Aragon et enfin, malgré la perte effective de la Terre-Sainte, roi titulaire de Jérusalem... C'est à ce dernier titre d'ailleurs qu'il se devait de faire figurer dans ses armoiries la Croix à double traverse, donnée à leurs débuts aux Templiers comme tout premier emblème par le patriarche orthodoxe de la Ville Sainte, Gormond de Picquigny. C'est cette même croix qu'on appellera des siècles plus tard la « Croix de Lorraine », bien à tort puisque c'était en fait la « Croix de Bar »... On pourrait même dire la « Croix Deux Barres » ou « Deux BARS »... Coïncidence encore, dira-t-on, que ce blason du duché de Bar représentât deux poissons (deux Bars), signe qui fut – comme par hasard ! – le symbole des premiers chrétiens à l'aube de l'ère astrologique des Poissons, signe double succédant, ainsi que je le disais tout-à-l'heure, au signe du Bélier quand le Christ présenté comme « l'Agneau de Dieu » marque précisément la fin de cette ère astrologique... Paradoxalement ceci n'empêchera pas l'Église d'interdire aux fidèles la pratique de l'Astrologie, considérée comme pratique de sorcières !

---

17 *L'original du « Journal du Siège » donne par ailleurs le nom de « Jacques DAIX » au père adoptif de Jeanne.*

Devant une telle accumulation d'arguments, Jack restait quasiment sans voix.

— Étrange, en effet... Et donc, ce duché aux deux poissons appartenait à René d'Anjou, le beau-frère du dauphin Charles ?...

Johan s'interrompit un instant. Réservant son effet, levant la main dans un geste visant à apaiser l'impatience de Jack, il sortit lentement de sa poche une liste fraîchement imprimée qu'il montra à Jack :

— Lui-même... Et... regarde... Oh ! Ça alors ! Quelle curieuse coïncidence encore !... en ce même XVe siècle qui trouve-t-on respectivement aux 9e et 10e places de la liste des « Jeans », Grands-Maîtres de *Sion*[18] ?... Je te le donne en mille ?... René d'Anjou ! Jusqu'en 1480. Mais ce n'est pas tout : en effet en 1393 un certain Ferri Ier, fils du duc de Lorraine et de Sophie de Wurtemberg, aurait fondé à Vaudémont un autre ordre de Notre-Dame de *Sion*. En 1445 son petit-fils Ferri II épousera Yolande, la fille de René. À l'occasion de ce mariage, les deux ordres furent fondus, et après René d'Anjou ce sera Yolande de Bar, sa fille, qui prendra le titre de Nautonier !

— Hum... la fameuse liste[19] des « Jean » et des « Jeanne » ?... En effet, c'est sidérant !

— Plus encore que tu ne le penses... Vois un peu ! Bien que précisément il fût aussi astrologue, on pourrait s'étonner d'y trouver au 8e rang l'alchimiste Nicolas Flamel, juste avant René d'Anjou et Yolande de Bar, mais depuis « Jean II » (l'originel Grand-Maître Jean de Gisors en 1188) il y a eu aussi une autre femme : Marie de Saint-Clair[20] surnommée « la Grande Maîtresse », un Guillaume de Gisors, un Édouard de Bar, et encore une femme : Jeanne de Bar, puis à nouveau un Saint-Clair, et une troisième femme, Blanche d'Évreux, qui fut la protectrice de Nicolas Flamel dont la légende lui fait curieusement trouver le secret de la fabrication de l'or alchimique un 17 Janvier...

Après René d'Anjou et sa fille qui épousa le seigneur de Sion-Vaudémont en Lorraine, suivent Botticelli, Léonard de Vinci, Charles de Bourbon, Ferdinand de Gonzague, Nostradamus, Charles de Guise, etc... Mais depuis le début et jusqu'à l'époque de Jeanne d'Arc, ça fait beaucoup de « Bar » dans l'affaire, de gros poissons si j'ose dire, et une remarquable parité des sexes chez ces Grands-Maîtres de *Sion* qui tous se font appeler « Jean » ou « Jeanne », francisation du *Janus* latin...

Vue d'aujourd'hui, une telle parité des sexes peut paraître fort étonnante dans un ordre de chevalerie médiéval qu'on aurait volontiers taxé, à tort sans doute, de rassembler un tas de gaillards plutôt machos... Eh bien non !... *Sion* reconnaissait visiblement autant de talent politique ou militaire, et philosophique sans doute aussi, aux femmes qu'aux hommes... Étonnant, non ?

— Tu veux dire que toutes ces femmes : Marie de Saint-Clair, Jeanne de Bar ou Blanche d'Évreux pouvaient commander aux Templiers aussi bien que des hommes ?... C'est vraiment surprenant.

---

18 *Voir extraits des « Dossiers Secrets » en notes annexes.*
19 *Liste complète donnée en notes annexes.*
20 *Voir en notes annexes la famille Sainclair*

— Parfaitement ! Au même titre que leurs mâles prédécesseurs et successeurs, elles détenaient le Bâton de Commandement[21]... Bon, je t'accorde que cette liste est contestée car elle fait partie de ces fameux Dossiers Secrets dont le dépôt aux archives de Paris par un inconnu sous le pseudo de Henri Lobineau ne laisse pas d'intriguer les historiens. Mais si falsification il y eut, ce qui n'est en rien démontré, celle-ci n'a probablement porté que sur le nom du dernier prétendant au titre, le fameux Pierre Plantard qui défraya la chronique dans l'affaire de Rennes-le-Château, pas sur la liste des Nautoniers antérieure au XIXe siècle. On peut donc la considérer comme valable à l'époque de Jeanne. D'autant que ce n'est pas la seule piste...

— Quoi ? Ce n'est donc pas fini ?

— Oh, que nenni !... L'histoire de France, et particulièrement la Délivrance d'Orléans, sont des affaires de famille, et je ne saurais mieux dire en l'occurrence comme tu vas le voir... Je t'ai dit que je n'avais pas dormi beaucoup, tant ta proposition m'avait excité. J'ai fouillé mes archives et ressorti mes notes...

Johan sortit alors de sa poche une nouvelle feuille imprimée : une liste de noms et de dates... La conservant un instant par devers lui, il prit tout son temps pour poser sa question :

— Tu sais sans doute que les « Bourguignons » étaient alliés aux anglais et que les « Armagnacs » se battaient du côté français pour le dauphin Charles... Mais que signifient exactement ces termes ?... Pour les « Bourguignons », c'est facile... ce sont ?...

— Les partisans du duc de Bourgogne ?... risqua Jack.

— Excellente réponse du candidat Jack ! Tu gagnes le droit de rejouer... Il s'agissait en effet des partisans de Jean-sans-Peur, duc de Bourgogne et commanditaire de l'assassinat de Louis d'Orléans à la porte de l'Hôtel Barbette en 1407. Ce cousin germain et prétendant au trône fut assassiné à son tour à Melun sur ordre du dauphin Charles, croit-on, l'année précédant l'émergence de Jeanne à l'Histoire... Mais en face, voici maintenant la question qui tue : Qui étaient les « Armagnacs » ?...

— Je suppose que c'est la même chose dans le camp opposé ?... En réalité, j'avoue que je ne sais pas...

— Ne cherche pas, tu ne trouveras pas ! La plupart des gens pensent effectivement qu'il y avait dans le camp français un quelconque duc ou comte d'Armagnac pour faire le pendant... Eh bien Non ! Ou plutôt si, il y avait bien des Armagnacs, mais pas simplement de grands seigneurs locaux, quels que fussent leurs titres nobiliaires, ni le moins du monde des prétendants au trône tels que le Bourguignon... Ces Armagnacs là étaient rien moins que les numéros 29, 30, et 31 de la *Charte de Larmenius*... Autrement dit les 29, 30 et 31es Grands-Maîtres du Temple occulté depuis 1312 !

---

21 *Ressemblant beaucoup à ce qu'on appellera plus tard un Bâton de Maréchal. Or, des témoins de l'époque ont rapporté que Jeanne promenait à la main une sorte de petite hachette plus symbolique que dangereuse, dont le manche pourrait bien avoir été ce « bâton de commandement ».*

Leurs noms respectifs étaient Jean d'Armagnac dit aussi Jean le Bossu, et Bernard VII d'Armagnac, qui fut aussi Connétable de Charles VI, et enfin Jean IV d'Armagnac, lequel tenait ce magistère depuis déjà dix ans au moment de l'irruption de Jeanne sur la scène de l'Histoire... J'ajouterai que sa fille Marie d'Armagnac épousera huit ans plus tard le cousin de Charles VII pour lequel Jeanne d'Arc avait un faible, le jeune duc Jean d'Alençon.

Ce qui revient à dire, lorsque l'on parle du soutien des « Armagnacs » au « petit roi de Bourges », que l'on devrait en réalité parler du soutien des TEMPLIERS au dauphin ! Bien que ça ne suffise pas à faire toute la lumière, remplace le mot « Armagnacs » par le mot « Templiers », et tu auras déjà une bonne partie de l'explication du mystère de Jeanne !

— Ça éclaire les faits d'un nouveau jour, en effet ! Mais pourquoi cacherait-on cette vérité ?

— Mais parce que les Templiers ont officiellement disparu de France depuis sept cents ans ! Et que depuis cet événement, pourtant déjà lointain, l'Église et le Pouvoir royal ont tout fait pour en effacer la mémoire de tous les manuels scolaires !... Les XIIe et XIIIe siècles sont une période qu'encore au début des années 80 on passait entièrement sous silence ! À peine si l'on faisait une rapide allusion au bûcher de Jacques de Molay. Il aura fallu que la magistrale œuvre de Maurice Druon, publiée à partir de 1955, fasse l'objet d'une série télévisée[22] pour que les français soient un tant soit peu informés de cette formidable époque. Avant cela, on passait directement de la « grande peur de l'An Mil » et d'un haut Moyen-Âge soi-disant misérable à la Renaissance et François Ier. Exit la « petite Renaissance », zappé le Temple ! Même dans les manuels de l'École Laïque et Républicaine, statu quo exige !... Alors, tu penses bien, dans les écoles religieuses qui eurent le monopole de l'éducation bien après la Révolution Française et jusqu'à Jules Ferry...

Mais je te disais tout-à-l'heure que j'avais de quoi prouver mes dires... Regarde encore : juste devant ces Armagnacs, en 28e position sur cette liste, on trouve... Qui trouve-t-on ?... Allez ! je te laisse le découvrir...

Jack jeta un coup d'œil au papier.

— Bertrand du Guesclin !... C'est incroyable ! Mais d'où tiens-tu ça ? C'est quoi cette fameuse *Charte de Larménius*[23] ? Qu'est-ce que ça vaut exactement ?

— Encore un document dérangeant, mis à l'écart des références considérées comme « sérieuses » mais dont l'authenticité ne fait à mes yeux aucun doute... Il a fait son apparition à l'époque de Napoléon entre les mains d'un certain Bernard-Raymond Fabré-Palaprat. Cette *Charte de Larménius* fut validée par un savant curé exceptionnel, historien, philosophe et astronome, et soupçonné même d'être un brin alchimiste : l'Abbé Grégoire, chanoine de Bourges – Encore Bourges ! Si si, ça a son importance, tu verras pourquoi tout à l'heure... –. On assure qu'avant de mourir sur le bûcher de l'île aux Juifs en lançant sa fameuse malédiction, le Grand-Maître du Temple Jacques de Molay fit venir dans sa cellule son

---

22 *« Les Rois Maudits », par Marcel Jullian en 1972 puis par Josée Dayan en 2005*
23 *Liste de Larmenius donnée en notes annexes.*

neveu, le jeune Guichard[24] de Beaujeu[25], et lui fit part de ses dernières volontés : suite à l'abolition du Temple en France, il transmettait sa charge au Commandeur de Jérusalem, un certain Larmenius. Et c'est pour cette raison qu'on donna son nom à cette liste qui s'étend donc de 1312 à 1808, date de sa révélation publique par le Maître Franc-maçon Fabré-Palaprat...

Et pour couper court aux accusations d'amalgames dont certains ne manqueront pas de me taxer, je précise qu'à l'époque de Napoléon, ce Fabré-Palaprat ne pouvait pas savoir qu'un Lobineau déposerait des Dossiers Secrets à la Bibliothèque Nationale deux siècles plus tard, et donc que le croisement de ces deux sources d'origine bien distinctes m'amène à valider leurs informations respectives. De plus, cette révélation de la survivance du Temple ne s'est pas faite en catimini ni dans n'importe quelles conditions. Elle s'est faite au grand jour, et je dirai avec une certaine pompe officielle, puisque Bonaparte lui-même mobilisa sa garde pour assister en Mars 1808 à la cérémonie spécialement organisée pour cette résurgence à... Notre-Dame de Paris !

Notre Napoléon ne validait pas n'importe quoi, outre les sources dues à ses origines familiales[26], il disposait d'un sérieux service de renseignement. De plus, il avait fait déménager manu-militari de l'île de Malte l'Ordre des Hospitaliers, héritier matériel du Temple par dévolution. Nul doute qu'il y avait fait son enquête et qu'il bénéficiait de sources indiscutables. On peut donc être assuré que ce Fabré-Palaprat n'est pas un manipulateur comme certains qu'on a connus récemment, mais que le Temple, tel le Phénix, a bel et bien resurgi de ses cendres sous Napoléon Ier...

D'aucuns vont jusqu'à prétendre que la Révolution Française participa de ses œuvres, qu'en tout cas le Temple avait inspiré la Franc-maçonnerie des Lumières et que, lorsqu'on guillotina Louis XVI sur la place de la Révolution (aujourd'hui « de la Concorde ») quelqu'un s'écria dans la foule : « *Jacques de Molay, tu es vengé !* ».

Autre chose étrange : la Convention qui vota la Mort du roi et à laquelle participa son propre cousin Philippe, duc d'Orléans, eut lieu quelques jours avant... un *17 janvier* !... le 17 Janvier 1793...

Coïncidences encore ? C'est ce même Napoléon Ier qui fit transformer l'ancienne église de La Madeleine à la manière d'un temple antique alors que cette église, remplaçant déjà une chapelle du XIIIᵉ siècle au même endroit, était dédicacée à Sainte-Marie-Magdeleine, Sainte-Marthe et Saint-Lazare, tous trois membres de la Sainte-Famille : l'épouse supposée, la tante et l'oncle de Jésus. N'est-ce pas étonnant ?... Surtout lorsque l'on se souvient que notre Napoléon est l'un des rares personnages de l'histoire à avoir jamais eu accès complet aux caves du Vatican !...

Par ailleurs, c'est son neveu Napoléon III, féru d'histoire et passionné d'histoire celte entre autres[27], qui fera dresser par le sculpteur Emmanuel Frémiet une statue de Jeanne d'Arc sur la Place des Pyramides... Jeanne et les Pyramides... Surprenante rencontre anachronique, n'est-ce pas ?... à la

---

24 *Guichard ou François, on ne sait pas bien.*
25 *Le château des Beaujeu est situé à Gien, sur la Loire, à une soixantaine de kilomètres en amont d'Orléans.*
26 *Voir explications en notes annexes sur l'origine des Bonaparte.*

réflexion, elle ne l'est pas tant que ça car de surcroît, sur commande du même Napoléon III, après la statue de Jeanne, ce même Emmanuel Frémiet en fera aussi une de... Louis d'Orléans !... et c'est encore lui qui fera la splendide statue dorée de l'archange Saint-Michel qui rayonnera jusqu'à nos jours au sommet de la flèche de l'Abbaye du même nom, là où précisément existe encore une « Salle des Chevaliers » et où le culte est entretenu de nos jours par une certaine « *fraternité monastique de Jérusalem* » !... L'histoire vous prend parfois de ces raccourcis !...

— Arrête, tu m'étourdis, Johan ! C'est hallucinant tous ces indices... Si je t'ai bien compris, ça voudrait donc dire que les Templiers, occultés mais toujours là à l'époque de Jeanne, auraient combattu pour le dauphin Charles sous les ordres de la Pucelle et que vos Napoléons successifs étaient au courant ?

— Absolument ! Mais c'est bien plus fin que cela... Le Temple – certes occulté, mais seulement en France ne l'oublie pas –, avait été le « bras armé » de l'Ordre de *Sion* jusqu'à la « Coupure de l'Orme de Gisors » en 1188... Là, les deux ordres s'étaient séparés pour suivre chacun un destin différent. Pourtant, à partir de 1420 au moins, mais sans doute déjà depuis du Guesclin, sous Charles V cinquante ans plus tôt, il apparaît clairement maintenant que pour « *bouter l'anglois hors de France* » les deux ordres frères s'étaient rapprochés à nouveau... Quand en 1429 Jeanne surgit de Domrémy comme un diable de sa boîte, les Templiers dirigés par trois « Armagnacs » successifs depuis du Guesclin se comptent donc parmi les partisans du jeune Charles de Ponthieu, le dauphin. Mais l'Ordre occulté étant invisible, il manque une « figure de proue » pour redonner courage au peuple... On va la lui donner avec « Jeanne la Pucelle ».

C'est bien *Sion* qui organise les choses en amont puisque, ainsi que les Dossiers secrets nous l'apprennent, le Grand-Maître de *Sion* élu en 1418 sous le nom de « Jean VI » (il le restera jusqu'à sa mort en 1480) n'est autre que René d'Anjou, le beau-frère du dauphin !... Certains auteurs ont cru devoir attribuer un rôle très important à sa mère, Yolande d'Aragon, mais c'est une erreur : le véritable pivot de l'affaire, c'est René d'Anjou et avant lui[28] le régent, son oncle Louis, Cardinal de Bar... Depuis le mariage de René avec Isabelle de Lorraine, le duché de Bar est sa propriété personnelle et c'est précisément en ce duché de Bar qu'a été cachée une décennie plus tôt la jeune sœur du dauphin, la princesse Jeanne, ou peut-être Claude, laquelle en 1420 n'est alors âgée que de 11 ou 12 ans. Ça laisse 9 à 10 ans pour éduquer la jeune Jeanne et l'initier en vue de sa future mission... et tout s'y prête :

La Lorraine et le Bar ne faisant pas partie du royaume de Philippe-le-Bel un siècle plus tôt, les Templiers n'y ont pas été capturés. Si on n'en voit plus y porter le « blanc mantel » frappé de la célèbre croix rouge à l'épaule – car à l'exception de ceux du Portugal et d'Aragon, les Templiers survivants

---

27 *C'est Napoléon III qui fit rechercher le site originel d'Alésia à Alise-sainte-Reine. Ses archéologues se trompèrent d'endroit d'ailleurs, et nombre de chercheurs aujourd'hui le situent plutôt dans le Jura, du côté de Chaux-des-Crotenay, mais aucune fouille n'y a jamais été organisée pour confirmer.*

28 *René n'avait que 12 ans lorsqu'on le maria en 1420 ! On doit donc supposer que c'est sa mère ou son oncle qui menèrent les tractations portant sur l'échange des comtés de Bar et de Guise.*

ont été amalgamés aux Hospitaliers, devenus Malte plus tard –, il n'en reste pas moins que les environs de Vaucouleurs sont encore largement émaillés de commanderies et de châtellenies locales imprégnées de culture templière... Dans un rayon de vingt-cinq à trente kilomètres autour de Domrémy, on ne trouve pas moins d'une dizaine de ces « commanderies » ou « Maisons » telles que : Norroy, Rugney, Ambacourt, Virecourt, Libdo, Couvertpuis, Barzeville-sur-Meuse, Nancy, Dagonville, Toul, Massereville, Marbotte, Minorville, Noirlieu, Berlan, Possesse, Ruetz, Donjon-les-Wassy... Et un peu plus loin : Dampierre-au-Temple, La Malmaison (qu'adoptera Napoléon pour résidence), Mancourt, Metz, Gélucourt, Doncourt-les-Templiers, Avilliers, Vic-sur-Seille, Lunéville, Épinal, et j'en passe... C'est sans doute l'une des plus fortes concentrations de traces templières avec celle des environs de Rennes-le-Château dans le Languedoc.

D'autre part, avec une logique implacable, on compte autant ou presque de chapelles et d'églises dédiées à « Notre-Dame », sans oublier la grande abbaye cistercienne dénommée « Trois-Fontaines »... Encore un rapport à l'eau... C'est bien évidemment le cas à Domrémy, coupé en deux par le ruisseau des « Trois-Fontaines » délimitant la frontière entre Bar et Champagne, et où l'on trouve alors une « N.D. de Bermont » dans laquelle trône, comme par hasard, une Vierge Noire... Mais, comble du paganisme !... on y trouve aussi un arbre, plusieurs fois centenaire et peut-être plus vieux encore, appelé « Loge aux Dames », qu'on peut interpréter comme un « arbre aux fées » typiquement celtique, donc païen, sous lequel jeunes gens et jeunes filles de la région s'en viennent danser chaque printemps, le dimanche de *Laetare Jérusalem*, localement renommé « dimanche des Fontaines » car le lieu était proche d'une Fontaine-des-Groseilliers... Encore une référence à l'eau !

Comme tu vois, Jack, l'environnement de Jeanne sentait bougrement le paganisme...

Jack semblait noyé sous le flot de paroles de Johan, et terrassé par le poids des arguments.

— Pfiouu ! Que d'eau, que d'eau ! Tu m'as saoulé avec cette eau là, Johan !... C'est une histoire franchement incroyable !... Mais d'où tires-tu tout cela, cette histoire d'arbre aux fées, cette Notre-Dame de Bermont dont je n'ai jamais entendu parler ?...

— Facile !... Des minutes du « Procès en Révision » de 1456. Elles sont publiques. On les trouve en copie sur le site Internet de l'Abbaye de Saint-Benoît sur Loire. Tout le monde peut s'y connecter, il suffit d'avoir un accès à Internet et de savoir lire... Mais surtout de savoir lire « entre les lignes »...

— Mais pourquoi personne, aucun historien, aucun chercheur, n'a-t-il jamais fait état de toutes ces bizarreries ?

— Est-ce que je sais, moi ?... Sans doute parce que les gens ne sont pas assez curieux pour collationner et rapprocher tous ces indices, ou bien qu'ils n'ont pas le temps, ou encore qu'ils s'en foutent ?... De nombreux écrivains, et des plus grands, se sont intéressés à Jeanne. De Voltaire à Michelet en passant par Quicherat, Le Brun, Caze, Charles Péguy, ou encore Henri Martin qui en faisait une Celte, passant ainsi pas loin de la vérité, et quantité d'autres moins connus ont commis des livres sur « le mystère de Jeanne ». Certains pour l'encenser, d'autres pour la descendre en flammes, si j'ose dire... L'un des derniers en date, prudemment paru sous la mention « roman », était l'excellent bouquin de Michel de Grèce, membre peu éloigné de la famille royale de France, donc à priori plutôt bien renseigné. Pourtant, il se trompe lui aussi lorsqu'il prétend que Jeanne aurait « *été choisie pour devenir l'arme secrète de l'Église de France en lutte contre la papauté de Rome* »... Qu'elle ait été choisie, ça ne fait aucun doute, mais ce n'est pas « l'Église de France » qui joue contre Rome en cette affaire !... sauf bien sûr, si l'aristocrate discret qui tient la plume cache derrière cette appellation une organisation qui n'a rien d'une « église »... Sa curieuse invention d'un mystérieux « *Épiphane* » laisse supposer qu'il connaît la vérité sur *Sion* en rapport à la date qui sert de signature à l'Ordre, mais qu'il n'ose pas l'étaler publiquement dans un livre. Serait-ce une forme de trahison si cette révélation advenait par un membre de la famille royale ?... On peut se poser la question. En tous cas, ce bouquin mérite d'être lu « entre les lignes » lui aussi. Mais l'auteur le plus énigmatique fut à mon avis Grasset d'Orcet, mort en 1900, descendant par sa mère d'un des derniers princes mérovingiens. Il s'attacha à décrypter avec plus ou moins de succès plusieurs mystères de l'histoire en constatant que de nombreuses pièces officielles seraient « codées » selon un procédé qu'il appelait la science du grimoire... Si ses conclusions sur Jeanne, « *Les collaborateurs de Jeanne d'Arc* » parues en 1884 dans la « Nouvelle Revue » me paraissent fausses également, j'avoue que la méthode employée pour décrypter cette étrange épopée relève d'une véritable enquête à la Sherlock Holmes et ne manque ni de passion ni d'intérêt. Dans son explication on retrouve également l'étendard templier, le Beaucent, qu'il attribue à une sorte de franc-maçonnerie charbonnière[29] représentant les paysans de France, c'est-à-dire le petit peuple qu'on appellerait aujourd'hui « la France d'en bas », et qui aurait chargé Jeanne d'offrir au dauphin un soutien financier populaire en échange d'une égalité de voix au Tiers-État dans les débats des États Généraux. J'avoue que l'idée m'a séduit. Son portrait de Jeanne en fait en quelque sorte « la pionnière de la Démocratie ». Ce qui est sans doute vrai, mais pour de fausses raisons, car Grasset d'Orcet ne disposait pas alors de tous les éléments, et notamment ni des *Dossiers Secrets* ni de la *Charte de Larménius* dont nous disposons aujourd'hui. Il a donc interprété au mieux le mystère Jeanne d'Arc en introduisant cette pseudo-maçonnerie paysanne qui pouvait fort bien avoir repris à son compte les valeurs du Temple. L'action de l'un n'empêchant pas celle de l'autre, au contraire, car il fait également de Jeanne le héraut aux couleurs du Beaucent : le noir et blanc.

Plus récemment, il y a eu le bouquin de deux journalistes lorrains qui a bénéficié d'un certain buzz sur le Net et même d'une émission spéciale sur la chaîne Arte intitulée « *Vraie Jeanne Fausse Jeanne* » à propos de laquelle les historiens locaux interviewés se sont bien vite défendus d'en avaliser les thèses... C'est une tentative de plus, qui, tout en remettant en cause l'aspect miraculeux de l'épopée johannique, reste malgré tout d'un grand classicisme et laisse dans l'ombre de nombreux faits inexpliqués. Sans élucidation réelle du mystère, l'impact nécessaire à la prise de conscience du fait qu'on ait

---

29 *Équivalent des Carbonari italiens qui aideront plus tard Garibaldi.*

manipulé les Français durant des siècles, tant à droite qu'à gauche, est manqué là aussi...

À ma connaissance aucun auteur n'est allé jusqu'à découvrir ce lien entre Jeanne et les Templiers, et encore moins avec l'ordre de Sion, deux sujets quasiment tabous !... Aucun chercheur n'est jamais allé fouiller assez loin ni avec suffisamment de hauteur de vue et de largeur d'esprit, pour comprendre la totalité du « phénomène Jeanne d'Arc » !... La plupart d'entre eux se contentent d'évoquer prudemment et de manière hypothétique sa « possible » ascendance royale et le fait que les d'Arc n'étaient pas de simples laboureurs... Dire qu'elle n'est certainement pas morte sur le bûcher, mais dans son lit en mai 1449 sous le nom de Claude des Armoises et en laissant deux fils à son mari, est réservé aux plus audacieux. Mais aucun de ces intrépides explorateurs d'archives n'apporte vraiment d'explication à l'intrigue de pouvoir qui s'est tramée autour d'elle, organisant de bout en bout son émergence sur la scène de l'Histoire, et encore moins à sa tragique soustraction de cette même scène au baisser du rideau... Car, crois-en mon expérience de dramaturge, toute mise en scène digne de ce nom comporte évidemment un « Baisser de Rideau », obligatoirement précédé d'un dernier acte en apothéose... Et là, le supplice du bûcher à Rouen est incontestablement une réussite du genre !... *Finito il spettacolo* ! Circulez, il n'y a plus rien à voir !... Et pour en être bien sûr, on ira jusqu'à faire incinérer une seconde fois les cendres pour qu'il n'en reste rien !... Sait-on jamais ?... Des fois qu'un improbable et anachronique alchimiste aille prématurément étudier ces restes humains ?... Ou qu'un prophète ait prévu les futures possibilités d'analyse d'ADN ?...

Cependant... on ne fait pas brûler impunément une princesse de sang, surtout de Sang-Real !... Sa personne est sacrée pour tous les initiés, tant anglais que français ou militaires que religieux. Si Rome, où règne Martin V (pape qu'on pourrait dire gibelin puisqu'il a été élu en 1415 avec l'assentiment de l'Empereur d'Autriche au Concile de Constance), regarde Jeanne avec sympathie ou du moins avec indifférence, il en va tout autrement de l'anti-pape guelfe Clément VIII siégeant à Avignon et dont Pierre Cauchon est le légat. Cependant, Cauchon est évêque certes, mais en ce temps-là un évêque est surtout un érudit féru de Droit romain plus qu'un missionnaire de Dieu, et il se trouve très embarrassé de ces divergences pontificales... À près de soixante ans, juriste, docteur de l'Université de Paris, Cauchon est aussi un politique. Il a participé en personne au Concile de Constance en 1415 qui a élu Martin V pour tenter de mettre fin au grand schisme, et il a longtemps hésité entre Armagnacs et Bourguignons, se rangeant généralement du côté du plus fort du moment comme ses confrères de la Sorbonne. Toujours soucieux de préserver l'avenir (le sien évidemment) et désireux de ménager la chèvre et le chou, il se résout donc à faire disparaître le « personnage » de La Pucelle sans toucher un cheveu de l'acteur... L'essentiel est de faire disparaître le symbole : on l'escamotera aux yeux du peuple, ostensiblement, spectaculairement, tandis qu'on fera discrètement sortir l'artiste de scène par la petite porte de derrière, comme dans une « Grande Illusion » de magicien... Après tout, l'essentiel, c'est que le public y croie, n'est-ce pas ?... Deux ans plus tôt, au début du spectacle, c'était exactement sur le ressort psychologique inverse que l'entrée en scène de la Pucelle avait dynamisé les foules et redonné un moral d'acier aux français, tout en terrifiant les troupes anglaises.

Cette fois, en faisant disparaître publiquement l'héroïne, on mettait un terme à la pièce, mais il n'était pas nécessaire de tuer vraiment l'héroïne pour ça. Pas Elle ! Pas la descendante de Jésus, la lignée du Saint-Graal ! Qui pouvait savoir comment évoluerait la situation ? Mieux valait garder une carte dans sa manche... C'était un coup gagnant sur tous les tableaux. Et à ce spectacle, magistralement réglé par Pierre Cauchon dans le rôle du metteur en scène, tout le monde croira durant quatre ans.

Hormis pour sorcellerie ou hérésie – inculpations auxquelles, au grand dam des anglais, Jeanne échappa grâce à son exceptionnelle maîtrise de la rhétorique –, l'Inquisition ne condamnait pas à mort l'accusé qui faisait amende honorable. Et devant la menace du bûcher pour la seule inculpation retenue du port d'habits d'homme, fatiguée qu'elle était car à peine remise d'un bien opportun empoisonnement alimentaire survenu la veille, Jeanne a effectivement fait amende honorable ce 24 Mai 1431 dans ce petit cimetière de Saint-Ouen... Oh, certes, du bout des lèvres, mais le vêtement masculin vaut-il qu'on sacrifie sa vie ? À l'évidence non. Il en eut été autrement si on avait voulu lui faire renier ses voix, mais le madré évêque avait fort bien alambiqué ses questions, de sorte qu'elle pût y répondre de façon ambiguë mais satisfaisante pour que l'Église ne perdît point la face, et il avait rapidement évacué l'éventualité de la torture. « Qu'est-ce que ça donnerait de plus ?... », avait-il demandé.

Cauchon lui tend aussitôt et lui fait répéter les six à huit lignes de la cédule d'abjuration qu'il a préparée à l'avance, puis l'oblige, parait-il, à signer le document. Ce qu'elle aurait fait d'une simple croix alors qu'elle savait parfaitement écrire et signer de son prénom, mais sans doute n'a-t-elle pas voulu se prêter à cette mascarade ou peut-être le lui avait-on conseillé ? C'est bien, une croix, en guise de signature... c'est simple, et on peut la reproduire sans risque. Très pratique ! Et vingt ans plus tard on trouvera au rang des minutes du procès en réhabilitation une autre cédule, fausse bien sûr mais signée d'une telle croix. L'ennui c'est que celle-là comportera plus de vingt-cinq lignes quand l'originale paraphée au cimetière de Saint-Ouen n'en comportait que huit !...

Qu'importe ! Cauchon tient son but à portée de la main, il agite la cédule devant tout le monde[30]. Désormais, si elle revient sur ces engagements, Jeanne ne pourra plus échapper au bras séculier, mais ce ne sera pas une condamnation d'Église...

Jeanne ne risquait donc plus, si j'ose dire, « que » l'eau et le pain de douleur d'une détention à vie dans une prison ecclésiastique sanctionnant le seul grief pour lequel elle fut finalement condamnée : le port d'habits d'homme[31]. Mais une telle issue mitigée n'arrangeait vraiment personne, ni le jeune roi français qui aurait mal accepté que sa propre sœur fut

---

30 *L'ennui, c'est que ce document s'est évidement « égaré ». À la place, dans le dossier du Procès en Réhabilitation, s'en trouve un autre, non plus de 6 à 8 lignes mais de près de 25 lignes que Jeanne n'a jamais prononcées !*

31 *On croit rêver en lisant cela de nos jours dans notre monde occidental. Ça rappelle furieusement l'obligation du port de la Burqa chez les Talibans. Et pourtant, une femme portant la culotte était bel et bien « péché » pour l'Église de l'époque. Et en l'occurrence, péché mortel !*

emprisonnée le reste de sa vie après ce qu'elle avait fait pour lui, ni les anglais pour qui une telle prisonnière vivante représentait encore un danger... « La Pucelle » devait donc disparaître définitivement du paysage politique !

Comme par hasard, dans la nuit suivante, alors que Jeanne est théoriquement enchaînée et vêtue en femme, un geôlier anglais va venir menacer sa vertu. Elle renfilera aussitôt les habits d'homme que, curieusement, une main secourable avait laissés à portée de la sienne !... Qui les lui a rendus ? Comme les passe-t-elle alors qu'elle est sensée être enchaînée ?... On ne le saura évidemment jamais, mais en revêtant ces habits qu'elle avait solennellement juré ne plus porter, elle devenait *ipso facto* « relapse[32] » et devait être immédiatement remise au bras séculier sans autre forme de jugement, ce qui débarrassait officiellement la scène du personnage public... C'était bien joué.

Ce procès politique digne de l'ère stalinienne aurait pu n'être qu'une « pantalonnade », si j'ose dire, si sa conclusion nécessaire n'eut été l'excommunication suivie d'une mort atroce sur le bûcher.

Mais quatre jours plus tard, en ce 30 Mai 1431 sur la place du Vieux Marché à Rouen, Cauchon a tout prévu : au dernier moment, ayant pris bien soin de maintenir le public très loin à l'écart par un cordon de sécurité de plusieurs centaines de soldats au coude à coude – certains auteurs parlent de 800 hommes d'armes sur cette petite place de moins de 400 mètres de pourtour –, on amena du château une autre condamnée, pauvre fille dont on ne connaîtra jamais le nom, lui ressemblant vaguement et qui montera au supplice avec la tête « embronchée » (une mitre tombant bas sur le front)...

Oh ! on l'entendra bien crier, c'est sûr, et l'on verra bien qu'il s'agissait d'une femme lorsque l'évêque fera écarter les braises afin que chacun constate le sexe de la suppliciée, avant que d'incinérer une fois encore les tristes lambeaux de la pauvresse et enfin d'en jeter les cendres au fleuve, du haut du pont Sainte-Mathilde...

Pour une mise en Seine, oui, c'en fut une !... Doublement. Une mise en Scène surtout ! Car là encore, on ne trouve nulle autre occurrence dans l'histoire de telles précautions macabres visant à faire constater publiquement le genre d'une innommable dépouille... Il s'en fallut de peu qu'on n'en fît vérifier la virginité !... Quelle superfétatoire précaution était-ce donc là ?... Que n'avait-on permis à l'assistance de s'en approcher avant qu'elle eut bien rissolé ? Aurait-on craint que par malheur quelqu'un découvrit la supercherie en risquant un regard au-dessus du nombril ?... Mais là, aucun doute ! Il s'agissait bien d'une femme... sauf que si ce bas-ventre n'avait effectivement rien de masculin, la méconnaissable victime n'était pas Jeanne !...

Qui donc pourra jamais soupçonner la substitution quand la sentence a été proclamée sur le lieu même de l'exécution ?... La foule repoussée si loin sur cette petite place du marché si étroite, le bûcher dressé si haut que le bourreau ne peut même pas atteindre le cou de la condamnée pour lui

---

32 *Est « relaps » celui qui, après avoir abjuré ses fautes et promis de ne pas recommencer, manque à sa parole et retombe dans le péché.*

épargner la souffrance, et ce bailli de Rouen qui accélère encore la procédure en se contentant d'un : « *menez, menez !* »... Oui, vraiment bien joué ce tour de Cauchon[33] !

La seule chose que n'avait pas envisagée le prélat, c'est qu'après une tournée à l'étranger la vedette d'un show aussi brûlant ferait sa grande rentrée quatre ans plus tard, aux marches du royaume, avec un tonitruant « l'ai-je bien descendu ? »... Là, on ne peut pas dire que Jeanne fit dans la discrétion...

Jack ne put réprimer un sarcasme.

— Oh ! Ne te fais-tu pas là un vrai cinéma, Johan... Ne me dis pas que tu prends pour argent comptant cette histoire de doublure brûlée à sa place et de cette fausse Pucelle qui se pointe quatre ans plus tard, le visage enfariné, comme vous dites en français, pour se faire reconnaître...

— On dit plutôt « la gueule enfarinée »... s'amusa Johan. C'est une expression de Carnaval, lorsque les participants se blanchissent la figure à la farine et en jettent aux passant, et à la fin duquel précisément on brûle l'effigie de Sa Majesté en carton-pâte... Et en vérité ce procès de Jeanne à Rouen fut bien une farce, pipé d'un bout à l'autre et trafiqué après coup jusque dans la version latine des actes initialement rédigés en français, lesquels, comme par hasard, ont disparus !... De même les rapports préalables connus sous le nom de « Livre de Poitiers ». Ils devaient être bien trop parlants. Même la cédule d'abjuration de Jeanne est fausse, du moins celle qui nous est parvenue.

Quant à Claude, alias Jeanne des Armoises ou l'inverse, bien sûr que je la crois authentique ! Jeanne des Armoises était LA VRAIE Jeanne – ou peut-être la vraie Claude, « Jeanne » n'étant peut-être qu'un titre lié à Sion ? – mais après une disparition si bien orchestrée, personne n'avait intérêt à la voir revenir sur la scène politique... L'Église avait toléré jusque là sa survivance, mais son rôle était fini, l'essor étant donné et la France remise debout, son auréole naissante de martyre était de loin préférable à une ex-Pucelle qui n'aurait plus eu aucun attrait charismatique, stratégique, ni surtout politique... Rends-toi compte ! La rumeur courait déjà qu'elle était ressuscitée !... Pour le Vatican, un Jésus-Christ ça va, mais deux, bonjour les dégâts !... « On » lui a vite fait comprendre que ça n'était pas son intérêt d'insister et, l'éventualité d'un nouveau bûcher aidant, l'Université de Paris l'a obligée à abjurer officiellement aux yeux des parisiens et sur la pierre de marbre[34] cette très inopportune prétention... Il suffisait comme ça des innombrables témoins de son retour dont il faudrait par la suite édulcorer les écrits...

Car ses proches ont évidemment eu le réflexe naturel et très humain de se réjouir en apprenant qu'elle n'était pas morte à Rouen : ses frères de lait bien sûr, et sa mère d'adoption, et encore ses compagnons d'armes comme Gilles de Rais ou le dauphin lui-même, devenu Charles VII par sa grâce, et

---

33 *Il m'amuse d'imaginer que l'expression « tour de cochon » pourrait venir de là...*
34 *La « pierre de marbre » était une dalle située au pied du grand degré du Palais, d'où l'on faisait les proclamations.*

enfin tous ces Orléanais qui l'ont reconnue et fêtée comme telle, y compris les notables...

Il y a là aussi de nombreuses preuves, y compris dans les archives de la ville d'Orléans, qu'aucun chercheur patenté ne veut surtout interpréter dans cette optique... Et pour contourner ce malaise on va très loin dans d'aussi injustes qu'hypothétiques soupçons de fraude et de malhonnêteté de la part de ses malheureux frères du Lys, que certains n'hésitent pas à taxer de faux témoignage pour de bas intérêts... Comme si les lois de la chevalerie permettaient ce genre de jonglerie avec la vérité. C'est oublier un peu vite qu'à cette époque la parole d'un homme valait plus qu'un écrit... Surtout quand les écrits sont trafiqués par des hommes de Dieu !

Ah, dame !... Je comprends qu'on ait du mal à accepter une telle révision de l'Histoire. C'est toujours difficile de se rendre compte qu'on s'est trompé – ou qu'on vous a trompé – durant des siècles, mais la Vérité est nécessairement cohérente, et la légende de Jeanne ne peut pas l'être puisqu'elle est fausse en de nombreux segments. Les « petits arrangements » avec la vérité ne peuvent pas être imaginés du coté des frères de Jeanne, c'est quelque chose d'impensable, voire même de choquant que de supposer une seconde que ses frères n'auraient reconnu leur sœur de lait en Jeanne des Armoises que par pur intérêt. Ces gens avaient largement prouvé qu'ils avaient le cœur vaillant de la chevalerie. Et l'un d'eux, Pierre, sera même élevé peu de temps après à l'ordre du Porc-épic, une distinction hautement honorifique qui nécessitait quatre quartiers de noblesse. Un tel homme ne peut s'abaisser à mentir par intérêt. Le mensonge est honni en ce temps-là et la « Parole » d'un Chevalier est son Honneur. C'est pourquoi on trouve parfois sur leurs lèvres de ces formulations particulièrement alambiquées qui leur évitent de mentir. La langue de bois de l'époque !... Et d'ailleurs, Jeanne elle-même n'a jamais menti, même pour sauver sa peau. Elle s'est contenté de répondre aux questions de manière très ambiguë, sachant très bien qu'on n'en retiendrait contre elle que ce qu'on voudrait en comprendre et en retenir... Même Cauchon, son implacable procureur, a bien dû se satisfaire des ces réponses en demi-teinte mais, si j'ose dire, cette forme originale de langue de bois l'arrangeait car elle alimentait directement le bûcher où le madré légat se proposait d'immoler publiquement le « personnage » de la Pucelle... Du moins son effigie, comme pour Sa Majesté Carnaval.

C'est donc bien Elle, cette Claude-Jeanne des Armoises qui reparaît quatre ans plus tard à « la Grange aux Hormes », et les preuves relèvent de l'incontournable. À leur énoncé n'importe quel citoyen doté d'un peu de bon sens ressent la manipulation dès qu'on en donne une explication différente !...

— Par exemple ?...

— Par exemple ? Oh ! Ce ne sont pas les exemples qui manquent, c'est surtout la volonté de voir... Je n'en citerai que trois. Le premier : il est rapporté dans les archives qu'en 1443 Charles d'Orléans, le poète revenu de son long séjour à Londres où il était resté vingt-cinq ans prisonnier des Anglais, fit cadeau à Pierre du Lys de l'usufruit de « l'Île aux Bœufs », île située sur la Loire un peu en amont de la Tour Neuve qui marque l'angle

Sud-Est des remparts... Dans l'acte il est stipulé : « *De grâce spéciale en faveur et contemplation de ladite Pucelle, avec laquelle, jusqu'à son absentement, et, depuis, jusques à présent, il a exposé son corps et ses biens audit service*[35] » ...

Cet « absentement » fait indiscutablement référence à sa captivité, sensée s'être arrêtée par la force des choses à la date de son exécution, donc à sa disparition du paysage en 1431. Mais Charles d'Orléans ne dit pas cela ! Il dit, et cela très explicitement : « *et, depuis, jusques à présent* »... Il n'est pas spécifié qu'elle est morte, il ne l'appelle pas « *feue la Pucelle* », ne fait pas la moindre mention de sa disparition définitive, au contraire ! On dit qu'elle est « *absente* » et que Pierre du Lys l'a bien servie jusqu'en 1443... Elle est donc encore bien vivante en 1443 et Charles d'Orléans le sait ! Pourtant, l'épisode de la rencontre entre Jeanne des Armoises et le roi Charles VII au cours de laquelle – selon l'interprétation des tenants de l'hagiographie officielle – le roi aurait « confondu l'imposteur » par l'allusion faite au secret existant entre eux, cet épisode date déjà de trois ans... C'est qu'en vérité, le roi n'a « confondu » personne ! Il a juste rappelé à Jeanne, discrètement mais fermement, qu'elle devait se tenir à l'écart et continuer de garder le secret... Ce qui ne l'empêche pas d'être toujours vivante sous ce nom de « Claude des Armoises ». En concédant à Pierre du Lys cet usufruit sur l'île aux bœufs, Charles d'Orléans récompense le frère de lait qui a soutenu la Pucelle durant cet absentement !... Qu'on ne vienne pas nous raconter que ce serait par erreur, par pitié ou par compassion, que Charles fit un tel don à Pierre du Lys si vraiment ce dernier s'était compromis pour une sale question d'intérêts ! Ses frères de lait l'ont reconnue parce que c'était bien Elle ! Point barre !

D'ailleurs, un autre indice apportera encore une confirmation car un peu plus tard, au château de Jaulny en Septembre 1444, Jeanne des Armoises interviendra dans un litige entre les habitants de Metz et René d'Anjou. C'est à cette occasion qu'elle rencontrera pour la dernière fois son frère Charles VII venu soutenir son beau-frère René... Si elle n'avait été qu'un imposteur, qu'aurait-elle donc fait dans un tel arbitrage ?

Une seconde preuve ?... Depuis 1431, date officielle du bûcher de Rouen, une messe était dite à sa mémoire chaque année à Saint-Samson. Pas à la cathédrale, à Saint-Samson évidemment, le siège de Sion ! Mais à partir de 1436, lorsque les Orléanais apprennent sa survivance, l'office est supprimé. À l'évidence les Orléanais, ou à tout le moins les initiés de Saint-Samson, l'ont bien vue vivante !

Une troisième preuve ?... La ville d'Orléans servait une rente à sa mère, Isabelle de Vouthon dite Romée, qui, devenue veuve, était venue habiter ici avec ses fils après l'épilogue de Rouen. On la voyait souvent à l'église Saint-Pierre le Puellier puisque les frères du Lys avaient une maison juste à côté.

— Oui, oui... je suis tombé dessus hier en visitant le quartier. J'ai aussi vu cette collégiale Saint-Pierre le Puellier... Magnifique ! J'en suis sorti tout retourné !

---

35 *Acte daté du 29 Juillet 1443, enregistré en la Chambre des Comtes par Maître Robin Gaffard, trésorier au Domaine d'Orléans.*

— Eh bien, selon les archives orléanaises[36], cette rente est stipulée servie « *à la mère de la Pucelle d'Orléans* » jusque l'an 1448. Et puis, d'un coup, après Octobre 1449, la rente continue d'être servie à Isabelle Romée, mais on voit apparaître sur les registres le mot « *feue* » *la Pucelle d'Orléans* dans le libellé des règlements. Coïncidence troublante : Mai 1449 est précisément la date du décès de Claude des Armoises !

— Comprends pas ! « Feue », qu'est-ce que ça veut dire ? C'est parce qu'elle était morte sur le bûcher ?

— Ha ha ! C'est ça oui, et elle criait : « Faites-moi des cendres » !... Non, je blague... « Feue » est un vieux mot signifiant « décédée »... Quoique dans le cas de Jeanne...

— Ah bon, mais alors, s'ils n'ont ajouté ce terme qu'à partir de 1449, c'est qu'ils la savaient vivante jusque là malgré le bûcher de Rouen ?

— Exactement ! Ce qui signifie que c'est bien notre Jeanne qui s'est fait reconnaître à Metz comme « Jehanne du Lys, Pucelle de France », et elle n'est décédée en réalité que près de vingt ans après la date officiellement retenue pour son soi-disant supplice. D'ailleurs, l'Église le sait parfaitement puisque le rouge est la couleur dédiée aux martyrs mais pour une cérémonie en hommage à Jeanne l'officiant revêt l'habit blanc réservé aux vierges... Le symbole est parlant à celui qui sait voir.

Sous le pseudo de Claude, donc – ou peut-être sous son vrai prénom de baptême, on ne le saura jamais – elle s'était mariée à Arlon en 1436 au chevalier Robert des Armoises qu'elle connaissait déjà depuis longtemps puisque ce Robert des Armoises n'est autre qu'un cousin de Baudricourt, fidèle vassal feudataire de René d'Anjou et ancien capitaine de Vaucouleurs, au mariage duquel ils s'étaient rencontrés lorsqu'elle n'avait que dix-huit ans en 1425[37]... Il n'était pas prévu qu'elle en tombât amoureuse, ce qui explique le procès de Toul à vingt ans pour se libérer. Comme elle était née en 1407, elle aura donc près de quarante-deux ans quand elle mourra en 1449, pour de bon cette fois... Elle avait eu le temps de laisser deux fils à son mari. Il est donc évident qu'en 1440, lorsque l'Université la fit passer sur la fameuse « pierre de marbre » du Parlement de Paris, elle n'eut aucun mal à confesser, sans mentir, qu'elle n'était pas pucelle ! Pour sûr qu'elle ne l'était plus ! Elle fut la Pucelle de France mais pas l'Immaculée Conception !

Jeanne meurt donc en 1449. Robert des Armoises la rejoindra quatre mois plus tard au tombeau qu'elle s'était fait préparer en la petite et charmante église de Pulligny-sur-Madon. Étrangement, en Février 1450, immédiatement mais uniquement APRÈS cette disparition définitive, sera enfin introduit par Charles VII, sur l'insistance de la Famille d'Arc dit-on, un premier Procès en Réhabilitation. Mais le Pape Nicolas V tergiverse. Il est encore trop tôt ou bien peut-être ce pape là n'est-il pas disposé à laisser s'échapper la vérité de son puits[38]...

---

36 *Archives du Loiret CC661 folio19, verso*
37 *Mariage de Robert de Baudricourt et Alarde de Chambley*
38 *Pourtant l'Église se trahira d'une certaine manière en faisant dire pour le repos de l'âme de Jeanne des messes en ornements blancs, qui sont ceux des vierges, et non en ornements rouges qui sont ceux des martyrs.*

Ce sera seulement cinq ans plus tard que Calixte III en acceptera le principe et ce procès-là aboutira. Mais avec quel luxe de précautions !... On note dans le rescrit de ce pape une grande prudence dans les termes... Parlant des frères du Lys et de Jeanne il dit : « *Pierre et Jean dits d'Arc, et feue la sœur de Pierre et Jean, la fille d'Isabelle...* »

Étrange formulation ! Pourquoi les appeler Pierre et Jean « dits d'Arc » puisqu'ils s'appellent désormais « du Lys » sans qu'on sache d'ailleurs, hormis le rapport évident avec les armes de France et la symbolique mariale du blason de Jeanne, quel fief se rattache à cet attribut bucolique ?... Apparemment aucun, ce qui est tout à fait inhabituel car tout anoblissement s'accompagnait de l'attribution de domaines. Mais là rien ! On en déduit que cet anoblissement de la Famille d'Arc ou d'Ay en « du Lys » consistait bien plus à restaurer officiellement une noblesse auparavant mise entre parenthèses qu'à doter la famille de moyens de subsistance. Il faut donc croire qu'elle en avait déjà suffisamment. À moins que ce ne soit Jeanne elle-même qui, ayant une vision politique différente de l'Establishment de l'époque, ait refusé de tremper ses doigts dans la sauce ?... Ce serait assez bien dans la ligne philosophique du Temple... Et probablement celle de *Sion* bien que, sans documents, il soit difficile d'en faire état. Toujours est-il que la suite montrera de continuelles mésalliances de la pauvre famille du Lys, avec la roture. Ce qui amènera en 1614 Marie de Médicis à lui retirer ses titres de noblesse... Elle n'avait vraiment pas de chance, cette famille ! Déjà en dérogeance au temps de Jeanne, à peine a-t-elle retrouvé sa noblesse qu'elle la perd à nouveau deux siècles plus tard !

Infréquentables Templiers ! Comment peut-on ainsi se mêler au bas peuple ?!!... Dans la sourde lutte qui opposa les Grands de France à une monarchie discutée – notamment par les Réformés tels Condé, ou Jean d'Aubigné[39] qui mourra durant le siège, mais aussi par le duc de Nevers – la Médicis aurait-elle eu d'autres raisons secrètes d'abaisser cette famille et faire oublier jusqu'au souvenir de Jeanne ?... Décidément, avant Henri IV, la France se montre bien ingrate envers ses héros ! Sauf à Orléans, bien sûr, qui, quoi qu'il arrivât, n'aura cessé de célébrer sa Délivrance.

« *La fille d'Isabelle* »... Voilà encore une formulation bizarre de Calixte III. Quelle Isabelle ?... Isabelle Romée, la mère adoptive, ou Isabeau de Bavière, la mère biologique ? Et pourquoi n'inclut-il pas Jeanne dans l'expression « dits d'Arc » puisque, si ça n'était pas le nom de ses frères, c'était sensé être le sien à partir de cette époque ?... Pourquoi ne la nomme-t-il pas non plus expressément par son prénom : Jeanne ? Est-ce que par hasard « Jeanne » n'aurait pas été le vrai prénom d'une inavouable Claude ?... Quelles circonvolutions de langage, quelle prudence étonnante dans la formulation de Calixte III !... Et surtout que d'ambiguïtés laissées à l'interprétation des exégètes futurs... On se demande bien pourquoi !...

Les légitimistes me rétorqueront que malgré tout elle est donnée comme la « sœur » de Pierre et Jean. Mais quel sens accorder au mot « sœur » dans la bouche d'un pape ? Ne sommes-nous pas tous « frères » et « sœurs » devant l'Éternel ?...

---

39 *Père du poète Agrippa d'Aubigné, et arrière grand-père de Françoise d'Aubigné (Mme de Maintenon) qui épousera Louis XIV.*

En réalité, cette épopée de Jeanne n'est pas explicable si on la découpe en rondelles... tant qu'on sépare les diverses anomalies d'AVANT et d'APRÈS, rien n'est cohérent ! L'hypothèse d'une origine royale de Jeanne ne suffit pas à elle seule à expliquer le moral qu'elle redonne aux troupes, depuis longtemps déjà commandées par des princes de sang, ni pourquoi elle surgit au bout de ces « Cent Ans » de guerre avec comme premier objectif clairement assigné par ses voix de « Lever le Siège d'Orléans » !...

Pour extirper la vérité de l'incohérente légende, du véritable trou noir dans lequel toute lumière fut soigneusement étouffée, il faut reprendre et vérifier les faits du début à la fin – c'est à dire inclure à la fois les hypothèses « bâtardisante » ET « surviviste » – en les examinant à la lumière du comportement de Jeanne elle-même, sans s'arrêter aux apparentes contradictions de documents que l'on sait avoir été interpolés.

Et d'abord, pourquoi Orléans, alors que des centaines de cités étaient depuis des décennies sous domination bourguignonne ?... Pourquoi à ce moment de l'histoire, et pourquoi précisément Cette ville ?... Aux yeux de ce « Roi du Ciel » dont se revendiquait Jeanne et qu'on voudrait faire passer pour Dieu le Père lui-même, qu'avait donc Orléans de plus que Paris, Calais, Chartres, Reims, Troyes, etc. ?

Il faut admettre que ce « Roi du Ciel » devait être une sacrée buse en matière de stratégie s'il lui avait fallu attendre un siècle et la dernière cité encore française pour se décider enfin à envoyer du secours au parti de France !... Je sais bien que le temps ne compte pas lorsqu'on a l'Éternité devant soi, mais tout de même !... Inutile de développer davantage un tel argument, n'est-ce pas ? Pour autant qu'il existe, le Tout-Puissant Omniscient ne peut pas se tromper à ce point ! Il ne s'agit donc pas de Dieu.

Et s'il ne s'agit pas de Dieu, il s'agit d'Hommes !...

Et là, les choses s'expliquent d'elles-mêmes, tant en termes de choix (Orléans) que de tempo : il fallait que *Sion* et le Temple se rapprochent et se réorganisent.

D'ailleurs, le seul fait qu'Orléans ait été la dernière cité encore française est en soi inexplicable autrement. Il fallait nécessairement une raison aux Anglais, une excellente raison, pour avoir laissé cette ville si longtemps hors du conflit alors même qu'ils en détenaient le propriétaire, le duc Charles d'Orléans, prisonnier à Londres depuis le désastre d'Azincourt et qui y tuait le temps en poésie... Au nom de quelle raison étrange lui avaient-ils fait la promesse de ne pas l'investir, et pourquoi ont-ils changé d'avis quatorze ans plus tard ?... Bedford lui-même s'en étonnera.

Tout ça ne tient pas debout ! Si on cherche à expliquer l'irruption de Jeanne sans l'intervention du Temple et de Sion, ou sa résurrection ultérieure en tant que Claude des Armoises sans tenir compte de la mise en scène préalable, alors, effectivement rien ne parait clair et l'on est obligé de revenir à la légende officielle brodée par Rome : les voix, les anges et tout le saint-frusquin... ce qui ne satisfait aucun esprit cartésien. Mais si on se rend compte que « l'Invention de Jeanne » est téléguidée depuis le début par une main mystérieuse, en l'occurrence Sion, alors tout devient limpide !

Je citais tout-à-l'heure Michel de Grèce et sa « lutte de l'Église de France contre l'Église de Rome »... Que Michel de Grèce me pardonne, mais au bout du compte c'est la même Église... Qui peut comprendre une telle lutte interne à l'Église, par Jeanne interposée ?... N'y avait-il donc pas suffisamment des évêques et des princes de l'Église pour se disputer le temporel ?... Qu'aurait pu faire de plus une pucelle ordinaire ?... Si ça avait été le cas, Jeanne aurait répondu sans attendre au comte d'Armagnac qui lui demandait « *à quel pape il devait obéissance* » !... Elle ne l'a pas fait. C'est donc qu'elle attendait la fin des hostilités et sa victoire finale à Paris pour prendre parti entre les trois rivaux... ou aucun ! On ne lui en laissera pas le temps, et elle n'entrera à Paris que quatre à cinq ans plus tard, en Claude des Armoises, amenée par un Parlement toujours aussi obtus et qui l'obligera à se renier !

Si vraiment elle venait de Dieu, ce dieu-là aurait été décidément bien versatile pour l'abandonner en cours de route... À moins qu'Il n'ait prévu de faire suivre à Jeanne le même chemin de croix que son aïeul Jésus ?... à moins qu'un supplice final, ultime sacrifice sacré offert en holocauste, ne fût nécessaire pour marquer les esprits ?... Mais est-il besoin d'être Dieu pour manipuler les consciences ?

Bien plus étrange encore est le simple fait que ce comte d'Armagnac (Grand-Maître du Temple, ne l'oublions pas !) éprouve le besoin de lui demander, à Elle, « *qui est le bon pape* » ?... C'est donc bien que Jeanne se posait en arbitre, bien au-dessus d'un Grand-Maître du Temple, au-dessus du roi lui-même qu'elle sacre de sa main à Saint-Benoît avant que d'aller à Reims, et même au-dessus des Papes !... Elle est le leader naturel d'une titanesque partie d'échecs entre la Lignée du Christ et le Vatican... On ne la considère pas comme une vulgaire prophétesse, mais comme « l'Élue », parce qu'elle est la descendante du Christ et la Grande-Maîtresse de Sion, ou à tout le moins son porte-étendard ! Qui donc serait mieux qualifié qu'elle pour désigner le vrai pape, pour autant qu'il y en eût un plus légitime que les autres ?... Et là, oui, on trouve alors l'explication rationnelle qui convient tant à la surprenante demande du comte d'Armagnac qu'à notre si étrange « triple donation » de Saint-Benoît...

— Ah ? J'ai dû rater un épisode parce que je ne vois toujours pas le rapport...

— Mais si ! Souviens-toi... Dans un premier temps, Jeanne reçoit du dauphin le Royaume de France qu'elle a osé lui réclamer... C'est déjà très surprenant qu'un héritier fasse cadeau de son royaume. Sauf... sauf si, malgré les victoires accumulées par Jeanne sur les bords de Loire en très peu de temps, il ne croit pas vraiment à la réalité de son pouvoir tant qu'il n'est pas couronné... Et il semble effectivement ne pas y croire encore puisqu'il faudra que Jeanne le pousse, le tarabuste, pour qu'il accepte enfin d'aller à Reims... En cet instant à Saint-Benoît sur Loire, il pense peut-être qu'il n'a rien à perdre... Mais une toute autre explication, parfaitement compatible avec la précédente et qui la renforce même, serait qu'il sache « de Qui », au-delà de Jeanne et à travers elle, il tient ce pouvoir... et qu'il ait parfaitement conscience qu'il n'est qu'une marionnette dans un enjeu qui le dépasse encore à ce moment-là... qu'il soit conscient que les Templiers ne lui obéissent pas à Lui, mais à Jeanne et uniquement à Elle !...

Dans ce cas, on s'interroge : Pour quelles raisons le Temple lui obéirait-il à elle et pas à lui ?... De quelle autorité supérieure dispose donc sa sœur, que lui n'a pas ?

On ne saura jamais exactement ce que pensa Charles à ce moment précis, mais un éminent curé, le Père Ayroles[40], ayant eu connaissance du document détenu par le Vatican, dira en 1890 de façon énigmatique : « *Si Charles VII et ses successeurs avaient compris, ils auraient fait enchâsser le merveilleux parchemin dans l'or et dans la soie ; Ils l'auraient entouré de pierres précieuses, car ils n'avaient pas dans leur trésor diamants comparables. Ils l'auraient relu et médité tous les jours. Non seulement ils seraient aujourd'hui sur le trône, mais l'Univers serait dans les bras de Jésus-Christ, et ce serait la France qui l'y aurait placé.* »

C'est évidemment une interprétation très partisane qui tente adroitement de tirer parti de l'événement sur un plan purement religieux, mais qui présente tout de même l'énorme avantage d'authentifier l'événement lui-même, alors que le Vatican l'avait jusque là escamoté en retenant au fond de ses caves le seul exemplaire imprimé qui fît référence à cette triple donation.

— Hum... admettons... et après ?

— Allons pas à pas. Jeanne demande expressément aux notaires royaux de prendre acte de cette première donation à son profit. C'est donc elle, Jeanne, qui en cet instant précis et pendant quelques minutes est Reine de France. D'accord ?

— C'est clair. Mais après ?...

— Alors, elle désigne Charles à son entourage et paraît vouloir l'humilier en proclamant bien haut, afin que tous l'entendent : « *Voici le plus Pauvre chevalier du Royaume !* »... Le jeu est cruel ! À quoi ça rime d'humilier ce pauvre dauphin en le désignant ainsi ?... Est-ce là un propos digne d'une héroïne parlant de son roi ou même d'une sœur à son frère ?... Assurément non, n'est-ce pas. Une plaisanterie alors ?... Pas davantage. Jeanne avait visiblement beaucoup d'esprit mais pas la moindre méchanceté. Cette humiliation volontaire faite au dauphin ressort donc comme une anomalie, ou pour le moins comme « un hommage dû » à Jeanne ou à ce qu'elle représente. Ça n'est pas sans rappeler la fameuse phrase de Rémi à Clovis : « *Courbe la tête, fier Sicambre...* », et c'est signe qu'il y a là aussi quelque message à saisir... Si Charles n'avait pas encore compris avant, il l'aura fort bien saisi après !

— Oui, je l'ai bien ressenti comme ça moi aussi, mais ça nous mène où ce « ressenti » ? Ça ne constitue toujours pas une preuve !...

— À ceci : l'autre nom des Templiers était « *Les Pauvres Chevaliers du Christ* » ... Et en cet instant, Charles était le plus pauvre d'entre les pauvres !

— Ce qui tendrait à assimiler le dauphin Charles à un Templier ?... oui... mais il ne l'était pas...

40 *Jean-Baptiste Ayroles : « Jeanne d'Arc sur les autels et la régénération de la France »*, ed Gaume, Paris 1886

— C'est juste, il ne l'était pas. Il lui aurait été difficile de prétendre à cela dans la mesure où l'Ordre du Temple était sensé ne plus exister en France à son époque ! Et comment eut-il été Templier quand il n'était pas même encore simple chevalier ?... C'est le duc d'Alençon, qui lui l'était, qui l'adoubera le jour du sacre à Reims... À Saint-Benoît ce jour-là, Charles est donc bien le plus pauvre d'entre tous... Et pourtant, que fait Jeanne aussitôt ? Elle remet symboliquement le royaume qu'elle vient juste de recevoir à son fameux « Roi du Ciel » au nom duquel, l'instant suivant, elle le confie de nouveau à ce « pauvre » Charles... Si les rites ont un sens, celui-ci me paraît clair, car, entends-moi bien : elle ne le lui REDONNE PAS ! Elle le CONFIE au LIEU-TENANT sur Terre de son « Roi du Ciel » !... En somme, Charles a DONNÉ ce qu'il croyait être à Lui, mais Jeanne ne le lui REND PAS comme un bien propre, elle le lui CONFIE comme une charge, ce qui est très différent !...

Cette notion de « charge » nous renvoie mille ans en arrière, à l'époque où les Mérovingiens, rois élus parmi l'assemblée des barons, confiaient à leurs fidèles des « charges » de Comte, Duc ou Marquis, qui pouvaient à tout moment leur être retirées et transférées à d'autres en cas de malversation, incompétence ou trahison[41]... À quel titre Jeanne peut-elle donc s'autoriser une telle transmission de la Couronne ?... Tout simplement parce qu'elle a effectivement reçu mission d'accomplir cet acte symbolique, ce jour-là et pas un autre, à cet endroit précis et de cette manière, et d'en faire officiellement consigner le déroulement ! Le père Ayroles avait raison : c'est sans doute l'acte le plus important, le plus significatif qu'elle ait jamais effectué, mais c'est également celui que sa légende officielle prend le plus grand soin à cacher... Étrange, non ? Est-ce que par hasard cette signification dérangerait le dogme ? Ou est-ce que ce ne serait pas Dieu qui aurait ordonné cette transmission ?...

Jack, incrédule, haussa les épaules :

— Mais ne sont-ce pas ses fameuses « voix » qui lui ont ordonné cette cérémonie ?...

— Quelles « voix » ? Jeanne n'est pas une illuminée, ou si elle l'est, c'est d'une grande finesse d'esprit et d'une extraordinaire clairvoyance dans le jeu des hommes de pouvoir qui l'entourent. En fait, elle a reçu cette mission d'envoyés très spéciaux, en chair et en os comme toi et moi, entrés depuis très longtemps en rapport avec elle mais qui ne sont pas des saints, encore moins des anges, et certains sont sans aucun doute présents dans l'entourage immédiat du dauphin Charles au moins ce jour-là à Saint-Benoît...

— Comment peux-tu dire une telle chose ? Quelles sont tes preuves ?

— Ah... Jack... Si tu cherches des preuves écrites, tu n'avances pas. Elles ont pour la plupart été retirées de la circulation depuis des siècles ou interpolées, ou interprétées à partir de formulations ambiguës. Pour autant qu'il ait jamais existé, le fameux Livre de Poitiers rapportant l'épisode où

---

41 *À ces « charges » étaient fort justement attachées des « bénéfices » du temps des rois élus, les Mérovingiens. Les deux pouvaient être confisquées en cas de malversation. Hélas, au fil du temps, sous les Carolingiens, beaucoup oublièrent ce précepte et, considérant les « charges » comme un patrimoine personnel transmissible, finirent surtout par considérer comme normale la transmission héréditaire des bénéfices ! On devrait y réfléchir aussi de nos jours...*

Jeanne fut questionnée par une commission de docteurs et de théologiens a disparu. Les rapports des commissions d'enquêtes de 1429 et 1431 à Domrémy ont disparus. Les pièces originales et les minutes françaises du procès sont perdues !... N'en reste que la version latine dont Guillaume Manchon, le traducteur, conviendra lui-même lors du procès en réhabilitation que « toutes les parties favorables à la Pucelle en ont été ôtées »... Et que dire des sources auxquelles se réfèrent généralement les historiens patentés : « *Le Journal d'un Bourgeois de Paris* » ou la « *Chronique du Religieux de Saint-Denys* » ?... L'édition originale du premier – la plus ancienne et donc la plus fiable – se trouve comme par hasard au Vatican, et les éditions suivantes, anglaises ou françaises sont connues pour avoir été soit amputées soit complétées par « on ne sait qui »... Quant à la « Chronique », elle est de composition tardive et dictée, selon l'aveu même du moine rédacteur, par son supérieur l'abbé de Saint-Denis... Autant faire confiance à un huissier pour couvrir ton découvert de fin de mois !

Mais à l'inverse, quelles sont les preuves de ces fameuses « Voix » que, curieusement, Jeanne aurait mieux entendues à certaines places qu'à d'autres ?... Aucune évidemment !... Sauf à penser que Jeanne était schizophrène, ce que je me refuse à croire tout autant, il ne reste que l'option « belle légende dorée » et la foi du charbonnier qui va avec... Dans ce cas, nous n'aurions plus rien à faire ici, mon cher Jack...

— Un point pour toi. Moi non plus, je ne crois pas à ces voix divines et je ne la crois pas schizo. Si tel était le cas, elle les aurait imaginées dans sa tête de n'importe quel endroit. Mais peut-être était-elle télépathe et que le réseau comportait des zones d'ombre ?... plaisanta Jack.

— Et en supposant que ce soit possible, avec qui aurait-elle « *télépathé* » ? Arrêtons de nous faire du cinéma, si j'ose dire, et ne tombons pas d'un mystère dans un autre. Pourquoi faudrait-il penser que l'explication de la mission de Jeanne assignée par de mystérieuses « voix » serait le reflet de la seule vérité admissible et se refuser d'en chercher une autre plus plausible ?... Il s'en trouve une bien plus acceptable d'un point de vue rationnel, faisant intervenir des « voix » en chair et en os, et encore une fois nous ne ferons que jouer sur les mots...

— Je t'écoute ! Même si je ne suis pas un « bar », je suis toutes ouïes, comme on disait de son temps !

— Félicitations Jack, ma fréquentation te fait du bien, tu fais chaque minute des progrès en français !... plaisanta Johan à son tour. Mais soyons sérieux : si nous partons du principe que sa mission est télécommandée depuis Sion, pourquoi s'arrêter en si bon chemin ? Il y a d'autres Ordres revenus de Terre-Sainte en même temps que le Temple et Sion... Et qui sont pour ainsi dire des ordres-frères...

— Tu fais allusion à qui ? Je crois savoir qu'on a beaucoup parlé des Franciscains...

— Oui, je connais l'hypothèse « Colette de Corbie », cette religieuse clarisse qui aurait « briefé » Jeanne avec les Dames de Bourlemont... Fausse piste à mon avis. Trop peu de choses l'étayent au commencement à Domrémy... Non, je veux parler des Carmes, un Ordre contemplatif qui fut fondé en Terre-Sainte lui aussi, selon la légende en 1205 et tout près de Saint-Jean d'Acre qui fut le siège de l'ordre du Temple tout le temps qu'il resta en Orient... Note en passant l'étrange parenté phonétique qui existe entre « Saint-Jean d'Acre » et « Sainte-Jeanne d'Arc »... Oui, je sais... Toujours ma marotte de jouer avec les mots... nous y reviendrons...

Tout comme les sœurs Clarisses de l'hypothèse franciscaine, les moines et moniales de cet ordre des Carmes, au lieu de s'appeler entre eux « Frère truc » ou « Sœur machine » comme le font les autres congrégations, avaient l'outrecuidance au XIIIe siècle de s'appeler entre eux « Saint-truc », « Sainte-machine » ou « Sainte-chose », afin de mieux s'identifier à leur modèle spirituel, et on appelait « VOIX » les porte-paroles de cet Ordre... Or, depuis 1254, et ce n'est certainement pas un hasard, nous avions ici-même à Orléans un établissement de Carmes, et à la même époque, il s'en trouvait trois dans les environs de Metz.

Depuis son retour de Terre-Sainte en même temps que *Sion* et le Temple, cet Ordre de contemplatifs avait connu un développement considérable en fondant une cinquantaine de couvents dans ce qui n'était pas encore l'hexagone mais, chose étonnante, au XIVe siècle il double ce chiffre par de nouveaux établissements, presque tous situés au sud de la Loire comme s'ils se méfiaient des anglais, mais aussi quelques-uns en Lorraine, dont un situé à mi-chemin entre Vaucouleurs et Metz qui sera connu de nos jours comme « la Croix des Carmes ». J'y reviendrai car c'est un lieu très intéressant... Réparti en sept « provinces » : Provence, France, Aquitaine, Toulouse, Narbonne, Gascogne et Touraine, l'ordre comptera jusqu'à 133 établissements avant la Révolution Française mais plus aucun après, jusqu'à notre époque où il en réinstallera un... devine où ?... À Bourges ! Coïncidence encore, sans doute !

Orléans de son côté en avait conservé la mémoire en donnant leur nom à l'une des principales artères de la ville !... Difficile de faire mieux !

L'origine de cet Ordre des Carmes, bien que sous d'autres noms, remonte bien avant les Croisades. Et tu vas voir que là encore il est question d'eau... En effet, dans la règle primitive de cet Ordre on retrouve comme un leitmotiv l'expression : « *Près de la Source* »... En théorie il s'agit d'une référence à la « Fontaine d'Élie », une source jaillissante dans les grottes du Mont Carmel, mais en réalité l'allusion est transparente et même si les religieux d'aujourd'hui n'en ont plus conscience, il s'agissait bien plutôt d'un « retour aux sources originelles » sur le plan cultuel...

À deux pas de cette source est une grotte dite la « Grotte du Prieur » ou « l'Oratoire de Marie » mais, bien avant l'arrivée des chrétiens en Terre-Sainte, avant même l'éclosion du Christianisme, il y avait toujours eu un culte au Mont Carmel qui fut de tous temps un lieu sacré. Dès d'Antiquité on y trouve un culte à Zeus durant près de mille ans, du VIe siècle avant J.C. au IVe après, date de l'imposition par Constantin du christianisme comme religion d'État dans tout l'Empire... Et si l'on en croit la Bible, à l'époque d'Élie lui-même la grande prêtresse Jezebel y célébrait un culte phénicien à Baal, divinité païenne ancestrale que combattit ardemment Élie. Et comme si ça ne suffisait pas, on trouve aussi au sommet du Mont Carmel un cercle mégalithique constitué de douze pierres dressées, au centre desquelles se trouve une citerne ou une piscine creusée dans la roche... La pierre et l'eau, toujours !

— Ça montre bien la persistance des traditions au travers des religions successives, mais, que viennent faire ces Carmes dans l'histoire de Jeanne ?...

— Tu es trop pressé, Jack. Laisse-moi terminer mon exposé... De tous temps donc, ce Mont Carmel fut un lieu sacré pour les mystiques et, là comme ailleurs, la foi chrétienne n'a fait que remplacer les cultes antérieurs voués aux forces de la Nature... Il n'est donc pas surprenant de constater que là encore, comme pour nos cathédrales et pour les chapelles templières, ou comme pour la moderne Lourdes de Bernadette, on y révère non point le Tout-Puissant lui-même, non point son Fils-Unique-fait-Homme, mais Marie... Plus exactement, comme chaque fois qu'on regarde les choses de manière plus approfondie, elle n'est jamais nommée expressément comme la mère de Jésus, c'est toujours une certaine « Notre-Dame de... », de Lourdes, de Chartres ou du Mont Carmel... Des N.D. dont toutes les icônes connues représentent une « Vierge à l'Enfant », donc « la Mère », typique représentation d'une « Vierge Noire »... En fait, étymologiquement la « Mère » au sens premier du terme, la génitrice : Marie comme la racine « *Mar* » de « *Mare Nostrum* », la « mer » d'eau (encore de l'eau) à l'origine de toute vie... Mais la « Mère » n'élude pas la « Patronne », et peu à peu Marie fut considérée comme « Mère et Beauté du Carmel » ('*Mater et Decor Carmeli*'). Ce qui signifie bien plus encore car on introduit là le sens de « Beauté de la Création »... Déjà presque de l'Écologie.

Cette « mère » vénérée, les Carmes, moines-mendiants comme les Franciscains et les Clarisses, l'appelaient leur « sœur », ce qui choquait beaucoup les autres ordres. Pourtant cette appellation sera confirmée quelques années plus tard par une bulle du pape Innocent IV : « Frères de la Bienheureuse Vierge du Mont Carmel' » ('*Fratres Beatae Virginis de Monte Carmelo*'), les habilitant ainsi à se dire les frères de cette « N.D. du Mont-Carmel ».

Si « innocent » que soit ce pape, la reconnaissance de cette appellation dans une de ses bulles n'est pas innocente, elle, car s'agissant de Marie la soi-disant « mère d'un Dieu », ce serait effectivement d'un orgueil incommensurable que se dire ses « frères » et les protestataires auraient eu raison... Or Innocent IV ne nomme pas expressément Marie. Il dit : « *Beatae Virginis de Monte Carmelo* » c'est-à-dire « La Bienheureuse Vierge du Mont Carmel »... S'agirait-il alors d'une toute autre « mère » que celle de Jésus?...

— Laquelle ? Marie-Magdeleine ? La Terre-Mère ?... Je te vois tourner autour du concept de l'eau depuis tout à l'heure... Qu'est-ce que tu veux dire ?... Ces « Notre-Dame », ces Vierges Noires, ces mères d'on ne sait qui ou quoi, c'est agaçant à la fin !

— Ça va, ça va... tu ne me laisses même pas la volupté de dévoiler mes arguments un par un... Ah !... vous autres américains, vous êtes des goinfres ! Il vous faut tout et tout de suite !... Quand prenez-vous le temps de savourer les choses ?...

— Mais... dès que nous avons mis la main dessus ! Allez accouche !... Souviens-toi de Guantanamo : Nous avons les moyens de vous faire parler, Mr Johan !

— Bon ! bon !... Je cède devant la force brutale !... En fait, je pense depuis longtemps que les auteurs de best-sellers comme Dan Brown ou Baigent[42] étaient très proches de la vérité mais ne sont pas allés assez loin. Marie-Magdeleine n'est autre que l'ultime symbole de la « mère » dont on parle ici. Très loin, à l'opposé même de la « grande putain » qu'en avait faite Rome, elle incarne le Féminin Sacré, la grande Génitrice divine, la grande Matrice... en un mot le « Graal » !... ne le cherchons pas plus loin, mais un Graal qui ne se limite pas à la simple lignée du Christ... Ce Graal là est aussi un symbole cosmique universel, et c'est là, me semble-t-il, qu'on retrouve sa relation intime avec la Roseline...

— J'ai toujours du mal à saisir...

— C'est pourtant évident ! La Roseline n'est autre que le Méridien de Paris, d'accord ?

— Oui, mais quel rapport avec Marie-Magdeleine ?

— Le voilà : un méridien est par définition une ligne géodésique. Or, Marie-Magdeleine est la SOURCE, dans tous les sens du terme. Assimilable à la « Vierge Noire » à travers le titre passe-partout de Notre-Dame-de-quelque-part, elle remplace l'antique Isis, elle symbolise la Terre-Mère, dame Nature elle-même !... Et l'on en revient alors au culte originel, le « culte des sources » au sens propre où tu l'employais tout-à-l'heure, car connaître la forme de la Terre, son rapport au Cosmos et la vie qu'elle comporte en elle-même avec la fluctuation de ses pôles magnétiques, sa gravité et son pouvoir d'attraction, ses mesures et ses lignes de fracture, etc., c'est détenir la science des sources et des nappes phréatiques...

Et j'irai même plus loin, car il s'agit aussi de l'énergie tellurique parcourant ces failles, exactement comme en acupuncture chinoise les « méridiens » irriguent le corps d'une énergie vitale... Reprends la topologie des implantations monastiques, et particulièrement celles des établissements templiers : on y retrouve encore presque partout les « aiguilles » ou les « épines », qui n'étaient autres que des « pierres levées » celtiques, très antérieures aux monastères qui s'y sont implantés ! De l'acupuncture terrestre en somme, mais pas seulement... Car lorsque je parlais tout-à-l'heure de la « Croix des Carmes », ce monument de notre actuel département de Meurthe et Moselle érigé pour commémorer les Poilus de 14/18 sur l'emplacement d'un ancien monastère de Carmes existant à l'époque de Jeanne, c'était pour en souligner la particularité. S'il remplace en effet une antique croix de bois du même nom et qui n'avait rien de guerrière, son emplacement précis constitue encore de nos jours pour l'IGN un point géodésique d'ordre 5 dans le réseau NTF, c'est-à-dire la triangulation dont se servit César-François Cassini au XVIIIe siècle pour cartographier la France en se basant notamment sur le Méridien de Paris.

C'est d'ailleurs son grand-père, Jean-Dominique Cassini, appelé à Paris par Colbert, qui dirigea l'Observatoire de Paris fondé le 21 Juin 1667 par

---

42 *Dan Brown pour « Da Vinci Code » et Baigent pour « L'Enigme Sacrée »*

l'architecte et médecin Claude Perrault, et que la famille Cassini dirigera durant 125 ans !

Je te fais remarquer en passant que le frère de Claude Perrault est Charles Perrault, secrétaire de Colbert. C'est lui qui transformera l'histoire de Gilles de Rais en l'horrible conte « Barbe-Bleue ». Et tout ça se passe au moment même où Louis XIV fait enfermer Nicolas Fouquet à Pignerol...

Jack s'étonna encore :

— Que vient faire Nicolas Fouquet dans cette histoire ?

— On se le demande, hein ? Tu auras l'explication en son heure... Laisse-moi terminer : C'est donc Claude Perrault qui dessine les plans de l'Observatoire. Je rappelle qu'il est architecte mais aussi médecin, physicien, naturaliste, et qu'il a de plus rédigé un « *Recueil de plusieurs machines de nouvelles inventions* ». C'est donc un touche-à-tout de génie, façon Léonard De Vinci en plus discret. Mais ce n'est pas tout. Les deux frères sont aussi affiliés à une société « *Angélique* » (rien à voir avec la Marquise des Anges) et à une loge maçonnique pionnière dénommée « *Les Chevaliers Errants* ». Ils ont également une véritable vénération pour le 21 Juin. C'est en effet à cette date symbolique qu'ils publient conjointement l'un, son recueil de contes de « *Ma Mère l'Oye* », l'autre, sa première étude de l'oreille interne. Et c'est évidemment ce jour précis qui sera choisi par eux et par notre Roi-Soleil Louis XIV, pour tracer l'implantation de l'Observatoire de Paris. Là, on peut comprendre que des nécessités astronomiques imposent cette date, mais pas le reste !...

— Quel reste ?

— Le fait, par exemple, que le titre de ce recueil, « Ma Mère l'Oye », se rapporte à la Reine Pédauque, à « Berthe au Grand Pied » la mère de Charlemagne, voire même à Clothilde si l'on en croit le Père Mabillon[43], bref, toujours la lignée du Graal. Mais surtout, le fait que cet Observatoire Royal, bâtiment voué à un usage purement scientifique, soit construit selon la règle du « Nombre d'Or », Phi, qui est une particularité de la construction des cathédrales et des temples antiques. Ou encore que l'on ait construit cet édifice autour d'un « puits celtique » de profondeur égale à la hauteur du bâtiment, plus prosaïquement dénommé « puits zénithal » mais qui n'en comporte pas moins une vierge... vierge noire, bien sûr !...

— Une vierge ? Un puits zénithal ? Tu me fous les glandes, comme vous dites en français, accouche ! Pourquoi une vierge noire sous l'Observatoire de Paris ?!!...

— Bah, ce n'est qu'une anomalie parmi bien d'autres... Le choix de cet emplacement, situé pile sur la Roseline qui divise en deux la grande salle Cassini (où, selon Umberto Eco, Foucault aurait fait son expérience pendulaire) aurait parfaitement pu se situer sur le même axe, plus au sud ou plus au nord... Mais non ! C'était nécessairement là et pas ailleurs...

— Pourquoi donc ?

43 *Protégé de Colbert, le Père Mabillon fut au XVIIᵉ siècle l'un des tous premiers historiens au sens moderne du mot. Bénédictin, spécialiste des « antiquités » ainsi qu'on appelait alors les documents anciens, il passe successivement par les abbayes de Nogent, Corbie, Saint-Denis, et Saint-Germain des Prés où il devient bibliothécaire de l'Abbaye. Il y élabore une méthode pour discerner le vrai du faux. Déjà à l'époque, il y avait donc du tri à faire pour accéder aux vérités historiques...*

— Parce que cet emplacement fut précédemment celui d'une congrégation religieuse, rendue célèbre par les romans d'Alexandre Dumas : l'Abbaye de Port-Royal. Cette congrégation fondée en 1204 par Mathilde de Garlande, nièce de Manassès de Garlande (évêque d'Orléans), et soutenue par Philippe-Auguste puis par Louis VII, relevait de l'Ordre cistercien. Mais avant elle, s'y étaient installés les Carmes. Et avant eux, bien d'autres sans doute, dont nous avons perdu la trace mais qui étaient indubitablement mystiques et peu soucieux du dogme[44]... Toute cette zone était mitée de souterrains, devenus depuis catacombes, qu'il a fallu étayer et murer dès la construction de l'Observatoire. Pourquoi s'encombrer de travaux de consolidation du terrain, coûteux par nature, sinon pour implanter là et pas ailleurs ?...

À ceux qui m'objecteraient que ces lieux n'étaient plus prosaïquement que d'anciennes carrières ayant servi à construire Paris, je répondrai que le rapport royal de l'époque[45] fait mention de : « *découvertes de cours d'eau souterrains, de ramifications profondes et de caveaux illustres dont les issues furent terrassées ou soigneusement dissimulées pour des raisons de travaux ultérieurs* »...

On peut même y lire que l'on aurait remonté de ces excavations de nombreux objets pour les collections royales, et qu'on en aurait volontairement enfouis d'autres dans les fondations « *par volonté royale* »... A-t-on déjà vu ailleurs de telles trouvailles dans de simples carrières ?... De plus, l'archéologie est un souci de notre société contemporaine, autrefois on ne s'encombrait pas de rechercher des vieilleries sauf si elles risquaient d'avoir un rapport avec la religion, et cet insolite document explique clairement « l'utilité de construire autour de ce puits zénithal afin de préserver intact l'accès à « *l'antyque chaspel* » abritant une statuette de la Vierge, miraculeusement trouvée durant les travaux bien sûr, et connue sous le nom de « *Nostre Dame Soubterre* » !...

Un lieu alchimique par excellence, qui paraît avoir été connu sous le nom de « Pierre Brute du Grand Art » et qui aurait été visité deux ans avant la construction de l'édifice par certains personnages fort énigmatiques, savants, religieux ou artistes, parmi lesquels on trouve l'ami et protégé de l'Intendant Fouquet, Nicolas Poussin lui-même, l'auteur du fameux tableau « Les Bergers d'Arcadie[46] »...

Ainsi, comme je le disais précédemment, Marie-Magdeleine, que l'on peut identifier à la Vierge Noire, symbolise non seulement la transmission du sang divin dans une lignée royale jusqu'à nos jours sans doute, mais c'est aussi la nouvelle icône d'un très ancien culte basé sur une connaissance de la géophysique et de la mesure de l'Univers.

Il faut croire que la recette fonctionne puisque c'est effectivement l'Observatoire de Paris qui, avec le grand Arago après la Révolution, établira le « mètre », 1/40 000 000e partie du Méridien de Paris, la Roseline, qu'Arago mesurera jusqu'en Espagne et dont les « clous d'Arago » révèlent la

---

44 *Au n° 284 de cette même rue St-Jacques. On trouve un peu plus loin la maison de Nicolas Flamel, nautonier de Sion, et on trouvait également à l'emplacement de l'actuel n° 238 la maison de Jean de Meung, co-auteur du « Roman de la Rose ».*
45 *Rapport de C. Perrault au Cabinet privé du Roi -A.R. Pierre Coute N' 678-orc 71.*
46 *Voir en notes annexes l'étrange histoire de ce tableau.*

trace dans Paris. Ce même Observatoire de Paris verra naître en 1851 avec l'expérience de Foucault la première notion de « vitesse de la Lumière » sur laquelle Arago avait déjà travaillé... Nul doute que si la Science rationnelle est responsable de ces découvertes, c'est incontestablement parce que l'Alchimie l'a précédée en de tels lieux pour éveiller les consciences. Ça n'est pas un dieu qui nous a pondu le système métrique avec ses convertibilités en masses et en volumes, mais bien les initiés d'un ancien savoir. Un savoir transmis par *Sion* notamment, et hérité d'un culte né il y a bien longtemps en Égypte, du temps où les pharaons détenteurs de la science des prêtres, étaient eux-mêmes considérés comme des dieux vivants...

Des dieux que, pour les rendre fertiles, leurs épouses « oignaient » à un endroit que la pudeur m'empêche d'indiquer ici plus clairement avec la graisse d'un crocodile sacré du Nil, lui-même « fleuve sacré » s'il en est. Or, c'est bien Marie-Magdeleine qui elle aussi « oint » Jésus dans les Évangiles. Sur la tête en ce qui le concerne car, si les épouses royales égyptiennes désiraient avant tout que leur union soit fertile charnellement, l'onction de Jésus est clairement orientée vers une fertilité différente : la propagation spirituelle d'un nouveau rapport au « cosmique ». Et tout cela nous ramène encore et encore aux religions primitives de l'Égypte et des Celtes...

— Comment cela ? s'exclama Jack. Les Celtes, par la grand-mère Anne, c'est en effet une hypothèse audacieuse mais acceptable. Cependant, l'Égypte ?!... à part l'éducation de Jésus à Alexandrie dont tu dresses un tableau plausible, je ne vois aucun rapport, et ton explication de l'onction crânienne par Marie-Magdeleine est un peu... comment dire ?... tirée par les cheveux !

— C'est que, là encore, tu ne grattes pas assez les croûtes !... s'amusa Johan. La légende des Saintes-Maries de la Mer (qu'on pourrait aussi bien écrire Sainte-Marie de la Terre-Mère) rapporte qu'une enfant est arrivée avec la barque familiale, cette enfant nommée Sarah, que les Gitans adorent comme leur sainte sœur et dont les auteurs de best-sellers récents ont révélé qu'elle pourrait bien être l'enfant légitime du couple Jésus / Marie-Magdeleine... elle doit en effet avoir une petite quinzaine d'années quand elle débarque en Camargue en l'an 42, soit théoriquement 9 ans après la crucifixion. Ne l'appelle-t-on pas aussi Sarah l'Égyptienne, Sarah la Noire ?... Très probablement parce que née en Égypte avant la vie publique de Jésus, ou que, comme lui, elle y ait fait ses études. En tous cas, on l'appelle l'Égyptienne. Or, Gitans = Gypsies = Égyptiens...

— Bof, ça ne prouve rien... Cette Sarah peut parfaitement n'avoir été qu'une servante.

— En effet, ça se peut... Mais je doute que la Sainte-Famille entreprenant ce périlleux voyage d'exil ait emmené avec elle toute sa maisonnée de domestiques. À mon sens, les personnes arrivées sur nos côtes de Roussillon étaient nécessairement toutes des membres importants de la Famille... C'est drôle ! Normalement, c'est toi le romancier et moi l'historien amateur, pourtant c'est toujours toi qui me demandes des preuves... Mais des preuves tangibles de cette époque là, il n'y en a pas... Pas plus dans les Évangiles que dans l'Histoire. On est obligatoirement réduit aux conjectures et à leur interprétation dans la plus logique version possible... Néanmoins, là encore, on a des indices...

— Dis toujours... soupira Jack, un brin sceptique.

— Dans l'antiquité existait là un ancien oppidum dédié à Râ, le dieu solaire égyptien (une coïncidence de plus ?), et le village existait déjà aux temps mérovingiens sous le nom de « Les Trois Maries », comme notre vieille rue du même nom dans le Centre Ancien d'Orléans, rue qui mène précisément à... Saint-Samson !... Coïncidence encore sans doute ?... Mais sais-tu Qui, en ce XVe siècle, y fit effectuer les fouilles pour retrouver les reliques de ces saintes oubliées ? Qui en officialisa le culte aux Saintes-Maries de la Mer ?... Ne cherche pas ! la réponse est... René d'Anjou !...

— Encore lui ?!!!

— Eh oui, encore et toujours ce cher René !... Alors c'est vrai, on m'objectera que ça n'est pas une preuve... Mais c'est tout de même encore une sacrée convergence avec ce que j'exposais précédemment ! Est-ce que ça répond à ta question ?

— Tu as raison, Johan, excuse-moi... La force de l'habitude pour le journaliste. Ta relation de l'histoire est tellement passionnante que j'ai l'impression d'interviewer un témoin de l'époque et je n'en crois pas mes oreilles.

— Là, tu me flattes, Jack ! Attention, ça pourrait me rendre prétentieux sur les Droits d'Auteurs !

— Pas de crainte à ce sujet ! rétorqua ironiquement Jack, ce sont mes avocats new-yorkais qui rédigent le contrat !... Mais pour en revenir à Jeanne – parce que tu commences à m'embrouiller avec toutes ces références religieuses – je vais bien trouver le moyen de te mettre mal à l'aise et d'ébranler tes certitudes... Par exemple : quel est le lien entre Elle et l'histoire de Rennes-le-Château ?

— Eh bien, le côté étrange de l'affaire est précisément que ce lien n'est pas très apparent mais bien réel ! Rien qui soit direct, mais un parallèle évident avec toute une histoire cachée derrière...

— Je ne comprends toujours pas...

— Tu vas comprendre : je t'ai dit tout à l'heure que l'Ordre de *Sion* était probablement derrière tout ça... Avec *Sion* on n'a jamais de preuves, mais ça n'empêche pas de collecter une foule d'indices convergents comme ceux que nous venons de voir... Nous avons vu le premier avec la date d'arrivée de Jeanne à Domrémy un 17 Janvier, l'Épiphanie julienne. On en trouve un second avec l'observation de Jeanne elle-même qui se réjouit de réunir le maximum de « sang royal », autrement dit de « Sang Real » ou « Saint-Graal »... Je passe par pertes et profits la condamnation à mort de Louis XVI un *17 Janvier* qui pourrait n'être qu'une véritable coïncidence fortuite, mais ce n'est pas tout : On en voit immédiatement un troisième avec le nom du personnage qui écrit la lettre décrivant cette arrivée de « bébé Jeanne » à Domrémy. Souviens-toi, il s'agit d'un certain « Perceval de Boulainvilliers » écrivant de Saint-Benoît sur Loire le 21 Juin. Ce Perceval là était très certainement un membre de *Sion* venu assister à la *Triple Donation* car il y en aura un autre, « Perceval de Cagny », qui lui racontera l'épisode du bûcher de Rouen. C'est ce dernier qui parlera d'une suppliciée amenée la tête « embronchée »...

On a donc un premier Perceval relatant l'arrivée de Jeanne à Domrémy, ou sa « naissance symbolique », et un second Perceval relatant le soi-disant supplice de Rouen ou sa « mort symbolique ». Ça rappelle étonnamment la manière dont les saints des premiers temps chrétiens étaient célébrés par l'élévation d'une église au lieu de leur naissance et une autre au lieu de leur mort. Une fois encore, sacrées coïncidences !... Statistiquement, combien y avait-il de chances que deux personnages nommés tous deux « Perceval » se trouvent les témoins de la naissance et de la mort de Jeanne ?...

Et quel symbole encore, car Perceval est un prénom plutôt original et relativement peu courant, aussi bien à l'époque que de nos jours... Il a été introduit par un roman arthurien : « Perceval le Gallois », dont le sous-titre est (tiens donc, quel hasard !...) : « Le Conte du Graal », et par la magnifique « geste » de Wolfram von Eschenbach sur l'histoire des Cathares et du Saint-Graal... Toujours une coïncidence n'est-ce pas ?... Ce prénom tient son origine de la déformation du nom des comtes de Carcassonne et seigneurs de Rennes-le Château : les Trencavel. En occitan *Trenca-Vel* = Tranche-Val en français = Perce-Val = *Parsi-Fal* en prononciation germanique. Or, les « Trencavel » sont sensés être de la filiation du Christ, donc de la lignée du « Graal » si l'on considère comme telle Marie-Magdeleine. Et à ce Graal est lié la fameuse Roseline qui sert de repère géographique, ou géodésique, ou encore astrologique, à tout ce petit monde depuis plus de mille ans. Cette Roseline – en fait le Méridien de Paris – qui prend sa source en Roux-Sillon et se prolonge par Bourges et son observatoire, et l'Observatoire de Paris dont nous venons de parler, jusqu'au Carrousel[47] du Louvre à Paris, en passant par l'église Saint-Sulpice où l'on trouve un étonnant gnomon...

— Un quoi ?... s'étonna Jack

— Un « gnomon ». C'est une sorte de point de repère utilisant l'ombre portée pour mesurer l'année solaire. Rien d'étonnant à cela, répondent les légitimistes, puisque l'Église avait besoin de connaître avec précision la date de Pâques, et ce genre de témoin n'est qu'une visée astronomique qui permet de la calculer... C'est vrai... sauf que ça n'est jamais à la date de Pâques que le témoin s'éclaire le plus ou le moins, mais bien le 21 Décembre et le 21 Juin !... En fait, les solstices d'été et d'hiver... Et le 21 Décembre, en l'église Saint-Sulpice, qu'éclairent donc les rayons du dieu-soleil Râ ?... un obélisque !...

— Un obélisque ?!!! laissa échapper Jack.

— Oui... Étrange de trouver un obélisque dans une église de France, non ? On s'attendrait davantage à trouver ça en Égypte, ou encore sur la place de la Concorde puisque Napoléon (encore lui !) en a fait rapporter un que ses successeurs n'ont pas trouvé mieux que de planter sur l'antique alignement Vincennes-Louvre-Champs-Élysées, pile face à l'église de La Madeleine... Était-ce pour lui servir de gigantesque gnomon à elle aussi, comme celui de Saint-Sulpice, ou a-t-il d'autres usages ?...

---

47 *Carrousel : (étymologie) provenant de la contraction de deux mots latins « carrus-soli » signifiant « char du soleil »...*

Et puis tiens ! puisqu'on en parle... « Saint-Sulpice », voilà encore un nom intéressant ! À plusieurs titres... D'abord, en faisant glisser une lettre, on en fait un *Saint-Supplice*, qui peut symboliser celui de Jésus... Ensuite sa fête, la Saint-Sulpice, se célèbre le... *17 janvier*... Mais ce n'est pas la seule personnalité qu'on fête ce jour-là, car ce même 17 Janvier est aussi la fête de... Sainte-Roseline !... Ça ne s'invente pas, n'est-ce pas !

Lorsqu'on sait que sa correspondance dans le calendrier julien est l'Épiphanie, ce moment fugace où les « trois rois » s'alignent avec Sirius en direction du soleil... on a de quoi s'interroger sur l'utilité précise de ce Méridien de Paris au XIVe siècle, alors qu'on n'avait toujours pas inventé la boussole et qu'on croyait encore que la Terre était plate !... Du moins officiellement, car malgré la grande science du pape de l'an Mil, Sylvestre II (ex-moine Gerbert, précepteur de Hugues Capet) qui se servait d'un astrolabe aux sphères armillaires pour expliquer l'astronomie à ses élèves, malgré Richard de Wallingford (1291-1336), abbé de Saint-Albans[48], qui conçut pour l'église de son monastère une horloge astronomique capable de prévoir les éclipses figurées par un dragon qui mangeait la lune, le Vatican condamnera pourtant encore Copernic et Galilée respectivement en 1616 et 1633...

Enfin, ce saint-homme (Sulpice) fut paraît-il évêque de Bourges !... Bourges, qui fut au temps des Gaules le « Centre du Monde Celte » d'où le roi Ambigat envoya ses neveux en Orient... Bourges, située sur la Roseline et qui dispose d'un remarquable observatoire construit en 1904 par un célèbre astronome, l'abbé Moreux, très loin d'être un « créationniste », mais surtout Bourges où le savant Jean Fusoris (médecin, mathématicien, astronome, et alchimiste) a construit en Novembre 1424 (cinq ans avant l'arrivée de Jeanne d'Arc dans l'Histoire) la plus ancienne Horloge Astronomique de France[49]... Bourges enfin, dont on affubla non sans malice le dauphin Charles du titre de « petit roi de Bourges »... La boucle est bouclée !

— En effet !

— Alors, passons à une autre... car, surtout, Sulpice nous ramène à Clovis et donc au fondement de la Chrétienté en France : c'est en effet à Tolbiac, à son époque dénommée « *Zülpich* » (= Sulpice une fois francisé), que le roi Franc fit le serment de se convertir au Christianisme si le dieu de Clothilde lui accordait la victoire... Et comme je disais tout-à-l'heure, Jean-Paul II est venu célébrer le 1 500e anniversaire de ce baptême à Sainte-Anne d'Auray...

Comme tu vois, Jack, TOUT nous ramène toujours à la lignée du Saint-Graal et à l'Astrologie, l'Astronomie de l'époque... Aucune preuve formelle, certes, mais une étourdissante accumulation de coïncidences, tu en conviendras ?

---

48 *Dans le Herefordshire (comté du sud de l'Angleterre)*
49 *Mécanisme très complexe, elle donnait l'heure et la position des astres avec une erreur d'une seconde pour cent cinquante ans !... Elle indiquait le jour dans le Zodiaque, le mouvement mensuel et les phases de la lune ainsi que le mouvement annuel du soleil et sa position dans le ciel...*

— Je dois dire que je les vois s'accumuler au fur et à mesure que je t'écoute, et c'en est impressionnant ! Comment se fait-il que personne n'ait jamais fait ces rapprochements avant toi ? Je n'ai jamais lu ça nulle part !...

— Tant mieux ! Ça ne vaudrait pas la peine de réécrire un roman qui l'aurait déjà été !... En fait, c'est normal. La plupart des gens ont une vision trop étriquée de l'Histoire. Ils la regardent au microscope quand il leur faudrait au contraire prendre du recul pour élargir leur champ de vision. Depuis des siècles on la leur fait lire avec des œillères, découpée comme des rondelles de saucisson, bribe par bribe et époque par époque, pour qu'ils ne discernent pas la filiation des événements par le fil rouge (ah non pardon, la *Roseline* !) qui les relie de siècle en siècle... La plupart des universitaires sont aveuglés par les faits largement éclairés qu'on leur a fait admettre, et ne peuvent plus voir l'essentiel : ce qui reste à découvrir dans les zones obscures...

La dernière municipalité d'Orléans a d'ailleurs mis à profit cette propriété physiologique en nous installant ce magnifique éclairage que tu peux voir dans nos rues du Centre Ancien. En éclairant moins brutalement, il consomme moins d'énergie, mais surtout il permet d'y voir mieux et plus largement... Car c'est un phénomène d'optique dont nous sommes trop peu conscients : comme ça, sur le papier, ça paraît évident et la plupart des gens croient que plus on balance de watts et mieux on y voit clair. En réalité c'est l'inverse, car l'éclairage trop violent d'une zone d'observation provoque l'éblouissement. L'œil réagit en fermant la pupille, ce qui entraîne *ipso facto* un obscurcissement relatif des zones voisines. Mieux vaut donc ne pas se fier au vendeur de luminaires et d'électricité, et pour certaines choses revenir à la bonne vieille chandelle de papa. J'exagère à peine.

C'est la même chose en histoire ou d'ailleurs dans n'importe quel domaine de la recherche car ce phénomène de compensation rétinienne dû à un éclairage trop violent s'applique tout autant à la manipulation mentale. On pourrait appeler ça la relativité. Pas celle d'Einstein, mais en tout cas celle des magiciens et des prestidigitateurs qui vous font regarder la main droite dans la lumière pendant que, dans l'ombre, la gauche prépare le tour... Il faut en effet une vision artistique ou une vision d'éclairagiste, pour observer l'Histoire comme on contemple un tableau... Un vieux maître bouddhiste a écrit : « *Dans la pénombre, avec du recul et en faisant varier la mise au point, on peut discerner l'aura* ». C'est la même chose avec la peinture de l'Histoire. Si l'on veut percevoir les arrière-plans il faut éviter l'éblouissement et se débarrasser des choses trop évidentes placées volontairement en façade... Un prisonnier qui regarde l'extérieur, le nez collé sur ses barreaux, ne voit plus sa prison. Seul l'inconscient l'enregistre, ce qui provoque un malaise si le prisonnier n'a pas conscience qu'il est prisonnier. C'est aussi le cas en histoire quand on ne se rend pas compte qu'on a été manipulé depuis l'enfance, et souvent depuis des siècles. Il faut prendre du recul, avoir un autre regard, régler une autre mise au point... Ça explique sans doute pourquoi des artistes, les grands peintres comme Poussin, Michel-Ange, Raphaël ou Vinci et quelques autres, ont discerné des choses que le commun des mortels ne voit plus, aussi érudit soit-il...

— C'est vrai qu'on ne pose pas le même regard sur les choses quand on est artiste. À propos, je me suis toujours demandé pourquoi les peintres et sculpteurs peignaient des auréoles aux saints... Tu le sais, toi ?

— Voilà une excellente illustration de ce que je disais... À défaut d'explication sérieuse de la part de spécialistes, c'est avec une hilarité non contenue de ma part qu'à propos des auréoles des statues j'ai entendu exposer, très sérieusement à la télévision par un érudit pince-sans-rire, l'assertion suivante : « ça empêche les pigeons de nicher sur leurs têtes ! »

Jack s'esclaffa :

— Ha ha ! On dirait un gag à la Cyrano : « *Haïssez-vous à ce point les oiseaux pour hérisser de pointes ce perchoir pour leurs petites pattes ?* »...

— Quelle blague, n'est-ce pas ! Je me suis pincé pour être bien sûr de ce que j'entendais. Quand on ignore la raison des choses, leurs conséquences tiennent souvent lieu de causalité dans l'explication. Un de nos vieux humoristes, Fernand Reynaud, résumait ça assez bien avec « C'est étudié pour !... ».

Plus sérieusement, c'est là aussi une tradition au sujet de laquelle l'Église n'apporte aucune réponse... Oublions les pigeons des statues, mais on ne peut s'empêcher de constater que toutes les représentations picturales de saints, et parmi les plus anciennes comme la mosaïque de Germigny-des-Prés[50] pour ne parler que de la région, présentent des auréoles dorées autour de la tête et du cœur des personnages. Or, outre que l'étymologie fait dériver ce mot du latin *aureola* signifiant « couronne d'or » et impliquant une initiation, la notion même d'auréole, et spécialement dorée correspondant au plus haut degré de rayonnement spirituel, est typiquement une importation étrangère qui aurait dû être inconnue de nos artistes aux temps originels de la Chrétienté... Ne va pas croire comme beaucoup que « auréole » viendrait de « aurifère » au prétexte qu'elle est dorée ! C'est la même racine que « l'aura » dont je parlais à l'instant, une notion qui nous est arrivée avec le Bouddhisme. Elle devrait donc être, en théorie du moins, d'introduction récente dans la culture occidentale... Comme la découverte de l'Amérique est officiellement sensée avoir été l'œuvre de Christophe Colomb[51], disons que logiquement la notion d'aura nous arrive à partir du XIIIe siècle avec Marco Polo, les pâtes et le ver à soie. Et pourtant, dès l'Antiquité, les églises et les icônes orthodoxes en sont couvertes !... Qui a parlé de ça aux artistes ? Mystère !... On cherchera vainement une référence dans les textes bibliques, on n'en trouvera pas. C'est ainsi et voilà !

— Irais-tu jusqu'à dire que cette auréole des saints sur les tableaux est une « inspiration » d'artiste due à leur plus grande sensibilité ?

— Je n'irai pas jusque là, quoique... pourquoi pas ? Mais à mon avis c'est simplement que les canons de la peinture, très antérieurs aux peintres eux-mêmes, avaient déjà défini le rayonnement spirituel comme une lumière dorée émanant de la tête et du cœur... Les statues de Bouddha sur la route de la soie, et qui datent de cinq siècles avant J.C., en étaient déjà parées. Ça

---

50 *Oratoire de Théodulphe, construit en 806, sous Charlemagne.*
51 *En réalité celle de Chevaliers du Christ, autrement dit des ex-Templiers, eux-mêmes précédés par les Vikings et sans doute même par les Phéniciens et Égyptiens. On a en effet retrouvé en certaines momies antiques une substance qui ne pouvait se trouver qu'en Amérique : de la cocaïne !*

fait partie d'un symbolisme sacré dont on ignore les origines. Comme la Croix nue, le Taijitu, la Svastika ou l'Ouroboros, qui symbolisaient déjà les forces universelles bien avant l'arrivée de la Croix de souffrance chrétienne. Mais ça implique surtout que d'autres cultures universelles soient aux sources du Christianisme....

— Les quoi ?... La Croix et la Svastika, je connais, mais les deux autres ?...

— Tu connais aussi : Le Taijitu c'est ce symbole où le blanc et le noir, le Yin et le Yang, s'interpénètrent en double goutte inversée... Ce que tu ne sais peut-être pas – parce que la plupart des gens l'ignorent ou ne pensent plus à faire la distinction – c'est que la Svastika, ou Croix Gammée, est elle aussi un symbole bien plus ancien que le Nazisme auquel on l'assimile trop souvent. Elle est d'origine indo-européenne et son nom vient du Sanscrit. Si elle est dextrogyre, c'est-à-dire si ses branches tournent vers la droite en double Z croisé, elle signifie : porte-chance, bonne fortune ! Mais les Hindous lui accordent un sens néfaste si elle est sénestrogyre. Et en effet, la Croix Gammée nazie de sinistre mémoire des SS (des Z inversés) était sénestrogyre[52]...

De même le Crucifix, déplorable rappel du supplice d'un homme, n'est que très accessoirement celui de sa Résurrection supposée, qu'il eût mieux valu, si la « Nouvelle » de la Résurrection était si bonne, représenter par une Descente de Croix ou toute autre image positive plutôt que cette scène masochiste. En vérité, le premier signe des Chrétiens était les Poissons. La Croix de douleur ne viendra les remplacer qu'à partir du Ve siècle. Par contre, la Croix nue à branches égales est un symbole positif infiniment plus ancien, datant, sinon de l'origine du Monde, au moins des toutes premières civilisations qui se sont interrogées sur le sens de l'existence et l'interaction avec le Cosmique... La Croix est le plus simple des moyens pour symboliser un point, par définition non représentable dans l'absolu.

Le Cercle et la Croix sont deux symboles primaires qui n'ont rien à voir avec la religion catholique. Ce sont des symboles solaires, universels eux aussi, que l'on retrouve réunis dans la croix celtique ou le signe de croix cathare, et comme par hasard dans la croix templière qui n'a elle non plus aucun rapport avec un crucifix, ce qui explique au passage pourquoi, lors de leur réception dans l'Ordre, les Templiers crachaient sur l'instrument de torture, ce qu'ils n'auraient évidemment jamais fait sur l'emblème de leur Ordre.

Le Cercle seul, ou avec un point central, est le parfait symbole du Soleil. On le trouve aussi bien chez les Égyptiens que chez les Mayas ou une foule d'autres civilisations antiques, et bizarrement le laïus de l'abbé Boudet[53] à propos de Rennes-le-Château indique lui aussi un cercle avec un point central à propos du cromlech de Rennes-les-Bains...

Quand à l'Ouroboros, c'est le serpent ou le dragon qui se mord la queue en formant un cercle... Lui aussi symbolise la Nature, l'Énergie circulant

---

52 *Senestre (du latin : gauche) et sinistre ont la même étymologie...*
53 *« La Vraie langue Celtique et le Cromlech de Rennes-les-Bains » petit fascicule initialement édité à compte d'auteur par l'abbé Boudet. On le trouve sur Internet ou à la librairie de Rennes-le-Château.*

dans les failles de la Terre, et les cycles éternels... Rien ne se perd, rien ne se crée, tout se transforme !... Et à propos de dragon, revenons-en à Jeanne d'Arc...

— Oh ! éclata Jack, tu as de ces raccourcis ! Est-ce que par hasard Jeanne aurait été si laide ?... Était-elle moustachue ?... Crachait-elle des flammes ?...

— Pas du tout ! Il paraît même qu'elle était très jolie, et si sa bouche embrasait quelque chose (rassure-toi, uniquement par les paroles qui en sortaient), c'était le cœur des soldats comme Gilles de Rais... Non, non, à propos de dragon je n'évoquais évidemment pas son physique, je parlais du nom qu'on lui a donné : « d'Arc »...

— Tu disais que ça n'était pas vraiment le sien...

— Exact ! On ne lui donnera ce nom que vingt-cinq ans plus tard, après son procès en réhabilitation. Avant cela, elle s'est toujours appelée et fait appeler Jeanne ou Jeannette, ou « La Pucelle d'Orléans ». Jamais personne ne l'a appelée « pucelle de Domrémy », ce qui eût pourtant été bien plus logique si elle était réellement née là-bas... C'est encore un indice de plus qu'elle n'était pas qui on voudrait nous faire accroire... Mais il y a bien plus original que cela.

— Et quoi donc ?

— Nous étions dans les symboles, n'est-ce pas ? Eh bien, ce nom lui-même est un symbole à lui tout seul. Et sous plusieurs angles...

— Quoi donc ? « D'Arc » est un symbole ?... Elle ne tirait pas à l'arc, que je sache, c'était plutôt le privilège des anglais !... Je ne te suis pas...

— C'est normal si tu ne t'es jamais intéressé à la symbolique des mots et des sons. C'est un domaine très particulier dont sont coutumiers les kabbalistes par exemple, ainsi que certains moines, notamment les Lamas tibétains, en Orient, et les Bénédictins chez nous qui ont importé les « Chants Grégoriens ».

— Allons bon ! Voilà la chanson maintenant ! Je ne te suis toujours pas...

— Tu admettras avec moi que les mantras tibétains chantés avec ces voix incroyablement graves et suaves à la fois, sont comme les chants grégoriens bâtis sur une gamme très particulière, dont les vibrations ont la propriété de s'harmoniser comme aucune autre avec la tension des pierres constituant les « arcs » ou « arches » de nos abbayes...

— C'est en effet remarquable, mais ces arches là n'ont aucun rapport avec son nom... Tes jeux de mots ne sont pas de mise et les vibrations ne sont qu'un effet de l'acoustique !

— Ce n'est pas faux mais incomplet de le dire comme ça. L'acoustique est une FORCE agissante, amplificatrice, mais qui amplifie n'importe quoi, aussi bien du Rap, et tu avoueras que ça ne donne pas le même effet que le Grégorien... En réalité ces chants, qui tiennent leur nom du pape Grégoire le Grand, furent introduits dans les abbayes par les moines bénédictins qui les avaient sauvés de manuscrits grecs, lesquels les tenaient eux-mêmes de papyrus égyptiens. Cette gamme très particulière aux chants sacrés était utilisée jadis en Égypte par les prêtres d'Aton. Mais on peut penser que les mantras bouddhistes sont inspirés des mêmes propriétés vibratoires. De son côté, la Mythologie grecque prétend également que le chant d'Orphée faisait vibrer les pierres... au point, dit-on, de les faire voler !... Ce qui, si c'était vrai, expliquerait sans doute le mystère de certaines constructions étonnantes... On sait parfaitement que les infra-sons peuvent détruire des solides et c'est probablement ce qui advint à Jéricho. Peuvent-ils aussi faire léviter des pierres ?... J'ignore si on a déjà tenté l'expérience... Bref, ce qui compte, c'est d'admettre que le son, et pas uniquement la musique instrumentale mais aussi la sonorité et la forme gutturale des mots, ne sont pas sans influence sur les choses matérielles. Les tibétains savent cela qui psalmodient leurs litanies de « *Oum Mani Padme Oum* » pour atteindre à la sérénité. Rien que des phonèmes doux, ils ne chantent pas du Rock-métal bourré de consonnes gutturales et agressives. Les Esséniens eux aussi pratiquaient « la langue douce »...

Je ne suis pas assez calé en acoustique pour t'expliquer les notions de longueurs d'ondes, de pics ou de fréquence, mais sauf s'il a un cœur de pierre, tout musicien ressent l'effet que produit la musique sur son propre corps, particulièrement les basses et les sons graves comme ceux des mélopées tibétaines. Ce sont toujours les basses qui dérangent nos voisins de palier quand la chaîne hifi est trop forte, et ce sont les aigus des sirènes qui nous mettent en alerte. On tient cela de notre mémoire reptilienne sans doute, mais les cris rauques nous mettent encore plus mal à l'aise. À partir de là, chantée ou pas, la phonétique d'un mot, la composition gutturale d'un nom, ne sont pas neutres. On peut approcher cette notion en comparant les langues par exemple. Il est évident pour tout amateur que l'Anglo-saxon est plus adapté au Rock et le Français à la balade sentimentale, n'est-ce pas ?... Bah, je te concède que je suis peut-être un peu chauvin en disant cela car il y a eu aussi de grands crooners chez vous, mais relis bien les paroles de leurs succès, tu verras que la douceur des phonèmes n'y est pas pour rien. Enfin bref, on y croit ou pas, et je reste assez sceptique sur l'aspect opératif de cette question gutturale mais, puisqu'il y a des gens pour y croire, je n'ai pas pu m'empêcher de relever quelques coïncidences amusantes à propos de ce nom « d'Arc »... Je te les livre pour ce qu'elles sont. Les voici :

Comme je te l'ai déjà fait remarquer tout à l'heure, il y a une étrange résonance entre « Sainte-Jeanne d'Arc » et « Saint-Jean d'Acre » en Terre-Sainte, siège des Templiers jouxtant ce Mont-Carmel où naquit l'Ordre religieux des Carmes rendant un culte à une « Notre-Dame » après bien d'autres cultes antérieurs rendus sur le même lieu à la Terre-Mère...

— J'ai bien noté qu'on devait y revenir, en effet...

— Eh bien nous y sommes... Le nom d'Arc, comme le nom d'Acre, est composé des mêmes trois consonnes « d », « r » et « c »... En langue sacrée les voyelles ne comptent pas puisqu'à l'origine elles n'étaient même pas inscriptibles. Ainsi « DRK », « DaRK », « D'aRC » ou « D'aCR » ont la même valeur opérative. Ces trois consonnes utilisées ensemble dans un même vocable sont significatives d'une fonction liée au Dragon, « DRaCo » en latin. On retrouve ces trois caractères dans le nom de villes, de lieux ou de rivières liés à un dragon ou un monstre du même genre, telles les cités de DRaGuignan, de TaRasCon, la rivière le DRaC, ou encore dans le bateau DRaKKar dont la proue figurait un dragon, et dans un tas d'autres mots...

On peut étendre l'observation avec « G » car il a la même valeur gutturale que « C » ou « K »... Ainsi DRaGon = DraCo sur le plan de cette guématrie phonétique. Et sur cette phonétique se sont forgées des légendes plus fantasques les unes que les autres qui présentaient le dragon comme un être maléfique.

Contrairement à celle répandue au XIXe siècle par le roman de Bram Stocker, mais surtout par les marchands saxons qui, n'appréciant pas ses taxes[54], avaient répandu des libelles jusqu'au Vatican, Dracula lui-même, plus précisément Vlad II, prince de Valachie, n'est pas du tout vu comme un vampire par les Roumains d'aujourd'hui et d'hier, mais au contraire comme un héros national, comme un grand militaire dont la fermeté avait su stopper l'invasion ottomane... Ce surnom de « *Dracul* » n'est que la traduction en roumain du mot « dragon » qui n'existait pas dans cette langue à l'époque. Il ne le porta que parce que son père Vlad Ier avait été fait *Chevalier de l'Ordre du Dragon*[55] par l'empereur Sigismond de Luxembourg, ce même Sigismond dont précisément la fille Élisabeth reçut Jeanne des Armoises à Arlon...

Or, à commencer par notre Saint-Samson, les saints évoqués par la légende dorée de Jeanne pour expliquer ses mystérieuses voix sont tous des saints sauroctones, c'est-à-dire et contrairement à ce qu'on croit souvent, non pas des tueurs de dragons mais des « maîtriseurs » de dragons (les sauroctones parviennent généralement à rendre le monstre doux et docile). Voilà encore un de ces signes particuliers aux légendes qu'il faut savoir détecter et déchiffrer sans se laisser intoxiquer par les broderies et autres enluminures ultérieures.

— Pas possible ! Mais alors, le dragon serait plutôt un symbole positif ?... Comme une voie d'initiation ?

— Parfaitement !... À commencer par le célèbre Saint-Michel, dont tout le monde peut voir la statue au sommet de la célèbre Abbaye du même nom. Statue d'Emmanuel Frémiet sur la commande de Napoléon III, je le rappelle : « L'archange terrassant le dragon ». En fait, il lui pose le pied sur la tête. L'Abbaye est par ailleurs typique de l'époque templière et l'on peut y visiter une fameuse « Salle des Chevaliers » dont la sœur jumelle existait au Louvre. Pas un tableau au musée mais une vraie salle dans le Louvre de Philippe-Auguste, comme il en existait dans les nombreux châteaux de l'Ordre ; Ensuite, Sainte-Marguerite d'Antioche qui est avalée par l'horrible bête mais lui perce le ventre de l'intérieur et en ressort ; et Sainte-Catherine qui tient en laisse le dragon ; tous trois sont des figures sauroctones mais aucune ne tue définitivement le dragon en question. Elles se contentent de le contrôler, de le rendre servile... Une manière de dire que la nature est une

---

54 *En 1457 des marchands saxons de Transylvanie essayèrent de le remplacer par un « prêtre des roumains » ultérieurement identifié comme Vlad VI qui leur avait promis un régime douanier plus favorable. Ils n'y parvinrent pas.*

55 *L'**Ordre secret du Dragon de Saint-Georges** fut créé par une chevalier serbe, Milos Obilic, vers 1380. Obilic mourut exécuté par les Ottomans et devint une légende locale. L'empereur **Sigismond Ier de Luxembourg** décida de recréer officiellement l'Ordre du Dragon en 1408. Son emblème était un dragon dont la queue refermait un cercle (Ouroboros) au dos recouvert d'une Croix de Saint-Georges. Cet ordre batailla contre les révoltes **Hussites**, envers qui une lettre injonctive de Jeanne aurait été retrouvée en Autriche. Mais l'authenticité de cette lettre est discutée. (Voir en notes annexes).*

force sauvage qu'il faut savoir maîtriser... Quelque part, ça augure assez bien de notre époque nucléaire...

— En effet !

— Note bien que je n'utiliserais pas cet argument dans une thèse universitaire, on est vraiment trop loin des réalités rationnelles, mais je trouvais que c'était amusant à relever. Surtout quand on sait que le dragon fut considéré comme le pire ennemi de la Chrétienté. Et pour cause puisque, à l'instar de Prométhée, il apporte l'initiation ! Ça ne manquait pas d'ironie de le mettre ainsi en exergue pour la réhabilitation de Jeanne, d'en faire une « DRC », un chasseur de dragons, alors que la vraie Jeanne fut sans doute beaucoup plus païenne qu'on veut bien le dire, et Henri Martin avait probablement raison d'en faire une figure celte...

— Qu'est-ce qui te fait dire ça, je te prie ?

— C'est que le Dragon est une illustre figure du panthéon celtique. C'est lui qui garde la porte du royaume souterrain, la porte entre les mondes qui s'ouvre durant les jours de Samain pour laisser passer les revenants. Mais gare au vivant qui s'aventurerait de l'autre côté de cette porte interdite !... Les esprits, eux, peuvent la franchir en sens inverse et revenir visiter les vivants durant cette période. C'est d'ailleurs la raison pour laquelle les gens se grimaient pour Samain (ou *Halloween* si tu préfères la version irlandaise) afin de ne pas être reconnus par les esprits mauvais durant ces jours de la fin d'année celtique.

— Ah bon ! Alors, c'est pour ça, tous ces gamins qui se déguisent ?... Moi qui croyais que c'était pour nous extorquer quelques confiseries...

— L'un n'empêche pas l'autre, car Samain était une véritable fête après la saison des récoltes, une fête de toute la communauté, une occasion de réunir dans la joie les vivants et les chers disparus passés dans l'autre monde. Ça n'avait pas du tout la tristesse de notre Toussaint chrétienne qui l'a évidemment recouverte au calendrier. Mais la « Porte-entre-les-mondes » ne pouvait être franchie dans les deux sens que par les désincarnés. Pour empêcher les vivants trop curieux, le Dragon veillait de l'autre côté ! Gare à ne pas le réveiller, car il est extrêmement puissant et sa colère est terrible !

— J'aurai encore appris quelque chose, mais quel rapport avec Jeanne ? On retrouve le thème du Dragon presque partout dans le monde...

— Oui, mais en Occident il est particulier car il a une connotation cosmique qui est peut-être oubliée ailleurs : Il y a 4700 ans, l'étoile alpha de la constellation du Dragon (*Draconis*, aujourd'hui Thuban) montrait le Nord exact[56]. À l'apogée de la civilisation égyptienne elle fut l'étoile polaire sur laquelle s'alignaient les temples... Mais la précession des équinoxes fait que les repères astronomiques bougent sans cesse, et sous les Ptolémées, dans l'ère zodiacale du Bélier deux millénaires plus tard, on a réajusté les repères. On a alors remplacé *Alpha de Draconis* par *Alpha de Ursae Minoris* (La Petite Ourse), également appelée *Stella Maris* (qu'on traduira indifféremment par Étoile Marine ou Étoile de Marie)... La mythologie grecque a tenu compte de cette évolution céleste par la définition de deux

---

56 *Du fait de la précession des équinoxes, le Nord céleste suit un cycle de 25 800 ans et se décale d'env. 1° tous les 72 ans. Il y a 14 000 ans, durant l'ère du Lion, il était marqué par Véga de la Lyre.*

nouvelles constellations qui jusque là faisaient partie de ce qu'on appelait « l'aile du Dragon ». C'est ainsi que Grande et Petite Ourses devinrent respectivement la nymphe *Callisto* et son fils *ARCAS*, tous deux condamnés p a r *Zeus* à rester là perpétuellement pour marquer le Nord... Il est intéressant de noter que dans cette même mythologie grecque, *Arcas*, fils de *Callisto* et de *Zeus* (donc fils de dieu et dieu lui-même) fut également roi du pays auquel il a donné son nom : l'Arcadie !...

Accessoirement, il est bon de savoir aussi que le mot « dieu » n'est qu'une dérive phonétique du nom grec « *Zeus* » prononcé en latin « (d)zeus » ou « deus ». Notre illustre et très chrétien « fils de Dieu » vu de Rome pourrait donc être tout aussi bien appelé « Fils de *Zeus* » si, le Vatican érigé à Athènes au lieu de Rome, on avait dit nos messes en Grec au lieu du Latin !...

— Houla la ! Tu vas fort là ! J'en connais qui vont hurler si on publiait une telle déduction...

— Pourtant, elle est imparable ! Et à ce propos faisons encore un petit détour par Rennes-le-Château où le décryptage de certaines inscriptions à propos du Christ par un chercheur de la région amène lui aussi à une étrange conclusion applicable à Jeanne d'Arc : On sait que le Chrisme, présent dans de nombreuses églises, se trouve gravé sur un tombeau de Foix. Ce monogramme du Christ adopté par Constantin est représenté par un "P" entrelacé dans un "X". Deux lettres grecques appelées Rhô (P) et Khi (X), qui se prononcent respectivement " R " et " K ". Ce Chrisme donne donc en équivalence française : « aRK »... Jeanne « d'aRC» est donc clairement « Jeanne du Christ ». Mais c'est aussi Jeanne de l'ARCHE, la voûte, l'ARCane, le secret. Souvenons-nous que le 21 Juin à Saint-Benoît elle était déjà la « Porte » avec l'identification à *Janus*...

Au plan symbolique, le dragon s'est perpétué tant dans la tarasque exotique promenée au Nouvel An chinois que dans le Serpent à Plumes des Amérindiens ou dans les traditions locales de certains petits villages bien de chez nous, de Lorraine notamment, tel Domrémy où l'on promenait le jour des Laudes un dragon en osier très semblable au dragon chinois jusqu'aux fontaines des Groseilliers... Ah oui, le Dragon aime l'eau... Il est l'équivalent de la Vouivre jurassienne, autre reptile légendaire et aquatique en quoi se transformait notre très celtique Mélusine[57] chaque samedi lorsqu'elle prenait son bain (encore une histoire d'eau !)... C'est la représentation de l'énergie tellurique circulant dans les fractures sismiques, failles et clivages de la croûte terrestre qui, par définition sont des lignes de rupture du magnétisme naturel, où l'on trouve les nappes phréatiques, les rivières souterraines et les sources, etc... En bref, tout ce à quoi sont sensibles les « sourciers »...

— Ah nous y revoilà : Retour aux Sources !...

— Parfaitement, Jack, et sur tous les plans. Je vois que tu as compris...

— Oui, mais... ça ne colle pas avec ce que tu disais précédemment !

— Comment ça ?

---

[57] *Selon la légende, Mélusine épousa Raymondin, ancêtre des « Lusignan », bien réels ceux-là, et qui deviendront rois de Jérusalem !*

— Non, tu disais que c'était l'Église qui avait fabriqué la légende dorée de Jeanne... Comment pourrait-elle avoir utilisé un nom faisant référence au dragon celtique ou à la mythologie grecque ?...

— Bien observé, Jack. À moi aussi, cette apparente contradiction m'a longtemps travaillé l'esprit. On pourrait se dire qu'on n'en est plus à une contradiction près dans cette affaire, cependant ça n'en est pas une. La raison en est très subtile : une chose t'a échappé, c'est que DaRC ne « glorifie » pas le dragon lui-même, pas davantage que le choix d'un surnom totémique ne « glorifie » l'animal représenté. Il ne fait que reconnaître à l'impétrant auquel on attribue ce totem les qualités prêtées à l'animal. Prêter les qualités d'un dragon à Jeanne était donc lui en reconnaître la puissance et l'initiation, tout en stigmatisant aux yeux des fidèles le danger qu'elle représentait pour le dogme. Pour l'Église de l'époque, ça n'était certainement pas l'en glorifier. C'est l'Église qui avait condamné la Pucelle au bûcher quand elle représentait un peu trop le paganisme et le culte à la Nature, et c'est la même Église qui, contrainte et forcée il faut bien le dire dans le cadre d'une dure négociation, a consenti à sa réhabilitation presque vingt ans plus tard. Mais en l'affublant de ce nom symbolique évoquant le dragon, elle en faisait malgré tout un exemple à ne pas suivre... Seuls les initiés pouvaient comprendre. À ma connaissance, elle restera d'ailleurs un cas unique dans l'histoire et c'est bien là sa principale singularité ésotérique.

— L'Église ira pourtant jusqu'à en faire une « sainte », réalisant là un admirable tour de passe-passe, une « récupération » magistrale !

— Une « sainte » oui, mais non sans une certaine réticence et seulement cinq siècles plus tard, à une époque où l'évocation de dragons est devenue ridicule, et encore une fois sous la pression des événements politiques, des évêques d'Orléans et des politiciens !... C'est ce que j'appellerais une « sainte de courtoisie »... Dans le même ordre d'idées, nous avons « Saint-Charlemagne », « Saint-Louis », et un tas d'autres saints de circonstance... Jeanne ne fut pas une « sainte » au sens où nous entendrions maintenant la canonisation de l'Abbé Pierre ou de Sœur Thérésa ! Elle fut et reste avant tout le symbole d'une puissance politique bien terrestre.

Sa réhabilitation quant à elle, fut uniquement pour complaire à Charles VII qui avait instauré la Pragmatique Sanction (promulguée à Bourges en 1438) faisant de l'Église en France une Église Gallicane en laquelle le pape ne pouvait plus nommer les évêques ni surtout encaisser ses précieux revenus... C'est à partir de là qu'on pourra parler d'une « Église DE France », ainsi que l'appelle Michel de Grèce dans son livre, mais en 1438 Jeanne la Pucelle a disparu de la scène depuis sept ans. Ne reste que Jeanne des Armoises...

Inutile de dire que d'âpres discussions vont s'engager entre la papauté et le roi de France, et elles vont durer très longtemps. Après la mort de Charles en 1461 à Mehun sur Yèvres, de façon surprenante, Louis XI abolira l'essentiel de cette décision promulguée par son père. Il faut donc croire que les négociations avec le Saint-Siège avaient abouti et que ce nom singulier, « d'Arc », donné à la Pucelle vingt ans après sa disparition de la scène politique, marquait alors comme la limite des concessions que l'Église n'aurait su franchir...

Il faut effectivement prendre en compte le temps qui passe et l'évolution des circonstances. On constate un changement à 180° entre la position de Rome en 1431 (qui fit condamner Jeanne, certes, mais seulement à quelque chose qui épargnait la couronne de Charles), et celle de 1455/56, date à partir de laquelle on commencera à l'appeler « d'Arc », nom que personne ne lui avait prêté avant...

Charles VII l'avait officiellement anoblie avec la famille domrémoise, mais pas sous le nom « d'Arc », sous le nom de « du Lys » que garderont ses frères. Un « Lys », symbole de pureté mariale. Charles n'avait pas choisi ce nom au hasard ! Peut-être le lui avait-on soufflé ?... *Sion* sans nul doute... En tous cas durant vingt ans encore, Jeanne restera la « Pucelle d'Orléans » ou « Jehanne du Lys, la Pucelle de France » ainsi qu'est nommée Jeanne des Armoises dans un acte notarial de 1436. Ce n'est qu'une fois qu'elle sera morte et enterrée, pour de bon cette fois, qu'on la rebaptisera « d'Arc ». Peut-être parce que son âme était montée rejoindre *Arcas* et *Stella Maris* sous l'aile du dragon *Draconis* ?... Ou pour accorder une certaine reconnaissance à l'origine de ses ancêtres, *l'Arcadie* ?... Une Jeanne prétendument « bergère », comme le seront les personnages du célèbre tableau de Poussin[58] ?... Si c'est le cas, encore une fois il n'y avait que les initiés pour comprendre...

— Pas mal du tout ! estima Jack. J'aime beaucoup cette interprétation. En tout cas, c'est très poétique, et pertinent ! Je n'aurais jamais imaginé la chose sous cet angle... Mais alors, selon toi qu'est-ce qui aurait pu faire changer d'avis l'Église à ce point qu'elle accepte la Réhabilitation ?

— Je me suis posé la même question. Et j'ai bien sûr une réponse... Elle vaut ce qu'elle vaut, mais je te la livre comme élément de réflexion : À partir de 1440, le duc de Savoie Amédée VIII[59] est élevé au trône pontifical par le Concile de Bâle qui régla aussi le conflit des Hussites. Antipape jusqu'en 1449 sous le nom de Félix V, nous verrons plus tard que ce grand seigneur, dont les armoiries affichent une croix blanche sur fond rouge – inverse de celle du Temple et futur emblème suisse –, ne fut pas n'importe qui...

En 1447, Nicolas V succède à Eugène IV. Il met fin au schisme avec l'antipape Félix, qui redevient le duc de Savoie et prend sa retraite au bord du Léman. Puis, en 1455, Calixte III succède à Nicolas V, et celui-là est de la famille des Borgia. Élevé en Aragon, le royaume dont René d'Anjou héritera par sa mère dix ans plus tard et où subsistent les Templiers dans l'Ordre de Calatrava, il est au fait des réalités templières et de l'existence de *Sion*... L'homme est redoutablement rusé, et chaque mot est pesé comme on l'a vu dans son rescrit aux si étranges formules, on a l'impression d'assister à la conclusion d'un contrat dont chaque terme a été âprement discuté. Donnant-donnant : je t'accorde la réhabilitation de ta Jeanne si tu me rends mes prérogatives sur mes domaines en ton royaume... Vingt ans après les faits, et afin de récupérer leur pouvoir sur l'Église de France, sans doute

---

58 « *Les bergers d'Arcadie* » *de Nicolas Poussin, tant évoqués comme une clé de compréhension dans l'affaire de Rennes-le-Château.*
59 *Voir en notes annexes le rapport avec la famille Bonaparte...*

Nicolas V et Calixte III ont-ils eu moins de scrupules que leurs prédécesseurs à négocier une réhabilitation officielle de Jeanne tout en l'affublant de ce nouveau nom, ce qui ne manque pas d'une certaine ironie envers *Sion*... car enfin, il faut aller le découvrir ce rapport entre le nom D'aRC et la symbolique de l'étoile polaire *Arcas* dans l'aile du Dragon !...

— Oui, c'est même un peu tiré par les écailles !...

— Ha ha ! Joli !... ça te fait du bien de m'écouter, Jack !... Cela dit, et malgré tout l'intérêt qu'elle présente, je ne signalais cette exégèse kabbalistique que pour le plaisir de la discussion. C'est vrai qu'au symbolisme on peut faire dire beaucoup de choses. Mais ce n'est pas grave, si ma marchandise te laisse perplexe, je la remballe ! Je vais t'en sortir une autre de derrière les fagots. Une qui me semble plus étayée dans le monde très concret de la géographie française, quoiqu'elle ne soit pas elle non plus sans rapport avec l'astre marquant le Nord !...

— Je suis déjà impatient...

— Il y a en effet une autre version possible à l'explication de ce nom qui surgit du néant aussitôt que l'intéressée y est elle-même partie... Une explication qui ne contredit pas la première mais au contraire la renforce... J'ai d'autres cordes à mes « arcs » si j'ose dire...

— Pas mal non plus ! apprécia Jack.

— Merci... Il existe en France plusieurs lieux appelés Arc, Arche, ou Arques... Outre que ce nom même évoque irrésistiblement « l'Arche d'Alliance » figurant dans la décoration de toute bonne cathédrale aussi sûrement que l'Arc en Ciel après la pluie d'orage, tous ces lieux ont également un rapport plus ou moins direct avec *Sion* et la légende qui voudrait que le tombeau du Christ se situât dans le Midi de la France, après que son corps ou quelque chose y faisant référence ait été rapporté de Palestine par les Templiers en même temps que « l'Arche »... Je remarque juste au passage que le mot « Arche » n'est pas synonyme de « coffre à roulettes », au sens de conteneur qu'on lui attribue trop souvent, mais qu'il signifie aussi « arcane », ce qui en rapprocherait le sens d'un « coffre-fort » où l'on enferme les secrets...

Les noms toponymiques comme « Arques » ou « Arche » ou encore « Arcadie » seraient la marque de l'Ordre de Sion, gardien du secret de ce tombeau que la tradition situe sur la Roseline. Et, fussent-ils d'Arcadie, que sont des « bergers» sinon des gardiens ?... Une telle hypothèse a été avancée dans l'affaire de Rennes-le-Château près de laquelle existe également un village d'Arques... et nous allons voir que si Jacques, le père putatif de Jeanne, s'appelait vraiment « d'Arc » en rapport avec le nom d'un village pas très éloigné de Domrémy, Arc-en-Barrois, on trouve également toute proche, une « Colline de Sion » ! Il s'agit de *Sion-Vaudémont*. Et comme j'ai eu l'occasion de te le dire précédemment, en 1445, René d'Anjou, duc de Bar, a marié sa fille Yolande à son cousin Ferry de Lorraine, comte de Vaudémont. *Sion* est bien une affaire de famille...

— Ah ? Voilà qui me plaît mieux !...

— Bah, c'est ce qui différencie le romancier de l'historien, Jack. La Vérité n'a pas à te séduire... Elle est la Vérité ou elle ne l'est pas !... Nous allons constater un faisceau de coïncidences, c'est tout. Je ne saurai pas dire si la déduction que j'en tire est « La Vérité ». Je peux juste dire qu'elle est « vraisemblable » en fonction des innombrables coïncidences constatées qui, elles, sont vérifiables. Une hypothèse convergente de plus, mais bien malin qui pourra en démontrer la véracité ou au contraire la « démonter »...

— Ça ne fait rien, continue !

— Bon, tu l'auras voulu ! Donc, tout comme il existe nombre de lieux nommés « le temple », « l'aiguille », ou « l'épine », qui sont autant de traces d'établissements templiers très souvent installés sur d'anciens sites celtiques marqués de pierres levées, il existe également plusieurs lieux en France dénommés « *Arques* », « *Arche* », « *Arcady* », ou encore plus clairement « *Sion* », qui ont tous de près ou de loin à voir avec l'Ordre de *Sion*.

Il existe un *Sion* près de Stenay, non loin de la frontière belge, où se trouve la tombe d'un grand mérovingien. L'abbaye d'Orval, dont je reparlerai plus tard en est à moins de trois lieues, et la ville de Bouillon, avec le château de Godefroi qui fonda à Jérusalem l'Ordre de *Sion*, s'en trouve à trois heures de cheval. À proximité immédiate de *Sion* et Stenay, on trouve encore un village nommé Baalon, d'où l'on peut déduire qu'un culte était rendu à l'antique dieu Baal, celui-là même que vénérait Jézabel au Mont-Carmel !

Un autre *Sion* est la fameuse « Colline Inspirée » de Maurice Barrès. Il s'agit de *Sion-Vaudémont* (sans jeu de mots, quoique... aux yeux de l'Église sans doute !) dont je parlais à l'instant à propos de la fille de René d'Anjou, et qui est situé entre Nancy et Colombey-les-Belles. On y célèbre un culte à Notre-Dame de Sion. Pour l'anecdote, il existe également sur cette colline une chute d'eau dénommée le « Saut de la Pucelle » et, curiosité locale, on y trouve des fossiles assez rares appelés « Lys de mer ». Enfin, c'est ce même Maurice Barrès qui, après la Loi de 1905 sur la Laïcité, trouvera un accord avec le Vatican et fera voter une loi pour célébrer Jeanne d'Arc le 8 Mai...

Il n'est peut-être pas sans intérêt de relever ici que Maurice Barrès ne fut pas seulement l'écrivain, le franc-maçon et l'homme politique que nous connaissons... Il était aussi l'ami du grand occultiste Stanislas de Guaita et de son secrétaire Oswald Wirth, franc-maçon lui aussi et également célèbre ésotériste, faisant encore de nos jours figure de maître en symbolisme qui redessina le « *Tarot des Imagiers du Moyen-Âge* » et publia de nombreux ouvrages tels que « *Le Symbolisme hermétique dans ses rapports avec l'alchimie et la Franc-Maçonnerie* », « *Le Symbolisme astrologique* », « *L'imposition des mains et la médecine philosophale* » et quelques autres. Sans oublier bien sûr Joseph Péladan et le compositeur Claude Debussy qui, avec Barrès, faisaient tous trois partie de « *l'Ordre Kabbalistique de la Rose-Croix* ». Or, Claude Debussy est lui aussi donné par les fameux Dossiers Secrets comme l'un des derniers nautoniers de Sion.

Debussy et Barrès ont fort bien connu des gens comme Mucha, peintre de talent et écrivain passionné d'occultisme, le célèbre Papus, créateur de l'Ordre martiniste, ou le remarquable astronome Camille Flammarion qui passe pour avoir été le dernier avatar du mystérieux alchimiste Fulcanelli[60]. On trouve encore dans leurs relations des femmes étonnantes telles Emma Calvé qui deviendra une visiteuse assidue de l'abbé Saunière, ou encore Georgette Leblanc dont le frère n'est autre que Maurice Leblanc, le papa d'Arsène Lupin cité à de nombreuses reprises par les chercheurs à propos de l'énigme de Rennes-le-Château. Ses romans à clé, notamment « *L'Aiguille Creuse* », laissent à penser que tous ces gens qui se croisaient au cabaret du « Chat Noir » sur la fin du XIXᵉ siècle et qui étaient tous des passionnés d'occultisme, furent aussi les détenteurs d'étonnants secrets... Étaient-ils donc tous disciples d'Hermès-Trismégiste ?...

Selon l'auteur spécialisé Simon Cox, l'Hermétisme tient ses racines de l'Égypte ptolémaïque du Iᵉʳ siècle de notre ère. Il englobe la philosophie, la magie, l'astrologie, l'alchimie, la médecine. Les textes, attribués à Hermès-Trismégiste (Hermès trois-fois-grand) fortement influencés par Platon et la gnose, seraient le produit d'un syncrétisme alexandrin né de la fusion des traditions grecque, égyptienne, judaïque et chrétienne, et il ne me paraît pas insensé d'affirmer que Jésus, qui fut éduqué à Alexandrie exactement à cette époque, s'en soit fait le propagateur... Le grand dieu Thot-Hermès, vénéré au début du Iᵉʳ siècle de notre ère, aurait détenu la connaissance des secrets du Ciel et de la Terre que certains disent provenir de Sumer... L'aspect physico-chimique d'attirance ou répulsion entre divers corps chimiques était particulièrement étudié, et beaucoup voyaient dans l'art de la transmutation une forme « d'amour » entre éléments, voire même d'amour mystique entre les éléments et l'opérateur impliqué dans son Grand-Œuvre. Avaient-ils vraiment si tort ?...

Bien avant l'époque de Jeanne d'Arc, un moine anglais du XIIIᵉ siècle, Roger Bacon, avait déjà traduit de l'arabe et commenté le *Secretum Secretum* comprenant la célèbre Table d'Emeraude (Tabula Smaragdina[61]) qui dit : « *Ce qui est en bas est comme ce qui est en haut, et ce qui est en haut est comme ce qui est en bas* » et que l'on retrouve comme par hasard dans les Évangiles... Il avait aussi tracé la voie de la science en prônant l'expérimentation, et prédit qu'il serait possible d'avoir des bateaux sans rameurs, des voitures sans chevaux et des engins volants.

Quelle curiosité personnelle, quelle lubie, ou quel lobby, a donc poussé Maurice Barrès, écrivain et homme politique, à militer ainsi pour célébrer Jeanne d'Arc ? Elle n'avait été jusque là qu'un sujet de salon, et n'eussent étés Jules Michelet pour en faire en 1841 l'incarnation du peuple français, ou au contraire Mr Dupanloup pour proclamer les mérites de sa future sainte, peu de gens à l'époque se préoccupaient de l'auréole de la Pucelle. Au contraire Quicherat fut résolument anticlérical, Wallon tenta maladroitement et sans y parvenir de blanchir l'Église de toute responsabilité, et, en 1908 encore, Anatole France criera au complot clérical. L'année suivante lui donnera raison car, suite à l'insistance de

---

60 *Pour le plaisir : le rapprochement entre Flammarion et Fulcanelli est assez remarquable. L'astronome Camille Flammarion était l'un des derniers alchimistes et Fulcan-elli (Vulcain-Hélios) signifie : le feu du soleil. Or, Eugène Canseliet, le dernier élève alchimiste de Flammarion, a signé un livre intitulé « Le feu du Soleil ». Quels gamins, ces initiés !*
61 *voir en notes annexes : Tabula smaragdina Hermetis Trismegist*

Monseigneur Dupanloup et ses successeurs au diocèse d'Orléans, en 1909 Jeanne sera d'abord béatifiée, puis sanctifiée après la Grande Guerre...

Faut-il encore relever comme une coïncidence supplémentaire que cette « Colline inspirée » d e *Sion-Vaudémont*, dont le roman de Barrès fait l'apologie comme d'un haut-lieu dédié à la Vierge Noire, n'est qu'à une quinzaine de kilomètres des villages d'Autrey, seigneurie de Robert des Armoises, et de Pulligny où s'est fait inhumer une certaine Jeanne des Armoises dont la plaque commémorative apposée sur un mur de l'église depuis le moyen-âge jusque vers 1900 a disparu du lieu précisément à cette même époque ?... Des témoins du siècle dernier en avaient heureusement relevé le texte : « *Ci-gît haute et honorée Jehanne du Lys, la Pucelle de France, Dame de Tichemont, qui fut celle de notre messire Robert des Armoises, chevalier, seigneur du dit lieu, laquelle trépassa l'an 1449, 4ᵉ jour de mai. Dieu ait son âme. Amen* »

— Surprenant en effet que cette plaque ait disparu dans cette même période où l'on se préparait à béatifier Jeanne... Aurait-on voulu volontairement faire disparaître avec elle toute relation à Jeanne d'Arc ?

— Difficile de l'affirmer... C'est effectivement une supposition logique si l'on soupçonne un secret d'Église... mais revenons à nos *Sion* :

Un autre *Sion* se trouve dans le Valais suisse où un ordre de néo-templiers a installé son siège – je ne te dirai pas si ce sont les authentiques, vu de l'extérieur c'est trop compliqué de discerner le vrai Temple, s'il a survécu jusqu'à nos jours, de ses innombrables imitations purement honorifiques ! –.

Un quatrième Sion, très intéressant celui-là tu vas voir, se trouve en Haute-Savoie, à l'ouest d'Annecy dans le Val de Fier sur la départementale D14. Or, que trouvons-nous comme par hasard à un jet de pierre – à exactement cinq cent mètres de ce *Sion* là – sur la commune voisine de Lovagny ?... Je te le donne en mille !... Le fameux château de Montrottier, celui où, selon les auteurs Pierre de Sermoise[62] ou le baron Pesme[63], Jeanne aurait été détenue après sa discrète exfiltration de Rouen et d'où, quatre ans plus tard, une petite troupe commanditée par Pothon de Saintrailles et commandée par son lieutenant Jean de Blanchefort[64] vint l'enlever !...

« L'enlever »... le mot est fort puisqu'ils l'ont tout simplement réclamée à l'intendant du lieu, le chambellan du duc de Savoie, sans aucune violence si ce n'est pour respecter les formes, avant que de l'escorter jusqu'au Luxembourg... Quand on constate que ce donjon n'est qu'à un jet de pierre de ce *Sion* là, et qu'on retrouve le nom de Blanchefort (Blancafort en occitan) dans l'affaire de Rennes-le-Château, ça interroge non ?... Encore une étonnante coïncidence !... D'autant que nous avons aussi, pas très loin d'Orléans, un Blancafort qui fut forteresse templière.

— Hum... J'adooore ! s'enthousiasma Jack. Ça fleure bon la piste fraîche, comme on dit chez les trappeurs.

— Comme tu dis !... À défaut de la confirmer, ça colle tout-à-fait à l'hypothèse « franciscaine » faisant intervenir Colette de Corbie, sauf qu'il ne

---

62 « *Les Missions secrètes de Jeanne la Pucelle* », Robert Laffont.
63 « *Jeanne d'Arc n'a pas été brûlée* », Éditions Balzac, Angoulême.
64 *Voir en notes annexes la saga des Blanchefort.*

s'agit plus de Franciscains mais de Carmes, derrière les Ordres frères de *Sion* et du Temple...

Passons maintenant aux Arc, Arques ou Arcadie...

Il existe plusieurs Arques : L'un est celui connu pour son cristal, une industrie rapportée des croisades, d'abord à Venise, puis en France, et qui a été implantée là par le Temple. Il se situe en effet près de Saint-Omer, haut-lieu templier du Pas-de-Calais, et curieusement on trouve tout à côté « Aire-sur-la-Lys », une autre grosse commanderie...

— Comme quoi les Lys ne sont jamais loin des Arcs... observa Jack.

— Bien vu, je n'avais pas relevé cette proximité toponymique. Mais si cette fois il s'agit d'une vraie coïncidence, en revanche les occurrences suivantes sont plus suspectes.

Une autre est Arques-la-Bataille, Haute-Normandie, entre Dieppe, grand port templier vers l'Angleterre, et Gisors, où eut lieu en 1188 la séparation du Temple et de *Sion* dite de la « Coupe de l'Orme »... En 1431 le château d'Arques, modèle d'architecture militaire moyenâgeuse typiquement templière, sera un temps la propriété du capitaine Boutellier, celui-là même qui captura Jeanne devant Compiègne et la vendit 200 écus à Jean de Luxembourg...

Je me garderai bien de voir encore un signe dans cette récompense domaniale qui paraîtrait sans doute bien involontaire de la part des anglais. C'est cependant une coïncidence de plus... à moins qu'il ne se fût agi d'un stratagème...

— Un stratagème ?

— Faisant partie de la mise en scène générale, oui. La « capture » de la Pucelle à Compiègne a fort bien pu être programmée de longue date par Sion, avec la complicité d'un Jean de Luxembourg loin d'être aussi vénal que l'image qu'on en donne. N'oublions pas que ce même Jean de Luxembourg était devenu comte de Guise par l'accord d'échange passé dix ans plus tôt avec René d'Anjou, afin que ce dernier obtînt le Barrois où était cachée Jeanne... et qu'il s'agit d'une même famille, descendant directement ou par alliance de Godefroi de Bouillon, le fondateur de Sion...

Jeanne elle-même avait d'ailleurs prédit sa capture avant le carême, tout comme le Christ avait annoncé la trahison de Judas. Jean de Luxembourg aurait ainsi non seulement récompensé son capitaine mais trompé les Anglais de belle manière, et d'autant plus crédible qu'il leur réclamait une somme énorme pour leur livrer la Pucelle...

Ce n'est en effet qu'une hypothèse, mais qui n'est pas sans fondement : Jean de Luxembourg a gardé sa prisonnière durant huit mois dans des conditions d'hébergement très étranges, à la fois confortables et pleines de prévenance et de respect pour elle, et en même temps très mobiles. D'abord transférée de Margny-lès-Compiègne au château de Beaurevoir (prés de Cambrai), avant d'aboutir à Rouen, il la fera successivement passer par Avres, Drugy, Le Crotoy, Saint-Valery-sur-Somme, Eu, et Dieppe... Il la cache et la protège à la fois, au moins autant qu'il la tient prisonnière... Il est vrai que s'il était vraiment le méchant opportuniste qu'on dit, les 10 000 Livres payées par les Anglais représentaient une bonne raison de prendre soin de sa prisonnière[65]. Mais Charles VII de son côté s'était étrangement opposé au rachat envisagé par Jean d'Aulon, lequel avait vendu pour ça tous ses biens. On a mis cette royale négligence sur le compte de l'ingratitude, mais était-ce bien la véritable, seule et unique raison ?...

On verra plus tard qu'une bonne raison peut en cacher une autre car il fallait peut-être que Jeanne, en digne descendante et à l'instar de son illustre ancêtre Jésus, en passât, ou parût au moins en passer, par un supplice final spectaculaire afin de marquer les esprits du temps... Au temps de Rome, on l'eût crucifiée. Au Moyen-âge et sous l'Inquisition, il fallait qu'elle fût brûlée aux yeux du peuple afin de devenir une icône. De tous temps, on a toujours beaucoup plus ému les foules par une injustice flagrante qu'avec de bons sentiments. Et une injustice flagrante, réelle ou apparente de la part des Anglais était d'autant plus la bienvenue !...

Un troisième Arques est situé entre Rodez et le Parc National des Cévennes. Peu de choses à en dire sinon que la région est magnifique et très celtique, parsemée d'une infinité de dolmens, menhirs et cromlechs qu'on trouve rarement en telles quantités ailleurs... Naturellement, les curieux de l'histoire templière remarqueront que la région est parsemée d'établissements importants, tels Rodez, Espalion, La Clau, La Selve, Martrin, Millau, La Cavalerie ou Saint-Eulalie de Cernon et surtout la Couvertoirade.

Un quatrième Arques enfin, à côté de Rennes-le-Château, se situe dans une région où la carte des établissements templiers est particulièrement dense. De Pont-Saint-Esprit à Campagne sur Aude, en passant par Saint-Gilles, Beaucaire, Montpellier, Pézenas, Narbonne, Carcassonne, Douzens, Le Bézu, et j'en passe, des dizaines d'établissements templiers s'alignent tout le long du Roussillon, non plus comme ailleurs tous les vingt-cinq à trente kilomètres (une journée de marche), mais tous les dix à quinze, ce qui porte à croire qu'il y avait dans cette région quelque chose de très important à défendre à leur époque... Et cette affaire de curé milliardaire défrayant la chronique au début du XXe siècle, au moment même où le Vatican s'apprête à sanctifier Jeanne n'est pas de nature à amoindrir cette rumeur, persistant encore de nos jours, selon laquelle le Tombeau du Christ serait caché là quelque part dans le paysage languedocien et que *Sion* en conserve jalousement le secret... Les « bergers », tout comme les « bergères », qu'ils soient d'Arcadie ou de Domrémy, ne sont-ils pas avant tout des « gardiens » ?...

Je relève juste que l'Abbé Boudet, curé de Rennes-les-Bains et confident de Saunière, a cru bon d'écrire et éditer à ses frais un très curieux petit

---

65 *En effet, les histoires de famille sont complexes : Jean II de Luxembourg, qui livra Jeanne aux Anglais, était marié depuis 1418 à Jeanne de Béthune, qu'il avait épousée en secondes noces. De son premier mari Robert de Bar, tué à Azincourt, Jeanne de Béthune avait déjà une fille, Jeanne de Marle, qui épousera en 1435 Louis de Luxembourg, neveu de Jean. On imagine mal qu'un Comte de Guise pût sans états d'âme livrer la Pucelle, de Sang-Real. D'autant que les Béthune et les Bar étaient particulièrement marqués par leur liens avec le Temple pour les premiers, et avec Sion pour les seconds. (voir en notes annexes les liens historiques de ces familles). On ne peut donc pas écarter l'idée d'un double-jeu de la part de Jean de Luxembourg, livrant Jeanne aux Anglais à Rouen – et non à la Sorbonne – moyennant l'assurance que la Pucelle ne serait PAS réellement mise à mort, et qui traite pour ce faire avec Cauchon, lequel joua lui aussi un double-jeu (et même un triple avec l'Université de Paris) ?...*

ouvrage intitulé « La Véritable Langue Celtique », toujours considéré comme très énigmatique, et dans lequel on lit que toute cette région ne serait qu'un vaste cromlech... De fait, on y trouve quelques pierres levées dont un splendide menhir marquant, selon certains, le point central d'un cercle dont je parlais tout-à-l'heure mais qui ne forment pourtant point ce qu'on pourrait appeler un cromlech... Pourtant, hormis celle-ci, on n'y trouve point d'autre pierres levées marquantes... à moins que ce cromlech ne soit que « virtuel » et que les marques étranges relevées sur les montagnes alentour n'assument un rôle de visées vers les secteurs stellaires d'une astrologie médiévale que nous ne savons plus interpréter ?... Il faudrait vérifier mais je ne suis ni astronome ni astrologue et je laisserai ce soin à un spécialiste local...

On y trouve aussi un étonnant « Fauteuil du Diable » taillé dans un monolithe de deux tonnes à flanc de colline, auprès d'une des innombrables sources de la région, sources à partir desquelles Rennes-les-Bains s'est bâti une spécialité de cures thermales. Elles étaient exploitées déjà du temps des Romains et bien avant par la médecine des druides.

— Toujours des sources et de l'eau miraculeuse...

— Je ne te le fais pas dire ! En tous cas, des sources bienfaisantes. J'ajouterai qu'à quelques kilomètres dans la vallée, près de Limoux, on trouve une Vierge Noire dans la très belle basilique Notre-Dame de Marceille qui faillit être élevée au rang de cathédrale par le pape d'Avignon Jean XXII en 1316, à une époque où il n'était pas scandaleux pour les fidèles de trouver au sol une plaque de fonte portant l'inscription : « *Ce puits est une source dont les eaux produisent la santé. Le malade qui, avec foi, boit de cette eau, est guéri* ». Le puits a été fermé en 1843 mais tout à coté, une fontaine qui ne tarit jamais indique « *Mille Mali Species Virgo Levavit Aqua* » (par l'eau, la Vierge a soulagé mille sortes de maux), tandis que dans la chapelle dédiée à Saint-Michel de cette même basilique, le dragon tenait autrefois dans sa gueule une baguette de bois qui filait sur le mur... Quelle signification lui donner, mis à part marquer la Roseline, le méridien de Paris ? En tous cas, Notre-Dame de Marceille est citée en premier lieu par Fulcanelli dans « *Les Demeures Philosophales* » comme une importante étape initiatique... Et, au cœur de la ville cette fois, dans la cathédrale de Limoux, on peut admirer un curieux vitrail intitulé « *Le Mariage* ». Une représentation des Noces de Cana, dont la tradition locale fait résolument celles de Jésus et Marie-Magdeleine... Ce qui nous ramène à la secrète signification du nom « Arques »... Ça n'est en effet pas sans raison que j'évoque ici la région de Rennes-le-Château où j'avais remarqué cette statue de Jeanne qui n'avait qu'une faible justification à s'y trouver, sauf... Sauf si le Curé Saunière a tenu le même raisonnement que moi ! Et c'est peut-être là que réside l'explication de sa subite et surprenante fortune...

— Je ne vois pas...

— Moi si !... C'est qu'en effet depuis des générations flotte dans la région une rumeur persistante selon laquelle les Templiers auraient rapporté d'Orient non seulement « l'Arche d'Alliance » mais également, sinon le corps de Jésus, du moins des preuves que son Tombeau serait là, quelque part dans la région d'Arques...

Ce qui implique deux hypothèses. La première : que Jésus ne serait pas mort crucifié à Jérusalem et donc qu'Il n'aurait pas ressuscité pour finir ses jours en France comme un vulgaire mortel !... Et la seconde, que son corps ne soit pas « monté au ciel » mais ait été rapporté chez nous, soit au Moyen-âge par nos Templiers revenant de Terre-Sainte, soit au premier siècle par sa famille débarquée dans le Midi. Dans les deux cas, ça expliquerait le rôle joué par *Sion* dans cette région et le foisonnement d'établissements templiers dans cette partie du Languedoc.

Même les artistes auraient été mis à contribution au long des siècles pour perpétuer ce secret au cœur de leurs œuvres, et de ce point de vue, compte-tenu de l'étrange ressemblance présentée avec une certaine tombe des environs de Rennes-le-Château, le célèbre tableau de Poussin « Les Bergers d'Arcadie » a été d'innombrables fois sollicité, notamment l'inscription « *ET IN ARCADIA EGO* ». Elle peut se traduire par : « Moi aussi j'étais en Arcadie », mais son anagramme est plus intrigant...

— Hum... Le latin et moi, tu sais... Pourquoi est-ce plus intrigant ?

— Parce qu'on peut en faire : « *I TEGO ARCANA DEI* », ce qui signifie littéralement : « JE DÉTIENS LES SECRETS DE DIEU » !... Il faut bien convenir que c'est autrement plus alléchant...

— En effet !

— Pourtant même cette interprétation n'a jamais livré la moindre clé aux infatigables chercheurs de trésors qui pullulent chaque été sur les lieux et s'y réunissent même en club pour festoyer ensemble chaque 17 Janvier... Et à propos de Poussin, une parenthèse : Comme je l'ai déjà signalé, Poussin était protégé de Nicolas Fouquet, Ministre des Finances que Louis XIV fit arrêter, mais... as-tu déjà visité son château de Vaux-le-Vicomte ?

— Non, je n'ai pas eu ce plaisir... Pourquoi ?

— Parce que tu aurais pu constater comme moi, mais malheureusement comme le remarquent trop peu de visiteurs, que le château entier est « orienté » comme un monument religieux, que le grand salon comporte sur son sol les grandes lignes d'un cadran solaire et qu'à son midi, à l'extrémité sud du parc trône la gigantesque statue d'Apollon, symbole solaire s'il en est... On dit que Fouquet serait devenu le fameux « Masque de Fer », après son arrestation par le célèbre d'Artagnan (le vrai, pas celui du roman) sur ordre de Louis XIV au prétexte que ce dernier l'aurait trouvé insolemment riche... Mais en visitant ce lieu, j'ai eu la nette impression que la vérité est toute autre... Je crois, moi, que Fouquet détenait les secrets[66] de *Sion* et que le Roi-Soleil en a eu peur... Après avoir emprisonné Fouquet à la Bastille, puis à Pignerol, il enfermera dans sa chambre pour des décennies le fameux tableau de Poussin. Que craignait-il donc que l'on y découvrit ?...

Il est vrai qu'avec « Arques », « Arcadie », le « Mariage » du vitrail de Limoux, les nombreux établissements templiers qui parsèment la région de

---

66 *Outre sa protection accordée à Poussin, Nicolas Fouquet avait fait nommer son frère François évêque de Limoux, et marié sa fille Marie à Armand de Béthune, descendant de Sully. Nul doute que Sully connaissait lui-même les secrets liés à Sion et les avait transmis à ses descendants... C'est le célèbre d'Artagnan (un gascon, c'est-à-dire un « Armagnac ») qui fut chargé d'arrêter Fouquet. Et ce n'est pas pur hasard si Alexandre Dumas l'a immortalisé dans son œuvre comme un modèle de chevalerie.*

Rennes-le-Château, l'incroyable jeu de piste en forme d'échiquier qu'a laissé derrière lui le curé Saunière dans son église et son domaine, avec sa « Tour Magdala », la mort aussi violente qu'énigmatique de son confrère l'abbé Gélis, curé de Coustaussa assassiné dans son presbytère dans de mystérieuses conditions et qui semble avoir été plutôt riche lui aussi... Nous sommes toujours dans le mystère de *Sion*...

Or, si le père putatif de Jeanne à Domrémy s'appelait vraiment Jacques « d'Arc », d'Arcq, ou d'Arques, il ne faut pas oublier qu'au XVe siècle les patronymes n'existaient pas. Seuls avaient cours les noms de baptême suivis de l'appellation d'origine : surnom, métier, ou nom de lieu de naissance ou de fief... Et encore, tout le monde n'était pas répertorié car c'est seulement à partir de 1539, plus d'un siècle plus tard, que l'édit de Villers-Cotteret obligera le curé de chaque paroisse à tenir un registre des baptêmes qui sera un début d'État-Civil. Ainsi, celle qu'on veut nous proposer comme la mère de Jeanne, Isabelle Romée, ne s'appelait pas plus Romée que moi Jean-Sébastien Bach... « Romé » était un surnom, un qualificatif qu'on attribuait à ceux ou celles qui avaient fait le pèlerinage du Puy-en-Velay (où existe également une Vierge Noire) en lieu et place de celui de Rome. De la même manière on appelle « Jacques » les pèlerins de Compostelle[67], ou encore « Hajj » un musulman qui serait allé à la Mecque... Le véritable nom de la mère putative de Jeanne était Isabelle « de Vouthon », parce qu'elle était noble elle aussi, et du village de Vouthon...

Dans ces conditions, quel était donc le fief d'origine du père Jacques ?... Comme on l'a vu, ce n'était pas un simple laboureur mais un homme de petite noblesse tombé momentanément en « dérogeance ». Bien qu'il ne laboure pas lui-même, par le simple fait de louer des terres il avait tout de même perdu les droits et privilèges attachés à sa qualité de « noble » et il faudra une réhabilitation royale pour qu'il les récupère... L'anoblissement au travers de celui de Jeanne et de toute sa famille officielle lui permettra de retrouver son rang. Malheureusement pour lui, il n'en profitera pas longtemps puisque sa femme devenue veuve viendra habiter à Orléans avant 1436, mais ses enfants seront remis en leurs droits et honneurs et bien plus, pour un siècle ou deux...

Par ailleurs, lorsque Jeanne est sensée n'avoir encore que huit ans – en réalité treize –, il est tout de même doyen de Domrémy et locataire du Château de l'Isle, commandant de la milice locale, Fermier Général du lieu et Procureur du châtelain de Vaucouleurs, lequel n'est autre que ce brave Robert de Baudricourt... Et Baudricourt lui-même, qui a en charge Vaucouleurs, possession personnelle de René d'Anjou, est par ailleurs le beau-frère de Louis de Beauvau, le sénéchal de Yolande d'Aragon...

Le « pauvre laboureur » qu'on nous présente comme le père d'une jeune « bergère » émarge alors annuellement pour un revenu de 5 000 Francs-or, l'équivalent de plus de 100 fois le revenu annuel d'un artisan de l'époque !

---

67 *Compostelle = en latin Campo Stella ou « champ de l'étoile »... La légende prétend que c'est une étoile qui révéla à Charlemagne l'emplacement du tombeau de Saint-Jacques. On n'en finit pas de trouver des références cosmiques en tous points de la carte religieuse. Ce n'est évidemment pas par hasard : Compostelle est situé en Galice (pays celte) à la pointe extrême de l'Espagne, dans son « finistère » (là où finit la terre) et on peut y admirer le coucher du Soleil plein Ouest, ou la mort quotidienne de Ra.*

On est très loin des « pauvres laboureurs » de la légende !... À ce compte-là de nos jours, je me fait dès demain paysan dans le Larzac !... Dire qu'il était riche serait très exagéré comparativement à un duc ou un comte, mais on n'a pas placé Jeanne dans n'importe quelle famille !

Quant à ses troupeaux, il est clair que si Jeanne est allée les visiter de temps à autre, elle n'en était pas la gardienne ! Elle dira d'ailleurs elle-même à son procès qu'elle n'a « jamais gardé les bêtes ».

Par contre, ce que l'histoire ne dit pas, c'est le nombre de chevaux qu'elle a montés, à cru comme une véritable guerrière, dans la cour du château de l'Isle en compagnie de Bertrand de Poulengy ou de Jean de Metz qui y venaient régulièrement, soi-disant pour voir son père. Pas étonnant si plus tard on la verra sauter à cheval avec l'aisance d'un sioux sur le sentier de la guerre ! Mais venaient-ils seulement voir son père, ces deux envoyés de Vaucouleurs ? Ne venaient-ils pas plutôt enseigner Jeanne sur son origine exceptionnelle et l'entraîner pour la Mission qu'il allait lui falloir accomplir ?... Hasard une fois encore ? L'acte mettant tout ce petit monde à l'abri des regards indiscrets, le bail donnant à Jacques jouissance de la forteresse de l'île date de 1420, aussitôt la prise de possession du comté de Bar par René d'Anjou et au lendemain du désastreux traité de Troyes... Il était visiblement devenu urgent de mettre en place le relèvement de la France en préparant l'avènement de la Pucelle annoncée par la soi-disant légende de Merlin !

Et je ne parle pas des oncles, tantes, et autres « figures de pauvres » émaillant la collection des portraits de famille !... Une certaine tante Jeanne d'abord, qui fait partie de l'entourage d'Isabeau de Bavière encore quelques jours avant la mystérieuse naissance de l'Hôtel Barbette en 1407...

Ne parlons pas non plus des tontons, qui ne sont pas à proprement parler des indigents : « Tonton Guillaume » qui durant l'enfance de sa nièce est seigneur de Cornillon-sur-Trèves, et qui après l'épopée de Jeanne deviendra conseiller du fils de Charles VII, le futur Louis XI ; Et puis « Tonton Yvon », bailli du Grésivaudan qui deviendra lui aussi conseiller du dauphin Louis ; Enfin « Tonton Raoul », ex-chambellan de Charles VI qui deviendra sénéchal de Rethel... Ces gens-là n'ont pas attendu le succès de Jeanne pour devenir nobles. Ils l'étaient déjà !... Il n'y a guère que le père Jacques qui ait eu besoin d'une réhabilitation pour retrouver sa noblesse antérieure.

Les frères maintenant ?... Allons-y ! Les deux plus jeunes d'abord, Guillaume et Yvon, qui seront de fait les tuteurs du futur Louis XI ! Ces deux pauvres « fils de laboureurs » devaient tout de même avoir dans leur bagage un minimum d'éducation pour prétendre à faire celle d'un prince... Est-ce vraiment dans cette pauvre masure qu'on nous montre aujourd'hui à Domrémy qu'ils auraient étudié ?

Les plus vieux ensuite : Jean deviendra bailli de Vermandois, puis capitaine-châtelain de Chartres... Chartres ! Tu te rends compte ? Ce n'est pas n'importe quoi[68] !... Il rentrera ensuite dans sa région d'origine prendre rien moins que la succession de Baudricourt à Vaucouleurs... Une douce

---

68 *Il est à signaler – coïncidence encore sans doute ? – que la ville de Chartres, avec sa « Notre-Dame de dessous la terre » ornant le vitrail de la cathédrale construite au-dessus d'un puits celtique, organise chaque année en Juillet une « Fête de l'Eau » avec animations celtiques.*

retraite en somme, le parachute doré de l'époque !... Quant à Pierre, c'est le bouquet : Il n'est que titulaire du péage de Chaumont-en-Tassigny, mais en 1436 quand réapparaît la Pucelle sous le nom de Jeanne des Armoises, Charles d'Orléans le fait « Chevalier du Porc-Épic », un ordre qui nécessite au moins quatre quartiers de noblesse attestée !... Qu'on me dise où ce pauvre « fils de laboureur » serait-il allé les chercher ? C'est donc bien qu'il les avait déjà ! Le soi-disant anoblissement de Jeanne en « du Lys » n'était donc que le prétexte au rétablissement des privilèges de sa famille d'adoption qui d'ailleurs continuera de s'appeler « du Lys » et pas d'Arc...

Quant à Jeanne elle-même, elle n'avait nul besoin d'un « anoblissement ». De par son sang royal, elle était déjà bien au-dessus de ces honneurs-là, et c'est bien de « *Noble Princesse, Très Noble et Puissante Dame, Très Noble et excellente Princesse* » qu'on la traitera devant le roi et les États Généraux, dans le dithyrambique « *Mistère du Siège d'Orléans* » !

S'il est en effet spécifié ce nom particulièrement original de « du Lys » dans l'acte d'anoblissement accordé à Jeanne – et chose exceptionnelle, unique dans l'histoire, à toute sa descendance féminine comme masculine – et sa famille domrémoise, nom que d'ailleurs elle ne portera jamais, il n'est nullement question pour elle d'une quelconque élévation à un titre de Comtesse, Duchesse ou Baronne, et encore moins de « Princesse ». Car si l'on peut vous accorder un titre de Comte ou de Marquis, on ne vous élève pas au rang de Prince, on « naît » avec !... Si certains se permettent de l'appeler ainsi, c'est donc qu'elle l'était déjà de naissance, par nature... Elle l'était au même titre que son ancêtre Clothilde fut « Princesse chrétienne » sans besoin d'aucune conversion, par le Sang Réal coulant dans ses veines !... Pas étonnant dans ces conditions, que Charles n'ait pas hésité à lui donner son royaume lors de cette étrange cérémonie à Saint-Benoît. Dès lors, pas étonnant non plus qu'ultérieurement son père nourricier Jacques fut appelé d'ARC ou d'ARCques... « L'arche » est aussi gardienne de secrets. Et qu'il existe près de Domrémy un village nommé Arc dont Jacques pourrait être originaire n'élude pas le fait qu'il y existe aussi un *Sion* (Sion-Vaudémont). On n'arrête pas de tourner autour !

Comme on voit, la notion de « pauvre laboureur » vole en éclats. Nul doute que derrière ce nom de « d'Arc » il y a un lien à découvrir avec cette particularité nominale qui veut que ces Arc, Arques, ou Arche, soient liés à l'Ordre de Sion.

— En effet, observa Jack... Ça ne colle pas avec l'idée qu'on se fait d'une famille ordinaire de laboureurs... Et dans ces conditions, il est possible que l'on ait effectivement confié la jeune Jeanne à la garde d'un affidé de Sion... Mais si ton hypothèse est la bonne, que Jeanne soit effectivement la fille cachée de Louis d'Orléans et Isabeau de Bavière, née sept ans avant la date officielle et entraînée à sa mission par les hommes de Baudricourt... Comment se fait-il que personne n'ait été au courant ?... Le curé de Domrémy ne connaissait-il pas cette vérité sur Jeanne ?

— Oh, que si, certainement !... Il y avait trois papes régnant concurremment à l'époque, et, je ne sais pas pour les deux autres, mais à Rome en tout cas on était au courant de l'intervention future de Jeanne avant qu'elle n'arrivât à Orléans, et avant même qu'elle quittât Domrémy !

— Quoi ?!!... Avant qu'elle quittât Domrémy ?... C'est impossible ! C'est n'importe quoi, Johan...

— Mais non, mais non, mon cher Jack ! J'en veux pour preuve les lettres de l'archevêque d'Embrun, aujourd'hui ravissante cité du département des Hautes-Alpes mais qui dépendait à l'époque du Comté de Provence. Dans ces textes, l'archevêque Jacques Gelu relate un fait étrange révélant que Rome savait PAR AVANCE le rôle qu'allait jouer Jeanne, et assurément QUI elle était vraiment. Et ce, dès le début de l'année 1429, alors qu'elle n'avait pas encore quitté Domrémy !

— Comment est-ce possible ?

— Les voies du Seigneur sont impénétrables, dit-on... et sauf si le téléphone était déjà installé entre le Vatican et le Ciel lui-même, il reste à en trouver une explication logique et rationnelle. Voici les faits :

Début Mars 1429, au moment où Jeanne arrivait à Chinon, le dauphin Charles, qui n'était pas dans les secrets de Sion, avait bien sûr entendu parler par l'ami Baudricourt de cette « Pucelle » qui voulait le voir et se prétendait capable de lever le siège d'Orléans. Et il voulait s'informer sur elle comme il est normal de la part de tout dirigeant qui ne veut pas perdre son temps avec une illuminée ou passer pour un naïf... Ce qui permet de déduire qu'à ce moment là, le dauphin intrigué ne connaissait pas encore la « qualité » réelle de Jeanne, qu'elle fut sa sœur, sa demi-sœur, ou une bergère inspirée de Dieu, ou quoi que ce soit d'autre... Avant l'arrivée de Jeanne à Chinon, il n'était visiblement pas encore dans le secret de cette lignée divine protégée de Sion, Ordre que gouvernait pourtant son beau-frère René d'Anjou...

Conscient toutefois que bien peu de choses échappaient à l'Église, il consulta donc l'archevêque d'Embrun.

Dans une première réponse, l'archevêque conseilla la circonspection, montrant par là qu'il n'avait lui-même aucun renseignement particulier sur ladite personne... Puis... – Suis bien, parce que c'est le timing qui est important dans l'affaire – ... début Mai, avant même qu'il connût la nouvelle de la Délivrance d'Orléans, il fit suivre une seconde réponse dans laquelle il parlait de Jeanne en termes élogieux en l'appelant *Puella Aurelianensis*, terme qui ne signifie pas la « pucelle » d'Orléans au sens physiologique d'une virginité préservée et qui n'aurait pu être si rare dans notre bonne ville, mais au sens de « la Demoiselle d'Orléans », comme si « d'Orléans » était son « titre » utilisé alors comme nom de famille...

Cette appellation en soi ne prouve rien bien sûr, et les tenants de la belle légende dorée ne se priveront pas de critiquer mon interprétation... Qu'importe ! Ce qui interpelle vraiment, c'est ce revirement soudain... Pourquoi l'archevêque d'Embrun a-t-il changé son opinion si subitement à propos d'une fille dont il ignorait tout quelques jours auparavant ?...

— Ça m'interpelle en effet !

— L'archevêque nous donne lui-même la réponse à cette question dans une troisième missive adressée ultérieurement à Charles VII et dans laquelle il raconte ses entretiens avec le cardinal de Foix, arrivé à Embrun fin Mars (donc après l'envoi de la première réponse) de retour de Rome dont il était parti le 28 Janvier 1429 – oui, un prélat traversant les Alpes en chariot, ça allait lentement à l'époque ! –. Et c'est ce cardinal de Foix, hébergé à Embrun par son confrère Jacques Gelu, qui avait renseigné ce dernier sur cette Jeanne dont il avait lui-même entendu parler à Rome avant son départ, c'est à dire en Janvier... Trois mois avant qu'elle ne quittât Domrémy !!!

J'aimerais donc qu'on me dise pour quelle étrange raison Rome aurait fait surveiller une gamine de 17 ans, officiellement simple bergère de son état dans un village paumé du duché de Bar, au point de savoir QUI elle était vraiment et ce qu'elle allait partir faire trois mois plus tard !...

Elle n'était clairement ni aussi simplette, ni aussi jeune, ni aussi bergère qu'on a voulu nous le faire accroire ! Elle était effectivement vierge comme se devait de l'être toute jeune fille non mariée, mais c'est encore un tour de passe-passe sémantique que de la nommer par cette qualité toute provisoire. Elle était assurément telle que la qualifie l'archevêque : « *Puella Aurelianensis* », c'est à dire « Fille de la Famille d'Orléans ». En effet, « pucelle » au sens d'une virginité préservée se dit *virgo* tandis qu'à l'époque « demoiselle » ou « fille de bonne famille » se dit *Puella*. Nous avons d'ailleurs à Orléans une église qui...

— J'ai compris ! s'exclama joyeusement Jack. Saint-Pierre le Puellier, c'est l'église Saint-Pierre pour « les jeunes filles de bonne famille » ...

— Euh... oui ! confirma Johan devant la mine ravie d'un Jack surpris de son propre éclair de génie... C'est d'ailleurs en cette même église Saint-Pierre le Puellier que, lors d'une charmante cérémonie où est convié tout le gratin orléanais le jour anniversaire de l'entrée de Jeanne dans la ville, notre avatar annuel reçoit l'épée de son homologue de l'année précédente... Mais je disais donc : Rome savait QUI était Jeanne, son identité réelle par filiation royale, mais cela aurait-il justifié que l'on surveillât ses allées et venues ?... Certainement pas ! Le clergé romain avait sûrement d'autres chats à fouetter que surveiller tous les enfants adultérins des nobles du temps... Il fallait une raison autrement plus sérieuse de garder particulièrement un œil sur celle-ci...

Deux questions viennent donc immédiatement à l'esprit d'un curieux comme moi :

La première : Pourquoi le dauphin s'adressa-t-il à l'archevêque d'Embrun, dans les Alpes, au lieu de s'adresser à l'évêque de Metz tout de même plus proche, ou au curé de Domrémy ?

Et subséquemment : Savait-il déjà qu'il devrait considérer cette « bergère » comme une V.I.P., ainsi qu'on dirait de nos jours ?

Le fait pour Charles de s'adresser à Embrun plutôt qu'à Metz est commandé par une raison logique que notre géographie républicaine a du mal à saisir aujourd'hui : comme tous les évêques de Lorraine, ceux de Metz, Toul ou Verdun dépendaient alors de l'archevêché de Trèves, en Allemagne, contrôlé par le parti Bourguignon, mais Embrun dépendait du Comté de Provence contrôlé par René d'Anjou, son beau-frère. Il était donc plus discret et plus sûr de s'adresser à Embrun qu'à Metz.

Et pour répondre à la question secondaire, le dauphin Charles ne semble pas savoir à ce moment QUI est réellement Jeanne. L'archevêque d'Embrun pas davantage. Par contre, à Rome, à la cour du pape Martin V, on sait ! Et l'on sait tout ! C'est-à-dire non seulement la vérité sur son origine royale mais encore la Mission pour laquelle elle a été préparée depuis son plus jeune âge par l'Ordre de Sion... Ce qui implique qu'à Rome du moins on n'ignore pas non plus la vérité au sujet d'une « lignée divine » protégée par ce même *Sion* !...

— Mais c'est ÉNORME cette histoire ! Gigantesque ! Pharamineux !... Comment peut-on croire qu'un tel enchaînement de détails convergents n'ait jamais mis la puce à l'oreille d'aucun historien ?... Ils ne sont tout de même pas tous bouchés ?!

— Bah ! Chacun a sans doute ses raisons, on ne peut pas les blâmer... Le plus drôle c'est qu'ils ne sont pas tous d'accord entre eux, mais que leurs désaccords portent rarement sur les mêmes aspects de la question... La plupart réfutent aujourd'hui l'idée que Jeanne fût une bergère. Ils ont mis un certain temps à l'admettre, mais ça y est. Cependant ils continuent de la faire naître à Domrémy en 1412, au point que cette année, en 2012, on célèbre toujours l'anniversaire de sa naissance !... D'autres envisagent comme plausible qu'elle fut une bâtarde d'Isabeau et Louis, mais ne vont pas plus loin. D'autres enfin, mais pas les mêmes, pensent que la survivance est envisageable mais pour des raisons incertaines réfutent l'hypothèse bâtardisante, certains encore font la confusion entre Jeanne des Armoises et Jeanne de Sermaise, une « fausse pucelle » nettement plus tardive. Faut-il y voir de leur part un amalgame volontaire qui permet de tout rejeter en bloc ?... Il est permis d'en avoir le soupçon.

Quelques auteurs pourtant sont passés près, mais à ma connaissance nul à part moi n'a jamais envisagé l'hypothèse « *Sion-Templiers* ». Or, rien ne s'explique de manière rationnelle si on fait abstraction de ces deux éléments, et surtout de l'importance énorme qu'avait à l'époque parmi le peuple le poids des légendes et superstitions ! Et c'est pourquoi *Sion* n'avait pas fait que préparer Jeanne à cette exceptionnelle mission... On avait aussi magistralement préparé l'opinion publique en alimentant cette histoire de Pucelle venant du Bois Chenu, une prophétie provenant tout droit de messire l'enchanteur Merlin lui-même !... Et dans cette autre rumeur : « *Une femme perdra la France ; une femme la sauvera ; l'une de l'autre sortira* »... comment ne pas reconnaître en la première Isabeau, cédant le royaume à l'Anglais, et dans la seconde, Jeanne, elle-même fille de la première ?... Cette filiation étant alors un secret de Polichinelle puisque tout le monde appelait déjà Jeanne « la Pucelle d'Orléans » au sens populaire de « la fille de Louis d'Orléans » tout comme on appelait son fils Jean « Le Bâtard d'Orléans »...

Pour la suite, pour impressionner les bonnes gens, la classique cérémonie du sacre à Reims suffirait. Encore fallait-il y parvenir... Mais pour impressionner les nobles anglais et aller jusqu'à « terroriser » leurs archers, c'était autre chose !... Pour eux, il fallait du sérieux, du crédible, du plus prégnant que l'onction d'un évêque, encore moins celle d'un pape qu'il eût fallu choisir parmi les trois prétendants qui se disputaient le Saint-Siège, discréditant par là l'autorité divine !... Dans l'esprit du Peuple, les croyances ancestrales n'étaient pas mortes et les prophéties attribuées à un vieux mage mythique était bien plus à craindre que toutes les fariboles et gesticulations ecclésiastiques du moment. Dans ce contexte de « Grand Schisme », seul *Sion* pouvait lui apporter une légitimité indiscutable. C'était à Orléans que s'en trouvaient le centre nerveux, le siège, les archives, et son « Nautonier » n'était autre que le beau-frère du dauphin !... Voilà pourquoi il était devenu essentiel pour les Anglais de prendre Orléans et surtout de mettre la main sur Saint-Samson où reposaient les archives de Sion...

Voilà du même coup pourquoi la toute première mission de Jeanne sera de « lever le siège d'Orléans ».

Sacrer elle-même symboliquement le dauphin à Saint-Benoît sera sa seconde, et ensuite seulement l'emmener formaliser la chose à Reims. Enfin, libérer la Capitale, puis son oncle le poète Charles d'Orléans de sa captivité londonienne... Dans le bon ordre bien sûr, sinon l'étape suivante n'eut pas été possible...

Mais je vois que tu as un peu de mal à digérer tout ça, observa Johan. Résumons si tu veux la chronologie de ce que nous venons de passer en revue...

— Avec plaisir ! Et si tu permets, je vais même prendre des notes parce que ma mémoire n'y suffit plus...

— Fais donc, je t'en prie !... Tu y es ?... Bon, nous avons donc dans l'ordre :

- 1403 : La naissance du futur dauphin Charles, nécessairement adultérine puisque le couple royal faisait chambre à part depuis 1394. Mais naissance indiscutablement royale tout de même car les deux parents descendent de Clovis par Saint-Louis[69]. Charles sera ouvertement dénoncé comme bâtard par Isabeau elle-même et déshérité de la couronne lors du traité de Troyes en 1420.

- 1407 : Le 10 Novembre précisément, une seconde naissance (adultérine et royale également, pour les mêmes raisons) fait du bébé né à l'Hôtel Barbette en cette nuit d'hiver 1407, le frère ou la sœur à 100% du dauphin ; Mais le nouveau-né présente une anomalie de développement qui ne permet pas d'identifier son sexe de façon certaine. Il est donc urgent d'attendre avant d'annoncer cette naissance, et de prendre des précautions pour éviter que les ragots ne soient utilisés politiquement. On fera donc courir le bruit qu'il s'agissait d'un garçon, prénommé Philippe, et décédé le jour même... Mais dont on ne trouvera ultérieurement nulle trace de funérailles ! Le bébé bien vivant quant à lui sera baptisé du prénom ambivalent de « Claude », un autre prénom royal, mais celui de « Jeanne », qui lui sera donné plus tard est étrangement arboré comme un titre numéroté par les Grands-Maîtres de Sion.

Au moment de cette naissance le Nautonier de *Sion* est Nicolas Flamel, le fameux écrivain public, astrologue et alchimiste[70]. Nul doute que l'horoscope du royal nouveau-né ait été étudié avec intérêt par ces grands initiés et que sa mise en réserve, en sécurité hors du royaume ravagé par la guerre, n'en

---

69 *Voir en notes annexes les généalogies de l'un et l'autre parents royaux.*

fût la conséquence. Et à partir de 1418 et jusqu'en 1480, c'est-à-dire durant toute l'adolescence de Jeanne, son épopée, et jusque bien après le procès en réhabilitation, ce sera René d'Anjou, beau-frère du dauphin Charles, qui succédera au savant Flamel.

À l'époque de la naissance de Claude-Jeanne à l'hôtel Barbette, le comté de Bar n'est pas encore érigé en duché et appartient à la « Demoiselle de Luxembourg », comtesse de Saint-Pol et de Ligny-en-Barrois. Il s'agit de la Jeanne de Luxembourg qui, vivant à Beaurevoir vingt-deux ans plus tard, verra son neveu Jean II de Luxembourg lui amener Jeanne prisonnière, et tentera de le convaincre de ne PAS la vendre aux anglais... Entre temps, suite à des tractations particulières entre elle et René, le comté de Bar, prochainement duché, aura changé de mains pour devenir en 1420 la propriété de René d'Anjou tandis qu'en contrepartie le Comté de Guise sera devenu celle des Luxembourg, mais tout ceci n'est qu'un arrangement successoral entre gens de même famille...

- 1407 : Quelques jours après cette naissance, on assassine le duc Louis d'Orléans à la sortie de l'hôtel Barbette. Il devient urgent de mettre l'enfant à l'abri. On trouve comme par hasard dans l'entourage immédiat de la reine Isabeau durant la période de son accouchement à l'Hôtel Barbette, une tante Jeanne (veuve d'un certain Nicolas d'Arc ou d'Arques, ce qui peut laisser supposer un rapport à Sion) ;

- 1408 : à l'Épiphanie julienne, soit le 17 Janvier de notre calendrier grégorien (date très marquée *Sion*), Jeanne est mise à l'abri à Domrémy, non pas dans une famille « de laboureurs » mais de petite noblesse et dont le père – s'il ne nomme bien d'Arc – porte déjà dans son nom lui aussi la marque de Sion ;

On note dans l'environnement de Domrémy moult anciens établissements templiers et une Notre-Dame locale ou Vierge Noire ; un Arbre aux Dames (ou arbre aux fées) sous lequel Jeanne s'en va danser certains soir d'été ; une fontaine celtique dite Fontaine des groseilliers, jusqu'où l'on promène chaque année un Dragon d'osier ;

- 1415 et 1416 : Quelques décès subits, accidentels ou pas dans la lignée de Charles VI-le-Fol, mettent le dauphin Charles en position d'héritier du Royaume de France alors qu'il était le dernier des quatre fils et très probablement le seul qui ne soit pas officiellement du roi lui-même...

- 1419 : le duc de Bourgogne Jean-sans-Peur, qui avait fait assassiner Louis d'Orléans douze ans plus tôt à la sortie de l'hôtel Barbette, trouve à son tour la mort dans une échauffourée au pont de Montereau[71]. La bague volée à la main coupée du Duc vingt ans plus tôt est récupérée. Il est ainsi fait place nette des divers rivaux potentiels et il ne reste plus que le petit dauphin Charles comme candidat au trône. On prétendra que c'est par dérision qu'il fut surnommé « le petit roi de Bourges », mais était-ce bien la raison ?... On verra...

---

70 *Si l'on en croit sa légende personnelle... Mais là aussi, on relève d'étranges anomalies qui font douter de son authenticité. Il reste que Nicolas Flamel a bel et bien vécu à cette époque dans le quartier du Temple, près de la Tour Saint-Jacques à Paris, qu'il a beaucoup voyagé, notamment en Espagne et en Languedoc, et qu'il a amassé une fortune inouïe sans qu'on en sache jamais la provenance.. Quoi qu'il en soit, Nicolas Flamel a-t-il établi l'horoscope de cette enfant royale ? La suite des événements porte à le croire.*

- 1420 : Signature du Traité de Troyes par lequel Isabeau abandonne le royaume à l'Angleterre et désavoue les droits du dauphin Charles. C'est à ce moment que le comté de Bar devient duché et passe sous la juridiction de René d'Anjou. C'est également à ce moment que Jacques d'Arc bénéficie pour 9 ans de la jouissance du château de l'Isle, où Jeanne, qui en vérité a déjà 13 ans, pourra s'entraîner discrètement.

- 1420-1428 : Aussitôt Jeanne reçoit les premières visites de ses « Voix ». Elle est sensée n'avoir alors que treize ans. Et c'est effectivement lorsqu'elle eut ses treize ans qu'on commença à la former, mais pas en 1425, en 1420 !... Elle ne ment donc pas à son procès au sujet de « l'âge » auquel elle a reçu ses premières voix, mais, si tant est que l'année de référence en fut jamais spécifiée dans les minutes françaises, on se gardera bien de la préciser dans les minutes en latin, les seules qui subsistent. Elle a donc bénéficié de cinq années supplémentaires pour sa formation au métier des armes et à divers secrets, à commencer par le rôle que *Sion* attend d'elle.

- 1420-1429 : Un informateur tient régulièrement le Vatican au courant des progrès de la gamine ; on ne sait pas qui exactement, peut-être le curé de Domrémy ;

- 1428 : Alors que le duc Charles d'Orléans est prisonnier depuis 12 ans à Londres et que ses geôliers lui avaient formellement promis de ne pas toucher à sa ville, « quelqu'un » en Angleterre (« On ne sait qui » d'après le duc de Bedford lui-même) décide de mettre le siège devant la vieille cité royale... Incroyable coïncidence ! c'est précisément à cette première mission : « lever du siège d'Orléans », que les mystérieuses voix ont préparée Jeanne, des années avant que le siège n'y soit mis !...

- 1429 : Ainsi que nous venons de le voir, avant même son départ de Domrémy, Rome savait ce qu'allait entreprendre cette *Puella Aurelianensis*, et que ça ne pouvait que concerner Orléans ;

Après le départ de Jeanne de Domrémy et jusqu'à son arrivée à Orléans, notons encore que :

- 1429 : À Chinon, selon le chroniqueur Jean Chartier, et alors qu'elle n'a encore fait aucun coup d'éclat, c'est une foule de deux ou trois cents courtisans qu'elle doit fendre pour aller trouver le dauphin. Elle est visiblement perçue et reçue comme un puissant personnage, et il est vrai qu'on a fait illuminer son chemin par plus de deux cent torches !...

Quant au secret qu'elle confie au dauphin, on peut penser qu'elle lui dit : « Messire, ne craignez point une quelconque bâtardise, l'enfant illégitime ce n'est pas vous, c'est moi ». Elle peut lui dire aussi : « *Charles, toi et moi sommes tous deux du même sang, des mêmes père et mère* » ; Dans les deux cas, on peut considérer que ce secret « que seul Dieu partage avec

---

71 *Les auteurs du coup mortel étaient deux proches conseillers du dauphin Charles : Jean Louvet et Tanneguy du Chastel. Ce dernier, un fidèle de René d'Anjou, devint plus tard « Chevalier de l'Ordre du Croissant » refondé par René d'Anjou en 1448. Le premier « Ordre du Croissant » fondé en 1268 en Orient avait été remplacé par « l'Ordre de l'Étoile » inspiré un siècle plus tôt à Jean le Bon par Geoffroy de Charny, le chantre de la Chevalerie au XVᵉ siècle et le neveu du Templier brûlé avec de Molay. C'est la famille de Charny qui avait conservé le célèbre « Suaire de Turin » dont l'ostension dès 1357, interdite par Urbain VI de Rome, fut néanmoins autorisée par l'antipape d'Avignon Clément VII.*

eux » n'aurait pas vraiment été de nature à rassurer le dauphin quant à son avenir ou même sa légitimité...

Mais elle peut surtout lui dire : « *Petit dauphin mon frère, tu n'es plus abandonné. Je t'apporte le secours de Sion et du Temple, car le royaume de France doit rester aux descendants de Clovis, Saint-Louis et Philippe-le-Hardi, mais hors la lignée de Philippe-le-Bel, maudite par Jacques de Molay.*

Que notre géniteur commun fut le roi Charles ou son frère Louis ne change rien pour toi ni moi. Nous sommes héritiers légitimes par notre trisaïeul Charles-de-Valois, mais Henri d'Angleterre est de la lignée de Philippe et jamais il ne régnera sur la France ! ».

Et là, oui ! On comprend que le dauphin peut effectivement sauter de joie ! Il ne peut que croire Jeanne, non seulement parce qu'elle est son dernier espoir mais parce que, outre la belle légende qui prétend qu'une pucelle délivrera la France, Jeanne lui apporte aussi le soutien d'une véritable puissance financière et politique autant que militaire. Ce n'est plus du vent basé sur une quelconque superstition, c'est du concret !

Et les problèmes financiers de Charles s'évaporent aussitôt ! Lui qui était quasiment ruiné, au point que l'année précédente le financier Jacques Cœur avait dû envoyer quelques liards pour payer ses dépenses de table à Châteaudun, lui dont la secourable épouse Marie d'Anjou avait discrètement vendu ses bijoux et jusqu'à l'argenterie de sa chapelle pour subvenir aux besoins du ménage, le voilà soudain capable de pourvoir à des dépenses quasi somptuaires afin d'équiper Jeanne d'une superbe armure et d'un train de Maison digne de la princesse qu'elle était en réalité. Le voilà capable de subvenir aux besoins de ravitaillement en vivres et munitions d'une ville affamée comptant plusieurs dizaines de milliers d'âmes, et surtout de lever une armée puissante pour aller la délivrer... C'est un vrai miracle !... Et il ne peut cependant pas en dire ouvertement la cause car le pape d'Avignon Clément VIII prendrait aussitôt la contre-offensive : les Templiers sont sensés ne plus exister depuis plus d'un siècle et *Sion* est le pire adversaire des papes en lice... Mais... que ceux qui ont des oreilles entendent !

Et ceux qui doivent comprendre comprendront en effet ! Car outre le fait qu'elle excelle en matière de stratégie et qu'elle semble bien connaître l'artillerie, science militaire toute nouvelle à l'époque, Jeanne se fâche quand on ne lui obéit pas ou que l'on suit une autre stratégie que la sienne. Elle détient donc une autorité suffisante pour s'imposer à ces grands capitaines, y compris à La Trémoïlle, assez hostile au départ à l'idée d'ériger une pucelle à la tête de l'armée... Il obéira pourtant, lui comme les autres ! De qui ou de quoi tient-elle donc cette autorité ?...

Depuis près de deux siècles, le siège de l'Ordre de *Sion* est établi en l'église Saint-Samson d'Orléans. Dès qu'elle aura réussi son entrée dans la cité avec les chariots de ravitaillement, le 29 Avril au soir, Jeanne s'y retirera seule, pour prier, paraît-il. Pas à la cathédrale, pas tout de suite, ce qui eût pourtant été naturel pour une envoyée du Dieu de l'Église. Non, mais à Saint-Samson, le siège de Sion !... Et dès le lendemain, elle enverra à Jeanne de Laval[72] « un tout petit anneau d'or »... Quelle urgence la pousse à envoyer un si dérisoire présent, à partir d'une ville assiégée, à la veuve de

---

72 *Jeanne de Laval, veuve de Bertrand du Guesclin était en effet toujours vivante en 1429.*

du Guesclin ?... On ne comprend pas. Sauf si ce présent est le signe convenu qu'elle est dans la place et que les archives sont en sécurité !... Du moins peut-on l'interpréter ainsi...

Par ailleurs, Jeanne a une drôle de façon de faire la guerre ! Elle écrit à ses ennemis en les priant de bien vouloir se retirer gentiment sans combattre, et donc sans répandre le sang, et restituer les territoires « *au Vray roi de France* »[73]... sans citer pourtant le nom du dauphin !

Est-ce naïveté de sa part ?... Est-ce une coutume entre chefs de guerres que de se faire ainsi des politesses épistolaires avant que de s'étriper joyeusement ?... Évidemment non. C'est au contraire un jeu subtil qui peut effectivement éviter des bains de sang inutiles. Et c'est presque ce qui se produira puisque contre toute attente, au premier échec, après la prise des Tourelles, les anglais lèveront le camp le 8 mai au matin... Jeanne sait que l'Anglais sait QUI elle est vraiment, pourquoi elle est venue en toute priorité « lever le siège d'Orléans », et ce qu'elle est venue y faire... Sans aucun doute empêcher ce qu'il est venu y faire lui-même : mettre la main sur les archives de *SION*.

Et si elle est si redoutée avant même que de combattre, c'est bien qu'en face on sait ce qu'elle représente. Du moins les initiés le savent, même anglais car, ne l'oublions pas, *Sion* n'est pas un quelconque ordre français de chevalerie, c'est « L'ORDRE » tout court, l'Ordre par excellence fondé à Jérusalem et à vocation universelle !... Un Ordre qui ne dépend de personne, d'aucun roi de France ni d'Angleterre, et pas même du Pape (surtout pas du pape, quel qu'il soit !) mais qui protège la secrète descendance de Jésus et qui commande au Temple...

Et l'on ne s'étonne plus, alors, de trouver dans la cité assiégée depuis huit mois un importante contingent de combattants ou figurent de nombreux chevaliers étrangers venus défendre la ville... Défendre la ville, vraiment ?... Que nenni ! Ces milliers d'Écossais, ces Espagnols, ces Italiens, et surtout ces « Armagnacs », ils sont venus défendre Saint-Samson, le siège international de Sion ![74]

Contrairement à ce qu'on a affirmé, Jeanne sait parfaitement lire et écrire. Elle maîtrise également la langue française de cour et l'art de jouer sur les mots et les non-dits. On parlerait aujourd'hui de « langue de bois » tant ses réponses à son procès (du moins celles que nous connaissons par les minutes en latin) sont floues, ambiguës et interprétables en plusieurs sens. Et si elle dicte ses lettres à son secrétaire Pasquerel comme n'importe général ou chef d'entreprise le ferait de nos jours, dans ses courriers à l'ennemi elle signe en toutes lettres de son prénom, comme si ce seul terme suffisait pour qu'on sache QUI elle est !... Elle ne signe pas « la Pucelle », elle signe « Jehanne »... En commençant toutefois tous ses courriers par l'entête

---

73 *Voir en notes annexes la « lettre de Jeanne aux Anglais ».*

74 *En effet, depuis 1165, un traité conclu par Guillaume-le-Lion et Louis VII, traité formalisé en 1296 sous Philippe-le-Bel (avant l'abolition du Temple) et renouvelé sous Robert Bruce, faisait de l'Écosse, de la Norvège et de la France, des alliés indéfectibles à l'encontre de l'Angleterre. C'est ce qu'on appellera «* **L'Auld Alliance** *» qui subsiste encore de nos jours sous une forme folklorique.*

Comment ne pas rappeler ici que c'est ce même Louis VII qui avait installé Sion et le Temple à Orléans, et qui protégea également les auteurs des romans arthuriens ?... Les diverses briques de ce puzzle politique s'encastrent admirablement...

« Jhésus + Maria », on se demande bien pourquoi... On pourrait dès lors s'étonner du fait que, deux ans plus tard, Cauchon lui fera signer la cédule d'abjuration d'une simple croix... Étrange silence des historiens patentés sur ce détail... Je reviendrai là-dessus...

Ses principaux compagnons sont tous de vieilles familles templières ainsi que le montrent leurs armoiries, à commencer par Gilles de Rais, neveu et probable héritier spirituel de Bertrand du Guesclin, 28ᵉ Grand-Maître du Temple. Onze ans plus tard, devant un tribunal ecclésiastique lui aussi, dont, par ruse, on aura amené Gilles à reconnaître la compétence, un procès truqué le condamnera pour les crimes les plus infamants. On n'avait pas réussi à faire passer Jeanne pour une sorcière mais là, l'occasion est trop belle de faire de son fidèle compagnon Gilles de Rais un suppôt de Satan, un tueur d'enfants pratiquant la sorcellerie... Je ne cherche pas à l'excuser de crimes qu'il avait peut-être commis, mais seulement « peut-être », car, hormis les aveux de ses deux valets, extorqués sous la torture, aucune preuve formelle n'en fut jamais produite. Et en admettant qu'il ait effectivement commis ces exactions, ce serait en tout cas bien plus tard, à partir de 1438 ou même 39, lorsque débarque Prélati, prêtre défroqué italien soi-disant spécialiste en Alchimie. En tous cas longtemps après que les vents de Galerne eussent dissipé les cendres du bûcher de Jeanne... de SA Jehanne... après qu'il se soit ruiné pour faire jouer un an durant et par plus de deux cent cinquante figurants, un spectacle pharaonique à la mémoire de la Pucelle sur l'emplacement des Tourelles d'Orléans[75]... et après aussi que Jeanne des Armoises, qui a assisté à cette représentation, se soit officiellement reniée sur « la pierre de marbre » du Parlement de Paris...

Élevé par son grand-père, qui lui avait appris à ne craindre ni respecter aucune autorité pour ce qu'elle paraît mais uniquement pour ce qu'elle fait, Gilles est un rebelle élevé par un rebelle. Il est tout d'un bloc, passionné, excessif, capable du meilleur et du pire, et sans doute sa déception, sa colère et son chagrin face à la toute puissance de l'Église qui avait éliminé la Pucelle, ne furent-ils pas pour rien dans sa conduite ultérieure...

Le bouillonnant connétable fut certes condamné à être pendu et brûlé, mais celui que Charles Perrault transformera deux siècles plus tard en l'horrible personnage de Barbe-Bleue était-il vraiment coupable des affreux crimes dont on l'a accusé ?... Rien n'est moins sûr[76] ! Car les archives nous font bien assister à un procès inquisitorial où d'énormes intérêts sont en jeu, tant pour la Bretagne que pour la France, et tant au plan financier que

---

[75] *« **Le Mistère du Siège d'Orléans** ». Il est particulièrement curieux que le livret de cette pièce monumentale soit publié pour la première fois en 1862 d'après l'exemplaire unique détenu sous le numéro 1022 par la bibliothèque vaticane.*
Dès 1864 Vallet de Viriville s'interroge sur l'authenticité de ce manuscrit qui, d'après lui, aurait subi un « remaniement considérable » (sic) au moment du procès en réhabilitation... Ce qui laisse supposer que le drame financé par Gilles de Rais joué à Orléans avant 1439 (probablement devant Jeanne des Armoises présente à ce moment dans la ville), n'était pas le texte que nous connaissons aujourd'hui , et l'on peut légitimement s'interroger sur l'intérêt du Vatican à conserver jalousement le livret d'une simple pièce de théâtre, sauf si l'original révélait des éléments divergents du dogme...
On peut du même coup s'interroger sur la réalité des accusations portées contre Gilles, qui aurait osé défier l'Église en faisant jouer publiquement une version hérétique du « Mistère du Siège d'Orléans »...
[76] *Bizarrement, à notre époque, en 1992 avec juste cinq siècles de retard, une Commission du Sénat le reconnaîtra innocent et le réhabilitera.*

politique, surtout pour l'Église qui ne peut accepter qu'un grand seigneur et pair de France affiche aussi insolemment son indépendance d'esprit et son mépris pour le dogme.

Gilles est pourtant un homme de foi. Il est depuis 1434 chanoine de Saint-Hilaire-le-Grand de Poitiers, mais s'il croit en une « Puissance Supérieure », en une « communauté des âmes », il n'a aucune confiance en l'institution romaine ! Se voyant perdu, d'ores et déjà condamné par les manœuvres de l'Inquisition, et sans doute désespéré de l'ingratitude des Grands de son époque tant envers lui qu'envers Jeanne, il jettera l'éponge et avouera tout ce qu'on voulait, même le pire, afin d'éviter « la Question » et, par-dessus tout, pour ne pas être excommunié. Il demande une faveur cependant : qu'après avoir été pendu, son corps ne soit pas entièrement consumé comme on l'a fait de celui de la Pucelle à Rouen, mais que ses restes soient inhumés à Nantes auprès de Notre-Dame du Carmel, chez les Carmes !...

Pour l'heure, au siège d'Orléans puis à Beaugency, à Jargeau, à Patay, le grand Gilles de Rais est un magnifique exemple de chevalier et il sera fait Maréchal de France à vingt-quatre ans. Comme son oncle le Connétable du Guesclin, il est le descendant direct de Robert de Craon, l'un des neuf chevaliers fondateurs du Temple.

Son cousin Georges de La Trémoïlle, que l'histoire ultérieure critiquera beaucoup lui aussi, a évidemment les mêmes origines templières. Mais bien d'autres capitaines de haut rang sont également héritiers de ces traditions familiales occultées depuis un siècle : Jean de Brosse (Seigneur de Boussac), Pothon de Saintrailles, Thibault d'Armagnac, le Seigneur de la Tour (baron d'Auvergne), Hugh Kennedy[77] (un des nombreux défenseurs écossais d'Orléans), Messires Cernay et Matthias (deux aragonais de l'Ordre de Calatrava) et encore très probablement Étienne de Vignolles, dit La Hire, et quelques autres comme un certain Gilbert Motier de La Fayette, Maréchal de France, ancêtre direct de celui qui aidera à l'indépendance américaine et à la Révolution Française et dont les prénoms seront : Marie-Joseph, Paul, Roch, Yves, Gilbert, Motier...

Après la Délivrance d'Orléans, comment passer sous silence :

- que Jeanne loge au château de Sully-sur-Loire. C'est Raymond du Temple (architecte du roi Charles V et du duc Charles d'Orléans) qui en a dressé les plans, et le propriétaire en est alors Georges de la Trémoïlle, d'une vieille famille de Templiers : son père Guy VI est mort à Rhodes, sa mère était une Craon, descendante elle aussi de Robert de Craon, fondateur du Temple, et son épouse est une L'Isle-Bouchard (place forte templière délivrée de l'occupant anglais cinquante ans plus tôt par du Guesclin, Beaucent en tête !) ;

- que ce 21 Juin 1249, c'est en l'abbaye de Saint-Benoît sur Loire, où l'on trouve encore de nos jours une « Maison des Templiers » toute proche, que

---

77 *Sir* **Hugh Kennedy d'Ardstinchar** *qui avait participé à la victoire de Baugé, puis à la malheureuse journée des Harengs, était parmi les compagnons de Jeanne d'Arc au siège d'Orléans. Un autre Kennedy, probablement son fils, Gilbert Kennedy de Dunure, participa au siège de Montargis avec la Pucelle.*

Jeanne est la grande prêtresse d'une cérémonie où, selon un rite très précis qu'elle prend soin de faire enregistrer par notaires, elle donne « charge du royaume » au « pauvre chevalier » qu'est le dauphin, lequel ne peut faire autrement que s'abaisser devant elle... Aurait-il accepté cette humiliation devant sa cour si Jeanne avait été « fille de laboureurs » ?... À l'évidence non ! Mais était-ce bien sa cour habituelle qui assistait à ce curieux rite dans l'abbaye de Saint-Benoît ce 21 Juin 1429 ?... Ça n'est pas exprimé clairement... On ne sait pas qui, en dehors des notaires, de Charles et de Jeanne, assiste ce jour-là à cet étonnante *triple donation*... Ça devait être un parterre de très hauts personnages triés sur le volet pour assister à huis-clos à cette bien étrange cérémonie... Ce qui est sûr c'est qu'un certain Perceval de Boulainvilliers s'y trouve ce jour-là et que de toute évidence il informe le duc de Milan. Pourquoi le duc de Milan ? Tout simplement parce que c'est le beau-frère de feu Louis d'Orléans, géniteur de Jeanne et de Charles, et que par ailleurs les Visconti et les Sforza sont depuis longtemps alliés des rois angevins de Naples, donc très proches de René d'Anjou, alors nautonier de *Sion*... Grands mécènes des Sciences et des Arts, sans doute étaient-ils eux aussi membres de *Sion* ? N'avaient-ils pas comme symboles un soleil ardent ainsi qu'un serpent couronné ou dragon ?... Des armes parlantes s'il en est !

- etc., etc., etc., on n'en finit plus d'énumérer les anomalies et les coïncidences étranges...

Jack notait tout et hochait la tête... assimilant lentement l'énorme vague de réponses à des interrogations qu'il n'avait jamais soupçonnées jusque là...

— J'avoue en avoir la tête qui tourne, comme vous dites en France ! Et de plus, je commence à avoir faim... Ça te dirait d'aller manger quelque chose sur ce bateau à aubes dont tout le monde parle ?

— Sur « l'Inexplosible »... Pas tout de suite, j'y ai réservé pour ce soir, mais là maintenant j'ai plutôt envie de rester dans l'ambiance. Nous pourrions faire un tour à la Foire Médiévale, juste à côté de la cathédrale, au *Campo Santo* ?...

— Au quoi ?

Johan sourit :

— Au *Campo Santo*. En français un « champ consacré ». Ce n'est que le nom latin d'un cimetière remarquable...

Jack réprima une grimace.

— Ah bon ! euh... tu tiens vraiment à te balader dans un cimetière ?... Tu sais, il y en a aussi d'assez beaux chez nous...

— Celui-là, tu vas aimer... Viens !

*

SECONDE PARTIE

Folklore et Arts Martiaux
De nos jours, Orléans, Campo Santo, 07 Mai 14h00

Les deux compagnons d'aventures rétrospectives rejoignirent la cathédrale et le coin de la rue Dupanloup pour passer les grilles d'entrée du plus étonnant cimetière de la région. Consacré, le *Campo Santo* ne l'était plus que de nom, mais son décor impressionnait toujours. Dès les hautes grilles de l'entrée passées, une immense pelouse cernée d'un long préau aux arcades ogivales les fit pénétrer directement dans le XVe siècle.

Déjà désaffecté avant la Révolution, le lieu avait servi depuis aux foires les plus profanes mais il avait conservé le magnifique cloître, témoignage de la foi orléanaise qui avait suivi la Délivrance. En ces jours de fêtes médiévales le lieu était rempli de tentes et de personnages en armes et costumes d'époque. Ça sentait le méchoui et l'hydromel, la confiture de vin et le pain au levain d'autrefois... Ça et là, des troupes de musiciens jouaient à la harpe celtique, à la vielle ou au fifre et tambourin, des mélodies baroques, des danses paysannes joyeuses et pleines de charme, très reposantes pour nos tympans saturés de musique électrifiée.

— Whaoo ! Mais c'est enchanteur cet endroit... et folklorique ! s'étonna Jack. On se croirait à la Cour de Diane de Poitiers ! On peut y manger quelque chose ?

Johan écarta les bras, montrant de ses paumes ouvertes les nombreux stands derrière lesquels se pressaient des marchands en costumes d'époque.

— Tout ce que tu voudras. Tous ces gens en costumes sont là pour les touristes comme toi, mon cher Jack ! Fait briller les dollars et tu pourras repartir avec un pot de confiture de vin, un jambon de sanglier, ou encore une véritable épée de chevalier et une selle du meilleur cuir pour ton cheval !... Tu peux aussi tester la cuisine médiévale...

— Formidable ! Je vais commencer par goûter ça... dit-il en humant sur un stand garni de produits au miel un gros pain carré d'un brun caramélisé. Ça m'a l'air de sentir très bon, c'est quoi ?

— Du Pain d'Épices de Pithiviers... un genre de pain de seigle anisé et au miel, une spécialité de la région.

— Hum... Raison de plus pour y goûter !

— Si tu aimes ce genre de pâtisseries sucrées, tu ne seras pas déçu. Et pour faire couler, je te recommande un verre d'Hypocras au stand d'à-côté, ça va très bien avec... Mais sans en abuser, hein ! Ce n'est pas de la bière de jeune vierge...

— Je vais suivre ton conseil, Johan. Il faut toujours suivre les coutumes locales du pays où l'on se trouve...

— C'est un excellent précepte. Je crois que je vais t'accompagner... La même chose pour moi, dit Johan à l'homme habillé en aubergiste qui tenait la buvette voisine.

Munis chacun d'un gobelet d'Hypocras saupoudré d'une délicieuse cannelle et tâchant de n'en rien renverser, ils se frayèrent un chemin jusqu'à une table et un banc de bois près d'un enclos de cordes où de pseudo-chevaliers en cottes de maille faisaient démonstration d'armes moyenâgeuses devant un groupe d'enfants émerveillés. Dans la foule des badauds assistant aux combats, deux hommes observaient avec amusement mais intérêt ce qui paraissait à tous un jeu de rôles entre deux figurants de cinéma... La prestation terminée, les deux démonstrateurs offrirent au public de s'essayer au maniement de l'épée à deux mains, l'épée de tournoi des anciens chevaliers. Bien sûr, en version non tranchante ni pointue, juste pour se rendre compte du poids de l'arme et de la force qu'il fallait pour la manier... Voyant les deux hommes intéressés par leur démonstration, d'un signe de tête l'un d'eux proposa au plus jeune de tester l'arme...

— Monsieur, peut-être ?... Voulez-vous essayer ?

Scotty hésita.

— Vas-y si tu veux, l'encouragea Ryan. De toute façon nous ne pouvons pas faire grand-chose d'autre que nous distraire en attendant ce soir... Fais voir un peu à ce jeune blanc-bec comment on manie une telle arme... Mais ne le tue pas tout de suite, hein ! ajouta-t-il en riant...

Scotty entra dans le cercle de cordes et s'équipa d'une cotte de maille et d'un casque. On allait lui passer un baudrier d'armure quand il arrêta l'assistant de la main.

— Ça va, ça va... De toute manière, votre copain ne me touchera pas !

— Passez-le quand même, pour être en règle avec notre propre assurance... Ceci dit, vous êtes bien sûr de vous... On prend des paris ?

— Dix contre un qu'il ne me touche pas durant au moins cinq minutes, dit Scotty. Et après ce délai, de toutes façons il serait mort si nous faisions un vrai combat...

— Ah Ah !... s'exclama le démonstrateur. Monsieur est bien sûr de lui... Voilà qui va ajouter du piquant à la chose. Pari tenu ! Seriez-vous un professionnel des arts martiaux ?

— Disons que je m'entraîne de temps en temps...

— Ça n'en sera que plus intéressant. D'accord ! On va voir ça...

Le démonstrateur prévint son collègue du pari et les deux adversaires se mirent en garde. Rien qu'à la manière de se déplacer de Scotty, qui ne quittait pas des yeux le regard de son adversaire, la foule comprit immédiatement lequel des deux allait prendre l'avantage. Le combat tourna rapidement à une sorte de danse, où chacun des adversaires guettait le moment propice pour placer un envoi, d'estoc ou de taille, à la tête ou au mollet, au ventre ou aux reins. L'autre attaquait et ré-attaquait sans cesse mais de fait, chaque tentative du jeune démonstrateur se trouvait parée, déviée par le choc sonore du métal sur l'arme de Scotty qui enchaînait sauts, fentes, voltes, esquives et parades, et se trouvait toujours remarquablement placé pour parer le coup suivant. Le public était admiratif. Les cinq premières minutes passèrent et Scotty avait déjà largement gagné son pari lorsqu'il avertit son adversaire qu'il allait mettre un terme à l'assaut... Sortant d'une esquive qui obligeait l'autre à se replacer, il continua son mouvement en prenant le risque calculé de lui tourner le dos l'espace d'une fraction de seconde, juste le temps de tournoyer sur lui-même à la manière d'une danseuse, en réduisant la distance à son adversaire jusqu'à l'accrocher du pied derrière le genou et tirer légèrement. Le jeune homme surpris fut déséquilibré. Il voulut tenter de prendre du recul mais son genou plié ne répondit pas assez vite. Il tituba. Scotty fondait déjà sur lui et le renversait à terre, pointant la lourde épée sur la gorge du jeune homme casqué, à l'endroit le moins protégé... La foule retint un cri d'horreur. En souriant, Scotty fit mine d'appuyer... L'autre lâcha son arme et demanda grâce.

Le souffle coupé d'avoir senti la lame sur son cou, ce dernier reprit une grande bouffée d'air et laissa échapper un long soupir de soulagement. Réalisant sa défaite, il tremblait encore lorsqu'il mit un genou en terre et présenta son arme à plat sur l'avant-bras devant lui, dans un théâtral geste de soumission à Scotty qui le releva. La foule subjuguée fit rouler un tonnerre d'applaudissements saluant la performance et à la noblesse du geste de l'un comme de l'autre. Le jeune homme en cotte de maille tendit une main franche et loyale. Il s'appelait Samuel, et Pierrick son collègue barbu, l'autre démonstrateur.

— Bravo ! dit Samuel. Vous faites un Maître d'Armes formidable ! On ne m'avait jamais servi cette botte. Ou plutôt ce coup de pied... Pourriez-vous me l'enseigner ?

— Négatif, jeune homme... Secret de famille !...

— Dommage ! Ce n'est pas tous les jours qu'on rencontre un combattant comme vous. Vous avez bien gagné votre pari.

— Non, non... Gardez votre argent, j'ai un peu triché en ne disant pas qui j'étais vraiment et je vous avais vu combattre, vous ne pouviez pas gagner...

— Est-ce qu'on peut au moins vous offrir une bière, s'enquit Pierrick, je suis sûr que vous avez soif ?...

— Ah ça oui, par contre. Avec grand plaisir. Je suis avec mon ami là, dit Scotty en désignant Ryan.

— Venez sous la tente ! On va bien trouver quelque chose dans la glacière...

Le combat terminé et applaudi, le public s'égaya rapidement vers d'autres stands d'animations et l'attroupement se fit plus clairsemé autour du cercle de cordes. D'où Jack et Johan étaient assis, Jack vit alors s'avancer vers la tente jouxtant leur table les deux personnages qu'il avait déjà rencontrés dans le train l'avant-veille...

— Hey Ryan ! How are you ? Vous vous souvenez de moi ?...

— Par exemple, Jack !... s'exclama Ryan, surpris. Alors, cette enquête sur Jeanne d'Arc, elle avance ?...

— Énormément ! Je ne pensais pas qu'on puisse avoir autant de chance... Depuis que je suis ici elle ne me quitte plus !

— J'en suis heureux pour vous, Jack. Vous devriez la partager un peu avec nous...

— Rien de plus facile ! Je vous présente Johan, écrivain lui aussi et grand connaisseur de l'histoire orléanaise. Il est à lui seul ma providence. Si vous avez besoin de savoir quelque chose, vous n'avez qu'à lui demander...

Ryan s'avança vers Johan, la main tendue.

— Glad to meet you, Johan. Alors, comme ça vous êtes le Pygmalion de notre ami Jack ?

Johan sentit dans la franche poignée de main une légère pression inhabituelle. Il se méprit sur le geste et conclut immédiatement à l'appartenance de Ryan à une loge maçonnique. La main de Scotty se tendait déjà elle aussi et il crût percevoir le même message. N'étant pas lui-même maçon, Johan ne répondit pas au signe, mais se promit de faire attention au reste de la conversation si toutefois ces prémisses inattendues devaient avoir une suite...

— Enchanté Mr... heu... Mr ?...

— Berger. Ryan Berger. Et voici Scotty Vanguelde mon collègue. Nous sommes américains basés en Belgique, ce qui explique notre pointe d'accent, une fois... ironisa Ryan.

— Ça ne fait rien, répliqua Johan... si nécessaire, nous répéterons les blagues... deux fois !

L'atmosphère fut de suite détendue... Ces pauvres belges allaient encore payer tribut à l'humour français. L'éclat de rire attira les démonstrateurs hors de la tente de laquelle ils ramenaient un pack de bières. Le plus âgé, le barbu nommé Pierrick s'étonna alors :

— Comment ! Mais c'est bien notre ami Johan qui est là ! Comment vas-tu Johan ?... Tu te souviens de nous n'est-ce pas ?... La « Mesnie des Leux »... Les animations que nous avons faites sur la place Saint-Aignan quand ton association de quartier organisait ces vastes pique-niques entre voisins...

— Bien sûr, Pierrick, je me souviens parfaitement. C'était vos tout débuts, il y a bien dix ans, n'est-ce pas ?... Tu as fait du chemin depuis. Je veux dire votre troupe de « Leux »... On vous trouve maintenant sur tous les spectacles et reconstitutions historiques...

— Des « Leux » ?... questionna Jack. Qu'est-ce que c'est ?

— C'est un mot de vieux français... des « loups »

— Ah ! Et il y avait des « leux » par ici ?

— Bien sûr qu'il y avait des « leux ». Et pas qu'un peu ! Nous avons même une « rue aux loups » dans le quartier... Tu ne l'as pas remarquée sur ton plan ? C'est qu'à l'époque de Jeanne, la forêt venait encore très près des murs de la cité. Et la froidure des hivers au moyen-âge amenait souvent ces pauvres bêtes à venir fourrager dans les détritus au pied des murailles.

Quand ils ne dévoraient pas les cadavres des soldats tués lors des derniers assauts.

— Ah bon... C'est pour ça... J'ai lu dans l'histoire de Jeanne qu'elle avait attaqué la bastille de Saint-Loup... Est-ce qu'il y aurait aussi eu un loup miraculeux qui n'aurait pas mangé les enfants ou les cadavres ?

— Ah non, ce loup là n'a rien à voir... C'était un contemporain de Clovis. Et on ne devrait pas l'écrire L.O.U.P mais L.O.U seulement, sans P. C'est une abréviation de « Louis » tout comme « Louis » en est déjà une de « Clovis » par apocope du « C ».

— Ah bon ?... Louis et Clovis, ce serait la même chose ? s'étonna Pierrick.

— Parfaitement. Tu ne le savais pas ? C'est d'ailleurs une altération très curieuse de la langue française. Sans doute due à son passage par le Latin où l'on écrivait de la même manière les U et les V... En réalité Louis c'est LOVIS ou LOWIS... Certains pensent même que ce serait une déformation du mot hébreux Levi.

— Ainsi, ma Louisiane natale pourrait s'appeler « Clovisiane » ?...

— En effet, on peut dire ça comme ça...

— Ah ! s'écria Jack... Puisque tu t'y connais si bien dans les noms anciens, blasons et autres symboles, dis-moi donc ce que c'est que celui-là ?... J'ai hérité ce médaillon de mon grand-père, mais je n'ai jamais rien compris aux inscriptions...

Et, ouvrant grand le col de sa chemise, Jack sortit devant les yeux ébahis de ses deux compatriotes le médaillon en or hérité de Bernt. Stupéfaits, les deux templiers se regardèrent... Notant sans mot dire cette stupéfaction, Johan examina la chose et répondit :

— C'est un médaillon très intéressant que tu as là Jack... Il est dans ta famille depuis longtemps ?...

— Depuis 1562 si j'en crois la date inscrite sous notre nom. Mais ce nombre ou cette date ne signifient rien pour moi... Est-ce que ça évoque quelque chose pour ton œil d'historien ?

— Et comment ! Mais je ne dois pas être le seul pour qui ça évoque quelque chose... pas vrai Messieurs ?... dit-il en se tournant vers les autres.

Pierrick secoua la tête. Non, il ne savait pas quoi penser, hormis que l'objet était beau et semblait avoir une certaine valeur... L'épée, bon... c'était une épée, mais les deux autres « meubles » élimés de chaque côté... nan... ça ne pouvait pas être des lys... C'eût été par trop invraisemblable !... Qu'aurait fait dans la famille de cet américain un médaillon représentant les armoiries de Jeanne d'Arc ?... Quant à l'autre face, c'était une croix cerclée à la manière des croix celtiques ou cathares...

De leur côté Ryan et Scotty s'interrogeaient du regard... Johan lançait-il cette question au flair, ou avait-il percé leur identité ?

— D'où tenez-vous cela, Jack ? demanda Ryan.

— Je vous l'ai dit, de mon grand-père qui l'avait hérité du sien, etc...

— Et depuis quand est-ce dans votre famille ?

— Je viens de vous le dire ! Je suppose depuis 1562... Mais qu'est-ce qui s'est donc passé en 1562 ? C'est le grand mystère pour moi...

— C'est le début des Guerres de Religions, répondit Johan... Le début des massacres de Huguenots. La formation de l'armée de Condé à Orléans avec Gaspard de Coligny et son frère qui en feront la place forte des Protestants... une « seconde Genève ».

Il faut peut-être rappeler que l'Université d'Orléans, spécialisée dans le Droit Romain, avait été établie deux siècles plus tôt par le pape Clément V – le même pape qui défendit si mal les Templiers et finit par abolir le Temple – afin de contrebalancer le poids théologique et politique de la Sorbonne de Paris. Mais depuis lors, beaucoup d'eau avait coulé sous le vieux pont des Tourelles et, la notoriété aidant, en 1562 l'Université d'Orléans recevait nombre d'étudiants étrangers... Dans les années 1530, nous avions eu ici un étudiant peu ordinaire nommé Calvin, dont la municipalité vient d'inaugurer la statue sur la petite place de Saint-Pierre-Empont, l'église du culte réformé que les vieux Orléanais appellent encore le Temple... Fut-ce en rapport avec l'importance de la place templière ou pour d'autres raisons ?... J'ai noté en tout cas que de nombreuses villes où les Templiers étaient autrefois bien implantés sont devenues plus tard des cités à majorités protestantes... Coïncidence ? J'en doute... Toujours est-il que la Réforme se répandit très vite dans la région, en Beauce et tout le long de la Loire. L'imprimerie, industrie naissante essentielle pour les étudiants, concourut grandement à cette expansion de la Réforme. Tant et si bien qu'en 1562 nous étions en pleine guerre civile : les Guerres de Religions.

— Et Coligny en était le chef ici à Orléans ?

— Le chef des réformés, oui. Il avait d'ailleurs sa maison près de ton hôtel, sur la petite place du Cloître Saint-Aignan... Durant dix ans on vivra une guerre civile atroce au cours de laquelle deux ducs de Guise seront assassinés, dont un près d'ici, au bord du Loiret, l'autre sur la Loire également mais à Blois. Cinq ans plus tard les églises d'Orléans, notamment Saint-Aignan et cette superbe Cathédrale qui est là sous nos yeux, seront démolies à la mine par les Réformés... La flèche et la nef s'effondreront. Henri IV les fera reconstruire mais, avant son avènement, la Saint-Barthélémy en août 1572 aura fait plus de 800 victimes rien que dans nos murs, ce qui place Orléans juste après Paris pour ce triste record. Sans oublier les dizaines de milliers de morts ailleurs en France...

— Pfiouu ! En effet, ce n'est pas rien. Mais ça ne me dit pas pourquoi cette date, antérieure de dix ans aux événements que tu cites, figure sur mon médaillon familial puisque je ne me connais pas une origine française...

— Ce conflit religieux s'est malheureusement vite propagé à toute l'Europe, du nord au sud et jusqu'en Bulgarie, aux limites de l'Empire Ottoman. Il durera près de quarante ans et resurgira de temps à autres pour des raisons souvent plus politiques et économiques que spirituelles. Mais cette date n'est pas la seule chose intrigante de ton médaillon... Bien que très effacées, j'y vois aussi ce qui pourrait ressembler aux Armoiries de Jeanne d'Arc... ce qui est déjà bougrement étonnant, mais si c'était la seule chose on pourrait se dire que tes ancêtres étaient des admirateurs de notre

Pucelle... Seulement, quand je regarde l'autre face, j'y vois une croix templière... Et là, ça devient plus singulier encore...

— Une croix templière ?... s'étonna Pierrick. Comment sais-tu qu'elle est templière ? Des croix, il y en a de toutes sortes...

— Si j'avais le moindre doute, il serait aussitôt levé par l'inscription sur la tranche : NNDNNSNTDG...

— Ah ? Parce que toi, tu comprends ce que ça veut dire ? fit Jack soudain très intéressé.

— Parfaitement. Cet acronyme signifie : « *Non Nobis Domine Non Nobis, Sed Nomini Tua Da Gloriam* ». Soit en bon français : « Pas pour Nous Seigneur, pas pour Nous, mais pour la Gloire de Ton Nom », et c'est la devise du Temple ! Ceci est une Croix pattée et cerclée, typiquement templière de la dernière époque. C'est d'ailleurs bien plus qu'une simple croix... Pour qui sait la faire parler c'est un symbole ésotérique : Le point central est appelé « l'abîme ». S'y rencontrent les branches intemporelles au « point de paix », le centre harmonique, le naos du temple antique dont l'accès n'est possible qu'au philosophe, au sens grec du mot : « qui aime Sophia ».[1], autrement dit au sage... Il y a de nombreuses analogies entre l'ésotérisme templier et la sagesse antique liée au cosmique... C'est probablement la raison pour laquelle les Templiers ordonnaient leurs propres chapelains..

Ryan et Scotty restaient silencieux. Une vive lueur d'intérêt brillait dans leurs yeux à l'écoute des explications de Johan, qui continuait :

— Mais dis-moi donc, Jack, comment ton grand-père avait-il hérité de ce curieux médaillon ?

— Je n'en sais fichtre rien ! Il fut toujours transmis de génération en génération dans ma famille...

— Et cette famille DORLANES, elle vient d'où ?

— D'Allemagne je crois. De la région de Cologne ou Aix la Chapelle, quelque chose comme ça. En tous cas d'un pays germanique.

— Cologne ou Aix la Chapelle ?... Tiens donc !... s'étonna Johan. DORLANES... Ça n'est pourtant pas un nom très germanique... Es-tu sûr Jack, de n'être venu à Orléans que comme écrivain et journaliste ? Tu n'as aucune autre raison cachée ?...

Jack parut vraiment surpris de la question qui le mit mal à l'aise... Il bredouilla :

— Mais non ! Il y a encore un mois, je ne savais même pas que j'allais venir !... Pourquoi me demandes-tu ça ?

---

1 *On retrouve la Sophia grecque dans l'accusation dont durent répondre les Templiers d'adorer une idole nommé « Baphomet »... Récemment, le chercheur britannique Hugh Schonfield a avancé l'idée que le mot « Baphomet » était crypté. Au moyen de l'antique code Atbash, il a montré que ce mot désignait la « Sophia » grecque, autrement dit « la Sagesse ». Un autre chercheur, Pierre Klossowski, y voit de son côté la contraction des mots « Basileus philosophorum métallicorum », le prince des alchimistes. Les deux sens ne sont pas incompatibles et même se conjuguent dans la pensée gnostique.*

Johan ne répondit pas. Il réfléchissait et semblait perdu dans des pensées contradictoires. Ryan et Scotty, qui eux avaient parfaitement compris le sens de la question de Johan, étaient admiratifs...

— Bravo Johan ! s'exclama Ryan. Je comprends mieux pourquoi notre ami Jack disait que vous étiez sa providence... D'où tirez-vous cette connaissance d'un Ordre qui n'existe plus depuis sept siècles ?... Ça ne trouve pas dans les manuels scolaires !...

Johan s'amusa de la remarque :

— À l'énoncé de votre question, je conclus que vous aussi, vous savez des choses, Messieurs... Pour des américains, vous semblez posséder une grande culture européenne, c'est rare chez vos compatriotes.

— Nous sommes peut-être des Yankees un peu spéciaux, convint Ryan... Mais il y a d'assez bonnes bibliothèques en Belgique, savez-vous une fois !...

— Normal ! plaisanta Johan, la Belgique est une création de Napoléon !... Mais qu'est-ce qui vous a amenés à vous intéresser à « notre » Histoire ?... Car vous ne nous avez toujours pas dit ce que vous faites à Orléans... J'imagine que vous venez voir les fêtes ?...

— En effet, en effet... Depuis que notre compatriote Dan Brown a vanté les mystères de votre beau pays, nous nous sommes épris d'histoire, de rois, de chevaliers, de châteaux, d'abbayes, etc... Et votre Val de Loire est vraiment gâté en la matière.

— Sacré Dan Brown ! Même si son bouquin n'est qu'une fiction romanesque, il aura eu au moins le mérite de nous envoyer des touristes !... Vous le remercierez si vous le rencontrez !

— Vous l'avez lu ? Je sens comme de l'ironie dans votre commentaire... Seriez-vous réticent sur cette histoire de descendance de Jésus ?...

— Pas le moins du monde ! Je suis même convaincu qu'il a soulevé là un « sacré lièvre » comme nous disons chez nous. Mais selon moi il a mal interprété la chose. Il l'a fait en romancier, pas en historien, et il aurait pu mieux faire...

— Vous êtes dur avec lui, Johan. Depuis des siècles et jusqu'à encore très récemment, les historiens ne rapportaient rien d'autre que les « thèses officielles » d'une Église omniprésente, vous le savez bien. Autrement dit, du « roman » également ! C'était déjà très osé de la part de notre compatriote d'accréditer dans le sien une version pour le moins hérétique dans une Amérique encore si puritaine...

— ...où l'on enseigne encore dans certaines écoles la doctrine du « créationnisme » !... Oui c'est vrai, je suis un peu dur avec ce cher Dan, je vous l'accorde. C'est la jalousie qui me fait parler, sans doute, car il a réussi avec son Da Vinci Code un formidable coup d'édition. Je persiste cependant à dire qu'il n'est pas allé assez loin dans sa recherche de vérité.

— Peut-être en gardait-il une réserve pour le roman suivant ? La chasse aux mythes est paraît-il un sport épuisant pour l'esprit, ajouta malicieusement Ryan.

Johan plissa les yeux, cherchant à deviner les arrières-pensées de ses interlocuteurs, et reprit :

— Vous n'êtes décidément pas des Yankees très ordinaires... Que faites-vous donc dans la vie ?

Ryan répondit un peu précipitamment :

— Nous sommes enquêteurs pour un groupe de réassurances. Nous reconstituons des faits en fonction d'indices pas toujours évidents... des chercheurs de vérités en quelque sorte...

— En somme vous travaillez comme les historiens ? Je ne suis qu'un modeste amateur mais nous aussi, nous reconstituons souvent des éléments de vérités à partir d'indices ou de choses faussement présentées comme des faits établis... Nous avons donc presque la même activité... Et vous êtes ici pour affaires ou pour le tourisme ?

— Vous posez beaucoup de questions, Mr Johan, je vous trouve bien curieux... dit Ryan dans un sourire. Mais votre connaissance de l'histoire pourrait peut-être nous aider... aussi je vais vous le dire : Nous sommes ici pour élucider cette triste affaire d'assassinat.

— La victime du canal ?... Vous êtes une sorte de détectives alors ?... Et en quoi cette sinistre affaire peut-elle concerner des Américains de Belgique ?

— Rien là de mystérieux. C'est tout simplement que le siège européen de notre compagnie est à Bruxelles et la victime était assurée chez nous... mentit Ryan.

— Ah !... Mais vous connaissez donc l'identité de la victime ?... s'enquit Johan. Vous accrochez ma curiosité, car aucun nom n'a filtré dans les journaux et la police semble un peu perdue dans cette affaire...

— Nous avons rencontré le Commissaire André ce matin. Il avance, il avance... Pour autant, secret professionnel oblige, je ne vous donnerai pas plus qu'à lui le nom de la victime, désolé ! Ce que je peux vous dire par contre, c'est sa profession, et c'est là où vous pourriez nous être utile...

— Comment cela ? s'étonna Johan.

Ryan était encore quelque peu méfiant. Il avança doucement une carte de son jeu...

— Cette personne, que pour faciliter la discussion nous nommerons Conrad, était un homme comme vous, féru d'histoire, dirais-je... Il était conservateur d'archives médiévales en Belgique, et je suis persuadé que vous vous seriez entendus à merveille...

— Un conservateur d'archives médiévales ?... Vous pouvez en être sûr ! Si vous me parliez d'un historien académique ou d'un prof d'histoire ordinaire, ce serait différent, mais un conservateur... Pour quel musée ?... Et pourquoi aurait-on tué ce brave homme ? Ce n'est tout de même pas en rapport avec sa profession ?!...

— Il nous paraît que si... ajouta Ryan. Il travaillait pour une fondation privée et nous sommes convaincus que son meurtre est en rapport avec Jeanne... Dites-moi, Johan, sauriez-vous quelque chose à propos de cette fameuse « relique » qui doit être dévoilée ce soir aux Orléanais ?

— Ma foi, non. Est-ce un parchemin signé de la Pucelle, le pommeau de son épée, ou encore un soutien-gorge blindé ?... Le secret est soigneusement entretenu. Mais vous l'apprendrez sans doute ce soir, comme tout le monde...

— Je crains que non.

— Pourquoi ? Vous devez repartir en Belgique ?

— Non non... mais nous pensons que cette relique a ou aura disparu d'ici à ce soir...

— Ce n'est pas possible ! s'offusqua Johan. Elle doit être bien à l'abri dans un coffre, j'imagine...

— Rien n'est moins sûr... Vous savez, la majorité des objets de valeur dorment dans des musées cambriolables par beaucoup d'amateurs... Quant aux objets de cultes, ustensiles religieux ou tableaux accrochés dans les églises, ce sont généralement des œuvres invendables parce que répertoriées et trop connues, mais ça ne les empêche pas de se faire voler ! On ne peut pas tout mettre au coffre en permanence. C'est la même chose pour les documents ou reliques qui ne présentent pas une grande valeur pécuniaire. Le médaillon en or de notre ami Jack a sans doute plus de valeur intrinsèque que cette relique, et pourtant, il ne le met pas au coffre... Je sais par le Commissaire que c'est également le cas de ce mystérieux objet qui doit être présenté ce soir à la foule. Il n'a qu'une valeur pécuniaire très relative...

— Donc vous savez ce que c'est ?

— Je vois que j'ai le plaisir de vous l'apprendre : ce serait la reconstitution de l'authentique Étendard de Jeanne...

— L'étendard de Jeanne ?... s'étonna Johan. Mais sa reconstitution date déjà de près d'un siècle... On s'en sert à chaque commémoration... que peut-il y avoir de nouveau ?

— Sans doute cette précédente reconstitution était-elle fantaisiste, ou à tout le moins erronée ?... La nouvelle version serait réalisée selon un manuscrit retrouvé ces derniers mois à Saint-Benoît. Mais excepté sa valeur symbolique, ce n'est qu'un morceau de tissu, et on ne l'aura probablement pas enfermé dans une banque. Je crois savoir que c'est la Mairie qui en a la garde, sans doute dans un quelconque placard du service des fêtes et événementiels...

— À ma connaissance, c'est en effet la Mairie qui conserve l'Étendard, et durant les festivités le Maire le remet cérémonieusement au Clergé pour vingt-quatre heures... Mais pourquoi voudrait-on voler ce bout de chiffon brodé ? Si on avait retrouvé l'original, celui qui a été perdu à Compiègne, je comprendrais à la rigueur qu'il tentât un collectionneur d'antiquités, mais pas une reconstitution...

— Cette reconstitution certes n'a aucune valeur pécuniaire, mais il est possible que symboliquement parlant elle soit fort gênante pour quelqu'un et que l'on cherchât à la faire disparaître... Nous en avons quasiment la preuve...

— La preuve de quoi... du vol ou du projet de vol ?

— Du projet... Il m'est difficile de vous en dire plus.

— Ah ! Si vous voulez que je coopère, cher ami, il va vous falloir m'en dire davantage !

— Très bien. Supposons que vous travailliez pour un ordre de chevalerie comme l'Ordre de Malte ou Saint-Lazare. Supposons que cet ordre détienne des archives gênantes pour l'Église, et que celle-ci tienne à les voir disparaître... leur Conservateur ne serait-il pas en danger ?

— Nous y revoilà ! s'exclama Jack. Encore un secret d'Église !...

— Comment ça, « encore » ?... En auriez-vous déjà découvert d'autres ? s'étonna Ryan...

— Ça se pourrait bien... Mais continuez, insista Johan, je doute que Malte ou Saint-Lazare détiennent quoi que ce soit de gênant pour le Vatican... Vous n'auriez pas une autre appellation à proposer, avec un petit peu plus de couleur ?... Du rouge par exemple ?...

Ryan regarda Johan droit dans les yeux et les siens se plissèrent de malice.

— Vous êtes redoutablement perspicace, Johan... Soit ! mais pas ici au milieu de cette foule. Allons dans un endroit plus calme...

— Déjeunons d'abord. Ensuite, avec Jack, nous nous rendions Place du Martroi pour les concerts des diverses musiques étrangères prévus dans l'après-midi. Mais nous avons encore largement le temps d'y assister. Voulez-vous venir avec nous ? Il y a un petit jardin fort agréable et tranquille derrière l'Hôtel Groslot...

*

Rémanence du passé
De nos jours, Orléans, jardin de l'Hôtel Groslot, 07 Mai 15h00

Le jardin était tranquille et presque désert encore à cette heure. Les concerts étaient prévus plus tard dans la soirée, en prélude aux festivités qui auraient lieu devant la cathédrale à la nuit tombante. Seuls quelques groupes de touristes japonais d'Utsonomia, ville jumelle d'Orléans, prenaient des photos en rafales incessantes. Scotty exprima son admiration :

— Vraiment charmant cet endroit ! Superbes jardins et quel magnifique bâtiment vous avez là !

— Oui, vous avez de la chance, on vient juste d'en terminer la restauration. L'Hôtel Groslot était déjà beau avant, mais en très mauvais état. L'actuelle municipalité a merveilleusement remis le patrimoine local en valeur, mais si l'architecture vous intéresse vous trouverez tous les détails dans les dépliants de l'Office de Tourisme, sous les arcades juste à côté du

Musée. Moi ce qui m'importe surtout, c'est son histoire. Nous parlions tout à l'heure de la Saint-Barthélémy, eh bien, l'ancien Bailli Jérôme Groslot, devenu lui-même Huguenot et dont cet hôtel porte le nom, a précisément péri à Paris lors de ce massacre.

— Jeanne d'Arc n'est donc pas venue ici, déduisit Jack, elle a vécu avant...

— Oui. Ce bâtiment n'existait pas encore lors de la Délivrance d'Orléans. Un peu avant on avait construit l'Hôtel des Créneaux, que nous avons vu ce matin jouxtant le Beffroi que les échevins louèrent un certain temps puis ils délibérèrent au prieuré Saint-Samson, dans la rue de la Barillerie aujourd'hui devenue rue Sainte-Catherine. Ici, place de l'Étape, il y avait encore le vieil Hôtel-Dieu de l'autre côté de la rue, à la place de l'actuelle Mairie. À l'époque, les remparts passaient juste à la place de ces jardins...

— Le long de cette admirable rue d'Escures ? On dirait qu'on y a planté un morceau de la Place des Vosges !...

— C'est parfaitement logique. Les quatre pavillons de brique rouge qui font ici ton admiration ont été construits par Pierre Fougeu d'Escures, un ami de Henri IV et de Sully, lequel ordonna la construction de la Place des Vosges de Paris où le dit Fougeu avait également un hôtel particulier au n° 9 de la place.

— De la place des Vosges ?... Ce Fougeu était donc voisin de notre amie Françoise, s'amusa Jack.

— Si ce n'était l'époque, sans doute. En tous cas, cette rue d'Escures ne fut donc tracée qu'au XVIIe siècle, mais elle aura aussi connu quelques noms illustres. Par exemple la famille Tascher de la Pagerie, dont un ancêtre était à Saint-Jean d'Acre et dont plusieurs membres furent récompensés par Henri IV, y eut son hôtel particulier avant que de partir s'installer en Martinique. C'est de cette famille Tascher de La Pagerie que sortira la belle Marie-Josèphe-Rose, dite Joséphine, qui épousera François de Beauharnais (dont un ancêtre témoigna au procès de Jeanne) avant d'en divorcer pour épouser le général Bonaparte... Mais au temps de Jeanne la rue n'existait pas encore et nous serions en ce moment dans les fossés de la ville. Les remparts passaient en effet au sud du jardin, là où se trouve ce porche de pierre qui sert de décor aux mariés...

— Joli porche ancien, on comprend qu'il serve de décor, observa Scotty. Mais pourquoi est-il posé là comme un arc de triomphe qui ne mènerait nulle part ? Ce n'est visiblement pas son emplacement d'origine...

— Exact, il n'était pas ici. Pas plus la vieille église Saint-Jacques dont on voit la façade à côté et qui se dressait autrefois rue des Hostelleries maintenant la rue Sainte-Catherine. Adossée au Châtelet qui gardait le pont, elle accueillait les pèlerins de Compostelle. Ah ! tiens, j'y pense... Ce porche a lui aussi une histoire : Nous parlions tout-à-l'heure de Coligny qui habitait une maison sur le Cloître Saint-Aignan durant les Guerres de Religions, eh bien c'est son porche. Je veux dire celui de la maison en question, et il montre un étrange relief dont vous pourriez peut-être me confirmer l'utilité... Venez voir Ryan !

Les quatre hommes s'avancèrent jusqu'au porche de pierre. Une tête autrefois sculptée sur l'un des piliers présentait l'usure d'innombrables touchers.

— Que pensez-vous de cela ?... demanda Johan à l'américain.

Ryan examina le relief et esquissa un sourire avant de répondre :

— Non, non, mon cher Johan, si vous pensiez au Baphomet, ce n'est pas du tout cela ! Je vous accorde qu'on pourrait trouver une certaine ressemblance par rapport aux descriptions qui en ont été faites, toutes plus fantaisistes les unes que les autres. Mais le vrai n'est pas représentable en bas-relief. Il ne peut l'être qu'en trois dimensions et c'est plus une allégorie qu'une icône...

— Vous vous trahissez, Ryan ! Vous me confirmez donc l'existence d'un vrai ?

Ryan jeta un coup d'œil alentour. Sur un signe de lui, Scotty prit le bras de Jack et l'entraîna quelques pas plus loin admirer la façade de la vieille Église Saint-Jacques, sauvée de la destruction et elle aussi replacée dans le jardin.

— Vous êtes décidément redoutable, Johan ! Bon, ne jouons plus au chat et à la souris. Vous avez compris qui nous sommes, n'est-ce pas ? Je crois qu'il est inutile de vous le cacher davantage, mais la présence de Jack me chagrine un peu... Après tout c'est un journaliste, il est payé pour écrire ce qu'il apprend et pour l'instant nous sommes en cours d'enquête ! Nous ne le connaissons pas bien. Simple rencontre de voyage... Peut-on lui faire confiance ?

— Pour votre enquête sur la mort de Conrad ?... Sûr ! Promettez-lui l'exclusivité, et il gardera tout cela au chaud jusqu'au dénouement... si tant est que vous trouviez ce que vous cherchez !... Quant au reste, c'est à vous de voir si vous voulez vous dévoiler ou pas. En effet, je devine que vous êtes des Templiers d'aujourd'hui, mais que cherchez-vous exactement ?...

— L'assassin de notre frère Conrad, et la raison pour laquelle il a été tué. Nous savons qu'il y a un lien avec Jeanne et cette histoire de relique, mais nous ne cernons pas lequel. Selon vous, qui êtes au courant de l'histoire locale, qu'est-ce qui serait suffisamment compromettant pour entraîner un tel acte ?

— Je ne vois qu'une chose, sous quelque forme qu'elle soit : un élément matériel ou un document qui prouverait un mensonge de la part de quelqu'un qui tient à tout prix à en éviter la révélation... D'après ce que vous me dites, ce serait ce nouvel Étendard de Jeanne qui poserait problème... Mais pourquoi ? Que peut-il avoir de si important que l'ancien n'avait pas ?...

— Nous sommes d'accord... Cet Étendard paraît être au cœur de l'énigme. Peut-être sa nouvelle version révèle-t-elle quelque chose d'inavouable ?... Peut-être est-elle trop parlante ?... Nous avons de bonnes raisons de penser que l'Église cherche à cacher quelque chose... une chose probablement dissimulée depuis l'époque de Jeanne et qui l'est encore aujourd'hui...

— C'est très vraisemblable en effet. Avec Jack, nous étions précisément en train d'énumérer le catalogue de ses mensonges millénaires...

— Connaissez-vous l'Ordre de « Sion », Johan ?

— Vous parlez de Sion-Ormus ? Oui, bien sûr, je sais de quoi il s'agit, et pas plus tard que ce matin nous marchions Jack et moi à l'emplacement de l'église Saint-Samson, où son siège était installé. L'église a malheureusement disparu elle aussi, depuis la Révolution et le percement de la rue Jeanne d'Arc... C'est la statue de la République qui trône aujourd'hui à sa place. Amusant, non ?

— Très drôle, Johan... J'aime beaucoup votre vision, comment dire... acidulée, des événements. Donc, selon vous, cet Ordre de *Sion* n'existerait plus ?...

— Je n'ai pas dit cela, Ryan ! Je n'ai pas dit cela ! Je dis simplement que le siège de Sion-Ormus, installé là dès le retour des Croisades et toujours présent à l'époque de Jeanne d'Arc, n'y est plus. Le bâtiment qui l'abritait n'y est plus, mais le chapitre de l'Ordre lui-même peut fort bien avoir été transféré en un autre lieu, voire sous un autre nom. J'ai d'ailleurs une hypothèse sur la question...

— Intéressant...Et peut-on la connaître ?

— Pourquoi pas ?... Figurez-vous que jusqu'au XIXe siècle, en fait jusqu'au percement de la rue Jeanne d'Arc, existait près d'ici un immeuble imposant baptisé « La Grande Babylone ». Il s'élevait à l'emplacement de l'actuelle Caisse d'Épargne, à deux pas de l'église Saint-Samson originelle. Or, depuis Louis VII, ce bâtiment conventuel[1] abritait deux ordres : les Frères de la Sainte-Croix, et l'Ordre de Saint-Lazare.

Les frères de la Sainte-Croix[2] constituaient un ordre fondé vers 1245 sous le pape Honorius III et approuvé par Innocent IV. Jean XXII, successeur de Clément V et qui réhabilitera le Temple aussitôt son élection au Saint-Siège, plaça les Frères de la Sainte-Croix sous la protection du Saint-Siège en 1318, soit seulement six ans après l'extinction par provision du Temple par son prédécesseur. Ils portaient sur leur soutane et manteau de laine blanche un emblème étonnamment ressemblant à celui des Templiers : « une croix pattée de gueules et d'argent » et ils qualifiaient leur ordre de « canonial, militaire et hospitalier ». Ils s'occupaient essentiellement des gens qui avaient pris la route, pèlerins et croisés, en leur offrant le gîte. On

---

1 *Au XVe siècle, la cathédrale d'Orléans était entourée de maisons jusqu'à son parvis comme l'est encore celle de Bourges, et la perspective actuelle depuis la rue Jeanne d'Arc n'existait pas. L'idée du percement de cette voie urbaine date du XVIIIe siècle, moment où l'Église triomphante régnait sur la nation. Elle émane de Louis Sextius de Jarente de la Bruyère, évêque d'Orléans et Commandeur de l'Ordre du Saint-Esprit, qui voyait là un moyen de mettre en valeur sa cathédrale mais n'envisageait pas du tout d'honorer Jeanne. Il est à remarquer au contraire que le percement de cette voie impliquait la démolition de l'église Saint-Sulpice et surtout de Saint-Samson, siège de Sion, de même que l'élargissement de la place Sainte-Croix impliquait celle de l'Hôtel-Dieu.*
La Révolution Française retardera le projet, Napoléon l'éludera malgré une étude détaillée en 1811, et il ne sera repris et adopté qu'en 1825 sous la Restauration, mais ne sera exécuté qu'à partir de 1840, sous la Monarchie de Juillet. En conséquence, l'artère, qui devait initialement s'appeler « rue des Bourbons » au temps de Charles X, s'appellera finalement « rue Jeanne d'Arc » sous le « roi-citoyen » Louis-Philippe d'Orléans, et ça n'est sans doute pas un hasard.
Au bout du compte, quelle ironie ! L'idée d'un évêque impliquant l'arasement du siège de Sion se trouve détournée par la volonté d'un roi-citoyen et finit par exalter le rôle de Jeanne d'Arc... On dit les « voies » de Dieu impénétrables, certes, mais celles liées à Jeanne sont pleines de péripéties...
2 *On les appelait aussi les « Porte-Croix » ou « Croisiers ». Aucun lien direct avec la Cathédrale Sainte-Croix d'Orléans dont l'appellation identique mais beaucoup plus ancienne provient d'autres raisons.*

imagine difficilement un rôle plus complémentaire de celui du Temple lui-même, sensé protéger les chemins de pèlerinages... Ils avaient par ailleurs, tout comme les premiers Templiers à Jérusalem, adopté la règle de Saint-Augustin, et « Nul ne disait sien ce qui lui appartenait, mais entre eux tout était commun », autre manière d'éluder le sentiment de propriété à l'instar des frères du Temple... Ces Frères de la Sainte-Croix ont disparu de France mais subsistent aux Amériques et en Afrique. Saint-Lazare quant à lui, vient à peine d'introniser son dernier Grand-Maître il y a quelques années en la cathédrale d'Orléans, en la personne de l'actuel duc d'Anjou.

— Et ?... Vous en déduisez ?...

— Et... je ne sais pas... qui peut savoir en dehors d'archivistes comme votre malheureux Conrad ?... Je pense... peut-être à tort... que ce mystérieux Ordre de *Sion* est peut-être aujourd'hui fondu dans un autre...

— Qui pourrait être Saint-Lazare ?... continua Ryan. J'en doute... Qu'est-ce qui peut bien vous fait penser cela, cher Johan ?

— Peu de chose en vérité. Je peux me tromper mais je le subodore à cause de quelques indices troublants que ne relèvent jamais que les curieux comme moi... Par exemple, l'une des dernières jeunes filles incarnant Jeanne d'Arc lors de nos célébrations annuelles fut rien moins que la propre fille d'un des « baillis » de Saint-Lazare... Ce sont toujours des jeunes filles « de bonne famille », des *puellas* comme on aurait dit au Moyen-Âge, et sortant exclusivement des mêmes écoles religieuses depuis des générations... En tous cas depuis l'instauration de cette *puella* orléanaise annuelle. De là à penser qu'il y a dans ce rite quelque secret bien préservé...

— Bah ! ce mode de sélection n'est pas typique de votre ville. On trouve de semblables traditions en bien d'autres lieux. Par exemple à Sienne, en Italie, les hérauts de certaines fêtes traditionnelles sont toujours choisis dans les mêmes fraternités, et en bien d'autres villes...

— J'en conviens, mais nos jeunes Jeanne ne figurent officiellement dans aucune « fraternité » ! En tous cas, pas à ma connaissance et... sauf bien sûr si vous avez des informations précises là-dessus ?...

— Hélas non... Pourquoi en aurions-nous ?... Et s'il y en a, je ne connais pas nos archives par cœur... votre déduction n'est pas irréaliste, Johan, pourtant elle n'est pas la seule envisageable... La Rose+Croix est aussi un candidat sérieux. Quant à le prouver...

— Oh ! Je n'ai pas cette prétention. Et d'ailleurs, à quoi cela me servirait-il ? Il me suffit de savoir que c'est une explication plausible à cette surprenante tradition. Cela satisfait mon esprit curieux que l'Histoire passionne, mais je peux me tromper et en vérité ça n'a pas grande importance... ça passerait sans doute au-dessus de la tête de la plupart des gens qui ont bien d'autres centres d'intérêts... Mais je sais néanmoins additionner deux et deux. Et je sais aussi qu'en l'an 1348, soit seulement trente ans après que Jean XXII ait mis les Frères de la Sainte-Croix sous protection directe du Saint-Siège, l'évêque d'Orléans Philippe III s'est tout de même permis de décréter la suppression de ces deux ordres : des Frères de la Sainte-Croix et de Saint-Lazare. Il s'est trouvé évidemment des gens pour dire que ce qu'avait fait un pape ne pouvait pas être défait par un simple évêque ! Et la remarque, pas insensée à l'époque, s'avérera vaine un peu plus tard en ce qui concerne Saint-Lazare, car en l'an 1603 le pape Clément VIII a bel et bien fondu Saint-Lazare dans un autre Ordre, celui de Saint-Maurice dépendant des ducs de Savoie... Ce qui revient de fait à une extinction pure et simple du premier... En principe donc, le Saint-Lazare originel, celui fondé en Palestine, n'existe plus depuis le XVIe siècle... Malgré ça, cinq ans plus tard le roi Henri IV, encore lui, a tout de même rétabli en France un Ordre de Saint-Lazare sur la branche française de Boigny. Au grand dam du pape Paul V et de ses nombreux successeurs qui, jusqu'à nos jours, ne reconnaissent toujours pas ce néo-ordre de Saint-Lazare... Mais était-ce toujours le même Ordre ?... On peut en douter car il s'appelait désormais « Ordre de Notre-Dame du Mont-Carmel et de Saint-Lazare de Jérusalem »... Je déduis de ce changement de nom et surtout de l'association avec le Mont-Carmel un certain infléchissement de sa mission... Mais quant à vouloir en faire un rectificatif à l'histoire officielle, j'imagine déjà les objurgations de toutes sortes qui ne manqueraient pas de se lever...

— Vous êtes un sage, Johan ! Même si vous aviez raison, il est des vérités qu'il n'est pas nécessaire de rendre publiques avant l'heure, faute de quoi elles sont mal interprétées... Tous les initiés savent cela, n'est-ce pas ?...

— Je n'en sais rien, mon cher Ryan... car si je suis « initié » à quelque chose, c'est juste à satisfaire ma curiosité en relevant les incohérences et anomalies qui parsèment notre histoire ici ou là... Il faut lire beaucoup, avoir une bonne mémoire et un certain esprit critique avec un zeste de jugeote...

— En tous cas, bravo ! Je ne peux vous confirmer quoi que ce soit mais à mon avis vous approchez du « chaud » comme disent les enfants... Et vous disiez cette « Grande Babylone » était tout près d'ici ?

— Là, juste à côté ! L'endroit a malheureusement été détruit au XIXe siècle comme je vous disais, pour percer la rue Jeanne d'Arc actuelle sur l'initiative d'un autre évêque d'Orléans... Je doute qu'il en subsiste aucune trace, sauf profondément enterrée en sous-sol ou dans les archives, peut-être, à condition qu'elles n'aient pas été interpolées...

Ryan et Scotty échangèrent un regard complice. En sous-sol, mais oui, bien sûr ! Ce boyau partant vers l'Est, où un éboulement leur avait interdit d'aller plus avant, devait très certainement relier la cathédrale à Saint-Samson, ou à tout le moins à cette Grande Babylone...

Johan continuait :

— Il reste que Sion, les Frères de la Sainte-Croix et Saint-Lazare voisinaient, une proximité qui ne fut certainement pas sans raisons ni sans conséquences... Aujourd'hui on ne sait plus si *Sion* existe toujours. On a dit tellement de choses ineptes à son propos, notamment ces dernières décennies, qu'il est difficile de distinguer la vérité. Mais on peut compter que la philosophie qui sous-tendait l'Ordre originel a certainement trouvé d'autres voies. Et l'actuel Saint-Lazare me semble le mieux placé... en dehors de vous peut-être ?...

— Oh vous savez, tout ça c'est de l'histoire ancienne... les Templiers n'ont plus exactement vocation à protéger le Saint-Graal, et son mystère touche probablement à sa fin. Sauf exception dans des moments cruciaux comme la Seconde Guerre Mondiale, nous nous occupons principalement aujourd'hui de développer la Civilisation là où nous pouvons être encore utiles. Par exemple, certains d'entre nous ont fortement pesé sur l'Administration américaine pour qu'elle accepte de lâcher son réseau militaire Arpanet aux Universités. Ça a très vite débordé les universitaires et donné Internet, et nous n'en sommes pas peu fiers... Comme vous savez, notre spécificité était la protection des chemins de pèlerinage, autrement dit les routes du Commerce de l'époque qui, en Orient, se trouvaient être aussi celles de la soie et des épices... C'est toujours vrai, sauf qu'aujourd'hui il s'agit des chemins de l'Information, et ça passe par le Net, les médias, les satellites... et de l'Énergie, qui passe par le rail, par pipelines, par bateaux et par l'aviation civile ou militaire... Pour un secteur comme pour l'autre, malgré la pression constante de trusts de diverses espèces qui n'ont pas les mêmes buts que nous, nous essayons toujours autant que faire se peut de maintenir une certaine éthique dans les échanges et les modes et voies de communications. Vous avez eu en France des héros très inspirés dans ce domaine, de véritables chevaliers d'antan : Mermoz et Saint-Exupéry. Mais vous vous en doutiez sans doute ?...

–- Tiens donc !... Ainsi, ces deux admirables jeunes gens étaient des vôtres ? Pourquoi est-ce que ça ne m'étonne pas ?... Ça ne m'était pas encore venu à l'esprit mais maintenant que vous le dites, c'est en effet très plausible...

— Je n'ai rien dit de tel, mais vous êtes très intuitif, Johan, vous savez découvrir derrière les masques le véritable caractère des preux. Il y en a encore, vous savez ! Le monde n'a pas perdu son âme avec le Nazisme, ni avec la sinistre administration Bush et sa clique d'affairistes ! On s'en apercevra bientôt j'espère...

— Heureux de l'entendre dire d'un Américain !

— Nous sommes quelques-uns en Amérique à ne pas voir les choses de la même façon que ces gens-là. Malheureusement, c'est un pays d'immigrants qui a reçu tout le monde et son contraire. Si nous avons eu des hommes remarquables venus d'Europe pour bâtir un Nouveau Monde sur des bases humanistes, tels Rochambeau, La Fayette, Franklin, ou plus tard Jefferson et quelques autres, nous avons aussi hérité de tristes sires... Même si la plus grosse partie des Américains est de souche européenne du Nord et protestante depuis l'origine, et si les Amériques Centrale et du Sud ont vu arriver les Franciscains, n'oubliez pas que l'Espagne, l'Italie, et quelques autres ont très vite envoyé leurs prédicateurs dominicains... Le génial Umberto Eco n'a rien inventé avec son roman «*Le Nom de la Rose*», la sourde lutte d'influence qui régnait au Moyen-âge entre les divers courants religieux n'a fait que continuer. L'Inquisition s'est propagée là-bas aussi, nous avons nous aussi fait brûler des sorcières[3] et nous avons aussi eu nos excessifs dévots. Les choses ne se sont d'ailleurs pas arrangées depuis

---

3 *Les sorcières de Salem. En 1692, 25 personnes furent brûlées pour sorcellerie à Salem-village, aujourd'hui Denvers, Massachusetts.*

l'élection du dernier pape. En fait, je crois même que nous sommes en plein milieu du gué avec cette affaire orléanaise. Aussi discrète soit-elle, c'est bel et bien une guerre de l'ombre !...

— Insinueriez-vous que les protestants sont des gentils et les catholiques des méchants ?...

— Bien sûr que non ! C'est plus compliqué que ça, il y a des intégristes partout. Les Français émigrés étaient à l'origine essentiellement des Réformés comme nous le disions tout-à-l'heure, mais il y eut aussi des catholiques, Franciscains et autres ordres mineurs. Je veux dire simplement que parmi la masse d'émigrants qui partaient de vos rives de Loire entre autres, et notamment de l'Orléanais, pour aller s'établir outre-Atlantique, beaucoup étaient des nôtres... Et plus tard, au moment des luttes pour l'Indépendance, d'autres encore, venus bâtir et défendre ce nouveau monde, appartenaient à la Franc-maçonnerie... Ce qui explique l'amalgame que l'on fait trop souvent chez nous entre Franc-maçons et nombre de pseudo-ordres de chevalerie purement honorifiques. En vérité le néophyte ne s'y retrouve plus parmi la ribambelle des prétendus « héritiers du Temple », et la CIA en a fait ses choux gras à la sortie de la Seconde Guerre Mondiale en manipulant quelques-uns d'entre eux... Elle n'a d'ailleurs pas été la seule, certains services français aussi et bien plus récemment, mais c'est une autre affaire... Ces migrants sont allés principalement au Québec et en Louisiane. Louisiane qui à cette époque représentait la moitié des États-Unis actuels. Malgré le « Grand Dérangement » des Acadiens, si votre Napoléon ne l'avait pas cédée à Jefferson pour quelques malheureux millions de dollars-or, nous parlerions tous français aujourd'hui...

Jack, que Scotty n'avait pas pu retenir plus longtemps à l'écart, était resté jusque là attentif et silencieux. Il s'invita dans la conversation :

— Vous parliez des Acadiens, qu'on appelle aussi les Cajuns, n'est-ce pas ?

— Oui, confirma Johan. C'est le même mot déformé. Ces gens s'étaient établis dans la région du Québec située au nord de New-York et que le navigateur Verrazano, Florentin d'origine mais à la solde de François Ier, avait baptisée « Arcadie ». Ce qui faisait d'eux des « Arcadiens ». Mais avec ce surprenant accent québécois, ou peut-être par l'influence de la langue Micmac, l'épithète a vite été déformé. Il est devenu « Acadien » par élision du « r » et, vers 1600, seul Samuel de Champlain utilisait encore le terme original, montrant par là qu'il était au courant de l'étymologie initiale. Je ne serais pas autrement étonné que Champlain ait été lui aussi d'obédience templière puisqu'il était originaire de Saintonge et qu'il fit ses premières armes avec un Brissac, descendant lui-même du compagnon de Jeanne... Enfin, « Acadien » s'est raccourci en « Cadien » tout court et après l'arrivée en Louisiane est devenu « Cajun », avec un « j » prononcé « dj » à l'anglaise, comme dans Jack ou John.

— D'après mon grand-père, notre famille est effectivement passée au Québec, et plus précisément par cette région... Il m'a parlé... attendez... L'île du Prince Édouard, je crois... Oui, c'est ça... Et il parlait souvent d'un certain caramel, je ne sais plus pourquoi... J'étais gamin... Ma famille aurait donc fait étape en « Arcadie » ?

— Très certainement, Jack. Mais je doute que ton grand-père t'ait parlé de « caramel »... Ce serait plutôt du « Mont-Carmel » !... C'est sûr que caramel est plus facile à mémoriser quand on est gosse !... ironisa Johan.

— Mont-Carmel ?... Shit ! Je n'avais jamais percuté là-dessus... mais pourquoi m'aurait-il parlé de ça ?

— Parce que l'île du Prince Édouard précisément, rebaptisée ainsi par les Anglais, n'est autre que l'île « Saint-Jean » des premiers colons français, tout près de la Nouvelle-Écosse et de l'île aux Chênes où certains affirment que serait enterré le trésor du Temple... Et sur cette île Saint-Jean, l'une des toutes premières fondations fut le Mont-Carmel !... Étonnant, non ? Ça confirme ce que je te disais tout-à-l'heure à propos de la connivence, voulue ou pas, en tout cas de la convergence entre le Temple et les Carmes... De nombreux émigrants européens se sont installés au Québec, mais en « Arcadie » et à cette époque, ce furent essentiellement des Français de souche. Ce qui veut dire, Jack, que ta famille est certainement d'origine française, même si elle est passée par l'Allemagne avant les Amériques. Ce n'était d'ailleurs pas très original. Deux siècles plus tard les aristocrates fuyant la Révolution ont largement migré vers le Nord-Est de l'Europe eux aussi, et il y a encore de nombreux patronymes français en Allemagne, en Pologne ou en Suisse de nos jours. Mais je ne pense pas que ce soit le cas pour toi, car cette date de 1562 est très antérieure à la Révolution Française. Ça ne peut être que les Guerres de Religions qui vous aient fait partir pour l'Amérique. Et dans ces conditions, c'est assez logique en effet que vous vous soyez retrouvés en « Arcadie » avant que d'en être chassés vers la Louisiane par les Anglais...

Sacrés Anglais ! Décidément, depuis le divorce de Louis VII et Aliénor d'Aquitaine, ils n'ont pas arrêté d'ennuyer les Français ! « La faute à qui donc ?... La faute à un papillon », dirait le chanteur cajun...

— ... à un papillon ? s'étonna Ryan. J'aurais dit « la faute à Napoléon »... je ne connais pas cette version...

— Non ?... bah, ce n'est qu'un de mes lamentables jeux de mots : papillon... petit pape... Il y en eut de grands et il y en eut des petits, vous ne saviez pas ?... Ah ! Vous ne connaissez sans doute pas la comptine : « *Le pape est mort, un autre pape est appelé à régner... – Araignée ? En voilà un drôle de nom pour un pape ! Pourquoi pas libellule ou papillon ?!... – Vous n'avez pas compris, je vais recommencer : Le pape est mort, un autre pape est appelé à régner... etc.* »...

— Amusant, observa Ryan... et surtout pertinent, car c'est bien la faute d'un petit pape trop sourcilleux sur le rôle des femmes si tous ces conflits sont survenus à la suite du divorce d'Aliénor et Louis VII.

— Ce même Louis VII qui, contraint de divorcer d'Aliénor en 1152 par le concile de Beaugency[4] et fou de rage de la voir se remarier huit semaines

---

4 *C'est le pape Eugène III qui, malgré les trois enfants issus du mariage d'Aliénor d'Aquitaine et Louis VII, en prononça l'annulation au Concile de Beaugency en 1152 pour cause de parenté trop prononcée. Henri Plantagenêt, roi d'Angleterre, épousera Aliénor huit semaines plus tard. En 1154, retour de croisades, Louis VII installe Sion et le Temple à Orléans. Serait-ce par esprit de rébellion envers ce petit pape qui l'avait contraint à divorcer ?*

plus tard avec son rival Plantagenêt, installera *Sion* à Orléans deux ans après, en 1154... Ne dirait-on pas une réponse du berger à la bergère ?...

— En effet, la chronologie est troublante, constata Ryan, car ça revenait à introniser *Sion* en rival de la papauté... Quand on sait qu'à Jérusalem, en prenant lui-même le titre « d'Avoué du Saint-Sépulcre », le fondateur de *Sion,* Godefroi de Bouillon, a écarté un certain Dagobert, légat du pape envoyé pour établir l'autorité pontificale sur la Terre-Sainte, l'argument prend soudain une perspective intéressante...

— Heu... excusez-moi d'interrompre vos savantes dissertations, les amis, mais d'après vous je serais donc un peu français ?... insista Jack.

— Il faut croire, oui... répondit Johan. Ce qui est étonnant dans ton histoire c'est que l'on croise encore plusieurs de ces signes dont nous parlions à propos de Jeanne et de Sion... Ton nom d'abord, qui est une anagramme d'Orléans, ton médaillon ensuite avec les armes de Jeanne, une croix templière, puis un Mont-Carmel sur une île Saint-Jean en Arcadie... Je commence à trouver que tout ça fait beaucoup...

— Désolé ! Mais je vais peut-être en rajouter... Je me souviens d'un détail dont mon grand-père m'a parlé : l'arrière grand-mère de son grand-père à lui se prénommait Jeanne, et à chaque génération il y avait toujours eu une Jeanne ou un Jean dans la famille... C'est seulement depuis Napoléon, quand la Louisiane est devenue américaine, que nous avons adopté des prénoms anglo-saxons... Étonnant, non ?...

— C'est le mot que je cherchais... dit Johan. Mais rien n'a changé puisque Jack n'est qu'un diminutif de Jan ou Janus, c'est-à-dire de Jean, n'est-ce pas ?... et à notre époque sa fête est le 24 Juin, le jour de la Saint-Jean-Baptiste, la Saint-Jean d'été...

Jack pâlit comme sous l'effet d'un choc. Il balbutia :

— Je n'avais pas fait le rapprochement...

Ryan ouvrait de grand yeux et regardait Jack d'un air incrédule... Ça ne se pouvait pas !... ce type avec son médaillon qu'il sortait d'on ne sait où... venu écrire un bouquin sur Jeanne d'Arc à Orléans et dont les ancêtres cultivaient ce genre de tradition... Quand c'est trop, c'est trop ! Soit Jack cachait bien son jeu, soit il allait falloir l'éclairer... Ryan tira Johan un peu à l'écart...

— Tu penses ce que je pense, Johan ?

D'émotion, le Templier en oubliait le vouvoiement qu'il avait utilisé jusque là à l'égard de l'Orléanais, ce qui, d'une certaine manière, laissa penser à Johan qu'il le considérait déjà comme un frère.

— Oui... Je trouve tout ça vraiment très curieux... *You know what ?...* comme on dit chez vous... J'ai un ami spécialiste en généalogie. Je vais l'appeler...

Johan revint vers le groupe.

— Jack ?

— Oui ?

— As-tu ton passeport sur toi ?

— Bien sûr !

— Tu peux me le passer un moment ?

— Pourquoi faire ?

— Je viens de me souvenir... Pour l'interview que tu souhaites faire de notre jeune figurante, j'ai appelé le Maire ce matin. Il sera là tout-à-l'heure avec elle, mais c'est un homme très occupé, surtout en ce moment, et avec ce qui a paru dans les médias, cette fausse rumeur d'interdiction qui plane sur les festivités, il veut vérifier que tu es bien qui tu prétends être : un journaliste du New-York Times. Comme son secrétariat est à côté...

— Je comprends. Chez nous aussi, c'est incroyable ce qu'on peut être *checked* quand on veut rencontrer une personnalité... Tiens le voilà. Fais-y attention, je n'ai que celui-là !... plaisanta-t-il.

— OK. Je fais un saut à son cabinet, à la Mairie juste en face, et je reviens. J'en ai pour cinq minutes. À tout de suite...

*

Préparation d'un miracle
De nos jours, Orléans, tours de la Cathédrale, 07 Mai 16h00

On appelle « Forêt » cette si dense charpente de la cathédrale, en bois de châtaigner qu'aucun insecte n'attaque, et qui soutient la couverture de cuivre de l'édifice sacré. Vue par dessous, elle a l'impressionnante figure d'un immense vaisseau aux membrures ramassées. Ces admirables assemblages de poutres au pied desquels s'entasse la poussière des siècles ont toujours étés, dès les premières chapelles et cathédrales gothiques, en tout cas dans celle d'Orléans, l'œuvre de charpentiers de Marine. De là viendrait l'appellation de « Nefs » dont les quilles renversées laboureraient l'océan d'étoiles... Ou peut-être fût-ce précisément l'inverse et délibérément dans cette optique de navigation céleste que l'on confiât cette tâche à des charpentiers de Marine ?... Dans les deux cas, le résultat apparent est le même pour le visiteur : il est subjugué par la qualité du travail.

Le Sicaire avait profité d'une visite guidée des chemins de ronde pour s'écarter quelque peu du groupe de touristes auquel il s'était joint à la montée, et il était resté caché dans la « forêt » jusqu'à ce que, la visite terminée, les derniers visiteurs aient disparu dans les entrailles de l'édifice. Il pourrait toujours redescendre, l'important était que son matériel restât invisible jusqu'au soir des électriciens et pompiers qui allaient et venaient, terminant l'installation des projecteurs et des fumigènes. Traditionnellement en effet, les deux tours de la façade s'embrasaient d'une lourde fumée rouge chaque 7 Mai à la nuit tombée, après la rituelle « Remise de l'Étendard de Jeanne » à la jeune fille incarnant la Pucelle cette année-là. Mais, depuis plus d'une décennie déjà, les feux de Bengale d'antan s'étaient vu remplacés par des vidéo-projections et des feux d'artifice automatisés nécessitant une installation électrique élaborée.

Ayant trouvé un recoin discret où s'asseoir à l'abri des regards, il s'y accroupit. Puis, sortant un à un des objets de sa musette, le Sicaire se mit en devoir d'assembler un étrange ustensile... Ça ressemblait à une espèce de pistolet ou d'arbalète miniature... En plastique peut-être, ou en tout cas dans une matière non métallique puisqu'elle était passée sans problème au travers des portiques de sécurité à l'aéroport... La partie principale avait l'apparence d'un tube d'un pied de long, présentant un minuscule trou à un bout, un petit clapet à l'autre, et sur le corps duquel s'ajusta un boîtier de la taille d'un paquet de cigarettes servant de poignée où le Sicaire inséra deux puissantes batteries. Puis, ouvrant le clapet côté culasse, il y inséra un minuscule projectile qu'on eût pu prendre pour une épingle ou un très fin clou sans tête. Soupesant l'instrument, il aligna dans le viseur un renfort d'acier noyé dans la pierre des tours et pressa la détente. On n'entendit aucune détonation, juste un « bzzz » à peine audible, mais un trait lumineux gicla à vitesse supersonique jusqu'à la ferraille visée et le fin projectile y pénétra entièrement avec un petit bruit mat, ne laissant en surface qu'un minuscule point rouge sur l'acier fondu qu'il avait pénétré comme du beurre. Un mince filet de fumée s'évapora quelques secondes, puis l'acier noircit à nouveau, soudant pour l'éternité dans sa masse le projectile supersonique. Semblant satisfait, l'*Ishkarioth* rangea l'arme magnétique et attaqua un sandwich.

Il était content de lui. Tôt dans la matinée, il avait fait une incursion tout-à-fait illégale dans l'antique « Salle des Thèses » de la rue Pothier, fracturant proprement la porte de la noble institution qui abrite de nos jours la Société Archéologique d'Orléans. Il y avait trouvé ce qu'il cherchait : l'adresse du laboratoire auquel avait été confiée l'expertise du document trouvé à Saint-Benoît. Dès qu'il aurait détruit la reconstitution tirée de la copie de ce document, il irait rechercher l'original... Rien ni personne ne l'empêcherait d'accomplir sa mission. Les Templiers pouvaient bien le pourchasser, ces pauvres rêveurs auraient toujours un métro de retard !

Quelques instants plus tard, le dernier convoi de touristes qui s'était risqué à monter jusqu'aux tours redescendait. Laissant passer la file, il prit la queue du groupe pour redescendre aussi discrètement qu'il était monté. Bien planqué dans la charpente, son matériel l'attendrait bien jusqu'au soir.

*

Trois petits coups frappés, et la porte du bureau du Commissaire André s'ouvrit sur un agent en uniforme.

— Commissaire ?... Bonne nouvelle ! Nous avons retrouvé la voiture !

Le Commissaire l'arrêta d'un geste.

— J'arrive ! Retrouvez-moi chez l'inspecteur Paul.

Le gardien tourna les talons, le Commissaire le suivit et accrocha en sortant une pancarte à sa porte : « Ne pas déranger »... Ce satané micro était toujours là. Il n'avait pas encore trouvé le moyen de piéger l'indiscret mais, si on avait retrouvé la voiture de sa victime, ce n'était pas le moment de lui fournir le moindre renseignement !

Le bureau de l'inspecteur Paul était vaste et aéré mais, malgré l'interdiction affichée au-dessus de la porte, déjà largement empli de l'âcre fumée des petits cigarillos que le frère de l'inspecteur lui envoyait régulièrement du Brésil. Le Commissaire agita la main devant lui pour dissiper le nuage.

— Pfiuu ! Éteignez-moi ça, Paul ! Comment faites-vous pour respirer là-dedans ?... Et je vous rappelle qu'il est interdit de fumer dans les bâtiments administratifs !... Alors ?... Qu'est-ce qu'on a ?...

L'inspecteur Paul referma rapidement le calepin dans lequel il prenait des notes, écrasa à regret son cigarillo, et feuilleta un bloc-note dont il tira des renseignements pris sur le terrain :

— Voyons... Qu'est-ce qu'on a donc ?... Ah ! voilà : Le véhicule appartient à un loueur du Faubourg Bourgogne. Il a effectivement été réservé par Internet depuis la Belgique au nom de Conrad Lisbloem, pour deux semaines au moyen d'une carte de crédit prépayée, et le permis de conduire présenté était au même nom. Le loueur n'a pas de vidéo dans ses locaux, il ne lit la Presse locale que le week-end, il n'avait donc pas vu le portrait de la victime mais le signalement colle bien.

— OK, passons ! L'identité réelle de la victime n'est plus ma priorité... je veux l'assassin !... Que dit la voiture ?...

Un adjoint prit la parole.

— C'est, je devrais dire c'était, une petite Renault beige passe-partout. Elle a évidemment été incendiée. On l'a retrouvée près de Saint-Benoît sur Loire, au milieu des bois dans un trou d'eau bordant le fleuve. La prochaine cru l'aurait emportée, c'est sûr. On a eu de la chance qu'un pêcheur à la ligne passe par là hier matin pour aller dans son coin favori. Il a prévenu les gendarmes en revenant déjeuner, mais vu le nombre important d'escroqueries à l'assurance par incendies volontaires, ils n'ont pas porté plus attention à ce véhicule qu'à un autre... Ce n'est qu'aujourd'hui, en début d'après-midi, avec la description précise donnée par le loueur, qu'ils ont fait le rapprochement et nous ont appelés. Sur place les pataugas des pandores ont effacé toutes traces, et quant à la caisse elle-même, tout a flambé. L'incendie criminel ne fait aucun doute, le gars a bien consciencieusement tout arrosé avant de craquer l'allumette. J'ai fait illico ramener l'épave au labo, mais jusque là ça n'a rien donné. Il n'y a qu'une chose qui a en partie résisté, c'est la mallette de la victime. Elle s'est un peu déformée sous l'action de la chaleur mais le cuir était doublé d'aluminium. Si bien que tout ce qui se trouvait à l'intérieur a cuit comme des cookies dans un four, mais n'a pourtant pas été détruit par incinération. Ça nous renseigne un peu sur la victime, mais ça ne nous avance pas beaucoup sur l'assassin.

— Il faut voir... il faut voir... Cette mallette, vous l'avez fait porter au labo également ?

— Non, Commissaire, elle est là. J'ai pensé que vous voudriez voir ce qu'elle contenait...

— Bougre de c... ! J'espère que vous ne l'avez pas ouverte vous-même sans précautions ?

L'inspecteur se rembrunit sous la réprimande.

— Non non Commissaire, nous ne l'avons pas ouverte. Par précaution, nous l'avons mise dans un sac à scellés, mais je doute que l'on puisse encore trouver quelque chose dessus après la flambée qu'elle a dû subir. Le cuir est tout racorni. Et si elle n'avait été doublée d'aluminium à l'intérieur...

— Dites, vous vous foutez de moi, inspecteur ? Comment pouvez-vous savoir qu'elle est en alu à l'intérieur si vous ne l'avez pas ouverte ?... J'espère au moins que vous n'avez strictement rien touché du contenu ?

— Évidemment Commissaire... Quand je disais qu'on ne l'avait pas ouverte, je voulais juste dire qu'on n'avait pas fait l'inventaire de ce qu'elle contient. Les gendarmes de Saint-Benoît l'ont ouverte devant moi et refermée aussitôt.

— Eh bien, dites-le comme ça alors ! Elle n'était donc pas fermée à clef ?... Bon ! Espérons que rien ne s'est envolé... Au labo, tout de suite ! Restez-y et pressez-les un peu ! Appelez-moi dès qu'ils auront du solide. On doit mettre la main sur ce tueur, et avant ce soir si possible !

— Vous craignez qu'il récidive, Commissaire ?

— Pas spécialement, mais on n'est à l'abri de rien avec ce genre de cinglé... Je ne veux à aucun prix qu'il nous échappe... D'après mes renseignements, il est encore dans les parages, mais qui sait jusqu'à quand ?...

*

Expiation d'un Rebelle à la Pensée unique
Nantes, 25 Octobre 1440

Dans la sinistre chambre de la tour où il est détenu, Gilles fixe le rai de lumière qui tombe de la haute croisée... C'est l'aube. Le jour se lève et il sera bientôt l'heure... Il ne regarde rien, non, il a le regard fixe des hommes perdus dans leurs pensées.

Il se remémore simplement, tristement, ce que fut sa vie. Il sait bien que tout est fini, que tout-à-l'heure le bûcher l'attend lui aussi, comme Jehanne, comme Sa Jehanne !... et comme un siècle plus tôt nombre de ses frères, les Chevaliers du Temple...

Finalement, il n'est pas amer, non, presque fier même de finir comme eux. Oh ! ça ne sera pas pour les mêmes raisons officielles bien sûr, mais elles se ressemblent tellement... Les Chevaliers eux aussi furent accusés des plus horribles crimes, même si lui-même et d'ailleurs toute sa famille descendante de Robert de Craon, fondateur du Temple il y a trois siècles, savaient parfaitement à quoi s'en tenir sur ces infamantes accusations... La seule différence, c'est qu'eux n'avaient pas commis les crimes qu'on leur reprochait, lui si... enfin, peut-être... il ne sait plus vraiment... peut-être les a-t-il seulement laissé perpétrer par ce mage étrange, mais le résultat est le même...

C'est en fin de compte toujours la même histoire qui recommence. Eux aussi, on les avait accusés de sodomie, de cracher sur des crucifix, de se livrer à des expériences scabreuses de sorcellerie quand ça n'était que science alchimique... ou encore d'adorer une idole alors que cette tête de Janus au double visage n'était qu'un symbole...

Et si Jehanne s'était laissée convaincre, de quoi l'aurait-on accusée elle aussi ?... De sorcellerie, d'être une mauvaise catholique, de danser autour des arbres et des fontaines !...

Oh ! bien sûr, elle s'en est habilement défendue, et on n'avait rien pu prouver contre elle hormis ce dérisoire péché que constituait aux yeux de l'Église le port de ses habits d'hommes, mais c'est tout de même bien ce que l'on cherchait à faire...

Et pourquoi va-t-il mourir à son tour, lui, Gilles, Seigneur de Rais, de Laval, de Champtocé, de Tiffauges... fait Maréchal de France à 24 ans à la bataille de Patay, Lieutenant Général de Bretagne et pair du royaume ?... Pour avoir lui aussi transgressé des interdits !...

Bien sûr, il n'aurait pas dû !

Il n'aurait surtout pas dû se livrer à ces expériences alchimiques qui le dépassaient. Il n'aurait pas dû faire confiance à ce florentin qui a tellement sali son honneur... Il regrette ! Oh oui, comme il regrette... L'éternité ne sera pas assez longue pour expier ses fautes mais, pour ce qui est de ces petits enfants qu'on lui reproche d'avoir immolés à sa soif d'un pouvoir mystique qui n'est jamais advenu... Non ! Bien sûr que non, il n'est pas un sadique !... Bien sûr que non, il ne faisait pas périr des enfants pour un méprisable plaisir charnel ! Il n'y aurait d'ailleurs trouvé aucune jouissance, car même s'il avait toujours eu un penchant pour les femmes du genre garçon manqué, il n'était ni homosexuel ni encore moins pédophile... Les enfants, il les aimait tendrement. Il y en avait d'ailleurs une ribambelle dans la chorale qu'il entretenait depuis des années, et il aurait fait beau voir que quelqu'un touchât à un cheveu de ces petits anges !

Ces rituels sataniques dont on l'accuse aujourd'hui, c'était pour pour ainsi dire pour la bonne cause... L'Alchimie et rien d'autre ! Quant à ce qui se passait dans son laboratoire, son cœur se brisait de tristesse chaque fois qu'on cherchait à faire apparaître ce « Barron » pour lui soutirer du pouvoir... Au cours de ces prétendues apparitions, qu'il n'avait jamais pu voir de ses propres yeux, en réalité ce n'était pas lui qui dirigeait le rituel mais ce gourou florentin féru d'occultisme, son prétendu ami Prélati[1]. Du moins l'avait-il cru ami et savant en ce domaine... Tout ça l'avait bien vite

---

1 *Condamné par le tribunal de Nantes à la prison à vie, Prelati s'échappa et se réfugia auprès de René d'Anjou, dont il devint l'alchimiste sous le nom de François de Montcatin. Il fut malgré tout pendu plus tard pour d'autres crimes.*

dépassé mais il doutait encore pourtant que Prélati lui eût menti... Dans ce monde incontrôlable où chacun trahit son prochain, les choses lui ont simplement échappé. Il s'en rend bien compte aujourd'hui, trop tard pour se faire pardonner ses errances, il n'aurait pas dû sacrifier à cette recherche de la pierre philosophale... surtout par l'invocation d'un démon...

Elle lui aurait permis pourtant de racheter les hypothèques sur ses domaines que certains de ses juges avaient tout intérêt à ne pas lui rendre...

Qui étaient-ils, ces gens là, pour le juger ?

Valaient-ils donc mieux que lui ce duc de Bretagne ou son complice, ce Jean de Malestroit, évêque de Nantes, qui ne visaient qu'à mettre définitivement la main sur ses possessions ?...

« Tous des traîtres, pensa-t-il, des marchands du temple, des enfants de putains sans parole qui ont circonvenu mes serviteurs pour leur extorquer sous la torture des aveux iniques !... J'aurais dû d'emblée récuser ce tribunal d'Inquisition... mais les fieffés coquins furent très habiles de me représenter seulement un péché véniel, afin que je reconnaisse d'abord leur juridiction, se réservant d'y ajouter ensuite l'accusation de toutes ces horreurs... Les scélérats ! Mon grand-père m'avait pourtant bien dit de m'en méfier !... »

Gilles songea à son grand-père qui l'avait élevé dans l'honneur de la vraie chevalerie, pas celle de courtisans !... Ah ! son grand-père, Jean de Craon... Pourtant ecclésiastique lui-même, évêque du Mans puis de Reims, il l'engageait encore enfant à ne respecter rien ni personne, aucune autorité ni individu autrement que pour sa seule valeur morale personnelle... Il savait de quoi il parlait, il voyait les choses de l'intérieur !...

C'est pourquoi Gilles avait trouvé en Jehanne un exceptionnel modèle spirituel qui suivait non pas les consignes d'une Église mais de divines inspirations. Normal, quand on connaissait son origine véritable, elle avait de qui tenir !... Cependant, comme Jésus lui-même, on l'avait sacrifiée, elle aussi, pour maintenir le pouvoir d'une hiérarchie cléricale sur le temporel... À qui donc pouvait-on se fier encore maintenant ?...

Mieux valait partir... renier ces gens, quitter ce monde pourri ! En 1432 son grand-père l'avait abandonné pour l'autre. Un an après la condamnation de Jehanne à Rouen, c'était trop pour lui ! C'est là qu'avait commencé sa dérive... Il avait remué ciel et terre pour faire reconnaître SA Pucelle. Il s'était mis à dépenser sans compter, cherchant la reconnaissance de vérités qui ne lui seraient jamais accordées... Tous ces sermons hypocrites, toutes ces fariboles de curetons, Gilles en avait eu assez... Puisque Dieu abandonnait ses serviteurs, il s'était tourné vers l'Autre, invoquant maintenant les puissances infernales et leur promettant tout sauf son âme et sa vie pour reconquérir sa puissance d'antan.

Mais lorsqu'on dîne avec le diable, mieux avoir une grande cuiller... Au bout du compte le diable aura tout emporté : sa vie et son âme... Ce matin, Gilles va être pendu. Pendu puis brûlé.

Pendu pour les soi-disant crimes qu'il aurait commis, et brûlé pour avoir invoqué les démons...

Les démons, oui, il les a bien invoqués en effet, et il mérite son châtiment. Mais les enfants, non, pas les enfants, il ne peut pas accepter de croire que sa folie obsessionnelle l'ait mené jusque là !... La mort seule peut maintenant mettre fin à ce cauchemar !...

Bah ! Pendu ou brûlé, quelle importance ?... songe-t-il... De toutes façons il ne s'en sortirait pas, alors...

Ses recours au roi et au pape ont été rejetés ou ignorés. Comme l'orphelin qu'il fut, Gilles se sent de nouveau abandonné de tous. Il est las de toute cette comédie... À Dieu vat ! Ce procès est fini, enfin !... la délivrance est proche... la mort n'est rien, il le sait. Seule compte la pureté de l'âme et sa communion dans l'océan cosmique...

Menacé par l'Inquisiteur de subir la Question, Gilles a tout avoué. Il le sait, un siècle plus tôt ses ancêtres Templiers sont eux aussi passés par là, on avouerait n'importe quoi sous la souffrance, autant avouer avant... Il est parvenu surtout à négocier avec son ami Pierre de l'Hôpital, contre des aveux circonstanciés, de n'être point arse[2] entièrement et que l'on enterre ses pauvres restes dans le sanctuaire des Carmes de Nantes. Ses amis moines prieront pour lui. Ainsi, croit-il, il sauvera au moins son âme...

Le soleil perça les nuages à l'horizon. Quelque part, un coq chanta. La porte de la cellule s'ouvrit sur une robe de bure. C'était le confesseur, suivi d'un homme en rouge :

« Il est l'heure, Gilles... »

*

La Pucelle de l'année
De nos jours, Orléans, jardin de l'Hôtel Groslot, 07 Mai 17h00

La fontaine du petit jardin public offrait aux visiteurs la possibilité de se désaltérer mais la chaleur de l'après-midi commençait à se faire moins intense. Le ciel clair de la matinée s'était empli de nuages menaçants, l'air se faisait plus lourd et une soudaine brise annonça un orage imminent. Levant les yeux au ciel, Johan s'excusa :

— Tiens Jack, ton passeport. Tout est réglé. Mais nous pourrions bien avoir quelques gouttes et je m'aperçois que je manque à tous mes devoirs d'Orléanais... Puisque nous sommes ici, voudriez-vous visiter l'Hôtel Groslot ?

— Ma foi... Puisqu'on n'a rien d'autre à faire d'ici ce soir, autant voir les beautés de la ville...

---

2 *Arse : mot de vieux français pour « brûlé ».*

— Eh bien, suivez-moi Messieurs !

Les quatre hommes parcoururent le couloir qui traverse le rez-de-chaussée et mène depuis les jardins à la façade principale de l'ancien Hôtel de Ville, découvrant sa vaste Cour d'Honneur pavée et close sur la Place de l'Étape de hautes grilles en fer forgé aux volutes dorées à l'or fin. Les façades de l'édifice Renaissance resplendissaient de leur camaïeu de brique rouge et, sur les chiens-assis des bords de toits, l'or des médaillons renvoyait les derniers rayons du soleil rasant sous les nuages de cette fin d'après-midi. Une architecture vraiment admirable, qui soulignait la richesse passée d'une ville qui fut capitale royale... Une statue en bronze de Jeanne, criblée de balles durant la Seconde Guerre Mondiale, meublait l'espace entre les deux volées de l'escalier d'honneur menant au premier, l'étage noble par excellence.

À l'intérieur, les parquets Versailles et les plafonds à caissons aux couleurs vives d'innombrables armoiries achevèrent d'éblouir les visiteurs. Ils parcoururent diverses salles, s'arrêtant devant une statue, une tapisserie, des armures anciennes, une cheminée monumentale ou des tableaux de maîtres relatant différentes scènes de l'histoire... Un guide était précisément en train d'expliquer la mort du jeune François II suite au refus par la reine-mère Catherine de Médicis d'autoriser l'opération salvatrice envisagée par son chirurgien attitré, Ambroise Paré, précurseur de la chirurgie moderne...

Johan laissa le guide terminer son speech, puis compléta pour ses nouveaux amis :

— Ce pauvre François II est donc mort ici en 1560. Son règne n'aura pas duré bien longtemps mais fut marqué de graves dissensions entre Catholiques et Protestants. Sa jeune veuve, Marie Stuart, retournera en Écosse où elle finira assez mal elle aussi, puisque sous la hache du bourreau[1]. Deux ans plus tard, régente du royaume, la Médicis n'évitera pas la guerre civile et certains l'accuseront de l'avoir elle-même fomentée. En vérité, si l'on en croit les hagiographes, ce serait Charles IX qui, devant la montée du Protestantisme qu'il considérait comme un péril pour la monarchie, aurait ordonné le massacre de la Saint-Barthélémy, inaugurant là ce qu'on appellera plus tard « la Raison d'État »...

Ryan laissa tomber :

— Il n'y a rien de pire que les conflits religieux. On peut se battre pour sa Liberté, c'est tangible et on a le résultat tout de suite, mais comment peut-on se battre pour imposer à d'autres une interprétation d'un dieu qu'on ne voit jamais ? À plus forte raison lorsque le conflit soi-disant religieux est utilisé comme paravent à d'autres buts...

Johan approuva :

— Je suis bien de votre avis. Ça ne vaut pas de ruiner des vies. Si toutefois Dieu existe, mieux vaut le laisser livrer lui-même ses combats. C'est même d'un orgueil démesuré que de se croire autorisé à agir en son nom quel que soit celui qu'on lui donne !

---

1 *Marie Stuart aura tout de même eu sa revanche posthume car son fils Jacques 1er montera sur le trône d'Angleterre et donnera naissance à la dynastie qui règne encore aujourd'hui.*

— Pourtant, Jeanne d'Arc ne prétendit pas autre chose ! observa Jack, elle se réfère en permanence à Jésus et Marie...

— Ce n'est pas du tout mon interprétation, rectifia Johan. Jeanne était le contraire d'une fanatique lorsqu'elle écrivait ses lettres à Bedford et Talbot pour les enjoindre de se retirer sans verser le sang... Et à moins de la croire complètement folle, je crois qu'il y a une autre explication bien plus humaine derrière cette belle histoire. Le fanatisme, quel qu'il soit, est une pure folie !

— Une folie qui va durer longtemps puisqu'on en est toujours là aujourd'hui, hélas !... soupira Jack.

— Oui, hélas ! Mais avec des cycles pourtant... Celui qui ensanglanta l'époque dont nous parlons se calmera après la mort de François II ici-même et l'assassinat d'un premier duc de Guise sur les bords du Loiret, pour ne reprendre que quelques années plus tard... Bizarrement cette accalmie coïncide avec la nomination de Michel de L'Hôpital comme Chancelier à la Cour et de Michel de Nostredame (le fameux Nostradamus) comme médecin personnel de Charles IX et conseiller occulte et astrologue de la reine mère Marie de Médicis.

On peut légitimement soupçonner Michel de L'Hôpital d'avoir conservé une certaine philosophie du fait même que l'Hôpital avait intégré de nombreux Templiers. Quant à l'illustre Nostradamus, je soupçonne ses fameuses « Centuries », en lesquelles on voudrait voir des prophéties, de n'être en fait que des consignes pour l'avenir destinées à un Ordre qui ne peut être que le Temple occulté. Consignes codées par Nostradamus lui-même, selon un algorithme impossible à décrypter pour qui n'en a pas la clé mais les Templiers étaient maîtres en matière de cryptage. Des consignes donc, que notre Michel de Nostredame serait allé chercher en l'abbaye d'Orval, tout près d'Arlon, Bouillon, Stenay... N'oublions pas que Nostradamus est lui aussi signalé par les *Dossiers Secrets* comme Nautonier de Sion... On n'en sort pas !...

— Intéressante hypothèse... apprécia Ryan. Et qui donne une toute autre perspective car effectivement, après coup, une fois réalisées par leurs exécutants, des « consignes pour le futur » ne peuvent que ressembler étonnement à des « prophéties » !...

— Hélas, quand Michel de Nostradamus aura disparu et que Michel de l'Hôpital, malade, se sera retiré en son château de Vignay près d'Étampes, la grande crise va survenir qui donnera en 1572 la Saint-Barthélémy. Le massacre fera mille morts dans la cité d'Orléans et combien d'autres partout en France ?...

C'est en cette époque trouble que des milliers de Réformés se résolurent à migrer vers la « Nouvelle France » comme on disait alors, et si Orléans vit partir de nombreux habitants, des cités comme Gien ou Blois se sont quasiment vidées de leur population... C'est assurément là, mon cher Jack, que ta famille a dû quitter l'Europe, ou du moins la France...

*

Ils allaient ressortir de l'Hôtel Groslot quand un petit groupe y entra, conduit par le Maire et la jeune fille qui incarnait cette année-là l'héroïne locale. Serge Dugarro tendit une main grande ouverte vers Johan.

— Bonjour Johan, ça va bien ? Qu'est-ce que tu fais là ? Tu fais visiter la maison ?

— Bonjour Serge. Oui je visite, moi je connais depuis longtemps mais je te présente trois amis américains de passage... Voici Ryan et Scotty, qui sont venus en touristes... Messieurs, je vous présente Serge Dugarro, Député-Maire d'Orléans...

— Bonjour Messieurs, bienvenue à Orléans...

— Et voici Jack, écrivain et journaliste au New-York Times dont je t'ai parlé... Je vois que notre héroïne t'accompagne, ou du moins son avatar de cette année. Jack voulait justement savoir s'il était possible de l'interviewer ?...

— Pour le New-York Times, hein ?

— Yes, Monsieur le Maire...

— Mais comment donc ! Nous ne refusons jamais une promotion de notre ville à l'étranger ! Vous allez écrire tout le bien que vous en pensez, j'espère ?... Vous savez sans doute que nous sommes jumelés avec Wichita, dans le Kansas ?...

— J'ai vu ça... Notre ami Johan m'a promis de m'emmener voir l'Indien et le petit train du Parc Pasteur[2]... Votre city est formidable, Monsieur le Maire ! C'est un vrai plaisir de s'y promener et d'y découvrir l'Histoire de France ! Puisque je suis ici, je voulais faire un portrait de la jeune fille incarnant votre héroïne nationale...

— Marie-Charlotte ! appela le Maire... Approchez Marie-Charlotte, venez ici un instant s'il vous plaît. Ces messieurs voudraient vous poser quelques questions... Il lui glissa à l'oreille : « Montrez-vous sous votre meilleur jour, n'est-ce pas ? Je compte sur vous, vous représentez la Ville d'Orléans... Que dis-je la ville ?... La France, Marie-Charlotte, La France !... »

Puis, fouillant sa poche intérieure il sortit un bloc de tickets et compta à Johan quatre laisser-passer pour la tribune d'honneur :

— Tenez ! Vous serez ainsi au premier rang pour voir les événements... Je vous laisse avec Marie-Charlotte. Pas plus de cinq minutes, Messieurs, nous avons une cérémonie à préparer pour ce soir... À bientôt j'espère, et bonne soirée !

La jeune fille gratifia les visiteurs de son plus beau sourire. Dix-sept ans, comme la Jeanne de la légende officielle, ses jolies mais frêles épaules laissaient dubitatif quant à leur capacité d'endosser une véritable armure mais Marie-Charlotte était encore en tenue de ville, élégante, jeune, moderne. Elle n'enfilerait l'armure qu'au tout dernier moment, avant la cérémonie...

« *Marie-Charlotte Champeigne, avec « ei »* précisa-t-elle. – *On faisait toujours l'erreur...* –. Elle était d'une famille nombreuse, oui, catholique pratiquante, bien sûr... d'origine noble à ce qu'on lui avait dit, mais la

---

2 *Tous deux offerts à Orléans par la ville de Wichita.*

particule abandonnée à la Révolution... « *Vous savez, noblesse et armoiries familiales aujourd'hui, ça ne signifie plus grand-chose !...* »

Cette incarnation de Jeanne, ça l'amusait plutôt... et puis, son papa en était si fier !... un militaire de carrière, vous pensez !... De plus, c'était presque une tradition familiale puisque sa grand-mère paternelle déjà, dans les années cinquante..., mais c'était surtout son père qui lui avait suggéré cette aventure. Il avait toujours été passionné d'histoire et il fréquentait assidûment un cercle de gens comme lui... Non, elle ne saurait pas en dire le nom, il était très discret sur le sujet mais ça lui prenait beaucoup de temps...

Oui, elle était très fière d'avoir été choisie parmi quatre autres candidates de l'école... Pourquoi ?... Bah, elle ne savait pas trop... Bien sûr, elle nourrissait une grande admiration pour la Pucelle. Son milieu et ses activités de scoutisme l'y avaient préparée sans doute avec tout le cérémonial, la symbolique et l'idéalisme qui imprégnaient leur jeune fraternité. Avant que de devenir « Guide », n'avait-elle pas été « Jeannette[3] » elle aussi ?... »

On l'appela un peu plus loin. Un capitaine en tenue d'apparat lui faisait signe de couper court à l'entretien... Un micro était ouvert pour accueillir quelques mots de bienvenue aux invités des villes jumelles qui se pressaient au cocktail...

— Juste une photo encore s'il vous plaît, dit Jack. J'en prendrai bien sûr d'autres demain, lors de la procession, mais là, pendant que je vous tiens en gros plan... Voilà ! Merci beaucoup Marie-Charlotte, vous êtes charmante. Tenez, voici ma carte, donnez-moi votre adresse et je vous ferai envoyer un numéro du journal quand ça paraîtra... Au revoir, et encore merci !...

La jeune fille sourit une dernière fois et fut rapidement happée par la foule des invités envahissant le vieil Hôtel de Ville. Les quatre amis sortirent.

— Eh bien voilà !... tu la tiens, ton interview, Jack !

— En effet. Merci Johan. Je ne pensais pas que ça se ferait si vite mais bon, c'est bien, j'ai ce qu'il me faut. Le reste portera sur les festivités et sur la ville...

Johan réfléchissait à haute voix...

— As-tu remarqué, Jack ? Cette interview laisse à penser que cette jeune fille a beaucoup de chance d'avoir été choisie...

---

3 *Le Scoutisme développe en effet des valeurs très proches de celles la chevalerie, et particulièrement de la chevalerie templière. Outre la culture maçonnique de son fondateur, Sir Baden Powel, et la formation à la fois paramilitaire et respectueuse de la nature inculquée à ses membres, on peut remarquer que les termes et les signes employés ne sont pas sans rappeler certains symboles moyenâgeux. Notamment la fleur de Lys sur fond de Croix de Jérusalem ou de Croix à Huit Pointes (selon les obédiences). Si les jeunes filles sont d'abord « Jeannettes » puis « Guides », les jeunes garçons sont d'abord « louveteaux », « éclaireurs », et enfin « routiers », autant de termes qui jalonnent l'histoire du Temple. Enfin, « last but not least » pourrait-on dire, lord Baden-Powel épousa en 1912 Olave de Saint-Clair Soames, descendante de la vieille aristocratie des Saint-Clair dont l'un des premiers représentants figura parmi les nautoniers de Sion. Ajoutons pour la bonne bouche qu'elle naquit au village de Newark (Nouvel Arc) comté de Notthinghamshire, où existe une forteresse médiévale qui fut la propriété de Charles Ier d'Angleterre, second fils de Jacques VI d'Écosse. Rappelons que c'est à son aïeul, Jacques Ier d'Ecosse, que le seul portrait de Jeanne jamais peint de son vivant fut envoyé en cadeau.*

— En effet, c'est l'impression qu'elle donne. Elle est apparemment très heureuse de faire plaisir à son papa...

— Son père militaire de carrière... Sans doute le capitaine qu'on a entraperçu...

Ryan précisa :

— Un capitaine de l'ALAT, je crois ?

— Exact, Ryan. Vous avez l'œil !... Et, pour un assureur, vous vous y connaissez rudement bien en grades et en insignes de l'Armée Française... Bravo !

— Bof... pas difficile ! s'excusa modestement Ryan. Nous avons des représentants de l'Armée Française à Bruxelles, il y en a de nombreux officiers français auprès de l'OTAN depuis quelques années.

— Je m'en doute mais, même en France, très peu savent reconnaître les insignes de l'ALAT.

— ALAT ? Qu'est-ce que c'est ?... demanda Jack.

— Aviation Légère de l'Armée de Terre. Ce sont les hélicos de reconnaissance ou d'attaque qui précèdent les chars et l'Infanterie sur le terrain. Nombre de leurs pilotes viennent de ce que l'on nomme encore « la Cavalerie » bien qu'il n'y ait plus beaucoup de chevaux depuis longtemps... Mais un certain esprit chevaleresque y règne toujours, en tout cas à l'époque où j'en étais...

— Vous avez fait votre service militaire dans l'ALAT, Johan ?

— Oui, un peu au-dessus de Compiègne, sur le plateau de Margny. Oh ! à l'époque, c'était encore des bâtiments provisoires jouxtant une DZ et une tour de contrôle. Ça a dû bien changer depuis... Je n'étais qu'un modeste chauffeur de camion-citerne et j'y faisais le plein des hélicos... Entre deux, je lisais... Je n'avais jamais autant lu de ma vie, et c'est d'ailleurs là que j'ai attrapé le virus de l'Histoire... C'est drôle quand j'y pense, parce que c'est exactement sur cet emplacement que Jeanne d'Arc fut détenue par les Bourguignons de Jean de Luxembourg après qu'elle eut été capturée aux portes de Compiègne...

— Évidemment, c'est le genre de détail qui marque un Orléanais...

— Sans aucun doute, mais ce n'est pas le seul... Depuis mes lectures de l'école primaire, peut-être parce que moi aussi j'ai été scout, j'ai toujours été passionné de chevalerie. Quand j'ai été incorporé au service militaire, encore obligatoire dans les années 60, je dois dire que j'ai été privilégié car j'ai eu la chance de faire partie d'une classe de sursitaires et je fus entouré de jeunes gens beaucoup plus instruits que la moyenne des bidasses de base si j'ose dire... Et si, à l'exception des pilotes, les sous-officiers étaient parfois un peu lourds, les rapports avec les officiers eux-mêmes furent très enrichissants. J'ai souvent remarqué une forme de respect humain que je n'avais jamais rencontrée ailleurs, dans d'autres régiments où j'avais eu l'occasion de me rendre lors de missions ponctuelles... Comme si ce corps était à part... mais peut-être n'était-ce qu'une impression... en tout cas j'ai toujours éprouvé une certaine admiration pour ces gens qui volaient dans des engins imaginés déjà par Léonard de Vinci et qui, à priori, ne le devraient pas si les choses n'étaient que ce qu'elles paraissent être...

— Ce qui veut dire ?... hasarda Jack.

— Qu'elles se résument rarement à ce qu'elles paraissent !... Par exemple, on a longtemps cru qu'un plus-lourd-que-l'air ne pouvait pas voler. En fait, tout dépend de l'énergie qu'on y met et de la forme qu'on lui donne. Il faut « épouser » la nature, obéir à ses lois physiques, et contre toute attente le miracle apparaît... Ainsi, la plupart des gens croient que, pour voler, un avion appuie ses ailes sur les couches d'air situées en-dessous de lui, mais c'est le contraire, ce sont les couches moins denses de l'extrados, c'est-à-dire au-dessus de l'aile, qui créent une dépression et aspirent l'avion vers le haut, ce qui le maintient en l'air !... Pour les pauvres rampants que nous sommes, les apparences sont donc fausses... Et je ne parle même pas de la complexe mécanique des pales d'hélicoptère... Il fallait tout le génie d'un Léonard de Vinci pour imaginer un tel engin au XVe siècle ! Et comme par hasard, à l'époque de la construction de cet Hôtel Groslot où nous sommes, ce génie-là figure au rang des nautoniers de *Sion* !

Eh bien, selon moi c'est pareil avec l'histoire... On croit à une chose en fonction de ses apparences et du peu qu'on s'imagine en savoir. Mais en réalité, il y a le plus souvent une toute autre explication aux mêmes événements, plus secrète, plus initiatique... Ainsi, nous venons de rencontrer une jeune fille qui, sans aucun doute, croit simplement faire plaisir à son papa en incarnant Jeanne cette année... Mais je mettrais ma main au feu que ce beau capitaine est bien autre chose que juste le soldat de métier qu'il paraît être...

— Voulez-vous dire qu'il serait de quelque ordre ancien ?

— Je n'en serais pas autrement surpris. De nos jours, beaucoup de banquiers et d'hommes d'affaires sont Francs-Maçons. Un certain nombre de Grandes Écoles les y préparent plus ou moins consciemment. Certains militaires le sont aussi mais c'est beaucoup plus rare. Par contre, je prétends qu'il y a une étrange propension parmi les officiers à entrer plutôt dans un Ordre de Chevalerie... Ou plutôt l'inverse : une propension dans les vieilles familles nobles à entrer dans la carrière militaire... ce qui au bout du compte revient au même ! Et vous noterez que le papa de la jeune Marie-Charlotte Champeigne, avec « ei » comme elle dit mais aussi avec une particule avant la Révolution, se situe parfaitement dans cette perspective...

Scotty asséna une trop rapide sentence :

— Bah ! Ça ne prouve rien...

Jack renchérit :

— Non, et d'ailleurs ça n'a aucune importance... Ce monsieur peut bien être ce qu'il veut, ça ne changera pas notre vie ni celle de nos enfants...

— Hé hé !... Qui sait, mon cher Jack ?... insista Johan. Les gens sont d'abord fidèles à ce en quoi ils croient, ne l'oublie pas ! Un chrétien croit en Dieu, ou en Jésus-Christ, ce qui en l'occurrence est la même chose pour lui, un juif croit en Jéhovah, un musulman en Allah, et un militaire en la Patrie... Tant que les ennemis de la Patrie sont extérieurs à celle-ci, ou de confession étrangère comme les soi-disant terroristes islamistes qu'on nous ressert en toutes occasions, ça ne le met pas en difficulté, mais le doute vient lorsqu'on l'oblige à choisir entre Devoir patriotique et Convictions personnelles... que croyez-vous alors qu'il advienne ?... Et je ne parle pas que pour des chevaliers chrétiens... les musulmans ont eu les mêmes dilemmes au Moyen-Âge, et sans aucun doute beaucoup de musulmans non intégristes l'ont encore aujourd'hui face aux amalgames trop souvent faits en Occident entre arabes, musulmans et intégristes islamistes... Les Templiers, eux aussi, ont eu à choisir. Ne serait-ce qu'à l'occasion de la Croisade contre les Albigeois et Cathares, à laquelle ils ont refusé de s'associer.

Scotty qui ne disait pas grand-chose jusque là intervint :

— La notion de « Patrie » est relativement moderne. Aux temps anciens les vrais Chevaliers n'avaient qu'un mot d'Ordre : la Défense du plus faible !

— Oui.... Oh ! Laissez ce genre de devises à nos modernes boys-scouts, Scotty. C'est le sens de leur salut où le pouce recouvre l'auriculaire : « Le plus fort protège le plus faible ». On peut le dire comme ça en effet, mais c'est un peu caricatural, non ?... L'idéalisme des Templiers est une chose, la réalité une autre... Nombre de chevaliers n'ont pas toujours défendu les plus faibles... Il y eut aussi des chevaliers qui choisirent parfois le mauvais camp...

— Rarement pour de mauvaises raisons !

— Certes, certes, Scotty ! Je vous concède que c'est souvent après coup, avec le recul, qu'on voit plus clairement si les raisons étaient les bonnes, et il arrive souvent qu'on nous trompe sur ces raisons... Mais la Chevalerie est comme tout le reste au monde, elle eut aussi ses brebis galeuses... et des contextes dont il faut tenir compte dans l'instant mais qu'on oublie toujours trop vite après coup... Déjà dans les romans arthuriens il y avait des alliés pour de basses raisons d'opportunisme et des fidèles amenés à tromper par amour... La vie est complexe...

— Et puis, il y a Chevaliers et Chevaliers... Tous ne sont pas de la même veine...

— Vous voulez dire de la même veine de sang bleu, sans doute ? Ah non, en effet, de ce point de vue tous les Ordres ne sont pas équivalents. Certains sont plus nobles que d'autres... Mais les plus voyants ne sont pas nécessairement les plus nobles... Vous connaissez certainement le poème de notre compatriote Jean de Meung dans « Le Roman de la Rose » ?...

> *« Nul n'est vilain fors par ses vices,*
> *Noblesse vient de bon courage,*
> *Car gentillesse de lignage,*
> *N'est pas gentillesse qui vaille,*
> *Si la bonté de cœur y faille... »*

— C'est un très beau poème et qui dit bien ce qu'il veut dire, on ne peut qu'être d'accord avec ça, approuva Scotty. Pour ce qui les concerne, les Templiers acceptaient volontiers des roturiers dans leurs rangs. Certes, ils restaient le plus souvent Sergents, mais on en a vu certains devenir Commandeurs, voire même Grands-Maîtres.

— C'est exact. Le Moyen-âge était, si vous me passez l'expression, bien moins à cheval qu'on le dit sur les origines de ses grandes figures. On a même vu des femmes Chevalières !... Pas parmi les Templiers bien sûr puisque leur règle leur imposait de vivre exclusivement entre hommes, mais dans d'autres Ordres voisins, et notamment celui de Calatrava en Espagne qui remplacera le Temple dans ce pays. Et ce, dès 1219. En France aussi, ou plus exactement en Bourgogne, où la vertueuse Agnès, Abbesse de l'Hôpital de Sainte-Marie-Magdeleine de Val-Suzon, fonda dès 1104 – la même année que l'Ordre de Saint-Jean de Jérusalem, dit-on – un ordre de chevalerie féminine...

Il existait donc bien une Chevalerie Féminine et donc des « Chevalières »... Et puisque vous venez de Belgique, vous savez peut-être qu'au Moyen-Âge, à Nivelles[4] par exemple, on faisait « Chevalières » les Chanoinesses après leur réception...

— Je ne savais pas, mais on en apprend tous les jours...

— Alors, vous ne savez peut-être pas non plus que l'Ordre de *Sion* avait lui aussi eu des femmes pour Grandes-Maîtresses ?...

Ryan intervint.

— Je crois que nous revenons là au cœur de la question orléanaise, n'est-ce pas, Johan ?

— C'est mon sentiment... Pour moi, en effet, Jeanne d'Arc fut une émanation de *Sion*. C'est ce que je tentais d'expliquer à Jack avant que nous ne nous rencontrions... sur une « terre consacrée » et l'épée à la main, si j'ose dire... ajouta Johan malicieusement.

— Holà ! N'allez pas confondre les Templiers et les immortels de Highlander, je vous en prie ! Je sais bien que vous écrivez un roman, mais tout de même !... Le Temple est immortel, malheureusement pas ses misérables membres...

— Vous m'en voyez désolé, ironisa Johan.

Il s'interrompit en entendant sonner son portable. Il décrocha. C'était Laurent, son ami généalogiste.

— Oui Laurent ?... Tu m'a trouvé quelque chose ?... Ah !... Salt Lake City, chez les Mormons... oui... Et alors, ça donne quoi ?... Hein ?!... Tu es sûr ?... Un moment Laurent, je prends note...

Johan s'écarta un peu du groupe et alla s'asseoir sur une marche de l'escalier central. Il sortit un calepin et un stylo.

— Je t'écoute...

Johan resta dix bonnes minutes à griffonner sur son calepin, le portable collé à l'oreille commençait à la lui chauffer inconsidérément. Enfin, il raccrocha. Quand il rejoignit ses amis, il était blanc comme un linge !...

— Allons nous asseoir, Messieurs... Ce que je viens d'apprendre est... sidérant !

*

---

4 *Abbaye fondée au VIIe siècle par Sainte-Gertrude, fille de Pepin de Landen qui fut l'ancêtre de Pépin le Bref, Charles-Martel et Charlemagne.*

Comment Savoie bien ?
Montrottier (Savoie), Printemps 1436

Le jour se levait à peine, éclairant au loin les sommets neigeux des Alpes, lorsque la petite troupe s'arrêta au bord de la Fier pour laisser boire les chevaux... Un peu plus loin en amont la rivière redevenait torrent et il eût été impossible de passer ces gorges étroites, encore aussi sombres à cette heure que l'eussent été celles de l'Enfer !... Pendant que ses hommes s'occupaient des bêtes et remettaient un peu d'ordre dans leur équipement, Blanchefort fit un tour d'horizon : tout là-haut, surplombant la muraille naturelle de quatre cents pieds du ravin de la Fier, l'impressionnante silhouette du donjon de Montrottier dominait de ses vingt toises le paysage environnant. Sans nul doute, on les avait déjà aperçus du haut des créneaux... « Qu'importe !... pensa Blanchefort, ça ne doit pas poser de difficulté majeure, la garnison est quasi inexistante et les ordres envoyés de Carlat ont sûrement été reçus... Nous ne devrions pas avoir à nous battre... »

C'était en effet à Carlat, en Auvergne, que résidait Bonne de Berry, la mère du duc de Savoie et prince du Piémont Amédée VIII[1], à qui appartenait la forteresse gérée par son chambellan Pierre de Menthon, lequel scrutait maintenant les cavaliers.

Bonne de Berry entretenait avec son fils Amédée des relations très étroites, surtout après que, veuve du père d'Amédée en 1391, elle se soit remariée deux ans plus tard avec Bernard VII d'Armagnac, Grand-Maître du Temple, dont elle avait eu notamment une fille, Bonne d'Armagnac, laquelle avait épousé le duc Charles d'Orléans en 1410.

Fait prisonnier à Azincourt, cinq ans après leur mariage, Charles était toujours retenu à Londres mais les intérêts de la famille étaient solidement tenus par Bonne de Berry et les Armagnacs, dont Jean II, l'occulte Grand-maître du Temple depuis la mort de Bernard VII en 1419.

Par ailleurs la famille de Menthon elle-même avait largement fait preuve de sa fidélité aux lois de la Chevalerie depuis les Croisades et, sans être templier lui-même, Pierre de Menthon, qui avait escorté la Pucelle depuis son exfiltration de Rouen jusqu'au duché étranger de Savoie, avait toujours eu de la sympathie pour les Armagnacs.

On était donc en territoire ami, sinon en terre familiale...

Blanchefort donna l'ordre de remonter en selle et, contournant la petite chênaie qui garnissait le coteau, la troupe se dirigea vers le château. Elle parvint bientôt devant la herse et de lourdes portes d'enceinte. Au-delà du fossé, le pont-levis était relevé.

— Holà, du château ! De part Dieu, dites à messire de Menthon que nous venons prendre livraison de sa prisonnière !

Un homme passa la tête entre deux créneaux.

---

1 Voir en notes annexes le lien entre Amédée VIII et Napoléon.

— *Venez la prendre, Blanchefort ! Je ne peux la livrer sans résistance !*

— *Fort bien, messire ! répondit Blanchefort en souriant.*

L'assaut dura quelques instants symboliques et ne fit aucun blessé. Un spectateur passant par là eût pu croire à un jeu un peu viril. Une demi-heure plus tard, le pont-levis s'abaissait et la petite troupe de Blanchefort pénétrait dans la cour. Jehanne était là, déjà parée pour une longue chevauchée, tenant un cheval par la bride. Très courtoisement, son aimable geôlier Pierre de Menthon l'aida à monter en selle.

— *Bon voyage Votre Altesse. J'espère que votre séjour ne vous aura pas été trop pénible. Dieu vous garde jusqu'au Luxembourg !...*

Puis, s'adressant à Blanchefort :

— *Faites attention... Il y a encore quelques zones incertaines en traversant la Bourgogne et la Lorraine. On me parle sans cesse de bandes « d'écorcheurs » qui rançonnent les voyageurs, qui pillent, qui violent et qui tuent... J'ai beau savoir que c'est là une présentation très exagérée des méfaits d'anciens mercenaires désœuvrés du parti bourguignon, ils n'en sont pas moins dangereux et mieux vaut les éviter...*

— *Je sais, messire Pierre, je sais. On nous assimile d'ailleurs trop souvent à eux. Mais ne vous inquiétez pas, nous prendrons les voies les moins exposées.*

Jehanne s'inquiéta :

— *Nous arrêterons-nous à Domrémy, Blanchefort ? J'ai grand hâte de revoir mes nourriciers.*

— *Hélas, Jehanne, votre épopée et sa chute sont encore beaucoup trop fraîches dans les mémoires. Mieux vaut pour l'instant que vous n'y soyez point reconnue...*

— *Dommage... Où me menez-vous donc alors ?*

— *En territoire neutre, à Arlon, auprès d'Élisabeth de Luxembourg.*

Jehanne s'effraya :

— *De Luxembourg ?... Mon dieu !*

— *Non, rassurez-vous Jehanne ! Aucun rapport avec celui qui vous vendit aux Anglais. En vérité il s'agit d'Élisabeth de Goerlitz, duchesse de Luxembourg et nièce de l'empereur Sigismond... Et quoi que les apparences aient pu vous laisser penser autrefois, vous n'avez aujourd'hui plus rien à redouter de Jean de Luxembourg-Ligny. Il est dans les mauvaises grâces du roi depuis qu'il a refusé de signer les accords d'Arras.*

Bien des choses ont changé, Jehanne, depuis la Délivrance d'Orléans et votre procès de Rouen... Aujourd'hui, grâce à vous, la Paix est revenue. En confirmant le trône de Charles, le Traité d'Arras a mis fin à cette guerre permanente entre Anglais et Français et entre Bourguignons et Armagnacs. Le duc Amédée de Savoie, sur les terres de qui nous sommes aujourd'hui, et l'empereur Sigismond ont participé en personnes à ces actes, ainsi que votre ancien compagnon le maréchal de la Fayette et les représentants des rois d'Angleterre, de Pologne, de Castille et d'Aragon. On pourrait même dire que c'est l'empereur d'Occident lui-même qui assurera votre protection à Arlon. Il nous reste à vous y conduire... En route !

*

Révélation
De nos jours, Orléans, brasserie de la cathédrale, 07 Mai 19h00

Bien que la brasserie ne proposât que de la petite restauration, un monde fou se bousculait déjà autour des tables. Leur visite de l'Hôtel Groslot avait préservés nos quatre amis de la courte pluie d'orage qui avait éclaté au dehors, mais de nombreux touristes encore tous ruisselants n'avaient pas eu cette chance. Ne trouvant plus de places dans les établissements pris d'assaut de la rue de Bourgogne voisine, ils refluaient vers la rue Jeanne d'Arc afin de trouver à manger un croque-monsieur ou une part de quiche, tout en retenant dans les tribunes les meilleures places pour voir la cérémonie qui devait se tenir juste en face, sur le parvis de la cathédrale, dans un peu plus de trois heures encore.

Les musiques militaires et les fanfares venues de toute l'Europe avaient lâché leurs musiciens dans la ville pour quelques heures de quartier libre avant le défilé du lendemain. Du coup, on croisait quantités d'uniformes, des plus sérieux aux plus cocasses, du plus élégant dolman de Hussard autrichien, avec sa pelisse a tresses dorées, au plus insolent kilt écossais que l'on porte « sans rien dessous », en passant par les hauts bonnets à poils des majestueux Horse-Guards d'Angleterre, ou les chapeaux à plumes de bandas espagnoles bariolées et chamailleuses.

— Dites donc, dit Scotty, c'est drôlement coloré et plutôt gai comme ambiance ! Presque un Carnaval... J'espère que la jeune Marie-Charlotte ne va pas se promener dans la foule en armure ?...

— Elle non, mais j'ai déjà vu certains de ses pages le faire... C'est une tradition de se balader dans la ville en costume d'époque, même plusieurs jours à l'avance...

— Et c'est une tradition charmante, confirma Jack. J'ai déjà rencontré des musiciens hier, des danseurs, des jongleurs, dans les petites rues du quartier. Ça vous met tout de suite dans l'ambiance.

— Oui, dit à voix basse Ryan à Scotty, mais ça permet aussi tous les déguisements... Notre *Ishkarioth* va être là-dedans comme un poisson dans l'eau...

Ils trouvèrent enfin une table libre en terrasse, un peu cachée derrière les rangées de gradins montés spécialement pour les fêtes sur la large place faisant face au parvis.

— Bah... peu importe pour le moment ! dit Johan. J'ai les quatre invitations pour la tribune centrale. Nous irons tout-à-l'heure.

Et, joignant le geste à la parole, il distribua à chacun de ses compagnons un des laisser-passer donnés par le Maire. Aucun d'eux ne porta attention au grand type avec un anorak ruisselant à la capuche relevée qui prit place en leur tournant le dos à la table voisine.

— Qu'avais-tu donc de si « sidérant » à nous dire, Johan ?...

— Ça te concerne, Jack... Ce que je viens d'apprendre à ton sujet et surtout à celui de ta famille est littéralement époustouflant. Je te demande donc très officiellement si ça te gêne ou pas d'en parler devant ces messieurs...

Jack marqua une certaine hésitation. Il semblait soudain mal à l'aise. Était-ce parce qu'on allait parler de lui, ou autre chose l'oppressait-il dans cette foule ? Il n'aurait su le dire, mais il se sentait inquiet. Il répondit pourtant :

— Et pourquoi est-ce que ça me gênerait ? Je n'ai rien à cacher...

— Toi, non. Mais que sais-tu de tes ancêtres ?...

— Je te l'ai déjà dit. Pas grand-chose... En fait je regrette aujourd'hui de n'avoir pas suffisamment discuté quand j'étais gosse avec mon grand-père dans son bayou. Je crois qu'il tenait un arbre généalogique mais mon père ne voulait pas en entendre parler... Il disait que c'était un ramassis de bêtises et qu'il valait mieux étudier que perdre son temps avec ça. Et puis après, nous sommes partis à New-York, j'ai eu d'autres préoccupations. Mais pourquoi cette question ? Tu as fait une enquête sur ma famille ?

— Je confesse que je t'ai un peu menti tout-à-l'heure pour ton passeport... Ce n'était pas le Maire qui en avait besoin, c'était moi. Il me fallait ton identité précise...

— Ah bon ? s'étonna Jack. Mais pourquoi faire ?

— J'ai passé un coup de fil à un ami généalogiste. Oui, excuse-moi si je l'ai fait sans t'en parler, mais c'est parce que tu m'intrigues, Jack... Tu nous intrigues tous d'ailleurs.... N'est-ce pas Ryan ?...

— Oui !... c'est peu de le dire !

— Ah bon ! Et alors ?... Qu'as-tu donc obtenu de si... sidérant ?...

— Voilà : mon ami Laurent a un abonnement qui lui donne accès en ligne à la base de données des Mormons à Salt Lake City. Comme tu le sais sans doute, les Mormons ont mis le monde entier en fiches généalogiques. Leurs spécialistes peuvent souvent remonter bien plus loin que nous-mêmes ne pourrions le faire en allant fouiller dans les archives de communes et de paroisses dont nous ignorons jusqu'à l'existence... J'ai donc demandé à mon ami de rechercher l'origine de la Famille DORLANES, de St-Rose - Louisiana, et voici ce qu'il m'a trouvé :

« La Famille DORLANES semble originaire de Lorraine, en France. On trouve trace des premiers d'ORLANES à Metz, vers 1460. » Comme tu vois, avec une apostrophe, donc une particule suivie de son lieu d'origine comme patronyme. Et tu connais mon avis sur le glissement d'une lettre à l'intérieur d'un mot... Je ne serais pas étonné que tu sois en réalité un rameau inconnu « d'Orléans », peut-être même un « sion », puisqu'en français ce terme désigne une petite tige fine et souple, que l'on replante pour faire une bouture ou qui termine une canne à pêche...

— Whaoo ! Et pourquoi pas l'asticot tant que tu y es ?... plaisanta Jack.

— En tous cas, un jeune noble, Jean d'ORLANES y aurait épousé une certaine Jeanne, fille de Robert de Tichemont, seigneur d'un petit bourg de Lorraine portant ce nom. Ils eurent trois enfants dont un fils, René d'ORLANES, lequel eut à son tour trois enfants avec une demoiselle Anne de Commercy.

– L'aînée se nommait Jeanne, mais c'est du fils Charles que tu descends.

– Charles d'ORLANES eut a son tour un fils, Robert. Mais avant de prendre femme, ce Robert épousa surtout la Réforme et, en 1560, suite à des disputes permanentes avec le Seigneur de Jaulny, son cousin et voisin, il dût s'exiler.

Jaulny dépendant des ducs de Lorraine et Tichemont du duché de Bar, comme Domrémy, Robert dût émigrer... Bâle d'abord, puis Sarrebrück, en Allemagne. Là, il épouse en 1562 une jeune fille nommée Jeanne d'Arlon, de la famille de Luxembourg, protestante également. C'est à ce moment qu'il partent pour la Nouvelle France, à l'île Saint-Jean...

Mais ils ne partent pas seuls apparemment puisque certains parents de cette jeune fille restés catholiques s'y installent avec eux et y fonderont le Mont-Carmel.

Tu connais la suite... Voilà, grossièrement retracée l'histoire de ta famille, mon cher Jack.

— Eh bien... je suis très heureux d'apprendre que j'ai des origines françaises ! Il faut fêter ça !... Garçon !

— Attends !... Je ne t'ai pas tout dit...

— Quoi encore ? Je suis cousin de Napoléon ?

Johan se retint de sourire. Décidément, ce garçon n'avait nulle idée de ce qui l'attendait :

— Non mais... Tu ne veux donc pas savoir qui était ce Robert de Tichemont qui donna sa fille au jeune Jean d'ORLANES, ton ancêtre ?...

— Eh bien... Si ! Puisque tu sembles le savoir..

— Nul autre que l'un des deux fils de Robert et Claude des Armoises... Autrement dit, de Jeanne la Pucelle de France !... Mon cher Jack, tu es un descendant direct de... Jeanne d'Arc !

Jack écarquilla les yeux et éclata d'un rire énorme. Toute la brasserie se retourna mais il n'en avait cure.

— Si c'est une blague, elle est rudement bonne !... Et bien choisie !... Me faire ça ici, et aujourd'hui !... Ah ! Ah !... Ah ! Ah ! Ah !... Ouuuh !... Ah ! Ah ! Ah !...

Jack n'en pouvait plus de pouffer. Un fou-rire nerveux, communicatif et inextinguible, le reprenait dès qu'il croyait en avoir terminé. Un regard à Johan ou aux autres, un costume ancien ou un militaire qui passait dehors, suffisaient à relancer une explosion d'hilarité...

— Ah ! Ah !... Je n'ai jamais autant ri de ma vie !... Ah ! Ah ! Arrête !... J'ai mal au ventre !... Hi ! Hi !... Je n'en peux plus, je vais pisser dans mon pantalon !...

— Calme toi Jack ! Je n'ai pas terminé....

— Ah ! Ah !... Quoi encore ?... Tu as aussi retrouvé mon cheval ?... Il faudra que je lui en parle !... Qu'est-ce qu'il va rigoler !... Ah ! Ah ! Ah !...

Johan attendit que Jack reprenne ses esprits. Il but une gorgée et continua :

— Non, je n'ai rien d'autre sur ta généalogie ni sur celle de ton cheval – celle de cheval ! elle est bien bonne ! –... Ce serait déjà bien assez, mais j'ai aussi appris autre chose...

— Et quoi donc, cher Johan ?... Irrésistible Johan !... Ah !... Franchement, je ne regrette pas d'être venu ! Ah ! Ah ! Ah !...

— Arrête de rire, Jack ! Le reste est beaucoup moins drôle !... Les registres de consultation à Salt Lake City montrent que cette même requête à ton sujet a été faite trois fois avant la mienne, la première il y a cinq ans, et deux autres fois depuis deux mois !... Tu es toujours sûr que c'est par hasard que tu es venu à Orléans, Jack ?...

Le rire de Jack s'éteignit immédiatement.

— Quoi ?!... C'est sérieux ?... Tu veux dire que... Je serais vraiment ce que tu dis et des gens auraient été assez curieux pour aller consulter des origines que j'ignorais moi-même ?... Mais enfin, qui peut bien avoir fait ça ?

— On ne peut malheureusement pas le savoir. Les registres sont confidentiels. Tout ce qu'a pu obtenir mon ami était cette indication d'une même recherche par trois personnes différentes sur une relativement courte période... La première en provenance des USA, État de New-York, les deux dernières en provenance d'Italie et de France, mais ce n'était pas la nôtre...

— New-York, bon d'accord, j'y habite... mais en Italie je ne connais personne... Pas plus qu'en France avant de venir... Quels enfoirés de fouineurs pourraient bien fouiller mon histoire familiale sans me connaître ?

— Toi, tu le les connais peut-être pas, mais eux semblent s'intéresser à ton existence... Et je trouve ça plutôt inquiétant compte tenu des circonstances... N'est-ce pas Ryan ?

— Bougrement inquiétant, en effet ! Je pense qu'il ne va plus falloir quitter Jack d'une semelle... Il est en danger si ça se sait ici !... Quel curieux hasard tout de même que nous nous soyons rencontrés...

— Oui... C'est étrange !...

Jack n'en revenait toujours pas de cette révélation, mais devant l'air grave de ses nouveaux amis, il réalisait lentement que c'était du sérieux...

— Non mais... C'est vrai ? Tu ne me racontes pas de blagues ?... Je suis VRAIMENT ce que tu dis ?... Je ne peux pas le croire !... C'est hallucinant !

— Oui... Oh ! Il n'y a pas non plus de quoi en faire une pendule ! J'imagine que tu n'es pas le seul ayant cette illustre origine... Robert des Armoises aurait eu deux fils avec Jeanne. Tu descends de l'un des deux, et certes ce n'est pas donné à tout le monde, mais il y a certainement eu aussi de multiples branches par l'autre fils, et par filles et garçons au cours d'une vingtaine de générations successives et, avec ou sans particule, Jack d'Orlanes n'est probablement qu'un descendant parmi d'autres...

— De toutes façons, quelle importance ?... Aucune ! Je suis Américain depuis Napoléon... Admettons que je sois un descendant de ce Tichemont ou des Armoises, c'est flatteur d'accord, mais ça ne changera rien à ma vie...

Ryan intervint :

— Détrompe-toi, Jack ! Ça peut tout changer au contraire... Si tu descends de Jeanne d'Arc, tu as du Sang-Real dans les veines !... Et ce simple fait met ta vie en danger !

— Ryan a raison, Jack. Souviens-toi. Pas plus tard que ce matin je t'expliquais que Jeanne avait dit elle-même : « *Plus tant serons du sang royal* »... Si l'hypothèse du Da Vinci Code est vraie, tu portes ce sang en toi ! Tu es de la Sainte-Famille et au-delà de Jeanne d'Arc, tu descends du Christ lui-même !

— Mais enfin !... Arrêtez de délirer !... Rien ne prouve que Jeanne descend du Christ !

— C'est peut-être là toute la question, Jack ! Et si nous sommes à Orléans sous la couverture de simples enquêteurs d'assurances, c'est précisément qu'une preuve de cette thèse pourrait bien avoir été dénichée par notre infortuné Conrad, et cette preuve lui a coûté la vie !... Il faut donc que nous restions ensemble tous les quatre jusqu'à ce que l'affaire soit élucidée. Nous, pour venger Conrad, vous, pour votre bouquin... Parce que dès maintenant, vous devez l'écrire. Publier cette découverte, c'est la seule chose qui soit à même de protéger Jack... Finalement, c'est très bien que nous vivions la chose ensemble. Il doit y avoir une Providence !

— Qui sait ? De toutes façons, on ne peut rien faire pour y changer quoi que ce soit, mais mieux vaut le savoir... Allons Messieurs, il ne faut pas que ça nous coupe l'appétit ! Allons manger vite quelque chose avant que la cérémonie ne commence. Je vous invite ! J'avais retenu une table sur « l'Inexplosible[1] ». Je comptais y emmener Jack avec mon épouse et mon fils, mais je vais leur téléphoner que ce sera pour une autre fois.

Ils se levèrent ensemble pour quitter l'établissement et en file indienne se frayèrent un chemin dans la foule. Jack se levant en dernier fut légèrement bousculé par le type encapuchonné de la table d'à côté qui s'était levé précipitamment...

— Oh excusez-moi ! fit le type, avec un drôle d'accent.

— Il n'y a pas de mal ! répondit Jack. Bonne soirée !

Il se sentit tout de suite mieux aussitôt qu'ils eurent quitté la foule de la rue Jeanne d'Arc pour descendre vers la Loire retrouver un peu de calme...

*

---

1 *Bateau à aubes servant de restaurant sur les quais de Loire.*

Il ne faut jamais trop en faire !
Vaux le Vicomte, 17 Août 1661

Nicolas Fouquet est fébrile. Aujourd'hui il reçoit le roi. Il fait un temps splendide et depuis la terrasse du château exposée plein Sud on peut découvrir les magnifiques jardins où tout-à-l'heure se déroulera la fête... Lenôtre a vraiment bien fait les choses. Chaque petit bosquet cache une surprise : une nouvelle scène de la mythologie grecque... un nouveau point de vue sur la nature... une allégorie philosophique...

Nicolas jette un coup d'œil au sol de mosaïque du Grand Salon ouvrant sur la terrasse. Bientôt midi. À l'heure qu'il est, ces millions de gouttelettes irisées qui retombent en pluie ou en cascades sur les statues des fontaines amplifient la lumière de l'astre-roi dans une myriade d'arcs en ciel... C'est vraiment magique !... Ce soir, à la lueur des centaines de flambeaux tenus par autant de laquais, ce sera encore différent. Le jeune Roi-Soleil sera honoré de cette réception et fier de son hôte...

Au fond du parc là-bas, sur la colline, bien au-delà du plan d'eau artificiel que Nicolas a fait creuser dans le vallon pour y faire voguer les barques de promenade, la statue géante d'Apollon marque à la fois la fin de la perspective arborée et la direction parfaite du Midi. Apollon n'est d'ailleurs pas la seule référence à l'astre du jour puisque le Grand Salon d'apparat n'est lui-même qu'un vaste cadran solaire autour duquel Nicolas a fait construire son superbe château.

Aux murs sont peintes ou accrochées les œuvres d'amis artistes, tous plus talentueux les uns que les autres mais en premier celle, incomparable, de son fidèle protégé : Nicolas Poussin. Dans son cadre de bois doré à l'or fin, peint spécialement pour lui et bien en vue à la place d'honneur, un magnifique tableau du célèbre peintre accroche l'œil de ses couleurs et son mystère...

De son mystère, oui, car Poussin a celé dans sa peinture une allégorie éblouissante pour qui connaît le secret de ces anodins bergers déchiffrant les inscriptions d'un énigmatique tombeau... « LE » secret ! Le secret des Rois !... Nul doute que Louis sera bien étonné de se rendre compte que Nicolas Fouquet en est lui aussi détenteur...

*

Mais Nicolas s'est montré impudent. Impudent et imprudent de laisser ainsi comprendre à Louis XIV qu'il partageait avec lui ce secret des rois, lui qui n'est pas roi...

Moins d'un mois plus tard, Charles de Batz, comte d'Artagnan et capitaine des Mousquetaires du roi, procédera sur ordre à l'arrestation de l'Intendant des Finances... Celui qu'on appellera bientôt « l'homme au masque de fer » passera le reste de ses jours en prison, de la forteresse de Pignerol à celle de la Bastille suivant les nominations de son geôlier attitré, Bénigne de Cinq-Mars. Et nul autre que Cinq-Mars ne saura jamais qui se cache sous ce masque, car nul autre que son geôlier ne devra communiquer avec le prisonnier...

Faut-il que le « secret » soit important ! Et pourquoi le Roi-Soleil fait-il enfermer en sa chambre ce mystérieux tableau de Poussin ?

*

Dans la bure des moines
De nos jours, Orléans, 7 Mai 20h00, Commissariat central

Le Commissaire André était en réunion avec son équipe dans le bureau de l'inspecteur Paul. Le labo avait donné les résultats d'analyse du véhicule incendié. On pouvait s'y attendre, plus aucune empreinte. Mais sur le bord métallique interne de la mallette trouvée à l'intérieur, une empreinte partielle de pouce était encore exploitable ainsi qu'un mince indice : un cheveu égaré parmi des papiers froissés. Et l'ADN de ce cheveu ne correspond pas à celui de la victime. D'où l'on avait pu conclure qu'il avait été perdu par l'agresseur quand celui-ci avait très probablement fouillé la mallette avant d'égorger sa victime et mettre le feu au véhicule, et donc que l'empreinte de pouce avait toutes les chances de lui appartenir...

Qu'y cherchait-il de si important ? Comment savoir ?... S'il l'avait trouvé, ce n'était évidemment plus là. En tous cas, la faible trace laissée sur le métal avait permis de lancer une recherche dans les aéroports sur les arrivées de ces dernières semaines en provenance d'Amérique Centrale, selon les indications données par Ryan. Et la chance avait pour une fois servi le Commissaire : le fichier des passeports biométriques avait permis d'identifier un Vénézuelien correspondant à la silhouette décrite par Ryan Berger.

Même si le nom et le pays d'origine inscrits sur ce passeport avaient toutes les chances de s'avérer faux, les empreintes et la photo, elles, devaient au moins lui ressembler un minimum pour ne pas éveiller les soupçons du contrôle... Le Sicaire avait donc enfin un visage ! On allait pouvoir diffuser son portrait sur les avis de recherche distribués à toutes les Compagnies de Sécurité réparties dans la ville... et ce soir, avec tous les touristes à protéger de cette soi-disant menace terroriste, il y en avait trois régiments !

Le Commissaire André remercia mentalement les cinglés qui avaient fait courir ce bruit. Ils lui avaient rendu service. Jamais en temps normal il n'aurait pu mobiliser les Gardes Mobiles sur une simple affaire d'homicide mais, puisqu'ils étaient à pied d'œuvre pour l'alerte terroriste, le Préfet l'avait assuré de leur coopération pour l'enquête sur le meurtre qui en fin de compte s'y révélait lié... On avait donc distribué la photo du Sicaire... Ce serait bientôt une affaire réglée !

Restait l'autre affaire, personnelle celle-là : piéger l'indiscret qui espionnait son bureau. Qui que ce soit, il trouverait bien le moyen de le coincer. Tout ce qu'il fallait c'était l'appâter... Mais ne sachant pas qui exactement était à l'écoute, il se triturait la cervelle à chercher un appât approprié...

Il en était là de ses réflexions lorsque son portable vibra. Il décrocha. C'était le frère maçon de sa loge qui travaillait aux Télécoms :

— Mathéo ? Oui, re-bonjour... Alors ? Tu as mon renseignement ?

À l'autre bout du sans-fil, le frère s'esclaffa :

— Ça m'a donné du fil à retordre mais, nom de nom, je l'ai eu !... Dis donc ! Qu'est-ce qu'il fait, ton gars ? C'est un drôle de paroissien si je puis dire... Il a passé des coups de fils à des tas de moines, ou en tout cas à des monastères, en différents endroits de France et de Belgique, et même à des Mormons aux États-Unis ! Tu te rends compte ?!... Des moines et puis après des Mormons ! Il ne sait pas ce qu'il veut, ce type là !

— Des Mormons ? s'étonna in petto le Commissaire André qui n'en laissa pourtant rien paraître... Laisse tomber, c'est normal ! Donne-moi vite les numéros !

— Il y en a quand même un que j'ai eu du mal à obtenir. Il était sur la liste « Confidentiel Défense ». Tu te rends compte ! Heureusement que je connaissais un « frère » dans les bureaux à Paris. Tu peux me dire merci, hein !... Mais j'ai dû dire pour qui c'était. Quand il a su que c'était pour toi, il me l'a donné sans problème... Dis donc, tu as des relations haut placées apparemment.

Le Commissaire se rembrunit mais n'en laissa rien paraître :

— Quelques-unes... ça sert de temps en temps... la preuve. Mais donne-moi vite l'identification de ces numéros, Mathéo, ça urge !... Oui... Je note... Merci Mathéo, je te revaudrai ça à ton prochain radar !... Salut et prospérité !

Le Commissaire André raccrocha et forma le numéro de Ryan.

— L'imbécile ! Il est allé baver aux services spéciaux ! Tout le monde va être au courant ! Je ne vais pas tarder à voir débarquer jusqu'à la CIA dans mon enquête ! Maintenant il faut que j'en informe ce Berger....

*

Illuminations
De nos jours, Orléans, 07 Mai 20h30, sur l'Inexplosible

La Loire coulait lentement sous la coque sans quille du grand bateau à aubes amarré au ponton, donnant aux dîneurs l'illusion du voyage. Le niveau du fleuve était encore trop bas pour permettre une promenade réelle, mais le décor s'ajoutant au doux bercement était déjà un dépaysement.

Dîner dans ce cadre agréable et reposant par rapport à l'agitation régnant dans les rues de la ville était un délice apprécié de nombreux Orléanais et touristes de passage. Mais le bateau était un peu étroit et naturellement, en haute saison comme lors de ces célèbres fêtes annuelles, mieux valait réserver. Johan l'avait fait pour une table donnant sur le côté quai. Le soir c'est mieux. Quand la nuit tombe, côté fleuve tout est noir et on ne voit plus rien, alors que côté quai la ville offre le spectacle de superbes illuminations sur quantités de monuments et façades moyenâgeuses admirablement restaurées et mises en valeur par le nouvel éclairage public.

Le portable de Ryan vibra.

— Ah ! Commissaire, bonsoir... Oui, je vous écoute... Hum, c'est embêtant ça... quel numéro précisément ? Oh ! c'est marrant ça, c'est un numéro de chez nous ! Les moines de Belgique, oui, c'est notre division Archives... En somme c'est le bureau de Conrad... J'ignorais qu'il était classé « Secret Défense » chez vous, je me demande bien pourquoi... Nous ne sommes pas une armée étrangère ni une secte, tout de même ! Enfin, si ça les amuse... Et des Mormons aux USA ?... Oui, très intéressant... Mais ne me dites pas à quoi il correspond, je vais vous le dire : Salt Lake City, la base de données généalogiques... Comment je le sais ?... Ah, mais cher Commissaire, c'est que moi aussi j'ai mes réseaux !... Les autres numéros ? Des moines de Saint-Benoît sur Loire ? Ah ! ça oui, c'est intéressant ! Comment ? Vous les avez déjà vus ?... Et vous avez retrouvé sa voiture là-bas ?... mais c'est évident que ça a un rapport, Commissaire ! Je vous l'avais dit : cherchez la relique, vous trouverez l'assassin !... Un indice dans la mallette ? Quelle chance ! Ce type n'en laisse jamais derrière lui... Ah non Commissaire, ça ne va pas être possible ce soir, nous assistons à la cérémonie dans la tribune d'honneur... ça m'étonnerait qu'on puisse la quitter discrètement et je veux être au premier rang en cas de surprise... N'oubliez pas ce que je vous ai dit... Mais pourquoi ne venez-vous pas avec nous ? En tant qu'officier de police vous n'avez pas besoin de coupe-file... Venez, nous nous serrerons un peu... Bon, c'est ça, à tout-à-l'heure Commissaire....

— C'était le Commissaire André !... précisa Ryan en raccrochant.

— Oui, on avait compris !... répliqua Johan. C'est seulement pour les Belges qu'on répète deux fois !

— Riez, riez, les amis ! En attendant, j'ai déjà élucidé un point d'interrogation : La troisième requête à Salt-Lake-City émanait de notre frère Conrad, deux semaines avant sa mort. Reste à trouver les deux autres, avant, et quel lien peut-il bien y avoir entre elles ?... Car à l'évidence, il y en a un. Et maintenant que nous savons que c'est Conrad qui a fait sa requête en dernier, ça ne peut pas être son assassin qui en ait fait une avant... Si l'*Ishkarioth* avait trouvé un quelconque document concernant la famille de notre ami Jack dans la mallette de Conrad, il aurait interrogé Salt Lake City après, pas avant.

— Sauf s'il savait déjà ce qu'il allait y trouver ?... émit Scotty.

— Bien vu, Scotty ! Effectivement, il pourrait n'avoir tué Conrad que pour récupérer un document qu'il savait déjà trouver sur lui... Ce qui fait remonter la question en amont de la mort de Conrad...

— Ou en amont du tueur lui-même... ajouta Scotty.

— Parfaitement raisonné !... Ou en amont du tueur lui-même... tu as raison !... Ce qui nous conduit où ?...

— Au Vatican sans doute ?... hasarda Johan. Je me trompe ?...

— Je crains que non ! Et ça explique la seconde requête en Utah qui provenait d'Italie... ainsi que le fait que l'*Ishkarioth* savait quoi chercher... Reste à élucider la toute première requête... Qui, depuis cinq ans à New-York, savait que tu devais venir en France, Jack ?

— Personne ! Impossible ! Moi-même, je l'ignorais encore il y a seulement deux semaines... Ça s'est décidé très vite avec mon éditeur et sa secrétaire.

— C'était ton idée ?

— Bien sûr ! C'est en passant devant le rayon Histoire Européenne de la bibliothèque que l'idée m'est venue soudain de faire un bouquin sur Jeanne d'Arc... J'ai présenté un synopsis à mon éditeur et on a décidé le même jour que je viendrais...

— Oui, l'idée du bouquin est de toi, mais l'idée de venir ici ?... insista Ryan.

— Ça, c'est effectivement mon vieil éditeur, le père Braskowitz. Un type charmant, de la vieille école, pas un de ces diplômés de Harvard qui se mêlent d'édition littéraire sans avoir jamais rien lu d'autre que des bouquins de gestion ou de finances... Braskowitz, lui, a de la Culture... de la vraie...

— Je n'en doute pas, mais laquelle ? Est-il juif ?

— Beaucoup d'éditeurs new-yorkais le sont en effet, mais lui je ne pense pas... Il est est d'origine polonaise et catholique, je crois... En fait je ne me suis jamais posé la question... Il faudrait que je demande à Meredith...

— Meredith ?... C'est qui ?

— C'est ma petite amie. Et c'est aussi la secrétaire de Braskowitz depuis dix ou douze ans. Elle m'adore ! Et c'est réciproque.

— Ça fait combien de temps que tu la connais ?

— Quatre, cinq ans, je ne sais plus... depuis que Braskowitz a publié mon premier roman... Mais pourquoi toutes ces questions ?

— Parce que ton gentil petit père Braskowitz a peut-être des choses à cacher, mon cher Jack. Si c'est lui qui t'a suggéré de venir ici, ce n'est sans doute pas par hasard ! Et, désolé de te le dire brutalement, mais ton amie Meredith est certainement de mèche avec lui !... Reste à connaître leurs motivations... Il se peut qu'elles soient bonnes et sincères... comme il se peut que ce soient tes pires ennemis !

— Ne dites pas de telles choses ! Vous m'inquiétez ! Je refuse de vous croire ! Sinon je ne pourrais plus regarder Meredith sans une certaine méfiance...

— Il ne s'agit pas de me croire ou pas, Jack. Il s'agit de vérifier !... Quelqu'un à New-York s'est donné la peine de vérifier ta généalogie en

interrogeant la base de données des Mormons, il y a cinq ans. Qui est-ce ?...
peut-être un ou une amie, mais peut-être une taupe qui met ta vie en péril,
volontairement ou pas... Quelle heure est-il à la Grosse Pomme ?... 15h30...
Voilà ce que tu vas faire...

*

Secret de Famille
De nos jours, New-York 7 Mai, éditions Braskowitz

Dans le hall de l'immeuble, parmi une foule d'autres plaques
professionnelles, figurait celle de « A.A. Braskowitz - Editor ». En ce début
Mai, le réchauffement climatique faisait des siennes avant l'heure et derrière
les vitres isolantes d'un appartement du septième étage dont la
climatisation fuyait sans arrêt, la chaleur était déjà écrasante. Dans un
profond fauteuil de cuir élimé par les ans, les yeux clos et la tête en arrière,
le vieux Braskowitz paraissait somnoler quand la sonnerie d'un incroyable
téléphone en bakélite des années 60' retentit.

Meredith décrocha.

— Éditions Braskowitz, bonjour ! Meredith à l'appareil. Que puis-je pour
vous ?...

— Hi, Honey...

— Jack ?... C'est toi ?... Mais d'où appelles-tu ?... d'Orléans en France ?
C'est gentil, Jack !... Tu sais, ici on pense beaucoup à toi... tous les jours...
(elle baissa d'un ton)... Tu me manques, chéri. Quand est-ce que tu
rentres ?... Encore quelques jours sans toi ? Bon, je vais tâcher de m'y
faire... Est-ce que tu as rencontré Françoise ?... Elle est géniale non ?... Je
l'adore !... Ah ? C'est réciproque ? Eh bien, ça ne m'étonne pas... Est-ce que
ton manuscrit avance ?... Mr Braskowitz est impatient, il me demande tous
les jours où tu en es... je ne sais pas quoi lui répondre... On n'écrit pas un
livre comme ça en huit jours... Lui aussi le sait bien d'ailleurs, je ne
comprends pas cette impatience... Comment ?... Tu veux quoi ?... Que j'aille
à St-Rose ?... Mais pourquoi faire ? Je n'y connais personne !... Ton
ancienne maison de famille ?... Chéri, tu sais bien que la moitié du toit s'est
envolée, elle doit être en ruines !... Bon, enfin... Si tu veux. J'irai voir,
promis... Ce soir ?... C'est si pressé que ça ?...

Le père Braskowitz, qui avait soulevé une paupière depuis un moment et
suivait la conversation, esquissa un sourire...

— Allez-y, Meredith ! Je vous donne votre journée de demain, et d'après-
demain s'il le faut. Votre Jack, non, « notre » Jack a probablement découvert
quelque chose de très important et il a besoin de vous... Réflexion faite,
prenez donc la semaine et un billet pour Paris, et portez-lui ce que vous
trouverez !...

Meredith écarquilla des yeux comme des soucoupes. Le Vieux lui donnait la semaine pour aller à Paris ?!!! Elle n'en revenait pas ! Ça cachait quelque chose et elle décida de rester prudente..

— Allo, Jack ?... Mr Braskowitz m'autorise à y aller dès ce soir. C'est ça, je te rappelle quand j'y suis. Bisous..

Meredith raccrocha et tourna un regard plein de colère vers le vieil homme.

— Dites, Mr Braskowitz... À quel jeu jouez-vous avec Jack et moi ?... Comment saviez-vous qu'il allait m'appeler pour me demander ça ?

Le vieil éditeur sourit.

— Vous avez raison de m'en vouloir, Meredith. Il est grand temps de vous apprendre ce que je sais... Servez-vous un verre et venez vous asseoir près de moi, ça risque d'être assez long...

Meredith alla jusqu'au réfrigérateur et en rapporta deux sodas jusqu'au canapé qui faisait face à son patron. Le Vieux continua :

— Il y a des années, en Europe, après l'invasion de la Pologne par les troupes de Hitler, je me suis réfugié dans le Nord de la France... Oh, je n'y suis pas resté longtemps, j'ai dû rapidement passer en Angleterre parce que l'armée allemande ne tarda pas à envahir la Belgique et eut vite fait de contourner la ligne Maginot pour foncer jusqu'à Paris, encerclant la poche de Dunkerque. Mais sur la frontière belge j'avais eu le temps de faire la connaissance d'un autre réfugié polonais... Bizarrement, celui-ci portait un nom bien français, il s'appelait « des Roches », Guerart des Roches, et était descendant d'une famille de nobles français réfugiés en Prusse quelques siècles plus tôt au moment des guerres de religions...

Ce Guerart était un vieux monsieur. Il n'avait plus un sou vaillant, il avait tout perdu dans son exil, mais il avait « du cœur » comme on dit en France. Je veux dire par là qu'il était audacieux et courageux. Un héros, un vrai chevalier à l'ancienne mode, capable de se faire tuer pour protéger son semblable... C'est d'ailleurs ce qui arriva et je dois la vie à son propre sacrifice afin que je puisse prendre le bateau... L'Angleterre n'était pour nous qu'une étape. Il voulait comme moi venir en Amérique, mais lui n'a jamais eu l'opportunité de s'engager chez Churchill... Il avait plusieurs fois évoqué devant moi le destin d'une famille, émigrée elle aussi en Amérique mais celle-là depuis des siècles, et il le faisait avec une telle vénération que la chose m'avait intrigué... Nous avions parlé un peu et, se trouvant seul, sans famille, et dans une position intenable à laquelle il doutait de survivre, il s'est ouvert à moi... Son histoire était incroyable ! Incroyable, mais vraie ! Toute à la fois redoutable et merveilleuse...

Bien que non pratiquant, en bon Polonais j'étais baptisé, mais j'étais alors un mécréant, un sans-dieu en dehors du dollar, et voilà que je m'étais fait attraper par le bout du cœur...

Il doit y avoir une Providence, car peu après ce brave entre les braves s'éteignait entre mes bras sur une plage de Zuydcoot, et sans moi son secret eut été perdu... Il me l'a donc transmis en même temps qu'une étonnante technique mentale qui, disait-il, me permettrait de remplir ma mission... J'avoue ne pas y avoir cru sur l'instant, mais j'ai néanmoins juré à mon ami de veiller sur cette famille. Je ne savais pas encore laquelle, ni où elle se trouvait...

— Un secret, Mr Braskowitz ?...

— Oui, un secret, Meredith... un secret capable de faire sauter le bel ordre mondial instauré dans notre société puritaine, spécialement américaine...

— Pourquoi américaine ?

— Oh, pas seulement, en fait tous les pays chrétiens, mais sans doute plus particulièrement celui-ci, qui fait référence à Dieu jusque sur ses banknotes...

— Vous m'intriguez...

— Je sais ! C'est aussi l'effet que ça m'a fait quand Guerart m'a parlé de cette histoire... Mais je suis vieux maintenant et je n'ai pas eu d'enfant à qui transmettre ce secret... C'est donc à Vous, Meredith, que je le livre. Et ça tombe bien puisque vous êtes amoureuse de l'intéressé... Non, ne le niez pas, ça se voit comme le nez au milieu de la figure !

Meredith rougit imperceptiblement. Braskowitz fit semblant de ne pas s'en apercevoir et continua :

— Guerart me fit donc part d'un secret de famille, transmis jusqu'à lui de génération en génération, et concernant une filiation sur laquelle on a beaucoup écrit depuis quelques années, sans toutefois avoir jamais aucune preuve matérielle de sa véracité. Je veux parler de cette soi-disant descendance de Jésus et Marie-Magdeleine par les rois de France...

— Oh oh !... Sujet tabou en effet ! Quand on sait le pataquès qu'a produit le bouquin de Dan Brown...

— En vérité, ce ne sont pas « les » rois de France qui sont concernés, mais certains d'entre eux seulement. Les autres servant plutôt de paravent, souvent à leur corps défendant, à la véritable lignée sacrée... Et quand je dis « sacrée », je ne fais pas référence au cérémonial du sacre dans l'une ou l'autre cathédrale de France, non, je parle d'une lignée sacrée directement par le SANG qu'elle transmet depuis deux mille ans... le fameux Sang Royal, SANG-REAL ou SAINT-GRAAL !

— C'est passionnant, j'en conviens, mais ça vous a mené où, de savoir ça ? Vous n'en avez même pas tiré un livre alors même que vous êtes éditeur !... Et puis, que vient faire Jack dans tout ça ? Vous voulez le lui faire écrire à lui ?...

— Vous n'avez pas compris, Meredith ?... Ce secret, Jack n'a pas seulement à l'écrire... Il doit le VIVRE !

— Le vivre ?... Qu'entendez-vous par là ?

— Depuis soixante ans, j'ai fait faire nombre d'enquêtes pour retrouver la famille dont m'avait parlé Guerart. Après m'être longtemps égaré sur plusieurs fausses pistes, j'ai retrouvé il y a quelques années la trace d'une famille de Cajuns. D'origine française et chassés du Québec au XVIIe siècle, ils s'étaient bien entendu établis près de la Nouvelle-Orléans. Après quelques recherches généalogiques, j'ai bientôt obtenu la certitude qu'il s'agissait cette fois de « la bonne famille », celle dont m'avait parlé mon ami Guerart...

Mais lui semblait bien avoir été l'un des derniers à connaître le secret de cette origine. Les autres membres de la famille DORLANES, puisqu'il s'agit d'elle, semblent eux l'avoir oubliée depuis longtemps ou ont disparus...

Patiente jusque là, Meredith explosa :

— Vous me faites marcher, là !... Êtes-vous en train de me dire que Jack est le descendant du Christ mais qu'il ne le saurait pas ?... Et vous croyez que je vais avaler ça ?...

— Oh non !... Je suis bien conscient que c'est un trop gros morceau ! Il va vous falloir du temps !... Du temps et des preuves !

— Ah ! Oui alors !... Et ce n'est rien de le dire !

— Il m'en a fallu aussi. Soixante ans, exactement ! Mais aujourd'hui il se pourrait bien que nous en approchions, de ces preuves !... Et c'est précisément pour ça que vous allez porter à Jack ce qu'il vous demande...

— Hum... Vous ne savez même pas ce qu'il a déjà récolté pour son bouquin sur Jeanne d'Arc, et vous voulez déjà le faire plonger dans une autre élucubration ?... Vraiment, Mr Braskowitz, vous savez que je vous respecte, mais il y a des moments où j'ai du mal à vous suivre...

— Je m'attendais à cette réticence de votre part, Meredith. Vous sortez les griffes parce que vous croyez protéger Jack d'une quelconque mégalomanie de ma part qui pourrait s'avérer contagieuse... Cela vous honore, croyez-le bien. Mais Tout ce que je vous dis est Vrai, et vous allez bientôt vous en rendre compte par vous-même... Que vous a demandé Jack, tout à l'heure au téléphone ?... D'aller à St-Rose fouiller les malles de son grand-père, n'est-ce pas ?...

— En effet. Comment le savez-vous ?

— C'est ce que j'aurais fait à sa place. La découverte qu'il est en train de faire le rapproche de son enfance. Il se rend compte qu'il est passé à côté de nombre de choses importantes qui lui avaient échappées jusqu'à maintenant. Et il compte sur votre sagacité pour faire le tri de ce qui est important ou pas car il a plus confiance en vous qu'en lui-même... Il a raison, c'est exactement pour cette même raison que je vous emploie comme secrétaire depuis douze ans... et je n'ai jamais eu à le regretter ! Vous allez donc faire exactement ce qu'il attend de vous... Rectification : ce que NOUS attendons de vous ! Fouillez ses souvenirs d'enfance, tous les papiers de son grand-père paternel, et aussi tout ce que vous pourrez trouver sur la famille de sa mère... Son père, lui, n'avait malheureusement pas la fibre très spirituelle.

— Comment savez-vous tout cela ?

— Je vous l'ai dit, Meredith : j'ai eu le temps d'en apprendre, des choses, au cours de toutes ces années d'enquêtes !... Ça ira bien plus vite pour vous. Allez ! Préparez-vous, vous avez un vol pour La Nouvelle-Orléans dans deux heures...

*

Surprises
De nos jours, St-Rose, 07 Mai 19h00 (heure de Louisiane)

En sortant de Louis Armstrong, l'aéroport de la Nouvelle-Orléans, Meredith se demandait encore pourquoi elle avait accepté d'y venir. La maison de bois des Dorlanes, inoccupée depuis quinze ans déjà après la mort du grand-père Bernt, avait dû subir les derniers outrages du temps, ceux de cyclones force 5. Il ne devait plus y avoir grand chose à fouiller et, si toutefois la maison existait encore, elle s'attendait à n'y trouver qu'une armée de squatters !...

Aussi fut-elle très surprise quand le taxi l'arrêta devant une vieille bâtisse coloniale plutôt pimpante et visiblement repeinte récemment. Elle crut un moment s'être trompée d'adresse. Mais non, c'était bien là, au numéro indiqué de River Road, tout près du Jefferson Memorial Garden. Elle vérifia que l'adresse de son agenda électronique était bien la même que celle figurant dans le vieux calepin qui traînait toujours au fond de son sac depuis des années... Oui, c'était bien la même... Donc c'était la bonne ! Mais il devait y avoir eu un changement qu'elle ignorait, peut-être même un changement de propriétaire ?... Ça n'était pas possible que Jack, toujours en manque de cinq cents pour faire un dollar, ait pu faire restaurer la maison sans même lui en parler...

Elle chercha une sonnette. Elle trouva une cloche, réplique flambant neuve de la Liberty Bell du Mayflower. Elle l'agita fermement.

Quelques instants plus tard, un jeune noir d'une vingtaine d'années vint à sa rencontre depuis le jardin de la maison voisine.

— Si vous cherchez le propriétaire, il n'y a personne, il n'est jamais là...

— Le propriétaire ? Vous le connaissez ?

— Pas personnellement, je ne l'ai jamais vu ici. Un certain Jack Dorlanes d'après ce que m'ont dit mes parents, mais il n'a pas dû venir depuis la restauration de sa maison, il y a au moins trois ans... Je n'ai jamais vu que son architecte...

— Son architecte ?... répéta Meredith étonnée...

— Oui, ou en tout cas son directeur des travaux... un vieux monsieur à cheveux blancs et lunettes rondes avec une barbichette à la Trotsky.

« Braskowitz ! pensa Meredith. Quel cachotier !... Et Jack, quel imbécile de n'être jamais être revenu la voir... Il serait surpris... »

— Et vous habitez ici depuis longtemps ? demanda Meredith au garçon.

— La maison voisine, depuis toujours. Mes parents sont nés ici. Nous avons dû partir après Katrina mais dès que les proprios ont fait réparer les dégâts, nous sommes revenus. C'est trop cool d'habiter ici, vous ne trouvez pas ?!

Meredith jeta un coup d'œil sur l'avenue bordée de grands arbres... sur d'innombrables bouquets de magnolias... sur les pelouses des habitations...

Sûr ! Ça changeait des rues encombrées de poubelles et de l'air pollué de New-York !

— Ça doit être sympa en effet... Alors, vous avez dû connaître l'ancien propriétaire, le grand-père de Jack ?

— Ça me dit quelque chose, mais je ne sais pas trop... ça fait longtemps qu'il est mort, non ?... J'étais trop jeune, il faudrait demander à mes parents... Eux, ils l'ont bien connu. Ma mère avait une clé pour faire son ménage...

— Formidable ! Et... elle l'a toujours, cette clé ?...

— Entrez ! Vous lui demanderez vous-même... La porte juste à côté, m'man doit être sous la véranda...

Meredith longea la haie sur quelques mètres et entra dans un jardin ombragé. D'énormes talles d'hibiscus rehaussaient de fleurs rouge vif le tapis vert d'une pelouse parfaitement tondue. Sous la véranda, une afro-américaine entre deux âges qui avait dû être belle dans le temps, le ventre débordant de ses jeans, se prélassait dans un fauteuil à bascule en agitant un éventail. Meredith songea à « Autant en emporte le vent » version moderne. Il n'y manquait que les violons et le vent dans les sassafras...

— Bonjour !

— 'jouw m'amzelle ! Quoi peut faiwe pou vous ?

« Mince, pensa Meredith... on parle encore créole par ici ! Il ne manquait plus que ça !... »

— Je m'appelle Meredith Chambers, je suis la secrétaire de Mr Braskowitz qui a restauré la maison voisine, celle de Jack Dorlanes, que vous connaissez certainement...

— Ah ça oui m'amzelle ! moi connais bien 'tit Jack... bwave gawçon. Moi faisais ménage pouw son gwand-pèwe avant Bawon Sam'di emmène lui... bwave homme aussi... Be'nt on l'appelait...

— Bernardt, oui c'est bien ça... confirma Meredith. Je ne l'ai hélas pas connu personnellement, mais je connais bien Jack, dit-elle, sortant de son sac une photo les montrant tous deux enlacés sur les rives de l'Hudson...

— Toi êtwe heuweuse, m'amzelle ! Jack bon gawçon ! Lui faiwe bon mawi !

— Je sais.. Je sais... Il est en France actuellement et je viens chercher des documents qui doivent se trouver dans une malle au grenier... Est-ce que par hasard, vous auriez toujours la clé ?

— Je veux, m'amzelle Mewedith ! moi l'a toujouw... Qui s'occupewait de la maison ?... Papa Bwaskowitz confié moi ce twavail et suis fièwe !... C'était un gwand homme, Be'nt Dowlanes, ça fait plaisi' moi de pawler lui... Bon, moi chewché clé pou toi... la wapo'ter apwès ?

— Oui oui, bien sûr, je vous la ramènerai demain. J'en ai probablement pour quelques heures. Vous connaissez un hôtel pas loin ?

— Pas besoin hôtel !... y en a lit pouw dowmir... Moi faiwe ménage... demain matin 'ti déj' pouw toi !

— Formidable ! Je n'en demandais pas tant... Mais excusez-moi, je suis impardonnable : je ne vous ai pas demandé votre nom ?...

— Simona... Simona Deswoches... avec un ewe...

Cachant mal sa surprise, Meredith la fit répéter ...

— Simona Desroches ?... c'est bien ça ?

— Pawfaitement m'amzelle ! Autwefois, not' maît' était fwançais...

— Je comprends mieux certaines choses... Merci beaucoup Simona. Vous êtes adorable, et vous m'avez été d'un grand secours. À demain !

— À demain m'amzelle...

*

Meredith coupa par la pelouse sans barrière des jardins mitoyens qui s'étendaient entre les deux propriétés. Visiblement les anciens occupants devaient être des amis, voire une seule et même famille...

Elle glissa la clé dans la serrure et entra.

La maison respirait l'aisance mais sans luxe exubérant. Elle correspondait exactement à l'idée que Meredith se faisait d'une maison du Sud profond : ni trop clinquante comme ces immenses résidences de planteurs nouveaux riches aux hautes pergolas à colonnes grecques et escaliers intérieurs hollywoodiens à double volée qui bordent les Keys, ni la miteuse cabane de bayou pour demi-sauvage trafiquant l'alcool de bois, mais juste entre les deux : une spacieuse maison de famille, ni trop grande ni trop petite, où l'on se sentait tout de suite à l'aise. Contrairement aux habituelles american houses où l'on entre de plain-pied dans le living, un large vestibule « à la française » se prolongeait d'un couloir qui distribuait une vaste cuisine et un office muni d'une série de sonnettes pour appeler les domestiques qu'elle avait dû avoir autrefois, un grand salon, un élégant bureau et trois chambres. Un escalier de palissandre, sobrement ouvragé mais suffisamment large pour descendre à trois de front, menait à l'étage où l'on trouvait encore trois autres chambres. Une échelle de meunier menait de là au grenier. La construction en remontait sans doute au XIXe, probablement juste avant ou après la Guerre de Sécession, mais, malgré le cyclone Katrina, on l'aurait crue encore dans son état d'origine. Le père Braskowitz avait vraiment bien fait les choses !

Meredith trouva le compteur électrique sous l'escalier. Visitant les pièces une à une, elle se décida pour une chambre du rez-de-chaussée. Elle ôta les housses couvrant fauteuils et table basse, et entreprit de faire le lit avec des draps et couvertures trouvés dans l'armoire... Une armoire normande, ou bretonne, elle ne savait pas bien, mais française en tout cas, dont les portes grinçantes s'ouvrirent sur des piles de linge de maison parfaitement pliées et rangées au cordeau qui lui rappelèrent l'armoire à linge de sa grand-mère...

Meredith l'avait trop peu connue mais cette façon de plier les draps au centimètre pour qu'ils présentent tous le même pli en façade de la pile, avait marqué son regard d'enfant... Elle sourit intérieurement. Ici au moins, les traditions ne s'étaient pas perdues...

Ayant préparé son lit, elle allait monter au grenier lorsque la cloche sonna. C'était Simona qui lui apportait un en-cas.

— J'auwais dû y penser tout-à-l'heuwe... tu dois avoiw faim mamzelle Meredith ?... J'ai pwépawé bon Jumbalaya pouw le dîner. Voilà assiette pouw toi.

— C'est trop gentil, il ne fallait pas Simona...

— Non non, ça nowmal mamzelle Mewedith ! J'ai weçu des o'dwes... Le bon papa Bwaskowitz me paie pouw ça...

— Le père Braskowitz vous paie ?... Pour l'entretien de la maison et le reste ?

— Depuis twois ans, deux cent piast'es le mois, oui mam'zelle Mewedith... Il m'avait dit qu'un jouw ti' Jack weveni'... Mais ti' Jack et toi mamzelle, c'est paweil non ? L'a dit aussi, papa Bwaskowitz... Allez, bon appétit mamzelle Mewedith... À demain ! Si tu as besoin tu sonnes dans la cuisine...

Meredith n'en revenait pas. Non seulement le père Braskowitz avait, de ses deniers, fait restaurer la maison des Dorlanes, mais il en payait l'entretien...

« Si ça se trouve, pensa-t-elle, il a même fait restaurer la maison voisine des Des Roches ?... » Décidément, elle n'en croyait ni ses yeux ni ses oreilles ! Elle qui suivait tous les comptes de la Maison d'Édition et qui croyait le vieux pingre comme un écossais, il ne cessait de la surprendre depuis cet après-midi... Tout ça avait dû lui coûter une fortune ! Pas étonnant qu'il regardait toujours au dollar près... Mais pourquoi se donnait-il toute cette peine pour un étranger ? Jack n'était qu'un de ses auteurs, il n'était pas de sa famille, ni son fils, ni son neveu !... Pour dépenser une telle fortune, fallait-il qu'il se sente vraiment redevable envers ce Des Roches, rencontré il y avait près de soixante-dix ans... Soudain, elle se rendit compte qu'elle ne connaissait pas du tout l'homme avec qui elle passait toutes ses journées depuis douze ans dans un bureau miteux du septième étage d'un vieil immeuble de Brooklin, mais se sentit remplie de gratitude envers lui... Et il avait été capable de cacher cette générosité pendant tant d'années ?... Quelle incroyable modestie !

En tous cas, une chose était certaine : visiblement, lui, vieux mécréant comme il disait, croyait dur comme fer à cette histoire... Jack serait-il vraiment un descendant de cette « sacrée famille » ?...

Meredith jeta un coup d'œil à sa montre. Vingt-deux heures en Louisiane, quelle heure pouvait-il être en France ?... Deux, trois heures du matin ? Elle ne savait pas au juste. À cette heure là Jack devait dormir... Il lui manquait vraiment, et surtout elle avait hâte de partager avec lui cette incroyable nouvelle de la restauration complète de sa maison familiale... Elle se promit de l'appeler à la première heure le lendemain matin. Le mieux pour l'instant était d'aller se coucher.

Elle prit pourtant le temps de monter au grenier voir un peu si les vieilles malles contenant les affaires de Bernt étaient encore là... Elles y étaient. Méredith ne résista pas à la curiosité !

Mais les malles, elles, résistèrent !... Deux malles de voyage anciennes, probablement en bois sous le cuir vieilli, bombées et cerclées de renforts métalliques qui, à en juger par leur âge avancé, avaient visiblement moins souffert du cyclone Katrina que de leurs nombreux voyages antérieurs. Elles offraient à sa sagacité deux serrures énigmatiques... Les loquets de droite et de gauche, respectivement marqués des initiales « N » et « G » dont Meredith se demanda à quel membre de la famille Dorlanes elles pouvaient bien correspondre, n'opposèrent aucune difficulté, mais quant à leur serrure centrale ce fut une autre paire de manches...

C'était un genre de cadenas intégré, à huit molettes, comportant uniquement des lettres de l'alphabet. Et Meredith n'avait pas le code ! Elle repensa à ce qu'elle savait de Bernt. Bien peu de choses en vérité. À la réflexion, Jack ne lui avait parlé de son grand-père qu'en de très rares occasions.

« Voyons, se dit-elle... C'était un cajun, un militaire, et ancien planteur de coton reconverti dans le funéraire... Qu'est-ce que je mettrais comme code si j'étais à sa place ?... »

Elle essaya sans succès des dizaines de combinaisons, s'usant les doigts à tourner les molettes des centaines de fois... Au bout du compte, elle avait les empreintes lisses et la pulpe des premières phalanges en lambeaux, elle tombait de sommeil, mais aucune serrure ne céda. Elle décida d'aller se coucher. Demain il ferait jour !

*

Meredith se leva de très bonne humeur. Une bonne douche et le café fumant que lui apporta Simona lui firent rapidement reprendre ses esprits. Elle avait dormi comme un bébé... Enfin presque, elle aurait dormi comme un bébé si ça n'avait été ces sons atroces entendus durant la nuit... comme quelqu'un qui aurait hurlé tout doucement dans la maison... Elle s'était relevée, avait vérifié les fermetures mais bien sûr n'avait trouvé personne... D'ailleurs, était-il possible de « hurler tout doucement » ?... Et puis, elle était trop fatiguée du voyage et des émotions pour y prêter attention, et en fin de compte elle avait fini par se rendormir rapidement. Pourtant ce matin, elle ne pouvait se départir du sentiment étrange d'avoir été observée... « La maison serait-elle hantée ?... se demanda-t-elle avant de se raviser... Bah ! C'est ridicule ! Nous ne sommes pas en Écosse ! »

— Dites-moi Simona, ma question va vous paraître bizarre sans doute mais... quelqu'un ici est-il mort violemment ?

— Ah dame oui, mamzelle Mewedith ! Gwand'pa Dowlanes il y a quinze ans est mowt d'une cwise cawdiaque, mais surtout beaucoup de gens mouwiw ici pendant la guewwe de Sécession... Beaucoup de membwes de la famille Deswoches et de la famille Dowlanes. Eux pas esclavagistes, mamzelle, eux bons maîtwes, beaucoup d'amis nowdistes... Eux bons blancs, mais Ku Klux Klan faiwe eux beaucoup misè', mamzelle Mewedith... Oui... Beaucoup misè'...

— Et certains ont été torturés, n'est-ce pas ?...

— Ça c'est vwai mamzelle, oui towtuwés... on peut le diwe ! Et puis mis en cwoix, et bwûlé cwoix mamzelle ! Pas bon la guewwe !

— Mis en croix et brûlés ?!... Vous avez raison Simona. Pas bon la guerre ! Mais dites-moi, vous-mêmes et votre famille vivez ici depuis longtemps ? Je veux dire... Vous avez toujours été là ?

— Famille Deswoches toujouws là depuis le gwand déwangement, en dix-sept cent et quelques... Nous sewvi' famille Deswoches depuis... Ouh ! sais plus combien de généwations... Famille Dowlanes venue apwès... bien apwès... peut-êtwe 1850, juste avant la guewwe avec les Nowdistes...

— Je vois... Si bien que depuis plus de cent cinquante ans les deux familles vivaient côte à côte...

— Pas les deux familles, mamzelle Mewedith, pas deux familles... une seule famille !... deux bwanches du même a'bwe... Eux ancêtwes communs...

— Ah bon ?... Je comprends mieux... Et, dites-moi... Je sais que Jack est fils unique mais est-ce que vous savez si les Dorlanes avaient eu des enfants plus nombreux aux générations précédentes ?

— Oui, mais guewwes en ont tué beaucoup. Un seul suwvivant apwès la Sécession. Cinq fils, mais 14/18 en Euwope en tué quat'. Gwand'papa de Be'nt resté seul, mawié une Deswoches. Une fille et deux fils, les deux tués à leu' touw en 44 à Manille. La fille Jane êtwe maman de Be'nt. Lui dewnier descendant des Dowlanes et des Dewoches en Améwique... A épousé Maïjane Krzyż, une polonaise. Le fils John, le papa de Ti'Jack a mawié iwlandaise, Johanna, et depuis nous plus de maîtwes... sauf si Ti'Jack reveniw... Peut-êt'e encowe d'autwes Deswoches en Euwope ?... Je sais pas...

— Je crains hélas qu'il n'y en ait plus... dit Meredith. Du moins de ce nom. Le dernier fut un ami de papa Braskowitz.

— Ah bon... s'attrista Simona. Puis, pensive : Quoi nous faiwe après ? Où aller ?... Papa Bwaskowitz bien vieux déjà, lui mouwi' bientôt... Nous toujouws habité là...

— Ne vous inquiétez pas Simona. Je suis sûr qu'il y a déjà pensé...

— Lui homme bon ! Nous toujouws eu la chance de sewvi' bons maîtwes... Dieu les bénisse tous !

Meredith sourit :

— Je crois qu'ils sont déjà bien servis de ce côté là, s'amusa-t-elle... Dites-moi encore, Simona, vous croyez en Dieu ?

— Ah oui ! mamzelle Meredith. Toute ma famille chantait à l'église tous les dimanches avec familles Deswoches ou Dowlanes...

— Et à quelle église alliez-vous ?

— Anglicane, pawoisse de Saint-Jean... pouwquoi ?

— Pour savoir, pour faire connaissance... je pensais juste à quelque chose... Et cette église, elle a toujours le même prêtre qu'à l'époque de Bernt ?

— Non, maintenant c'est un jeune. Il y en a eu deux depuis, mais le vieux pèwe Chawtwain toujou's vivant, il est à Saint-Jean Baptiste, la maison de wetwaite au bout de Almedia Woad. C'est à deux pas.

— Le père Chartrain dites-vous ?... Maison Saint-Jean Baptiste, Almedia Road ?... traduisit Meredith... Je vous remercie Simona. Je crois que je vais aller me promener un peu ce matin...

*

Le père Chartrain était un vieil homme de plus de quatre-vingt-dix ans mais un lève-tôt, l'esprit clair et encore solide. Meredith le trouva sur un banc du parc à l'ombre d'un pin parasol, faisant sa lecture matinale du journal local.

— Père Chartrain ?

— Oui, c'est moi... Bonjour Madame... Que puis-je pour vous ?

Meredith fit un pieux mensonge :

— Je m'appelle Meredith Chambers, je suis la secrétaire d'un éditeur New-Yorkais. Nous réunissons les éléments d'un livre sur un personnage que vous avez bien connu, un de vos anciens paroissiens, Mr Bernt Dorlanes... Ce nom vous dit-il quelque chose ?...

— Bernt ?! Ce cher vieux Bernt ! Je pense bien que ça me dit quelque chose ! Il est parti là-haut il y a une quinzaine d'années... fit le vieux prêtre en montrant le ciel.

— Nous le savons. Son petit-fils Jack est l'un de nos auteurs. Mais il n'a pas beaucoup vécu ici, il est parti très jeune pour New-York avec son père, le fils de Bernt...

— Le petit Jack ? Oui oui... Je me souviens bien de lui... Un gamin assez calme et très observateur... Comment va-t-il ? Qu'est-il devenu ?

— Il va très bien, il est journaliste et romancier. Il se cherche encore un peu en tant qu'écrivain, mais il a beaucoup de talent. Son prochain livre devrait faire parler de lui.. Mais parlons plutôt de son grand-père Bernt, s'il vous plaît...

— Bernt ! Ce vieux Bernt !... Que de souvenirs vous faites remonter en moi... Ah, c'était un drôle de paroissien !...

— Ah bon ? Et qu'avait-il donc de si particulier ?

— Chère Madame... commença le vieux prêtre...

— Mademoiselle, mon père.

— Chère Mademoiselle, reprit-il, cet homme était extraordinaire ! Non seulement un héros de la seconde guerre mondiale dont il a eu, lui au moins, la chance de revenir, mais un humain exceptionnel ici même, chez lui, en tout cas dans sa paroisse...

— Racontez-moi ça !

— C'est une longue histoire...

— Je ne suis pas pressée...

— Soit ! Alors, voilà. Sans trahir de secret de la confession, je peux dire qu'il était très... particulier !... Je n'ai jamais connu un chrétien comme ça ! Il avait, si l'on peut dire, sa religion à lui !

— Qu'entendez-vous par là ?

— J'entends par là qu'il vivait, comment dire... pour le service des autres... Mais entendez-moi bien ! Pas comme un moine ou un serviteur de Dieu, ni encore moins comme un fonctionnaire ! Il était vingt-quatre heures sur vingt-quatre tourné vers les autres, en permanence... Toujours prêt à rendre service, à payer de sa personne ou parfois même de ses deniers personnels pour arranger un voisin, pour l'emmener à la Nouvelle-Orléans, pour en rapporter des courses, des médicaments... et du point de vue professionnel, pareil !... Oui, il avait un petit funérarium en centre ville de New-Orleans... je ne vous parle pas des très nombreuses inhumations et funérailles qu'il avait la générosité d'organiser gratuitement pour les familles les plus démunies... Un bien saint-homme en vérité... Oui, un saint-homme !...

— Vous m'en faites en effet un portrait sympathique, mais avoir de la compassion et de la générosité n'en fait pas un homme d'exception... Nombre de bons chrétiens ordinaires font de même...

— C'est vrai. Quand je dis extraordinaire, c'est à cause d'un incident particulier, dans les années 60, lors de l'attentat qui coûta la vie à Kennedy... Il aimait beaucoup cette famille, et c'est à ce propos que j'ai compris pourquoi... Bernt était évidemment un Démocrate. Lorsqu'il apprit cet horrible crime par la télévision, nous étions ensemble chez lui... Il se mit à pleurer comme un gosse, à chaudes larmes, en clamant que l'Antéchrist était né en Amérique !... J'ai tenté de le calmer, mais c'était une vraie fontaine. Je n'avais jamais vu un homme pleurer comme ça !...

Enfin, au bout d'un moment, il s'est repris et m'a expliqué : D'après lui, la famille Kennedy que tout le monde croit d'origine irlandaise était en fait apparentée aux rois d'Écosse depuis le moyen-âge... Selon lui, il y aurait même eu un Kennedy compagnon de Jeanne d'Arc au Siège d'Orléans ! C'est en vérité une famille noble depuis des générations et, toujours selon Bernt, certains de ses membres figurèrent parmi ces fameux Chevaliers popularisés par ce best-seller mondial paru il y a quelques années...

— Les Templiers du Da Vinci Code ? Oui oui, je m'en souviens... Mais quel rapport avec Bernt Dorlanes ?

— Attendez la suite ! Bernt m'a alors appris que depuis le Moyen-Âge les familles Dorlanes et Kennedy avaient longtemps suivi des destinées parallèles, jusqu'aux guerres de religions qui ont embrasé l'Europe. Si je me souviens bien de ce qu'il m'a raconté, la famille Dorlanes avait dû s'expatrier en Allemagne et les Kennedy en Irlande. À partir de là, elles se sont perdues de vue et chacune a suivi son propre chemin jusqu'à ce qu'elles se retrouvent par le plus grand des hasards toutes deux en Nouvelle Angleterre, sur l'île Saint-Jean, peu de temps avant la Guerre d'Indépendance. Mais leurs chemins se séparèrent à nouveau avant de les rassembler plus tard toutes deux sous le drapeau américain : Les Dorlanes en Louisiane et les Kennedy à Boston, mais leur différence de fortune les avait toutefois éloignées. Quand le clan Kennedy est reparu sur la scène politique mondiale, Bernt Dorlanes a vraiment cru (et il ne fut pas le seul !) que le monde allait changer !... Qu'on irait dans la lune et que l'Amérique allait exporter sa démocratie au monde entier et que la paix régnerait pendant des siècles...

Hélas, on sait ce qu'il en est advenu !... On est allé dans la lune en effet mais, aussitôt le successeur de JFK en place à la Maison Blanche, la guerre du Vietnam s'est durcie comme jamais !... Le lobby des fabricants de bombes et d'armes de toutes sortes a dominé la politique hégémonique américaine pour des décennies et quasiment jusqu'à aujourd'hui... Dans un sens, Bernt avait raison... L'Antéchrist est bien né aux USA dans les années soixante...

— Bah ! Ça prouve que les Dorlanes sont d'une vieille famille démocrate, mais ça ne fait toujours pas de Bernt un homme exceptionnel, mon père...

— Vous avez raison... Je me suis laissé emporter par mon admiration pour lui. Mais il y a autre chose, de plus étrange... Surtout pour un prêtre comme moi, et je dois confesser que j'en suis encore troublé rien qu'à l'évocation de son souvenir...

— Et quoi donc ?...

— Bernt était en quelque sorte un « voyant »... Et j'oserai dire peut-être même un prophète... Il avait plusieurs fois prédit des événements à venir, notamment des ouragans, prédictions qui ont sauvé du désastre et peut-être même de la mort de nombreux habitants de Saint-Rose !... C'est arrivé à plusieurs reprises durant sa vie... Il m'a confié que cette faculté de prémonition était probablement ce qui lui avait évité de mourir à la guerre... S'il avait encore vécu en 2005, je suis sûr qu'il nous aurait prévenus de l'ouragan Katrina plusieurs mois avant... Et nous l'aurions cru parce qu'il ne s'était jamais trompé !

— Comment faisait-il cela ? Pratiquait-il l'Astrologie ou faisait-il tourner les tables ?

— Je ne peux l'affirmer. Il connaissait fort bien l'Astrologie ancienne mais la savait décalée des connaissances astronomiques modernes. Non, je ne pense pas qu'il s'en soit servi. Il avait plutôt, comment dire... des « visions »... oui, c'est ça, des visions. Elles lui venaient d'un coup dans la conversation ou pendant son sommeil... Vous savez, un peu comme ce fameux photographe... Comment s'appelait-il déjà ?...

— Vous voulez sans doute parler d'Edgar Cayce[1] ?

— C'est ça même ! Eh bien, Bernt avait ce même genre de talent... oserai-je dire, divin ?... Oui c'est cela, divin, car il s'agit bien de « divination » !... Inadmissible pour un chrétien au moins autant que pour un scientifique, ça remet trop de choses en question ! Et pourtant, j'en fus le témoin ! C'est pourquoi je dis que Bernt était un « drôle de paroissien »...

— Et malgré tout, vous étiez son ami ?...

— Vous pouvez le dire, oui, nous étions amis... Ce don particulier gênait bien un peu ma conception personnelle, mais comment ne pas être ami avec

---

1 *Edgar Cayce fut un grand « voyant » américain du début du XXᵉ siècle. Simple photographe, il avait l'étrange capacité de dicter de stupéfiantes prescriptions médicales au cours d'un sommeil hypnotique dans lequel il était capable de tomber par auto-suggestion. Il fut et reste considéré comme le « prophète dormant ». Il a également énoncé des milliers de « lectures ». Une fondation en Virginie lui est consacrée qui conserve ses écrits : « Association for Research and Enlightment » concernant l'Atlantide, l'Égypte ancienne, et la religion.*

un type qui pratique mieux que vous-même la charité chrétienne ?... Surtout quand on est prêtre, n'est-ce pas ?... Par certains côtés je le considérais parfois comme un hérétique, mais il faisait tellement de bien autour de lui qu'on ne pouvait que lui pardonner sa tête de mule face aux rites ou au catéchisme... Comme vous voyez, c'était vraiment un bonhomme extraordinaire....

— En effet... Et vous qui l'avez bien connu, que croyez-vous qui l'ait vraiment marqué dans sa vie ?... un événement... un personnage...

— Difficile question !... Je dirais peut-être la Seconde Guerre Mondiale... oui, sans doute, je l'ai connu avant et après, et c'est ce qui l'a le plus marqué... Surtout la bataille des Ardennes où il a perdu de nombreux amis à Bastogne... Il était d'autant plus ému d'en parler que le berceau de sa famille se trouvait à Arlon, tout près de là, et qu'ils y sont passés avec la IIIe Armée de Patton sans avoir le temps de s'y arrêter... Ah ! Tenez, Patton !... avec Charles de Gaulle et le Général Leclerc, voilà encore trois personnages qu'il admirait beaucoup et avec qui « il partageait certaines valeurs », disait-il... Mais je n'ai jamais su lesquelles.

Meredith se leva.

— Je vous remercie, mon père. Cet entretien m'a vraiment éclairé sur le personnage... Je suis presque sûre que son petit-fils Jack ne connaît pas la moitié de ce que vous venez de me dire...

— C'est bien possible ! Nous avons passé des heures et des heures ensemble. Le privilège de l'amitié. Je pourrais passer des jours à évoquer cet homme...

— Je vais vous laisser mon père, je ne voudrais pas vous fatiguer. Mais avant de vous quitter, un dernier mot peut-être ? Quelque chose qui le définirait ? Une devise éventuellement, puisqu'il était apparemment de souche noble ?

— Une devise ?... je ne sais pas... Ah oui ! Il y a quelques mots qui revenaient souvent dans sa bouche. Une expression latine. « Non nobis Domine... quelque chose »... Mais je ne saurais plus vous dire quoi...

— Non nobis Domine... ce qui veut dire ? Désolée mais je ne pratique pas le latin...

— Vous devriez, chère mademoiselle ! Ça signifie : « Pas pour nous Seigneur... »

— Pas pour nous Seigneur ?... N'est-ce pas la devise des Templiers dont vous parliez à propos du Da Vinci Code ?

— Ah oui, ça se pourrait bien... J'ai la mémoire qui me joue des tours vous savez. Mais vous avez raison, ça doit être ça : « *Non Nobis Domine Non Nobis Sed Nomini Da Gloria Tuam* »

— Permettez que je note ?... Merci, mon père. Vous me faites bien avancer... Voyez-vous autre chose à me dire sur ce si sympathique personnage ?...

— À vous dire, non... Mais je vais vous faire un cadeau !

— Un cadeau ?

— Oui... Oh, pas moi en fait, c'est une chose qu'il m'avait confiée avant sa mort afin de la remettre à son petit-fils Jack. Je ne suis d'ailleurs pas autrement surpris de votre visite car il m'avait prédit que ça pourrait être une tierce personne qui s'en charge... Quand je vous disais qu'il était voyant !...

Il attachait visiblement le plus grand prix à cet objet. Mais Jack n'est jamais revenu par chez nous et je me fais bien vieux... Accompagnez-moi donc jusqu'à ma chambre, Mademoiselle Meredith, mes vieilles jambes ont de plus en plus de mal à me supporter seules...

— Avec plaisir, mon père.

Meredith soutint le vieux prêtre jusqu'à son petit logement privé dans la résidence. Il ferma la porte derrière eux et ouvrit un buffet double corps à la partie supérieure vitrée lui servant de bibliothèque. Il en sortit un petit coffret sculpté, en bois d'acajou lustré par les ans et l'encaustique, dont il fit jouer la serrure.

— Voilà, dit-il !... Ah ! Je vous avais prévenue, c'est vraiment peu de chose... mais ça m'a l'air ancien...

Meredith ouvrit le couvercle et de grand yeux ! Dans le somptueux écrin intérieurement recouvert de velours rouge reposait sur un support en berceau un authentique parchemin roulé et scellé d'un cachet de cire, rouge elle aussi.

— Je ne l'ai jamais décacheté, s'empressa d'ajouter le vieux prêtre. Il reviendra à Jack de le faire, Bernt m'avait prévenu... Mais ce n'est pas tout !...

Le vieil homme sortit le parchemin et découvrit au fond du coffret un petit compartiment dont il ôta le couvercle. Apparût alors une fine bague en or ornée d'un camée présentant en intaille le même sceau. Meredith se saisit de la bague et examina le scellé sur le parchemin. Aucun doute, l'empreinte était concordante... Une empreinte emprisonnant dans la cire deux fins cheveux bruns[2] enroulés sur eux-mêmes, et qui figurait une épée nue pointe en l'air et couronnée, entre deux fleurs de lys... Les Armes de Jeanne d'Arc !

« Comment est-ce possible ?!.. » murmura Meredith.

*

Mobilisation des chaussettes à clous
De nos jours, Paris, 07 Mai 19h00, place Beauvau

Le Chef de Cabinet du Ministre de l'Intérieur et des Cultes claqua derrière lui la porte de son bureau et, longeant d'un pas rapide l'immense couloir qui

---

2 *Selon l'usage du temps, on noyait parfois quelques cheveux dans la cire des cachets pour authentifier le document scellé. Voir en notes annexes les indices historiques démontrant que Jeanne était brune.*

faisait le tour de l'escalier d'honneur, entra sans frapper dans les locaux du Service des Renseignements Généraux. À cette heure là, rares étaient les fonctionnaires de permanence qui n'étaient pas sortis à l'extérieur prendre un apéritif au bar du Bristol. C'était un peu leur cafétéria, une cafétéria de luxe mais ils y apprenaient souvent des choses intéressantes... L'inspecteur Lambert était seul devant la machine à café. Le Chef de Cabinet interpella son subordonné assez sèchement :

— Lambert, le Commissaire Berléant est là ?

— Ah non, Monsieur le Chef de Cabinet, bafouilla Lambert en avalant la gorgée de café trop chaud, il est au Bristol. Voulez-vous que je l'appelle ?

— Les autres y sont aussi, je suppose ?... continua le Chef de Cabinet sur le même ton...

— Euh... Oui Monsieur. Mais si vous voulez, je les bippe immédiatement.

— Chez le Ministre ! Tout de suite !

Cinq minutes plus tard, trois des principaux flics de France étaient au garde-à-vous dans le bureau du Ministre : Berléant, Commissaire Principal de la DCRI, Lambert, Commissaire adjoint, et l'inspecteur Bernier.

— Qu'est-ce que c'est que ce bordel, Messieurs ? Pourquoi vous paie-t-on, dites-moi ? Il faut que ce soit par un réseau de Francs-maçons que j'apprenne ça ?... dit-il en tendant un feuillet au Commissaire Berléant.

Le Principal eut un temps d'hésitation. Il lut et relut le mémo : « Le Commissaire Principal André du Commissariat d'Orléans a demandé l'identification d'un numéro de téléphone en Belgique classé confidentiel correspondant au bureau d'une organisation que nos services surveillent depuis la fin de la seconde guerre mondiale, qui se revendique héritière du Temple et soupçonnée de prosélytisme sectaire... »

— Excusez-moi Monsieur le Ministre, mais nous connaissons cette organisation depuis longtemps... Elle n'a jamais causé aucune difficulté de ce genre. Il serait temps de mettre nos fiches à jour !

— Et l'alerte de ces dernières semaines sur le Val de Loire... Orléans... une organisation sectaire... ça ne vous suffit pas, Berléant ?... Mais qu'est-ce que vous foutez encore là, Nom de Dieu ! Vous devriez déjà être partis !

— À vos ordres, Monsieur le Ministre !...

Les trois hommes sortirent du bureau et, ayant téléphoné à leurs épouses respectives pour signaler qu'ils ne rentreraient pas ce soir ou très tard, montèrent en voiture, direction Orléans...

— Quel foutu métier nous faisons, et quel foutu pays, où même un Commissaire Principal ne peut plus demander un renseignement sans être aussitôt signalé... Cette obsession de l'ultra-sécuritaire frise la paranoïa, ça finit par devenir pesant ! Qui nous dit que nous-mêmes à la DCRI ne sommes pas également écoutés par d'autres services encore plus secrets ?...

Le Commissaire Berléant, contre tout usage et prescription réglementaire, avait son franc-parler. Ses hommes étaient habitués à l'entendre grogner contre l'excès de zèle bureaucratique. C'était d'ailleurs pour ça qu'ils lui faisaient confiance. Cette affaire allait probablement les amener à passer une nuit blanche et rien de plus...

Lambert le reprit :

— Bah, ce n'est peut-être pas si bête après tout ? Toi qui as l'air de la connaître depuis longtemps, c'est quoi cette secte ?...

— Ce n'est pas une secte... Tout juste une société philosophique qui s'intéresse à l'histoire. Elle n'est d'ailleurs pas répertoriée officiellement au catalogue des sectes et on n'a jamais rien pu lui reprocher...

— Elle est pourtant liée au Temple, tu l'as dit toi-même tout-à-l'heure... Cet Ordre du Temple a déjà fait parler de lui !... Mieux vaut ne pas attendre de découvrir vingt morts carbonisés dans une villa comme en Suisse ou au Canada...

— Ne confonds pas tout, Lambert ! Des sociétés secrètes faisant référence à l'Ordre du Temple, il y en a des centaines. On les connaît. Celle dont tu fais mention se faisait appeler « l'Ordre du Temple Solaire ». La différence de terminologie est sans doute trop subtile pour une brute épaisse comme toi, mon cher Lambert, mais pour autant qu'on sache, hormis quelques oripeaux folkloriques effrontément usurpés par les membres, il n'y a strictement jamais aucun rapport entre cette funeste mascarade et l'organisation dont nous parlons.

— Merci pour la brute épaisse, chef ! Je ne suis pas comme toi féru d'histoire antique ! En fait de temples, je ne connais que les églises protestantes ou les temples égyptiens, mais je ne demande qu'à me cultiver...

— Allez Lambert, je blaguais... Tu sais bien que je ne le pense pas, sinon tu ne serais pas là. Mais c'est vrai que tu as quelques lacunes sur ce sujet...

Malgré les déguisements et les rites, ce soi-disant « Temple Solaire » n'avait rien à voir avec l'ancien Ordre du Moyen-Âge. C'était une invention de quelques escrocs mythomanes qui sont parvenus à embarquer dans leur délire mystique quelques poignées de doux rêveurs. Si possible des doux rêveurs friqués comme il se doit de toute secte digne de ce nom. Cette organisation là, oui, elle était sectaire, et nous la surveillions de près à l'époque mais il s'est produit des choses bizarres... des interférences avec le monde politique parisien... C'est toujours extrêmement délicat de marcher sur des œufs et au bout du compte, nous nous sommes fait avoir nous aussi : deux de nos hommes infiltrés ont trouvé la mort dans ces suicides organisés. Et les millions de dollars détournés ont disparus mais nous ne saurons probablement jamais dans quelles poches ils sont tombés ni qui était vraiment derrière cette affaire... À mon avis, du très gros gibier, et peut-être même des services spéciaux, français ou étrangers qui n'ont pas fait dans le détail !...

— Des services français ? Tu penses à qui ?

— Oh, alors là ! Ne comptes pas sur moi pour donner des noms ! Je tiens encore à ma peau et tout le monde n'est pas mort dans les flammes...

— OK, c'était donc autre chose... Mais comment fais-tu la différence ?

— C'est très simple. Je vais prendre une référence biblique pour t'expliquer : « On reconnaît l'arbre à ses fruits ! »

— Oui... et alors ?...

— Et alors, l'organisation dont nous parlons et qui a son siège en Belgique depuis Napoléon III, n'a jamais grugé ni fait flamber personne. Ce serait plutôt le contraire puisque, au Moyen-Âge, ce sont ses Grands-Maîtres que déjà le pouvoir de l'époque a brûlés, alors qu'eux-mêmes avaient sauvés des flammes de nombreux Cathares... Cette organisation-là est discrète, elle ne se livre à aucune cérémonie secrète ni rites incompréhensibles. Ces gens perpétuent une tradition, oui, avec un adoubement très codifié, mais chez eux ce n'est pas son niveau de fortune qui fait qu'un nouveau venu devient Chevalier en huit jours. Ce n'est qu'après une longue période d'observation, il faut des années, parfois presque une vie entière de dévouement au service de leur fraternité... Et ça pour moi, ça change tout ! Les Templiers sont un peu des moines, ne l'oublions pas. Ce n'est pas le décorum qui compte pour eux, c'est l'état d'esprit.

— Un peu comme les scouts ou les religieux alors ?

— Un peu, en effet... J'oubliais que tu avais été scout, Lambert...

— Lambert, tu as été boy-scout ?... Toujours prêt alors ?... se moqua Bernier.

— Oh ça va hein !... Oui, j'ai été boy-scout et je ne le regrette pas ! J'en connais d'autres, qui ont fait le petit séminaire et qui ne s'en vantent pas ! N'est-ce pas Bernier ?...

Bernier se rebiffa :

— Ce n'est pas pareil ! Dans nos petits bleds en Bretagne, on n'avait que ça, des écoles religieuses...

— Arrêtez tous les deux ! Un curé et un boy-scout ça devrait s'entendre, non ?... On est où là ?... Étampes... 'tain ! Encore soixante-dix bornes !... Je sais bien que le budget est en diminution mais tu aurais dû prendre l'autoroute, Lambert !... Appuie un peu ! Je ne tiens pas à coucher là-bas !

— Appuie, appuie... Je veux bien moi, c'est cette bagnole qui ne veut pas ! À ne tourner toujours que dans Paris, elle n'a jamais été débridée !

*

Du Ciel tombe la Foudre
De nos jours, Orléans, 07 Mai 22h00, tribune d'honneur

Le plus gros de la fête, la traditionnelle procession serait pour le lendemain huit Mai. Ce sept au soir, la nuit était tombée maintenant depuis près d'une heure sur la foule massée sur les trottoirs, derrière les barrières de sécurité. Face au parvis de la cathédrale, d'immenses gradins spécialement dressés pour les touristes et visiteurs de marque leur avaient permis d'admirer en guise de mise en bouche un défilé de musiques militaires suivies des scouts, de quelques fanfares étrangères et de personnalités locales en costume de ville... Le lendemain nos modernes édiles seraient transformés en Bourgmestre et Échevins en costumes d'époque, mais pour l'heure, alors que les fanfares allaient un peu plus loin éclater leur bel ordonnancement de parade, les personnalités qui s'étaient arrêtées aux marches du parvis prenaient place maintenant dans la tribune d'honneur pour la cérémonie de « Remise de l'Étendard »...

Juste à côté, la manécanterie de la cathédrale, bien alignée derrière ses micros, se préparait à entonner le traditionnel hommage chanté à Jeanne : « L'hymne à l'Étendard », dès que Maire et Évêque auraient terminé allocution et homélie successives...

C'était ainsi depuis des lustres : Le Maire de la Ville adressait ses félicitations à la jeune héroïne au travers de son incarnation de l'année, profitant de l'occasion pour rappeler au très nombreux public les mérites de son administration, et non sans faire quelques piques ou allusions d'ordre politique eut égard à la Laïcité républicaine... L'Évêque lui répondait habituellement sur le même ton doucereux, mi-mielleux mi-militant du Christ, et l'on enchaînait sur la remise ostentatoire de la fameuse « Bannière de Jeanne » sous les applaudissements de la foule... Les chœurs de la manécanterie se lançaient alors dans l'interprétation du formidable hymne, dont le lyrisme ruisselant de bravoure convenue et vibrant de patriotisme suranné[1] ne manquait jamais de flanquer la chair de poule à son auditoire. Un grand moment d'émotion populaire !

En attendant l'événement, les quatre amis munis de leurs invitations VIP s'étaient donc installés confortablement tout en haut de la tribune d'honneur pour profiter d'une vue d'ensemble sur la foule massée face à la cathédrale dans la rue Jeanne d'Arc, sur le spectacle, les discoureurs et le chœur des petits chanteurs.

Le Maire fit une brève allocution évoquant la détresse en laquelle se trouvaient les assiégés de 1429, l'espoir insensé qu'avait soulevé parmi la population désespérée l'arrivée de cette jeune fille, la Pucelle, la bravoure dont firent preuve les Orléanais pour aller attaquer la bastille Saint-Loup, et en tira un parallèle très flatteur sur la façon dont l'actuelle ville d'Orléans avait su faire face aux conséquences de l'immonde crise internationale... Enfin, il fit état d'un parchemin retrouvé à l'Abbaye de Saint-Benoît, et selon lequel la « véritable » bannière de Jeanne avait été reconstituée, sensiblement différente de la précédente régulièrement exposée depuis des décennies lors de cette commémoration. Il n'en dit pas plus, souhaitant laisser au public le plaisir de la découverte...

Monseigneur Landau répondit à son tour au Maire en le remerciant de s'associer à la célébration traditionnelle de la Sainte malgré les réserves laïcardes suscitées par cette nouvelle réglementation européenne, sans faire aucun commentaire sur cette innovation embarrassant le clergé...

Puis, l'homélie envoyée, vint enfin le moment d'ouvrir à double battant les grilles par lesquelles devait sortir la Bannière de Jeanne, déployée à l'ombre

---

1 *Je ne résiste pas à faire partager au lecteur la saveur de ces paroles épiques et flamboyantes... (voir en annexe) Dieu merci, la superbe musique sauve tout !*

du porche et solennellement « remise » chaque année par le Maire au représentant du Clergé pour vingt-quatre heures...

Pendant qu'à pas lents le porteur sortait de l'ombre, la manécanterie entama les premières notes :

« *Sonnez fanfares triomphales*

Tonnez canons ! Battez tambours

Et vous, cloches des cathédrales

Ébranlez-vous comme aux grands jours...[2] »

Ce fut si soudain que personne n'eut le temps de comprendre !... Les « Ah ! » d'allégresse émanant de la foule impatiente de voir la révélation promise virèrent d'un coup à des « Oh ! » de stupéfaction !...

À peine la hampe garnie du long tissu blanc avait-elle émergé de la pénombre protectrice de l'arche centrale pour s'offrir aux illuminations extérieures, qu'un éclair avait déchiré le ciel au-dessus des participants pour venir frapper la Bannière ! Comme une étoile filante tombant du firmament, on eût dit que le doigt d'un dieu vengeur, désireux de troubler la fête, avait embrasé d'un coup la pièce de tissu qui parût imploser sous l'impact...

Celle-ci fut dans l'instant réduite en cendres sous les yeux de centaines de milliers de spectateurs... Une combustion spontanée et complète ! Pas un seul petit centimètre carré de tissu épargné par ce qu'on désignait déjà dans la foule sous le terme de « feu du ciel »...

Littéralement sidéré, le porteur de la hampe soudainement nue tomba en syncope, la jeune Marie-Charlotte se mit à pleurer et le bedeau en habit de garde suisse perdit quelques minutes l'usage de la parole !... Interdits de stupeur, les gardiens de l'association « Le Message » scrutaient de tous côtés pour tenter d'apercevoir d'où cette foudre divine était descendue, mais, groupés autour de l'objet sacré, aucun d'eux n'avait rien vu d'autre qu'un éclair tomber du ciel, et le feu avait pris si vite qu'ils n'avaient pas eu le temps de réagir... En moins de deux secondes, il ne restait plus rien, plus le moindre fil intact de la Bannière de Jeanne !

De son côté, prenant tout son temps pour le faire de manière ostentatoire, l'évêque tomba à genoux et commença de murmurer une litanie, bientôt imité par nombre d'anonymes croyants dans l'assistance, tremblants de frayeur comme si Dieu lui-même avait montré sa puissance aux yeux de tous...

Debout au milieu du parvis, le Commissaire et le Maire étaient restés bouche bée, ahuris de constater combien, devant un phénomène inattendu, le comportement irrationnel donné à voir par un homme d'église pouvait s'avérer contagieux... Ils se regardèrent et sans un mot quittèrent le parvis. Le Maire fit signe aux opérateurs et techniciens du Son et Lumière de lancer la suite des réjouissances, et bientôt les projections multicolores sur la façade de la cathédrale ramenaient tout le monde à une plus pertinente contemplation... La cérémonie s'engageait pourtant bien mal cette année. Cette Remise de l'Étendard avait tourné au désastre. Il fallait en trouver la raison...

---

2 *Voir en notes annexes l'intégralité du texte de cet hymne*

Descendant quatre à quatre les marches du parvis, le Maire et le Commissaire traversèrent la place et se dirigèrent vers le bâtiment municipal tout proche. Dans les tribunes, les quatre amis se levèrent en chœur et descendirent au-devant des deux hommes, mais un policier surveillant les barrières de sécurité leur barra le chemin. Johan héla le Maire.

— Monsieur le Maire ! Une seconde s'il vous plaît...

Le Maire se tourna vers le groupe et aperçut Johan :

— Ah non ! Pas le temps Johan ! Ce n'est vraiment pas le moment !...

— Désolé d'insister Monsieur le Maire, mais c'est   précisément le moment...

Le Maire hésita, mais le Commissaire ayant reconnu les deux américains accompagnant Johan confirma :

— À votre place je les écouterais Monsieur le Maire...

— Qui ?... Johan ?... Mais nous nous connaissons depuis dix ans, que voulez-vous qu'il m'apprenne que je ne sache déjà ?... Quant au journaliste, vous pouvez être sûr qu'il va faire ses choux gras d'un tel incident !

— Je ne sais pas qui est ce Johan ni ce journaliste dont vous parlez, mais moi je vous dis d'écouter ce que ces deux messieurs là ont à vous dire... insista le Commissaire en désignant Ryan et Scotty.

Le maire jaugea du regard les deux néo-templiers. L'examen dût être favorable car il fit signe au policier de leur ouvrir la barrière et enchaîna :

— Soit !... Allons dans mon bureau...

*

Le vaste bureau au premier étage de la Mairie d'Orléans, éclairé de grandes baies qui donnent sur la Place de l'Étape, fait face à la splendide façade de l'Hôtel Groslot où les quatre visiteurs avaient déjà rencontré le Maire dans l'après-midi. Sur la place, en contrebas, les musiciens d'une clique étrangère se préparaient pour la parade. Les instruments de cuivre brillaient dans la nuit sous l'éclairage des lanternes façon ancienne qui rendaient une lumière douce. Ryan admira un instant le panorama.

— Vous avez vraiment une ville magnifique, Monsieur le Maire !

— Merci. Monsieur ?... Désolé, nous nous sommes croisés cet après-midi mais je n'ai pas retenu votre nom...

— C'est que je ne vous l'ai pas donné Monsieur le Maire !... Ryan Berger.... Citoyen américain mais résident belge. Et voici mon ami et collaborateur Scotty Vanguelde.

— Ce sont les deux personnes dont je parlais au Préfet hier, ajouta le Commissaire, quasiment des collègues.

— Plus exactement enquêteurs pour une compagnie de réassurance américaine, précisa Ryan.

— Je vous écoute Messieurs... dit le Maire. Mais je vous demanderai d'être concis, parce que je n'ai pas beaucoup de temps à vous consacrer...

— Ce sera vite fait Monsieur le Maire. Juste le temps de vous faire prendre conscience de Qui est votre ennemi...

Serge Dugarro s'amusa de l'épithète.

— Mon ennemi, dites-vous ?... Tout homme politique en a, cher Monsieur Berger, mais je n'identifie pas très bien l'actuel...

— Ne prenez pas à la légère ce que je vous dis, Monsieur le Maire... Vous avez été témoin ce soir d'un fait étonnant, n'est-ce pas ? On eut dit que Dieu lui-même avait décidé de vous contrarier... Eh bien rassurez-vous, Monsieur le Maire, ce n'est pas Dieu, ce n'est que son représentant sur Terre...

— Qui alors ? Vous voulez dire l'évêque Landau ?... Mais pourquoi me serait-il hostile ? Nous ne jouons pas dans la même cour...

— Oh ! Non, non, pas l'évêque, Monsieur le Maire ! Son supérieur hiérarchique, bien plus haut ! fit Ryan en levant le pouce à hauteur de son épaule...

Le Maire haussa les siennes et se tourna vers le Commissaire...

— Commissaire !... C'est une plaisanterie, n'est-ce pas ? Je n'ai vraiment pas le temps ni l'esprit à ça !... Messieurs, cet entretien est terminé.

Le Commissaire insista :

— Croyez-moi Monsieur le Maire, prenez le temps de les écouter... Ce n'est pas une blague !... Vous me connaissez, n'est-ce pas ? Vous êtes au courant de mon appartenance à la FM:. ?... Ne vous étonnez pas ! Ils sont au courant aussi et sans trahir de secret je pourrais même dire qu'ils ont été reçus dans le temple bien avant moi...

Cette allusion directe intrigua le Maire qui parût tout de suite plus attentif.

— Vraiment ?... Mais alors, qu'est-ce que c'est que cette histoire ? Vous n'allez pas me dire que la Guerre de Religions a repris ?...

— Presque, Monsieur le Maire !... Et apparemment, c'est vous qui l'avez rallumée.

— Moi ? Mais qu'est-ce que vous me racontez ?!... J'ai encore vu l'évêque hier soir, il a été parfaitement courtois et coopératif...

— Oh, pour ça, je n'en doute pas ! Lui n'est probablement pas au courant... En tous cas pas de tout ! Ça vient de bien plus haut...

— Quoi ? Qui alors ?... Le Pape ? Nan... ça n'est pas sérieux !

— Vous devriez tout lui dire, Mr Berger... intervint le Commissaire. C'est tellement incroyable, mettez-vous à sa place...

— OK Commissaire, mais je vais vous demander la discrétion absolue, Monsieur le Maire... Notre temps est proche mais pas encore arrivé...

Le Maire s'impatienta :

— Qu'est-ce que vous me racontez ? Quel temps ?... Qui êtes-vous donc à la fin ?

— Nous sommes des Templiers, Monsieur le Maire... des Templiers du XXIe siècle ! Et la victime trouvée dans le canal en était un aussi.

Un léger haussement de sourcils trahit que Serge Dugarro maîtrisait mal sa surprise. Depuis qu'il était dans la politique, il en avait pourtant appris sur l'Histoire occulte mais là, ça dépassait tout !...

— Soit ! Continuez... Quel rapport avec nos fêtes de Jeanne d'Arc ?

— Je l'ignore encore précisément mais vous allez pouvoir nous le dire...

— Moi ? Mais comment le saurais-je ?

— Parce que VOUS, vous avez vu cette fameuse « relique » qui fait tant parler d'elle et que précisément vous deviez dévoiler ce soir..

— Quoi ? Ce serait ce morceau de chiffon qui... ?

— Morceau de chiffon ? s'insurgea Ryan... Comme vous y allez ! Vous parlez de l'étendard de Jeanne...

— Oui, eh bien ce n'est même plus un morceau de chiffon, c'est maintenant un tas de cendres à l'instar de sa propriétaire... Mais ça ne me dit toujours pas pourquoi, ni qui, l'a fait ainsi disparaître...

— Ne cherchez pas, Monsieur le Maire... Ce sont les mêmes qui ont soi-disant fait disparaître de la même façon sa propriétaire il y aura bientôt six siècles !

Le Maire était sidéré. Il articula :

— Admettons... Admettons que ce que vous dites soit vrai... Ça ne tient pas debout mais, admettons... Pourquoi ? Et surtout pourquoi faire disparaître cette pièce unique aux yeux de tous ?...

— Mais... pour frapper les esprits, tout simplement ! L'Église est experte en communication symbolique, vous savez... L'organisation des miracles est sa grande spécialité ! Plus c'est gros et mieux ça passe !

— Je ne suis pas naïf, Monsieur Berger, je sais que les buts du Vatican sont avant tout politiques et que, contrairement à la spiritualité, le dogmatisme n'est guère qu'un prétexte à l'exercice d'une puissance temporelle. J'ai un peu étudié l'histoire depuis Constantin moi aussi et j'ai quelques doutes sur la volonté de Jésus à bâtir une nouvelle religion... Néanmoins, cette religion existe, elle a un siège, et même le statut d'État avec ses diplomates... et nous devons faire avec ceux-ci comme avec les autres, rester courtois et en bonne relations.

— J'entends bien votre message, Monsieur le Maire. Loin de moi l'idée de vous hérisser contre le Vatican. Mais il y a pourtant des choses que vous devez savoir : Monsieur le Commissaire, voulez-vous exposer le résultat de vos dernières investigations à propos de l'*Ishkarioth* ?

— Du quoi ?... demanda le maire.

— L'*Ishkarioth*, Monsieur le Maire, ou le Sicaire... expliqua le Commissaire André. C'est ainsi qu'on nomme notre meurtrier fleuriste...

— Et ce serait le même qui aurait mis le feu à l'étendard, on ne sait même pas comment ?!

— Tout porte à le croire en effet. Et tout se rattache à ce document que vous seul, hormis les spécialistes, avez déjà vu jusque là...

— Monsieur le Maire, insista le Commissaire... la cérémonie est passée, et elle s'est mal terminée. Dites-nous maintenant ce que c'est exactement.

— Bah, je suis désolé Messieurs !... Je voulais en effet réserver la surprise aux orléanais, mais ça ne valait sûrement pas un meurtre ! Comment aurais-je pu savoir que votre compagnon serait victime de cette anodine découverte ?...

— Nous ne vous reprochons rien, Monsieur le Maire, vous ne pouviez pas savoir... Et d'ailleurs, nous-mêmes ne raisonnons encore actuellement que sur une hypothèse... Elle se trouve certes confirmée par l'enquête du Commissaire, mais nous ignorons toujours la nature réelle de ce que vous vouliez révéler ce soir aux yeux des orléanais, et je serais étonné que ce fut aussi « anodin » que vous le dites...

— Rien d'autre qu'un nouvel étendard, Messieurs. Une pièce de tissu brodée selon les indications originales d'un document ancien, retrouvé à Saint-Benoît il y a quelques mois et authentifié par les services archéologiques. Je me refuse à croire qu'on puisse tuer pour cela !... Surtout l'Église !...

— J'admets votre surprise que l'on puisse tuer pour ça, Monsieur le Maire, mais pourquoi ce « surtout l'Église » ?... Qui d'autre qu'elle pourrait être concerné par cette trouvaille ?

— Peut-être quelque mouvement d'extrême-droite ou intégriste ?... Bien que, sans une revendication claire, j'avoue que je ne vois pas bien leur intérêt...

Ryan faisait fonctionner ses méninges à toutes vitesse.

— Il y a forcément sur ce document quelque chose qui nous échappe, qui vous a échappé à vous Monsieur le Maire, mais qui n'aura pas échappé à l'Église... Faites-nous le voir, Monsieur le Maire, et je vous dirai peut-être qui, quoi, et pourquoi...

— C'est que... nous ne l'avons pas ici... Il est au laboratoire...

— Au laboratoire ? Quel laboratoire ?

— Celui du CNRS, l'IRHT du Campus à La Source, le labo spécialisé en expertise de documents anciens...

Ryan se rembrunit et, en militaire accompli, prit tout naturellement le commandement des opérations :

— Ce document est en danger Monsieur le Maire !... Commissaire, il faut y aller de suite ! S'il n'est pas trop tard... Appelez le gardien immédiatement ! Il y a bien un gardien, j'espère ?... Qu'il n'ouvre à personne sous aucun prétexte ! Je dis bien à PERSONNE !

Le Commissaire s'exécuta, trouva dans l'annuaire le numéro du labo et appela aussitôt le service de gardiennage qui devait logiquement se trouver à cette heure dans le hall de l'établissement.

Le téléphone sonna dans le vide... longtemps... trop longtemps !...

*

Confusion
De nos jours, Orléans-La Source, 7 Mai 23h00, à l'IRHT

Les six voitures de police s'immobilisèrent en silence à quelques centaines de mètres du bâtiment implanté dans la verdure au cœur du Campus. La porte d'entrée vitrée était grande ouverte. Une odeur de chloroforme planait dans une réception éclairée a giorno qui paraissait déserte et le gardien sensé être derrière son comptoir était ligoté dessous... En file indienne, les policiers entrèrent et prirent silencieusement position derrière chacune des portes donnant sur la réception.

Elles étaient toutes fermées à clé sauf celle de l'escalier menant aux étages supérieurs. La vidéo du gardien, derrière le comptoir vide, montrait des couloirs vides eux aussi...

— Cet enfoiré est dans les étages ! explosa André à mi-voix. Henri ! Philippe ! Bertrand ! lança-t-il à ses subordonnés, prenez chacun trois hommes avec vous et postez-vous autour du bâtiment... Appelez-moi si vous voyez de la lumière dans l'un ou l'autre bureau... À cette heure-ci ils devraient tous être éteints.

— C'est comme si c'était fait, chef !

Les hommes s'éloignèrent de quelques dizaines de mètres du bâtiment et s'éparpillèrent pour mieux se fondre dans le feuillage du sous-bois alentour. Ils se mirent en devoir d'observer tout mouvement lumineux dans les étages... Ce Sicaire n'était tout de même pas un chat pour voir dans le noir... S'il était là, il utilisait forcément une lampe de poche, et même un pinceau très fin serait détectable dans la nuit environnante...

Mais un bon quart d'heure passa sans qu'aucune lueur ne vint troubler l'apparente quiétude du laboratoire qui, vu de l'extérieur, paraissait endormi.

— Et s'il disposait d'un amplificateur de lumière ?... des lunettes spéciales pour vision de nuit ? Ce salopard n'aurait pas besoin de lumière, s'inquiéta le Commissaire...

— Je parierais volontiers là-dessus, renchérit Ryan.

— Il n'y a qu'à faire le siège et attendre qu'il sorte !.. suggéra l'inspecteur Henri.

— Surtout pas ! s'écria Ryan... Il ne ressortira d'ici que lorsqu'il aura rempli sa mission : voler ou détruire le document ! S'il le trouve avant que nous ne le trouvions lui, il sera trop tard... Tant qu'il est là-dedans, c'est qu'il ne l'a pas trouvé, et il nous reste une chance... Nous DEVONS l'attraper avant ça, Commissaire ! C'est la première fois que je le serre de si près...

Une voix nouvelle et tonitruante se fit soudain entendre :

— Est-ce à dire que vous connaissez ce monte-en-l'air, Mr Berger ?

La voix inconnue qui les interpellait les fit sursauter. Ils se retournèrent... Trois hommes étaient là. Visiblement des flics. L'un d'eux reprit :

— Commissaire principal Berléant, des RG ! Je veux dire, de la DCRI. Et voici mon adjoint Lambert et l'inspecteur Bernier. Nous arrivons en droite ligne du Ministère... Voudriez-vous nous expliquer Commissaire André, pour quelles raisons vous vous laissez commander en pleine opération par un agent étranger ?...

Le Commissaire André s'avança, marquant une certaine hésitation, cherchant ce qu'il allait bien pouvoir inventer de plausible sans être obligé de tout révéler à ces fouille-merde du Ministère qui allaient certainement vouloir prendre l'enquête en main...

— Bonsoir Messieurs. Hum, je crains que vous n'arriviez à un très mauvais moment pour des explications...

— Nous arrivons TOUJOURS aux mauvais moments, Commissaire, ironisa Berléant. Il n'empêche que j'aimerais bien entendre ces explications... Nous sommes passés au Commissariat central où l'on nous a appris que vous travailliez avec des agents extérieurs sans agrément sur le territoire français ?...

Le Commissaire lança un regard désespéré à Ryan, l'air de dire : « Je suis navré, mais il va falloir que je dise qui vous êtes »... Ryan comprit parfaitement le dilemme du Commissaire et prit les devants :

— Vous avez raison, cher Monsieur Berléant. J'ai sans doute pris un peu trop d'ascendant sur notre ami le Commissaire André, mais il y a une très bonne raison à cela...

— Je n'en doute pas ! Nous vous écoutons Mr Berger... Quant à vous, André, je m'en voudrais d'interrompre votre opération, continuez... vous ne perdez rien pour attendre...

— Sortons, je vous en prie. Laissons le Commissaire André opérer tranquillement. Allons nous promener sous la lune, vous et moi, proposa Ryan à Berléant.

Ils sortirent tous deux et se dirigèrent vers les véhicules stationnés sur la route à une centaine de mètres. Ryan s'assit nonchalamment sur un capot, de manière à conserver le bâtiment entier dans son champ de vision, et commença son baratin préfabriqué.

— Voilà Commissaire, je vois que vous êtes bien renseigné quant à mon identité mais vous ne l'être sans doute pas sur ma fonction. Nous sommes américains et enquêteurs pour une compagnie de réassurance basée en Belgique. Lorsque nous avons appris le meurtre qui avait eu lieu ici et constaté que la victime était l'un de nos assurés, nous avons tout de suite pris contact avec le Commissaire André. Depuis deux jours que nous sommes ici, l'enquête avance bien et nous sommes parvenus grâce à cette collaboration à cerner l'identité de l'auteur du crime, lequel se trouve probablement en ce moment même dans les bureaux derrière vous... Étant donné que nous connaissions bien la victime, nous donnons un coup de main au Commissaire parce que nous n'avons toujours pas compris quel était le mobile de ce crime, et nous aimerions bien voir ce salopard attrapé afin d'en savoir davantage... Mais bien évidemment, nous n'avons pas à nous substituer à l'Autorité... Vous avez eu raison de le faire remarquer, j'ai parfois un peu tendance à dépasser mes attributions... N'en veuillez pas au

Commissaire André. C'est juste que depuis deux jours, nous ne nous quittons pour ainsi dire plus, et la force de l'habitude... vous comprenez...

— Oui, bien sûr, vu comme ça... C'est donc votre assuré qui faisait partie de cette Fondation dont le siège est à Namur, une espèce de secte historienne ?...

— C'est bien possible... Il était féru d'histoire...

— D'histoire des religions sans doute ?...

— Pourquoi « des religions » ?... Je ne pense pas non, d'histoire tout court, religions incluses... Et il aurait d'ailleurs fermement récusé ce terme de secte que vous venez d'employer... Conrad Lisblœm passait pour un farfelu comme beaucoup de chercheurs, mais il n'était certainement pas homme à entrer dans une secte.

L'homme de la DCRI nota sur son calepin :

— Nous disons donc : Conrad Lisblœm, chercheur citoyen néerlandais... Oh ! Ça ne veut rien dire, on en a connus d'autres, des intellectuels, médecins, ingénieurs, qui se sont faits berlurer par des sectes...

— Sans doute, mais là je suis en mesure de vous garantir que ce n'est pas le cas !... Notre compagnie fait toujours une enquête approfondie sur l'équilibre psychique de ses clients avant de les prendre sous contrat ! Bien que ce soit évidemment confidentiel, si vous voulez je vous ferai envoyer son dossier...

— Avec plaisir, Mr Berger. Quel est le nom de votre compagnie déjà ?...

— Je ne vous l'ai pas encore donné, Commissaire. J'ai malheureusement épuisé le petit stock de cartes que je promène habituellement sur moi, mais si vous voulez noter... c'est la « Levants Group Insurance »... En tant qu'officier de la DCRI, ajouta-t-il flatteusement, vous connaissez certainement... au moins de nom ?...

Ce nom était suffisamment vague et évocateur et Berléant ne pouvait pas tout connaître. Ne voulant pas avoir l'air bête, Berléant fit semblant...

— Ça me dit quelque chose en effet. J'ai dû voir passer ce nom dans une affaire politico-financière.

— Exactement. Vous ne le trouverez cependant pas dans l'annuaire car ce n'est qu'un département financier interne à un pool international d'assurances. Ordinairement nous n'avons pas affaire au public, comprenez-vous, ce qui explique notre discrétion... Je compte évidemment sur la vôtre...

— Bien entendu, Mr Berger. J'attends néanmoins le dossier promis, n'est-ce pas ?

— Vous pouvez y compter... Je ne peux pas appeler maintenant car il n'y a personne au siège à cette heure-ci, mais si vous me donnez votre adresse email ou votre fax à Paris, vous le recevrez avant demain soir sans faute...

— Voici ma carte. L'email est dessus. Vous comptez rester à Orléans longtemps, Mr Berger ?

— Jusqu'à ce que nous ayons déterminé le mobile du crime, Commissaire... Ce qui ne devrait plus tarder.

— Le Commissaire André sait où vous joindre ?

— Bien sûr, il a mon numéro.

— Et... Vous êtes formel ?... Votre assuré n'avait aucune activité connue dans l'activisme religieux ?

Ryan éclata de rire.

— Dans « l'activisme religieux » ?!... Comme vous y allez Commissaire ! On dirait que vous parlez d'un terroriste ! Je vous garantis que non, par exemple ! Conrad Lisblœm était un pacifique, un rat de bibliothèque de près de soixante ans ! Ça ne cadre pas du tout avec le portrait d'un terroriste, je vous assure !

Le Commissaire Berléant se rapprocha un peu de Ryan et, sur le ton de la confidence :

— Je ne peux pas tout vous dire Mr Berger, secret professionnel oblige, mais au Ministère nous sommes effectivement préoccupés d'une menace imminente sur Orléans, et nous pensions que cette fameuse secte pouvait y être pour quelque chose...

— Ha ha ! Décidément vous soupçonnez encore tout et tout le monde à la DCRI, comme au bon vieux temps des RG !... Malgré ce changement, votre patron est toujours Olivier Delisle n'est-ce pas ?...

— Pas tout-à-fait. Il dirige un département voisin. Vous le connaissez ?

— C'est un très bon ami personnel, parlez-lui donc de moi et rassurez-vous, Commissaire Berléant, cette rumeur infondée qui vient de Bruxelles sent l'intox à plein nez. La Levants Insurance Group serait au courant avant vous si cette menace d'attentat était réelle. Certains de nos associés sont même propriétaires de satellites et, depuis le 11 Septembre 2001 inutile de vous dire... bref, je ne vous fais pas de dessin, n'est-ce pas ?...

Le Principal de la DCRI haussa un sourcil, le sous-entendu était transparent. « Attention où je mets les pieds, pensa Berléant, ces propriétaires de satellites ne peuvent être que la CIA ou le Pentagone ». Il hocha la tête d'un air entendu.

— En effet, en effet !... Eh bien, cher Monsieur Berger, je suis littéralement enchanté d'avoir fait votre connaissance, j'espère que nous nous reverrons. En attendant, je vois que cette affaire est moins grave que nous ne le craignions et qu'elle est parfaitement sous contrôle avec le Commissaire André, je suppose qu'il ne nous reste plus qu'à rentrer à Paris....

Il tournait déjà le dos à Ryan lorsqu'il se ravisa :

— J'attends ce dossier, n'est-ce pas ?... demain !...

— Chose promise, chose due, Commissaire ! Vous l'aurez dès demain sur votre bureau. Bon retour...

*

Le commissaire Berléant et ses hommes repartis, Ryan resta encore quelques instants au dehors. Il forma sur son portable un numéro en Belgique :

— Allo, Patrick ?... Bonsoir, c'est Ryan... Désolé de te réveiller en pleine nuit mais il faut absolument que tu fasses parvenir demain, au mail que je vais te donner, un beau dossier d'enquête psychologique au nom de Conrad Lisblœm... C'est ça... Prends note. Tu y es ?... citoyen néerlandais, 64 ans, chercheur historien, assuré n° (tu mets le numéro que tu veux), célibataire sans enfants, et comme employeur tu mets la CIA. Oui, la CIA ! Ne cherches pas à comprendre, je t'expliquerai plus tard... À l'en-tête de Levants Insurance Group, notre compagnie panaméenne enregistrée à Luxembourg... Tu en expédies un double à Delisle à Paris, avec le signe que tu sais dans le coin gauche. Oui, il est de chez nous, sinon je ne te dirais pas de le mettre... Quoi ? Lisblœm ?... je sais bien que n'est pas un assuré, ce n'est même pas son vrai nom ! C'est le frère assassiné à Orléans... Oui, tu as tout compris, complètement bidon, mais super crédible... Tu y joins un téléphone à nous, où tu pourras répondre en cas de vérification... Tu fais ça bien, hein, c'est pour les RG français !... Je ne veux pas d'une nouvelle affaire Clearstream, ça doit impeccable mais impossible à vérifier autrement que par notre intermédiaire ou par la CIA. Et comme je les vois mal interroger la CIA sur un de ses employés, renseignement qu'elle ne leur donnerait évidemment pas, je te laisse imaginer la suite... Étant au courant, Olivier va les embrouiller. Ils en concluront que Conrad Lisblœm n'a pas d'existence officielle, ce qui, somme toute, est administrativement vrai et ils classeront l'affaire comme un truc externe ne concernant pas la France. Pigé ?... Je compte sur toi ?... Ça marche ! Bye...

Ryan revint au hall de réception de l'IRHT. La situation avait peu évolué, les écrans de surveillance montraient toujours des couloirs dont les portes d'accès avaient été ouvertes prudemment et où se glissaient maintenant quelques silhouettes noires de policiers cagoulés et bardés de pied en cap.

— Alors ?... fit le Commissaire André... Comment diable vous y êtes-vous pris pour nous débarrasser de ces gêneurs ? J'ai bien craint un instant qu'ils ne prennent la direction de l'enquête !... Seriez-vous magicien, Mr Berger ?...

— Nous avons nos méthodes... Ne vous inquiétez pas, nous sommes tranquilles jusqu'à demain soir au moins. Sans doute davantage... Et ici, où en sommes-nous de cette chasse à l'homme ?

— Il est là... au second étage... C'est le niveau des études sur les palimpsestes, ce qui correspond bien à notre type de document... Il n'y a pas trois minutes que nous y avons repéré du mouvement et un écran d'ordinateur allumé... J'ai aussi réveillé le chef de bureau, il arrive... Quant à cet individu, sans lumière et aussi habile soit-il, il n'a pas pu éviter une caméra infra-rouge. Il devait savoir que le parchemin était ici mais pas dans quel bureau... il vient juste d'y entrer, mais on peut encore le coincer avant qu'il mette la main sur le document...

— Il faut faire vite, Commissaire ! Faute de quoi nous attraperons peut-être le Sicaire mais ne sauverons pas le parchemin.

— Je sais, je sais... Que diable peut-il donc contenir qui vaille un tel risque ?

— Dieu seul le sait, Commissaire !... enfin, au moins ses sous-fifres du Vatican...

Des cris des agents arrachèrent soudain le Commissaire et Ryan à leur réflexion. Sur les écrans de contrôle du second étage, une bousculade à la porte d'un bureau indiqua que les hommes du Commissaire avaient repéré l'intrus. Mais ce dernier avait rapidement barricadé la porte avec une chaise, puis une armoire métallique, et s'était retranché dans la pièce. Il fallait désormais utiliser un bélier pour l'ouvrir. Ça allait encore prendre quelques minutes...

Le responsable du service venait d'arriver.

— C'est quel bureau ? lui demanda Ryan montrant les écrans de surveillance.

— Côté Est, au milieu du bâtiment... Je vais vous montrer.

— Je vous accompagne, dit Scotty.

Les trois hommes ressortirent et contournèrent l'immeuble jusqu'à sa face Est. Une gouttière passait juste à côté de la fenêtre à bascule du bureau où le Sicaire s'était retranché. Le châssis était entrouvert. L'homme avait dû regarder si le chemin était libre pour un saut du deuxième étage mais son œil exercé avait certainement décelé les policiers sous les feuillages alentour...

— J'y vais ! chuchota Scotty, toujours prêt à grimper n'importe où avec l'agilité d'un singe.

— Pas question, laisse-le moi ! intima Ryan au jeune frère. Tu ne fais pas le poids contre lui, et puis, j'ai un vieux compte à régler...

Ryan agrippa la gouttière et commença à monter. Arrivé à hauteur de la fenêtre, il jeta un coup d'œil à travers la vitre. La pièce était plongée dans le noir. Seule la lumière de la lune éclairait faiblement l'intérieur. Une ombre se découpait en laquelle Ryan reconnut immédiatement la silhouette tant exécrée de l'*Ishkarioth*, lequel avait glissé le document dans sa combinaison de Ninja et forçait maintenant la serrure d'une porte de communication avec le bureau voisin. Il se retourna un instant pour évaluer les progrès faits par les policiers dans le couloir et aperçut le visage de Ryan à l'extérieur... Il lui fit un petit signe de la main, ironique, presque amical, l'air de dire : « À bientôt, bye bye ! », puis, étant parvenu à ouvrir la porte, il disparut aux yeux de Ryan... Ce dernier devait conserver une main pour se tenir à la gouttière n'en avait qu'une libre pour ouvrir la fenêtre plus grand, ce qui n'allait pas sans difficulté. Il y parvint néanmoins, et moins d'une minute plus tard, après un rétablissement il mettait bientôt les pieds dans le bureau et s'élançait à la poursuite du Sicaire...

C'est à ce moment précis que la porte du couloir céda et les policiers lourdement armés firent irruption dans la pièce.

— Plus un geste ! À terre et les mains sur la tête !

Ryan s'arrêta net, jura, et... leva les bras !

*

Passage de témoin
De nos jours, Saint-Rose, 08 Mai 09h00 (heure de Louisiane)

Meredith était ravie de son entretien avec le père Chartrain. Le vieux prêtre lui avait donné un élément stupéfiant dont l'authenticité ne lui semblait faire aucun doute bien qu'il restât encore à expertiser, mais de plus il lui avait dressé un portrait de Bernt qui, non seulement lui plaisait énormément, mais surtout lui apportait quelques clés, pensait-elle, qui devraient lui permettre de trouver le code de la malle...

Chaque homme a ses petites manies. On ne retient bien que ce qui vous touche de près, et les perceurs de mots de passe sur Internet savent bien que connaître intimement les cambriolés est souvent plus efficace que tenter de percer un cryptage numérique au hasard d'algorithmes successifs. Sans indice de départ sur la personnalité de la victime, on peut chercher des années... Là, sur cette vieille malle, il n'y avait probablement pas de cryptage à proprement parler, mais avec huit molettes de vingt-six lettres chacune, les probabilités de tomber sur le bon code par hasard étaient tout de même proches de une sur un milliard... Meredith s'était déjà usé les doigts la veille, pas question de recommencer aujourd'hui ! Mieux valait attaquer la chose sous l'angle de la personnalité de Bernt. Mais comment faire parler un homme mort depuis quinze ans ?... C'était une chance d'avoir trouvé ce vieux prêtre, ami de longue date.

Elle se remit à l'ouvrage : « Voyons, se dit-elle... d'après le Père Chartrain, l'événement qui avait le plus marqué Bernt était la bataille de Bastogne. Huit lettres... Commençons par là... »

Mais la combinaison ne fonctionna pas. Elle essaya, encore et encore, tous les mots français qu'elle connaissait comportant huit lettres... Elle tenta les noms propres : Dorlanes, de Gaulle, Lorraine... Mais rien n'y faisait. La malle ne voulait pas livrer son secret !...

En désespoir de cause, elle résolut de téléphoner à Jack. Peut-être aurait-il une idée ?... Elle consulta sa montre : Dix heures à Saint-Rose... quelle heure était-il en France ?... Seize heures... Elle ne le réveillerait pas.

*

Bruits et tremblements
De nos jours, Orléans, 08 Mai 15h30

Johan et Jack étaient seuls ce jour-là parmi la foule des touristes venus assister aux festivités traditionnelles qui s'étaient déroulées sur le parcours institué depuis des générations : Le défilé, formé sur les arrières de la cathédrale, empruntait d'abord la rue Jeanne d'Arc qui fait face au parvis, puis remontait jusqu'à la gare par la rue de la République, suivait un instant les boulevards avant de revenir par la rue Bannier jusqu'à la place du Martroi et se diriger au sud en enjambant le fleuve par le pont George V que les vieux Orléanais continuaient d'appeler le « Pont Royal » sans bien réaliser qu'il s'agissait – incroyable paradoxe pour la cité de Jeanne d'Arc – d'un roi d'Angleterre !

Par un curieux tour de l'Histoire, c'est en effet au XIXᵉ siècle, à l'époque de « l'Entente Cordiale » franco-anglaise, que vint à Orléans le roi George V, régnant sur l'Empire Britannique au moment même où l'on devait baptiser ce tout nouveau pont remplaçant le vieux « Pont des Tourelles » qu'avaient vainement tenté de prendre les sujets de Henri VIII, quatre siècles auparavant !... En somme, il leur eût suffi de patienter un peu car, naturellement, les touristes anglais d'aujourd'hui sont les bienvenus.

Une fois la Loire traversée, le défilé fait une petite boucle au sud, dans le quartier Saint-Marceau, s'arrêtant un moment devant l'emplacement du « Fort des Tourelles » pour célébrer l'héroïne qui y avait battu leurs ancêtres, avant de revenir par ce même pont George V, puis les rues Royale et Jeanne d'Arc, jusqu'à son point de départ... Ce circuit représente tout de même une boucle de huit kilomètres que parcourent encore chaque année non seulement les figurants à cheval : la jeune fille incarnant la Pucelle, ses écuyers, sa troupe de chevaliers ; mais aussi, et à pied ceux-là : les musiques municipales, les fanfares étrangères invitées, les édiles municipaux, le clergé, les magistrats, les corps constitués, les enfants des paroisses, les troupes de scouts, de sport, les anciens combattants, et même au début du siècle dernier les Francs-maçons des loges orléanaises revêtus de leurs curieux tabliers... C'est dire si ça faisait du monde, et, lorsque le cortège s'allongeait un peu trop, il arriva parfois que son début croisât sa fin, ce qui ne manquait pas d'en perturber le bel ordonnancement.

Au XXᵉ siècle, les moqueurs avaient l'habitude de dire qu'une moitié de la ville regardait défiler l'autre... Cette narcissique proportion est heureusement bien dépassée depuis les années cinquante par l'affluence croissante, d'une année sur l'autre, d'innombrables touristes qui se massent sur les trottoirs dès le petit matin afin d'être sûrs de se trouver aux premières loges, le long de la chaussée, au moment crucial du passage de Jeanne... Mais ce moment n'était pas encore arrivé puisque, depuis les dernières éditions, « l'Hommage militaire » a lieu avant le cortège principal.

Le vrombissement des chars Leclerc et des porte-engins blindés défilant sur l'asphalte fit trembler toute la chaussée, les vitrines, les poitrines des spectateurs et les cœurs des midinettes. La vibration du portable de Jack se perdit dans ce bruit d'enfer et tout ce tremblement. Jack fut obligé d'élever la voix pour s'adresser à Johan.

— C'est l'habitude de faire défiler l'Armée avec tous ses engins ?... Ce bruit est insupportable !

— Oui ! hurla Johan, c'est l'hommage militaire. La Tradition est de former un cortège, ainsi que tu l'as vu ce matin avec l'Hommage des Provinces. Cet après-midi ce sera le défilé de toutes ces musiques étrangères. Et la Troupe a toujours fait partie de ce « défilé »... ou de cette « procession » comme tient encore à l'appeler l'Église.

Car ce fut bien une « procession » en effet qu'a organisée l'évêque de l'époque, en guise d'action de grâce pour la Délivrance d'Orléans par la Pucelle... Ce haut-fait militaire ayant immédiatement été considéré comme un « miracle » par les habitants assiégés depuis des mois, tous les bourgeois y participèrent mais bien sûr aussi tous les militaires et défenseurs de la ville...

— Qu'est-ce que tu dis ?... Je n'entends rien !... Oh, shit ! ce bruit est infernal ! Et puis, cette poussière aussi, je commence à avoir soif. Pas toi ?... Rentrons quelque part boire un coup à l'intérieur !

Jack tira Johan par la manche jusqu'à une brasserie qui étalait ses tables sur la petite Place de la République. Le bruit s'estompa un peu avant que ne se fasse entendre le sifflement aigu de trois « Étendards » passant au-dessus de leurs têtes, bientôt suivis de trois gros « Transall » transports de troupes, passant au ralenti au ras des toits de la ville au-dessus du vieil axe est-ouest du *decumanus* romain... Toute la foule leva la tête d'un seul mouvement puis la baissa pour applaudir les derniers régiments qui passaient à pied, guêtres blanchies, fourragère à l'épaule et fusil d'assaut Famas, dit aussi le « Clairon », sur la poitrine. Après un demi-tour au loin, les avions revinrent faire un passage inverse avant de rentrer à leur base et le cortège principal put enfin démarrer. Jack et Johan retournèrent se placer sur le trottoir de la rue Jeanne d'Arc afin que Jack pût prendre des photos.

Il en prit des quantités... Il n'avait pas une grande attirance pour la vidéo, prétendant qu'une photo parle souvent bien mieux à l'esprit et qu'on peut la montrer n'importe où, sans autre matériel. Argument très subjectif digne du journaliste de Presse écrite qu'il était aussi...

Lorsque la jeune Marie-Charlotte figurant la Jeanne de l'année passa à leur hauteur, elle les reconnut parmi la foule et leur servit au passage son plus beau sourire. Elle était apparemment bien remise de son émotion de la veille, tenant fièrement et fermement serrée la hampe du lourd étendard de remplacement, celui des années précédentes confectionné au début du XXᵉ siècle selon les croquis fournis par l'Église...

— Alors, ce serait donc pour un tel bout de chiffon qu'on aurait tué quelqu'un ? s'exclama Jack... j'ai toujours du mal à y croire...

— La force des symboles, Jack... Le symbolisme est la chose la plus importante en politique ! Et qu'est-il en ce monde de plus important ?... Regarde les foules que ça fait déplacer. Ça n'est pas pour n'importe quelle fête qu'ils sont tous venus là, c'est pour le symbolisme porté par Jeanne.

— Bah ! Là, tu exagères ! Tout le monde n'est pas historien comme toi. La plupart de ces visiteurs sont des touristes étrangers qui ne savaient même pas situer Orléans sur une carte avant que leur agence de voyage leur vendent leur billet...

— Détrompe-toi, Jack ! La plupart de ces gens ignoraient peut-être où se situait géographiquement notre vieille cité d'Orléans, mais ils connaissent l'Histoire de Jeanne d'Arc. Jusqu'aux antipodes, on la connaît. Du moins sa légende officielle. Et ce n'est pas par hasard que les jeunes chinois excités, contrariés par l'extinction de la Flamme Olympique en France, avaient répliqué en insultant Jeanne d'Arc, Napoléon et les trois couleurs de notre drapeau. Avec la Révolution Française, c'étaient peut-être les seules choses qu'ils avaient retenues de la France, mais ils les connaissaient... Les touristes qui sont ici aujourd'hui les savent aussi. J'irai même jusqu'à dire que, même si beaucoup d'entre eux n'en ont pas conscience, cette histoire a une réelle importance pour eux car ils en subodorent le parfum de mystère ! Bien que ton cas soit vraiment à part après ce que nous venons d'apprendre sur ta famille, toi-même, avant que ton éditeur ne te suggère de venir ici, n'es-tu pas parti sur cette idée d'énigme non résolue ?

— Bien vu, reconnut Jack. Et j'avais en effet tout à apprendre... Tu as raison Johan, cette « affaire Jeanne d'Arc » est comme un trou noir dans la Voie Lactée de l'Histoire. Plus on s'en approche et plus on y est attiré !

Ils passèrent le reste de l'après-midi comme n'importe quels touristes à admirer, écouter et applaudir les diverses fanfares, harmonies et autres bandas aux accents étrangers, à voir défiler les costumes bariolés, les kilts écossais, les vareuses paysannes et les habits de cour ou de paysans endossés par les nombreux orléanais qui, d'année en année, venaient dans ce cortège enrichir l'évocation... La foule applaudissait quand un groupe stationnait quelques instant devant elle pour exécuter une acrobatie ou quelques pas de Gavotte, Bourrée ou Gigue médiévales, avant que de reprendre sa marche...

Enfin, une bonne heure plus tard, un véhicule de police municipale marqua la fin du cortège. Les marchands de barbe-à-papa et de cacahuètes grillées rouvrirent immédiatement leurs stands aux badauds qui s'en étaient détournés le temps du défilé... les marchands de ballons et de couronnes lumineuses raccrochèrent au passage les parents qui tenaient des enfants par la main...

Déjà, les personnages en costumes du XVe siècle ayant participé en tête du défilé désormais éclaté se ruaient vers la Place du Martroi où devaient avoir lieu les derniers concerts des Musiques étrangères... Un courant se formait dans la foule qui évacuait peu à peu les abords de la cathédrale pour se rendre elle aussi à ces concerts... Somme toute, pour la plupart des visiteurs étrangers qui n'auraient pas assisté à la cérémonie de la veille ou n'avaient pas compris ce qu'il s'y était passé, les fêtes de Jeanne d'Arc cette année-là étaient très réussies et s'étaient parfaitement déroulées sous un soleil éclatant. Ça leur ferait de belles images à remporter chez eux.

En traversant la rue Jeanne d'Arc au droit de la place de la République, nos deux amis imaginèrent la vieille église Saint-Samson qui en occupa l'emplacement quelques siècles.

— Tu me disais que des Jésuites s'étaient établis à Saint-Samson ?... reprit Jack. N'est-ce pas un peu curieux si Saint-Samson était le siège de *Sion* ?... D'après ce que tu m'as raconté, *Sion* était un adversaire acharné de l'Église...

— Et il l'est sans doute encore... J'ai conscience que c'est difficile à suivre parce que, au fil du temps, les positions évoluent... Il faut comprendre qu'au début du XVIIe siècle, quand les Jésuites sont venus s'installer ici, l'Église était toute puissante et son influence ne fit que se renforcer au cours du siècle suivant, mais la Compagnie de Jésus n'était pas encore l'organisation dogmatique que l'on connaît aujourd'hui. Par certains côtés, elle ressemblait même fortement au Temple, mais en creux si je puis dire, tout en utilisant les mêmes méthodes. Les deux ont eu un rôle fondamental dans la découverte du monde. Les deux ont fondé des villes et initié d'importantes relations diplomatiques. Les deux favorisaient l'éducation, et donc la civilisation. Mais la Compagnie de Jésus a été inventée pour lutter farouchement contre la Réforme alors que, volontairement ou non, *Sion* et le Temple l'auraient plutôt suscitée... S'il est important que chacun sache lire et écrire afin d'étudier les Lettres, le Droit, les Mathématiques ou la Physique quantique aujourd'hui, il n'est pas moins important de distinguer Évolutionnisme et Créationnisme. Je sais que la question se pose toujours en certaines universités des USA, eh bien, elle était déjà de cet ordre-là en 1619, lorsque les Jésuites s'installèrent ici.

— Et qu'est devenu *Sion* dans l'affaire ?

— Je l'ignore. Tout le monde l'ignore... En fait, l'église Saint-Samson elle-même avait été détruite, comme tant d'autres, par les Protestants en 1567. Ne restait guère que l'enclos du prieuré. C'est sur cet enclos que se sont installés les Jésuites, qui y ont bâti leur collège ainsi qu'une nouvelle église n'ayant plus rien à voir avec la précédente.

— Mais alors... dit Jack en montrant le pavé blanc de la Place de la République... crois-tu qu'il y ait encore là-dessous des restes de cette première église Saint-Samson ?... l'ancienne crypte par exemple ? Il devait bien y en avoir une ?...

— C'est très probable en effet. Il faudrait faire des fouilles, mais en pleine ville c'est plutôt délicat. La construction de la seconde ligne du tramway a occasionné des fouilles sur une bonne partie de la rue Jeanne d'Arc, de même que la réfection de cette place, mais pour des raisons évidentes d'économie et de programmation des travaux, on n'a autorisé les archéologues à fouiller que sur deux mètres de profondeur maximum. Si crypte il y a, elle se trouve bien plus profond.

— Mais tu me disais qu'il y avait plusieurs étages superposés de caves dans ce centre-ville... Personne n'a jamais trouvé d'accès ?

— C'est vrai. Il y a souvent deux ou trois étages de caves sous ces maisons, parfois plus, et qui communiquent souvent entre elles. Mais je n'ai jamais entendu parler de la découverte d'une quelconque entrée de souterrain. Quand ils en trouvent, les gens gardent le secret pour éviter de se compliquer la vie avec les services archéologiques. C'est l'inconvénient d'un patrimoine vivant privé.

Mais tu me donnes une idée... Viens, suis-moi !...

*

Pour d'autres, cette journée avait fort mal débuté. Durant la nuit précédente Ryan avait bien failli se faire allumer par les flics encagoulés du Commissaire André, alors que croyant avoir affaire au redoutable Sicaire, ils se précipitaient sur lui dans ce bureau de l'IRHT. Il avait fallu toute la persuasion du Commissaire André pour qu'ils lui ôtassent au rez-de chaussée les menottes qu'ils lui avaient passées au deuxième étage avant que de le faire descendre assez brutalement dans le hall d'accueil du bâtiment. Ryan en conservait encore de nombreuses contusions en se réveillant ce matin du 8 Mai. Le Commissaire s'était confondu en excuses... Mais ça n'était pas le pire car bien sûr, le temps d'éclaircir la méprise, le véritable *Ishkarioth* avait eu le temps de s'évanouir dans la nature !... Qui plus est, avec le précieux parchemin...

Sous la douche, dans la cellule du monastère qui les hébergeait, Ryan était littéralement effondré.

— Tu te rends compte, Scotty ? Non mais, tu te rends compte ? Non seulement ils laissent filer ce salopard, mais en plus ils m'auraient tabassé si André n'était pas arrivé à temps... Putain de bavure !

— Ça, je dois dire que ça n'était pas ton jour, Commandeur ! Tu aurais dû me laisser monter à ta place !

— Et c'est toi qui aurait pris... va savoir, tu serais peut-être mort ? C'est qu'ils ont la gâchette facile, ces abrutis ! Merci tout de même de l'intention... En fait, je pensais à me méfier du Sicaire mais je n'aurais jamais imaginé avoir à me méfier des flics français !... Bref, le résultat, c'est un fiasco sur toute la ligne. Le salopard a fait brûler l'étendard devant tout le monde, volé sous notre nez le parchemin original, sans oublier de formater le disque dur de l'ordinateur des experts. On ne reverra plus ce document qu'en allant faire un casse dans les caves du Vatican !... Autant lui dire adieu ! On ne saura jamais ce qu'il y avait dessus de si important qui méritât la mort d'un homme !

Depuis quelques instants, Scotty n'écoutait plus son supérieur... Il réfléchissait...

— Pas sûr, Commandeur ! Pas sûr !... Il doit y avoir encore un moyen de savoir...

— Comment ça ? Ce type a effacé toutes les traces ! Et sous nos yeux, en plus !

— Oui, mais il a oublié quelque chose...

— Quoi donc ? s'étonna Ryan.

— Le patron, Commandeur, le patron !...

— Quel patron ? Son patron à lui c'est le Vatican. Non.. Ils ont gagné, il faut le reconnaître.

— Non, non ! Je ne parle pas de ce genre de patron. Je parle du « patron » couturier... Celui qui a servi aux broderies sur le nouvel étendard... Ma grand-mère était brodeuse et je me souviens l'avoir vue travailler à partir de ces modèles grandeur nature en papier de soie... Il y a forcément quelqu'un d'autre qui l'a eu sous les yeux ce document révélateur... Les brodeuses n'ont pas réinventé l'étendard de Jeanne à partir de rien. Il aura fallu leur donner un « patron »... un agrandissement modèle 3m70 du document en question !

Ryan passa la tête au dehors de sa douche et regarda Scotty avec admiration...

— Nom de Dieu !... mais tu as raison Scotty... Vite ! Appelle le Commissaire ! Il faut qu'il nous organise un rendez-vous avec le Maire dès aujourd'hui ! Il n'est peut-être pas trop tard...

Scotty forma le numéro du Commissaire.

*

Johan entraîna Jack au coin de la rue, jusqu'à un immeuble affichant une grande plaque marquée du logo de la ville : « Maison des Associations ». C'était un bel immeuble XVIIe, probablement une partie du collège de Jésuites construit à la place du domaine de Saint-Samson après les Guerres de Religions mais avant le percement de la rue Jeanne d'Arc.

— Qu'est-ce qu'on vient faire ici ? demanda Jack.

— Avant d'être rebaptisée Sainte-Catherine, cette rue s'appelait rue des Hostelleries dans sa partie basse proche du Châtelet, et rue de la Barillerie dans sa partie haute. Construite à l'emplacement du fossé du premier rempart romain, démoli pour agrandir la cité vers l'Ouest, elle avait remplacé dans le sens nord-sud l'ancien cardo romain, et avec la rue de Bourgogne, ancien decumanus, elle était devenue au temps de la Pucelle l'un des deux principaux axes de la cité. Sa partie haute où nous sommes menait directement à la Tour Saint-Samson de la muraille nord, tandis que l'église Saint-Samson elle-même se trouvait là, sous nos pieds, entre les actuelles Place de la République et rue Jeanne d'Arc. S'il y a une chance infime qu'un souterrain aboutisse quelque part dans des caves du quartier, c'est là, dans cette Maison des Associations ou dans l'ancien collège des Jésuites qui la jouxte. Je ne peux pas accéder aux caves de l'ancien collège mais je peux peut-être accéder à celles-ci... C'est un bâtiment public et je connais bien un des gardiens. J'espère qu'il est de service aujourd'hui...

Ils traversèrent au pas de charge un hall où étaient exposées de nombreuses peintures d'amateurs, montèrent quelques marches et obliquèrent sur la gauche pour trouver la porte du secrétariat. Le gardien en question était de service. Une chance ! Il reconnut Johan.

— Ah ! C'est vous. Bonjour, vous allez bien ?

— Très bien merci, Charles. Et vous ? Comment vont les enfants ? Ils sont tous à la fête, j'imagine ?

— Ça va, ça va, monsieur Johan. Oui, ils sont allés avec leur mère applaudir Jeanne d'Arc... Qu'est-ce que je peux faire pour vous ?

— C'est délicat Charles. Je vous présente Jack Dorlanes, un journaliste américain venu faire un reportage sur Orléans, son histoire, ses monuments, sa vie associative, et je voulais vous demander un service...

— Dites ! Si je peux...

— Voilà ! Nous aimerions visiter les caves...

— Visiter les caves ?... vous voulez dire de cette Maison des Associations ?... s'étonna le gardien. Mais il n'y a rien à voir ! Vous savez bien qu'on ne loue pas les caves aux associations. Du coup, personne n'y va jamais, sauf s'il y a une fuite dans les canalisations ou quelque chose comme ça... Personnellement, depuis vingt ans que je travaille ici je n'y ai jamais mis les pieds... Je ne sais même pas si j'ai les clefs, ajouta-t-il en ouvrant une grande armoire métallique... Ah ben si ! ça doit être celles-là... Vous voulez y aller tout de suite ?...

— S'il vous plaît, Charles.

— C'est que je dois rester là jusqu'à dix-neuf heures pour renseigner les gens...

— Bah, ça n'a pas d'importance. Nous pouvons y descendre tous seuls puisque vous dites qu'il n'y a rien dedans... C'est juste pour jeter un coup d'œil à la construction.

— Je ne sais même pas s'il y a encore de la lumière là-dedans... mais si vous y tenez à y descendre, tenez, voici des lampes électriques.

— Merci Charles, à tout à l'heure... Hey ! Vous ne nous enfermez pas en partant, hein !

— Vous serez remontés avant dix-neuf heures j'espère ?...

— J'espère bien aussi, sinon c'est que nous nous serions perdus. En ce cas, appelez les secours ! plaisanta Johan.

*

On avait refait l'aménagement intérieur de l'immeuble au cours du XXe siècle. La descente d'escalier vers le premier niveau de caves était visiblement de facture moderne, en béton. Celle vers le second niveau par contre, était plus rustique et à l'évidence beaucoup plus ancienne. De larges marches de pierres quelque peu disjointes et usées en leur milieu indiquaient des fondations datant de plusieurs siècles. Ce second niveau de caves était divisé en trois grands compartiments voûtés, mais d'une hauteur appréciable qui n'imposaient pas cette sensation d'écrasement que donnent souvent les vieilles caves. Encombrées depuis des lustres sans doute de bouteilles vides, de bûches tombées en poussière et de charbon désagrégé, ça sentait une odeur de poussière humide. Nul n'avait dû y mettre les pieds depuis longtemps. Écartant les toiles d'araignées, les deux amis entreprirent d'en explorer le sol et les parois. La maçonnerie était soignée, régulièrement structurée tous les trois à quatre mètres par des arceaux de pierres taillées garnis d'un remplissage de moellons. Il ne leur fallut pas longtemps pour en faire le tour mais rien ne laissait deviner qu'une quelconque porte secrète ait pu se cacher là autrefois. Par acquit de conscience, il en firent une seconde inspection avant de remonter au jour et c'est alors qu'un détail infime intrigua l'observateur professionnel qu'était Jack. Désignant dans le mur sud l'un des arceaux de pierre, il demanda :

— Dis-moi, Johan, c'est normal de trouver du salpêtre partout au bas de ces murs, sauf là ?

— Où ça ? Laisse moi voir... hum... en effet c'est étrange... Le salpêtre n'apparaît dans une cave que sur la paroi à l'air libre d'un mur dont l'autre face est au contact de la terre et de l'humidité. S'il n'y en a pas sur cette portion, c'est que l'autre face du mur est à l'air elle aussi. Ce qui signifie qu'un vide se trouve derrière... Approche la lampe qu'on y voie mieux... C'est bizarre, regarde les joints, on dirait du ciment...

Jack approcha la lumière :

— C'est bien du ciment, oui, et alors ? Quoi de plus naturel pour monter un mur ?

— Naturel... pas tant que ça !... Si c'était au niveau supérieur, oui, mais pas ici ! L'invention du ciment date d'après la Révolution. Avant, on utilisait surtout la chaux pour assembler les moellons, comme tous les autres murs de ces caves. Mais là, il y a là une nette différence de couleur et de dureté... Comme si on avait bouché cette arche bien plus récemment.

— Et alors ?... Tu en déduis quoi ?

— Que quelque chose est à découvrir derrière ce mur... et note que ça part du côté sud, c'est-à-dire vers le sous-sol de la rue Jeanne d'Arc et la Place de la République...

— Et nous sommes à une bonne dizaine de mètres sous la surface...

— Exact, confirma Johan. Ce qui explique que les archéologues n'aient rien trouvé en arrêtant leurs fouilles à deux mètres de profondeur... Il faut leur signaler ça. Pousse-toi un peu, j'en prends une photo... Là, c'est bon, on remonte.

*

Rentrés à la maison, Jack et Johan firent une courte enquête sur le web. Ils y découvrirent la confirmation que si le ciment n'était pas réellement une invention moderne – les romains, et avant eux les égyptiens, savaient en fabriquer à partir de cendres volcaniques –, son usage avait été perdu durant des siècles et il avait avait été réinventé en 1804 par un homme étonnamment désintéressé : Louis Vicat, ingénieur de l'école Polytechnique (tout récemment fondée par Lazare Carnot et Gaspard Monge après la Révolution), puis élève des Ponts et Chaussées.

Commandeur de la Légion d'Honneur, Chevalier de l'Ordre de Saint-Maurice et Lazare, Chevalier de l'Aigle rouge de Prusse, décoré de l'ordre de Sainte-Anne de Russie, il refusa un fauteuil à l'Académie Française. Il refusera également de déposer un brevet sur son invention, faisant ainsi cadeau de sa découverte à l'Humanité... Une telle abnégation est la preuve d'un esprit humaniste qui fait immédiatement penser, à l'instar de Newton qui fit cadeau de la Gravitation au monde, que ce personnage fut lui aussi un initié à l'Alchimie. Son nom figure parmi ceux des soixante-douze scientifiques inscrits sur la Tour Eiffel aux côtés de Foucault, Monge, Arago, Lavoisier, Ampère, Fourier, Carnot, etc. Comme on s'en est déjà rendu compte pour Foucault ou Arago, de tels esprits scientifiques ne sont pas sans liens avec le vieux savoir qui les a précédés.

— Il y a quelque chose qui ne colle pas, émit Jack... Admettons que ce mur cache l'escalier d'accès à une crypte, et admettons encore que l'obstruction de ce passage par une maçonnerie de ciment ait été faite après la Révolution... Ça pose question quant au commanditaire qui en a ordonné la construction à cette époque aussi tardive... J'aurais compris si l'accès en avait été muré dans les années 1570, au moment des Guerres de Religions lorsque l'église Saint-Samson fut détruite une première fois, ou bien en 1620 quand les Jésuites ont reconstruit une nouvelle église, ou encore un siècle et demi plus tard en 1770 lorsque cet évêque d'Orléans, Jarente des Bruyères, a émis l'idée d'abattre Saint-Sulpice et la nouvelle église Saint-Samson des Jésuites en vue du percement de la rue Jeanne d'Arc... Mais pourquoi après la Révolution ?...

— Hum... C'est bien observé... Mais peut-être n'est-ce pas aussi étrange, après tout...

— Que veux-tu dire ?

— Qu'il ne faut pas nécessairement s'arrêter à ce détail technique. En effet, si officiellement le ciment n'a été redécouvert qu'en 1804, rien ne dit que quelques initiés n'en conservaient pas le secret depuis des siècles car les Égyptiens le connaissaient déjà. Et en ce cas, *Sion* en était très certainement détenteur. Il se pourrait fort bien qu'au XVIIᵉ siècle un initié ait péché par excès de zèle en utilisant ce savoir pour murer l'accès par un remplissage dont les joints ne s'effriteraient pas. Et paradoxalement, c'est cette précaution qui t'a attiré l'œil aujourd'hui, car la capillarité de la chaux n'est pas celle du ciment, ce qui explique que le salpêtre n'ait pas fait son apparition sur cette partie.

— En effet, ça peut se voir comme ça... Mais du coup ça ne nous dit ni à quelle époque ça a été fait, ni par qui, ni pourquoi.

— Ça encore, ça peut se déduire... Avec une grosse marge d'incertitude je pencherais pour dire que ce bouchon a été monté avant l'arrivée des Jésuites, précisément à cause de leur arrivée prochaine, afin qu'ils ne trouvent pas cette crypte. Mais ça peut aussi bien dater de plus tard, sous Napoléon III, avant le percement de la rue Jeanne d'Arc...

— En tout état de cause, ça voudrait dire qu'il y a quelque chose à découvrir derrière ?

— Hé hé !... Ce n'est pas impossible. Mais il faudra attendre un peu pour savoir quoi. J'ai pu faire en sorte qu'on nous laisse descendre explorer ces caves, mais je doute qu'on nous laisse y démolir un pan de mur !...

*

Transparences numériques
De nos jours, Orléans, 8 Mai 23h00, bureau du Maire

Traditionnellement, chaque soir de 8 Mai, un féerique feu d'artifice est tiré sur les berges de la Loire, animée par le va-et-vient des anciens bateaux fluviaux qui se pressent de nouveau le long de ses quais depuis quelques années. Ce dernier événement, le feu d'artifice de 23h00, ponctuait d'un fastueux point final la célébration de la Délivrance... Quand Ryan et Scotty arrivèrent au bureau du Maire, accompagnés du Commissaire André, le ciel nocturne d'Orléans était tout illuminé des éclatants bouquets offerts par la municipalité aux très nombreux visiteurs venus jouir de ces journées festives. Habituellement la municipalité au grand complet y assistait, le Maire serrant des mains ici, plaisantant là avec les administrés qui le saluaient en le croisant dans la foule, mais ce soir Serge Dugarro n'avait pu consacrer que ce moment pour un rendez-vous avec le Commissaire et les deux belges, et c'était donc depuis les grandes baies de son bureau dominant la place de l'Étape qu'ils suivaient la fulgurance des couleurs éclatant dans le ciel de Loire, suivies de leurs détonations décalées. Le Maire avait bien sûr appris la regrettable manière dont s'était terminée la chasse au Sicaire de la nuit précédente...

— Bonsoir Messieurs. Vraiment pas de chance, n'est-ce pas ? Mais ça confirme malheureusement votre hypothèse, c'était bien à ce document qu'on en voulait...

— Bonsoir Monsieur le Maire, reprit le Commissaire André. Oui, nous avons manqué ce scélérat. De peu, mais nous l'avons manqué. Et l'affaire aurait pu plus mal tourner encore pour notre ami Berger...

— Bonsoir Monsieur le Maire... bah, n'y pensez plus Commissaire, dit Ryan. Ce qui est fait est fait. L'*Ishkarioth* est sans doute loin maintenant, et nous ne reverrons jamais le parchemin original. Ce qui compte c'est ce que nous pouvons encore faire...

— Expliquez-vous...

— Voilà. Mon ami Scotty a eu la brillante idée de penser que vos brodeuses disposaient d'un modèle, qu'on appelle un « patron » en couture, pour broder ce nouvel Étendard...

— Mais bien sûr !... s'exclama le Maire. C'est évident qu'elles n'ont pas inventé sa décoration ! Le labo a dû leur fournir un modèle grandeur nature... Espérons qu'elles ne l'auront pas détruit une fois leur travail accompli...

— Auriez-vous les coordonnées de ces brodeuses, Monsieur le Maire ?... demanda André.

— Malheureusement pas.

— Comment ça ? Vous ne les avez pas ?... s'étonna Ryan. C'est bien la Ville qui conserve l'Étendard le restant de l'année, non ? C'est donc vous qui avez fait broder cette version inédite ?...

Le Maire se troubla quelque peu et avoua...

— Officiellement, c'est vrai, c'est la Mairie d'Orléans qui en est responsable. Mais en réalité, la garde de cet Étendard est confiée à une association privée...

— Vous voulez dire une société de gardiennage ?

— Hum... Vous pensez sans doute à ces sociétés de vigiles ou de transport de fonds ?... en vérité, ce n'est pas vraiment cela... C'est plutôt... Comment dire ?... une association philanthropique... Oui, on peut le dire ainsi.

— Que nous chantez-vous là Monsieur le Maire ?... s'étonna le Commissaire André.

— Je veux dire que, l'original ayant été perdu depuis des siècles dans des conditions mystérieuses, l'Étendard actuel a été reconstitué au début du XXᵉ siècle selon des descriptions fournies par l'Église, et il est régulièrement confié à la garde de l'association johannique « Le Message », à laquelle je le rends le soir du 8 Mai aussitôt après sa restitution par l'évêque...

— Je ne comprends pas bien... Vous êtes en train de nous dire que c'est « officiellement » la Mairie la gardienne, mais qu'en fait, « officieusement » ce serait quelqu'un d'autre ?...

— C'est ça même, Monsieur Berger. Il ne faut pas se fier aux apparences. Croyez bien que je ne dirais pas cela à n'importe qui, mais puisque vous êtes Templier, je pense que vous pouvez comprendre...

— Oui, oui... Je comprends, Monsieur le Maire, en effet... Mais ce que je comprends surtout, c'est que depuis des lustres on cache aux Français certaines vérités sur Jeanne !... N'est-ce pas aussi votre avis ?

— Hélas ! J'ai ce sentiment moi aussi, mais vous savez comme moi qu'en politique il est des vérités qui dérangent l'ordre établi... il ne faut pas trop secouer le populo... Du moins c'est ce que, tous bords confondus, ont apparemment pensé et pensent encore un certain nombre de représentants du peuple depuis 1905... Je ne suis pas du tout de cet avis, je vous le dis tout de suite. Je crois au contraire qu'il faut « éclairer les foules » si je puis dire. Et ce n'est pas un hasard si l'une des plus grandes époques de la France fut celle des « Lumières »... Mais, le moyen de faire cela est très délicat. Comme les conséquences des révolutions, celles de révélations trop brutales de vérités sont difficilement contrôlables et ont montré leurs travers... De plus, encore faudrait-il connaître précisément la Vérité en question... En attendant de la trouver, je me suis donc résolu, bon gré mal gré comme mes prédécesseurs, à perpétuer l'aspect purement folklorique de la tradition en le modernisant un peu...

— Vous avez raison. Les coups d'accordéon sont comme les séismes, ils ont les pires effets sur la société. Bien plus que les lois, il faudrait surtout réformer les esprits, mais en douceur. Ne pas tout cacher à tout le monde ni encore moins tout révéler d'un coup, mais procéder à petites doses, en fonction de l'avancement spirituel des intéressés... Vous savez, on appelle ça « l'initiation », ironisa Ryan. Vous auriez sûrement fait un bon Templier, Monsieur le Maire !

— Je prends cela comme un compliment, Mr Berger, plaisanta Serge Dugarro. Hélas, j'ai déjà beaucoup de difficulté à concilier la Démocratie et la République, l'Équité et le Libéralisme... N'y ajoutons pas une éthique supplémentaire...

— Peut-être justement ne faut-il pas l'ajouter, mais la substituer aux autres ?... Pensez-y, Monsieur le Maire... Mais trêve de philosophie ! Dans l'immédiat, ce qui importe c'est de retrouver ce « patron » couturier. Ce serait donc l'association « Le Message » qui le détiendrait avec l'ancien Étendard que vous venez de lui remettre ?... Et vous avez bien sûr les coordonnées de cette association ?...

— J'appelle immédiatement le responsable.

— Si vous permettez, vous l'appellerez en route. Il nous faut y aller tout de suite... C'est quoi l'adresse ?

— Hum... Vraiment désolé de vous décevoir à nouveau Messieurs, mais je dois vous confesser que je l'ignore !... Pour sa propre sécurité, nul ne dispose de son adresse. Mes services et moi-même ne disposons que de son numéro de portable... Nous devrons attendre qu'il vienne.

— Comment ?!! Mais c'est proprement incroyable ! s'exclama le Commissaire ahuri.

— Je suis bien d'accord avec vous, reprit le Maire, mais comme je vous le disais tout-à-l'heure c'est un protocole qui a été établi il y a des décennies avec le Gouvernement de la Troisième République, et ça a toujours fonctionné ainsi... Ça peut paraître aussi désuet que la voix au chapitre du Président de la République Française en tant que chanoine d'honneur à Saint-Jean de Latran, ou son titre de co-Prince d'Andorre, mais ça n'est pas obsolète pour autant... Même à nous, élus, il y a des choses qui nous passent au-dessus de la tête !... Je ne vous dis pas combien ça peut m'agacer, mais il faut bien s'y plier puisque c'est la règle. Une règle non écrite et qui ne gêne personne hormis le Maire d'Orléans, moi aujourd'hui, mais comme je vous le disais, ça fonctionne. Donc pourquoi changer ?... En tant que responsable de la cité, j'ai bien d'autres chats à fouetter et bien d'autres couleuvres à avaler !

— Mais vous n'avez aucune sécurité... Il pourrait arriver n'importe quoi au responsable de cette association...

— Rassurez-vous ! Ce sont de vrais professionnels très bien organisés. Une procédure sécurisée nous fait parvenir l'Étendard chaque année à l'heure pile...

— Sans doute. Sauf que cette année, si vous me permettez, ils se sont révélés incapables de protéger ce fameux objet sacré !

— C'est en effet un accident très étrange...

— Pas un « accident », Monsieur le Maire ! Ce fut rien moins qu'un attentat, dirigé exclusivement vers ce symbole. J'ai l'impression que vous n'avez pas encore bien tout saisi... Je suis sûr que nous aurons l'explication avec ce patron couturier, mais c'est cependant notre dernière chance de comprendre...

— Ah, pas tout-à-fait ! fit le Commissaire, il y a peut-être encore... Les moines de Saint-Benoît m'ont apporté une copie scannée de ce document. Ou plus exactement une copie de sa copie... Je ne vous en avais pas encore parlé parce que, vu la médiocre qualité de reproduction, ça n'a pas permis à nos services de découvrir quoi que ce soit qui justifie ce flamboyant attentat... Selon eux, hormis la disposition peut-être, il n'y a rien de bien nouveau là-dessus. Néanmoins je vous l'ai amenée...

Le Commissaire sortit un CD de sa poche.

— Et vous ne le disiez pas ! s'exclama Ryan... Monsieur le Maire, vous avez bien un ordinateur disposant d'un logiciel d'imagerie numérique ?

— Évidemment ! Mon Cabinet en est équipé. Par ici, Messieurs !

Les quatre hommes passèrent dans le bureau voisin. Le Maire alluma un des ordinateurs de son secrétariat et introduisit le disque dans le lecteur.

— Quelques secondes de patience... Ah ! Voilà...

Agrandie à échelle 800% sur l'écran 24 pouces, l'image du mystérieux palimpseste apparut :

— Hum... Effectivement, en dehors des notes de la partition musicale, on ne distingue pas grand chose... conclut le Maire.

— C'est ce que je vous disais, n'est-ce pas... s'excusa le Commissaire.

— Pardon, intervint Scotty pressant l'épaule du maire, est-ce que vous me permettez...

— Je vous en prie...

Scotty prit place devant le clavier. Il tâtonna plusieurs fois, faisant varier les contrastes, l'intensité des couleurs, la définition des pixels, enregistrant à chaque changement une copie de sauvegarde à laquelle il attribuait un taux de transparence différent, qu'il mettait de côté.

Au bout d'un bon quart d'heure, il avait obtenu une dizaine de copies de couleurs toutes différentes dans lesquelles, au moyen de la fameuse « baguette magique », il sélectionna exclusivement les portées et les notes dessinées sur le document et les élimina. Enfin il superposa, comme autant de couches de calques, diverses combinaisons des copies ainsi modifiées. Alors apparurent clairement les couches sous-jacentes et grattées du document antérieur, celui qui avait précédé la musique sacrée réécrite par-dessus.

Débarrassé de sa partition musicale, le document n'était pas très distinct mais on pouvait tout de même, relativement, retrouver le dessin d'une oriflamme à deux pointes figurant un soleil soutenu par des anges, et lire au-dessus quelques mots : « Jhésus + Mar.. .ag... ». Le reste était trop flou pour en tirer quoi que ce soit.

— Bravo Scotty !

— Désolé, je ne peux pas faire mieux. Je suppose que le laboratoire avec l'infra-rouge et le scanner à résonance magnétique était parvenu à un meilleur résultat en travaillant à partir de l'original... s'excusa modestement Scotty. L'épaisseur même des encres et du support sont évidemment des critères qui n'ont aucune matérialité dans une image en deux dimensions, sans compter l'analyse chimique...

— Probablement. Mais déjà on peut voir quelques bribes de ce qu'il y avait là-dessus...

— Ouais, bof... ça ne nous avance pas à grand-chose ! émit le Commissaire...

— Exact ! confirma la Maire. L'inscription « Jhésus Maria » c'est ce qui figure déjà sur l'ancien Étendard, il n'y a rien là qui soit de nature à justifier un crime !

— Attendez, dit Ryan... Il y a visiblement quelque chose d'autre après « Maria »... On dirait comme un prolongement du prénom... Rahhh, c'est trop difficile à déchiffrer !... Et puis, c'est quoi cet espèce de nuage en bas du document, en dehors du dessin lui-même ?... On dirait un cartouche ou une espèce de légende. Tu pourrais agrandir encore cette partie et la rendre plus nette, Scotty ?

— On peut toujours essayer...

Scotty augmenta l'échelle du document jusqu'à 1600%, et joua une fois de plus sur la résolution des pixels.

— On dirait un post-scriptum, comme une note de bas de page... Dieu que c'est flou ! Pas facile de décrypter ça... En plus, ça paraît être du latin !

— Oui bien sûr, c'est du latin ! Quelqu'un ici connaît cette langue ?.. demanda Ryan à l'assemblée.

— Dommage que Johan ne soit pas là, dit Scotty... Il nous aurait lu ça tout de suite.

— Qu'à cela ne tienne ! rétorqua Serge Dugarro. Voulez-vous que je l'appelle ?... Ça devient trop passionnant pour que nous nous privions de ses lumières...

*

Dix minutes plus tard, Johan et Jack arrivaient et se faisaient reconnaître du gardien, prévenu par le maire qui les attendait. Le responsable de l'association « Le Message » arriva juste en même temps qu'eux : Un vieux monsieur très digne, sa serviette à la main, un peu collet-monté, presque hautain, et portant bien ses soixante-quinze ans.

Les trois hommes prirent l'ascenseur ensemble.

— Bonsoir ! fit Johan en s'effaçant pour laisser entrer l'inconnu.

— Bonsoir Messieurs.

— Johan Mynier, se présenta-t-il. Et voici Jack Dorlanes... Vous venez aussi voir Monsieur le Maire ?

— En effet. Pardonnez-moi, je ne me suis pas présenté : Gilbert-Motier de la Marnière, association « Le Message »... Vous connaissez peut-être ?

— Pas précisément, répondit Johan, mais j'ai déjà entendu ce nom à propos des fêtes de Jeanne d'Arc...

— C'est juste. En effet, notre association existe depuis un siècle, j'en suis le treizième président et nous sommes en quelque sorte les « protecteurs » de l'oriflamme et de son message... dit fièrement le vieux monsieur.

— Vous m'en direz tant !... ironisa Johan. Et quel « message » peut bien transmettre cet oriflamme exhibé chaque année depuis 1920 ?... Car vous ne pouvez pas ignorer qu'il s'agit d'un faux grossier ?

Gilbert-Motier de la Marnière sembla contrit de l'observation peu amène :

— Il s'agit effectivement d'une reconstitution, mais pas d'un « faux » comme vous dites. Il a été fidèlement redessiné selon les croquis fournis à l'époque par le Vatican lui-même !

— Ah ! Magnifique ! ironisa Johan. Et indiscutable évidemment !... Sans vouloir vous vexer, vous croyez vraiment à ce que vous dites, Monsieur de la Marnière ?...

Le cher homme prit un air très offusqué.

— Seriez-vous un de ces mécréants qui moquent les traditions, Monsieur Johan Mynier ?

— Ne le prenez pas mal ! Non, au contraire, je suis ces traditions de très près... De très très près même ! Et de ce fait, il m'arrive d'y déceler quelques anomalies...

Gilbert-Motier de la Marnière esquissa un sourire qui se voulait ironique...

— Ah ! Je vois !... Vous êtes un de ces Sherlock Holmes de l'Histoire qui s'imaginent qu'on passe le temps à leur mentir ? La fameuse théorie du complot...

L'ascenseur s'arrêta, les portes s'ouvrirent. Johan coupa court.

— Ce fut hélas, et c'est encore trop souvent le cas, cher Monsieur... Mais nous n'allons pas débattre de cela dans l'ascenseur. Le Maire nous attend. Passez devant, je vous en prie...

Serge Dugarro les attendait sur le palier. Il tendit la main à de la Marnière, puis à Johan et Jack.

— Bonsoir Monsieur le Maire, commença de la Marnière. Ainsi que vous en avez exprimé le désir, je suis venu aussi vite que j'ai pu vous apporter ce fameux patron. Un peu chiffonné sans doute, car il était sur le point de partir à la corbeille... Permettez-moi cependant d'être très étonné du ton d'urgence de votre demande, à cette heure tardive j'allais me coucher quand vous avez appelé...

— J'en suis navré, mais vous allez comprendre... Merci d'être venus, Messieurs ! Nous avons peut-être découvert un indice très important...

— Un indice, Monsieur le Maire ?... Mais un indice de quoi ?... s'inquiéta Gilbert-Motier.

— Un indice à propos du pourquoi, répondit finement le Maire, laissant son interlocuteur dans l'expectative. Entrez, je vous en prie... Je vous présente Mr Ryan Berger et Mr Scotty Vanguelde, tous deux de Bruxelles, et vous connaissez déjà le Commissaire André n'est-ce pas, dit-il aux nouveaux venus.

— Enchanté !... fit de la Marnière en saluant à la ronde. Puis, s'arrêtant sur Ryan : Est-ce que nous ne nous serions pas déjà rencontrés quelque part ?...

— C'est bien possible !... répondit malicieusement Ryan. J'ai habituellement une mémoire visuelle assez fidèle, mais c'est curieux, je ne vous remets pas habillé de la sorte... je vous imagine volontiers avec une grande cape noire frappée d'une croix verte...

Gilbert-Motier de la Marnière se détendit. Il était en pays de connaissance...

— En effet ! Et vous-même avec des couleurs complémentaires, sans doute ?... Votre tête me disait bien quelque chose... Arlon 2007, n'est-ce pas ? J'étais là en invité.

— Bien vu ! répondit Ryan. Je suis surpris, surpris mais enchanté de vous retrouver ici... Ainsi, c'est vous le responsable de la fameuse association « Le Message » ? Je comprends mieux maintenant le professionnalisme dont nous parlait Monsieur le Maire... Eh bien, mon cher, vous aussi allez être surpris !

— Pourquoi le serais-je ? Depuis quelques jours, plus rien ne m'étonne ! Savez-vous Monsieur le Maire que malgré toutes les précautions que nous prenons depuis de décennies, nous avons été cambriolés il y a deux jours ?!!!

— Cambriolés ? sursauta le Commissaire... C'est que vous étiez « cambriolable », mon cher !... Vos précautions étaient sans doute suffisantes au début du siècle dernier, mais aujourd'hui... Et que vous a-t-on volé ?

— Rien ! C'est le plus étrange... Une fenêtre de mon appartement a été forcée... Au troisième étage, vous vous rendez compte !... Heureusement rien n'a disparu. Ni de mon bureau ni de mon coffre, qui avait cependant été proprement ouvert et refermé. Mais il ne contient jamais de numéraires et ceci explique sans doute cela. L'indélicat a dû se tromper d'adresse. Je n'ai donc pas jugé utile d'appeler la police pour un simple carreau découpé.

— Dites-moi, cher frère – je peux vous appeler ainsi, n'est-ce pas ? s'enquit Ryan – serait-ce indiscret de vous demander si ce coffre abritait l'Étendard nouvelle version ?...

— En effet, c'est indiscret, mais compte-tenu des circonstances je vous répondrai tout de même : Oui, il était dedans. Mais vu qu'il s'y trouvait toujours après l'effraction, je n'avais aucune raison de soupçonner que ce fut l'objet principal de cette intrusion...

Le Commissaire coupa l'échange.

— Portez plainte ou pas, la question n'est pas là. Ce qui compte c'est que vous avez reçu une visite, et que ce visiteur a très probablement répandu sur l'étoffe un produit très inflammable afin de déclencher le feu à distance... Comment ? On l'ignore encore, mais ce fut spectaculaire ! Judicieux et sacrément ironique que de faire flamber une oriflamme ! Surtout celle de Jeanne !

— Vous avez parfaitement raison. Je ne m'en suis rendu compte que lorsque qu'elle a si soudainement pris feu sur le parvis de la cathédrale... Sacrée mise en scène, si je puis dire, pour un effet si bref !

— Oh, vous pouvez le dire ! renchérit Ryan. Nous avons affaire à un expert.

— Vous connaissez donc cet individu ?

— Nous avons failli l'attraper hier soir, mais il nous a filé entre les doigts comme une anguille ! Vraiment très fort le bonhomme !

— Mais pourquoi a-t-il fait cela ?... s'enquit Gilbert-Motier.

— Ça, mon cher, c'est à vous de nous le dire !...

— Moi ? Mais grands dieux, pourquoi le saurais-je ?

— Mais... parce que vous protégez « Le Message » de cet Étendard... Quel est-il donc, ce « Message » ?...

— Rien de bien secret. Comme disait tout-à-l'heure votre ami Johan : « Jhésus Maria », voilà le Message... Nous conservons ce tissu et l'exhibons chaque année car c'est le symbole de l'amour de Dieu et de son soutien au bras de notre bien-aimée Pucelle. Message sacré, c'est entendu, mais qui n'a rien de « secret ». Rien qui justifiât qu'on le détruisit !... Encore moins par le feu, que l'on réserve habituellement à la sorcellerie !

— Tss tss ! On n'avance pas ! émit le Commissaire. Cher Monsieur de la Marnière, avez-vous VU, de vos yeux VU, cet étendard nouvelle version ?

— Bien entendu, puisque je l'ai rangé moi-même dans mon coffre quand nos brodeuses l'eurent terminé, et c'est encore moi qui l'en ai ressorti pour la cérémonie...

— D'accord, mais elles vous l'ont apporté plié et enveloppé n'est-ce pas ?...

— En effet ! Enveloppé dans le patron en papier de soie qui leur a servi de modèle et que précisément l'on m'a demandé d'apporter...

— Donc... vous ne l'aviez pas déployé avant de l'accrocher sur sa hampe à la cathédrale ?... Vous ne savez donc pas la différence notable qu'il montre avec l'ancien ?...

— Quelle différence ? Il est tout blanc au lieu d'avoir comme l'autre un Christ assis sur son nuage... La belle affaire !

— Non, non !... Je parle des inscriptions...

— Comme le précédent je suppose... J'ai aperçu le mot « Jhésus » mais j'avoue ne pas l'avoir déployé davantage... Vous savez, c'est encombrant une pièce de tissu pareille. Étant donné qu'elle est blanche, on ne peut pas la déployer n'importe où sans risquer de la salir, ce qui, vous en conviendrez, serait du plus mauvais effet... On la plie donc habituellement en sorte que l'on puisse enfiler la hampe sans avoir à tout étendre. C'est seulement lorsqu'elle est bien accrochée qu'on lève alors la hampe et que l'oriflamme se déploie en entier jusqu'au sol...

— Certes, certes... Ce qui revient à dire que vous n'avez pas LU cette inscription en entier avant cette « Remise de l'Étendard » au Clergé ?

— J'en conviens. J'ignorais jusque là qu'allait se produire un tel incident dans les minutes suivantes...

— Dieu vous le pardonnera sans aucun doute... Maintenant, venez voir... Nous avons ici la restitution du dessin original qui figurait sur votre oriflamme.

Le vieux monsieur s'avança devant l'écran de l'ordinateur et de suite remarqua les différences...

— En effet, c'est étrange... c'est quoi ces signes après Maria ?... Et cette croix unique placée entre les deux noms au lieu d'être disposée de chaque côté comme on les montre habituellement. Qu'est-ce que ça signifie ?...

Johan s'interposa et déchiffra de son mieux les quelques traces floues des signes au bas du document à l'écran, avant de déclarer :

— Si l'on en juge par la longueur du grattage, après « Maria » nous trouvons un autre mot plus long, de neuf ou dix caractères et qui semble commencer lui aussi par « .agd.. ». Personnellement, je n'en vois qu'un seul autre qui corresponde, c'est « Magdalena »... Ce qui donnerait de gauche à droite les mots « Jhésus + Maria-Magdalena »... Quant à la croix, c'est tout bêtement le signe « + », le symbole utilisé de tous temps par les généalogistes pour indiquer en abrégé l'union maritale entre les deux personnes nommées d'un côté et de l'autre... Ce que semble confirmer d'ailleurs le peu de latin qu'on parvienne à deviner encore au bas de ce document...

Gilbert-Motier parût assommé par une si hérétique interprétation. Qu'on pût prêter crédit à cette fable redondante d'un Jésus marié, et qui plus est avec Marie-Madeleine, lui paraissait du dernier mauvais goût ! Il se précipita sur sa serviette et en sortit le patron couturier qu'il étala sur le bureau, certain qu'il allait pouvoir démontrer qu'un malentendu... Mais les inscriptions étaient bien celles indiquées par Johan. Il reçut la révélation comme un grand choc !

— Mais alors ?...

— Alors, dit Johan, ça signifie que l'inscription sur cet Étendard était rien moins que l'en-tête de la Sainte-Famille, mon cher !... Ça n'est d'ailleurs pas une découverte puisque tous les chercheurs connaissent cette expression « Jhésus + Maria » placée en en-tête des quelques lettres de Jeanne que nous possédons. Partant du postulat qu'il s'agissait de Jésus et Marie sa mère, aucun historien sérieux ne s'est jamais risqué à l'interpréter autrement, mais naturellement, cette précision « Maria-Magdalena » en change tout le sens !...

J'ajouterai qu'en l'occurrence l'expression « en-tête » me paraît parfaitement adaptée pour exprimer ce qui n'aura été d'un bout à l'autre qu'une véritable « entreprise familiale »...

Gilbert-Motier de la Marnière avait pâli. La couleur de sa peau, d'ordinaire légèrement parcheminée par un âge avancé, aurait pu être comparée au linge blanc immaculé de l'oriflamme qu'il avait failli à défendre... En vieux combattant, il tenta une dernière botte, cherchant surtout à se convaincre lui-même qu'une erreur s'était glissée dans le raisonnement de Johan...

— Qu'est-ce que vous nous racontez là, Sherlock... ça n'est pas possible, voyons !

Johan l'acheva avec une certaine cruauté :

— Et pourquoi ne serait-ce pas possible, cher Gilbert-Motier ?... Parce que ça remet en question toutes vos convictions antérieures ? Vous savez, vous ne seriez pas le premier... Bien que pour eux ça n'ait duré que soixante-dix ans, les vieux Staliniens aussi ont eu beaucoup de mal à revenir sur leur utopie. Je conçois qu'après deux mille ans ce soit d'autant plus difficile pour vous... Je vous présente mes condoléances, cher Gilbert-Motier, car votre sainte est morte une seconde fois, de nouveau brûlée, mais cette fois comme le Phœnix pour mieux renaître de ses cendres... Et quand je dis des cendres, ce serait plutôt « descendre », en un seul mot et en ligne directe de son ancêtre Jhésus !...

Gilbert-Motier avait les larmes au bord des yeux...

— Excusez notre ami Johan, intervint Jack qui n'avait rien dit jusque là, il ne peut pas s'empêcher de jouer avec les mots...

Gilbert-Motier de la Marnière, accablé de tristesse, parût prendre d'un coup dix ans de plus. Dans un sursaut d'orgueil, il relança :

— Je trouve très choquante votre plaisanterie Monsieur Johan !... permettez-moi de vous le dire ! Mon ancêtre était un compagnon de Jeanne au siège d'Orléans, et je suis très susceptible sur ce sujet... Si nous étions encore au siècle dernier, je vous jetterais mon gant !

Johan eu pitié du vieil homme qui venait de voir s'effondrer en un instant tout le but de sa vie.

— Pardonnez-moi, Monsieur. Jouer avec les mots est mon sport favori mais Jack a raison, c'était méchant, et je vous en demande pardon... Je conçois votre désarroi, mais cependant, vous devez convenir que nous n'inventons rien. Ce détail secret change tout le sens du symbole sacré dont vous parliez... Mais ce compagnon de Jeanne... Peut-on savoir qui donc était votre ancêtre ?...

— Nul autre que le grand Gilbert-Motier de la Fayette, Monsieur !... répliqua le vieux monsieur drapé dans sa dignité.

— La Fayette ? s'étonna Scotty... un ancêtre de l'autre ?

— En effet, confirma Johan. Le Marquis de la Fayette qui, quelques siècles plus tard, aidera l'Amérique à accéder à l'Indépendance se prénommait « Marie-Joseph Paul Roch Yves Gilbert Motier », en hommage à son ancêtre, tout comme Monsieur de la Marnière porte avec fierté ses deux derniers prénoms qui furent ceux du compagnon de Jeanne... Félicitations pour ces quartiers de noblesse, Monsieur de la Marnière ! Il n'empêche que, sans vouloir retourner le couteau dans la plaie, vous aurez eu moins de succès que vos illustres ancêtres dans votre bataille personnelle... Mais rassurez-vous ! Perdre une bataille n'est pas perdre la guerre, et il n'est jamais trop tard pour faire éclater la Vérité, même si elle s'est faite attendre... Je crois que vous allez participer, bien involontairement je vous l'accorde, à la révélation d'un des plus grands mystères de l'Histoire de France !... C'est un honneur qui en vaut un autre, croyez-moi !

— Hum... ça n'est pas encore fait !... observa Jack. Si nous avons de nombreux éléments convergents, nous ne détenons toujours aucune preuve formelle... Cette copie numérique ne vaut pas l'original. Et si, en ce qui nous concerne, nous apercevons la vérité dont tu parles, Johan, nous sommes très loin de pouvoir la démontrer au grand public.

— Jack a raison, confirma Ryan. Le Sicaire a brûlé l'étendard révélateur et dérobé le document original afin de faire disparaître de la circulation toute trace matérielle non conforme au dogme. La seule chose établie, c'est que nous ne pouvons rien prouver. De plus, nous ignorons toujours pourquoi il a tué notre frère Conrad...

— Sans doute pensait-il trouver copie du document dans sa mallette ? suggéra le Commissaire.

— Non, non, dit Ryan. Si je peux me permettre, Commissaire, ça ne tient pas !... Il a attaqué et fouillé le moine de Saint-Benoît AVANT sa rencontre avec notre ami Conrad. Il n'avait donc aucune raison de tuer ce dernier après... Et à mon sens, si avant de mettre le feu à sa voiture il a aussi fouillé sa mallette, fort imprudemment puisqu'il y a laissé des traces, c'est qu'il y cherchait autre chose...

Jack se mêla de la discussion :

— Et si ce meurtre n'avait pas de rapport direct avec Jeanne, mais avec Conrad lui-même ?... Avez-vous envisagé cette hypothèse ?...

Ryan et le Commissaire se regardèrent, ébahis ! Non, ils n'avaient pas une seconde envisagé la chose... Ces journalistes tout de même, quel flair !

— En effet, admit le Commissaire, c'est une piste que nous avons négligée.... Mais c'est un peu votre faute Messieurs, reprocha-t-il à Ryan et Scotty. Vous ne m'avez jamais donné son identité véritable... car « Lisblœm » n'est-ce pas...

— N'est qu'un pseudo, oui, je sais... Laissez-moi réfléchir deux minutes...

Ryan s'isola avec Scotty dans le bureau voisin et tous deux convinrent qu'effectivement il était possible que ce meurtre ne soit que parallèle à l'affaire du parchemin, lui-même sans lien direct avec les recherches de Conrad !... Et si, contrairement à ce qu'ils avaient postulé tout d'abord, c'étaient DEUX affaires et non une seule ? Elles s'étaient peut-être tout simplement télescopées à Orléans ?... Conrad, venu dans la ville ligérienne pour une autre raison encore inconnue, aura évidemment été intrigué par l'annonce dans les journaux locaux d'une relique touchant à Jeanne, mais ce n'était pas nécessairement son objectif premier en venant à Orléans avant même que ne filtre l'indiscrétion... Il y avait donc autre chose...

Les deux hommes revinrent vers le Commissaire et les autres.

— Tu as raison, Jack. Ce sont peut-être deux affaires différentes. Compte-tenu de l'appartenance de Conrad à notre Ordre et de sa spécialité, nous sommes partis un peu vite peut-être sur l'idée qu'il s'agissait d'une même intrigue parce que nous avions effectivement affaire au même criminel... Mais rien n'obligeait le Sicaire à tuer Conrad, surtout pour dérober ce que, chronologiquement, il avait déjà récupéré sur le moine... Par ailleurs, Conrad était déjà d'un certain âge et n'était pas un combattant. C'était un intellectuel. Le Sicaire l'aurait facilement neutralisé pour le voler sans aucun besoin de l'assassiner... S'il l'a fait tout de même, c'est donc pour une toute autre raison... Et cette raison est peut-être liée à la généalogie de notre ami Jack...

— À ma généalogie ? s'étonna Jack... Comment ça ?

— C'est compliqué, continua Ryan, mais ça se tient. Suivez-moi bien : jusqu'à ce que nous le rencontrions deux fois par pur hasard : dans le train d'abord, puis ici même à Orléans, Jack était totalement inconnu de notre Ordre. Il n'était même pas encore en France lorsque Conrad a été assassiné, et ils ne se sont jamais rencontrés. Conrad n'avait donc aucune raison de soupçonner que Jack était « qui nous savons maintenant qu'il est »... Pourtant, il avait déjà appelé Salt Lake City deux semaines plus tôt pour se voir confirmer cette filiation, et l'on sait que le Vatican l'avait fait avant lui... C'est donc que Conrad était sur une piste, mais différente de celle du parchemin dont il ne connaissait probablement pas encore l'existence lorsqu'il a appelé les Mormons. Il n'a dû entendre parler du parchemin que quelques jours avant sa fatale rencontre... À mon avis, on peut dresser le schéma suivant :

1) Pour une raison X qui reste à définir, Conrad identifie Jeanne d'Arc en Jeanne des Armoises et soupçonne qu'il en existe encore des descendants en vie. Il décide de commencer son enquête ici à Orléans, puisque certaines traces du passage de Jeanne des Armoises à Orléans subsistent aux archives de la ville démontrant qu'elle y a été reconnue. Depuis Orléans ou ailleurs, peu importe, il prend lui aussi ses renseignements chez les Mormons. Mais contrairement à nous, qui recherchions les ancêtres d'un Jack Dorlanes que nous avions devant nous, lui recherchait les descendants de Jeanne des Armoises sans avoir la certitude qu'il en existait encore... La démarche inverse, en somme. C'est alors qu'il apprend, comme nous l'avons appris nous-même, que deux autres requêtes avaient été effectuées précédemment sur la même personne : une depuis les USA où vit Jack, et la plus récente depuis l'Italie. Cela le conforte dans sa recherche de survivants de la lignée, mais du même coup ça le met en alerte : Quelqu'un d'autre avant lui a fait la même démarche !... En bon conservateur, il aura certainement noté ce fait dans un calepin. Un calepin qui n'a pas été retrouvé dans sa mallette parce que le Sicaire l'aura brûlé, ou subtilisé pour le remettre à ses commanditaires.

2) Pendant que Conrad est ici survient cette affaire de parchemin ou relique mystérieuse dont il entend parler par les journaux. Se disant qu'il y a peut-être un lien avec sa recherche, il téléphone à Saint-Benoît sur Loire. Mais ce que Conrad ne soupçonne pas, c'est que le Sicaire a déjà mis le monastère sur écoute parce que le Vatican est déjà, lui, sur l'affaire du parchemin... C'est là que les deux affaires se télescopent... À partir de là, les deux se confondent car le Sicaire pense, à tort comme nous, que Conrad est là lui aussi pour le parchemin lié à Jeanne d'Arc, alors qu'il n'y était initialement que pour rechercher d'éventuels descendants... Vous suivez toujours ?...

— Oui oui... Continuez... opina le Commissaire.

— Voilà comment je vois les choses : Le meurtre de Conrad paraît être la première erreur du Sicaire. Erreur commise parce que, ayant espionné la conversation avec le moine de Saint-Benoît, il a cru que Conrad avait déjà des renseignements sur ce document relatif à l'Étendard. Il a donc résolu de les surprendre à leur rendez-vous sur le canal. Le moine est arrivé en premier. L'*Ishkarioth* l'a estourbi et fouillé, puis s'est posté probablement quelque part sur la rive pour guetter le retour de Conrad, ou mieux : l'a attendu dans sa voiture... C'est en fouillant sa mallette qu'il s'est rendu compte de sa méprise, que ça n'avait rien à voir... Mais a-t-il réellement tué « par erreur » ?... Non, car du même coup il a appris par les documents trouvés dans cette mallette le résultat de l'enquête généalogique menée par Conrad, et il a aussitôt décidé d'éliminer ce témoin gênant d'une descendance de Jeanne des Armoises... C'est à ce moment-là qu'il a pris la décision d'éliminer Conrad. Avant de se débarrasser du corps, il a signé son crime comme à son habitude par une fleur, et c'est ça qui nous a alertés.

En tant que Templiers, nous n'aurions jamais connu cette affaire d'Étendard si, s'abstenant de tuer Conrad, le Sicaire s'était contenté de détruire l'étoffe, subtiliser le document et disparaître... Vous avez pu constater comme nous la réaction irrationnelle de la foule, magistralement « récupérée » par l'évêque après cet incendie « miraculeux ». On aurait vite dit que Dieu lui-même s'était opposé à ce changement et aujourd'hui l'incident serait clos. La jeune Marie-Charlotte aurait défilé comme elle l'a fait avec l'ancien modèle, et voilà tout ! Le grand public, tout comme notre ami Gilbert-Motier ici présent, n'y aurait vu que du feu, si j'ose dire... La Presse aurait mis ça sur le compte de l'orage et le fait-divers aurait eu droit à deux lignes dans le journal local, pas plus... Seul le laboratoire aurait eu à déplorer la perte d'un parchemin original qui lui avait été confié, ce dont il ne se serait évidemment pas vanté auprès des journalistes.

C'est donc ce meurtre fortuit qui a tout fait basculer, car nous avons fait la même erreur que l'assassin en liant les deux affaires.

— Cela dit, cette erreur aura profité à l'enquête ! fit observer le Commissaire.

— C'est vrai. Reste que si nous avons une idée du mobile de la destruction et du vol relatifs à l'Étendard, nous n'avons toujours pas le mobile réel du crime lui-même... Qu'est-ce qui a bien pu faire penser à Conrad qu'il y avait des descendants de Jeanne des Armoises en vie et pourquoi les recherchait-il ?... Car s'il ne les avait pas recherchés, il ne serait pas venu à Orléans, n'aurait pas entendu parler de ce parchemin, n'aurait donc pas contacté le moine et serait toujours en vie...

— Je pense que nous n'avancerons pas tant que vous ne nous dévoilerez pas l'identité réelle de la victime, Mr Berger...

— Vous avez raison, Commissaire... Son prénom est vraiment Conrad, et son patronyme véritable est « de Saint-Pol ».

— Comment dites-vous ? s'enquit de la Marnière... C'était un Saint-Pol ?

— Oui. Vous connaissez sa famille ?

— Sa famille actuelle, non, répondit Gilbert-Motier, mais je connais ses origines... C'est une vieille noblesse de Picardie apparentée aux Luxembourg depuis le moyen-âge... À peu près à l'époque de Jeanne d'ailleurs... Les comtes de Saint-Pol, Soissons et Marle descendent de Louis de Luxembourg et de Jeanne de Bar...

Johan intervint :

— Si ma mémoire m'est fidèle, cette Jeanne de Bar était la fille de Robert de Bar et de Jeanne de Béthune, n'est-ce pas ?... Quant à ce Louis de Luxembourg, qui épousa Jeanne de Bar en 1435, devenant ainsi l'ancêtre de la victime Conrad, je crois savoir qu'il avait été élevé par son oncle, lequel n'était autre que ce Jean II de Luxembourg qui vendit La Pucelle aux anglais en 1430 ?...

— C'est lui-même, en effet...

— Alors... j'ajouterai, pour compléter le tableau, quelque chose d'amusant : le regretté Conrad de Saint-Pol, votre ami victime de cet horrible assassinat ici à Orléans, était également de la lignée des Guise, ces chefs de la « Sainte Ligue » qui fit tant parler d'elle au moment des Guerres de Religions...

— En effet, confirma Gilbert-Motier : Jean II de Luxembourg disputa la succession du comté de Guise qui avait été dévolu à René d'Anjou, lequel l'échangea en 1420 à Jeanne de Bar contre le Barrois dont dépendait Domrémy, lieu de naissance de la Pucelle... Par cet arrangement, le jeune Louis de Luxembourg, par ailleurs comte de Saint-Pol, fut donc aussi un « Guise »... et si votre Conrad est son descendant, il est logique qu'il se soit intéressé à cette parentèle...

— Je vous reprendrai sur la question du lieu de naissance de la Pucelle, corrigea Johan, mais pour le reste vous avez raison. D'autant que deux ducs de Guise furent plus tard assassinés sur la Loire, l'un près d'Orléans et l'autre à Blois !... Voilà sans doute la raison initiale pour laquelle il était ici. Ce n'était pas directement pour l'étendard de Jeanne mais simplement par ricochet...

Ryan enchaîna :

— ... car notre Conrad, par ses racines familiales, avait des raisons de penser que derrière l'histoire de la Pucelle d'Orléans alias Jeanne des Armoises, se cachait une autre histoire mystérieuse qui pouvait y être liée, et pour laquelle sont morts deux ducs de Guise ? Ça explique sa recherche.

— J'ai du mal à suivre votre dissertation de spécialistes, s'impatienta le Maire. Tout ça est passionnant, mais ça nous mène où ?... Tant qu'aucun lien n'est objectivement et scientifiquement établi entre la Pucelle et cette Jeanne des Armoises, les historiens classiques continueront de prêcher que Jeanne des Armoises n'était qu'une aventurière et Jeanne d'Arc une illuminée ou une sainte...

— C'est vrai, renchérit Johan. Mais peut-être est-ce précisément ce maillon manquant que cherchait à établir Conrad ? Le lien entre l'héroïne orléanaise et cette autre lorraine que fut Jeanne des Armoises...

Le Commissaire André qui suivait la conversation avec une relative prudence, sentit rougir ses oreilles avant d'oser intervenir.

— Je suis impardonnable ! J'ai oublié de vous dire... s'excusa-t-il : Nous avons aussi trouvé un casier en poste restante au nom de Conrad Lisbloem... Apparemment, votre ami attendait du courrier...

— Commissaire ! s'exclama Ryan, si vous ne nous dites pas tout, vous non plus... Allez, videz votre sac !

— Pardonnez-moi, s'excusa André, j'étais obnubilé par la disparition de ce fameux parchemin... Nous avons récupéré cet après-midi un paquet en provenance de Lorraine justement, d'un petit bled nommé Pulligny-quelque chose... Ce nom ne me disait rien mais, à toutes fins utiles, j'ai fait parvenir le signalement de la victime à la gendarmerie locale pour savoir si quelqu'un l'avait vue là-bas récemment... À part un ivrogne qui, il y a deux mois, croit avoir vu rôder dans le cimetière un étranger au pays correspondant vaguement au signalement, pas d'autre confirmation. Autant dire rien. Et pourtant, un colis en est arrivé ce matin... Je n'ai pas eu le temps de l'ouvrir, il est dans ma voiture, je descends le chercher...

— Excusez-moi, Commissaire... par pur hasard, ne serait-ce pas Pulligny-sur-Madon ? s'enquit Johan.

— C'est bien ça en effet. Sur la carte, c'est un petit bled perdu sur les premiers contreforts des Vosges...

— Eh bien, mon cher Commissaire, l'église de ce « petit bled perdu » comme vous l'appelez, charmante chapelle du XVᵉ par ailleurs, est réputée abriter dans son chœur le tombeau de Jeanne des Armoises ainsi que celui de son mari, le sire Robert !

— Merde alors ! lâcha le Commissaire... Ce n'est pas possible, on y revient toujours !...

Le Commissaire André descendit jusqu'à sa voiture et remonta bientôt avec un petit colis de la grosseur d'un paquet de cigarettes. Il enfila une paire de gants de caoutchouc et se mit en devoir de l'ouvrir avec d'infinies précautions. Le paquet livra bientôt son contenu à la vue des personnes présentes : un petit mot manuscrit mais sans signature, accompagnait dans le fond de la boîte un minuscule objet soigneusement emballé. Le Commissaire déplia le mot : « Désolé pour retard. Impossible avant, cause date des travaux dans l'église reculée. Ci-joint votre commande passée en Mars dernier lors de votre venue à Pulligny. Apparemment tous les ossements ont été déménagés à une date antérieure pour une destination inconnue. Cette dent est la seule chose qui restait dans le caveau. Merci et bonne chance. »

Puis il déballa fiévreusement l'objet au fond du paquet... Une jolie petite dent humaine trônait dans un sachet plastique consciencieusement étiqueté de la mention : « *Canine supérieure gauche de Jeanne des Armoises !* »

— Nom de Dieu, une violation de sépulture !... jura le Commissaire. Il ne manquait plus que ça !

— Violation de sépulture, juste pour une dent ? Commissaire, vous n'exagérez pas un peu ?...

— Mais où est donc passé le reste du corps ?

— Allez savoir !... Il a probablement été translaté en toute discrétion au début du XXᵉ siècle, quand la plaque commémorative a disparu. Et visiblement ceux qui ont fait ça devaient être pressés, car oublier une dent c'est symptomatique d'un travail expédié à la hâte, ils n'ont même pas passé un coup de balai !... On ne retrouvera jamais le reste[1]...

— En tous cas, continua Ryan, ça confirme que Conrad était bien sur une piste liée à Jeanne des Armoises... Mais pourquoi faire exhumer cette relique, en fraude sans aucun doute ?

— La réponse est toute bête, Messieurs, ironisa Gilbert-Motier de la Marnière. Il ne pouvait pas faire exhumer la vraie Jeanne !.. Et pour cause !

— Ha ha ha ! Très drôle ! Mais un peu facile... commenta Johan. Puis, se tournant vers André : Je crains Commissaire, que Conrad n'ait pas eu le choix des moyens. Aux dernières nouvelles, l'évêque du diocèse dont dépend le lieu s'opposait à toute ouverture de sépulture, j'en comprends aujourd'hui la raison, et nulle demande auprès des autorités judiciaires n'a jamais été suivie d'effet puisque, « officiellement », il n'y a jamais eu aucune raison valable de diligenter une telle enquête...

---

1 *Il n'est pas impossible qu'on ait retrouvé les restes de Jeanne d'Arc... Voir en notes annexes l'étrange trouvaille effectuée en 2001 par Serguei Gorbenko.*

Réalisant que cette affaire risquait de prendre rapidement une étrange tournure politique, mais que, somme toute, il n'avait toujours aucun élément probant justifiant qu'il orientât son enquête dans cette direction, le Commissaire hésitait : résoudre les crimes et traquer les criminels, protéger les citoyens, c'était son boulot, mais s'attaquer à la « statue du commandeur » n'en faisait pas partie... Et en vertu même de son supplice supposé, Jeanne d'Arc avait acquis en France la stature d'un symbole national... En tant que « patronne de la France », elle valait tout à la fois le Soldat Inconnu de l'Arc de Triomphe, symbole vibrant de patriotisme, la « bergère » issue du peuple, excellent concept pour le rapprochement des classes sociales, et la sainte icône des bondieuseries locales... Sans preuves en béton armé, toucher à cette icône alors qu'il était en fin de carrière ne l'emplissait pas vraiment d'adrénaline... Dézinguer l'icône de Jeanne en apportant la preuve qu'elle n'était pas morte à Rouen revenait à ébranler jusqu'au cœur de la nation toute la politique française depuis la IIIe République !... Devant la montagne d'oppositions et de critiques qu'il sentait déjà survenir de toutes parts, le brave commissaire André recula...

— Oui, bof... tout ça ne me parait pas très sérieux... après tout ce n'est qu'une dent ! Sans scellé ni procès-verbal d'exhumation, elle peut provenir de n'importe quel macchabée ! Ce petit mot anonyme ne prouve pas qu'il y ait eu violation de sépulture, et rien ne prouve non plus qu'il s'agisse bien d'une dent ayant appartenu à cette Jeanne des Armoises... Votre ami Conrad s'est peut-être fait avoir comme un bleu par le premier escroc venu ?...

Il avait raison, c'était une possibilité, mais Ryan objecta :

— Soit ! La procédure judiciaire n'a pas été respectée et ça ne vaut pas en tant que preuve en Justice, je vous l'accorde, mais je vous fais tout de même observer, Commissaire, qu'est écrit sur ce petit mot : « merci et bonne chance »... Vous connaissez beaucoup d'escrocs qui prennent la peine de servir et remercier leur « pigeon » en lui souhaitant bonne chance après avoir été payé, si toutefois il l'a été, et qui emballent la marchandise de la sorte ?... Moi je n'en connais pas. Un escroc aurait pris l'argent et bonsoir ! Il s'agit donc très certainement d'une canine de la « vraie » Jeanne des Armoises, à défaut de prouver à notre ami Gilbert-Motier qu'elle fut aussi sur la mâchoire de la Pucelle d'Orléans... Il faudrait une analyse de l'ADN pour en être certain...

— Et quand bien même... insista le Commissaire... ça prouverait quoi ? Pour prouver quelque chose de ce genre, il faut pouvoir comparer avec des échantillons clairement identifiés de sa famille supposée... Vous en avez sous la main, vous ? Moi pas ! Je vois déjà toutes les complications administratives... et puis j'entends d'ici les blagues à deux balles des collègues : « Alors Commissaire... le voleur de quenottes est sorti de son trou ? Quel fromage utilisez-vous comme appât ? »... Non, croyez-moi, ça ne mène à rien, et ça ne vaut même pas la peine d'entamer une enquête sur place, les gendarmes vont me rire au nez... Mieux vaut considérer cela comme une mauvaise plaisanterie, dit le commissaire en jetant vers la corbeille la boîte qui commençait à lui brûler les doigts...

Lancé d'une main adroite, le paquet décrivit une orbe qui devait le mener pile dans la corbeille, dans un coin du bureau. Mais Jack bondit et intercepta au vol la boîte et son contenu, sous les regards admiratifs des ses compagnons pour l'adresse avec laquelle il avait saisi l'objet en pleine trajectoire.

— Oh ! fit modestement Jack, ce n'est rien... Vieux réflexe de joueur de Base-ball !... Ne la jetez pas, Commissaire... elle m'intéresse, moi ! Je collectionne toutes sortes de dents, mentit-il effrontément... des alligators de Floride aux requins d'affaires de Manhattan en passant par les boxeurs du Bronx... Puis, montrant les siennes dans un sourire éclatant : c'est ma marotte depuis que la petite souris venait prendre les miennes dans mon enfance. Vous permettez que je conserve cette relique ?

— Pfft !... fit le Commissaire haussant les épaules, ma foi, si ça vous amuse... mais ne comptez pas sur le laboratoire de la Police Scientifique ! Je ne veux pas me ridiculiser avec ça !

— No problem, Commissaire, répondit Jack. C'est mon affaire ! Dites-moi juste une petite chose... Ne pourrait-on vérifier demain matin qu'il y a bien eu récemment des travaux dans cette église ?

— C'est facile ! Il suffit de téléphoner à la Mairie du bled. Mais encore une fois, ça ne prouvera pas que cette dent vient de là...

— Ça ne prouvera rien pour vous, Commissaire, mais quant à moi je trouve que ce serait une indication intéressante.

— Jack a raison Commissaire, intervint Ryan. Si des travaux ont bien eu lieu, vous pourrez toujours demander l'expertise... même si la preuve n'est pas juridiquement recevable du fait de l'absence de procès-verbal d'exhumation ça n'aura aucune importance, car j'imagine que vous n'allez pas poursuivre l'Église en Justice pour faux et usage de faux durant six siècles !

Et, fin psychologue, il ajouta : Et si vous craignez, à juste titre me semble-t-il, les retombées politiques qu'une telle révélation ne manquerait pas de provoquer au cas où l'analyse ADN démontrerait une filiation, rassurez-vous... Mettons de côté cette identification, matériellement impossible, de Jeanne des Armoises comme la véritable Pucelle d'Orléans. Notre ami Jack n'ira pas clamer partout qu'il est le descendant de Jeanne d'Arc ! Mais, quand bien même ne serait-il que celui de Jeanne et Robert des Armoises sans lien prouvé avec la Pucelle, c'est important pour lui qu'il en soit sûr ! Vous pouvez bien faire ça ! Après tout, c'est grâce à lui aussi si nous avons rapidement avancé dans l'enquête. Grâce à lui et à Johan.

— Soit ! concéda le commissaire en maugréant... Donnez, je l'enverrai au labo demain. Mais à titre tout à fait exceptionnel, comme un service personnel, nous sommes bien d'accord ?... Pas une ligne sur tout ça dans votre journal !

— Tout-à-fait d'accord, Commissaire ! assura Jack. Nous n'y ferons allusion que dans le roman que nous écrivons avec Johan... Mais ce n'est qu'un « roman », n'est-ce pas...

— Hum... Bon, mais il faudra aussi un échantillon de votre propre ADN pour la comparaison et je n'ai pas ce qu'il faut ici. Passez demain après-midi à mon bureau pour un prélèvement de salive.

— Merci Commissaire. Nous n'y manquerons pas.

— Pour en revenir à votre ami Conrad, en supposant toujours que votre hypothèse soit la bonne, il avait évidemment dans l'idée de procéder lui-même à cette analyse d'ADN...

— Vous pouvez en être sûr, Commissaire ! On ne se fait pas envoyer un tel objet sans une idée précise derrière la tête.

— Mais lui ne connaissait pas Jack. Du moins pas encore. Comment comptait-il donc procéder à cette identification ? Avec quel ADN témoin ?

— Bonne question, Commissaire ! Je dois convenir que je n'ai pas la réponse... Lui l'avait certainement !

— Et c'est peut-être cela que cherchait, ou que lui a dérobé dans sa mallette, votre *Ishkarioth* ?... Là encore, nous ne le saurons jamais...

— Je vous avais prévenu, Commissaire... Avec ces gens-là, vous n'aurez jamais de preuves ! Et je sais de quoi je parle ! Toute la structure de l'Église est bâtie sur l'interprétation à leur sauce miraculeuse de l'histoire d'un homme, un homme exceptionnel certes mais un homme tout de même, qu'au fil du temps et des conciles elle est parvenue à transformer en Dieu dans l'esprit de plus d'un milliard d'autres hommes sur lesquels elle exerce son contrôle... Alors bien sûr, on pourra toujours m'objecter que son rôle est souvent bénéfique, que de nombreux personnages généreux comme l'Abbé Pierre, Sœur Thérésa ou Saint-François d'Assise sont sortis de son sein... C'est vrai ! Mais à côté de ça, combien de bûchers, combien d'autodafés, combien d'inquisiteurs, de Torquemada, de Robert-le-bougre, de Bernard Guy, ou d'évêques de Carcassonne ou d'ailleurs, incitant leurs troupes au bain de sang en criant : « *Tuez-les tous ! Dieu reconnaîtra les siens !* » ...

— Je suis littéralement horrifié de ce que j'entends là, mon cher ! s'exclama Gilbert-Motier de la Marnière. Seriez-vous devenu un hérétique depuis notre dernière rencontre ?...

— Pas du tout, cher Gilbert-Motier, pas du tout... Je n'exprime que le dégoût exprimé bien avant moi par les Templiers fondateurs de l'Ordre !... Et vous qui êtes sensé protéger le « Message » de Jeanne, plutôt qu'à la forme vous devriez vous intéresser davantage au fond de ce message... Il en reste si peu !... C'est précisément ce que ne veut pas votre maître... la Sainte Église Catholique et Romaine à laquelle vous vous êtes voué.

Monsieur de la Marnière retint un mouvement de colère.

— Vous m'offensez Monsieur ! Si nous étions au moyen-âge, ou si j'avais seulement vingt ans de moins, je vous en demanderais raison sur le champ ! Et d'ailleurs, je ne suis pas un religieux, je ne suis voué qu'à un Ordre d'Hospitaliers, contrairement aux Templiers dont vous vous revendiquez et qui étaient à la fois moines et soldats. J'avoue ne pas comprendre votre vindicte à mon encontre...

— Oh, que de vivacité, mon cher ! Pardonnez-moi, je n'en ai pas après vous, Gilbert-Motier de la Marnière, ni encore moins après l'Ordre auquel vous appartenez qui s'est toujours conduit de manière mieux qu'honorable... Croyez bien que j'admire votre travail dans le monde. Il n'en est pas moins vrai que, si vous œuvrez depuis des siècles pour une bonne cause, vous le faites néanmoins au nom d'une trompeuse idéologie que NOUS, Templiers, n'avons jamais acceptée... Je tentais encore hier d'expliquer cette différence à la Mère Supérieure d'un couvent qui s'étonnait que le Temple ordonnât ses propres chapelains. Je ne suis pas certain qu'elle ait tout compris. Les yeux des innocents égarés sont parfois bien difficiles à déciller. Le Vatican a encore de beaux jours devant lui !

— Je crois que c'est vous qui vous égarez ! ponctua Gilbert-Motier... Je regrette presque d'être venu... Vous me paraissiez tout d'abord vouloir démolir l'image de Jeanne, et maintenant celle de l'Église !... Vous, un Chevalier ?... Je ne vous comprends pas...

— Vous comprendrez un jour, cher Gilbert-Motier, vous comprendrez un jour... si Dieu le veut !

— Ah ! Tout de même !... Au moins vous croyez en Dieu ! Je préfère ça !

Jetant un rapide coup d'œil vers Jack, Ryan s'entendit malicieusement répondre :

— Je crois au fils du dieu vivant, oui... Je pourrais même dire que je le connais personnellement et que je le tutoie ! Vous pourriez aussi, si vous vouliez ouvrir les yeux, mais il est vrai que vous êtes très loin de l'imaginer si proche de vous...

Gilbert-Motier se méprit bien évidemment sur le sens des paroles de Ryan, mais parût rassuré de sa propre interprétation.

— On ne peut plus proche en effet ! Il est en chacun de nous...

Par courtoisie, tous retinrent le fou-rire qui leur montait irrésistiblement aux lèvres devant la très respectable foi du charbonnier exprimée par Gilbert-Motier. Mais Ryan, revenant à un sentiment plus charitable, confirma :

— Vous avez raison, mon frère. Le vrai Dieu est omniprésent dans la Nature, y compris en nous puisque nous sommes partie intégrante de Sa Création. Et c'est bien là le « Message de Jeanne » !...

Devant cet aimable échange, un peu vif toutefois, de concepts philosophiques divergents, le Maire crut bon de reprendre la situation en main.

— Bon, Messieurs, je ne voudrais pas vous chasser, mais je vois qu'il est déjà près d'une heure du matin... Si nous remettions ces débats philosophiques à plus tard ? Nous avons tout de même bien avancé sur la compréhension de la situation et les raisons de ces désordres, non ?

— En effet, Monsieur le Maire... Merci de votre concours et de la présentation inattendue de notre ami de la Marnière... J'espère vous revoir bientôt Gilbert-Motier. Dans d'autres circonstances peut-être pourrons-nous aplanir ces divergences ?

— Je suis toujours disponible pour parler de la foi qui m'anime, Mr Berger. Quand vous voudrez... Monsieur le Maire n'aura qu'à vous communiquer mon numéro personnel... Bonsoir Messieurs.

— Bonsoir. Oh ! N'oubliez pas votre patron couturier pour rebroder l'Étendard de l'année prochaine !...

— Je ne sais pas si... hésita Gilbert-Motier.

— Mais si, mais si ! insista le Maire. C'est raté pour cette année, j'en conviens, mais l'authenticité historique exige que nous reconstituions ce symbole pour l'an prochain ! Je compte sur vous, mon cher ami ! Et si par hasard vous l'égariez, ne paniquez pas ! ajouta-t-il en agitant le CD, nous avons là de quoi reconstituer le « Vrai Message »...

Gilbert-Motier de la Marnière ramassa le chiffon de papier qu'il avait apporté, le rangea soigneusement dans sa serviette et très digne, quitta le bureau du Maire sans un mot, juste un peu plus voûté qu'en arrivant.

Johan se tourna vers le Maire :

— Dis donc Serge, es-tu au courant des dernières trouvailles des archéologues qui ont effectué les fouilles liées au passage du Tram ?

— Oui. Ils ont trouvé des fondations de remparts et quelques sarcophages... Pourquoi ?

— Parce que Jack et moi avons peut-être trouvé quelque chose qu'il serait très intéressant de creuser... Regarde !

Et Johan montra sur son appareil numérique la photo du mur de ciment prise dans les caves de la maison des Associations.

— Bah.. C'est un mur... En quoi est-il intéressant ?

— Il est intéressant parce que l'immeuble du XVIIe est bâti sur une cave du XIVe, et que cette partie de mur bouche à l'évidence l'accès à un site profondément enfoui et ignoré de nos archéologues... Peut-être la crypte de la vieille église Saint-Samson où Jeanne d'Arc s'est recueillie en arrivant dans la ville.

— Ça m'étonnerait. Ils savent tout ce qui concerne le vieil Orléans...

— Possible... Et si tu leur demandais ?...

— Si tu veux. Envoie-moi la photo par email. Je leur transmettrai. C'est quoi l'adresse ?

— C'est un bâtiment municipal : La Maison des Associations.

— Pas possible ! Tous les bâtiments municipaux ont été depuis longtemps mesurés en long et en large par les métreurs de la ville pour en reconstituer les plans dont beaucoup avaient disparu durant les bombardements. S'il y avait eu quelque chose, ils l'auraient trouvé avant toi !

— Il se trouve qu'après un apprentissage de charpente qui m'a donné l'occasion de participer à la reconstitution de la Maison de Jeanne d'Arc après les bombardements dont tu parles, j'ai moi-même fait des études de métré de bâtiment dans ma jeunesse. Je connais le boulot. Peut-être qu'ils ont bien mesuré et dessiné, tes métreurs, mais avec l'œil d'un homme du bâtiment, pas celui d'un chercheur. Or, il n'y a aucune anomalie de dimensions ni de structure. C'est juste une question d'anachronisme relatif aux matériaux. Et ça, sauf s'ils avaient fait des études d'histoire de l'architecture, ils ne pouvaient pas s'en rendre compte... En plus, derrière les rideaux de toiles d'araignées, il fallait l'œil d'un fin limier pour le distinguer. Du reste, et pour être honnête, c'est notre ami Jack qui a relevé ce détail. Quelque chose me dit que c'est vraiment important, Serge. Mets le service archéologique là-dessus au plus tôt, je ne serais pas étonné qu'on ait là une crypte aussi intéressante que celle de Saint-Aignan sinon plus.

— Doucement, doucement !... tempéra le Maire. Des cryptes, on en a déjà à foison à Orléans. Saint-Aignan, Saint-Avit, Saint-Paul, Saint-Pierre Lentin, celle de la place Louis XI... Et je ne parle pas de celles qui sont sous des établissements privés qu'on ne peut pas visiter...

— Oui, j'en connais deux sous des bistrots de la rue de Bourgogne.

— Et celle de Saint-Michel de l'Étape qui se trouve sous la Mairie, tu la connais ?

— Bien sûr ! J'ai eu l'occasion de la visiter au service des archives, mais je connais assez peu son histoire puisque les imbéciles qui ont démoli l'Hôtel-Dieu au XIXe siècle en ont perdu les registres ! Mais j'aurais surtout aimé voir l'Hôtel-Dieu lui-même, car ça devait être un monument magnifique !... Dire qu'il avait subsisté à la Révolution, un bâtiment du XIIe siècle fondé au début de l'époque templière par l'évêque Étienne de Garlande et encore debout au XIXe, « dans son jus » comme disent les antiquaires... Et il aura fallu qu'un imbécile d'évêque imagine de le faire raser afin, paraît-il, que l'on voie mieux sa cathédrale !...

— Il n'y est pas parvenu.

— Pas tout de suite, je sais. Mais c'est encore bien pire puisque, malgré la vive opposition de Mérimée et de Violet-le-Duc, c'est en fin de compte un élu du peuple, un certain Lacave, qui se chargera du sale boulot en 1848 sous Louis-Philippe... L'inconscient n'a d'ailleurs pas que ce seul méfait à son actif puisque c'est également sous l'un de ses mandats qu'on a percé l'actuelle rue Jeanne d'Arc en abattant Saint-Sulpice et Saint-Samson pour la plus grande joie de l'Église... Aujourd'hui, ne subsiste de Saint-Samson que son portail. On peut le voir au Parc Pasteur. C'est sûr, maintenant la large perspective sur la cathédrale d'Orléans depuis la rue Jeanne d'Arc est sans doute unique en France, mais à quel coût pour la vérité historique ! L'obsession de l'évêque Jarente était enfin réalisée : les dernières traces de liens entre La Pucelle et *Sion* disparaissaient avec ces travaux[2] ! Ou presque, parce que si la rue Jeanne d'Arc porte ce nom aujourd'hui, ce n'est pas celui qu'il avait rêvé de lui donner...

— Ah bon ?...

— Elle devait initialement s'appeler « rue des Bourbons ». Heureusement Louis-Philippe, un « Orléans », a choisi d'honorer notre héroïne locale et ça n'est certainement pas un hasard !...

— Dommage de toujours devoir casser pour rénover, observa Jack, mais c'est la dure loi de l'évolution... Et cette chapelle Saint-Michel où vous stockez vos archives orléanaises, on pourrait la visiter un de ces jours ?

— Bah !... grogna le Maire, quand vous voudrez mais pas ce soir en tout cas ! Une prochaine fois ce sera avec plaisir, mais là, il commence à se faire tard et je crains d'avoir à vous mettre dehors... Bonne nuit, Messieurs.

*

2 *Voir en notes annexes la description de l'Hôtel-Dieu par Léon de la Buzonnière.*

Micro-espion
De nos jours, Orléans, 09 Mai 2h00 du matin, au Jackhôtel

Jack était fatigué par cette journée de festivités orléanaises qui l'avait vu se lever d'assez bonne heure pour assister à « L'Hommage des Provinces » le matin, puis au cortège traditionnel succédant l'après-midi à ce défilé militaire si bruyant. Enfin, ce début de feu d'artifice interrompu par l'appel du Maire, et pour finir cette longue réunion dans son bureau... Il était vraiment épuisé, mais très content de la tournure des événements... Très excité même !... Ce bouquin s'annonçait bien. Qui sait ? Il pourrait même battre des records et rivaliser le célèbre Da Vinci Code ?... On peut toujours rêver, n'est-ce pas ! En tous cas, le père Braskowitz serait content : Le Mystère Jeanne d'Arc avait tant d'aspects étranges, tant de détails cachés et de ramifications avec d'autres petits incidents énigmatiques de l'Histoire de France... Jack avait l'impression d'avoir commencé à tirer un fil qui n'en finissait plus de présenter des nœuds avec d'autres fils qui tiraient à leur tour des pelotes entières... Jusqu'où tout ça pouvait-il aller ?

Et cette histoire de généalogie ! De nouveau, il éclata de rire rien que d'y repenser... Lui, modeste journaliste new-yorkais, descendant de la célèbre héroïne Jeanne la Pucelle, elle-même descendante du Christ ?... C'était énorme ! Quelle blague !... Non mais quelle idée Johan avait-il eue d'aller fouiller si loin ? Ces fiches généalogiques de Salt Lake City étaient certainement bourrées d'erreurs !... Comme les autres semblaient avoir pris ça au sérieux, il avait joué le jeu, mais dans le fond il n'y croyait pas !... Pas du tout... Pas encore... Sans doute n'y croirait-il jamais !... À la réflexion, c'est probablement pour ça qu'il avait rattrapé cette dent au vol, comme si sa vie entière en dépendait... Il avait besoin de savoir ! Ça avait été instinctif chez lui, une pulsion soudaine quand il avait vu le Commissaire André balancer le paquet vers la poubelle... C'était tellement inattendu, ahurissant, incroyable, insensé, improbable et en même temps inconfortable à vivre, car c'est déstabilisant d'avoir ne serait-ce qu'un tout petit doute... ou une toute petite chance sur des millions que cette filiation soit avérée !... Après tout, sa famille venait bien d'Allemagne comme Johan l'avait résumé, la date d'émigration vers les Amériques correspondait avec une logique imparable aux quelques bribes de conversations qu'il se souvenait d'avoir eues avec son grand-père... Ah ! Son grand-père au fait !... Meredith ne l'avait pas rappelé, c'était étonnant ça aussi... Il lui fallait consulter sa messagerie avant de se coucher...

Elle comportait deux enregistrements, tous deux de Meredith. Le premier datait de quelques heures. Probablement durant le défilé militaire, pensa-t-il, avec ce bruit infernal et les vibrations qui avaient secoué les trottoirs au passage des chars Leclerc, il n'avait pas entendu la sonnerie ni rien senti du vibreur... Le ton du message était gai :

« Hi darling... tu ne réponds pas ? Bon, tu dois être occupé, ce n'est pas grave... Je voulais te dire que je suis à Saint-Rose, et que j'y ai eu la surprise de ma vie !... Je t'expliquerai ça si tu me rappelles avant ce soir. »

À l'écoute de cette voix aimée, Jack eut une tendre pensée pour son amie : « La vieille Françoise a raison, il faudra un jour que je lui demande sa main... »

Il jeta un coup d'œil à sa montre. Il devait être près de 22h00 en Louisiane. Trop tard !... Il prit donc le second message qui datait de quelques heures après le premier, probablement durant le feu d'artifice... Mais là le ton lui parût franchement plus cassant :

« Si tu ne me rappelles pas avant vingt heures, heure de Louisiane, ça ne sera plus la peine de m'appeler !... »

Un blanc laissé dans le message inquiéta un court instant Jack : « Meredith serait-elle fâchée que je lui aie demandé comme un service d'aller à Saint-Rose fouiller ces vieilles malles ?... Y aurait-elle trouvé des choses compromettantes ou déshonorantes au sujet de ma famille ?... » pensa-t-il.

Mais le message reprit quelques secondes plus tard et le rire de Meredith le rassura :

« Ha ha ! Tu as eu peur ?... Je t'ai bien eu, hein ?... C'était pour te punir de ne m'avoir pas rappelée avant ! Ça t'apprendra !... Blague à part, grande nouvelle : Non seulement ta maison n'est pas une ruine, mais elle est en parfait état, j'y ai dormi la nuit dernière et les voisins sont extrêmement serviables... Étonnant non ?... Mais comme tu ne m'as pas rappelée, je ne te dirai pas pourquoi ! Bien fait !... Ceci dit, et sans rire cette fois, ça ne sera pas la peine de me rappeler parce que j'aurai quitté St-Rose et je serai probablement dans un avion, donc difficilement joignable pendant quelques heures... car devine quoi... Je serai à Paris demain ! Youpee !... Le père Braskowitz m'a offert le billet pour que je t'apporte en personne les quelques babioles que j'ai trouvées chez toi ! J'espère que je n'aurai pas de difficulté à la douane... Si tu ne m'as pas rappelée avant le décollage, je t'en dirai donc plus demain. Bisoux ! »

Alors, là ! Jack n'en revenait pas... Le père Braskowitz, si près de ses sous habituellement, avait payé un billet d'avion à Meredith pour rapporter ses affaires en France ?!... Déjà, il l'avait trouvé étonnamment généreux lorsqu'il lui avait accordé ce gros à-valoir sur ce bouquin à venir... Mais là, il était sidéré ! Ce n'était pas normal ! Il devait se passer quelque chose... Et puis, c'était quoi encore ce nouveau mystère ? La maison de Bernt en parfait état ?... Ça ne se pouvait pas ! Il avait vu lui-même à New-York la retransmission d'une TV locale de la Nouvelle-Orléans montrant les ravages faits par Katrina, et il avait parfaitement reconnu ce quartier de Saint-Rose où il jouait étant gamin... Il n'avait pas pu se tromper ! Ces toits envolés sur toute la rue qu'avait survolée l'hélico de reportage, c'étaient bien ceux des vieilles bâtisses de River Road, tout près du Jefferson Memorial Garden. Et la maison de Bernt était de celles-là, Jack en était certain ! C'était d'ailleurs la raison pour laquelle il n'avait jamais voulu revoir ça en retournant là-bas... Trop pénible quand on n'a pas les moyens de reconstruire !... Et maintenant on lui disait que tout était comme avant ?!... Décidément, il se passait des choses bizarres... Il fut soudain très très impatient d'être déjà au lendemain pour embrasser Meredith...

C'est au moment de replacer son portable dans son blouson qu'il trouva la minuscule chose piquée à un revers !... Un micro !

— Shit ! jura-t-il en écrasant la chose sous son talon... Quel est le salopard qui m'a planté ça là ?

Passant en revue les événements qui s'étaient succédés depuis son arrivée en France, il réalisa soudain que le seul qui avait pu lui poser ce micro était ce grand type qui l'avait bousculé la veille à la brasserie. Il ne l'avait qu'entr'aperçu mais, en y réfléchissant, il fut convaincu que ces yeux gris, ces yeux de rat fixés sur sa personne dans son dos, avaient été la cause du sentiment de malaise qu'il avait attribué à la foule... Du coup, il dormit très mal...

*

Guet-apens
De nos jours, Paris, 09 Mai 10h30

Meredith avait atterri à Roissy-Charles de Gaulle par l'avion de 06h30 mais le temps de passer les contrôles douaniers et faire le chemin depuis l'aéroport dans un taxi qui avait bien voulu prendre cette grosse malle ancienne, elle arriva chez son amie Françoise en milieu de matinée. La place des Vosges était magnifique, sur les arcades et les façades de brique rouge le soleil éblouissant créait un jeu d'ombre et de lumière qui méritait le détour. Une armée de gosses jouaient dans le jardin sous l'œil bienveillant de nounous exotiques auxquelles il n'aurait sans doute pas fallu demander leur carte de séjour... Bref, la journée s'annonçait radieuse, Meredith était ravie d'être à Paris, de revoir Françoise, et de se blottir très bientôt dans les bras de son Jack chéri.

Le taxi s'arrêta devant la porte et le chauffeur aida aimablement sa passagère à porter la malle jusque sous les arcades au bas de l'immeuble.

— Monsieur, demanda Meredith au chauffeur, je crains qu'elle n'entre pas dans l'ascenseur. Seriez-vous assez aimable pour m'aider à la monter jusqu'au second étage ?... Je vous paierai bien sûr...

— Désolé ma p'tite dame, mais je ne suis pas porteur moi, je suis taxi ! Déjà bien gentil que je vous aide à la déposer là... Z'avez qu'à demander à un de ces SDF qui traînent là dans le jardin ou dans les entrées d'immeubles... Faites le tour de la place, vous en trouverez sûrement un qui ne demande qu'à se faire une p'tite pièce... Tenez, celui-là par exemple ! dit le chauffeur en montrant un type assis sur le seuil de l'entrée d'immeuble voisin... Hep ! Toi... Tu veux te faire un peu de blé ?...

Le type assis sur la marche se montra lui-même du doigt, l'air de demander si c'était bien à lui qu'on s'adressait.

— Encore un étranger ! soupira le chauffeur de taxi. Oui, la gueule en lame de couteau, c'est bien à toi que je parle !... Approche ! dit-il en faisant signe de la main.

Le type se mit debout, dépliant une grande carcasse filiforme et s'approcha, parcourant les quelques mètres avec une souplesse de félin. Il était vêtu d'un vieil imperméable avachi, élimé et pas très propre qu'on ne s'étonne pas de voir sur le dos d'un SDF qui dort dedans, mais sa carrure puissante et son allure dégingandée contrastaient avec l'idée que Meredith se faisait de ces pauvres gens. Deux petits yeux furtifs très mobiles trouaient ce visage émacié. « Tout pour plaire !... pensa Meredith, on dirait un gros rat... En tous cas, à New-York les SDF ne portent pas de chaussures de marque et cirées ! Ce type est bizarre, il fait presque peur... »

Mais le chauffeur continuait :

— Toi porter la malle de la dame ! illustra-t-il en désignant successivement la malle et les étages... D'accord ? Deuxième étage... Deux ! insista-t-il en exhibant index et majeur.

Le grand type hocha la tête, s'approcha et soupesa l'objet. Puis, se retournant :

— *Muy pesado* ! dit-il... *Veinte Euros* !

— Qu'est-ce qu'il raconte ? demanda le chauffeur.

— C'est de l'espagnol, j'ai compris, dit Meredith en réglant la course au chauffeur. Il dit que c'est lourd et qu'il veut vingt euros... *Esta bien, de acuerdo, veinte Euros para usted*, acquiesca-t-elle. *Andamos* !

En silence, le grand type mit la malle sur son dos et commença à grimper. Meredith montait trois marches derrière lui. Le chauffeur les suivit un instant du regard jusqu'au palier du premier étage puis quitta le hall et remonta dans son taxi. Après tout, sa cliente parlait espagnol et le reste n'était plus son problème...

Arrivés sur le palier de Françoise, le type posa la malle et attendit que la jeune femme ait sonné et que Françoise, ayant reconnu Meredith dans son judas, ait ouvert la porte à son amie. Discret, l'homme se retourna quelques instants et laissa les deux femmes se livrer aux effusions habituelles des retrouvailles.

Meredith, suivie de Françoise, entra la première dans l'appartement et abandonna son bagage à main sous la petite table juponnée du vestibule avant de passer au salon où elle déposa son sac sur le piano.

Le porteur improvisé tira alors la malle à l'intérieur de l'appartement. C'est là que les choses se gâtèrent !

Le grand type s'approcha innocemment de Françoise, écarta brusquement son imperméable et sortit de sa ceinture une large lame courbe et tranchante comme un rasoir qu'il lui plaça sous la gorge.

— OK ! Le colis est livré, dit-il dans un anglais parfait. Maintenant Mesdames, il va falloir me livrer moi...

La pauvre Françoise n'en menait pas large. Elle tremblait de tous ses membres entre les bras du grand type en imperméable avachi.

— Alors, vingt Euros ne vous suffisent pas, c'est ça ? Qu'est-ce que vous voulez ? demanda Meredith.

— Je vous attendais, Meredith !

Meredith pâlit. Ce type connaissait son prénom ? Il n'était donc pas là par hasard ! Mais elle garda son sang froid :

— Vous me connaissez donc ? Moi pas ! Si nous commencions par les présentations ? Qui êtes-vous et que voulez-vous ?

— Qui je suis ne vous dirait rien. Par contre je sais qui vous êtes, vous, pour qui vous travaillez à New-York, et je connais bien votre ami Jack. Je sais aussi que vous êtes allée à la Nouvelle-Orléans fouiller dans les affaires d'un certain Bernardt DORLANES. C'est bien simple : je veux tout ce que vous y avez trouvé ! C'est là-dedans j'imagine ?... interrogea-t-il, désignant la malle du menton.

Meredith réfléchit très vite : la malle avait été inspectée par le service des douanes françaises. N'ayant pas eu le temps de préparer avant de partir une déclaration de valeur en bonne et due forme pour les objets qu'elle accompagnait, notamment pour la peinture trouvée dans la malle, tous les objets anciens de quelque valeur qui s'y trouvaient avaient étés retenus pour expertise à l'exception du contenant lui-même et de quelques bricoles d'ordre personnel... Elle avait dû remplir plusieurs formulaires afin de récupérer les objets la semaine suivante. Seul son bagage à main n'avait pas été fouillé. Il contenait encore le coffret que lui avait donné le père Chartrain et la petite valise était maintenant sous la table juponnée du vestibule. Il fallait donc jouer de ruse avec ce type afin qu'il l'oubliât... Elle fit semblant de croire à un vulgaire voleur ayant mal étudié son coup.

— Ben... oui ! répondit-elle. Mais si vous cherchez les objets de valeur, vous vous trompez lourdement !... Les douanes les ont retenus pour expertise. À part la malle elle-même, qui est ancienne, vous ne tirerez pas grand-chose du reste ! Quant à mon argent, il est dans mon sac à main sur le piano, mais là non plus vous ne ferez pas fortune. Je voyage léger, et je paie tout par carte de crédit.

— Je ne suis pas un voleur, je me moque de l'argent ! coupa le type à la gueule en lame de couteau. Ouvrez la malle !

Meredith s'exécuta. Elle composa le mot-clé qu'elle avait enfin trouvé à St-Rose, et ouvrit la malle. Le type la regarda faire...

— « NNDNNSNDGT : *Non Nobis Domine Non Nobis Sed Nomini Da Gloria Tuam* », observa-t-il à haute voix... Évidemment !... Quoi d'autre aurait mieux fait l'affaire ?

— Vous savez donc le latin, Monsieur le voleur ?... ironisa Meredith pour ne pas montrer sa peur... Allez ! Lâchez ma pauvre amie, vous voyez bien qu'elle tremble de tous ses membres avec ce poignard sous la gorge... Auriez-vous peur de deux faibles femmes ?

— Ne bougez pas d'où vous êtes, intima l'homme. Ne faites pas un geste suspect ou votre amie en subira les conséquences !...

L'*Ishkarioth*, car c'était lui bien sûr, relâcha son étreinte sur Françoise et la fit asseoir dans un fauteuil Louis XV qu'il traîna jusqu'à la fenêtre tout en maintenant sa menaçante lame sous le menton de la vieille dame. Là, il tira sur les cordons des doubles-rideaux jusqu'à les arracher avant d'en trancher une bonne longueur et, d'une main, en lia sur le fauteuil les poignets de Françoise.

— Bon, nous voilà plus tranquilles pour causer, n'est-ce pas Mademoiselle Meredith ?... dit-il dans un rictus qui se voulait un sourire...

Et, balayant l'air devant lui de sa lame menaçante, il avança vers la jeune femme pour la faire reculer jusqu'à la penderie de l'entrée.

— Ouvrez cette penderie et entrez dedans ! Ordonna-t-il. Si vous êtes obéissante, tout se passera bien....

Meredith entra calmement dans le cagibi. Le Sicaire l'y enferma et coinça une chaise sous la poignée de porte. Il avait le champ libre pour faire l'inventaire de la malle.

Bien que relativement lourde par elle-même, la malle se révéla presque vide. Elle contenait un vieil uniforme d'officier de cavalerie, quelques médailles, des albums de photos et des souvenirs de famille, des lettres de guerre, et quelques lettres et photos dédicacées de personnages importants de la Seconde Guerre Mondiale. Rien que du beau linge : Winston Churchill, Charles de Gaulle, Georges S. Patton, Philippe Leclerc de Hautecloque... Mais rien de vraiment important touchant à Jeanne d'Arc ou à l'Église de Rome. Le Sicaire parut déçu. Il s'attendait visiblement à autre chose... Il abandonna la malle pour s'intéresser au sac à main de Meredith dont il vida le contenu sur le piano. Mais là non plus, il ne sembla pas trouver son bonheur... Il éplucha les papiers et le passeport de Meredith et vida tous les compartiments de son portefeuille et des diverses poches internes du sac à main.

Françoise, ligotée sur son fauteuil, observait sa mine défaite. Que cherchait donc ce sale bonhomme ?... Elle ne tarda pas à le savoir...

Le Sicaire venait en effet de tomber sur les récépissés de la douane détaillant les divers objets anciens saisis pour expertise. Un rictus victorieux éclaira un instant ses traits ingrats, aussitôt suivi d'une expression soucieuse... Comment allait-il faire pour récupérer ces objets à la place de Meredith ? Devrait-il patienter là jusqu'à la semaine suivante ?... Impossible ! Il lui faudrait donc s'introduire aux douanes et récupérer et détruire ces objets dont il ne doutait pas qu'ils constituassent les « preuves » qu'il recherchait... Mais s'introduire dans les magasins des douanes était pour le moins risqué, surtout maintenant que les Templiers collaboraient avec les flics ! Depuis l'épisode nocturne de l'IRHT où il s'en était fallu de peu qu'il fût pris, il ne doutait plus que son signalement fût diffusé... Il hésita. Se penchant sur les photos et les descriptions détaillées de ces objets rédigées par le fonctionnaire, il se rendit compte que rien ne permettait d'en rattacher l'histoire à celle de Jeanne ou à l'Église. La seule mention qui aurait pu attirer l'attention d'un spécialiste était le titre du portrait : « *Jeanne au sacre[1]* ». Mais il ne s'y arrêta pas. Ingres et bien d'autres artistes avaient immortalisé cet événement avec souvent quelques siècles de retard.

L'Ishkarioth réfléchit deux minutes : à défaut de prendre le risque d'aller récupérer dans des entrepôts sécurisés des œuvres d'art sans réel intérêt pour ses commanditaires, il pouvait du moins empêcher qu'elles fussent restituées à leur propriétaire... Il suffisait de couper le lien entre elles et Jack Dorlanes... D'après les doubles de ces formulaires, les douanes françaises ne connaissaient que Meredith qui en avait fait le convoyage. Pour l'instant, rien ne les reliait à Jack. En supprimant Meredith et l'adresse qu'elle avait donnée à Paris chez Françoise, il coupait toute possibilité de restitution de ces objets. Les douanes ne feraient pas d'enquête pour en rechercher les propriétaires légitimes si ces derniers ne se manifestaient pas d'eux-mêmes, et il savait que Françoise n'avait pas d'héritiers. Ces antiquités seraient sans doute remisées pour des décennies ou plus dans un entrepôt poussiéreux jusqu'à leur éventuelle vente aux enchères par les Domaines... Autant dire que ces minces traces de filiation johannique disparaîtraient, diluées dans le plus obscur anonymat... Oui, en y réfléchissant, c'était la solution ! Certes, elles n'auraient pas été détruites comme il en avait reçu mission, mais il n'avait plus vraiment ni le temps ni le choix des moyens. Il n'avait plus rien à faire ici, sauf à effacer ses propres traces sans rien faire qui laissât supposer son passage. Il ne pouvait donc pas égorger ces deux femmes, ce qui aurait signé son acte et créé un élément de rapprochement avec ce Conrad de Saint-Pol éliminé à Orléans... D'ailleurs, où qu'ils soient dans le monde, il n'avait jamais éliminé de cette manière que les descendants plus ou moins directs de cette soi-disant « Sainte-Famille »... des hérétiques qui se revendiquaient de la descendance du Christ, comme si la chose était admissible !... Mais ces deux gêneuses n'étaient que des pièces rapportées sur cet échiquier intemporel. Le mieux à leur sujet était donc qu'elles mourussent « accidentellement »... Peu importait que ce Jack Dorlanes ait enfin appris sa véritable filiation s'il était dans l'incapacité d'en rapporter quelque preuve que ce soit. Ce ne serait plus indispensable de l'éliminer physiquement. L'essentiel restait les preuves, les documents, les archives de *Sion* dont il pensait connaître maintenant le secret dépôt. Il s'en occuperait plus tard...

L'Ishkarioth commença à rechercher dans la cuisine de Françoise les divers produits inflammables que toute bonne ménagère garde dans ses placards. Il ne tarda pas à trouver suffisamment de farines, de bombes de laque capillaire et déodorants, et un tas de poudres lessivielles pour concocter un magnifique feu d'artifice.

Il répandit des poudres et de la farine dans tout le salon et disposa le reste près de la malle qui trônait au milieu. Il releva le numéro de téléphone de Françoise puis décrocha le combiné, arracha un fil pour le disposer tout

---

1 *Le seul portrait authentique de Jeanne d'Arc de son vivant fut réalisé par un artiste au sacre de Reims et emporté comme cadeau au roi d'Écosse Jacques Ier. Elle y avait vu* « la semblance d'elle, toute armée, qui présentoit une lettre à son roy, et estoit agenouillée d'un genou... » *(Chronique et procès de la Pucelle d'Orléans, p. 479, col. 1.). On ignore ce qu'est devenu ce portrait. Tous les autres portraits sont postérieurs à son époque, imaginaires et inspirés par sa légende officielle.*

près d'une masse sans qu'il la touchât tout à fait. La machine infernale était prête.

Avant de sortir à reculons vers le palier, il ouvrit le gaz dans la cuisine, vida les bombes de laque dans l'atmosphère du salon, salua ironiquement Françoise terrorisée sur son fauteuil, et tapota en passant dans le vestibule sur la porte de la penderie...

— Adieu Meredith ! Si l'enfer existe, saluez bien Jeanne d'Arc pour moi !

L'instant d'après, il était dans la rue. Il coupa au travers du jardin public pour aller se mettre à l'ombre des arcades de l'autre côté de la place et composa sur un portable le numéro de l'appartement.

Sous le soleil de Mai les gosses du bac à sable s'arrêtèrent de jouer, muets de stupeur, lorsqu'une violente déflagration fit exploser les hautes fenêtres du deuxième étage et qu'une boule de feu en jaillit...

*

Plus de peur que de mal
De nos jours, Orléans, 09 Mai 12h00, chez Johan

Sur la pelouse du jardin de la « Grande Maison blanche », ainsi que l'appelait ses voisins de la rue de Bourgogne, Johan était en train de dresser une table en plein air pour l'un des tout premiers barbecues de la saison. L'air embaumait le lilas et les talles de corbeille d'argent du parterre resplendissaient d'une blancheur éclatante sous le soleil de Mai. La journée promettait d'être vraiment agréable.

Jack avait eu du mal à s'endormir la nuit dernière, il avait rattrapé un peu de sommeil en faisant la grasse matinée et venait d'arriver chez Johan qui l'avait invité à déjeuner. Mais il avait l'air soucieux.

— Qu'est-ce qui t'arrive, Jack ? Ça ne va pas ?... demanda Johan.

— Si, si... J'ai juste mal dormi... Je suis inquiet, je n'ai pas de nouvelles de Meredith et je n'arrive pas à la joindre. Elle devait arriver à Paris ce matin. Mais son portable est sur messagerie depuis hier soir. Ça fait au moins dix messages que je laisse...

— Bah ! Pas de quoi s'inquiéter... les femmes sont parfois fantasques ou étourdies. Peut-être a-t-elle simplement oublié de recharger la batterie ?

— Peut-être... Ça ne m'empêche pas d'être inquiet !

— Essaie encore !

Jack reforma le numéro de Meredith. À sa grande surprise, après cinq ou six sonneries, ce fut une voix d'homme qui lui répondit.

— Bonjour ! Qui demandez-vous ?

— Qui je demande ?... s'étonna Jack. Mais qui êtes-vous vous-même et pourquoi répondez-vous à ce téléphone ?

— Capitaine Bugeaud, des Pompiers de Paris ! Et vous-même ?

— Jack Dorlanes. Je suis l'ami de la propriétaire de ce téléphone, répondit Jack... Où est Meredith ?...

Jack mit la main sur le micro :

« Un pompier ? s'exclama-t-il à l'intention de Johan... Que fait donc un pompier avec le téléphone de Meredith ? »

— Il lui est arrivé quelque chose, supposa Johan. L'avion aurait-il eu un accident ?... On n'a pourtant rien entendu de tel aux infos...

Jack blêmit. Il répercuta la question à l'interlocuteur au bout du sans-fil.

— Qu'est-il arrivé ? Son avion a eu un problème ?

— Êtes-vous un parent ou un ami de la victime ? demanda le pompier...

— La « victime » ?... Capitaine, vous m'affolez ! Qu'est-il arrivé à Meredith ?

— Elle a été victime d'une explosion.

— Une explosion en vol ? Mon Dieu ! s'exclama Jack, et il y a des survivants ?

— Non non... Rassurez-vous, pas d'avion dans l'affaire. Votre amie a été victime d'une explosion domestique. Peut-être due au gaz, on ne sait pas encore... Nous avons heureusement pu stopper le feu rapidement et elle ne paraît pas gravement blessée, ce qui est proprement miraculeux. Nous l'avons évacuée vers l'hôpital Saint-Antoine. Cependant, compte-tenu de son âge, le pronostic est encore réservé.

— Compte-tenu de son âge, dites-vous ?... Mais mon amie a à peine plus de trente ans !

— Ah ! Nous ne devons pas parler de la même ! La dame dont je vous parle a bien dans les quatre-vingts !

— Mais... de quel endroit me parlez-vous ?

— Je vous parle d'un appartement Place des Vosges, où s'est produit l'explosion.

— Alors, il doit y avoir une autre femme ! Celle que vous me décrivez s'appelle Françoise Bourrin, c'est la propriétaire du lieu et elle a effectivement l'âge que vous dites, mais le téléphone que vous tenez en main appartient à Meredith Chambers, une jeune femme américaine d'une trentaine d'années. Si vous avez son téléphone, c'est qu'elle doit être là. Elle ne s'en sépare jamais ! Vous ne l'avez pas trouvée ?... s'inquiéta Jack.

— Je doute qu'elle soit ici... Nous n'avons trouvée que cette Madame Françoise... Mais nous n'avons pas encore tout fouillé, indiqua le capitaine, il faut dire que c'est un véritable capharnaüm !... Des livres partout, dieu merci, ils étaient pour la plupart relié cuir, ce qui les a protégés de l'intense chaleur qui a régné quelques secondes ! En fait ça aura été très violent mais très bref. Après ça, ayant consommé d'un coup tout l'oxygène contenu dans l'appartement, les flammes se sont presque étouffées d'elles-mêmes. Quand nous sommes arrivés sur les lieux trois minutes après, nous n'avons même pas eu besoin d'utiliser les lances à eau, les gros extincteurs à poudre et à neige carbonique ont suffi. Ça explique aussi le miracle pour cette dame Françoise qui avait pu s'abriter derrière ses doubles-rideaux : les tentures sont tombés en lambeaux après, mais elles auront été suffisantes pour la protéger durant les quelques secondes d'intense chaleur. Elle a été très choquée par la pression de l'explosion mais quasiment pas brûlée. C'est ce qui j'espère la sauvera. Mais quant à une autre jeune femme, je vous le disais, nous n'en avons auc... Ah !... Une seconde, s'il vous plaît !...

Le capitaine s'interrompit. Quelques longues minutes passèrent... à l'autre bout Jack entendait le bruit d'un remue-ménage... Mort d'inquiétude, il se demandait de quoi il pouvait s'agir quand il entendit soudain la voix chérie de Meredith...

— Allo Jack ?...

— Ouf, Mon Dieu ! C'est elle ! Elle est vivante !... soupira Jack à l'intention de Johan, attentif à ses côtés.

— Tu ne peux pas imaginer ce qui nous est arrivé !.. continuait-elle... Une espèce de fou nous a attaquées Françoise et moi. Il m'avait enfermée dans la penderie. C'est ce qui m'a sauvée, me dit le Capitaine... Écoute, ils m'emmènent là maintenant, je dois absolument passer à l'hôpital pour un contrôle à cause des fumées, mais ça va !... Je serai avec toi demain, je t'embrasse, darling !

Et elle raccrocha.

— Qu'est-il arrivé, demanda Johan ?

— Elles ont été attaquées par un fou, paraît-il...

— Bizarre !...

— Plus que bizarre !... très inquiétant ! Surtout qu'il y a une autre chose de bizarre... j'ai trouvé un micro-émetteur piqué au revers de ma poche !...

— Un micro-émetteur ?!!!

— Oui... Tu imagines ma stupéfaction quand je m'en suis rendu compte cette nuit. Je me demandais bien qui l'y avait mis et quand ?... En y repensant, je ne vois qu'une seule occasion : avant-hier soir, quand nous étions à la terrasse de la brasserie face à la cathédrale... quand nous nous sommes levés pour partir dîner au bateau, nous avons dû nous mettre en file indienne pour traverser la foule, tu te souviens ?

— Oui, et alors ?

— Eh bien, quand je me suis relevé à mon tour, un grand type en k-way assis à la table d'à-côté m'a légèrement bousculé. Sur le coup, dans la cohue qui régnait, je n'y ai pas fait attention, j'ai cru que c'était accidentel, mais maintenant, je crois que c'est lui qui m'a piqué ça dans mon revers... Shit ! qu'est-ce qu'il peut bien me vouloir ?...

— Je n'en sais rien mais il est maintenant au courant de tout ce que nous avons dit et fait depuis deux jours !... Mon vieux Jack, conclut Johan, je crains que nous n'ayons bu un verre juste à côté du criminel tant recherché par le Commissaire et nos amis Templiers !... Ce soi-disant fou qui a attaqué Françoise et Meredith à Paris ce matin ne l'a pas fait par hasard... Il faut prévenir le Commissaire.

— Je devais de toute manière y passer cet après-midi pour un prélèvement de salive...

— Enfin, Dieu merci ! d'après le capitaine, Françoise et Meredith auraient eu plus de peur que de mal, mais c'est passé à un cheveu !

— Que tout ça ne nous coupe pas l'appétit, mon cher Jack ! Les brochettes sont fin prêtes ! À table !... et je lève mon verre à la santé de tes deux amies...

*

Le secret de la dent de lait
De nos jours, Orléans, 09 Mai 14h30, Commissariat

— Voilà, c'est fait ! déclara le légiste en reposant dans un tube le bâtonnet ouaté qu'il avait passé quelques secondes sous la langue et à l'intérieur des joues de Jack. Voyez, ça n'a pas été douloureux... à peine une caresse ! Et après ça on dira que la Police n'est pas tendre avec ses clients !...

Jack jeta un coup d'œil autour de lui. Outre un grand tableau anatomique au bout de la pièce figurant un écorché et jouxtant un authentique squelette suspendu à une potence, on pouvait aussi reconnaître dans des bocaux alignés sur les paillasses du laboratoire, des morceaux épars d'êtres humains dans le formol... Brrr !

— Vous, en tout cas, vous ne pouvez plus leur faire grand mal !... apprécia-t-il. Au fait, avez-vous examiné cette fameuse canine ?

— Oui, mais ce n'est pas une canine d'adulte, c'est une dent de lait.

— Une dent de lait ? s'étonna le Commissaire André. Mais la propriétaire était supposée ne plus être une gamine !

— Je ne sais pas qui était la propriétaire mais ça peut parfaitement être une adulte. Il arrive parfois que certains adultes gardent une ou deux dents de lait toute leur vie. C'est rare, mais ça arrive.

— En effet ! Moi-même, j'ai encore mes deux canines supérieures d'origine mais ça se voit très peu, confirma Jack, découvrant sa superbe dentition.

— Et il y a sans doute d'autres cas dans votre famille ? supposa le légiste, c'est en effet un trait d'hérédité, une sorte de marque de fabrique...

— Et alors ? demanda Johan, avez-vous pu faire l'analyse de cette dent ?... Elle n'est peut-être pas terminée ?

— Ça ne saurait tarder, nos instruments sont de plus en plus rapides et performants. D'ailleurs, je vais lancer maintenant l'analyse du prélèvement fait sur Mr Dorlanes, repassez dans une heure pour le résultat. Nous aurions pu utiliser les données de son passeport biométrique mais nous préférons toujours refaire l'analyse lorsque l'on a le vivant sous la main. Et puis ça me fait un peu de conversation... Mes pensionnaires habituels sont assez peu diserts, plaisanta le légiste en montrant ses bocaux... À tout à l'heure, Messieurs ?

— À tout à l'heure, docteur. Merci !

Les trois hommes quittèrent le laboratoire et remontaient vers le bureau du Commissaire lorsque le téléphone de Jack vibra. Il décrocha. C'était Meredith.

Elle était sortie de son contrôle à l'hôpital Saint-Antoine et téléphonait pour le rassurer. Tout allait bien. Elle tousserait peut-être encore quelques heures pour expectorer les fumées qu'elle avait inhalées, mais rien de grave. Mêmes bonnes nouvelles pour Françoise dont l'état s'était amélioré rapidement mais qui, compte-tenu de son âge, devrait malgré tout rester un ou deux jours en observation. Elle comptait prendre le train pour Orléans dans la soirée...

— Pas question ! intima Jack. D'abord parce que tu ne peux pas abandonner cette pauvre Françoise, et ensuite parce que je ne veux pas te laisser voyager seule après cet attentat... Ce type est dangereux Meredith. Il a déjà tué. Son coup étant manqué, il pourrait recommencer... Tu ne bouges pas de l'hôpital, tu m'entends ! Attends-moi, j'arrive !

— Nous arrivons, rectifia Johan. Et je pense qu'il est temps de parler de ça au Commissaire !

— De me parler de quoi, Messieurs ?

— Deux amies de Jack se sont fait attaquer à Paris ce matin. Apparemment, une explosion dans l'appartement, mais nous soupçonnons un attentat de ce fameux Sicaire...

— Allons allons, Messieurs ! N'allez pas le voir partout ! Visiblement votre amie s'en est bien sortie. Si c'était un coup de ce criminel, elle serait déjà certainement morte, égorgée...

— Peut-être, mais il n'empêche que cet individu semblait rechercher des éléments anciens relatifs à la filiation de Jack, et que désappointé de ne pas les avoir trouvés avec son amie arrivant des USA, il ait décidé de mettre le feu à l'appartement...

Le Commissaire André marqua de l'agacement à l'idée que cette affaire prenait des directions qui lui échappaient. Il commençait à nier une évidence qui n'était pas la sienne.

— Messieurs, écoutez-moi bien : vous et ces deux Templiers, tous autant que vous êtes, vous commencez à me courir avec toutes ces histoires de filiation et de Jeannes vraies ou fausses !... Je veux bien faire une exception en vous aidant à vérifier à titre personnel votre propre concordance ADN avec cette dent tombée du ciel, mais comme je vous l'ai dit hier soir, je ne veux pas me ridiculiser en entrant dans vos élucubrations d'amateurs. Rien ne démontre qu'on ait affaire à la même personne. Et d'ailleurs, comment ce type aurait-il identifié votre amie ?

— J'ai oublié de vous dire, Commissaire, que Jack avait trouvé hier soir un micro piqué sous son revers...

— Comment ! Vous aussi ?... laissa échapper le Commissaire... Encore un micro !

— Pourquoi ? Vous en avez déjà trouvé d'autres ?

Le Commissaire se troubla, gêné de devoir avouer qu'il y en avait un dans son propre bureau... Que les deux Templiers le sachent, passe encore !... c'était eux qui avaient découvert l'indiscret... mais ces deux civils !... D'autant plus que c'était devenu une affaire de famille, interne à la Police !

La veille, un collègue de l'Inspecteur Paul avait en effet surpris ce dernier, les écouteurs aux oreilles et le calepin à la main, qui notait les propos que le Commissaire André tenait dans le bureau voisin, et il avait trouvé ça louche... Informé et incrédule, André avait immédiatement fait subir à son subordonné un interrogatoire en règle, et ce dernier avait du avouer qu'il communiquait tout ce qu'il pouvait apprendre sur cette hypothétique annulation des fêtes pour cause d'incompatibilité religieuse à un correspondant anonyme... correspondant qui rémunérait généreusement ces informations sur un compte numéroté ouvert à son nom en Suisse... Certes, ça n'était pas légal mais, ce faisant, l'inspecteur Paul n'avait pas eu l'impression de trahir un secret d'État ! Rien à voir avec des rétro-commissions sur des ventes d'armes dans une quelconque affaire Clearstream ! Juste de quoi s'offrir quelques vacances en donnant à son contact avec un peu d'avance des informations que tout le monde aurait quelques jours plus tard... Oui, il regrettait bien sûr ! Surtout de s'être fait prendre bêtement !...

On avait aussitôt tenté de déterminer la destination de ces informations illégales, mais on s'était vite perdu parmi une forêt de sociétés écrans. Tout ce qu'on savait était qu'elle atterrissaient en Suisse...

Johan agita la main devant les yeux du Commissaire...

— Allo Commissaire... Vous êtes avec nous ?... Vous avez déjà eu affaire à d'autres micros espions ?...

— Ah, pardon ! J'étais ailleurs... Oui, enfin non, mentit-il, je pensais à une autre affaire... On n'est plus à l'abri nulle part, n'est-ce pas ?

— En effet. Mais pour en revenir à cette histoire d'incendie chez mon amie à Paris, vous ne pouvez rien faire, Commissaire ? Il faudrait protéger Meredith.

— Ça n'est pas ma juridiction, Messieurs. Si vous soupçonnez quelque chose d'anormal, vous devez aller voir le commissariat de l'arrondissement ! Jusqu'à ce qu'on démontre qu'il s'agit bien de la même affaire ou du même criminel, je ne pourrai pas intervenir...

Johan se rendit compte que le Commissaire André marquait une grande réticence face à une affaire qui commençait à dépasser sa compétence, et pas seulement géographique... Il fit semblant d'approuver sa position.

— Laisse tomber, Jack ! C'est vrai, en dehors de sa juridiction, le commissaire ne peut rien faire tant que l'affaire ne se rattache pas officiellement à une enquête en cours ici... Allons-nous en !

— Mais... et votre analyse ?... Vous n'attendez pas le résultat ?

— Nous verrons ça demain, Commissaire. L'analyse ne s'envolera pas du commissariat, je pense ?... Tandis que Meredith est probablement en danger et nous devons aller à Paris maintenant.

*

Les deux amis quittèrent le Commissariat et se rendirent directement à la gare. Un train Corail était en partance. Il y montèrent et tombèrent nez à nez avec Ryan et Scotty qui, leurs cinq jours de fausse permission épuisés, repartaient pour Bruxelles.

— Ça alors ! Ce n'est pas possible, on ne se quitte plus ! s'exclama Scotty.

— Oui, c'est étonnant ce hasard... Mais c'est peut-être encore une fois la Providence... Nous risquons d'avoir besoin de vous Messieurs.

Johan et Jack exposèrent ce qui s'était passé depuis la veille, le micro, l'incendie, etc., et bien évidemment Ryan en conclut la même chose que Johan : Meredith était en danger !

— Écoutez, dit Ryan, nous devons être rentrés ce soir avant minuit, mais nous pouvons peut-être vous aider tout de même à Paris... N'allez pas voir les flics, ils feront comme le Commissaire André, ils ne vous croiront pas parce que c'est tout bonnement incroyable au regard de ce que sait de l'histoire le citoyen lambda... Au mieux, ils vous prendront pour des fous. Par contre, nous savons nous que c'est vrai, et nous pouvons mobiliser quelques hommes pour une protection rapprochée qui vaudra largement celle des flics, croyez-moi ! Laissez-moi une minute...

Ryan forma un numéro sur son portable.

— Allo ! Je voudrais Olivier Delisle, s'il vous plaît, de la part de Ryan Berger... Oui j'attends...

Ryan masqua de la main le micro de son portable : Coup de chance, commenta-il, il est au Ministère et pas en réunion !...

Puis il reprit : Allo Olivier ?... Bonjour !... On peut parler là, la ligne est sécurisée ?... D'accord !... Bon, tu as reçu le dossier Lisblœm pour tes argousins ? Très bien ! Mais nous devons retourner à Bruxelles et l'affaire n'est pas finie... Je vais avoir besoin de toi et deux ou trois hommes... à Paris, oui... Une protection à assurer de quelqu'un qui nous touche de près... Je t'expliquerai... Bah... nous sommes dans le train, là, disons vers 17h00 devant l'entrée principale de Saint-Antoine, ça te va ?... Parfait ! À tout-à-l'heure !

Ryan raccrocha.

— Et voilà ! plaisanta-il. L'avantage d'être occultés depuis des siècles, c'est que ça nous a obligés à nous fondre dans la population et permis de nous infiltrer partout... ça n'était pas le cas au Moyen-âge où l'on nous reconnaissait de loin.

— Et je constate que cette occultation ne vous a pas ôté vraiment tous pouvoirs...

— On ne peut pas le dire comme ça... en vérité, c'est plus compliqué... Nous souhaitons vivement revenir au plein jour... mais nous représentons une menace potentielle pour trop de monde dans cette société ultra-libérale dirigée par des trusts internationaux qui ne pensent qu'à faire toujours plus de fric pour augmenter leur puissance...

— Aurais-je mal compris votre philosophie ?... demanda Johan. Les Templiers seraient-ils des socialistes ?

— Pas du tout. En fait, nous sommes très proches de ce que vous autres français appeliez le Gaullisme. Nous rêvons d'une société résolument libérale, ambitieuse et progressiste, et pour cela il n'y a pas de formule plus dynamique que le Libéralisme, mais modéré par un interventionnisme puissant qui ne dépende pas que de politiciens, trop dépendants d'un système démagogique, ni de groupes de pression extérieurs généralement trop mercantiles...

À l'époque où la Chevalerie était le modèle d'Idéal, un Ordre comme le Temple représentait une alternative très crédible, capable de modérer l'influence des grands seigneurs, y compris du roi et de l'Église elle-même, toujours tentés de s'enrichir aux dépens des plus pauvres sans réaliser que c'étaient les plus nombreux et qu'en fait ils en dépendaient... Aux XIIIe et XIVe siècles, l'Ordre était très riche, il servait de banquier au monde occidental, mais il n'a jamais recherché cette richesse comme un but en soi, ni provoqué de spéculation comparable à celle qui pourrit le monde de nos jours ! Son indépendance totale garantissait son objectivité et son neutralisme face aux intérêts privés, fussent-ils ceux des rois, que certains d'entre eux confondaient trop avec ceux du royaume.

— Comment tout cela est-il arrivé ? s'enquit Jack. Comment un ordre, dans lequel la règle de non-possession personnelle est de rigueur pour ses membres, peut-il devenir si riche et si puissant en moins de deux siècles ?...

— Et question subsidiaire, ajouta Ryan, en apparence sans aucun rapport, sinon l'époque : Comment une cathédrale gothique tient-elle debout et pourquoi « chante-t-elle » si bien ?...

— Je ne vois pas le rapport...

— Il est pourtant évident car une réponse commune aux deux questions s'impose : parce que dans l'architecture gothique, la masse même du matériau employé, par la taille et la disposition qui en est faite, se trouve devenir son propre vecteur de poussée verticale ou latérale nécessaire à l'élévation et à la légèreté de l'ouvrage. Il n'y a aucune pesanteur, toute la construction est dynamique, et le matériau bandé, tendu comme une corde de guitare, répond à la moindre sollicitation vibratoire. À l'inverse de la construction romane, qui écrase par sa masse statique, la géométrie employée dans la disposition gothique du matériau a pour effet de rediriger les forces de pression vers le haut. L'énergie latente élève la matière qui la contient. C'est une œuvre d'élévation tant spirituelle que matérielle, où la tension même des voûtes participe à la négation de leur propre masse et répond aux moindres vibrations harmoniques développées, par exemple et comme par hasard, par les chants grégoriens...

La construction de la société humaine voulue par le Temple est calquée sur le modèle de pierre : toute partie ne peut participer à l'élévation du Tout que dans la mesure où elle ne s'alourdit pas elle-même... Moyennant quoi, le Tout croît beaucoup plus vite que ne le ferait jamais la somme de ses parties prises individuellement. Naturellement, ce système doit être exempt de toute prévarication ou corruption.

Les lobbies existaient déjà au Moyen-âge, mais aucun n'avait prise sur les Chevaliers du Temple du fait que ceux-ci n'avaient aucune fortune personnelle à défendre ou à accroître, ni aucun avantage promotionnel à tirer d'une faveur accordée à un « grand ». Quand le Temple investissait dans un projet, c'était toujours dans l'intérêt général, et les retombées de son action se firent ressentir durant deux siècles par la disparition des famines, par une agriculture plus productive, une dynamique de l'industrie naissante et une bien plus grande sécurité des échanges. Sans parler de la recherche, alchimie, géodésie, cartographie, cryptographie et autres, ni de son savoir-faire diplomatique étendu dans tout l'Orient et jusqu'en Mongolie... Trois ou quatre choses que de nos jours nos Gouvernements ne parviennent plus à garantir...

Ce qui mettait Philippe-le-Bel en rage était précisément de ne pas pouvoir y imposer sa volonté. Le Temple n'était pas un État dans l'État mais presque déjà une ONG internationale, et je dirai industrielle aussi mais surtout socio-écologique... en tout cas « éthique » ! Ça n'existe plus vraiment de nos jours dans le paysage politique. L'ONU n'a pas cette force face aux « états-voyous », et même l'organisation Greenpeace est assez loin de cet idéal car elle ne s'occupe que d'écologie et d'un point de vue trop étroit, trop restrictif... L'Écologie, comme son nom l'indique, c'est la Science de la Vie. Ce qui en recouvre tous les aspects : la préservation des ressources naturelles pour l'avenir de nos enfants, certes, mais aussi l'économique, le social, le culturel, la recherche, l'industrie, le commerce équitable et bien évidemment la sécurité, mais sans exclure la prise de risque nécessaire à tout épanouissement individuel...

Le rêve utopiste que nous entretenons depuis des siècles serait un équilibre délicat entre tous ces aspects de la Vie, et en premier lieu le respect de la Nature en n'y puisant que le strict nécessaire... Tout le contraire en fait d'une société « de consommation » et du capitalisme effréné qu'elle implique, mais tout aussi éloigné d'un collectivisme imbécile, incapable de laisser une quelconque latitude aux individus qui la composent. Ce que l'on nomme aujourd'hui « Développement Durable », en fait, nous l'avions inventé il y a déjà huit siècles... et il s'en est fallu de peu que nous ne réalisions l'Europe des Régions bien avant le XXe siècle...

Et puis, d'un coup, le Pape Clément V et le roi Philippe ont décidé d'abolir par la calomnie cette organisation qui n'obéissait pas à leur conception du monde... Résultat : « la chienlit », comme aurait dit votre de Gaulle : cent ans de guerre avec les Anglais, les famines et les razzias de bandits de toutes sortes, le déclin de la France, l'exil des compagnons bâtisseurs, les disputes de chapelles jusqu'au cœur de l'Église... Il aura fallu l'intervention d'un du Guesclin puis d'une Jeanne d'Arc pour y mettre fin, et de financiers comme Jacques Cœur pour amorcer la Renaissance... Du Guesclin et Jeanne d'Arc, mais pas seuls ! Du Guesclin ET le Temple, Jeanne ET le Temple ! On pourrait même dire Jeanne et « son » Temple ! Car si Bertrand en était un Grand-Maître, Jeanne, elle, était bien autre chose !... Ce qui nous ramène à ton problème, Jack, car c'est bien de cela qu'il s'agit...

Ton amie Meredith aurait dû te prévenir qu'elle rapportait des éléments susceptibles de prouver des choses au sujet de tes ancêtres... Nous aurions mis en place une protection rapprochée dès l'aéroport, voire même depuis les USA. L'*Ishkarioth*, lui, connaissant ta généalogie par les documents subtilisés à Conrad et l'arrivée de Meredith à Paris par le micro-espion qu'il t'avait posé, a deviné le danger pour Rome. Et il t'a devancé. Comme toujours, il avait un coup d'avance !... Mais je crois que cette fois nous le rattrapons. Il est grillé auprès de la police et n'osera plus tenter un coup chez les douanes. Ne pouvant mettre la main dessus, il a donc fait en sorte de couper les ponts entre toi et ces soi-disant preuves, afin que tu ne puisses les récupérer toi non plus... Si Meredith et Françoise avaient péries dans l'incendie, où serais-tu allé chercher des preuves dont tu ignorais la nature ?...

— C'est un fait ! J'ignore encore de quoi il retourne, confirma Jack. Je n'aurais jamais eu l'idée d'aller réclamer aux douanes des choses dont j'ignorais l'existence, et avec ce micro-espion le Sicaire le savait... C'était bien calculé... Le salopard !

— Oui... enfin non, parce qu'il a raté son coup ! Il se sait démasqué, il sent qu'il est serré de près et il commence à faire des erreurs, Dieu merci !

— Des erreurs, des erreurs, c'est vite dit ! Il a tout de même failli tuer Meredith et Françoise en plus de Conrad, et on ne sait toujours pas où ni comment l'attraper...

— Si, il commence même à les accumuler... Il a commis la première en assassinant Conrad, ce qui nous a mis sur sa piste. Il en a fait une autre en ignorant le patron de papier qu'il a pourtant eu dans la main lorsqu'il a arrosé l'Étendard de phosphore chez notre ami Gilbert-Motier... Il vient d'en commettre une dernière en calculant mal l'effet de sa bombe incendiaire improvisée, et tant mieux pour tes amies... Espérons qu'il n'aura bientôt plus l'occasion d'en commettre. Ce qui m'intrigue tout de même, c'est pourquoi il ne les a pas égorgées comme ses autres victimes... Mais nous allons faire ce qu'il faut pour vous protéger, toi et tes amies !... Après tout, protéger le Sang-Réal, c'est notre devoir depuis des générations !

— Le train ralentit, signala Johan. Je crois que nous arrivons en gare d'Austerlitz...

*

Le Trésor
De nos jours, Paris, 09 Mai 17h00, place des Vosges

Olivier Delisle était un sympathique grand blond d'une quarantaine d'années, large d'épaules aux traits burinés, aux yeux bruns très écartés et au regard franc. Costume d'alpaga et chaussures de bonne facture, il avait l'allure d'un haut fonctionnaire mais sa poignée de main était plus celle d'un aventurier que d'un rat de cabinets ministériels. On le devinait soucieux des détails. Il était venu avec trois autres hommes, aussi carrés que lui, qu'il présenta à Ryan sous les noms de Marc, Tony, et Fred. On devinait sous l'aisselle de leur élégant blazer une bosse rassurante.

— Juste au cas où... expliqua Olivier.

Après être passés prendre Meredith à l'hôpital Saint-Antoine, et y visiter Françoise se remettant de ses émotions auprès de qui ils laissèrent Tony comme ange-gardien, nos héros revinrent à l'appartement de la place des Vosges. Jack et Meredith ne reconnurent plus l'appartement de la vieille dame tant il paraissait dévasté. Mais ça n'était que superficiel. Hormis le grand salon d'apparat qui tenait lieu de bibliothèque à Françoise, le reste de l'appartement était encore relativement habitable. Ça sentait bien un peu la fumée, mais les deux chambres contiguës au salon, la salle de bain ou le bureau de Françoise étaient encore présentables. On décida d'y camper quelques jours, le temps qu'un menuisier vienne y remplacer ou au moins obturer provisoirement les fenêtres éclatées et la porte d'entrée démolie par les pompiers. On ne pouvait pas laisser tous ces trésors de livres anciens à la portée de n'importe qui, et il n'était pas envisageable de les déménager ailleurs sans que Françoise soit là pour en assurer l'inventaire.

Dans le salon lui-même, tout paraissait carbonisé en surface sur quelques dixièmes de millimètre d'épaisseur. Il avait dû régner quelques secondes seulement une chaleur effroyable. Une bombe atomique miniature n'aurait pas fait davantage de dégâts apparents, mais à y mieux regarder ils étaient superficiels seulement. Il suffirait de changer les fenêtres et les tapisseries. C'était vraiment dommage pour les tapisseries surtout, qui dataient du XVIIe.

Heureusement, ainsi que l'avait remarqué le capitaine des pompiers, protégés de l'intense chaleur par les vitres des bibliothèques qui, elles, avaient volé en éclats, les livres n'avaient pas trop souffert. Ils s'étaient juste retrouvés tous amoncelés, aspirés vers le centre de la pièce par la dépression d'air qui avait suivi l'explosion. Il y en avait une montagne qu'il allait falloir trier, nettoyer, reclasser, ranger sur leurs étagères respectives et désormais sans vitrage, avant que de pouvoir découvrir sous le tas, au milieu du salon, la fameuse malle rapportée de Louisiane... C'est à ce moment seulement que les nettoyeurs se rendirent compte qu'elle était salement amochée... Le stock de produits déposés à côté d'elle par le Sicaire avait fait son œuvre, l'élégante malle ancienne gaînée de cuir frappé avait subi le plus fort de l'explosion et n'était plus désormais qu'un informe cercueil à souvenirs. Le cuir qui la recouvrait était non seulement carbonisé mais en certains endroits le cerclage de fer forgé avait cédé, et on voyait le bois sous les boursouflures du cuir brûlé. La violence de l'explosion avait sérieusement secoué la structure de la malle, toutefois, bizarrement, elle n'avait pas été soufflée plus loin, et le lourd couvercle étant retombé avant l'explosion Jack fut très heureux de retrouver son contenu intact. Le feu n'avait pas voulu des souvenirs de Bernt. Il caressa tour à tour du regard les morceaux épars de son enfance, feuilleta le vieil album qui montrait sa famille aux jours heureux et moins heureux... Les photographies aux bords ondulés avaient quitté leurs coins et se trouvaient un peu mélangées. La chronologie n'était plus celle indiquée sous les cadres vides. Il vit ainsi successivement et dans le désordre son grand-père poser en uniforme militaire sur un char dans les Ardennes, sur une plage de Normandie, à Paris sur les Champs-Élysées, et devant une vieille église qu'il reconnut immédiatement comme Saint-Pierre le Puellier d'Orléans. Cette impression fugitive de déjà vu qu'il avait éprouvé en visitant les lieux, c'était donc ça ? Une vieille photo d'Août 1944, quand la 3e armée de Patton avait libéré Orléans ?... Décidément, sa famille était poursuivie par l'irrésistible fatalité d'assumer la « délivrance » de cette ville !

C'est en reposant dans la malle le vieil album de photos que Jack aperçut un détail bizarre :

— Hey ! Mais qu'est-ce que c'est que ça ?... On dirait qu'il y a un double fond !...

On sortit tous les objets du meuble, on s'affaira à extraire proprement les fines lames de l'espèce de marqueterie qui en couvrait le fond, et les yeux de Jack s'écarquillèrent de surprise !... Sur tout le fond de la grande boîte, un épais velours rouge s'étalait, qui retenait, soigneusement disposées en quinconce, vingt-cinq rangées de quarante pièces d'or !... Et en soulevant un coin du tissu, on pouvait voir qu'une seconde couche puis une troisième en contenaient encore autant.

— Pfiouu ! Pas étonnant que ça ait pesé lourd !... s'exclama Meredith.

Johan en sortit une pour l'examiner. C'était une pièce de peut-être trois ou quatre grammes présentant à l'avers ce qu'un héraldiste aurait décrit comme « l'Écu de France couronné, accosté de deux lis couronnés, avec la légende *"KAROLVS DEI GRACIA FRANCORVM REX"* ».

— « *Charles, roi des Francs par la grâce de Dieu* » traduisit-il.

Au revers « *une croix feuillue avec quadrilobe anglé à cœur, cantonnée de quatre couronnes dans un double quadrilobe* », et une devise : « *XPC VINCIT XPC REGNAT XPC INPERAT* »

— « Christ vainc, Christ règne, Christ commande », commenta Johan.

— « Des Écus d'or à la Couronne », apprécia Olivier en connaisseur... Frappées sous Charles VII, et en principe près de trois grammes et demi chacune. Voyons, 3 000 pièces multipliées par 3,5gr, ça donne plus de 10 kgs d'or à 22 carats !... Il y a là au bas mot l'équivalent de plusieurs centaines de milliers d'Euros rien qu'au cours actuel du métal mais compte tenu de leur rareté et de leur remarquable état de conservation, leur valeur numismatique est certainement de loin très supérieure... Peut-être dix fois leur valeur métal. Félicitations, Jack, tu viens de gagner au Loto !

*

Après avoir calfeutré comme ils pouvaient la porte d'entrée et les fenêtres, les locataires improvisés s'organisèrent. Devant rentrer à Bruxelles, Ryan et Scotty firent leurs adieux, et il fut décidé que les hommes d'Olivier se relaieraient pour assurer la sécurité du lieu, de Jack et de Meredith. Pendant que Fred prenait la première garde, Marc sortit faire quelques courses et revint bientôt avec plusieurs cartons de victuailles. Meredith se mit à la cuisine pendant que Jack rangeait les livres comme il pouvait, les classant par tas de mêmes dimensions sans tenir aucun compte de leurs contenus ou de leurs titres auxquels il ne comprenait rien. Johan aurait pu éventuellement s'arranger des titres en latin mais il ne connaissait rien en matière de formats, dates d'édition, etc. On ne s'improvise pas bouquiniste, Françoise ferait le tri quand elle rentrerait.

C'est ainsi que les amis passèrent leur première nuit Place des Vosges, à essuyer la suie, mais sans incident marquant.

Le lendemain matin à la première heure Olivier Delisle apporta les croissants. Il venait faire un tour pour s'assurer que tout allait bien. La veille, sur la demande de Ryan il avait paré au plus pressé, mais il n'avait pas eu vraiment le temps de faire connaissance avec les intéressés. Il avait donc pris sa matinée au Ministère de l'Intérieur afin de consacrer un peu de temps à cette curieuse affaire, et il comptait bien que Jack lui en dise davantage...

Jack et Johan lui contèrent donc par le menu les aventures qu'ils avaient bien involontairement vécues à Orléans au cours des ces fêtes de Jeanne d'Arc, en omettant le moins de choses possibles. Deux heures après, Meredith et Olivier en savaient autant qu'eux.

— Et vous Meredith ?... demanda Olivier. Qu'aviez-vous donc de si important à apporter à Jack ?...

— Juste le contenu de cette malle... Enfin... heureusement que j'en ignorais le secret, je me serais mal vue dissimuler tout cet or aux douaniers !... et aussi ce que les douanes ont retenu pour inventaire et dont la liste a malheureusement brûlé. Mais sous réserve de vérification, ce n'étaient que des objets ayant valeur d'antiquités artistiques. Des portraits, des coupes, rien de vraiment important au plan historique, si ce n'est... Oh mais oui, j'y pense ! J'ai effectivement un objet, autrement plus révélateur et qui n'était pas dans la malle... C'est le vieux curé de la paroisse de Saint-Rose, le père Chartrain qui me l'a donné. Ton grand-père le lui avait confié, Jack. Un objet surprenant... Je l'avais mis dans mon bagage à main qui doit être encore là sous la table du vestibule... Une seconde !

Meredith alla soulever la nappe à demi brûlée qui couvrait la petite table empire. Sa petite valise était bien là ! Elle poussa un soupir de soulagement.

La rapportant dans le salon, elle expliqua comment elle avait détourné l'attention du Sicaire qui n'avait eu d'yeux que pour la malle ancienne.

— Bien joué, apprécia Olivier. Pour une fois ce salopard aura raté quelque chose !... Et qu'est-ce que c'est ?

Meredith ouvrit sa valise et sortit le coffret enveloppé dans un sac de velours. Elle fit jouer la petite serrure et ouvrit le couvercle.

— Un parchemin ?!...

— Oui Messieurs, un parchemin, mais pas de n'importe qui !... dit-elle en sortant le rouleau scellé... Ton grand-père avait dit au prêtre que ce serait à toi de l'ouvrir, Jack... Je t'en prie !...

Jack s'apprêtait à arracher le scellé quand Olivier lui tendit un canif :

— Pas comme ça, Jack ! Ça mérite un peu de respect... Ce n'est pas tous les jours qu'on décachette une lettre de plusieurs siècles !... Laissez-moi faire...

Olivier chauffa la lame de son canif au-dessus d'un briquet et doucement, très précautionneusement pour ne pas en laisser tomber une miette, décolla le précieux scellé. Il tendit alors le document à Jack qui le consulta un moment puis, l'œil mouillé, le tendit à Johan...

— Lis, toi, Johan ! Moi je suis trop ému, et de plus je n'y comprends rien...

Johan posa un mouchoir sur le piano, le parchemin par-dessus, et le maintint déroulé en posant un livre en haut et en bas du document. Il lut à haute voix ce qui se présentait comme du vieux françois :

jhesus + maria-magdalena

à miens fillots,

je donne mission à mon époux de celer cette lettre pour nos fillots, qu'ils sachoient que moi, claude des armoises, épouse du sire robert de norroy, fus bien pucelle de france qui délivra orliens des godons qui la tenayoient, de part le roi du ciel qui nous guide les en ay fais déguerpir car henri n'estoit point du sang sacré de france.

en roven, autre fut arse, non mi, car oncques ni godon ni bourguignon ne ferait couler le sang real. pour quoi calciner par deux fois après supplice cendres de la pauuresse afin que oncques ne put par quelque alchimie y reconnaître mie.

cauchon et bedford me essignèrent secrètement et fus quatre années au duché de savoye, puis menée par mon ami biancafor en la noble famille de jean de luxembur qui me traita avec l'humanité voulue.

pourquoi aussi ay dve renier depuis la pierre de marbre du parlement de paris pour quoi eugène ni l'autre félix ne vouloyent me scavoir viue sous le regard du peuple.

tenant que je vas bientôt rejoindre mon seigneur, mon conseil a consulté les astres et dit que grandes tribulations se préparent. que miens fillots et les fillots de leurs fillots pourroient un jour exiler en autre monde loint de la terre de france.

que oncques n'oubliassent que ils sont fils des gaules et du sang de jhesus, et que suivent samson et michel leurs bergers.

donné à jaulny en ce jourd'hui vendredi saint de l'an 1448 de nostre seigneur.

jehanne de france

Jack avait essayé de lire en même temps que lui :

— Pfff ! Ce vieux françois, c'est vraiment du chinois pour moi ! Je n'y comprends rien. Une ponctuation aléatoire, des majuscules n'importe où, et je ne parle pas de l'orthographe ! C'est à peine si on peut déchiffrer...

— Normal, précisa Johan. Au XVe siècle l'orthographe n'était pas encore fixée, mais j'ai déjà vu bien pire. Cette lettre me paraît tout à fait lisible et suffisamment explicite, bien qu'en effet la forme soit assez exotique... mais ces majuscules en milieu de phrases et même en milieu de mot n'empêchent pas d'en comprendre le sens. Elle explique clairement ce que nous savions déjà sur ton ascendance exceptionnelle, sur la manière dont elle fut extraite de son cachot de Rouen et son séjour en Savoie... Rien de bien nouveau pour nous en somme. Juste une confirmation.

— Malgré tout, aucun doute n'est possible sur son origine, dit Meredith. Regarde au fond du coffret, il y a le sceau qui a servi à l'authentifier... Ce qui permettra de comparer avec ses autres lettres...

Jack souleva la petite trappe et découvrit le compartiment où un gros anneau d'or reposait, sur lequel un camée gravé en creux figurait les armes de Jeanne d'Arc...

— Pfiouu ! Eh bien, déclara Olivier, heureusement que les douanes n'ont pas fouillé votre bagage à main ! Vous n'auriez pas été près de revoir ces objets !...

— J'ai eu de la chance, n'est-ce pas ?... C'est ce que j'ai pensé aussi à posteriori... Ils auraient fait le tour de tous les experts des musées pendant des mois, j'imagine...

— Sans aucun doute ! S'ils ne s'étaient pas égarés au cours du voyage !... compléta Olivier. Vous vous rendez compte de ce que vous détenez là ?... Vous avez de quoi faire sauter la République !

— La République ?... Pourquoi ?... s'étonna Jack, le Vatican peut-être, mais la République ?

— Ne soyez pas naïf, Jack ! La France est une société laïque et républicaine, d'accord, mais vous savez comme moi que les traditions et la diplomatie ont leurs règles : « Pas de vagues » !... Or, vous avez entre les mains de quoi démontrer que Jeanne d'Arc est votre aïeule !... L'icône et Sainte Patronne de la France est sensée avoir été brûlée vierge. Comment pourrait-elle avoir des descendants ?... Vous risquez de flanquer la panique dans toutes les églises de France et d'Occident, mais pas seulement... Car si l'Église craint de voir tomber la sainte de son piédestal, la République Française pourrait bien craindre elle aussi une telle révélation... Les manuels scolaires de cette France laïque et républicaine sur lesquels s'appuyaient les hussards dont Jules Ferry était si fier, nous ont toujours appris que son plus magnifique héros patriotique a été brûlé à Rouen. Le peuple ne peut que faire confiance à ses historiens et à ceux qui éditent les manuels scolaires sous l'égide de l'État... Or il s'avère que tout cela est faux, que ça n'était qu'un scénario où les dés étaient pipés d'un bout à l'autre et que certains initiés le savaient !... On nous ment sciemment depuis des siècles, et nos députés de la Troisième République se sont faits berner comme des enfants ! Sacrée déception n'est-ce pas... Pire qu'un attentat, mon cher Jack, c'est un crime de Lèse-République ! La véritable bombe n'est pas bactériologique, elle est biologique et c'est VOUS !

Johan intervint :

— Une minute ! Relativisons, s'il vous plaît ! C'est le sceau de Jeanne, d'accord... visiblement authentique, d'accord !... mais ce qui est affirmé dans cette lettre par Jeanne des Armoises n'est qu'une répétition écrite de sa prétention orale à l'époque... Ça n'a aucune valeur tant que la preuve physique et indiscutable n'aura pas été faite que Jeanne d'Arc et Claude des Armoises étaient une seule et même personne !... On a vu tant d'interpolations et de corrections de documents anciens visant à nous faire penser le contraire, celui-ci pourrait aussi bien avoir été écrit par n'importe quel imposteur disposant du sceau, et pour autant que celui-ci soit lui-même authentique. C'est du moins ce que nous rétorqueront immanquablement les tenants de la légende... On n'avance pas...

— Votre raisonnement est exact, Johan, mais vous n'avez pas tout vu !... dit Olivier en montrant le scellé au bas du document. Avec Ça, vous allez pouvoir la prouver, cette identité de personnes !...

— Qu'est-ce que ça prouve ? C'est un parchemin comme il en existe tant d'autres !... Des lettres de Jeanne, on en connaît déjà plusieurs authentiques, mais à moins qu'elle ne revienne pour les certifier elle-même nous n'avons aucun moyen de faire ce lien entre les deux identités... Jeanne est peut-être revenue, de fait, en Claude des Armoises, mais ça n'a pas empêché qu'on la dénigre en faisant passer cette réapparition pour une imposture. Ce document ne prouve pas davantage que sa personne physique n'avait pu le faire en son temps !...

— C'est là que vous faites erreur Johan !... continua Olivier. Jeanne fait elle-même allusion à une alchimie capable d'identifier des cendres... et la technologie a fait de grands pas depuis le XVe siècle ! Comme vous le dites vous-même, il existe d'autres lettres, n'est-ce pas ?...

— Oui, et alors ?...

— Regardez bien ce scellé... Vous ne voyez rien ?

— Ma foi non, dit Johan... Attendez que je chausse mes lunettes... Bon Dieu ! Mais ça change tout !...

*

La carte du vrai trésor
De nos jours, Paris, 12 Mai 15h00 Place des Vosges

Trois jours plus tard, Françoise était sortie de Saint-Antoine pour rentrer passer le week-end chez elle. En cette fin de semaine, les deux américains Ryan et Scotty étaient là eux aussi. Le choc émotionnel avait été fort pour la vieille dame mais elle était encore solide. Elle avait bien réagi en s'abritant derrière les lourdes tentures et ses cheveux blancs avaient à peine roussi. Ramenée chez elle par Tony en fin d'après-midi, elle contempla le capharnaüm qu'était devenu sa bibliothèque et, courageusement, se mit aussitôt en devoir de tout reclasser.

— Tiens, Jack, le livre dont je t'ai parlé... Le passage concernant la « Triple Donation » est là-dedans, j'ai laissé le marque-page...

— Je vous remercie Françoise, répondit Jack, mais gardez votre trésor. Il est plus en sûreté chez vous parmi ces milliers d'autres livres que seul sur une étagère chez moi, et en fait, nous n'en avons plus besoin. Hier nos amis

Olivier et Fred nous ont accompagnés jusqu'à Orléans, et je suis allé chercher les résultats des analyses ADN que le labo de la police avait effectuées. Ils étaient concordants. Nous en avons fait faire une autre à partir des cheveux mêlés à la cire du scellé de la lettre. C'est sans contestation possible la même propriétaire que la dent de lait !... Jeanne ou Claude des Armoises fut donc bien mon aïeule ainsi, selon cette lettre, que la Pucelle d'Orléans. Ça me suffit personnellement, mais ce n'est pas tout ! En effet, cette lettre transmise par le père Chartrain pourrait être mise en doute par les tenants de l'orthodoxie officielle. Il faudrait pour l'authentifier lui faire subir des examens et expertises de toutes sortes, dire le cheminement qu'elle a suivi, et je n'ai pas envie de laisser ces gens là éplucher ma vie ni mon courrier personnel ! Cependant, renseignements pris auprès du Directeur de l'IRHT, il existe toujours une lettre authentique de Jeanne[1], certifiée d'origine celle-là, et qui comporte également quelques cheveux inclus dans un scellé !... Jusque là on n'aurait pas su à quoi en comparer l'ADN, mais le Directeur nous a promis d'en organiser la comparaison avec l'ADN aujourd'hui connu de cette dent de lait que nous savons provenir de Pulligny-sur-Madon et avec le mien... Vous vous rendez compte, Françoise ?... Si ça concorde, et je n'en doute pas, nous serions les premiers à pouvoir prouver que Jeanne des Armoises était bien la Pucelle.

— Houla... Ça pourrait faire du bruit !... s'exclama Françoise.

— Ça pourrait en faire, en effet. D'autant que ça n'est pas la seule nouvelle.

— Quoi d'autre encore ?... s'inquiéta Françoise.

— Le Maire d'Orléans a fait effectuer la vérification que je lui avait suggérée à propos d'un vieux mur de cave... Il s'est avéré qu'effectivement il y avait bien un escalier derrière qui menait à une ancienne crypte : celle de la toute première église Saint-Samson. À près de quinze mètres de profondeur, il n'est pas étonnant qu'on ne l'ait pas découverte plus tôt. Elle était malheureusement vide, aucun mobilier ni document, mais c'est une magnifique rotonde d'où partent d'autres souterrains vers les sites importants de la cité d'autrefois. En direction de la cathédrale d'abord, et l'on pense qu'il s'agit du prolongement du passage effondré qu'avaient trouvé Ryan et Scotty, mais aussi vers Saint-Sulpice, vers Saint-Jacques, et vers la Collégiale Saint-Pierre le Puellier en passant par l'ancienne Commanderie de la rue de Bourgogne, et le dernier vers la Porte Renard... En fait, il semble que tout un circuit souterrain, ignoré jusque là mais fléché, avec les directions gravées dans la pierre des arches, existait sous la ville. C'est une découverte extraordinaire pour Orléans. On étudie comment y faire accéder les touristes en toute sécurité. Ce serait magnifique. Mais je suis un peu déçu pourtant, car j'espérais y découvrir autre chose...

— Quoi donc ?

— C'est cette petite phrase qui m'intrigue... dans la lettre de Jeanne, il est dit : « *Que oncques (que jamais) ils n'oublient qu'ils sont fils des Gaules et du sang de Jhesus. Saint-Samson et Saint-Michel en sont les deux bergers.* »... Mais Saint-Michel de l'Étape, autrefois chapelle de l'Hôtel-Dieu ayant disparu depuis longtemps sous le bâtiment municipal – on l'y a

---

1 *Archives municipales de Riom (selon Quicherat). Voir les Notes.*

reconstituée pierre par pierre sans rien relever d'important – j'espérais trouver quelque chose de plus significatif dans la crypte de Saint-Samson. Apparemment je me suis bercé d'illusions... Pourtant, je suis quasiment certain que si *Sion* avait établi son siège à Saint-Samson d'Orléans, et si la levée du siège de 1429 avait une telle importance, c'est qu'il devait nécessairement s'y trouver des documents, des archives, quelque chose qui méritait qu'on levât une armée pour la défendre...

— C'était certainement vrai au temps de Jeanne. Mais cent ans plus tard, durant les Guerres de Religions, *Sion* aura déménagé ces documents avant de murer l'accès à la crypte.

— C'est plausible... Mais alors pourquoi murer l'accès avec un tel soin s'il n'y avait plus rien ?... Et où les aurait-on déménagés ? Vers quelle destination, vers quel refuge secret sont partis ces documents ? Dommage de ne pas savoir...

Intrigué, Ryan demanda :

— Tu dis qu'un souterrain allait à la cathédrale ?...

— Oui. Et bien plus loin encore apparemment.

— Ce n'est pas possible ! Celui que nous avons trouvé Scotty et moi, et que nous avons suivi depuis la cathédrale en sens inverse, était bloqué par un effondrement qui en barrait l'accès vers l'ouest et la rue Jeanne d'Arc...

— Je ne comprends pas. Il était libre lorsque les archéologues l'ont découvert hier... un tas de pierres étaient rangées le long de la paroi mais on pouvait parfaitement passer...

— Nom de dieu ! Notre Sicaire est encore passé par là avant nous ! S'il y avait quelque chose, c'est lui qui l'aura trouvé.

— Bah, hormis l'espèce de table de pierre trônant au milieu de cette rotonde, il n'y avait probablement rien d'autre...

— Une table de pierre ?

— Oui, répondit Jack. Une stèle gravée, une espèce de table d'orientation indiquant les divers lieux de la ville vers lesquels conduisent les souterrains... Ça devait être très utile à ceux qui les empruntaient pour la première fois parce que là-dessous, pas moyen de s'orienter au soleil...

— Rien d'autre ?

— Non, confirma Johan. Juste cette table d'orientation. D'ailleurs, j'en ai rapporté la copie qu'a faite un archéologue par décalque des gravures. La voilà :

Et Johan sortit de sa serviette une large feuille de papier calque qu'il déplia sur la table de Françoise. Les Templiers se penchèrent au-dessus. Outre le plan des remparts de la seconde accrue de la cité vers l'ouest[2], passant par l'actuelle place de Gaulle, on y voyait les couloirs menant aux édifices de surface correspondant à diverses implantations religieuses. En rapport avec la direction à prendre depuis la rotonde, ces couloirs portaient des noms de pèlerinages : « *Compostelle* » pour l'église Saint-Jacques dans le quartier du Châtelet était illustré par une coquille, « *Jérusalem* » était orné d'une croix du même nom pour celui partant en direction de Saint-

---

2 *Voir en notes annexes le plan d'Orléans vers 1429*

Pierre le Puellier, « *Vézelay* » en direction de la Cathédrale et de l'église Saint-Marc exposait une madone tenant son enfant, « *Sainte-Anne* » pour le souterrain franchissant les remparts ouest et menant au monastère des Carmes représentait un lys sur un cercle, et « *Saint-Michel* » en direction de ce qui était à l'époque la Porte Renard proposait un dragon où n'existait pourtant aucun édifice religieux marquant.

— Il y a une explication possible, avança Johan. Ce plan ne dépasse pas le bord de la table et ne montre pas les édifices hors les murs à l'époque de Jeanne. Le souterrain se prolongeant vers l'Est et qui menait sans nul doute jusqu'à la Commanderie de Saint-Marc ne la montre donc pas. Il en est probablement de même de celui allant à l'Ouest vers l'établissement des Carmes. D'autre part, la Porte Renard n'était pas un lieu de culte, mais c'est là qu'habitait Jacques Boucher, le trésorier du duc Louis d'Orléans et où descendait ce dernier lorsqu'il venait dans son apanage. La maison lui appartenait. C'est aussi là que fut hébergée Jeanne à son arrivée, ce qui est assez logique si on accepte l'idée que Jeanne était sa fille naturelle... En somme, rien d'anormal, si ce n'est ce dessin incongru figurant un dragon ailé à l'emplacement de cette maison...

— Pourtant il y a autre chose de bizarre, remarqua Scotty... Voyez à la limite de la carte, ce cartouche montre une mini carte de France de l'époque, à une échelle incertaine, et une rose des vents indiquant un Nord tout aussi incertain...

— Comment ça ?... demanda Jack.

— Scotty a raison, continua Ryan, il y a un énorme écart avec le Nord vrai... Bizarre que les gens qui ont établi ce plan se soient trompés à ce point concernant son orientation...

— C'est juste. Je n'y avais pas porté attention, confirma Johan, mais c'est pourtant énorme. Car ce n'est pas le Nord qu'il faut prendre en compte. Vous n'ignorez sans doute pas que les templiers orientaient toutes leurs cartes vers l'Est, comme les églises. Il faut donc faire faire un quart de tour à cette carte de France. C'est une anomalie invraisemblable de la part de gens qui maîtrisaient le calcul des méridiens et la navigation aux étoiles... Croyez-vous que ce soit fait exprès ?...

Saisies d'un soupçon commun, sept têtes se penchèrent à nouveau sur la carte. Aucun doute, le plan de la cité d'Orléans avec ses souterrains et celui de la petite carte de France n'étaient pas orientés de manière convenable par rapport à la rose des vents.

— Sommes-nous bêtes ! s'exclama Johan... À l'époque la boussole n'existait pas ! Et pourquoi auraient-ils dû s'orienter en sous-sol quand le plus simple, le plus évident, était de suivre le fléchage de ces noms de pèlerinages gravés à l'entrée de chaque couloir ?... Cette rose des vents, qui serait alors mal orientée et inutile, ne peut donc pas concerner le plan des souterrains. Elle ne peut que se rapporter à la carte de France... Mais que fait une table d'orientation représentant une carte de France dans un lieu souterrain où, par définition, on ne voit pas les étoiles, à une époque où on ignore encore la boussole ?... Auriez-vous une carte de France, Françoise ?...

— Bien sûr, j'en ai même une d'époque ! Attendez un peu que je la retrouve dans ce fatras...

Quelques minutes passèrent et Françoise revint avec un grand parchemin élimé aux bords, mais encore très lisible, qu'elle étala sur la table. Les amis y superposèrent le calque de façon à orienter la carte à l'Est correspondant à celui de la rose des vents. Ça n'était pas une erreur : Les diverses illustrations correspondaient à la direction des sanctuaires, lieux de pèlerinages, et celui du dragon menait droit vers le Mont Saint-Michel !... Tous se regardèrent en silence...

— Et en dehors d'Orléans, risqua Françoise, n'y aurait-il pas quelque autre Saint-Samson ou Saint-Michel ailleurs ?...

— Félicitations, Françoise ! s'amusa Johan qui, de même que les autres, avait compris bien avant. Vous avez entièrement raison. J'étais obnubilé par cette ville d'Orléans à cause de Jeanne d'Arc. Mais *Sion* a existé bien avant le siège de 1429 et a subsisté bien après, et bien ailleurs... Ce refuge que nous cherchons nous crève les yeux depuis des siècles, c'est sûr !... Voilà pourquoi Napoléon III a fait faire cette statue à Frémiet...

— Que voulez-vous dire ?

— Ainsi que je l'ai déjà expliqué à Jack, nos empereurs étaient probablement très au fait de la survivance du Temple et de l'existence de *Sion*, ainsi que de la mission véritable de Jeanne d'Arc. C'est pourquoi Napoléon III a fait réaliser au sculpteur Emmanuel Frémiet la statue de Louis d'Orléans que l'on peut voir au château de Pierrefonds[3], et celle de Jeanne d'Arc place des Pyramides. Et encore celle de du Guesclin à Dinan. Mais il a aussi fait réaliser par ce même Frémiet la statue en bronze doré de l'archange Saint-Michel qui se trouve depuis cette époque au sommet du mont du même nom, précisément où semble nous mener cet improbable dragon...

— Et vous croyez que...

— C'est certain ! Le Mont Saint-Michel est un haut lieu templier[4] et fut une Commanderie de *Sion*. Et bien qu'au plan militaire il n'ait présenté aucun intérêt stratégique, pas plus qu'Orléans d'ailleurs puisque la plupart des autres ponts sur la Loire étaient déjà entre les mains anglaises, ce bout de rocher fut défendu avec âpreté par une poignée de chevaliers durant toute la Guerre de Cent Ans. Et il ne fut jamais pris malgré l'écrasante supériorité numérique de l'armée anglaise qui l'assiégea durant près de trente ans. Étonnant acharnement n'est-ce pas, pour un caillou sans importance ?... Fallait-il qu'il renfermât quelque chose cruciale !... Peut-être les doubles des archives orléanaises de Sion ?...

---

3 *Le château de Pierrefonds original appartenait au XIV*ᵉ *siècle à Louis d'Orléans qui le fit restaurer par Raymond du Temple. Au XVII*ᵉ *siècle Richelieu le fit démanteler car il avait servi aux Réformés. Napoléon Ier le rachètera et c'est Louis-Napoléon qui demandera à Viollet-le-Duc de restaurer ce témoin de l'histoire johannique.*
4 *Le blason de l'Abbaye : « de sable à dix coquilles d'argent et chef de France » reprend les deux couleurs du Beaucent des Templiers. Mais il y a plus étrange encore : Les armes de la commune du Mont Saint-Michel se blasonnent ainsi : « d'azur aux deux fasces ondées de sinople et brochant sur le tout, à DEUX SAUMONS posés en barre, rangés en pal, celui du chef contourné ». Ainsi, dans les armes du Mont-Saint-Michel comme au duché de Bar, s'inscrit doublement le signe des Poissons posés en barre (en Bars)...*

Et puis – voyez comme les éléments du puzzle s'imbriquent admirablement – il est piquant de remarquer qu'à l'époque de l'épopée johannique c'est un certain Louis d'Estouteville,[5] seigneur de Valmont et Gouverneur de Normandie qui fut le dernier capitaine défenseur du Mont, et je parierais ma chemise qu'il descendait d'une famille de Templiers. Pour être précis, il défendit le mont Saint-Michel de 1424 jusqu'en 1434, date où les Anglais ayant lancé 20 000 hommes dans un dernier assaut furent repoussés par 128 chevaliers aidés des habitants du lieu.

Écœurés d'une telle résistance et peut-être démoralisés par l'odeur de sainteté qui commençait à se répandre à propos de la martyre qu'ils croyaient avoir brûlée à Rouen, les anglais abandonnèrent enfin. Quelques mois plus tard, en Septembre 1435, le Traité d'Arras mettait un terme définitif à cette guerre interminable.

Or, par un hasard qu'il est permis de trouver particulièrement heureux, ce sera précisément le fils de ce défenseur du Mont, Guillaume d'Estouteville, cardinal et abbé de Saint-Michel, qui sera chargé du procès en Réhabilitation vingt-cinq ans plus tard...

Notons encore au passage que c'est l'ancêtre de la famille, Nicolas d'Estouteville, qui en 1169 avait fait construire à Valmont (Seine-maritime) la célèbre Abbaye Notre-Dame des Prés en laquelle se déroule la première partie du roman de Maurice Leblanc, « *L'Aiguille Creuse* », œuvre tant soupçonnée à notre époque de renfermer des secrets cachés. Maurice Leblanc fut en relation avec un groupe de passionnés d'ésotérisme et d'occultisme, dont Maurice Barrès qui instaurera la date du 8 Mai pour les fêtes de Jeanne d'Arc, et, par une incroyable coïncidence, l'une des fêtes de Saint-Michel (il en a plusieurs) tombe précisément elle aussi le 8 Mai. En outre si le Mont est de nouveau aujourd'hui le siège d'une « *Fraternité monastique de Jérusalem* », d'après Gilles Deric, un érudit du XVIIIe siècle, le rocher portait autrefois le nom de « *Mont tombe de Belenos* », un lieu de culte druidique dédié au soleil... ça ne s'invente pas !... Si des archives de *Sion* sont encore à trouver, c'est à l'évidence là, au Mont Saint-Michel, qu'il faut les chercher.

— Ça m'étonnerait qu'en un tel lieu de dévotion vous trouviez quoi que ce soit de subversif ou de païen, douta Françoise.

— Aussi, ce n'est pas dans l'Abbaye que nous allons chercher, répondit énigmatiquement Johan...

*

---

5 *Il y a une explication très logique à cette mission : Descendants au 4e degré des Valois par Mahaut de Chatillon (la célèbre Mahaut du roman de Maurice Druon « Les Rois Maudits »), Louis et Guillaume d'Estouteville étaient de proches parents des principaux protagonistes de l'épopée johannique et devaient connaître parfaitement la survivance du Temple et la véritable histoire de Sion... En remontant un degré de parenté, ils étaient également descendants de Philippe le hardi et donc parents du roi d'Angleterre, son descendant par Philippe le bel. On ne pouvait donc rêver mieux que ce cardinal comme intercesseur diplomatique pour réhabiliter la Pucelle d'Orléans.*

Mort d'un salopard
Mont Saint-Michel, 14 Mai 17h00

La Lune, la Terre et le Soleil étaient en alignement, c'était donc une période de Vives-Eaux. Dans deux heures à peine, la pleine mer à l'étale assiégerait le majestueux rocher en léchant le pied des murailles... « *Chose sublime, pyramide merveilleuse que le Mont Saint-Michel* », écrivait Victor Hugo... Le choix des mots est essentiel pour un écrivain, et il avait raison.

Sur la côte ce jour-là, on devait proposer des baptêmes de l'air aux touristes, parce qu'une flottille d'aérostats emplissait le ciel dans une ronde gracieuse autour du vaisseau immobile du mont qui, de fait, évoquait une fabuleuse pyramide stellaire descendue des cieux pour se poser au milieu des sables. C'était un spectacle magique.

Cuissardes rabattues sur les genoux, les quelques pêcheurs à pied ramassant coques et crevettes commençaient à rentrer, fuyant cette marée galopante. Plus loin, surgissant des sables, le rocher de Tombelaine découpait sur l'horizon sa célèbre silhouette de sphinx. De l'antique château templier construit sous Philippe-Auguste et dont le surintendant Fouquet fit sa demeure sous le Roi-Soleil mais que Richelieu fit raser peu après, on ne trouve plus que ruines. Par contre, on peut encore y voir la chapelle où trône toujours une Vierge Noire.

Jack, Johan, Scotty et Ryan s'arrêtèrent un court instant à l'entrée de la digue pour admirer ce paysage unique au monde.

— J'espère qu'il n'est pas trop tard, dit Ryan, ce salopard a au moins un jour d'avance sur nous, peut-être deux.

— C'est sans doute vrai, mais ce type ne peut pas tout savoir. Même s'il a compris que les archives pouvaient être ici, je doute qu'il sache en quelle cachette. Il va lui falloir un peu de temps pour comprendre...

— Et toi, tu le sais ? demanda Jack.

— Je n'en suis pas sûr mais j'ai ma petite idée de la question. C'est ce qu'il nous faut vérifier, mais ça ne va pas être facile... Je dois dire que je compte beaucoup sur l'un de vous, parce que moi, à soixante ans passés, je ne me vois pas grimper si haut...

— Si haut ?... C'est-à-dire ?...

— Tout là haut ! répondit Johan montrant du doigt l'étincelante statue de Saint-Michel terrassant le Dragon qui trônait à la pointe de la flèche, à plus de cent cinquante mètres de hauteur.

— Tu veux dire là-haut, là-haut !... Tu es malade Johan ! s'exclama Jack. Pourquoi faire ?...

— Pour vérifier que « l'archange » Saint-Michel est bien le gardien des « archives » de Sion !

— N'importe quoi ! On ne cache pas de pareils documents dans une statue, même creuse, à une telle hauteur !

— Détrompe-toi, Jack. Exposer les choses au regard du monde entier, c'est la plus incroyable des cachettes, donc la meilleure parce que personne n'y pense jamais. Et ce n'est pas inédit puisque, en 2004, lors de la restauration du temple impérial de la Cité Interdite de Pékin, les ouvriers ont découvert des archives inconnues dans les sculptures creuses qui ornaient le faîtage du toit : des rouleaux rédigés en tibétain, alors que le temple était dédié au culte taoïste, et placés là six siècles plus tôt ! Ainsi, le Bouddhisme tibétain assurait symboliquement sa prédominance sur le taoïsme et les jeunes fanatiques de la Révolution Culturelle de Mao n'y ont heureusement vu que du feu[1]... J'avoue m'être délecté de cette pensée et je ne serais pas étonné si *Sion* avait fait la même chose que ces moines tibétains de l'époque Ming, c'est-à-dire l'époque de Jeanne d'Arc chez nous... Ça ne manquerait pas d'une savoureuse ironie et ce serait particulièrement symbolique que les archives de *Sion*, éternel rival du Vatican, dominent depuis des siècles l'un des monuments religieux les plus connus de toute la chrétienté !...

— Ce serait piquant en effet, s'amusa Ryan, piquant comme une flèche ! Reste que, pour aller voir là-haut, je ne sais pas comment on va faire...

— Hum... en réalité nous n'aurons peut-être pas besoin d'y monter nous-mêmes... je compte bien que l'*Ishkarioth* s'y casse le nez à notre place...

— Pourquoi devrait-il s'y « casser le nez » comme tu dis ? demanda Jack. Si tes déductions sont justes, il va trouver avant nous, ou il a peut-être même déjà trouvé ce que nous cherchons, et voilà tout !

— Non non !... Il va perdre du temps car il faut connaître l'histoire de cette statue... Commandée, comme je l'ai déjà dit, par Napoléon III au sculpteur Frémiet, elle fut réalisée dans les ateliers Monduit, véritable dynastie d'artisans métalliers. Outre cette statue de l'archange Saint-Michel, ce sont ces mêmes ateliers qui ont construit ou restauré des œuvres aussi célèbres et symboliques que la statue de la Liberté de New-York, de Bartholdi, ou son Lion de Belfort, la Grande Lanterne de l'Opéra Garnier, les flèches de Notre-Dame de Paris et de la cathédrale d'Amiens sous la direction de Viollet-le-duc, ainsi que celle du Mont Saint-Michel sous la direction de l'architecte Victor Petitgrand, sans oublier les toits du château de Pierrefonds ayant appartenu à Louis d'Orléans et dans la cour duquel Napoléon III fit placer la statue de Louis réalisée par ce même Emmanuel Frémiet.

— Rien que des symboles forts ! Visiblement, ils n'étaient pas seulement de grands professionnels, si j'en juge par ce palmarès, ils étaient aussi très introduits dans les milieux éclairés...

— Il faut croire qu'ils le sont toujours. Comme les statues pékinoises de la Cité Interdite que j'évoquais à l'instant, celle de l'Archange a été restaurée récemment elle aussi, toujours par ces mêmes ateliers Mauduit. C'était à la fin des années 80, sous le règne du président Mitterrand dont j'ai déjà dit l'affinité pour l'ésotérisme et la géographie sacrée, et mon soupçon d'appartenance à *Sion* au moins de l'un de ses proches à défaut de lui-même... Et c'est là que l'affaire devient intéressante, car, afin de redorer

---

1 *Authentique. C'est en 2004 que la réfection d'un temple de la Cité Interdite fut entreprise. Lors du démontage du toit, les ouvriers ont trouvé, dans les statues creuses ainsi que dans une boîte métallique encastrée dans la charpente, une multitude de rouleaux écrits en tibétain.*

cette statue à l'or fin, on l'a à l'époque descendue et remontée par hélicoptère, l'emportant en un lieu jalousement gardé secret durant le temps de cette restauration. S'il se trouvait vraiment quelque chose à l'intérieur, il y a de fortes chances pour que ça n'y soit plus depuis, mais j'espère pourtant y trouver un signe, une indication quelconque... Et si cet *Ishkarioth* centre-américain n'a pas suivi de très près les initiatives de notre Ministère de la Culture sous Mitterrand, il y a plus de trente ans, il ne peut pas le savoir... À l'époque il était encore en culottes courtes et n'avait aucune raison d'imaginer cette cachette puisqu'on n'avait pas encore découvert la crypte de Saint-Samson d'Orléans... Il nous suffit donc de vérifier si notre bonhomme a fait la même déduction et s'il a déjà tenté l'impressionnante ascension. Et pour ça, nous n'avons qu'à demander. C'est au Conservateur du Mont qu'il nous faut nous adresser avant que de tenter cette hasardeuse et dangereuse escalade...

— Hum... Et tu crois vraiment qu'il va nous répondre ?... objecta Ryan. De deux choses l'une : ou il n'est pas au courant de ce qui a éventuellement été trouvé lors de cette restauration, puisque la statue a été emportée loin de l'Abbaye pour ce travail, et il ne saura donc rien en dire, ou il est au courant mais se taira car l'existence même de *Sion* est encore un secret aujourd'hui, et il y a nécessairement des gens pour préserver ce secret vis-à-vis des curieux comme nous qui s'y intéressent de trop près... Je suis d'avis de tenter l'ascension sans demander à personne une permission qu'on nous refuserait, c'est couru d'avance !

— Je suis d'accord avec Ryan, ajouta Scotty. Et s'il le faut, je suis prêt à grimper là-haut moi-même.

— Et vous ne l'avez pas vu à l'œuvre, c'est un vrai singe, approuva Ryan. Il faut juste trouver quelques accessoires dans un magasin de sport du coin.

— Que te faut-il ?

— Hum... Un harnais, quelques mousquetons, une corde, une longe-pédale et un bloqueur, ça suffira. C'est l'affaire de quelques centaines d'euros.

— D'accord, acquiesça Ryan. Jack et Scotty, prenez la voiture et allez faire les courses. Pendant ce temps, Johan et moi allons faire une reconnaissance des lieux car, à défaut de disposer d'un hélico, il nous faut bien trouver le point de départ de cette escalade, et j'imagine que le public n'accède pas facilement au pied de cette flèche...

*

La Grand-rue est la seule voie d'accès à l'Abbaye trônant comme un joyau au sommet du Mont. Elle s'enroule autour du rocher comme une coquille d'escargot et même s'il s'y établit naturellement un double flux de circulation on y circule à la même vitesse que le gastéropode quand elle est bondée de touristes. Malgré l'heure avancée de l'après-midi, les visiteurs descendants hésitaient encore à choisir parmi les monceaux de cartes postales, bols bretons et souvenirs en tous genres débordant des échoppes, la babiole de nacre ou le Mont boule-de-neige qu'ils rapporteraient aimablement à leurs pires amis...

— Nous aurions dû arriver plus tôt, observa Johan. Il est déjà 17 heures. Le Mont ferme ses portes à 18 heures et congédie les derniers visiteurs une heure plus tard. Espérons que Jack et Scotty seront revenus avant la fermeture des guichets, sinon, nous devrons revenir demain.

— Chaque chose en son temps, Johan. Pourquoi revenir demain ?... Nous avons une heure devant nous pour chercher un endroit sûr, quelque part sur le Mont, afin de passer la nuit ailleurs qu'à l'hôtel. D'une part parce qu'ils sont complets en cette saison, et d'autre part parce que je me méfie des réceptionnistes trop bavards... Et si dans une heure nous n'avons pas encore trouvé le bon chemin d'accès à la flèche, nous aurons toute la nuit pour le faire en toute discrétion... En espérant que nous soyons les seuls à chercher...

— Parce que tu crois que ce salopard est là aussi ?

— Je le renifle !... C'est un esprit aiguisé. Je suis sûr qu'il a compris lui aussi l'énigme de la table d'orientation de la crypte d'Orléans. Il ne peut donc qu'être ici, pour faire disparaître les archives de *Sion* qui pourraient encore s'y trouver comme il a fait disparaître ce parchemin de Saint-Benoît... Notre seule chance réside en ce que tu as dit à propos de la restauration de la statue dont il n'est probablement pas au courant. Mais il va certainement le découvrir ici s'il consulte un tant soit peu la documentation historique. Et c'est ce que je ferais à sa place... Y a-t-il une bibliothèque sur le Mont ?

— Je ne crois pas. Tous les manuscrits anciens ont été déposés à des kilomètres, à la bibliothèque d'Avranches.

— Oui, mais des documentations plus récentes, celles qui pourraient parler de cette restauration sous Mitterrand ?...

— Ça ne figure pas dans les dépliants touristiques, car ça ne concerne pas vraiment le grand public. Ce sont des renseignements qu'on trouve plutôt dans les revues d'arts spécialisées ou sur Internet. Tu ne trouveras pas ça ici.

— Donc, lui non plus. Tant mieux ! Si l'on part du principe qu'il ignore cette restauration récente, il doit penser que les archives sont encore là-haut... Et il faudra bien qu'il y monte pour chercher ce qu'il croit y trouver...

— Hey, doucement !... Selon moi il est hautement probable que ces documents en aient été ôtés, mais ce n'est pas certain. S'ils s'y trouvent encore et que nous laissons le Sicaire y monter avant nous, nous prenons le risque qu'il les détruise... En ce cas, adieu les archives de *Sion* parce que, même en admettant que Mitterrand en ait fait faire des copies, va donc savoir où elles se trouvent à l'heure actuelle !... On ne les retrouvera sûrement pas dans un musée !... À moins que... mais bien sûr !... dans SON musée !...

— Que veux-tu dire ?

— Je veux dire tout simplement que Dan Brown était peut-être très près de la vérité en faisant de la pyramide du Louvre le centre de l'Univers... Dans son Da Vinci Code, il y plaçait le tombeau de Marie-Magdeleine, mais chacun peut se rendre compte qu'il n'y a jamais eu là aucune sépulture. Par contre, il pourrait fort bien s'y trouver d'autres choses plus aisément dissimulables...

— Telles que... des archives ?...

— Exactement ! N'oublions pas que c'est le même Mitterrand qui l'a voulue précisément là, cette pyramide, dans la cour Napoléon, et, coïncidence amusante mais pour cette fois purement fortuite, c'est un architecte sino-américain nommé Ming qui l'y a construite. Un Ming, comme les poteries de la Cité Interdite dont je parlais tout-à-l'heure, et qui plus est sur un emplacement qui fut lui-même américain durant un temps...

— Comment ça, américain ? Tu parles bien de la cour du Louvre ?

— Parfaitement ! Je vous parle de cette cour Napoléon, avant lui appelée cour Lafayette, où est aujourd'hui construite la pyramide. Cette cour comportait autrefois deux petits squares plantés dont l'un fut parait-il donné aux Américains en 1918 en remerciement de leur secours lors de la Grande Guerre. En tant que propriété d'un état étranger, ce petit square bénéficiait même du statut d'extraterritorialité ! N'est-ce pas incroyable, en plein Paris ?... J'ignore son statut actuel et si Mitterrand a pensé à le racheter aux Américains, sinon, selon de droit français tout ce qui est construit dessus vous appartient, les amis, donc une bonne part de cette pyramide !

— Ce serait drôle, s'amusa Ryan. Une étrangeté de plus...

— C'est loin d'être la seule et ce n'est pas la plus significative, continua Johan. Le Louvre et sa « salle des chevaliers », le Mont et sa « salle des chevaliers »... l'ARChange Saint-Michel, une Jeanne « d'Arc place des Pyramides... des arcs de triomphe et une grande arche alignés avec une pyramide aux Tuileries[2] dont rêvait Napoléon, lequel avait fait du Louvre un temple des antiquités égyptiennes[3]... un obélisque égyptien rapporté par son neveu et placé dans le même alignement à la croisée d'une Madeleine relookée en temple grec...

Ajoutons que c'est Napoléon III qui fit agrandir le Louvre en ajoutant les ailes qui encadrent la cour Napoléon, et qu'il fit appel pour cela à l'architecte Louis Tullius Joahim Visconti (1791-1853), descendant de la célèbre famille milanaise de Valentine Visconti, épouse de Louis d'Orléans, père présumé de Jeanne d'Arc...

Mais ce n'est pas tout ! En effet, ce Louis Tullius Visconti était le fils de Enius Quirinius Visconti (1751-1818) qui fut conservateur du Musée du Louvre de 1803 jusqu'à sa mort, et le petit-fils de Gianbattista Antonio

---

2 *Le rêve secret de Napoléon était de se construire une pyramide dans le jardin des Tuileries. Mitterrand l'a réalisé.*

3 *Napoléon nourrissait une véritable vénération pour l'antiquité égyptienne. Nos manuels d'histoire enseignent que durant la campagne d'Égypte il aurait stimulé ses troupes en leur lançant : « Du haut de ces pyramides, quarante siècles vous contemplent »... Mais en matière d'ésotérisme il aurait fait bien plus en passant, seul, dans le sarcophage vide de la pyramide de Khéops, la nuit du 12 au 13 Août 1799.*
C e serait à la suite de cette expérience mystique qu'il aurait décidé de prendre le pouvoir, d'instaurer le musée du Louvre en « temple de la culture égyptienne » et de réorganiser la géographie sacrée dans Paris, ce qui sera réalisé sous le règne de Louis-Philippe et de Napoléon III par le baron Haussman.

Visconti (1722-1784) qui avait lui-même fondé le Musée du Vatican !... C'est plus que troublant tous ces rapprochements...

— De plus, ajouta Jack, il y a toujours cette polémique sur le nombre précis de plaques de verre qui constitue cette pyramide...

— En effet, compléta Johan, la rumeur veut qu'il y en ait 666, chiffre de la bête de l'Apocalypse. Non pas le signe du diable, comme le croient des masses de gens, mais le signe de la Révélation, de l'accomplissement, celui de la fin des temps ou de la fin « d'un temps » qui ne signifie pas nécessairement la fin du monde !... Bizarrement, et malgré les nombreux décomptes effectués pour tâcher de démentir cette rumeur, les observateurs n'ont toujours pas pu s'accorder avec certitude sur le nombre exact de ces vitres. Mais ce n'est pas le plus curieux...

— Ah bon ?...

— Non, car malgré la polémique soulevée à l'époque par une telle construction en ce lieu, chacun s'accorde aujourd'hui à dire que la grande pyramide de verre qui se dresse dans cette cour aux yeux du monde entier est admirable. Cependant, elle est loin d'être la seule... En vérité il y en a trois autres plus petites qui l'entourent et dont personne ne parle jamais, et surtout une cinquième, inconnue du public parce que « invisible » ainsi qu'une sixième, beaucoup plus petite et en opposition de l'invisible.

— Comment ça, invisible ?

— Invisible parce que « inversée ». C'est une idée particulièrement originale, et de plusieurs points de vue... En effet, l'un des moyens de trouver à coup sûr ce nombre fatidique de 666 est d'additionner tous les éléments constituant les faces de toutes les pyramides en élévation, y compris la porte qui elle-même est en verre, et d'en soustraire le nombre d'éléments constituant la pyramide inversée, soit : 674 + 112 - 120 = 666. Étonnant, non ?... Si le calcul paraît un peu tiré par les cheveux, il ne manque pas d'une grande logique car « soustraire ce qui est à l'envers » est une évidence mathématique qui frise le niveau de la classe élémentaire... Mais le plus étrange est encore à venir !... Cette pyramide inversée se trouve en effet pile sous le Carrousel qui marque exactement le Méridien de Paris, autrement dit la Roseline !... et Mitterrand, qui a voulu se faire enterrer à Jarnac, autrefois importante commanderie de Sion, avait aussi choisi comme emblème « la Rose au Poing »... N'était-ce pas plutôt la rose au POINT précis de cette géographie secrète et sacrée ?... D'autre part, sa visite solennelle au Panthéon, entrant une rose unique à la main mais ressortant avec tout un bouquet, avait fait s'interroger de nombreux exégètes de la communication politique...

Il faut se souvenir que le monument qu'on nomme *Panthéon* (en grec : temple de tous les dieux) fut autrefois l'église primitive dédiée à Sainte-Geneviève, patronne de Paris, et que c'est l'Assemblée Constituante qui la transforma en « Temple Civique »... On y trouve aujourd'hui les cendres de tous nos héros de la République et des Lumières, tels Mirabeau, Voltaire, Rousseau, le père Hugo, Zola, Jaurès, Schœlcher, Malraux, Dumas, etc. Autant de grands esprits qui ont marqué la France de leur philosophie. Tous, ou presque se sont penchés sur les mystères auréolant les Templiers, Jeanne d'Arc, ou encore la nature humaine et celle de Dieu. Mais, chose curieuse, un seul Président de la République y repose : Sadi Carnot, assassiné par un soi-disant anarchiste italien. Il était le neveu du célèbre physicien révolutionnaire et père la Thermodynamique, et le petit-fils du fondateur de Polytechnique, Lazare Carnot. Nul doute pour moi que cet oncle (mathématicien, brillant ingénieur élève de Gaspard Monge) et ce grand-père étaient, sinon des adeptes de l'alchimie comme Newton, Darwin et bien d'autres, au moins des « initiés » au courant des secrets de leurs prédécesseurs. Et il se trouve que c'est à son époque, au tournant du XXe siècle, que disparaissent de l'église de Pulligny-sur-Madon les restes de Jeanne des Armoises.

Mais pour parler d'un Président de la République plus récent, n'ai-je pas dit déjà que le mot « Carrousel » signifie « Char du Soleil » ?...

— Tu l'as dit en effet...

— Eh bien, ça n'est pas tout !... En visitant Orléans il y a quelques jours, tu avais fait allusion à la Fête de la Musique instaurée par un de nos ministres de la Culture...

— Je m'en souviens, oui...

— Eh bien, parlons-en... Adoptée aujourd'hui par le monde entier, la Fête de la Musique date de 1983. Mais elle ne prendra l'ampleur qu'on lui connaît que deux ou trois ans plus tard. Allez donc savoir pour quelles raisons les médias de l'époque avaient rechigné à parler de l'événement, passé pratiquement inaperçu cette année là... Il valait pourtant son pesant d'ésotérisme !...

C'est en effet sous la présidence de François Mitterrand que son ministre de la Culture Jack Lang a fait composer par Iannis Xénakis, spécialement pour le lancement de cette Fête de la Musique, une œuvre intitulée « *Le Chant des Soleils* »...

Déjà, le titre en lui-même est assez étrange, mais attendez la suite... Cette œuvre devait être jouée et diffusée pour la première fois en public le *Mardi 21 Juin 1983* à Midi heure solaire par le grand chef d'orchestre Jean-Claude Casadesus et l'Orchestre Symphonique de Lille étoffé de quelques centaines de choristes.

Le concert, pré-enregistré, fut retransmis en vidéo sur la chaîne FR3 avec un léger décalage de la fréquence sur le canal afin que tous les orchestres de France puissent jouer l'œuvre de façon simultanée sur la battue de Casadesus, comme ils avaient été préalablement invités à le faire lors de la réception de la partition envoyée à tous les orchestres importants. Ce qui fut notamment réalisé dans une dizaine de villes de la région Nord-pas de Calais, à l'époque fief du Parti Socialiste français.

Cette promotion de la musique populaire – car à l'origine l'événement s'intitulait « Faites » et non « fête » de la Musique, comme une invitation à participer à l'harmonie cosmique – ne cachait-elle pas en vérité une « Ode au Soleil »[4] magistralement programmée par un groupuscule d'initiés ?...

---

4 *Histoire très peu connue mais authentique de la première Fête de la Musique. François Mitterrand et Jack Lang n'ont d'ailleurs pas été les premiers à célébrer le soleil car, le 21 Juin 1904, l'astronome Camille Flammarion, supposé être le célèbre alchimiste Fulcanelli, avait organisé la première Fête du Soleil en haut de la Tour Eiffel, avec évidemment l'appui de Gustave Eiffel.*

Comment ne pas y voir un extraordinaire exemple d'occultisme sous couvert d'action culturelle ?...

À ce moment, un murmure se répandit comme une vague parmi les nombreux touristes se pressant le long des boutiques, qui fit bientôt place à de la stupéfaction. Certains montraient du doigt le joyau du Mont, et aussitôt tous furent le nez en l'air... un mystérieux ninja tout de noir vêtu escaladait la flèche et était déjà presque parvenu au sommet. Dans quelques minutes il atteindrait la statue étincelante...

— Nom de Dieu !... s'exclama Ryan, il était déjà là ! Et il n'a même pas attendu la nuit !...

— Rappelle nos amis, dit Johan, ce n'est plus la peine de s'équiper pour l'escalade. Nous serons bientôt renseignés, il suffira d'appeler la police et d'attendre notre *Ishkarioth* au pied de la flèche. Il faudra bien qu'il en redescende !

Ryan forma le numéro du portable de Scotty. À sa grande surprise ce fut Jack qui lui répondit :

— Vous ne devinerez jamais où nous sommes !... ou plutôt dans quoi nous sommes...

— Peu m'importe, Jack, s'impatienta Ryan. Il y a urgence, passe-moi Scotty !

— Je ne peux pas te le passer, il est en pleine acrobatie. Levez donc un peu les yeux...

— C'est précisément ce que nous faisons. Nous sommes en train d'admirer les exploits du Sicaire...

— Je sais... Nous le voyons aussi...

— Ah bon, vous êtes déjà revenus alors ?... s'étonna Ryan en cherchant autour de lui dans la foule.

— Pas tout-à-fait... Nous arrivons... En fait, avec ce vent de terre nous lui arrivons en plein dessus !

Intrigué, Ryan tourna son regard vers la baie, Johan l'imita, et ce qu'il virent les cloua sur place : Une énorme montgolfière en forme de gargantuesque bouteille d'apéritif s'approchait dangereusement de l'archange qui miroitait dans le soleil couchant. Une échelle de corde en pendait. Ryan et Johan y reconnurent Scotty qui se balançait dessus.

— Qu'est-ce que c'est que ce bintz ?... s'écria Ryan. Il est malade ! Et que faites-vous dans cet engin ?...

— C'est toute une histoire, je te la fais courte : Quand nous allions sortir du magasin, la caissière étonnée nous a fait remarquer que c'était le second équipement de cette sorte qu'elle vendait aujourd'hui, bien qu'il soit assez rare de faire de la varappe en Bretagne... Scotty a immédiatement compris que le Sicaire nous avait précédé. À la place du matériel d'escalade, il a donc acheté une paire de jumelles et m'a embarqué illico vers le champ où nous avions vu ce rassemblement d'aérostiers... On a convaincu un pilote de nous amener ici, et voilà !... Maintenant, il va essayer d'arriver à la statue avant le Sicaire...

— Des cinglés ! jura Ryan en raccrochant. Montons le plus vite possible, plus besoin de faire dans la discrétion !

C'est déjà hors d'haleine que nos deux amis atteignirent le Grand Degré intérieur qui donnait accès à l'abbatiale. Les Frères de la Communauté de Jérusalem étaient en émoi. Ils avaient ouvert le passage discret qui conduit à la lanterne, à la base de la flèche. Johan et Ryan s'y engouffrèrent avant qu'un moine ait eu le temps de leur barrer le chemin, et attaquèrent l'étroit escalier en colimaçon qui montait vers le ciel à quelque cent-trente mètres au-dessus des sables... Les dernières marches furent épuisantes mais le spectacle en valait la peine ! Pourtant, ils ne prirent pas le temps d'admirer le paysage environnant. Ce qui leur importait se situait encore au-dessus. Ils se penchèrent par les balconnets qui ceignent la lanterne afin d'observer la course au sommet qui se déroulait encore vingt-cinq mètres au-dessus d'eux.

Le Sicaire était arrivé à la hauteur de la statue et inspectait la physiologie métallique de l'archange. Il y décela, retenue par une vis sur le dos du dragon terrassé, une plaque de cuivre amovible qu'il s'empressa d'ouvrir. Plongeant la main à l'intérieur, il en retira un petit objet long et brillant qu'il enfouit dans sa ceinture avant de refermer l'ouverture...

De son côté, suspendu sous le ballon et se retenant d'un bras à l'échelle de corde, Scotty tentait d'utiliser le ballant pour attraper de l'autre main une aile de l'archange ou son épée avec une sorte de lasso improvisé. Mais dans les remous d'air provoqués par la chaleur des toitures, l'aérostier avait du mal à stabiliser le ballon... Enfin Scotty attrapa une aile de la statue. S'agrippant à sa corde, il lâcha l'échelle pour sauter sur l'aile... qu'il rata !

Un cri d'horreur monta de la foule haletante, au bas du rocher... Pourtant, emporté par son élan mais toujours suspendu à l'aile par son lasso improvisé, Scotty décrivit une superbe ellipse aérienne qui le mena juste devant la statue à la hauteur du Sicaire, lequel, à l'arrière, venait de prendre pied sur le dragon... Surpris par l'arrivée intempestive et acrobatique de Scotty, pressé par les événements, le Sicaire n'avait pas encore pris le temps d'assurer sa prise et le ballant provoqué par l'acrobatie de Scotty fit dangereusement osciller la flèche toute entière... De la foule en bas monta un nouveau cri d'effroi, mais, passant un bras autour d'une mollet de l'archange, le Sicaire se rétablit et sortit un énorme coutelas à lame courbe dont il se servit pour tenter, entre les jambes de Saint-Michel, d'atteindre Scotty qui se tenait de l'autre côté.

Un combat terrible et hallucinant s'engagea. Scotty se reculait et rentrait son ventre quand la lame de l'autre pointait entre les deux jambes de Saint-Michel, mais la latitude des mouvements de l'un comme de l'autre était réduite et si les deux avaient les pieds sur le dragon, le Sicaire ne pouvait pas allonger davantage son attaque ni se baisser pour tenter d'atteindre Scotty au pied ou au mollet, sans prendre le risque d'offrir sa propre tête à un coup de son adversaire... Ils étaient comme deux prisonniers se battant au travers d'une grille. Aucun des deux ne pouvait plus redescendre sans que l'autre l'en empêche... C'était un spectacle surréaliste que de voir, à cent cinquante mètres de hauteur et sans filet, ces deux hommes face à face, condamnés à tenter de se détruire mutuellement entre les jambes d'un archange. Mais pour les combattants aussi, c'était une situation angoissante à laquelle il fallait mettre fin le plus tôt possible. La fatigue s'accumulait vite, et la surface offerte à leurs pieds par les écailles glissantes du dragon était particulièrement étroite. La mort était inéluctablement au bout du chemin pour l'un des deux, et chacun le comprenait...

Dans leur lanterne, vingt-cinq mètres plus bas, Ryan et Johan suivaient avec une angoisse non dissimulée le déroulement de ce fantastique duel.

Et soudain, Scotty prit son envol... Se repoussant du bout du pied, il s'écarta de l'archange et, accroché à son lasso toujours lové autour de l'aile, il décrivit une nouvelle courbe gracieuse et aérienne mais qui cette fois lui fit contourner la monumentale statue... Il arriva comme la foudre, les deux pieds en avant sur le flanc du Sicaire qui, la main droite occupée par son poignard, n'eut pas le temps de modifier son appui ni de changer de jambe... Le choc le cueillit à l'épaule. Son pied glissa, sa main aussi. Il tomba comme une pierre vers le toit de l'abbaye !...

En passant devant la lanterne sous les yeux de Ryan et Johan, il fit un dernier sourire en forme de rictus...

*

La lutte avait été chaude. Scotty respira un bon coup et, après avoir vérifié que rien d'autre ne se trouvait dans la cavité de la statue, décrocha son lasso et se laissa glisser le long de la flèche jusqu'à atteindre les nombreux ergots qui en décorent les arêtes, remerciant mentalement les anciens qui n'avaient pas eu recours à des matériels d'escalade sophistiqués pour monter au sommet... Ils avaient inclus l'échelle dans la structure.

Le ballon était reparti déposer Jack vers la côte. Ryan et Johan dévalèrent aussi vite qu'ils le pouvaient l'étroit colimaçon qui les ramena dans l'abbaye. La toiture paraissait intacte. On chercha du côté où l'*Ishkarioth* était tombé et l'on s'aperçut bientôt que l'importante inclinaison des divers toits successifs du monument avait servi d'amortisseur à sa chute. Le Sicaire y avait glissé comme sur un toboggan, de toit en toit. Un instant, Ryan craignit que le diable d'homme s'en soit sorti indemne une fois de plus... Mais pour une fois, le Sicaire avait eu moins de chance : le dernier rebond l'avait fait s'écraser au beau milieu du cloître. Pour autant, il n'avait pas trop souffert de cette chute en cascades et il eut pu s'en relever s'il n'avait pas été l'*Ishkarioth*, mais pas un instant il n'avait lâché sa terrible sicca et celle-ci s'était plantée en plein cœur au moment où il touchait le sol. L'*Ishkarioth* était mort... mort de sa propre main et par son arme favorite... Il devait décidément y avoir un dieu de Justice dans ce sanctuaire !...

Des moines de la communauté se pressaient déjà autour du corps inerte, tentant l'impossible pour ramener l'homme à la vie, mais il était trop tard.

Habitué au commandement, Ryan s'approcha du cadavre et lança un ordre sur un ton tel qu'il aurait été impossible d'y résister :

— Ne l'approchez pas, ne touchez pas au corps et appelez la police ! Cet homme est un criminel international recherché par Interpol...

Impressionnés, les moines reculèrent. Sans même poser la question, ils surent qu'ils avaient affaire à quelqu'un qui savait de quoi il parlait. Constatant que tout acharnement pour sauver la vie du Sicaire était désormais vain, ils se relevèrent l'un après l'autre en se signant. Profitant de la confusion, Ryan palpa la ceinture de l'*Ishkarioth* et mit discrètement dans sa poche un petit objet métallique, long comme un stylo et brillant comme l'or... Puis, s'adressant à l'un des moines qui semblait être plus élevé que les autres, il ordonna que deux frères restent là à garder le corps jusqu'à l'arrivée de la police et demanda où se trouvait le bureau de l'abbé, ainsi à l'occasion que le chemin des toilettes, ajouta-t-il en montrant l'état de Scotty qui les avait rejoint... Le frère compatissant accéda à sa demande et lui indiqua à la sortie du cloître le chemin qu'il fallait prendre...

Ryan, Johan et Scotty se gardèrent bien d'aller rendre visite à l'abbé responsable du sanctuaire. Ils passèrent rapidement se rafraîchir aux toilettes et quittèrent la cité au plus vite, se mêlant au flux descendant des touristes en évitant de croiser les uniformes qui s'élançaient à l'assaut du Mont. Ils n'avaient pas envie de faire face à un interrogatoire, trop de questions auraient du rester sans réponses.

Sur le parking, Jack venait de revenir avec la voiture. Ils le mirent au courant des événements et profitèrent du véhicule pour examiner tranquillement l'objet subtilisé par le Sicaire dans le dragon de Saint-Michel... Si Ryan avait déjà eu un aperçu de la chose, Johan, Scotty et Jack furent particulièrement surpris. L'objet en question était une miniature en or... une miniature de sphinx !

— Il n'y avait rien d'autre ? demanda Ryan à Scotty.

— Rien, confirma le jeune homme. Avant de descendre, j'ai passé la main tout au fond du dragon. Le compartiment était vide. Apparemment, il ne contenait que ça et le reste de la statue n'offrait aucune autre ouverture.

Les quatre amis se regardèrent, perplexes... Que pouvait bien faire un sphinx dans la statue de Saint-Michel ? Qui pouvait bien avoir eu l'idée saugrenue de cacher là cet objet incongru ?... D'autant que, l'or ne s'oxydant pas, il était difficile de lui donner un âge... On s'attendait à des documents de type archives, protégées des embruns marins dans des étuis métalliques scellés à la cire... à des parchemins relatant des chroniques ou décrivant des rituels particuliers... à des cartes marines secrètes relatives aux étoiles... bref, à beaucoup d'autres choses mais pas à un tel objet, seul et sans autre explication !...

Le mystère ne faisait que s'épaissir...

*

Cependant, à l'Abbaye, mis au courant par ses frères moines de l'incident mortel qui avait perturbé la tranquillité du Mont et de la disparition des protagonistes, le Prieur de la congrégation des Frères de Jérusalem se retira dans son bureau. Il s'assit dans un bon fauteuil, reposa sa tête en arrière et ferma les yeux... Tout novice passant par là aurait pensé qu'il méditait...

TROISIÈME PARTIE

L'énigme du Sphinx
Paris, 15 Mai 16h30, place des Vosges

Rentrés à Paris chez Françoise, nos quatre amis appelèrent Olivier Delisle au ministère. Ce dernier arriva en hâte et fut mis au courant à son tour des derniers développements de ce qui n'était plus la seule « Affaire Jeanne d'Arc », mais l'affaire Sion.

— Alors comme ça, c'était encore vous !... s'amusa-t-il lorsqu'il fut affranchi de l'aventure. Au ministère on s'interroge, vous savez... C'est très bizarre cette histoire de cinglés qui montent au sommet de la flèche du mont Saint-Michel ou qui y volent en ballon pour s'y battre à mort !... La police cherche toujours à identifier le mystérieux adversaire de la victime cascadeuse et le non moins mystérieux personnage qui a pris la direction des opérations à la place des moines... Bon, maintenant que je sais à quoi m'en tenir, je vais enterrer le dossier. En attendant, félicitations Scotty pour avoir éliminé ce criminel, et revenons à ce qui nous préoccupe... Me confieriez-vous ce sphinx pour y rechercher des indices ?... Je peux en toute discrétion le faire analyser dès ce soir par nos laboratoires à la DST...

— Sans problème, Olivier. On se revoit demain ?

*

Le lendemain, à la première heure, Olivier Delisle sonnait à la porte de Françoise. Un paquet de croissants dans une main et le sphinx dans l'autre, il paraissait très excité.

— Voilà l'objet de retour, messieurs dames. Mais respirez bien fort et asseyez-vous... Attendez-vous à une énorme surprise... Françoise, vous nous ferez bien du café ?...

Françoise partit dans sa cuisine quelque peu remise en ordre depuis la semaine précédente. Olivier continua :

— Mes amis, vous avez mis la main sur une chose ahurissante... Ce sphinx ne devrait pas exister !

— Ce n'est pas vraiment une surprise, objecta Johan. Chacun sait que les sphinx, les griffons, les licornes, sont de purs produits de l'imagination. Des symboles. Mais qu'il n'a jamais existé de telles chimères dans la nature...

— Merci bien Johan, je suis au courant, répondit Olivier avec un brin d'ironie. Aussi, ça n'est pas d'un modèle vivant dont je parlais, et pas davantage de mythologie. Je parlais de cet objet-ci, celui que je tiens dans la main, insista-t-il en soupesant la petite sculpture... IL NE DEVRAIT PAS EXISTER !... Le sphinx mythique qui selon la légende interrogea Œdipe serait une chimère biologique, mais ce sphinx-là particulièrement, celui que nous avons sous les yeux en est une au plan de sa composition chimique !

— Que veux-tu dire ?... ce n'est pas de l'or ?...

— C'est bien ça l'étonnant... C'est de l'or, et du plus pur ! Mais il a pourtant un poids atomique trop élevé. Dans la table de Mendeleïev, l'or natif a un poids atomique de 196,966569, mais celui-ci en a un de presque 201... 200,969171 pour être exact, et il est légèrement radioactif. Quatre points de différence, ça fait beaucoup... La seule explication est qu'on y ait incorporé des atomes d'Hélium, dont le poids atomique de 4,002602 est parfaitement complémentaire... L'ennui c'est que cette structure est matériellement impossible à réaliser en l'état actuel de nos connaissances en Physique ! C'est une chimère alchimique, mes amis... Cet objet n'a pu être « fabriqué » qu'au cœur d'un réacteur nucléaire et selon un procédé qui nous échappe !... Heureusement que l'analyste est un copain, il n'en croyait pas ses instruments et j'ai eu toutes les peines du monde à ressortir l'objet du labo en lui faisant jurer le secret. Il voulait absolument le montrer à tout le monde !...

— De l'Or et de l'Hélium ?... songea Johan à haute voix... L'or, représentation symbolique du Soleil, et l'Hélium, principal ingrédient de sa composition, réunis dans ce même métal inconnu pour former un sphinx... Intéressant...

— Plus qu'intéressant ! confirma Scotty. Ce sphinx-là pose une question dont la réponse est autrement plus compliquée que celle d'Œdipe...

— Par ailleurs, continua Olivier, je vous confirme sa radioactivité. Très légère car vous pouvez prendre sans risque l'objet dans la main, mais indubitable. À présent, Johan ou Ryan ou qui que ce soit qui le puisse faire, voulez-vous m'expliquer la présence de cet « objet impossible » dans le corps du dragon de Saint-Michel ?... Je vous écoute...

Les fronts se plissèrent sous l'intensité de la réflexion mais l'assistance resta muette. Françoise, revenant avec le café, mit une fin provisoire à cette angoissante perplexité mais les croissants furent engloutis avec une lenteur rarement atteinte.

— Bon, puisque la chose ne semble pas vous inspirer, reprit Olivier, je vais vous aider un peu car l'examen a aussi montré autre chose...

— Encore ? s'exclama Jack, ça ne suffit pas comme ça les énigmes ?...

— Calmez-vous, Jack. Cette fois, c'est un indice plutôt qu'une énigme. Et peut-être est-ce un début de solution ou en tout cas de piste... Voilà : Dessous, gravée sur la base de ce sphinx, il y a une inscription. Oh, ne la cherchez pas à l'œil nu, vous ne verrez rien, elle n'a qu'une épaisseur de deux couches d'atomes !... Un microscope à effet tunnel est nécessaire pour la distinguer et a dû l'être également pour la graver, mais quand on en dispose, elle est très clairement lisible en trois langues : Grec ancien et Latin, je vous en épargnerai ma prononciation, mais aussi, heureusement pour moi, en Français moderne, et elle dit ceci – et Olivier sortit de sa poche un court texte écrit à la main sur une feuille volante – : « *Le dragon t'ouvrira la porte à deux battants et l'Univers s'éclairera* ».

Les auditeurs se consultèrent du regard...

— En tous cas, ironisa Ryan, ça confirme que dans le genre énigmatique on n'a jamais fait mieux qu'un sphinx...

— Les amis, nous nageons en plein mystère ! résuma Johan. D'autant que, de mon côté, je me suis de nouveau penché sur le manuscrit de Jeanne pour tâcher de comprendre la raison de ces majuscules incongrues...

— Et ?...

— Je crois avoir trouvé. C'est un code, très simple ma foi. Presque enfantin. Il suffisait de lire à la suite les uns des autres tous les mots comportant une majuscule. Voici le résultat : « *Sion guide l'humanité depuis un autre monde* »... Si on le prend à la lettre, il est pour le moins surprenant, surtout si on le rapproche de l'inscription du sphinx...

— « *Un autre monde* »... répéta Scotty. Qu'est-ce que ça veut dire ?...

— Ouaip... ça ne nous avance pas beaucoup ! soupira Jack. Ça laisserait supposer que Jeanne recevait ses voix de l'au-delà ?... Si c'est le cas, nous n'avons rien résolu de cette énigme et il faut se résoudre à croire aux voix célestes et aux miracles !... Pourquoi alors le Vatican chercherait-il à brouiller les pistes ? Ça ne tient pas debout ! Il y a nécessairement autre chose à comprendre !

— Un « *dragon* », répétait Johan à haute voix, un dragon qui ouvre une porte « *à deux battants* » ?... Quelle porte ? Celle des enfers, ou celle du paradis ?... Et quel dragon ? Celui des Celtes qui garde les portes de « l'autre monde » ? Merci bien ! Je ne suis pas pressé de le découvrir... L'invitation de ce dragon-là n'a rien d'engageant...

— En tous cas, si ce sphinx est une clé, c'est une clé d'or, observa Jack... Et souviens-toi de ce que tu me disais des clés de Janus figurant sur les armoiries du Vatican : La clé d'or est celle de l'initiation...

— J'en conviens, l'allusion est évidente, mais quand je parlais des clés du Pape c'était juste une allégorie, un symbole, c'est-à-dire du virtuel... Tandis que là on est dans le réel, Jack. Ce « sphinx-radioactif-qui-ne-devrait-pas-exister », tu le tiens dans ta main !... Jusqu'où est-ce que tout ça va nous conduire ?... Ma parole, c'est toi qui est devenu le plus aventureux maintenant !... Moi j'avoue que ça commence à m'inquiéter...

— Hé ! Mais c'est normal ! C'est aussi moi le plus impliqué dans cette affaire puisque vous êtes tous à me répéter que je suis « l'héritier »... D'un autre côté, de quoi as-tu peur puisque tu es ami avec le descendant de Dieu lui-même ?... ajouta-t-il, narquois... Et puis, si quelqu'un a déposé cette improbable bestiole dans la statue d'un archange tout aussi mythique, c'est bien pour que celui qui le trouverait suive la piste donnée par l'inscription, non ?

— Jack n'a pas tort, approuva Ryan. Maintenant que nous avons fait tout ce chemin ésotérique, nous n'allons tout de même pas abandonner si près du but...

— Mais vous ne vous rendez pas compte, insista Johan. Un truc comme ça est le produit d'une technologie qui officiellement nous dépasse encore. C'est de la dynamite !... On va se retrouver au secret dans un cachot militaire !...

— Ce n'est pas idiot, releva Olivier pensif... Chez les militaires aussi, il y a des dragons...

Les autres le regardèrent, interrogatifs... Olivier reprit :

— Oui, dans la Garde Républicaine, par exemple. Du moins, depuis Napoléon et encore à l'époque de Mitterrand jusqu'en 1993. Aujourd'hui c'est la Gendarmerie qui a pris le relais, mais c'est récent. Avant, c'étaient des Dragons qui constituaient la garde d'honneur de l'Empire, puis de la République. Et par ailleurs, le protocole veut que lorsqu'on reçoit un dignitaire, roi, chef d'état ou ambassadeur, on ouvre les portes à deux battants !...

— Tu veux dire qu'un Dragon de la Garde Républicaine nous ouvrirait à deux battants les portes de l'Élysée parce que c'est écrit sur ce truc ?... C'est du délire !...

— Pas tant que ça. Si j'ai bien suivi l'affaire, c'est Mitterrand qui a fait restaurer la statue de Saint-Michel, commandée par Napoléon III en même temps que celles de Jeanne d'Arc et de Louis d'Orléans... C'est aussi François Mitterrand qui a fait construire l'Arche de la Défense dans l'alignement des Champs-Élysées, et des Arcs de triomphe de l'Étoile et du Carrousel du Louvre, où se trouve comme par hasard la fameuse Pyramide inversée, juste au point où passe la _Roseline_ ?... Je n'oublie rien ?...

— Nom de Dieu, tu as raison ! s'écria Jack, fort irrespectueusement pour son divin ancêtre. Ça ne peut être que ça ! Mitterrand est la clé de tout ! Qui d'autre qu'un haut dirigeant de l'État aurait pu faire fabriquer un tel objet dans un réacteur nucléaire ?...

Johan continua la pensée de Jack :

— Je ne suis jamais parvenu à savoir si François Mitterrand appartenait ou non à l'Ordre de _Sion_ comme j'en soupçonne certains de son entourage, mais ce qui est sûr c'est qu'il avait une face cachée, et même plusieurs, particulièrement énigmatiques... Un vrai sphinx lui-même !... Très distant par rapport à l'Église, il n'avait même pas daigné faire le voyage à Rome pour accepter la cape de chanoine de Saint-Jean de Latran que, bouffis d'orgueil ou au contraire poliment diplomates, tous les autres depuis la IVᵉ République avaient discrètement endossée. Et le plus drôle, observa Johan, c'est que certains humoristes l'avaient ironiquement surnommé « Dieu », mais il faut croire que ce dieu là ne jouissait pas de la dévotion du Vatican. Par contre, pour de multiples raisons il jouissait d'une liaison plus qu'intime[1] avec le Louvre. Si l'on ajoute à ça cette passion qu'il avait pour la géographie sacrée et son goût pour le mystère, il fait un super candidat pour le poste de _Janus_ double face...

— On dirait que tu ne l'aimais pas beaucoup. Je me trompe ?... s'enquit Jack.

— Non. C'est vrai. J'avais de l'admiration pour sa très grande intelligence et sa profonde culture mais je hais le mensonge et n'ai jamais eu aucune sympathie pour la rouerie et le machiavélisme du personnage.

— Du machiavélisme, dit Olivier, il en faut parfois en politique.

---

1 _Le Président Mitterrand avait une double vie. Sa maîtresse était Conservateur au Musée du Louvre. Il l'aurait souvent consultée lors de la réalisation du « Grand Louvre »._

— C'est bien pour ça que je n'ai jamais voulu en faire ! Mais ce n'est pas le sujet... Que décidons-nous alors ?...

— Je suggère que nous allions directement à l'Élysée, dit Olivier.

— Quoi, comme ça, sans rendez-vous ? Tu rigoles !

— Pas du tout ! D'abord parce que j'y ai tout de même mes entrées grâce à mon poste au Ministère de l'Intérieur, mais surtout parce que nous n'y allons pas voir un président mort depuis des décennies ni davantage l'actuel... Nous recherchons un « dragon », ou son remplaçant, car je ne doute pas que si l'original avait reçu consigne à ce sujet, l'administration l'ait faite suivre à ses successeurs. Et puis, qu'est-ce qu'on risque à essayer ?

— Alors... à vos lances, chevaliers !... En route !

*

Le grand porche de la cour de l'Élysée est gardé en permanence par deux plantons. Avenant, mais sur un ton ferme, un troisième s'adressa au groupe qui s'avançait vers l'entrée du principal édifice de la République. Après un salut très réglementaire, il demanda :

— Vous désirez Messieurs ?

— Nous venons voir le colonel qui commande la Garde Républicaine de l'Élysée, annonça Olivier.

— Vous avez rendez-vous ?

— Non, mais dites-lui que nous venons voir le Dragon... Logiquement, il devrait comprendre...

— Le quoi ?... s'étonna le planton.

Olivier s'approcha du jeune homme et, sur le ton de la confidence, lui chuchota à l'oreille :

— Le Dragon. Comme la méchante bestiole ailée qui ravageait nos campagnes au temps béni des chevaliers...

— Vous voulez vraiment que je lui dise ça ?... insista le militaire dubitatif.

— Oui oui oui, allez, jeune homme ! Faites-moi confiance, répliqua Olivier en montrant son coupe-file ministériel.

Le garde s'exécuta. Il revint quelques minutes plus tard accompagné d'un officier en grande tenue.

— Messieurs... Colonel Chapuis. Vous désirez ?...

— Nous avons quelque chose à vous montrer, Colonel. Mais pas ici, pas sur ce trottoir...

— Suivez-moi Messieurs !

Les cinq amis suivirent l'officier jusqu'à un bureau au premier étage des communs donnant sur la grande cour d'honneur. Une fois à l'intérieur, Jack sortit l'objet de sa poche et le déballa sur le bureau.

— Voilà de quoi il s'agit, Colonel.

Le colonel sembla défaillir d'émotion. Il n'avait jamais pensé que ça pouvait lui arriver... à Lui !... Depuis plus de trente ans, une grande enveloppe scellée à la cire rouge attendait au coffre, avec cette mention :

« CONFIDENTIEL SANS LIMITE DE TEMPS - À N'OUVRIR QUE PAR LE GRAND DRAGON DE LA GARDE SUR PRÉSENTATION DU SPHINX D'OR »...

Comme ses prédécesseurs, il avait toujours pensé qu'un « grand dragon » et un « sphinx d'or» étaient forcément des noms de codes ! Nul n'avait jamais cherché à en percer le mystère sans autorisation hiérarchique, et la hiérarchie en l'occurrence était particulièrement courte : la Garde Républicaine ne reçoit ses ordres que du Président lui-même et il aurait été particulièrement audacieux et inconvenant d'aller le déranger pour l'interroger pour une histoire de consigne bizarre sur une vieille enveloppe oubliée de tous et probablement inconnue de lui-même !... C'est ainsi que plusieurs colonels s'étaient succédés à ce poste sans pouvoir jamais ouvrir ce pli devenu légendaire entre eux, ni même comprendre le sens de cette énigmatique petite phrase écrite en rouge sur l'enveloppe. Elle était donc restée là, au fond du coffre, à attendre que le temps passe... Mais comme tous ses prédécesseurs, le colonel Chapuis l'avait lue cette consigne, et quand le planton était venu lui annoncer que des gens venaient voir un « dragon », il avait été intrigué... Et voilà que ça tombait sur lui ! Le « sphinx d'or » était là, il l'avait sous les yeux !... Certes, lui-même n'appartenait plus à un régiment de dragons, mais il comprenait maintenant le sens réel de cette énigmatique formulation... Elle devenait soudain éblouissante de clarté : ce « Grand Dragon de la Garde », c'était tout simplement le chef de la Garde Républicaine. Et en l'occurrence ce jour-là, c'était lui !

Se remettant doucement de son émotion, le colonel se dirigea vers le coffre, s'empara du pli mystérieux et en rompit fébrilement les scellés. Une seconde enveloppe se trouvait à l'intérieur de la première, portant la mention :

« *À N'OUVRIR QU'APRES EXÉCUTION DE L'ORDRE CI-JOINT* ».

Quelques lignes sur le mémo accompagnant cette seconde enveloppe disaient :

« *Vérifiez que le sphinx rayonne bien « xxx » rads.*

- Si radiation incorrecte, arrêter et mettre au secret le(s) porteur(s) du sphinx, et faire sceller à nouveau la première enveloppe par le Président en exercice.

- Si radiation correcte, ouvrir la seconde enveloppe, et conduire le(s) porteur(s) du sphinx au lieu indiqué sans poser de questions. »

« Merde ! pensa le colonel. Manquait plus que ça ! Ce truc est radioactif ?... »

Il envoya un subordonné lui chercher un compteur Geiger. Quelques minutes plus tard le militaire revenait avec l'instrument. Le colonel compara le chiffre au compteur et celui indiqué sur le document. C'était bien la même valeur. En conséquence il ouvrit la seconde enveloppe et prit connaissance du contenu...

— Je ne sais pas qui vous êtes, Messieurs, et apparemment je n'ai pas à le savoir puisque je ne dois pas poser de questions, mais il semble que vous soyez d'une grande importance pour la République... J'ai là l'ordre écrit de vous conduire dans les sous-sols de l'Élysée. Suivez-moi, je vous prie... Mais, selon cette consigne et étant donné les activités stratégiques du lieu, avant d'y descendre je devrai vous bander les yeux... Êtes-vous d'accord ?...

Les cinq amis se consultèrent du regard.

— Nous sommes d'accord, Colonel, confirma Ryan.

— Alors, allons-y ! répondit le colonel.

*

Le Palais de l'Élysée est un édifice bien plus grand qu'on ne se l'imagine quand on le regarde de l'extérieur. Comportant 365 pièces dont 90 en sous-sol, il offre plus de 11 000 mètres carrés de planchers dont seulement 300 pour les appartements privés. C'est effectivement un « palais » au sens où les grands salons somptueux du bâtiment central offrent d'immenses surfaces aux réceptions diverses, mais hormis ces lieux diplomatiques et protocolaires, c'est aussi, surtout pourrait-on dire, un véritable dédale d'escaliers et d'ascenseurs, de couloirs et de bureaux où travaillent quotidiennement plus de 1000 personnes.

Contrairement à certains grands palais nationaux tels la Maison Blanche des États-Unis ou Buckingham Palace en Angleterre, le Palais de l'Élysée ne fut pas construit à l'origine pour les rois ou les présidents. C'est sur un terrain en périphérie du Paris de l'époque, au bord de la chaussée menant au village du Roule, qu'en 1718 le comte d'Évreux Henri-Louis de la Tour d'Auvergne[2] fit construire cette résidence par son architecte Armand-Claude Mollet, neveu du grand Le Nôtre qui avait aménagé Vaux le Vicomte pour Nicolas Fouquet, puis Versailles pour Louis XIV.

Depuis le Moyen-âge les comtes de la Tour d'Auvergne furent élevés dans la tradition templière puis huguenote. Il suffit pour s'en convaincre d'étudier leur histoire familiale et de faire un tour au village de Veauce, près de Moulins, pour en constater les traces partout dans l'église et le château. Sans doute cet Henri-Louis était-il un initié, voire un membre éminent de l'Ordre de Sion. Et c'est probablement lui qui, avec l'aide de son architecte neveu de Le Nôtre, fit réaliser à toutes fins utiles un passage secret reliant son palais aux Tuileries...

Ce qui deviendra le numéro 55 du faubourg Saint-Honoré passa ensuite aux mains d'un autre personnage très important pour l'Histoire de France : Jeanne-Antoinette Poisson, plus connue sous le nom de Marquise de Pompadour, qui transforma le premier étage et les jardins mais ne toucha pas aux fondations... À sa mort, elle le légua à Louis XV qui le transforma en garde-meuble avant de le vendre au financier Nicolas Beaujon, lequel le céda à Louis XVI sous réserve d'usufruit jusqu'à sa mort mais fit tout de même construire les ailes en retour vers les Champs-Elysées. Louis XVI le

---

2 *Son grand-père Frédéric était un « la Tour d'Auvergne-Bouillon », duc de Bouillon et prince de Sedan. Calviniste convaincu, il participa à la bataille de la Marfée aux côtés du comte de Soissons contre Richelieu.*

vendit à sa cousine, la duchesse de Bourbon Louise Marie Bathilde d'Orléans, sœur de Philippe-Égalité et fille du duc d'Orléans.

Franc-maçonne de haut grade et passant pour un peu fantasque, la « Citoyenne-Vérité » (c'est ainsi qu'on la surnomme en raison de son esprit républicain) s'y adonne à l'Astrologie, la Chiromancie et autres sciences occultes en compagnie de personnalités savantes exceptionnelles comme Mesmer, Puységur, Louis-Claude de Saint-Martin dit le « Philosophe inconnu », l'oracle Catherine Théot, Pierre Pontard ou encore Suzette Labrousse. On pourra trouver étrange qu'à sa mort Louis-Philippe ait ordonné de brûler le manuscrit de ses mémoires...

Puis la Révolution Française passant par là, la duchesse offrit son palais à la République, ce qui ne l'empêcha pas d'être arrêtée comme tous les Bourbons et détenue un an et demi à Marseille, mais ce qui sauva sa tête !

Le bâtiment connut alors divers usages : il abrita entre autres la Commission des Lois puis une imprimerie nationale.

Échappant de peu à la Terreur, la duchesse fut libérée sous Bonaparte et partit en Espagne, louant alors le palais à un financier du nom de Hovyn de la Tranchère[3] qui y donna des bals réputés dans toute la bonne société parisienne avant de le revendre à son tour à Joachim Murat, le maréchal d'Empire marié à Caroline Bonaparte. C'est là que le futur Napoléon rencontrera Joséphine de Beauharnais, c'est là aussi qu'en 1815 l'empereur signera son abdication, mais auparavant, il aura racheté le palais à son beau-frère et y aura apporté quelques discrets aménagements.

L'Élysée revient alors à la couronne et Louis XVIII le donne au duc de Berry en cadeau de mariage avec sa cousine Marie-Caroline de Bourbon-Parme. Puis Louis-Philippe le reprend en 1820 et enfin, en 1848, l'Assemblée le nationalise. Le Prince-Président Louis-Napoléon s'y installe donc avec l'impératrice Eugénie, non sans y avoir fait aménager lui aussi un souterrain secret reliant la chapelle du palais au numéro 18 de la rue, où résidait sa maîtresse, Louise de Mercy-Argenteau. Mais il est raisonnable de penser qu'avant d'abdiquer en 1870 Napoléon III fit murer l'accès souterrain menant au Palais des Tuileries, lequel brûlera quelques mois plus tard, en 1871. Depuis, le palais de l'Élysée est resté résidence présidentielle mais on ignore qui en connut toutes les arcanes.

Fermé en Juin 1940 pendant la « Drôle de Guerre », Albert Lebrun y fit construire sous l'aile Est un abri antiaérien. Valéry Giscard d'Estaing y installera en 1978 le « PC Jupiter », centre de commandement de la force de dissuasion nucléaire française, mais on peut douter qu'il portât un réel intérêt aux vieux souterrains préexistants, ou même qu'il les connût. Murées ou non, il est des portes qui ne s'ouvrent pas avec des clés ordinaires, et les occupants successifs de l'Élysée n'en connurent pas tous les secrets. Pourtant, en 1981, c'est bien un initié qui y accéda, et s'il fit entrer la lumière dans le palais en faisant ouvrir les dix portes-fenêtres de la façade Sud donnant sur les jardins, il rouvrit également une autre porte, en sous-sol celle-là, murée depuis cent-dix ans...

---

3 *Hovyn de Tranchère eut lui aussi de l'intérêt pour l'ésotérisme dans l'histoire. Il traduisit notamment certains documents sauvés de l'incendie de l'Abbaye de Saint-Germain et du pillage de la Bastille par un collectionneur russe.*

*

Le colonel leur fit traverser quelques couloirs avant de les inviter à entrer dans un ascenseur où il leur ordonna de mettre leurs bandeaux et se tenir par la main. Après de longues secondes de descente, ils quittèrent l'ascenseur à la queue leu-leu. Se repérant aux sons qui leur parvenaient et aux pas qu'ils comptaient depuis le début du parcours, Ryan et Olivier comprirent bientôt qu'on avait depuis longtemps dépassé le PC Jupiter enterré sous les jardins. Puis, le colonel arrêta la colonne et les abandonna un instant pour discuter avec quelqu'un. Le son étouffé d'un clavier se fit entendre et une voix inconnue dit : « Ils sont là, Monsieur »... Puis ils perçurent le bruit d'une porte métallique qui tournait sur ses gonds et Jack, qui marchait en tête, sentit qu'on lui reprenait la main. Mais c'était un contact différent. Le colonel avait passé le relais.

La marche à l'aveugle reprit durant dix bonnes minutes. On percevait de temps à autre les vibrations assourdies du métro parisien, probablement la ligne 13, Saint-Denis-Porte de Châtillon, la plus proche en dehors du RER sur pneus qui dessert les Champs-Élysées. « On doit avoir quitté depuis longtemps l'enceinte du palais, pensa Johan... Où nous mène-t-il donc ?... »

Le convoi stoppa bientôt et une voix inconnue autorisa la petite troupe à retirer ses bandeaux. Ils regardèrent autour d'eux. Ils étaient devant une seconde porte métallique, dans un tunnel étroit et très faiblement éclairé par des rampes de secours comme dans les cinémas. Un homme, cagoulé comme un membre du GIGN, leur ouvrit la porte et, du geste, sans un mot, leur fit signe de continuer. Dès qu'ils l'eurent franchie, il referma derrière eux, les laissant seuls. Ce tunnel-ci ne comportait plus aucun éclairage. Ils étaient dans l'obscurité complète du sous-sol parisien sans avoir la moindre idée de l'endroit où ils se trouvaient...

— Eh!... Attendez !... Ne nous laissez pas seuls ici ! s'écria Olivier... Où sommes-nous ?

— Vous êtes où vous devez être !... Là où votre curiosité vous a conduits !... répondit derrière la porte la voix déformée à la sonorité sépulcrale. Continuez jusqu'au bout. Et si vous ne trouvez pas le moyen d'en sortir, ce sera parce que que vous n'étiez pas dignes d'y entrer !...

— Qu'est-ce que ça veut dire ? Qu'est-ce que c'est que ce bordel !... jura Ryan.

— Ça ressemble furieusement à un passage sous le bandeau en Maçonnerie, dit Johan, mais là ce n'est pas de la simagrée, ils ne font pas semblant ! Nous avons vraiment intérêt à trouver la sortie, les amis, ou nous risquons fort de tourner des jours dans le noir !...

— Continuons, dit Olivier, nous verrons bien. L'un de vous a de la lumière ?...

Johan, seul fumeur du groupe, avait bien un briquet dans sa poche mais il ne pouvait le garder en permanence allumé sans se brûler les doigts et de plus, il ignorait combien de gaz restait dedans. On résolut de réserver le peu qui restait pour une meilleure occasion et de continuer en se guidant de la main le long des parois, le premier de la file tâtonnant le sol devant lui.

Le tunnel continua encore sur quelques centaines de mètres. On n'y entendait plus le métro mais les vibrations de gros camions ou autobus dans la circulation au-dessus, puis bientôt plus rien...

— Les piétons ne font pas de bruit. On doit être sous le Jardin des Tuileries, supputa Johan.

Jusque là parfaitement rectiligne et horizontal, le tunnel s'infléchit soudain. Le sol en pente douce les entraînait toujours davantage vers les profondeurs en une longue descente en spirale qui paraissait n'en plus finir. Au bout d'un moment, l'air qu'ils respiraient leur parut plus dense et d'étranges sensations leur parcoururent l'échine...

— Bon sang, j'ai des frissons ! observa Jack. Pourtant il fait pourtant chaud là-dedans... Approcherions-nous de l'Enfer ?...

Johan alluma son briquet pour une rapide inspection. La flamme jaillit sans peine. Pas de crainte à avoir quant à un risque d'asphyxie à l'oxyde de carbone, mais, à la lueur dansante de la faible flamme les parois du souterrain leur semblaient soudain floues et inconsistantes. La roche qui, quelques mètres auparavant leur râpait les doigts, prenait maintenant une consistance étrange... comme une matière diaphane légèrement luminescente en laquelle ils pouvaient s'enfoncer avec la sensation de passer au travers d'un tamis sans en toucher les fils !...

— Qu'est-ce que ça veut dire ?... s'inquiéta Olivier. Où sommes-nous, nom de dieu !... C'est quoi cet endroit ?...

— Un labyrinthe, suggéra Johan. Nous descendons depuis un moment, tout en tournant autour d'un axe... Je pense que nous sommes dans un énorme labyrinthe en trois dimensions. Je serais bien incapable de nous situer sur un plan de Paris mais je suis sûr que nous n'allons pas tarder à arriver au point central... Quant à ces effets étranges, je suppose qu'il y a quelque gaz stagnant dans ces couches géologiques, peut-être du Radon, et nous sommes probablement victimes d'hallucinations comme les plongeurs en eaux profondes. En tout cas, ce n'est pas de l'oxyde de carbone, et il n'y a pas de danger d'asphyxie tant que mon briquet s'allume. Je le rallumerai de temps en temps pour vérifier, mais continuons, nous n'avons pas le choix, il nous faut sortir de là au plus vite !

La prévision de Johan s'avéra exacte. Le tunnel aboutit bientôt à un escalier de quelques marches sur lesquelles ils butèrent, menant à une nouvelle porte. Une légère luminosité filtrait sous son seuil. Une pièce devait être éclairée derrière, mais eux étaient toujours dans une obscurité relative... Johan battit le briquet. La flamme jaillit, éclairant les marches. En bas, sur la première, un crâne humain servait de bougeoir à une chandelle que Johan s'empressa d'allumer. Enfin, ils pouvaient voir clair sans que Johan ait à se brûler les doigts ! En haut des marches, la porte était de bronze cette fois, et paraissait bien avoir plusieurs siècles d'existence. De part et d'autre de celle-ci, deux colonnes, de bronze également, supportaient un linteau gravé d'une énigmatique inscription : « V.I.T.R.I.O.L. »

— Ouaip !... à moi aussi tout ce mystère me donne de l'acidité gastrique, plaisanta Jack. Qu'est-ce que tout ça signifie ?...

— Un acronyme alchimique, expliqua Johan : « *Visita Interiora Terrae, Rectificandoque, Invenies Occultam Lapidem* »...

— Encore du latin, s'exclama Jack. Et ça veut dire ?...

— Ça signifie : « *Visite l'Intérieur de la Terre et en rectifiant tu trouveras la pierre cachée* »...

— Pour ce qui est de visiter l'intérieur de la terre, s'exclama Jack, j'ai eu mon compte aujourd'hui ! J'aimerais bien trouver le moyen d'en sortir maintenant...

Johan désigna le crâne et la bougie. Tout ça ressemblait étrangement à un rite maçonnique.

— Je crois que nous n'avons pas vraiment le choix, n'est-ce pas Ryan ?

Songeur, le Templier hocha la tête :

— Frappe, et on t'ouvrira ! dit-il à Jack.

Jack allait se jeter sur la porte quand Johan l'arrêta.

— Attends ! Pas comme ça... Trois coups avec le poing, forts et bien espacés...

Jack frappa les trois coups, forts et bien espacés, qui résonnèrent comme dans un tombeau... De l'autre côté, une voix se fit entendre :

— Qui va là ?...

— Quelqu'un qui demande à prendre part au bienfait d'une très respectable loge dédiée à Saint-Jean, dit Ryan.

— Comment espérez-vous l'obtenir ?... demanda encore la voix.

— En étant libre et de bonne réputation, répondit Ryan.

Et comme par miracle, la porte s'ouvrit...

*

La lumière éclaboussa les quelques marches et l'obscur tunnel qui les avait amenés jusque là. Ils clignèrent des yeux quelques secondes, puis leur vue s'accoutuma. En réalité l'espace qui s'ouvrait devant eux n'était pas si violemment illuminé que ça, seul le changement brutal leur fit penser qu'ils passaient des limbes du Purgatoire à la lumière du Paradis. Mais le lieu n'était ni l'un ni l'autre, c'était juste une vaste pièce rectangulaire sobrement meublée à la manière d'un monastère gothique. Quelques portes s'ouvraient dans les murs latéraux le long desquels étaient alignés des pupitres éclairés, avec de hautes chaises derrière, tandis qu'au bout une chaire attendait visiblement son prêcheur ou son grand-maître. On se serait cru dans le jubé d'une cathédrale. Pourtant, ni signes religieux ni symboles spécifiquement maçonniques n'apparaissaient dans ce curieux décor. Un homme seul, un vieillard impressionnant de blancheur, les invita à entrer. Il se présenta à eux comme « Le Visiteur ».

— Bienvenue dans *l'Agharta*, leur dit-il. Vous devez être étonné sans doute, de ne pas trouver exactement une loge maçonnique, n'est-ce pas ? C'est que ça n'en est pas une... Vous êtes dans un centre névralgique de l'Ordre de Sion.

— Ainsi c'est vrai, vous existez encore !... s'exclama Ryan.

— Bien sûr que nous existons... Et pourquoi notre ordre aurait-il disparu, cher monsieur, quand le vôtre est toujours du monde ?...

Ryan reçut un choc à l'énoncé de cette phrase.

— Comment savez-vous ?

— Que vous êtes Templier ? Oh ! Pas seulement vous, Ryan, mais aussi Scotty, de même que monsieur Delisle et ce pauvre Conrad. Votre existence n'est pas un secret pour nous et nous savons parfaitement qui vous êtes. Nous avons suivi vos mésaventures orléanaises la semaine dernière, puis celles du Mont Saint-Michel il y a deux jours. Par contre, j'avoue ne pas connaître ces deux messieurs, ajouta le « Visiteur » en désignant Jack et Johan. J'imagine que s'ils sont ici, c'est qu'ils ont un rapport avec le sphinx. Voudriez-vous me les présenter ?...

— Volontiers. Je vous présente Johan, historien amateur orléanais, et Jack, journaliste américain, qui se sont trouvés bien involontairement mêlés à cette aventure, dit Ryan en évitant de s'étendre sur l'identité réelle de Jack.

— Un journaliste ! Mon dieu, vous avez amené un journaliste ici !... s'affola le Visiteur... Et d'abord, comment êtes-vous parvenu à cet endroit ? Je veux dire, depuis l'Élysée, je sais, mais qu'est-ce qui vous a fait penser que c'était une entrée ?

— « Une » entrée ?... Il y en a donc d'autres ? conclut Ryan esquivant la question du Visiteur.

— Bien sûr, mais la question n'est pas là, coupa le vieillard. Si vous êtes arrivés par la Présidence, c'est que vous avez découvert le sphinx de Saint-Michel. Un autre indice vous aurait amené par un autre chemin. Nous savions déjà que vous vous étiez rendus au Mont, mais pas que vous aviez deviné la cache ni mis la main sur le sphinx... Voilà plus de trente ans que cet objet fut déposé dans la statue de l'archange, il aurait pu y rester encore un siècle ou deux avant que quelqu'un ne l'y découvre... Vous allez nous obliger à l'y remettre... Mais ça veut surtout dire que vous avez su déchiffrer l'inscription ! Et ça, ça n'est pas donné à tout le monde !...

— Désolé, cher Visiteur, de nous être montrés trop perspicaces... répliqua Johan. Mais aussi, c'est votre faute ! Si vous n'aviez pas cette manie de l'occulte, si vous ne cachiez pas qui vous êtes et ce que vous faites dans votre sacré *Ordre de Sion*, nous n'aurions pas eu la tentation d'effectuer ces recherches. Ce sont uniquement la passion de l'histoire et le besoin de comprendre qui nous ont amenés ici...

— Je comprends cela très bien, rassurez-vous. C'est exactement la raison pour laquelle nous gardons nos activités secrètes, sous le voile d'Isis, comme disent les alchimistes. Parce que toute vérité n'est pas bonne à dire si ceux qui ont des oreilles ne sont pas préparés à l'entendre... Et seuls ceux qui, comme vous, démontrent la curiosité, la sagesse et le savoir nécessaires, finissent par nous rejoindre... C'est en quelque sorte une sélection naturelle. Pourquoi donner du savoir aux pourceaux ?... Mais vous-mêmes, messieurs, saurez-vous en garder ce grand et terrible secret ?...

— Nous sommes muets comme des tombes, assura Ryan.

— La formule est très pertinente. Et vous y avez intérêt, parce que de nombreuses personnes dans le passé, et même dans un passé récent, ont subitement disparu pour avoir tenté de dévoiler nos activités au monde extérieur... Mais je pense qu'en effet on peut vous faire confiance, car la Presse n'a fait mention d'aucun détail de vos aventures orléanaises ou montoises et j'en déduis que vous avez su tenir vos langues. Dans ces conditions, vous avez le droit d'apprendre le reste... Mais je dois d'abord vous dépouiller de vos métaux comme on dit en Maçonnerie. Particulièrement de ce sphinx qui doit peser dans votre poche, Jack.

Jack sortit le sphinx et le tendit au Visiteur, qui reprit :

— Messieurs, la curiosité qui vous a amenés jusqu'ici va être satisfaite. Ce que vous allez découvrir, seule une poignée de gens dans le monde ont eu l'occasion de le voir avant vous... Vous conviendrez alors avec nous que ce savoir antique doit rester secret. Suivez-moi, Messieurs...

Le Visiteur les mena au bout de la longue salle. Pressant un discret bouton caché dans la chaire, il la fit glisser sur le côté et découvrit derrière une nouvelle porte soigneusement dissimulée, où il posa simplement la main... Elle se scinda en deux panneaux triangulaires qui coulissèrent sans bruit de part et d'autre dans la paroi et se referma derrière eux automatiquement dès qu'ils en eurent franchi le seuil. Puis, solennellement, le Visiteur frappa dans ses mains... Et la lumière fut !

Elle éclata soudain, faisant irruption dans l'espace comme les cuivres de Richard Strauss dans « *Ainsi parlait Zarathoustra* » !

Le Visiteur scrutait avec amusement les visages des cinq amis qui n'en croyaient pas leurs yeux. Ils se trouvaient au cœur même d'un énorme édifice qui leur parut d'abord être une sorte de hangar à base carrée, d'au moins quarante mètres de hauteur en son centre et plus de soixante de côté, sans un seul pilier intermédiaire de soutènement... Puis leurs yeux s'habituèrent et ils virent l'incroyable... Le hangar était une énorme pyramide creuse !

Les nouveaux arrivants en restèrent bouche bée.

— Comment se fait-il ?... commença Jack.

— En plein Paris ! Je rêve ! pensa tout haut Ryan.

— Dites-moi que c'est bien ce que je crois... articula Johan.

Les deux autres ne dirent rien, cloués de stupeur qu'ils étaient par le spectacle qui s'offrait à eux.

— Oui messieurs, c'est bien ce que vous imaginez. Et le petit pyramidion que vous devinez là-haut, nécessairement par-dessous, est celui que voient les touristes par dessus, dans la salle se trouvant sous la pyramide de verre inversée. Mais, tels les navigateurs qui ne voient d'un iceberg que sa partie émergée, ils ne soupçonnent pas un instant le volume qui se trouve sous leurs pieds... Cette pyramide inconnue de tous, excepté de notre Ordre, est évidemment plus modeste que celle de Gizeh, mais, bien que creuse, elle est bâtie selon les mêmes règles géométriques et a les mêmes proportions : son côté est de 100 coudées sacrées, sa hauteur de 66, et l'inclinaison de ses faces de 52° exactement comme Khéops... Sachant bien sûr que la coudée de Paris n'est pas celle de Chartres ni celle de Gizeh puisqu'elle équivaut à 1/100 000e du degré du parallèle local, et que, contrairement aux méridiens, aucun parallèle n'en égale un autre sauf son équivalent dans l'autre hémisphère...

— Vous êtes en train de nous dire que ce lieu, à l'exacte intersection du méridien de Paris et du parallèle, est bâti dans un rapport précis à sa position géodésique ?...

— Exactement. C'est la meilleure manière d'être en harmonie avec le cosmique. Et bien que nous soyons en plein cœur de Paris avec toute cette agitation au-dessus de nous, constatez la sérénité qui règne ici...

— Bah, c'est un fait, mais on trouve aussi ce calme en entrant dans la moindre chapelle ou monastère un peu anciens, observa Ryan...

— C'est exact. Mais la plupart des édifices dont vous parlez ont été bâtis eux aussi sur ce concept de rapport à l'Univers, pas seulement les cathédrales. L'atmosphère des églises modernes est rarement aussi apaisante... Tout ici bas est question de mesure. De mesure et de forme, car la pyramide apporte à celui qui se trouve à l'intérieur une paix ineffable en même temps qu'une incroyable énergie... Sa forme notamment, lui confère certaines propriétés particulièrement bénéfiques... Cependant je dois à la vérité de dire qu'ici, nous avons un autre avantage... Vous avez sans doute remarqué quelques anomalies durant votre parcours souterrain ?...

— En effet, confirma Ryan. Votre architecte avait probablement bu un coup de trop ?...

— N'en croyez rien. Vous avez simplement éprouvé une sensation bien naturelle : le vertige inter-dimensionnel. Cet endroit est un point de jonction avec votre monde apparent, il est protégé par une barrière magnétique qui produit certains effets sur les gens non prévenus mais qui étend du même coup certaines de leurs capacités...

— Une barrière magnétique, avez-vous dit ?

— Pour séparer les dimensions, oui. C'était une propriété universelle connue des Grands Anciens et que la science d'aujourd'hui ne fait que redécouvrir avec des milliers d'années de retard...

— C'est vrai qu'il y a parfois de quoi s'interroger sur les termes scientifiques. On « découvre » plus souvent qu'on invente, commenta sobrement Johan, et le terme « découvrir » est on ne peut plus est adéquat.

— Absolument. Cette salle, je devrais dire cet immense vide pyramidal, est bien trop volumineux, vous vous en doutez, pour tenir sous le sol des Tuileries. Il se serait nécessairement produit un effondrement en surface depuis sa construction dans l'antiquité. Or, ce n'est pas le cas. Et voulez-vous savoir pourquoi ?...

— Bien sûr !

— Eh bien c'est tout simplement qu'elle n'existe pas dans la dimension d'où vous venez ! Ou plutôt elle y existe, mais de façon virtuelle, cachée à vos sens ordinaires !... Pour autant cette virtualité est toute relative car, vu d'ici, tout est bien réel et c'est votre monde qui est virtuel. Un peu comme si vous étiez morts dans votre continuum espace-temps pour naître à celui-ci... Cependant rassurez-vous, vous le retrouverez dès que vous sortirez !

— Je ne comprends pas, dis Johan. Même si nous ne pouvons percevoir ce lieu avec nos sens ordinaires, comme vous dites, il ne peut cependant défier les lois de la Physique, et il est impossible de faire tenir deux objets en un même espace[4] !

— Je sais, c'est difficile à admettre et ça surprend toujours la première fois, mais l'Univers est bien plus complexe qu'il vous paraît être. Même avec vos meilleurs télescopes ou microscopes, vous n'en avez qu'une vision partielle, car tout un pan du Cosmos vous échappe encore. Les Anciens, eux, bien que par d'autres moyens en avaient une connaissance plus étendue. C'est ainsi qu'ils ont pu construire en divers points de la planète certains lieux comme celui-ci, des « temples de la mémoire », indécelables du monde ordinaire car situés dans une dimension parallèle... Du coup, les lois qui s'y appliquent n'interfèrent pas avec les vôtres.

Les cinq amis se regardèrent, se demandant s'ils avaient affaire à un fou... Une dimension parallèle ?...

— Qu'entendez-vous par là ? Ce lieu serait à la fois dans notre espace et... « ailleurs » ?... demanda Ryan.

— On peut dire comme ça. C'est compliqué et simple à la fois. Il s'agit d'un lieu existant sur cette même Terre, mais vibrant sur d'autres longueurs d'ondes inaccessibles à vos sens ordinaires tant que vous n'êtes pas inclus vous-mêmes dans le champ magnétique qui le circonscrit. D'où les effets bizarres qui vous ont troublés tout-à-l'heure...

— Cette impression d'ivresse qui nous faisait voir des parois molles dans le souterrain ?

— Exactement. Il fallait quelques minutes pour que votre cerveau s'adapte à vos nouvelles capacités de perception, continua le vieillard comme si la chose allait de soi, mais on s'habitue très vite ! Et ce n'est pas tout, car nous sommes aussi, en ce lieu, à la croisée d'un antique alignement stellaire dont avaient tenu compte les Templiers qui construisirent le premier Louvre de Philippe-Auguste, au point de rencontre de la Roseline et de l'alignement Khéops-Stonehenge...

— Vous voulez rire ?!... lança Jack.

— En ai-je l'air ?... Vous seriez étonné si vous aviez la curiosité de vous pencher sur une mappemonde en sachant quoi chercher... Par exemple, tirez une ligne entre la Mecque et Stonehenge. Vous survolerez successivement le monastère Sainte-Catherine du Sinaï ; la Grande Pyramide de Khéops ; Alexandrie ; la Crète ; Athènes ; le Mont Cassin ; *Sion* en Suisse ; Notre-Dame de Paris, et le Carrousel du Louvre en France. Quel

---

4 *Selon le « Principe d'exclusion de Pauli » : « deux objets dans le même état quantique ne peuvent occuper un même espace ». Mais à contrario la chose n'est pas impossible s'ils sont dans un état quantique différent.*

hasard, n'est-ce pas, que tous ces lieux remarquables s'alignent !... Et puisque vous enquêtez sur Jeanne d'Arc, c'est d'autant plus curieux que ce Méridien de Paris, que nos modernes géographes font passer par Dunkerque au Nord et Prats-de-mollo au Sud, traversait en réalité, selon nos cartes antiques moins précises je vous le concède, les villages d'Arques-sur-la-Lie en Pas-de-Calais ; d'Arques près de Rodez en Midi-Pyrénées ; et d'Arques en Roussillon, entre Carcassonne et Rennes-le Château. Les trois seuls villages de ce nom en France sont comme par hasard situés juste sur la Roseline. Et compte-tenu de la rotondité de la planète, qu'est-ce qu'un méridien si ce n'est un ARC de cercle ?...

Mais ce n'est pas le plus beau, cher ami... Et ça, ça intéressera notre orléanais car, une autre ligne, tirée du Mont *Sion* de Jérusalem jusqu'au Mont Saint-Michel en Normandie, passe sur l'emplacement de Patmos – où Saint-Jean rédigea l'Apocalypse après avoir fait une expérience comparable à la vôtre aujourd'hui –, *Sion* en Suisse, Cîteaux en Bourgogne, Saint-Benoît-sur-Loire et sur l'ancienne église Saint-Samson d'Orléans, siège de *Sion* au temps de Jeanne.

— Pas possible !... laissa échapper Johan.

— Vérifiez sur Google Earth, s'amusa le Visiteur, vous verrez bien, c'est une invention formidable ! Mais ce ne sont pas les seuls alignements remarquables de sites antiques... La plupart des mégalithes ont disparus de nos jours, mais vous qui êtes parvenus jusqu'ici avec vos amis Templiers, ne me dites pas que vous n'aviez jamais remarqué cette troublante superposition de nombre d'établissements templiers sur d'anciens sanctuaires et lieux mégalithiques en réalité pré-celtiques...

— J'avais déjà fait ce constat, en effet. Mais l'Église n'avait-elle pas fait la même chose bien avant eux, en installant des calvaires au sommet des menhirs, et des chapelles par dessus les dolmens ?

— Pas pour les mêmes raisons, mon cher. L'Église a systématiquement squatté ces lieux pour mieux phagocyter l'ancienne culture, faisant parallèlement planer sur elle l'ombre d'imaginaires dragons et de hideuses sorcières animés d'on ne sait quelles intentions impures... alors que le Temple, tout au contraire, s'y ressourçait. Depuis des temps immémoriaux ces pierres dressées sont comme des points d'acupuncture plantés dans l'épiderme de la Terre-Mère, des aiguilles où s'accumule et se transmet l'énergie tellurique... Les tout premiers Chrétiens le savaient bien, eux aussi, avant que l'Église ne dévoie le culte cosmique du Galiléen pour transformer la religion en une espèce d'impérialisme de robe, obscurcissant les consciences en censurant les sciences... En fait, deux raisons diamétralement opposées d'occuper ces sanctuaires antiques... Seuls quelques moines, d'abord des ermites puis des ordres mineurs, ont su tirer parti des étonnantes propriétés de ces lieux. De même ils remarquèrent que l'implantation et l'orientation très particulières de ces mégalithes formait une sorte de triangulation géographique complexe mais d'utilisation pratique. Au même titre que les portulans, ces cartes secrètes des pilotes maritimes, cette géodésie ne fut longtemps connue que de quelques rares initiés jusqu'à l'instauration des premiers observatoires modernes, dont celui de Paris par certains des nôtres sous le Roi-Soleil. Pourtant, des millénaires plus tôt déjà, bien avant Sumer, les mesures de la Terre et du Cosmos étaient déjà connues d'élites intellectuelles. Ainsi, savez-vous que le Sphinx de Gizeh, que tout le monde croit une construction à la gloire de Khéops érigée par son fils Djédefré durant de la quatrième dynastie, a en réalité près de 15 000 ans ? Ce qui le fait remonter avant le Déluge !... Cet âge vénérable est en soi une énigme et bien entendu le Sphinx en est devenu le symbole. En vérité, cette structure léonine comportait à l'origine une véritable tête de lion, comme le montrent certains artefacts des premières dynasties. Le portrait de Khéops fut sculpté dedans, faisant disparaître la crinière du fauve dans la coiffe de pharaon. Mais si l'orientation des pyramides vise le baudrier d'Orion, celle du Sphinx regardait la constellation du Lion là où elle se trouvait à l'époque. Et ce n'est pas un hasard !

Cette connaissance antique de l'Univers, de la place qu'y occupe notre planète, de sa forme réelle et de ses dimensions, connaissance qu'on a bien failli perdre mais que certains initiés ont su sauvegarder durant des millénaires, nous a été involontairement transmise par le monde islamique au temps des Croisades.

Si le Temple a concouru à préserver le vieux culte de la Terre-mère sous l'allégorique Notre-Dame, de même que certaines congrégations monastiques (mais avec quelles difficultés !), de son côté et en dehors de toute religiosité, *Sion* a transmis et sérieusement fait avancer ces sciences... Et ce n'est pas terminé ainsi que vous pourrez le voir, mais il faut avancer prudemment. Il est des enseignements qui ne peuvent être délivrés sans précautions à n'importe qui... continua l'énigmatique Visiteur en montrant tout autour de lui des centaines d'étagères soigneusement rangées le long des parois pentues.

D'un air amusé, il reprit :

— J'aime bien les œuvres d'imagination et je me suis beaucoup amusé à lire le *Da Vinci Code*. Ce Dan Brown a vraiment fait montre d'une remarquable inspiration en imaginant en ce lieu le tombeau d'une sainte femme mais, comme vous savez, la réalité dépasse souvent la fiction...

Si vous remontez au niveau supérieur parmi les touristes qui se baladent nonchalamment dans ce grand hall, vous pourrez considérer un petit pyramidion émergeant du sol... Ce pyramidion est le sommet de l'iceberg, le sommet de la salle où nous nous trouvons actuellement. Pourtant, si les touristes le découpaient, nous serions invisibles à leurs yeux et ils n'y trouveraient rien d'autre que de la terre et du remblai. Cependant, complétant la pyramide de verre inversée qui se trouve au-dessus, ce pyramidion constitue le pied d'un énorme « vase de lumière » tourné vers le ciel... Je ne doute pas que cette forme évoque quelque chose pour vous...

— Nom de nom, le Saint-Graal ! s'écria Jack. Maintenant que vous le faites remarquer, c'est lumineux !... Éclatant de lumière et éblouissant de contenu puisque, si j'en juge par ce que nous voyons ici, il contient en effet tout le savoir du monde, tout en gardant son mystère pour qui ignore ce qui se cache sous son pied...

— Exactement, continua le Visiteur. Comme le contenu du dragon sous le pied de Saint-Michel... Personne à part vous n'a su découvrir ce que cachait l'Archange. Il vous en aura coûté une grande dose de curiosité, d'intuition, et de persévérance. De même, nul, s'il n'est d'abord initié et accepté, n'aura jamais accès à cette salle... Car en vérité, cette pyramide est bien plus qu'un tombeau. C'est à la fois un reliquaire et un abri, protégeant de toutes sortes de radiations, de la déprédation et de l'envie, des monuments du Savoir Universel... Un sépulcre, quel qu'il soit, ne saurait contenir que de pauvres restes biologiques n'ayant pas plus d'importance que ceux d'un cafard. Souvenez-vous : « *Tu es poussière, et tu retourneras à la poussière !* »... Sauf le respect qu'on leur doit, il n'y a aucun intérêt à préserver des cendres ou des momies, fussent-elles celles d'êtres exceptionnels. Ce serait de l'idolâtrie mal placée. Perpétuer leur héritage spirituel est autrement plus important ! Les Pharaons avaient compris cela et, contrairement à ce qu'on nous a fait croire, la préservation de leurs momies n'était pas essentielle à leur vie future. Comme tout le monde, ils avaient constaté qu'en dépit de leur grande science de l'embaumement le corps d'un défunt se délitait avec le temps, et qu'il ne fallait pas compter s'en servir sur l'autre rive... L'embaumement d'un défunt et l'apparat de funérailles appropriées à son rang n'étaient donc que de simples marques de respect envers le personnage qu'il avait été, mais dans son tombeau était aménagé une sorte de conduit par lequel pouvait s'élever son âme et l'on y peignait le manuel afin qu'elle trouvât le bon chemin... Ils croyaient donc à la séparation de l'âme et du corps, et c'est cela l'important. L'âme, l'esprit, ou la conscience est la véritable identité de l'individu qui habite une incarnation toute provisoire dans le plan de cette dimension terrestre. Ce que l'on présente à tort comme le principal tombeau d'Égypte, la célèbre Pyramide de Khéops, ne contint jamais aucune dépouille. C'était un temple où les grands-prêtres étaient initiés, et l'important c'est ce qui se trouve dessous et que nos modernes archéologues n'ont toujours pas découvert... Une « Salle du Savoir », comparable à celle-ci et bien plus, où est conservée toute la Science des Anciens[5]...

Oui Messieurs, Dan Brown s'est trompé en prenant comme hypothèse que ce lieu était celui du dernier repos d'une sainte. On ignore totalement où sont inhumés Jésus ou Marie-Madeleine et, sauf pour ceux qui en font commerce auprès des fétichistes et des pèlerins, leurs reliques sont sans importance aucune. À moins qu'on ne veuille de nos jours procéder à des analyses d'ADN qui pourraient révéler bien des surprises, ce ne sont pas les reliques de tel ou tel saint qui importent, ce qui compte vraiment c'est de maintenir vivant leur esprit, et j'entends surtout par là leur « philosophie » au sens ésotérique et alchimique du mot.

Ce que vous avez devant vous n'est donc pas un tombeau, c'est son exact contraire : un berceau pour la Renaissance de l'Humanité, un creuset pour la refonte de sa philosophie. Vous êtes ici en un lieu prophétique où se dessine l'avenir des nations pour les millénaires à venir... Regardez autour de vous... Profitez !... Vous ne verrez jamais rien de tout cela en visitant l'étage au-dessus !... Dieu sait si le Louvre est déjà riche de beautés classiques, mais celles qui sont conservées ici sont d'un autre ordre...

---

5 *Le médium américain Edgar Cayce y fait référence dans ses célèbres « lectures de vie » conservées à la Fondation A.R.E. de Virginia Beach. On n'a cependant encore rien trouvé entre les pattes du Sphinx. Du moins officiellement.*

Les cinq amis firent quelques pas vers les rangées d'étagères. C'était effectivement un tout autre genre d'œuvres. Aucune œuvre artistique, statue de marbre ni tableau de maîtres comme dans le Louvre de surface. Des choses essentiellement techniques étaient conservées là, des objets aussi improbables que dérangeants par rapport à l'idée qu'on se faisait habituellement de l'évolution des connaissances humaines... Un véritable capharnaüm d'artefacts, instruments, livres, tablettes, parchemins et papyrus couvrait les étagères, tant sur le pourtour que dans des rangées médianes soigneusement alignées comme les gondoles d'une grande surface. Le tout constituait un inventaire hétéroclite de milliers d'objets antiques et parfois bien étranges qui s'y entassaient. Certains dans des vitrines réfrigérées, d'autres emballés de toile et de cire, dans de simples caisses en bois ou soigneusement rangés dans de précieux coffrets. Dans les rayons les offrant aux regards des rares visiteurs admis dans ces lieux on pouvait au hasard relever : un astrolabe phénicien ou crétois en parfait état ; des miniatures en terre cuite de machines volantes rappelant furieusement les soucoupes dessinées sur les murs de certains tombeaux égyptiens ; des dessins étranges de « *vimanas* » tirés des *Vedas* ; des cartes d'âges canoniques identiques à celle dite de *Piri Reis* qui révèle inexplicablement les rivages antédiluviens du continent antarctique AVANT la dernière glaciation ; ou encore tel codex Aztèque qu'on croyait disparu depuis les Conquistadors ; des notes et dessins authentiques de l'illustre Léonard de Vinci qui devaient faire partie des carnets incomplets de Francisco Melzi ou qui, peut-être, provenaient des nombreuses caisses de documents rapportées d'Italie par Gaspard Monge mais dont seules douze d'entre elles furent remises à l'Institut National... Et encore une multitude de tablettes de cire, d'argile ou de pierre, de papyrus et parchemins portant des inscriptions de toutes sortes et en toutes langues : en hittite, en runes nordiques, en punique, en hiéroglyphes égyptiens, en chinois ancien, en ouïgour, en ligure, en araméen, en grec, et évidemment en latin... La liste en eut été trop longue à établir d'un seul coup d'œil, Johan y renonça. C'était en fait un second musée du Louvre caché sous les fondations et les jardins du premier... Mais une chose étrange sauta aux yeux de Johan : le sceau du Vatican ornait certains feuillets !

— Si je peux me permettre, cher Visiteur... Comment se fait-il que vous déteniez ici des documents en provenance du Vatican ? Je crois savoir que vous êtes en froid depuis un certain temps...

— Vous avez raison, répondit le vieux, mais ne croyez pas que nous sommes allés faire un hold-up dans les caves de Rome ! Napoléon s'en est chargé... C'est lui qui a fait venir à Paris ces documents. En fait la totalité des archives secrètes y sont venues dans 3 239 caisses. C'est après Waterloo que le roi Louis XVIII a ordonné leur restitution au Vatican. Malencontreusement, près d'un quart des contenus de ces coffres se sont perdus sur la route du retour ! soupira-t-il hypocritement... Beaucoup l'ont été pour de bon. On a même vu de ces précieux manuscrits envelopper le poisson aux halles ! Mais nous avons heureusement pu en récupérer certains...

— Je brûle évidemment de vous poser la question : Pourquoi tous ces objets et documents ne sont-ils pas exposés au musée, à l'étage au-dessus ?

— Parce que, mon cher Johan, tous les objets et documents entreposés ici n'ont pas seulement une valeur archéologique ou historique, ils représentent surtout une mine incroyable de renseignements scientifiques en des domaines inimaginables pour l'esprit des siècles passés et même encore pour le vôtre... Le sphinx qui vous a conduits ici – cet « objet-impossible-qui-ne-saurait-exister » – n'est que l'une des applications modernes d'une trouvaille effectuée sur un papyrus vieux de quatre mille ans, mais qu'il aura fallu attendre la Physique Quantique pour réaliser !... Autre exemple : l'illumination du lieu où nous sommes provient d'une source quasi éternelle. Basée sur l'électromagnétisme terrestre qu'a effleuré Tesla, elle éclaire pourtant cette salle depuis des siècles et plus. On ne fait que redécouvrir seulement aujourd'hui cette énergie naturelle et gratuite, mais inutile de préciser que les trusts énergétiques ne veulent surtout pas en voir se répandre l'usage...

Et il y a bien d'autres choses encore décrivant des machines et inventions à côté desquelles les piles de Bagdad[6] peuvent être considérées comme de ridicules gadgets !... Notamment dans le domaine de l'Optique : vous serez surpris d'apprendre que les prêtres d'Héliopolis disposaient de plaques de métal polies comme des miroirs auxquels on n'a pas manqué de les assimiler, mais qui se sont avérées capables de décomposer la lumière grâce à la finesse de leurs rayures parallèles à l'échelle du demi-micron !... Oui, du demi-micron ! Autrement dit, la longueur d'onde du spectre lumineux perceptible par l'œil humain !... Comment croire cela possible deux millénaires avant J.C., n'est-ce pas ?... Et pourtant, nous en avons un exemplaire ici. On ignore évidemment à quoi elles leur servaient précisément, mais n'oublions pas qu'Héliopolis était le sanctuaire du Soleil, donc de la Lumière... Ça ne peut pas n'être qu'une coïncidence ! Je suis sûr qu'il y en a un tas d'autres qui se dégradent tranquillement dans les réserves des musées du Caire ou d'ailleurs parce que personne n'a jamais su comprendre ce qu'elles étaient vraiment.

Depuis des siècles, nos chercheurs se sont attelés à déchiffrer nombre d'écrits antiques, parfois en des langues totalement inconnues comme celle du site de Glozel, près de Clermont-Ferrand. Nous avons d'ailleurs récupéré quelques-unes de ces pierres gravées. Je ne vous raconterai pas le mépris affiché des archéologues du temps pour l'inventeur du site, Émile Fradin, ce paysan qui s'autorisait à faire des fouilles dans son propre jardin en prétendant avoir découvert un trésor archéologique. Quelle prétention n'est-ce pas, quand on a à peine son certificat d'études !... Eh bien, je vous le dis moi, ce paysan ignare avait raison. C'est l'une des plus anciennes écritures qu'on connaisse à ce jour !... Alors que nous pensions jusque là qu'elle était née à Sumer vers 4 000 av. J.-C., les dix-huit caractères de Glozel figurant sur les tablettes d'argile pourraient lui être antérieurs de 3 000 ans ou plus,

---

6 *Authentique. En 1930 l'archéologue allemand Wilhem König trouva dans les réserves du musée de Bagdad une étrange poterie du IIIᵉ s. avant JC. Haute d'env.15 cm et munie d'un bouchon de bitume d'où sortait une tige de fer entourée d'un cylindre de cuivre soudé au fond par un alliage de plomb et d'étain. Il suffisait de remplir cette poterie de simple jus de fuit pour en faire une pile électrique ! Cette découverte expliquerait que certains bijoux datant de 2500 ans aient pu être dorés par CATALYSE !*

et ont été trouvés dans notre Massif Central !... Mais nos savants de l'époque, imbus de leur autorité scientifique, se sont avérés incapables d'accepter l'idée qu'un néophyte puisse s'attribuer le mérite d'une telle découverte... Il est vrai que les mêmes, ou leurs confrères, avaient copieusement moqué un autre archéologue amateur, Heinrich Schliemann, qui, contre toute convention établie, osa se fier à une légende pour découvrir Troie... La suite a démontré combien ils avaient eu tort de se moquer, car non seulement Schliemann a découvert la cité mythique, mais il en a trouvé six couches superposées, et de nos jours les fouilles récentes ont montré que la ville était bien plus étendue que sa découverte contestée ne le laissait présager. En vérité, Troie s'avère aujourd'hui avoir été la plus importante cité de toute la Méditerranée orientale depuis l'Âge du Bronze jusqu'à la fameuse guerre rapportée par Homère dans « l'Iliade » et à laquelle participèrent les Arcadiens pélasgiques.

Les mystères subsistent tant qu'on ne les a pas éclaircis par l'expérience sur le terrain ou en laboratoire. Cependant certaines choses sont trop dangereuses pour être laissées entre toutes les mains. Il en est ainsi des dépôts scientifiques de l'antiquité. Voilà pourquoi il est des choses que nous n'exposerons jamais. Du moins, pas tant que l'heure n'en sera pas venue... Comme disait notre cher Francis Bacon : « *Tempora patet occulta veritas...* »

— « Avec le temps, la vérité cachée apparaîtra », traduisit Johan. Oui, c'est sans doute vrai. Mais nous, nous sommes malgré tout pressés de la connaître !... Bacon ne disait-il pas cela dans ce curieux livre intitulé « La Nouvelle Atlantide » ?... Surprenant titre pour l'époque, non ? Ça n'était que le tournant du XVIe siècle...

— Surprenant, dites-vous ?... N'est-ce pas un peu méprisant pour les érudits de la Renaissance ? Pourquoi d'après vous serait-ce moins surprenant aujourd'hui ? Croyez-vous donc que ce siècle a tout découvert ? Souvenez-vous du fameux quatrain de Nostradamus :

> « *Quand l'escriture DM trouvée,*
>
> *et cave antique à lampe découverte,*
>
> *Loy, Roy, et Prince Ulpian esprouvée,*
>
> *Pavillon Royne & Duc sous la couverte* »

— Bah ! se récria Jack, nul n'a jamais pu comprendre ce quatrain, pas plus que les autres d'ailleurs. Et les Centuries resteront pour moi un salmigondis abscons tant qu'on n'aura pas trouvé le code qui crypte ces étranges versets... Et puis, je ne sais pas, c'est sans doute davantage dans l'air du temps d'évoquer des civilisations disparues. On commence tout juste à accepter l'idée qu'à l'instar des humains, les civilisations peuvent aussi mourir et être oubliées. C'est pourtant une hypothèse bien moins dogmatique que le Créationnisme.

— Oui, ajouta Ryan, ça intrigue les gens de ne pas savoir d'où ils viennent ni d'où provient la science des anciens. Concernant les civilisations, nous avons un exemple flagrant sous les yeux : la culture maya ne date pourtant que d'une dizaine de siècles, mais les évangélistes colonisateurs, souvent dominicains ou jésuites, en ont brûlé les codex indigènes et proscrit l'usage de leur écriture complexe pour la remplacer par l'alphabet latin et l'enseignement obligatoire en espagnol. Heureusement, de rares franciscains tels Bernadino de Sahagun ont sauvés des originaux, et c'est avec enthousiasme que Guatémaltèques et Mexicains se réapproprient aujourd'hui l'histoire et la langue de leurs ancêtres Mayas dont on commence seulement à déchiffrer les glyphes.

— C'est la triste histoire du monde, mon cher ! Depuis la nuit des temps les hommes ne cessent de s'interroger sur leurs origines et les sources de la Connaissance, mais leurs églises s'empressent de dénier tout intérêt à ce qui est inconnu. La Religion distribue en prêt-à-porter une explication bien plus commode !... Commode pour elle bien sûr ! Et précisément, face aux dogmes, la Renaissance fut une incomparable période de libération intellectuelle. Une libération qui fut longue à émerger, car son désir se fit sentir bien avant la Guerre de Cent Ans mais elle n'a pu vraiment s'exprimer qu'à partir de René d'Anjou... – Excusez-moi si j'utilise mon calendrier personnel. Nous comptons en effet à la manière égyptienne, en temps relatif, en fonction de nos nautoniers successifs, comme dans l'antiquité on comptait d'un règne à l'autre –.

— Ne vous excusez pas, nous avions compris. C'est précisément cette période johannique qui nous a amenés à nous interroger sur Sion. Vous pourriez nous en dire davantage à ce sujet ?...

— Je ne vois pas ce que je pourrais vous apprendre de plus. Vous avez apparemment tout compris du mystère de Jeanne. C'est ce que voulait empêcher le Vatican qui envoya ce sicaire pour faire disparaître le parchemin... Ah si, il y a peut-être une chose que vous ignorez encore...

— Laquelle ?

— Comment lui parvenaient ses mystérieuses « voix »...

Les cinq amis sursautèrent.

— Parce qu'elle entendait vraiment des voix ?... s'étonna Johan. Et vous sauriez bien sûr nous donner l'explication du mystère ?...

— Naturellement !... N'allez pas me dire que vous croyez à ces fadaises de « voix divines » !

— Non bien sûr, assura Johan. C'est assurément une classique intervention humaine de la part d'un ordre ou d'une communauté monastique. Certains ont envisagé l'hypothèse dite franciscaine, selon laquelle Colette de Corbie aurait instruit la jeune fille... Pour ma part je pensais plutôt aux Carmes, mais j'avoue avoir une lacune sur la manière dont ils échangeaient avec elle...

— C'était assez bien vu, en effet. Les Carmes sont au centre de l'affaire. Ordre contemplatif à l'époque, par l'attention toute particulière qu'ils accordaient à la Terre-mère, ils étaient très proches de *Sion* et du Temple. Mais surtout, ils ont poussé très loin leurs capacités spirituelles. Savez-vous par quel moyen ils communiquaient avec la Pucelle ?

— Je n'en ai pas la moindre idée, et c'est ce qui m'ennuie. J'imagine qu'ils pouvaient l'approcher facilement.

— Pas tant que cela, rectifia le Visiteur. Et c'est là le véritable aspect « miraculeux » de la chose, chers amis. Je peux vous appeler ainsi, n'est-ce pas ?... Eh bien oui, effectivement, Jeanne entendait des « Voix », car ils communiquaient par TÉLÉPATHIE !... Oui, oui ! Vous m'avez bien entendu ! Par transmission de pensée ! Et bien entendu, je vous le prouve quand vous voulez parce que, si de nos jours les recherches en ce domaine stagnent encore, en ce qui concerne *Sion* voilà des siècles que nous savons utiliser cette prédisposition cérébrale chez certains sujets...

— Comme le « Mentaliste » de la série télévisée ?

— Oh, celui-là n'est encore qu'un apprenti ! La suggestion hypnotique est la moindre des choses pour nous, le B-A Ba de l'entraînement, mais la télépathie offre une gamme de possibilités bien plus étendue... Nous parvenons à lire dans les pensées et à communiquer verbalement à distance sans autre interface que nos seuls cerveaux. N'avez-vous pas entendu parler du célèbre Cagliostro, popularisé par Alexandre Dumas, Gérard de Nerval et Gaston Leroux, entre autres ?

— Vous parlez de Joseph Balsamo, mort à la prison pontificale de San Leo peu après la Révolution française ? Si l'on en croit les gazettes de l'époque, il sentait un peu le souffre, non ?...

— C'est bien lui. Oh ! On a dit beaucoup de choses à son propos, surtout en Italie. N'en croyez rien. Les gens comme lui dérangent toujours beaucoup de monde. Et il n'y a rien d'étonnant à ce qu'il ait fini dans une geôle pontificale car le pape et lui n'ont jamais étés très amis... Cagliostro était un peu notre ambassadeur itinérant... Et avant lui le Comte de Saint-Germain... Entre autres talents, les deux étaient d'excellents télépathes...

— Vous voulez dire que certaines personnes, vous peut-être, peuvent accéder à mes pensées intimes ?... s'inquiéta Johan.

— Dieu merci, c'est plus compliqué que ça, il y a certaines conditions. Ça n'est possible que si vous ouvrez votre esprit, par exemple par la méditation, et que vous acceptez l'intrusion d'un autre esprit en vous-même. L'essentiel est que vous ne vous fermiez pas à autrui. C'est cela, le seul véritable « Libre-Arbitre ». Si vous en acceptez le risque, nous pouvons en faire l'expérience tout de suite...

— Je n'ai rien à cacher, dit Johan. Allez-y ! Dites-moi à quoi je pense ?...

— Soit ! dit le vieillard. C'est vous qui l'aurez voulu, nous sommes bien d'accord ?... Pour la première fois, j'ai besoin que vous me donniez votre main et et que vous me regardiez dans les yeux...

Le Visiteur se concentra une minute et Johan ressentit immédiatement en lui-même, en sa tête mais aussi dans son corps tout entier une sensation de fraîcheur, comme si une brume l'envahissait, mais une brume douce, exempte d'agressivité, quelque chose comme le contact d'un coton hydrophile qui sortirait du réfrigérateur... drôle de sensation... Puis elle s'arrêta, et le Visiteur dit :

— Vous vous méfiez encore de moi. Vous avez tort. Vous seriez effectivement en danger si vous alliez répandre au dehors ce que vous apprenez ici, mais je sais déjà que vous ne le ferez pas, sinon comme les Adeptes sous forme voilée, car vous envisagez d'écrire un roman avec le journaliste que voilà, dit-il en désignant Jack. J'ai d'ailleurs appris des choses très intéressantes sur lui en sondant vos pensées. Vous devriez au plus vite apprendre à les celer, on ne sait jamais qui l'on croise dans la rue de nos jours !...

Ainsi, jeune homme, continua-t-il en se tournant vers Jack, vous êtes le dernier de la lignée ?... Enchanté de vous rencontrer enfin ! Enchanté, et ravi de constater que cette lignée subsiste, parce que nous avions perdu la trace de sa branche américaine depuis la Révolution Française et celle de la branche polonaise depuis la Seconde Guerre Mondiale... Oh, ce n'est pas tant pour les quelques gènes spécifiques que vous portez encore en vous, ni pour ce que pouvaient représenter Jeanne ou même Jésus en leur temps, ni encore moins vous vous en doutez pour les icônes qu'en a faites l'Église, mais nous avons toujours eu à cœur de protéger le message initial... Je veux dire le VRAI message, pas le pseudo-message religieux mis en exergue au fil des siècles, mais l'énorme bagage de connaissances scientifiques médicales et philosophiques que le Galiléen a rapporté d'Alexandrie et de ses voyages en Inde, et que ses disciples avaient transmis en partie aux premiers adeptes... En partie seulement malheureusement, car, qu'on soit ou pas de naissance soi-disant divine, chaque génération perd par dilution un peu de ses capacités ataviques naturelles si elle ne les entretient pas par la méditation et l'étude approfondie des mystères... De ce point de vue Jeanne était très favorisée car elle descendait de cette lignée par ses deux parents. Grâce à Dieu, dirai-je, bien que je donne un sens différent à cette expression, les Croisades nous avaient permis de compléter des pans entiers de cette antique connaissance perdue... Il y a d'ailleurs ici quelques manuscrits en araméen qui devraient vous intéresser, Johan, si toutefois vous vouliez apprendre cette langue, bien sûr...

— Assez ! Assez ! Démonstration convaincante... admit Johan. Je suis très impressionné... C'est redoutable que de sentir quelqu'un puiser dans vos pensées ! Et vous pouvez faire ça à distance ?... d'ici, même si je sors dans la rue ?

— Hou... et bien au-delà !... La pensée n'ayant pas de matérialité, aucune muraille ne l'arrête hormis votre propre disposition d'esprit. Il n'y a pas davantage de frein à sa célérité. Comme pour les ondes radio, il y a une perte d'acuité en fonction de l'éloignement, mais en théorie la liaison peut s'établir sur des milliers de kilomètres et sans doute davantage... jusqu'aux étoiles peut-être, qui sait ?... Il suffit d'accorder ses vibrations sur la bonne longueur d'onde... Je vous laisse imaginer les perspectives... Et bien que nous n'ayons jamais pu en vérifier la source, et pour cause, certains parmi nous ont perçu des communications très étranges sur lesquelles je ne m'étendrai pas. Mais vous n'imaginez pas combien la NASA et nombre d'autres organismes gouvernementaux aimeraient s'octroyer ce savoir qui est pourtant d'une simplicité enfantine...

— Si je vous suis bien, vous envisagez tout sous le seul angle scientifique ? Vous ne croyez donc ni en dieu ni en diable ?...

— Pas le moins du monde ! Ou du moins pas comme y croient la plupart des gens... car il ne faut pourtant pas sous-estimer le pouvoir du Mal, il existe bel et bien mais, heureusement, ce n'est pas une entité avec une volonté propre. C'est juste la conjonction de pensées négatives ou d'intérêts égoïstes dans l'entourage ou dans le contexte qui peuvent parfois faire croire à une « malédiction ». Toute apparence de réalisation d'une malédiction est orchestrée en réalité par des humains utilisant à cette fin le magnétisme naturel ou pratiquant l'émission de pensées négatives. Parfois même sans être conscients de leur actes. C'est pourquoi je vous dis d'apprendre à contrôler votre réceptivité. On met ça sur le compte d'une soi-disant magie noire, Vaudou ou autres pratiques réputées sataniques, mais en vérité seul l'usage néfaste qui est fait d'un tel savoir peut mériter ce qualificatif. Le moyen, lui, n'est qu'un outil de transfert au même titre que la radio ou Internet, et c'est aussi par ce même moyen qu'on fait ce que nous appelons le Bien. Par exemple la guérison à distance par un magnétiseur. On parle alors de « magie blanche », mais c'est la même chose. Tout dépend du but de celui ou ceux qui pratiquent.

— Donc, pas de dieu pour Sion ?... Et malgré le semblant de rituel maçonnique qui nous a permis d'entrer ici, vous n'êtes pas Francs-maçons non plus ?...

— Pas vraiment... La Franc-maçonnerie accepte tous les croyants, de toutes religions dès lors qu'ils croient au moins en un « Créateur » qu'ils nomment « Grand Architecte de l'Univers »... Mais les perspectives que nous avons touchées du doigt nous imposent une toute autre conception de cet Univers, une conception bouleversante à tous points de vue, car elle bouscule en effet l'interprétation habituelle de tous les textes anciens, à quelque religion qu'ils se réfèrent... C'est une sorte de « théorie unifiée » où tout prend enfin un sens, chaque chose par rapport au reste. La Création, l'Énergie, la Matière, la Vie et la Mort enfin, trouvent leur explication. À défaut d'être cartésienne, elle est cependant rationnelle car d'une logique implacable au plan de la Physique. Et les rêves, l'intuition, le spiritisme, n'en sont qu'une incidence accessible à certaines personnes dans des dispositions d'esprit particulières... Grâce à un entraînement mental spécifique, l'acuité des sens se développe et certains d'entre nous parviennent à voir l'aura des êtres vivants, ou à distinguer à l'œil nu l'agitation des molécules jusqu'au niveau atomique, à voir les rayons Gamma, à entendre les rayons X et presque à « goûter » la matière noire de l'Univers...

Un écrivain hollandais, Van Het Reven, a écrit : « *Dieu nous rêve. S'il s'éveille, nous disparaissons à jamais* ». C'était une belle allégorie mais nous avons été amenés à inverser ce concept : Dieu n'existe que parce que NOUS LE rêvons en permanence avec nos faibles moyens cérébraux. Mais l'homme ordinaire ne mobilise qu'une faible part de son cortex et les divers pouvoirs temporels l'entretiennent grandement dans cette inertie mentale[7]. L'éveillé, lui, en utilise jusqu'à quatre ou cinq fois plus.

— Seriez-vous en train de nous dire qu'il existe des humains privilégiés qui ont un Q.I. quatre ou cinq fois supérieur à d'autres ?...

— C'est exact. Bien que la palette des quotients intellectuels soit bien plus large que ne le révèlent les tests habituels. Il y a moult formes d'intelligences et, selon l'environnement, ce ne sont pas nécessairement les plus érudits ou les plus riches, mais les plus sages qui se distinguent comme guides des peuples. Et l'on en trouve tout autant dans des sociétés dites primitives que

---

7 *La « passivité » du téléspectateur devant son écran de télévision entretient cette inertie mentale.*

dans vos modernes universités. Le destin n'est écrit d'avance pour personne, nous avons tous des « potentialités » différentes et l'avenir devient ce que nous en faisons dans notre propre référentiel collectif... De ce fait, ce monde est en perpétuelle évolution. Cependant il existe d'autres mondes dans l'Univers, où les règles diffèrent... Mais ce sont des concepts sur lesquels je ne m'étendrai pas maintenant. Vous comprendrez que nous restions discrets sur nos travaux...

— Je le conçois aisément. Mais une chose me gêne : cette philosophie purement scientiste laisse libre cours à toutes les dérives. Que faites-vous des qualités morales dans l'affaire ?... Si tout est scientifiquement explicable, y compris ce que dans notre ignorance crasse de néophytes nous appelons miracles ou intercessions divines, ne voyez-vous pas que l'homme n'a plus aucune limite ?... Tout lui devient permis... On a assez vu ce que pouvaient donner la mégalomanie de certains dictateurs dans l'histoire du XXᵉ siècle, ou encore dernièrement les outrances de l'Ultra-Libéralisme dans le domaine financier. Que serait-ce si nous appliquions cette même liberté à la Morale ?...

— Hou... La morale, la fameuse « morale » !... Nous entrons là dans un domaine philosophique qui est l'essence même de la vie, mon cher Johan !... La Genèse elle-même le dit bien : « Voici que l'Homme est devenu comme l'un de Nous... », comme un dieu, et depuis des millénaires l'homme n'a donc plus aucune limite hormis celles qu'il s'impose à lui-même ou que lui impose l'ignorance en laquelle le maintiennent les systèmes établis, religions incluses... Ceux qui sont en charge de faire étudier la Bible aux enfants s'attardent rarement sur ce verset, ils préfèrent mettre en exergue l'exclusion du paradis terrestre pour cause de désobéissance, de cueillette interdite sur « l'Arbre de la Connaissance du Bien et du Mal » en oubliant d'en définir les termes...

Car qu'est-ce que le Mal ? Qu'est-ce que le Bien ?... La différence n'est souvent qu'une question de nature et de circonstances... La lionne qui tue une gazelle fait-elle le mal ?... Dans la mesure où ce n'est que pour nourrir ses lionceaux, de son point de vue elle fait le bien, mais ce n'est évidemment pas le point de vue de la gazelle !...

La Vie ne supporte aucune limite... Pire ! Elle se nourrit de la Mort comme l'enseigne le dieu hindou Shiva, et comme l'a dit votre grand Lavoisier : « Rien ne se perd ni ne se crée, tout se transforme »... Anaxagore de Clazomènes, six siècles av J.C. le disait déjà : « Rien ne naît ni ne périt, mais des choses déjà existantes se combinent, puis se séparent de nouveau »... La Mort est partie intégrante de la Vie et réciproquement ! L'une est nécessaire à l'autre, tout comme le Mal l'est au Bien... Faute de quoi il n'y aurait que le Néant et nous n'aurions pas même le loisir d'en disserter puisque nous n'existerions pas.

— Tout de même ! Si depuis cinq à dix mille ans nous avons inventé la Civilisation, ce n'est pas pour revenir aujourd'hui ou demain à la Loi de la Jungle...

— Tout-à-fait d'accord... Laissez-moi répondre par la suite de mon allégorie : La limite pour la lionne, c'est de savoir s'arrêter de chasser lorsque son clan est repu. Contrairement à l'Homme qui se projette dans l'avenir en accumulant toujours trop, elle ne tue pas plus que nécessaire pour calmer sa faim et celle de ses petits. Tous les prédateurs savent évaluer leurs réserves et réguler leur prédation, mais apparemment l'homme ne le sait plus. Pourtant Jésus n'a-t-il pas dit : « *Regardez les oiseaux du ciel : ils ne sèment ni ne moissonnent, et ils n'amassent rien dans des greniers*[8] » ?... C'est précisément le privilège de l'homme, à l'égal d'un dieu, que d'infléchir la Loi de la Nature afin d'en écrêter les effets... Mais attention ! L'infléchir seulement en ce qui concerne les rapports entre individus, pas détruire la Nature par cupidité ni la modifier en en trafiquant les gènes, et pas davantage en figer le dynamisme par l'édiction d'un fatras de lois visant au privilège paradoxal d'un égalitarisme utopique... Nul ne subsiste de l'air du temps, le lion et la gazelle auront toujours des intérêts divergents. Du moins tant qu'il existera des lions et des gazelles, parce que du train où c'est parti...

— Hélas ! Il est à craindre en effet que ça ne dure plus très longtemps...

— Vos contemporains dissertent beaucoup sur le changement climatique qui serait dû aux excès de l'industrie humaine. Bien qu'il y ait aussi de nombreux autres facteurs, notamment les éruptions solaires et certains alignements galactiques, c'est un fait qu'en cette société dite « de consommation » vos industries polluent beaucoup trop l'environnement, et Dame Nature se rebiffe. C'est au point qu'en certains pays il m'est devenu impossible de recueillir la rosée du matin, devenue acide, ce qui s'avère très grave pour moi. Mais c'est surtout bien plus grave pour vous, car quelques degrés de plus dans l'atmosphère ne feront pas seulement gonfler les océans, ils feront aussi gonfler la Terre elle-même, et on ne tardera pas à en voir les effets par la fréquence des séismes et des éruptions volcaniques... On oublie trop souvent que la Terre est un être vivant, qui, au cours des millions d'années, a établi un état d'équilibre précaire entre son cœur magmatique mouvant et la croûte superficielle sur laquelle nous vivons comme des parasites sur le dos d'un animal... Quotidiennement, elle est autant sujette aux marées terrestres[9] qu'aux marées océaniques, et l'humanité ne fait qu'y « surfer »... En outre, le frottement de ses couches internes, molles, de densités diverses et tournant à des vitesses différentes de celle à laquelle tourne sa croûte, fait que nous parcourons l'Espace à l'abri d'une bulle magnétique comme dans une Arche de Noé spatiale. Mais tout cela est très provisoire, le pôle magnétique peut s'inverser demain sans qu'on y puisse rien, c'est déjà arrivé vingt fois au cours de l'histoire de la planète, et tout peut s'arrêter pour nous si la Terre devient invivable... Elle continuera de tourner autour du soleil durant des millions d'années, mais sans nous !... Incapables de nous adapter suffisamment vite aux changements rapides, nous n'y survivrons pas plus que les espèces végétales ou animales qui nous entourent.

— Quel alarmisme ! La Terre a déjà subi de nombreux changements climatiques, et la Vie est toujours là...

---

8 *Matthieu 6-26*

9 *Les marées terrestres sont un phénomène mal connu mais indiscutable : sans qu'on s'en rende compte, la croûte terrestre subit la même attraction que les océans et s'élève de 30 à 40 centimètres deux fois par jour.*

— C'est vrai. Mais les élévations de température qui se sont produites aux époques récentes ont été beaucoup plus lentes, étalées sur des milliers d'années. La nature a eu tout le temps de s'adapter et d'évoluer. Elle ne l'aura pas cette fois car le changement est beaucoup trop rapide et le réchauffement part d'un niveau déjà très élevé, jamais vu auparavant ! Du moins depuis que l'Homme est sur Terre... Il faut donc changer de paradigme et imaginer un autre monde en considérant que le « profit » basé sur la consommation n'est pas un but en soi, qu'une saine et souhaitable concurrence ne doit pas se concevoir uniquement en termes quantitatifs mais s'apprécier surtout en termes qualitatifs, et cela tout en préservant la Diversité et non l'Égalité. Car la Diversité est la plus grande richesse universelle, c'est elle qui permet aux espèces de s'adapter aux changements par les innombrables combinaisons et mixages de gènes qui font naturellement muter les êtres, à leur rythme, à l'intérieur de chaque règne et espèce et sans croisements chimériques. Diversité biologique ou ethnique, disais-je, mais aussi diversité sociale, car il y aura toujours dans la société humaine des riches et des pauvres, des beaux et des moches, des bronzés et des pâlichons, des forts et des faibles, des bien-portants et des malades, des sages et des fous, et tous restent des humains...

— Mais c'est injuste !... s'insurgea Jack.

— La Vie est injuste par définition. Bien entendu c'est dommage pour ceux qui se naissent dans la mauvaise catégorie mais, pour peu qu'on les y aide, dans une société « équitable » ils ont toujours l'espoir de changer leur sort et s'extraire de l'état premier que leur a assigné la Nature... D'où l'importance de la charité ou solidarité. Mais j'ai dit « société équitable », je n'ai surtout pas dit « égalitaire », car ce qui serait le plus à craindre dans un système égalitariste serait que s'éteigne la motivation, l'esprit de compétition, cette dynamique de concurrence pour la Vie... Si tous les êtres humains étaient « égaux » de naissance ou par obligation, les ressorts naturels seraient bridés et la société serait du même coup figée, amorphe, morte... Si l'on étendait cette utopie philosophique au cosmos, l'univers entier atteindrait vite le Zéro Kelvin, le froid absolu, moins 273° Celsius. Là c'est sûr, tout le monde serait à égalité !

— C'est caricatural ! Mais sans aller jusque là, à défaut d'utopies égalitaires il est possible d'imaginer un monde plus équitable...

— C'est le grand paradoxe. Même si, tel la ligne d'horizon qui recule sans cesse, cet idéal d'équité doit rester un objectif philosophique universel vers lequel il faut tendre, on doit aussi être conscient qu'il n'est pas souhaitable d'atteindre cet horizon. Dans l'absolu un monde égalitaire ne peut exister autrement que mort, et si quelques rêveurs parvenaient un jour à l'instaurer provisoirement dans leur coin, il ne perdurerait pas car c'est un système statique, une conception lunaire vouée à être emportée, engloutie, au contact du premier vortex venu. « La Vie est Mouvement », souvenez-vous de ça, jeunes gens. Et pour qu'il y ait mouvement, il est indispensable qu'il y ait déséquilibre !... On n'apprend pas à marcher en restant immobile mais au contraire en mettant un pied devant l'autre, c'est-à-dire en se mettant en danger de faire une chute, en perpétuel rattrapage du déséquilibre volontaire créé par le pas d'avant... Et c'est ça qui fait avancer...

Vous parliez des excès de l'Ultra-Libéralisme financier, et vous aviez raison d'en souligner les défauts, mais considérez à l'opposé l'expérience du Communisme en URSS, et l'étendue des dommages écologiques et humains que son effondrement prévisible a laissée derrière lui. Un tel monde ne peut subsister, ne serait-ce qu'un siècle, ni coexister sur une même planète avec une société libérale, par essence plus dynamique et qui le dévorerait très vite. Mais d'un autre côté, il faut viser à cette équité et donc imposer une régulation à la société Ultra-Libérale où nous sommes, faute de quoi elle devient vite une hydre dévorant ses propres enfants... Pour ma part, je considère l'Ultra-Libéralisme comme le contraire du Libéralisme et aussi néfaste que le Communisme. Tout ce qui est excessif est nuisible. C'est aussi vrai en politique qu'en religion. La politique est l'art difficile de rechercher toujours un juste équilibre de la société en imposant le moins possible de contraintes aux pauvres humains qui la composent et restent encore très imparfaits... C'est une des raisons pour lesquelles *Sion* ne fait pas de politique. En tous cas, pas directement.

— L'ordre de Sion, pas de politique ?... s'étonna Johan. Allons donc, il ne fait que cela !

— Si vous voulez, mais d'une manière pondérée. Aucun d'entre nous n'a jamais prétendu à un mandat électif l'obligeant à devenir démagogue. Aucun d'entre nous ne se met donc en avant, mais il nous arrive, c'est vrai, de soutenir plutôt tel ou tel candidat à la Présidence comme nous avons soutenu par le passé certains règnes et pas d'autres. Ce ne fut pas un hasard si nous avions fait de l'Ordre du Temple une force armée de surveillance des voies de communication et de régulation des capitaux, avec un statut militaro-monacal rendant impossible tout enrichissement personnel de ses membres. L'Histoire officielle passe évidement sous silence l'énorme développement agricole et la floraison culturelle qui ont alimenté l'Europe durant deux siècles. Malheureusement, l'alliance de l'Église et d'une monarchie aussi corrompue que sa monnaie y a mis fin, laissant place à une ère de guerres et de famines... Il aura fallu notre intervention, par Jeanne interposée, pour reléguer cette sombre période au rang des souvenirs...

— Une question me brûle les lèvres, cher Visiteur...

— Allez-y, posez-la !

— Pardonnez-moi d'être aussi direct, mais le président Mitterrand a visiblement marqué de son empreinte la géographie sacrée de Paris. Était-il membre de *Sion* ?

Le Visiteur éclata de rire :

— Ha ! Ha ! Je ne suis pas étonné que vous posiez cette question, surtout arrivant par l'Élysée. La réponse est non. Par son appartenance à une certaine loge qui a trop fait parler d'elle pour d'autre raisons, il était évidement au courant de notre existence, mais si François Mitterrand a eu comme vous-même le privilège d'entrer ici, il n'était pas des nôtres... Si vous voulez tout savoir, aucun président de la République n'a jamais été admis chez nous. L'accès au Pouvoir n'est ni un viatique ni un visa pour l'initiation. Il faut pour cela un peu plus que de la popularité, le peuple est tellement changeant... Non, la réception dans notre Ordre nécessite avant tout une grande curiosité intellectuelle, comme celle que vous avez démontrée, un grand appétit scientifique et philosophique, mais surtout et avant tout humilité et abnégation... Tout le contraire du profil commun d'un politicien !... Et la chose ne date pas d'aujourd'hui ! Jésus a dit quelque chose sur ce sujet : « *Il est plus facile pour un chameau de passer par le chas d'une aiguille que pour un riche d'entrer au Royaume des Cieux* »[10]... La Richesse et le Pouvoir sont deux obstacles généralement infranchissables pour ceux qui en sont prisonniers. Au point qu'on se demande parfois, du Pouvoir ou de l'Homme de pouvoir, lequel tient l'autre... Seuls quelques hommes exceptionnels dans chaque génération comprennent que le Pouvoir politique n'est rien en soi, et que l'Économie ne fait pas tout. Si les États-Unis n'avaient pas eu Einstein, Oppenheimer et Groves pour mettre au point le Projet Manhattan, est-ce que les GI's du Président Truman auraient gagné à eux seuls la guerre du Pacifique ?... Évidemment non. Elle aurait encore duré des années et probablement coûté un million de vies supplémentaire, et l'URSS aurait pris une part beaucoup plus importante à la victoire contre le Japon. Du coup le monde entier aurait pu basculer dans le Communisme dont je rappelais à l'instant les méfaits... Même chose pour la conquête de l'espace : Kennedy a fixé l'objectif, mais c'est la NASA qui l'a réalisé. Comme vous voyez, plus que le meilleur politicien ou le plus grand ayatollah, c'est l'approche scientifique de la Matière et de l'Énergie qui compte. En fait il faut les deux : une véritable volonté politique à long terme, soutenue par la Connaissance. L'un sans l'autre ne mène nulle part. On a vu le résultat catastrophique de « l'Expérience Philadelphie » que la Navy américaine a tentée en 1943... La volonté était là mais pas la connaissance et ce fut un échec retentissant. Dieu merci ! Car imaginez ce qu'aurait pu faire Bush avec des bâtiments de guerre invisibles surgissant d'une autre dimension !...

Depuis ce que vous appelez l'Ancien Régime, quel que soit le chef suprême, roi, empereur ou président, en France ou ailleurs dans le monde, et quelle que soit la religion dominante tant qu'elle n'est pas extrémiste, nous tâchons régulièrement de placer des membres comme conseillers aux plus hauts niveaux.

Pour parler de la France, vous vous doutez bien que Charles de Gaulle en avait autour de lui, de même que Pompidou. Ça fut plus délicat avec Giscard qui, dirai-je, fut encore moins aristotélicien qu'aristocrate, et dont la famille était très liée à l'Opus Dei, ce qui n'a rien facilité... Par contre, avec Mitterrand ou Chirac[11], ça n'a posé aucun problème, nous avions affaire à des esprits supérieurs, ouverts, curieux et cultivés, et parfaitement au fait de notre existence. Vous me permettrez de rester discret quant au hobereau hongrois qui donne parfois l'impression de s'être installé sur le trône impérial de France. À mon avis, il n'a pas tout compris de l'esprit français et beaucoup regrettent aujourd'hui de n'avoir pas osé un certain « royalisme »... On avait maintes fois comparé son adversaire à Jeanne la

---

10 *(Matthieu 19.24)*

11 *Jack Lang, l'ex-ministre de la Culture de François Mitterrand, s'est félicité publiquement de ce que Jacques Chirac, alors maire de Paris, ne s'était pas opposé au projet de la Pyramide du Louvre et aurait même trouvé l'idée « intéressante »... Pourtant adversaires politiques déclarés, les deux hommes (démocrates mais possiblement aussi initiés ou à tout le moins intuitifs) se sont parfaitement compris sur l'importance du symbole qu'il fallait poser en ce lieu...*

Lorraine soulevant contre toute attente un fervent espoir populaire. Et en effet, un singulier patronyme et un non moins étonnant prénom emprunté à l'église messine fréquentée par le couple des Armoises auraient pu justifier cette comparaison...

Mais passons ! Qu'elle soit monarchiste ou républicaine, l'histoire n'est souvent qu'une suite de rendez-vous manqués, et avec la crise que vous évoquiez tout-à-l'heure l'arrière-garde ultra-libérale qui a fait élire ce président connaîtra bientôt son Waterloo, c'est inéluctable. Cette crise peut s'avérer salutaire, car l'hydre ultra-libérale n'a pas seulement dévoré les économies et la santé de ses enfants, comme je disais à l'instant, mais elle dévorait aussi la planète, pour satisfaire non les besoins d'une population mondiale en constante augmentation mais des envies, volontairement suscitées par de grands groupes au travers de publicités souvent mensongères. Ce qui conduisait à toujours plus de production, toujours plus de pillage de la Nature, toujours plus de déchets industriels et de polluants, toujours moins de terres agricoles saines, toujours moins d'eau propre et toujours plus de faim dans le monde !... À ce train là, sauf à réduire drastiquement les naissances comme ont dû le faire les Chinois, nous aurions bientôt dû oublier l'abondance pour revenir à une économie de parcimonie, en fait à une chiche survie très aléatoire... Y êtes-vous prêts ?... Pas moi.

— D'après vous, il n'y a donc aucune solution politique ni écologique à la pollution ou la faim dans le monde ?

— Si, mais pas avec la boulimie de consommation de ces dernières décennies ! Ce monde est malade de ses envies matérielles et de ses lacunes spirituelles. L'appétit insatiable créé par la publicité diffusée à grand renfort de spots à des téléspectateurs passifs[12] amène les habitants des pays développés à consommer en excès, quitte à vomir aussitôt en déchets les trois-quarts de ce qu'ils ingurgitent, le reste leur occasionnant indigestions et obésité, tandis que l'autre moitié du monde crève de faim et de soif.

Il est possible de respecter la Nature nourricière, de réapprendre, comme la lionne de l'histoire, à n'y prélever que le nécessaire, arrêter d'empoisonner l'atmosphère, les sols, les océans, et éviter de gaspiller l'eau douce, replanter en espèces diversifiées plus d'arbres qu'on n'en coupe, et développer enfin les technologies propres que l'on sait mettre au point pour abandonner définitivement les énergies fossiles qui n'auront fait la fortune que de quelques magnats. Arrêtons aussi de toujours concentrer davantage les moyens et les hommes pour produire « toujours plus » sans tenir compte de leur qualité de vie. Réapprenons à user et abuser du Soleil, ce roi du ciel qui nous envoie chaque jour des millions de fois l'énergie nécessaire et suffisante pour peu qu'on sache l'utiliser comme nous usons ici du magnétisme terrestre... Bref, assumons nos responsabilités face à nos héritiers en tâchant d'abîmer le moins possible ce monde-ci, et cependant en faisait tout pour s'en émanciper comme les enfants quittent un jour le sein maternel, puis le foyer familial, pour s'enrichir au contact de mondes

---

12 *La Télévision abrutit ! La lumière polarisée réfléchie sur un écran de cinéma n'agit pas sur le même côté du cerveau que la lumière directe du tube cathodique de la télévision. Dès les années 80 des études ont démontré l'énorme impact de la publicité télévisuelle sur des cerveaux passifs recevant des images en « flux direct »...*

extérieurs et essaimer comme les abeilles ou les tribus d'antan... L'avenir est dans les étoiles, mon cher Johan. Et quand je dis l'avenir, il se pourrait bien que le passé y soit aussi...

— C'est-à-dire ?...

— C'est-à-dire que les étranges messages dont je parlais tout-à-l'heure ainsi que certains textes anciens collectés, du moins ceux que nous sommes parvenus à déchiffrer, nous inclinent de plus en plus à penser que, depuis des centaines de milliers d'années ou davantage, la Terre a déjà connu de nombreuses civilisations. Et on ne peut pas exclure que des civilisations antérieures à la vôtre aient déjà atteint les étoiles, ce que vous êtes sur le point de faire vous-mêmes...

— À moins qu'au contraire ils n'en soient arrivés, risqua Jack. Savez-vous que le Vatican s'intéresse très sérieusement à la question des OVNIS ? Il dispose notamment en Alaska d'un observatoire ultra-moderne, camouflé dans une ancienne usine désaffectée, d'où il surveille particulièrement la comète de Hale-Bopp ainsi qu'une mystérieuse douzième « planète X », autrefois dénommée Nibiru par les Sumériens. Cet observatoire est entièrement géré par des Jésuites appartenant à un corps ultra-secret du Vatican appelé SIV. Et j'ai appris qu'en 1963 le pape Jean XXIII avait longuement reçu le fameux prophète des OVNIS, Georges Adamsky, afin de parler des nombreuses visites d'alienigènes[13]... C'est clairement la preuve que l'Église s'interroge depuis longtemps sur l'Apocalypse et l'origine réelle des révélations bibliques dont elle nous a bercés durant vingt siècles...

— Malgré l'absence totale de traces archéologiques, c'est une idée qui se défend, ajouta Johan. D'ailleurs les textes anciens sont pleins d'engins volants. La Bible, les Védas, le Popol Vuh, le Zend-Avesta, et les hiéroglyphes égyptiens en parlent... J'ai vu dans vos collections une soucoupe volante miniature en terre cuite... Elle vient d'Égypte, je suppose...

— Exactement. Mais elle aurait tout aussi bien pu provenir du Népal, des Andes ou du Mexique, où l'on retrouve les mêmes mythes. La Bible elle-même nous apprend que « les fils de Dieu virent que les filles des hommes étaient belles et qu'ils en prirent pour femmes »...

— « *Les géants étaient sur Terre en ces temps-là, après que les fils de Dieu furent venus vers les filles des hommes, et qu'elles leur eurent donné des enfants ; ce sont les héros qui furent fameux dans l'Antiquité[14]...* » compléta Johan.

— Félicitations, vous connaissez vos classiques ! La vraie question est : sont-ce bien des mythes ?...

Car enfin, même si entre espèces voisines toute progéniture est stérile, la physiologie humaine étant ce qu'elle est, il faut tout de même une certaine « compatibilité » pour procréer !... ça signifie donc que ces « fils de Dieu » étaient rien moins que des « humains » ! Peut-être pas des « sapiens-sapiens » mais en tout cas pas différents au plan génétique !...

---

13 *Authentique.*
14 *Genèse 6/2 à 4.*

Et si ce sont des mythes, de quoi sont-ils nés ?... Car si beaucoup de ruines sont englouties sous nos océans ou ensevelies sous les glaces de l'Antarctique ou les sables des déserts, il reste tout de même un tas de choses inexpliquées dont nous avons pourtant des preuves matérielles...

— Des preuves matérielles, dites-vous ?...

— Matérielles, oui... Oh ! il est vrai qu'on n'en parle pas beaucoup dans les revues scientifiques... Elles sont bien trop dérangeantes !... Avez-vous jamais entendu parler de ces artefacts trouvés par centaines à Sutatausa, en Colombie, et qui prouvent l'existence, il y a au moins douze mille ans et sans doute plus, d'une civilisation très avancée... Toute une collection d'ustensiles médicaux sculptés avec une finition admirable dans de la lydite, une pierre extrêmement dure, ou encore cette étonnante flûte de pierre dont les vibrations correspondent à celles du cerveau humain... Mais par-dessus tout, l'une des choses les plus étranges trouvées là-bas est cette pyramide à treize degrés affichant un œil à son sommet, réplique exacte de celle figurant sur le Dollar américain avec seulement douze mille ans d'avance !... Treize degrés s'élevant depuis une base carrée symbolisant la Terre. Exactement comme les *chörten*s et *kumbums* de l'Himalaya évoquant l'Éveil de Bouddha et supportant eux aussi un symbole divin à leur sommet... Sans oublier les nombreuses légendes qui font référence au Déluge. Nul doute n'est possible : à l'évidence, une tradition planétaire antérieure à toute religion différenciée a permis à ces cultures, aussi diverses qu'éparses et séparées parfois par des océans durant des millénaires, de conserver la même symbolique au travers du temps.

Nombre de ces étranges artefacts trouvés à Sutatausa portent des incrustations correspondant à la position d'étoiles de la constellation d'Orion que reproduit comme par hasard la disposition des Pyramides de Gizeh en Égypte ou des temples mayas comme Tikal en Amérique Centrale... Sans parler de ces tablettes gravées où figure une écriture « pré-sanscrit » comparable aux caractères de Glozel... Je pourrais encore parler de ces statuettes trouvées en Sierra Leone par le professeur Pitoni. Certaines ont été datées de plus de quinze mille ans et, anecdote amusante : parmi elles figurait une statuette creuse contenant... une bille d'acier chromé ! Oui, vous m'avez bien entendu, j'ai bien dit « d'acier chromé », alors que vous n'avez réinventé cet technologie qu'au XXᵉ siècle !... Ne sont-ce point là des preuves indubitables que bien d'autres civilisations ont précédé la vôtre ?... À moins de croire aux OVNIS et à la visite d'autres espèces, ou au voyage dans le Temps... La première hypothèse n'excluant pas la seconde, car on a aussi retrouvé dans les Andes, en Afrique, et même jusqu'à Malte des squelettes humanoïdes de taille impressionnante, de plus de deux mètres cinquante avec d'énormes crânes allongés mais sans fontanelle, que l'on a pu dater de quinze mille ans au moins, mais dont la science officielle s'est bien gardée jusque là de publier la moindre analyse d'ADN[15]... Aurait-on peur de dévoiler d'inopportunes vérités ?...

Devant la stupeur incrédule de ses visiteurs, le vieil homme alla prendre sur une étagère quelques objets à l'apparence insignifiante, puis il reprit :

---

15 *On en a trouvé en Inde, au Pérou, en Équateur, à Malte, etc...*

— Mais sans remonter aussi loin dans le temps, ceci par exemple... Savez-vous ce que c'est ?... demanda-t-il en tendant un objet à Johan.

— Ma foi non. Une pierre brûlée... Sans doute un morceau de lave volcanique ou de météorite ?...

— Vous n'y êtes pas du tout. Voyez comme la brûlure suit un dessin particulier...

— C'est vrai. On dirait un caractère d'écriture... Elle aurait donc été brûlée volontairement. Et alors ?

— Alors, mon cher Johan, ce caillou fut trouvé par des croisés au Mont Sinaï, tout près du monastère Sainte-Catherine... Vous avez devant vous un morceau de l'authentique Décalogue gravé en lettres de feu par le doigt de Dieu, et que Moïse brisa de colère en découvrant le Veau d'Or fabriqué par les Hébreux ! Nous avons reproduit la chose avec un puissant laser, et le résultat est en tous points comparable...

— Pas possible ! Vous avez retrouvé ça ! L'histoire de Moïse serait donc vraie ?...

— Vraie en partie, mais mal comprise. Pour Sion, il est évident que ce Dieu de Moïse – pour autant qu'il fût le même que celui d'Abraham et autres patriarches bibliques, ce qui n'est pas prouvé – ne fut qu'un « initiateur » parmi d'autres, un humain beaucoup plus évolué que ses futurs adeptes, auxquels ce personnage divinisé n'a fait qu'apporter un « code de bonne conduite » pour les millénaires suivants... En l'accompagnant de quelques babioles, comme l'Arche d'Alliance...

— L'Arche d'Alliance... Que croyez-vous que c'était ? *Sion* en a-t-il une idée ?... On dit qu'il la protège...

— Je vous arrête. *Sion* n'a jamais protégé que des personnes et des secrets alchimiques. Les chevaliers ont effectivement retrouvé l'Arche dans le Puits des Âmes, sous l'esplanade du Rocher à Jérusalem, et l'ont rapportée en France, mais sa trace fut de nouveau perdue lors de leur arrestation en 1307. Elle repose probablement aujourd'hui avec le « trésor templier » quelque part dans le monde... Toutefois, lors de son séjour chez nous *Sion* a eu accès à une description plus complète que celle de la Bible, et nous avons tout de même une idée assez précise de son fonctionnement...

— J'ai toujours pensé que c'était une sorte de générateur électrique muni d'un émetteur-récepteur permettant de communiquer, avança Johan.

— Et vous aviez absolument raison. Une technologie très simple, basée sur la différence de potentiel électrique entre deux métaux et amplifiée par certains quartz, permet de produire des effets tels que ceux relatés dans la Bible. Une compagnie américaine d'informatique a récemment obtenu un résultat identique avec du Silicium, autrement dit du sable !... et ce n'est pas ce qui manquait dans le désert du Sinaï ! Nous avons aussi reconstitué une telle arche. Elle n'avait pas une puissance énorme mais très largement suffisante pour alimenter un émetteur et produire des éclairs suffisamment spectaculaires pour effrayer ceux qui s'en approchaient en un temps où l'on s'éclairait à la lampe à huile. Les initiateurs n'ont sans doute pas voulu courir de risque en conférant au peuple d'Israël une puissance qui aurait dépassé sa sagesse. À part Moïse lui-même, n'oublions pas que ces gens étaient des nomades, éleveurs de chèvres et de moutons. Peu d'entre eux auraient eu une instruction suffisante pour contrôler une arme puissante, mais ses émissions d'ultra-sons ont tout de même abattus les remparts de Jéricho. C'est pourquoi Moïse nomma son propre frère Aaron comme chef des Lévites, qui constituèrent dès lors une classe à part. Et quand je dis « classe » je l'entends également sur le plan de l'éducation car l'important n'était pas tant ce coffre lui-même que les secrets scientifiques qu'il comportait, et que seuls les Lévites ayant reçu une initiation particulière étaient à même de comprendre et de se transmettre. Du moins tant qu'il purent les perpétuer, car au bout d'un siècle ou deux plus personne n'en était capable et les secrets se sont perdus. Certains resurgiront plus tard de Babylone, où l'Arche séjourna durant la captivité des Juifs.

Il ne fait aucun doute à nos yeux qu'au XIVe siècle avant J.-C. les enfants d'Abraham aient été « choisis » pour transmettre l'initiation civilisatrice qui se délitait en Égypte... Choisis par Qui ? C'est une question dont la réponse nous entraînerait trop loin, à tous les sens du terme... Mais ils sont loin d'avoir été les seuls, et surtout ils ne furent pas choisis par un « dieu » mais par des humains plus évolués, ce qui est très différent, et dont Moïse, initié aux secrets de l'Égypte antique, fut le contact privilégié.

— Tout dépend de la définition d'un dieu... fit observer Johan. À l'époque, les pharaons étaient eux-mêmes considérés comme des dieux...

— C'est juste. Ils prétendaient d'ailleurs descendre de Râ et en conserver le sang pur par des mariages consanguins. Preuve qu'ils avaient beaucoup perdu du savoir total de leurs initiateurs. Ils n'en conservaient que des bribes... Ce n'est pas ma conception d'un être suprême...

— La mienne non plus.

— J'en étais sûr ! Toujours est-il que si le Judaïsme fut une voie d'initiation, bien d'autres initiateurs sont venus enseigner les peuples partout sur la planète et en différentes langues. Au fil des siècles nous avons récolté tout autour du monde quantités d'autres objets insolites. Ce scalpel du Pérou par exemple, avec sa lame d'obsidienne mais surtout avec le crâne sur lequel on a pratiqué une trépanation, opération toujours extrêmement risquée de nos jours, et pourtant ce crâne a plus de 6 000 ans... Le plus étrange de l'affaire n'est pas que l'opéré ait survécu, mais que l'os ait cicatrisé autour d'une pastille de platine pur qu'on avait très précisément fondue pour s'adapter au trou du crâne.

— Et alors ?... observa Olivier, de fait le platine fut découvert en Amérique par les Conquistadors, n'est-ce pas ? C'est un minerai local. Où est le problème ?

— Simplement que le point de fusion du platine est de 1769° Celsius... Et dans ses hauts-fourneaux votre moderne civilisation n'a atteint cette température qu'au XVIIIe siècle ! Or, on n'a trouvé aucune trace d'une telle technologie dans l'Amérique précolombienne ! D'où cette question : d'où provenait-elle ?...

— Ça interroge, en effet... admit Johan.

— Mais il y a pire dans le genre : nous avons encore là un vase chinois en Bronze d'Aluminium, datant de plus de 5 000 ans. Outre l'électrolyse nécessaire au traitement de la Bauxite, l'alliage cuivre/aluminium nécessite une température de 2 300°C... Je pourrais vous citer ainsi quantités d'autres anachronismes par rapport à l'histoire admise de la Science : au XIIe siècle, une ampoule luminescente sous Saint-Louis, probablement électrique car le bonhomme, un certain Ya'el, juif kabbaliste, avait dit-on installé un fil métallique courant jusqu'au marteau de sa porte. Et lorsque le propriétaire des lieux appuyait sur ce qui est rapporté dans l'anecdote comme « un clou dans le mur », l'installation terrorisait les visiteurs indésirables en leur délivrant une terrible secousse accompagnée d'un éclair !... Ce « clou » ne pique-t-il pas votre curiosité, et ces éclairs ne rappellent-ils pas ceux de l'Arche de la Bible ?...

Et voici encore un morceau de pierre effritée provenant de la structure extérieure de Khéops : l'analyse pétrographique démontre qu'il s'agit, non pas d'une pierre naturelle, mais d'un amalgame d'une homogénéité parfaite qu'on ne rencontre jamais dans la nature, autrement dit d'un « béton »... On s'est toujours demandé comment les égyptiens avaient pu construire cette montagne de pierre en moins de vingt ans, si toutefois ils l'ont vraiment construite eux-mêmes à l'époque de Khéops... En vérité, ne connaissant pas encore le béton, ils n'en ont appris l'emploi qu'à cette occasion et n'ont fait quant à eux, comme de vulgaires manœuvres sur un de nos grands chantiers modernes, que participer au transport et à l'empilement de pierres grossièrement taillées destinées au remplissage interne de l'édifice. Mais les éléments constituant les quatre faces, autrefois polies et décorées de hiéroglyphes[16], ont été coulés par moulage de ce béton... Ce qui, outre la remarquable homogénéité du constituant de ces blocs énormes, explique l'incroyable précision du jointoiement de certains éléments entre eux, jusque sur leurs faces invisibles, qu'il eut été incohérent et inutile d'ajuster aussi finement par une taille classique... Surtout avec des burins de bronze à une époque où l'on ne connaissait encore ni le fer ni l'acier !... L'ethnologie nous apprend que, bien plus sages que nous, aucun peuple primitif au monde ne dépense inutilement son énergie. Nous avons donc le choix entre penser que ce jointoiement parfait était une « nécessité religieuse » : explication bateau, classique quand on veut justifier des hypothèses absurdes ; ou convenir que c'est tout simplement le résultat naturel d'un procédé de moulage, donc d'une sorte de béton. Mais cette hypothèse rationnelle dérange car elle amène immédiatement la question suivante : QUI a initié les égyptiens à cette technique de fabrication d'un béton aussi homogène dont la recette nous échappe encore ?...

— Oui... Mystère... laissa échapper Jack.

— Si l'on veut. Mystère pour les néophytes, car nous, nous savons...

— Et que pensez-vous savoir, cher Visiteur ?...

— Que la nature de « l'espace/temps » n'est pas ce que l'on croit, et que si les dieux sont comparables à « E.T. », il ne sont pas pour autant nécessairement « Extra-Terrestres »... Ils pourraient fort bien être des Extra-Temporels !...

---

16 *Hiéroglyphes trop parlants sans doute, que le Calife Haroun Al Rachid, Commandeur des Croyants, fit détruire au VIIIe siècle. Comme quoi, il n'y a pas que le Vatican qui cache des choses aux croyants...*

— Des extra-temporels ? !!!

— Parfaitement. Ou plus précisément encore, des « extra-dimensionnels ». Jésus l'a bien dit : « *Mon royaume n'est pas de ce monde* »... mais nous n'avons pas été capables d'interpréter correctement ces paroles. À défaut de preuve tangible que nous n'obtiendrons probablement pas avant d'avoir nous-mêmes intégré cette vision de l'Univers, nous nous sommes forgé une conviction : Ceux que nous nommons les dieux viennent peut-être du ciel, mais ils peuvent aussi venir d'un « autre espace/temps » de notre propre planète... Passé ou Futur, comme on voudra, parce que du point de vue de l'Éternité c'est la même chose.

Dans nos livres sacrés ces personnages distincts se confondent, et sous le même concept d'un « dieu unique » nous confondons ces divers initiateurs (venus en des lieux différents, en des temps différents, rencontrer des peuples différents) avec leur enseignement commun d'un Univers qui lui est effectivement UN... Unique et cependant multiforme, en Destruction et Ré-Création permanente, et dont nous sommes incapables de saisir l'infinie complexité mais dont nous devons respecter la dynamique sous peine de disparaître comme nos prédécesseurs de la surface de la Terre...

Il n'y a pas de « dieux », ni unique ni pluriel, et il n'y en a jamais eu. Seulement des « grands frères » qui inculquèrent aux humains les mystérieuses lois de ce qu'on nomme la « Création », bien qu'elle ne fût jamais créée par personne même si l'on ajoute foi à la doctrine scientiste du fameux « Big-bang », au moins aussi fausse et dogmatique que le Créationnisme. Aussi condensé que fût cet Univers avant son expansion, il y avait nécessairement « quelque chose » à l'origine de ce Big-bang... La toute première loi universelle étant que Rien ne peut naître du Néant !

L'Éternité restera à jamais un mystère pour des esprits humains dont le temps est mesuré. C'est un grand paradoxe : on ne peut concevoir et comprendre l'Univers que du point de vue de Dieu, même si ce dernier n'existe pas ! L'esprit ordinaire ne peut entendre cela. C'est pourquoi les prophètes sont obligés de parler par analogies et paraboles.

Dans le lointain passé, depuis les millions d'années que diverses espèces humaines ont vécu sur ce caillou perdu aux confins de la Voie Lactée, il y a déjà eu des stades d'évolution très avancés de certaines espèces intelligentes, humanoïdes, aux technologies et savoirs différents mais peut-être plus pointus que les nôtres... Plusieurs fois des cataclysmes naturels, indépendants de l'action des hommes, tels éruptions volcaniques, renversements de pôles magnétiques ou collisions d'astéroïdes, amenèrent bouleversements climatiques et glaciations subites[17]. Mais il y eut aussi des erreurs de la part de ces civilisations qui nous ont précédés, des erreurs et même des fautes graves que les traditions nomment « Péché ».

Beaucoup pensent ainsi que la Terre a déjà connu au moins un holocauste nucléaire dans ce lointain passé ainsi que le laissent entendre les Védas. À l'instar des séismes naturels, chaque fois ces inconséquences ont conduit à des catastrophes planétaires, d'où seuls ont survécu les êtres les moins évolués, les plus frustres, réfugiés dans des cavernes et qui, ayant subi des mutations dues aux rayonnements ou à une manipulation

---

17 *Les glaciations furent toujours plus subites et violentes que les réchauffements.*

génétique de nos visiteurs, repeuplèrent la planète. Mais peut-être, sans doute même, quelques rares privilégiés à l'abri de bases souterraines, émigrèrent aussi vers d'autres systèmes solaires ou vers un autre espace/temps, en une autre dimension que la nôtre... En pratique c'est la même chose, et vous ne ferez la distinction que lorsque, à votre tour, vous aurez découvert le déplacement spatio-temporel. Mais d'ores et déjà, nous savons que c'est chose possible.

— Selon vous, il serait donc possible de changer de dimension ?... s'étonna Ryan.

— Tout-à-fait ! D'ailleurs, vous venez de le faire en venant ici...

— Mais comment ? Nous ne nous sommes rendus compte de rien si ce n'est cet sorte d'étourdissement très passager.

— C'est naturel. Vous n'avez pas changé de corps, et comme notre vision s'arrête à la surface des choses et aux couleurs de l'arc en ciel, votre entendement de l'Univers s'arrête à ce qui est perceptible par vos sens ordinaires. C'est une chose commune aux humains que d'ignorer les réalités qu'ils n'appréhendent pas. Pourtant, il existe d'autres couleurs, d'autres senteurs, d'autres mondes, d'autres civilisations dans d'autres plans de l'Univers auxquels nous n'avons accès que fortuitement et par instants fugitifs... Par exemple, vous êtes-vous jamais demandé pourquoi votre poil se hérisse à l'écoute de certaines mélodies ou certaines voix ?... Ce n'est pas votre intellect qui exprimerait là une quelconque jouissance apportée par vos conduits auditifs, mais votre corps tout entier qui réagit physiologiquement à la perception d'une certaine qualité d'ondes...

— Qu'entendez-vous par là ?... si je puis dire...

— Très amusant Johan, apprécia le Visiteur. Qu'entends-je par mon corps entier ? C'est très simple...

Ce que nous considérons comme « matière vivante » est aussi à l'échelle macroscopique un système quantique. Notre ADN n'est pas seulement matière, il est aussi oscillateur électromagnétique capable de capter les ondes et d'y réagir, capable même de communication directe avec la mystérieuse « Matière Noire » qui compose les neuf dixièmes de l'Univers et nous reste totalement inconnue... Dix fois plus que la masse des étoiles visibles ! Certains mathématiciens de votre époque s'en sont rendu compte en abordant la description du Cosmos par la Physique Quantique, par formules mathématiques liées non à l'Astronomie mais à l'Énergie. Ils en déduisirent des implications directes en Biologie, reliant ainsi le vivant à ce qu'on pourrait appeler la grande « Conscience cosmique » ! Mais comme d'habitude, le mandarinat universitaire les fait encore passer pour de dangereux originaux[18]. Ainsi, des millions de gens sur Terre ne croyant qu'à la bonne parole officielle, religieuse ou scientiste, continuent de se bercer de l'illusion d'un Créationnisme divin, ou de celle de la génération spontanée d'un Big-bang surgi du Néant... Comme vous voyez, quoi que nous aient

---

18 *Physicien finlandais marginalisé parmi ses pairs, Matti Pitkänen est l'auteur d'une cosmologie qui bouleverse l'histoire des sciences en démontrant que l'ADN communique avec l'univers : c'est la géo-métro-dynamique topologique (TDG). Et cette faculté de l'ADN ne s'arrêterait pas à notre propre univers ni même à notre propre espèce, justifiant du même coup de manière inattendue la philosophie de François d'Assise...*

révélé Newton, Darwin ou Buffon, rien n'a vraiment changé depuis le Moyen-âge ! Enfin... ça vient, tout doucement...

Malgré cet aveuglement, les dieux, en fait des humains venant d'ailleurs, nous visitent de temps à autre, singulièrement à chaque changement de secteur zodiacal, apportant avec eux une nouvelle forme de religion comme si la grande informatique céleste avait besoin d'une mise à jour logicielle pour corriger les bogues spirituels d'une humanité en test perpétuel...

Pour ces visiteurs extraordinaires, contrairement à notre ressenti le temps n'est pas linéaire. Pour eux, il est inhérent à une « fonction d'onde ». Imaginez l'Univers comme un livre dont chaque page serait un monde tridimensionnel tel celui où nous vivons, avec des mondes voisins sur les pages voisines. Et dans ce livre, des trous de vers permettent de passer de page en page d'un monde à l'autre, sans suivre nécessairement la numérotation des chapitres... Votre compatriote Fourier avait travaillé là-dessus, de même que notre regretté Louis de Broglie, et plus récemment un physicien finlandais. Mais ça serait trop long à développer ici... Sachez simplement que de ce côté-ci des miroirs, ces frontières de votre perception de l'espace/temps, le temps lui-même n'est, comme la matière, qu'une illusion de nos sens !... Ce n'est pas un hasard si le moderne nautonier Cocteau a utilisé cet artifice dans ses films[19]...

Le Visiteur arrêta un moment son discours, laissant ses invités souffler. Tout cela était si ahurissant pour des esprits certes ouverts et curieux mais non préparés à une telle avalanche de révélations...

— Votre force de conviction est hallucinante, cher Visiteur, ironisa Johan. Et bien que vous vous trouviez devant nous, ce vouvoiement étrange semble vous exclure de notre époque... Vous m'avez presque converti à votre conception du Cosmos. Vous devriez écrire des romans de science-fiction !

— Ne souriez pas, jeune homme ! Vous ignorez à qui vous parlez...

— Jeune homme ? s'étonna Johan. Monsieur, vous me flattez ! J'ai déjà plus de soixante ans...

— Et moi bientôt sept cents !... coupa le vieillard.

— Félicitations, vous ne les faites pas... persifla Johan.

— Eh oui monsieur l'Orléanais, assura le vieil homme à l'œil malicieux, j'ai connu Jeanne d'Arc personnellement, et même calculé son horoscope... J'ai conservé une assez bonne forme malgré mon âge, n'est-ce pas ?...

— Quel est donc le secret d'une telle longévité ?..

— Même si je vous le livrais, il ne vous servirait à rien... Il revient à chacun de découvrir en lui-même son rapport au cosmique.

— Mais au moins nous direz-vous qui vous êtes ?... insista Johan.

— Mon nom est Nicolas, dit le Visiteur... Nicolas Flamel...

*

---

19 *Voir « Orphée » de Jean Cocteau. (Encore un « Jean » nautonier de Sion !)*

Les cinq amis restèrent un moment pantois devant une telle révélation...

— Bon, nous avons assez ri comme ça ! intervint Olivier qui trouvait depuis un moment cette conversation surréaliste... Quand c'est trop, c'est trop ! Monsieur le Visiteur, Monsieur Flamel ou qui que vous soyez, nous vous serions reconnaissants de bien vouloir nous faire sortir d'ici. J'ai du travail et des collègues qui m'attendent au bureau, et ces messieurs aussi.

— Ah ! Je vois... répliqua le vieil homme. Bien sûr, je ne m'attendais pas à ce que vous me croyiez, Monsieur Delisle. C'est trop d'un coup, n'est-ce pas ? C'est toujours comme ça au début. Lorsqu'une chose dépasse leur entendement, certains esprits forts nient l'évidence, les autres deviennent religieux !... Votre ancêtre non plus ne m'a pas cru, pas tout de suite...

— Mon ancêtre ? fit Olivier interloqué... Vous voulez dire Claude Joseph Rouget Delisle, l'auteur de la Marseillaise ?... Ne me dites pas que vous l'avez connu lui aussi...

— Mais bien sûr que si ! C'est le privilège des gens comme moi que de pouvoir se trouver partout où il se passe quelque chose d'important pour l'avenir... Nous étions ensemble à Strasbourg en 1792 lorsqu'il a composé son hymne sur la suggestion du maire Dietrich. Je lui ai prédit un grand succès en tant que révolutionnaire si, par opposition à la Roseline perpétuant le sang du Christ, il parlait de « *sang impur dans les sillons* »... Lui non plus ne m'a pas cru sur le moment, mais trente ans plus tard, avant de mourir, il m'a présenté ses excuses. Vous m'en ferez vous aussi un jour...

— Vous prétendriez-vous immortel, Monsieur ?... s'impatienta le Templier.

— Immortel, non. Enfin, je verrai bien... C'est une chose qui ne m'inquiète pas tant que j'ai encore des choses à faire ici... Mais en attendant, comme vous voyez, je dure... Et je ne dois rien à la chirurgie esthétique moderne !... L'Alchimie, mon cher Olivier, l'Alchimie !... Science de la Nature par excellence... Elle vous transforme son homme, croyez-moi ! Et sur tous les plans. Ça ne se résume pas à l'élixir de jouvence ou à la pierre philosophale, ni à la fabrication d'un or dont vous avez cependant pu constater la qualité... C'est bien plus que cela, bien plus que vous ne pourriez seulement imaginer... C'est la compréhension totale, l'intégration par intuition des lois universelles, l'osmose avec le cosmique... Vous qui êtes parvenus jusqu'ici, vous y reviendrez un jour, je vous le prédis, parce que vous voudrez TOUT savoir et probablement vous accéderez à beaucoup... Et tenez, je vais vous faire un cadeau... un peu de la signification de ce fameux quatrain de Nostradamus...

— Non... Vous allez faire ça ?!... s'exclama Johan.

— Oui oui, ironisa le vieillard. À vous ensuite de tirer vos propres déductions... Cette mystérieuse « *escriture DM* » n'est autre que l'écriture de la « *Divina Materiae* », l'écriture divine de l'ADN qui s'exprime en quatre lettres. « *L'escriture DM trouvée* », c'est le décryptage du génome humain qui est désormais bien entamé. Quant à la « *cave antique à lampe découverte* »[20], vous êtes dedans, Messieurs !... Ne vous êtes-vous point demandé comment ce lieu pouvait être aussi éclairé ?...

---

20 *Voir en notes annexes l''interprétation de ce quatrain de Nostradamus*

— Comment ? Voulez-vous dire que vous n'utilisez pas l'électricité du secteur de la ville de Paris ?

— Évidemment non ! Je vous l'ai dit, ce sanctuaire est dans une dimension parallèle et existe depuis des siècles et plus... Mais voyez vous-même...

Et le Visiteur les entraîna vers une sorte de pilier au centre exact de la pyramide, dépassant à peine la hauteur des gondoles de rangement. C'était un bloc de pierre à la forme étrange, une sorte de menhir soigneusement taillé faisant penser à un immense ANKH égyptien. Son profil en croix sous quelque angle qu'on le regardât soutenait à son sommet une énorme sphère mouvante, immatérielle, qui laissait échapper ce qui paraissait être des jets de plasma contraints dans un champ magnétique.

— Voici notre générateur, Messieurs, je vous présente Lucie. Elle est belle n'est-ce pas ? L'exemple parfait de domestication de l'électromagnétisme terrestre. Cette lampe « allogène » pourrais-je dire, et non pas halogène, éclaire depuis des siècles. Un jour peut-être, bientôt sans doute, votre civilisation apprendra à utiliser l'énergie des Anciens...

Et, nonchalamment, à la grande surprise de ses hôtes, le vieillard leva le bras et passa la main dans le plasma.

— Fusion froide, expliqua-t-il sobrement. Oui, je sais... Vos savants n'ont pas cru devoir prendre la chose au sérieux, mais ils y viendront... Touchez, c'est très puissant mais ça ne mord pas ! Et ça ne donne pas que de la lumière, c'est aussi ce qui produit la sphère magnétique de grand diamètre protégeant ce sanctuaire et que vous avez dû traverser pour venir. Le centre en est ici, sous vos yeux, au cœur de cette pyramide, et son enveloppe s'étend autant en-dessous que jusqu'à sa pointe là-haut. Elle pourrait même contenir une seconde pyramide inversée, en octaèdre comme un diamant brut. C'est pourquoi vous avez dû descendre avant de remonter...

Visiblement le vieil homme s'amusait terriblement de leur stupéfaction.

— Mais je parle, je parle, et vous n'êtes visiblement pas prêts encore à découvrir tous nos secrets. Je ne veux pas tout vous déballer d'un coup. Si vous voulez rentrer chez vous pour méditer sur tout ça, je ne vous retiens pas. La sortie est par là ! Revenez quand vous voudrez, mais pas un mot à personne ! C'est essentiel. J'ai votre parole ?... N'oubliez pas que nous sommes aussi un Ordre de Chevalerie. L'homme qui manque à sa parole n'est pas digne du monde futur vers lequel nous essayons de le guider, et la conséquence est facile à imaginer...

— Vous l'avez ! répondirent en cœur les cinq amis.

— Et d'ailleurs, ajouta Jack, quand bien même nous voudrions en parler, personne ne nous croirait !... Mais comment ferons-nous si nous voulons revenir ? Vous avez un téléphone ?...

Le vieillard sourit mais éluda la réponse.

— Ah ! j'allais oublier... une seconde...

Il tendit la main vers une étagère et, comme par magie, une petite boule aux couleurs irisées sortit toute seule d'une boîte et vint se poser dans sa paume !... Les cinq amis restèrent bouche bée. Ce bonhomme venait de leur faire en live un incroyable numéro de télékinésie !

— Tenez, reprit le vieil homme, tendant à Jack une boule de cristal grosse comme une balle de ping-pong... En compensation de votre sphinx et parce que vous êtes qui vous êtes, je vous confierai ceci... C'est un amplificateur de pensée. Rechargeable, inusable, et écologique puisque ça fonctionne à votre propre énergie psychique !... Tant que vous « souhaiterez » de la lumière, vous en obtiendrez, et ça éclairera votre chemin. Ça ouvre aussi certaines portes au vrai comme au figuré, si vous savez vous en servir bien sûr, mais maintenant que je sais qui vous êtes je n'ai aucun doute là-dessus... Prenez-en soin, il y en a très peu en ce monde. Et voici pour la ranger une magnifique bourse de galuchat qui me fut confectionnée par un maître peaussier du XVIIe...

Le vieillard les ramena à la salle où il les avait reçus. Une des portes coulissa à la seule présentation de sa main ouverte. Un sombre couloir s'ouvrait derrière comme celui qui les avait amenés.

— Oui, ne me dites pas, je sais... les entrées et sorties sont un peu obscures, c'est volontaire bien entendu puisque ceux qui entrent ici portent leur propre lumière... Allez, messieurs, et je ne vous dirai pas « Dieu vous garde », mais gardez-vous bien vous-mêmes !... Vous trouverez la sortie sans moi.

Et le Visiteur referma la porte sur eux.

*

Et si c'était vrai ?
De nos jours, Paris, en surface, 20h00

À la mystérieuse lumière de cette drôle de boule que Jack tenait devant eux dans sa paume, les cinq hommes avaient rapidement parcouru un long boyau souterrain où, dès la sortie de la pyramide, ils avaient ressenti les mêmes perturbations magnétiques qui les avaient troublés dans le labyrinthe par lequel ils étaient venus. Ils avaient continué sur ce qui leur avait paru représenter quelques centaines de mètres et, sans difficulté particulière étaient parvenus à une porte métallique équipée comme une sortie de secours de cinéma. Poussant la barre, ils avaient trouvé un escalier en haut duquel une seconde porte était équipée du même système. Une espèce de sas, sans retour en arrière possible... Poussant de nouveau la barre, ils s'étaient retrouvés dehors et avaient fait un rapide tour d'horizon pour se repérer. Ils avaient émergé dans un jardin public. Dans leur dos, un petit monument de forme originale, bien connu des passionnés d'histoire parisienne, les renseigna instantanément sur le lieu où ils se trouvaient... L'édicule s'était refermé derrière eux mais aucune serrure ni poignée ni même aucune porte n'y était décelable. Si c'était une sortie, ça n'était pas un accès. Sauf peut-être...

Pris d'un doute, Jack se rapprocha du monument en tenant devant lui la petite boule éclairante et fut stupéfait d'entendre un déclic sans même qu'il le touchât. L'édicule de pierre s'ouvrit. Il se referma dès qu'il s'en éloigna !...

Cette boule lumineuse était donc capable de transformer une simple pensée en une force mécanique[1] et concrète dans le monde matériel... ça paraissait proprement incroyable... À la réflexion pourtant, ça n'était rien de plus qu'une télécommande, mais sans bouton et directement connectée aux ondes cérébrales !

*

Le soir tombant ramenait une relative fraîcheur sur la capitale. Ils s'assirent un moment sur un banc pour respirer et faire le point...

— Drôle de bonhomme ! laissa échapper Olivier.

— Oui, je dirai même drôle d'aventure ! Car il n'y a pas que le bonhomme, renchérit Ryan, le reste est largement aussi étrange... Quand je pense à cet incroyable générateur utilisant l'électromagnétisme terrestre !... C'est mille fois mieux que tout notre thermonucléaire ! A-t-on rêvé collectivement ou est-ce que tout ça est vrai ?...

— Nous n'avons pas rêvé. Tout est bien réel, confirma Jack, et nous en avons rapporté la preuve concrète ! Il suffit de considérer ce... cette... je ne sais même pas comment appeler cette boule. Jamais vu une lampe de ce genre ! Vous avez vu comme moi combien elle brillait quand nous étions tous les cinq à penser « lumière » et comme l'intensité baissait si nous nous mettions à penser à autre chose !... Et le coup de la porte sans serrure !... C'est dément, ce truc ! Je me demande comment ça fonctionne... ça n'a l'air de rien d'autre qu'une boule de cristal !

— En tous cas c'est la confirmation directe et par l'expérimentation, de la puissance de l'esprit sur la matière, fit remarquer Johan. Voilà une technologie révolutionnaire ou je n'y connais rien !

— Ça fonctionne sans doute comme les postes de radio, hasarda Jack, avec des intensités très faibles. On se moque volontiers des voyants extralucides qui regardent dans leurs boules de cristal, mais peut-être avons-nous tort ? Ce mystérieux « Crâne de Cristal » trouvé chez les Mayas, à quoi servait-il donc ?... Nous sommes encore très loin d'imaginer tout ce que la nature offre encore de surprises. Les cristaux sont aussi vieux que le monde, mais il aura fallu arriver au XXe siècle pour découvrir leurs propriétés piézoélectriques et fabriquer les premiers transistors... Quant à l'esprit, notre bonhomme n'en manquait pas. Il t'a percé à jour en deux secondes, et moi avec. Ainsi que Ryan et Olivier. J'en frémis encore !

Ryan reprit :

---

1 *Un laboratoire de recherche américain a réalisé dans les années 2000 une expérience étonnante avec un singe dressé à appuyer sur un bouton pour obtenir une banane : On enregistra numériquement les ondes cérébrales émises par le singe et relatives au geste de tendre le bras et appuyer sur le bouton déclencheur. Puis on supprima le mécanisme et l'on fit tomber la banane par commande numérique déclenchée par les capteurs d'activité cérébrale... Le singe a très vite compris qu'il n'avait plus besoin de tendre le bras mais qu'il lui suffisait de « penser » le geste pour faire tomber la banane !*

— Il nous faut bien admettre que ces gens – ce type-là en tout cas, et j'aimerais bien savoir combien on en compte comme lui dans la société – sont particulièrement en avance en de nombreux domaines où nos ramons encore. Depuis la Guerre Froide, la transmission de pensée a fait l'objet d'études extrêmement sérieuses aussi bien chez les Russes que chez nous. Je veux dire aux USA, ou même ici en France. Si ces gens en maîtrisaient la pratique depuis le moyen-âge, comment se fait-il que Mitterrand ne l'ait pas utilisée ? C'est tout de même lui qui l'a fait construire, cette pyramide, non ?

— Hum... Celle de surface, oui, de même que la pyramide inversée, mais, si l'on en croit ce vieil homme, cette espèce d'entrepôt souterrain extra-dimensionnel serait là depuis des millénaires... Et puis, qu'est-ce qui te fait dire que Mitterrand n'a pas transmis cette technique mentale ?...

— Bah ! Depuis trente ans, nous l'aurions su ! De nos jours aucune technique ne reste secrète aussi longtemps dès lors qu'elle est employée. Dès qu'une nouvelle est mise au point, elle devient l'objet d'un intense espionnage industriel, même entre alliés. Les services français n'ont pas cette technique, sinon, nous l'aurions également.

— Eh bien, j'en apprends de belles !... ironisa Olivier. Nos propres alliés nous espionneraient ?... N'oublie pas que je travaille à l'Intérieur !

— Il n'y a pas de mal, ironisa Ryan, puisque nous parlons d'une science que précisément nous ne détenons ni les uns ni les autres...

— Ce qui signifie que si ce savoir est réel – et le bonhomme nous l'a démontré – il est resté le privilège de *Sion* et de quelques moines, et que jamais les services secrets d'aucun pays n'y ont eu accès... Sauf si l'on dispose des gènes spécifiques, sans doute faut-il des années de méditation pour en acquérir la maîtrise...

— C'est surtout trop dangereux, ajouta Olivier. Et malgré mon appartenance au Ministère, je me garderai bien d'en parler moi aussi. Imaginez, si n'importe qui pouvait fouiller dans la tête des gens ou capter les pensées d'un Président... Aussi loyal soit-il, le patron de la DST lui-même deviendrait ipso-facto un rival et un adversaire potentiel. Ce serait intenable ! Et je comprends que nul, au courant de la réalité d'une telle science, ne l'ait mise à disposition des Services car on atteint là aux limites de la confiance en la nature humaine. Il faudrait se méfier de ses propres agents !... Je n'ose pas imaginer les conséquences prévisibles d'une telle potentialité. On dépasserait largement en paranoïa la dictature du « Big Brother » d'Orwell[2]... Avec ces caméras qui fleurissent un peu partout, capter en plus les pensées des gens, ça te ferait devenir l'équivalent de Dieu, on n'aurait plus aucune intimité !

— « L'équivalent de Dieu »... reprit Johan, songeur. C'est sûr ! Voilà la raison première d'une religion. Ce n'est pas tant fait pour faire évoluer la spiritualité ou éduquer la conscience des masses dans l'intérêt commun de l'Humanité que pour en étouffer le génie individuel dans l'intérêt de l'oligarchie dirigeante... Celui qui maîtriserait ces techniques mentales ou psychiques deviendrait inévitablement un guide pour ses contemporains, un gourou redoutable et redouté qui détiendrait le vrai Pouvoir spirituel...

---

2 *Georges Orwell :* « 1984 ». *Un célèbre roman où la société mondiale est surveillée et dirigée par un* « oeil qui voit tout »....

Jésus était sans aucun doute de ceux-là, et on comprend que les prêtres du Sanhédrin en aient eu peur, car Lui détenait ce pouvoir que vient de nous démontrer le vieux...

— ...et donc Il menaçait le leur !... compléta Jack.

— Exactement ! Et Il le savait. Voilà pourquoi, comme pour notre Jeanne 1 400 ans plus tard, il lui fallait disparaître officiellement de la scène locale avant qu'on ne le supprime vraiment ! Avec la bienveillante complicité des Esséniens et de Ponce Pilate lui-même qui autorisa exceptionnellement Joseph d'Arimathie à le descendre de croix au bout de seulement trois heures...

On peut s'étonner que ce très riche Joseph d'Arimathie, figurant parmi les honorables membres du Sanhédrin, nous soit présenté par les Évangiles comme un disciple « secret » de Jésus... – « *mais en secret, par crainte des Juifs* », précise Jean (19.38) –. Pourquoi cette précision ?... Jésus n'était-il donc pas Juif lui-même ?...

Après l'écrasement de la révolte juive, Joseph sera beaucoup moins « secret » puisque sa légende en fera l'une des figures de proue de la Chrétienté naissante. Il apportera en Occident le fameux Saint-Chrême, utilisé pour toutes consécrations depuis des siècles et capable, selon la légende, de se régénérer au fur et à mesure de son usage... Il faut donc croire que les larmes et le sang du Christ sensés le constituer ont conservé au travers des siècles des propriétés très particulières... Jésus aurait-il eu un ADN spécial ?

— C'est ce que le Visiteur semblait vouloir dire, observa Olivier, en assurant que la Sainte-Famille avait transmis « en partie » cet héritage tout en précisant que sa dilution au fil des générations en amoindrit le pouvoir... Quant à la télépathie, je suis prêt à admettre que Jésus ait maîtrisé une telle technique mentale, mais l'a-t-il vraiment transmise aux apôtres à la Pentecôte au moyen de cette flamme se posant sur leurs têtes ?... Pour ma part, je doute que l'Église en ait hérité, car elle a dû instaurer la « confession », preuve évidente qu'elle ne pouvait lire directement dans les esprits !... Et tant mieux !...

— Cependant, remarqua Johan, le concept induit par le dogme d'un « dieu-qui-sait-tout-et-qui-voit-tout » impose de fait au croyant une dépendance psychologique qu'il ne subirait évidemment pas s'il savait que les seuls remords qu'il ait à craindre sont dus à sa propre conscience, et que nul, hormis une poignée d'initiés, ne peut lire sans son accord ses pensées intimes...

— Sans doute, approuva Ryan, il suffit pourtant que les fidèles en croient leur Dieu capable pour qu'ils se comportent comme si c'était le cas... L'ordination ne confère aucunement, ni à l'évêque ni au prêtre, ce don ou ce talent de lire dans la tête des gens. Depuis 2 000 ans, ça se saurait ! Mais il est facile de faire croire à l'omniscience d'un « dieu-qui-voit-tout » auquel le pécheur doit confesser oralement ses fautes par l'intercession du prêtre, lequel s'empresse ensuite de rapporter à ses supérieurs... Car on joue sur les mots, n'est-ce pas, on a beau arguer du « secret de la confession », même sans identifier personnellement le contrit et donc sans que soit trahi ce secret, la hiérarchie ecclésiastique parvient cependant à tout connaître des préoccupations, remords et regrets qui animent globalement ses ouailles... Ce sacrement dit aujourd'hui de « Réconciliation », est au fond une invention géniale qui aboutit presque au même résultat que la transmission de pensée de notre ami Flamel, un super service d'information très supérieur aux Renseignements Généraux...

— Cela dit, corrigea Johan, ne négligeons pas le rôle du Pardon à la suite de l'aveu sincère de ses fautes en confession. Le Pardon et la Rédemption furent des facteurs de rééquilibrage mental et social bien avant l'invention de la Psychanalyse...

— Sans doute, mais j'en reviens à la Pentecôte[3] si chère aux Templiers... insista Olivier. Si l'on en devait croire les Évangiles, le Saint-Esprit se manifesta sous la forme de « langues de feu » se posant sur la tête des Apôtres qui reçurent ainsi le don des langues et de guérison, et leurs auditeurs les entendirent prêcher chacun dans leurs propres dialectes... C'était à l'évidence, ça ne pouvait être que de la télépathie ! Et croyez-vous réellement qu'un tel don puisse se transmettre par une flamme ?... J'en doute... On ne devient pas télépathe d'un instant à l'autre comme on transmet le feu d'un cierge à son voisin. Ce n'est pas un programme qu'on charge sur son disque dur par copier/coller à partir d'une clé USB... On peut transmettre un tas de choses par des mots, par un langage articulé, par l'observation ou par simple imitation : un savoir-faire technique, d'ingénierie, un savoir intellectuel, scientifique, médical ou autre, la connaissance des herbes ou des matériaux, et au mieux on transmet l'art de s'en servir sous forme de manuel... Mais tout ça demande un apprentissage relativement long. Le talent, par contre, est inné. On l'a ou pas. Et je ne doute pas que la pratique de la télépathie requière un talent à la base.

— Qui sait vraiment ce qu'est le « talent » ?... dit Johan. Si l'on en croit la parabole du même nom à l'époque du Galiléen c'était une monnaie[4]. Mais précisément, la parabole n'est qu'une allégorie pour approcher la compréhension d'un phénomène... Peut-être qu'à un certain niveau de conscience, un talent d'ordre spirituel peut être « donné » par quelqu'un d'autre aussi simplement qu'une pièce de monnaie... Personnellement je connais au moins deux personnes à qui l'on a fait don d'une formule secrète pour « passer les brûlures »... Beaucoup n'y croient pas, pourtant, m'étant ébouillanté, j'en ai fait un jour l'étonnante expérience. Eh bien je vous le dis, ça marche !... J'ignore comment. Et le plus drôle, ces personnes elles-mêmes ne se l'expliquent pas davantage ! Paradoxalement, certaines se défendent même d'y croire, tout en pratiquant tout de même le rite quand besoin est de soulager quelqu'un... Parce que ça marche !...

— Même si l'officiant n'y croit pas lui-même ?... s'étonna Jack.

— Absolument. Ce qui démontre qu'il ne s'agit pas d'un acte de « foi » personnel, mais bien d'une « technique mentale », capable d'agir sur la matière et l'énergie en toute indépendance d'une croyance éventuelle de l'officiant. Comme si ça « activait » un gène préprogrammé, comme si notre constitution physiologique était par avance préparée à recevoir et utiliser ce

---

3 *La Pentecôte était la principale célébration des Templiers.*
4 *Parabole des talents (Matthieu, 25:14)*

« don ». Et comme je le disais, un tel savoir peut néanmoins être transmis à quelqu'un, enseigné en quelques instants...

— Allons donc ! Et pourquoi pas échangé ou même monnayé comme n'importe quel logiciel ?... suggéra un Olivier sarcastique.

— Vendu ?! s'offusqua Jack. Quelle horreur ! Le don est une prédisposition native. Si j'ai hérité d'un quelconque talent, je ne le dois probablement qu'à mes gènes.

— Ah oui, parlons-en de tes gènes ! s'esclaffa Ryan. Tu es bien le seul parmi nous qui ne devrait pas utiliser cet argument pour réfuter l'idée qu'on puisse transmettre un tel don ! Franchement tu es mal placé, Jack, ou trop bien...

Jack sourit :

— Mille excuses, les amis, j'avais déjà oublié... J'ai vraiment du mal à me faire à cette idée... Mais c'est drôle, tout en parlant j'étais sûr que tu allais dire ça !

— Pourtant, le vieux a vite repéré lui aussi ta particularité généalogique, ajouta Scotty, et sans que personne ne lui dise rien à ce sujet...

— C'est vrai. J'en suis toujours ébahi. Mais lui, ça n'a pas eu l'air de le surprendre...

— S'il est vraiment celui qu'il dit être, il a dû en voir d'autres, des descendants du Christ !...

— D'accord, mais moi... fanfaronna Jack sur le ton de plaisanterie, je suis le seul qui en descende par Jeanne d'Arc ! Il ne s'en lève pas un tous les matins...

— Allez, ne fais pas ton important !... le rabroua Olivier. Je comprends que le vieillard n'ait pas été impressionné comme nous par tes origines. Pour lui qui dit l'avoir vraiment connue et la donne pour télépathe, Jeanne n'était qu'une jeune fille comme une autre, comme l'une de nos étudiantes d'aujourd'hui sauf que *Sion* ou les Carmes lui ont fait étudier une matière qu'on n'enseignait pas à tout le monde... La télépathie est une expertise aussi stratégique que le nucléaire, et sans doute bien plus comme le démontre cette étrange bille de quartz... Qu'a-t-il dit que c'était, au juste ? Un amplificateur d'énergie psychique ?... C'est du délire, on nage en pleine science-fiction !

— Sauf que ce n'est plus de la fiction, objecta Ryan... C'est effectivement de la Science avec un grand S, du moins pour nous qui l'avons sous les yeux et en avons éprouvé l'efficacité... N'importe qui, au Moyen-âge, aurait vénéré cette petite boule comme un objet céleste ou satanique !

Johan reprit :

— Oui, et ça confirme la capacité d'objets matériels à capter et condenser les ondes électromagnétiques. Et ça, c'est bougrement intéressant car ça justifie, que dis-je, ça fonde même la croyance populaire dans les talismans, pentacles, et autres artefacts à usage spirituel... Ce qui nous ramène directement au domaine religieux, que l'on parle du Catholicisme et de ses sacrements, ou de n'importe quelle croyance en des gris-gris animistes...

— C'est bizarre, observa Jack. Je pensais mot pour mot ce que tu viens de dire, la même chose exactement, pendant que tu ouvrais la bouche...

— Whaoo !... s'insurgea Ryan, ne vas-tu pas un peu trop loin dans tes comparaisons, Johan ? Mettre sur le même plan Catholicisme et Animisme...

— Pas du tout, répliqua Johan, de ce point de vue toutes les spiritualités se valent... Si l'on admet que la pensée en tant qu'onde électromagnétique (Alpha, Bêta, Thêta ou Delta) peut se communiquer entre humains ou se condenser dans un objet matériel, on aboutit directement à la « Consécration » effectuée au cours de la Messe !... J'ai conscience du fait que ce que je vais dire est parfaitement hérétique, mais qu'est-ce que la consécration d'une hostie – simple morceau de pain azyme de fabrication humaine –, sinon l'accumulation d'énergie spirituelle dans un vulgaire objet matériel, au cours d'un rituel soi-disant magique où l'officiant sert de relais ?... Même chose pour la transmission de la prêtrise par l'Ordination, pour la bénédiction, etc... Avec « l'imposition des mains », l'officiant (qui en l'occurrence porte bien son nom) fait en effet office de conducteur-condensateur, comme le fait tout bon magnétiseur envers ses patients... et Jésus fut un guérisseur-magnétiseur accompli !

Même si on ne sait pas l'expliquer rationnellement, l'invocation rituelle réalisant cette transmission n'aurait donc rien de magique et ne serait que l'application d'un phénomène physique, empirique et encore scientifiquement inexpliqué certes, mais naturel... Plus aucun besoin d'une soi-disant divinité pour expliquer ce mystère de la transsubstantiation, qui se résume en fin de compte à un partage d'énergie aux communiants à travers le pain et le vin consacrés... Et le terme de « communion » est adéquat car il s'agit bien d'un partage par la communauté des adeptes dans une union spirituelle. Une sorte de bain psychique régénérant.

Jack parût soudain se figer et se concentrer sur la conversation de ses compagnons... Ryan continua la pensée de Johan :

— Mais alors, vu ainsi, ce qu'on appelle « Corps du Christ » ne pourrait-il se nommer autrement ?... Énergie « vitale » ou énergie « cosmique » tirée de la matière noire, par exemple ?... Ce qui revient à dire que Dieu n'est autre que le Cosmos lui-même qui, tel les fractales de Mandelbrot, est présent en entier en chacune des parties qui le composent ?

— Jésus l'a dit lui-même : « *Je suis l'Alpha et l'Oméga* », le commencement et l'infini...

— Et dans cette acception universelle, continua Ryan, tout comme le cercle pointé est le symbole du Soleil, Il est l'expression de cette intime appartenance de l'humanité au Cosmos... Puisque nous faisons tous partie intégrante de ce Cosmos, l'homme Jésus n'est plus un « fils unique », ni un « dieu-fait-homme », ou alors nous le sommes tous... Il en est le « révélateur », l'annonciateur, le prêcheur ou remémorateur, comme vous voudrez. Ce qu'en n'importe quelle religion tous les croyants du monde appellent un « prophète ». Le Coran aurait donc raison de le considérer comme tel...

— Exact, confirma Johan. Le Saint-Suaire de Turin que vos ancêtres Templiers auraient rapportés de Jérusalem pourrait bien en avoir donné la preuve...

— Oh non, pas cela, s'opposa Jack. Il est prouvé que c'est un faux. Les analyses au Carbone 14 effectuées par trois laboratoires différents dans les années 90 ont prouvé que le tissu datait seulement du Moyen-âge !

— Oui oui... et ma sœur est la reine d'Angleterre !... ironisa Johan. Le prélèvement des trois échantillons sur la bordure du linge sacré a été entièrement filmé. C'est un document de plus de huit heures mais par un malencontreux hasard il lui manque juste une demi-heure, mais une demi-heure cruciale si j'ose dire : celle du moment où l'on insère ces échantillons de tissu dans les petites boîtes d'expédition aux trois laboratoires d'analyse !... Quelle malchance, n'est-ce pas ? Quelle bévue du cameraman !... Résultat : le linceul daterait au mieux du XIIIe siècle, ce dont semble se féliciter le Vatican. Pourtant, on sait que la myrrhe diffuse naturellement et qu'elle peut marquer un linge d'une couleur sépia... On sait également qu'au cours des siècles précédents ce XIIIe siècle, plusieurs artistes ayant peint tableaux et retables se sont inspirés de ce linge, de qualité quasiment photographique, mais qui n'existait pas en leur temps... De plus, les pliures en accordéon du tissu démontrent qu'il fut longtemps conservé dans une amphore, ainsi qu'on faisait aux premiers siècles, et non dans un coffre en bois comme au Moyen-âge. C'est donc qu'il a bien plus que l'âge attribué par cette datation officielle !...

— Mais je ne comprends pas l'intérêt d'une telle fraude, insista Jack. Ça devrait être un argument formidable pour l'Église si on pouvait démontrer que ce suaire est bien l'authentique drap mortuaire du Ressuscité, non ?...

— Assurément, confirma Johan, pourtant il y a un problème à cette hypothèse, et un problème de taille !...

— Lequel ?

— Du sang a coulé sur ce suaire... On en voit bien les coulures, et selon moi ce n'est pas le tissu qu'il aurait fallu analyser mais l'ADN de ce sang... On s'en est bien gardé, car un cadavre ne saigne pas ! Ou alors c'est que ce cadavre-là n'était pas encore tout-à-fait mort... et qu'il ne peut donc pas avoir « ressuscité » !...

C'est probablement ce qu'avaient découvert les premiers Templiers qui présidèrent aux destinées de l'Ordre de Sion... Ce qui expliquerait pourquoi à un certain niveau d'initiation ils crachaient effectivement sur le crucifix en tant qu'instrument de torture...

— Tu penses donc que le Christ ne serait pas réellement mort sur la Croix... Il y aurait de quoi ébranler toute la Chrétienté, en effet !

— Elle serait branlante depuis le début si les fables successives du Vatican ne s'étaient confortées les unes les autres... N'est-il pas étrange qu'aucun chroniqueur de l'époque ne parle de cette merveilleuse « résurrection » ? Qu'ils ne parlent pas de la crucifixion elle-même, tant elle était commune, c'est normal, mais une résurrection, voilà un scoop qui n'aurait pas pu passer inaperçu !... Sauf si l'intention du Maître était justement de ne pas faire trop de bruit autour de ce non-événement car, paradoxalement, au lieu de proclamer cette résurrection comme preuve de la Bonne Nouvelle que répandront beaucoup plus tard les Évangiles, Jésus, qui prêchait aux foules jusque là, fait tout à partir de ce moment pour rester très discret. Et il semble même très embarrassé d'être reconnu sur la route d'Emmaüs... On ne le reverra plus prêcher en public. Il se cache, ne se montrant qu'à ses disciples les plus sûrs... Il faut croire qu'une seconde résurrection n'aurait pas été envisageable dans les mêmes conditions ! Ça me rappelle furieusement le reniement de Jeanne des Armoises sur la Pierre de Marbre au Parlement de Paris. Une fois, ça va mais deux, bonjour les dégâts !

— Admettons, dit Jack... Admettons qu'Il ne soit pas mort sur la croix et par conséquent qu'Il n'ait pas ressuscité, qu'Il ne soit pas « fils-de-Dieu » et n'ait été qu'un prophète... Ça explique les dissensions à l'origine de la Chrétienté, les soi-disant hérésies des Marcionites et autres chrétiens primitifs, l'Islam. Mais ça n'explique pas la transmission de pensée, ça n'explique pas l'action de l'esprit sur la matière... Or, c'est bien de cela dont nous venons d'être témoins !

— Mes amis, je crois que nous venons de mettre le doigt sur les deux plus importants secrets de l'Église...

Il n'y a pas eu « Résurrection » mais guérison du supplicié par les moyens connus de l'époque : l'Aloès, pour accélérer la cicatrisation des plaies, et la Myrrhe, aseptisant et anti-inflammatoire pour calmer la douleur. Myrrhe qui précisément diffuse une couleur sépia comme celle retrouvée sur le linceul... Mais peut-on bâtir une église sur un crucifié pas mort ? Non bien sûr ! C'est beaucoup mieux sur un ressuscité... Et l'annonce d'autres vies après la mort, éventuellement dans d'autres mondes parallèles, se transforme en Résurrection définitive et en Vie Éternelle avec « montée aux Cieux », une hypothèse inimaginable pour l'époque et donc miraculeuse... De belles promesses... Ça me rappelle les soixante-douze vierges garanties aux martyrs islamistes... Encore faut-il pouvoir s'assurer que les fidèles obéissent bien sagement, aveuglément, et ne cherchent surtout pas à comprendre ce que l'on ne veut pas qu'ils comprennent ! C'est là qu'intervient la Confession. Car il est évidemment plus facile de faire reposer son pardon sur la grâce accordée par un « être divin » que l'obtenir de sa propre conscience. L'exposé verbal de ses fautes est le premier pas pour se réconcilier avec soi-même, mais exposer ses fautes à un prêtre, intercesseur de la supposée divinité, revient à alimenter la base de données psychologiques de l'Église qui ne manque pas de s'en servir pour construire sa politique de domination mentale... Je ne pense pas que Jésus ait jamais voulu cela. Je crois au contraire qu'il aurait souhaité qu'au moyen de la prière ou de la méditation les hommes se connectassent directement à la grande « Conscience collective universelle », façon Internet intergalactique, qu'on peut appeler Dieu si ça fait plaisir mais qui n'est pas une entité en soi.

Les rites sont souvent nécessaires à l'esprit humain qui, pour cultiver sa foi, a besoin de repères comme le géographe a besoin de méridiens et l'agriculteur d'un éphéméride... Les rituels ponctuant les divers événements d'une vie servent à cela : le baptême, le mariage, le décès et l'inhumation, pour ne citer que ceux-là, sont autant de moments importants où l'Église influe sur le croyant au moyen de ce qu'elle appelle des « sacrements ». Mais si ces moments importants suffisent à jalonner une vie d'homme, ils sont trop rares pour conditionner des populations à longueur d'année. Il faut des rites bien plus fréquents pour contrôler les masses.

Soi-disant représentante exclusive de Dieu sur Terre et extrêmement jalouse de cette prérogative autoproclamée, l'Église exploite donc depuis deux millénaires la crédulité des fidèles en mettant en scène de façon ritualisée un truc d'illusionniste : la transmission de pensée !... J'exagère à peine... Attention ! Je ne dis pas que c'est inutile ou illusoire. C'est une réalité physique, comme l'électricité. Mais de « divinité », point ! Pas plus dans le tabernacle que sur la scène d'un music-hall. La différence c'est qu'il n'y a pas de trucage et ce transfert est bel et bien réel[5] ! C'est plus exactement le rechargement en énergie spirituelle, exactement comme on recharge son portable sur une prise électrique reliée au générateur du coin, mais Dieu est aux abonnés absents. En vérité toute personnalisation d'un « dieu », quel que soit le nom qu'on lui donne, n'est qu'un détournement d'identité, un masque que l'on fait porter à l'énergie vitale qui baigne le monde. Une énergie qui peut être bénéfique ou pas, selon qu'on est en harmonie avec, mais une énergie latente, sans visage ni volonté propre, et sans autre nom que « Cosmos ».

Et c'est peut-être avec cette mystérieuse substance électromagnétique, cette fameuse « Matière Noire », dont parlait tout-à-l'heure notre ami Flamel et qui emplit les neuf dixièmes de l'Univers, que notre ADN communique instantanément au niveau quantique... L'ADN est un supra-conducteur organique et sa forme caractéristique en double-hélice en fait une antenne idéale : allongé, c'est une antenne droite qui peut parfaitement capter les impulsions électriques et, circulaire, elle est aussi une excellente antenne magnétique. La molécule d'ADN peut être étendue jusqu'à deux mètres, ce qui lui donne une fréquence propre d'oscillation sur 150 Mégahertz. On sait par ailleurs que cette molécule peut stocker l'énergie d'une résonance électromagnétique et la restituer ensuite. Peut-on imaginer meilleure définition du mot *religare* si non seulement notre cerveau mais toutes les fibres de notre être sont en lien avec le Cosmos ?...

— Belle hypothèse, grogna Olivier... Reste qu'on ne nous a pas livré le mode d'emploi !

— Mais bien sûr que si !... C'est tout simplement la résonance harmonique, la mise à l'unisson de nos propres vibrations avec celles de cette substance étrange qu'on appelle Éther... Rien d'autre que ce que nous enseignent Bouddha, Jésus, ou Mahomet dans la plus puriste acception de leurs révélations : Harmonie et Tolérance. Tous enseignent que notre corps est un temple, et tous enseignent d'écouter plutôt son cœur que sa tête... Ce n'est pas une image. Le cœur n'a pas de synapses mais concentre une grande densité d'ADN. Tout comme nos cathédrales de pierre, ces temples sont faits, non pas pour « raisonner » intellectuellement, mais pour

---

5 *Voir en notes annexes les travaux du professeur Amato sur la formation des cristaux de glace sous l'influence de la pensée.*

« résonner » physiologiquement aux moindres vibrations harmoniques, tout comme l'effet produit sur notre système pileux par le requiem de Mozart.

— Comment ça ? Que viennent faire nos poils dans l'affaire ?... s'étonna Olivier.

— La musique, en général harmonieuse mais comme n'importe quel autre bruit, n'est rien d'autre qu'une vibration de l'air parvenant à nos tympans, une onde sonore, d'accord ?

— D'accord. Mais je ne vois pas le rapport...

— Voyons, comment puis-je expliquer cela ?... Laissons à part le goût et l'odorat car ils relèvent plutôt du chimique, mais le froid, le chaud, le dur, le mou, le fluide, la clarté, la couleur sont, comme l'audition, des sensations régies par des flux d'énergie, de longueurs d'ondes diverses, nous parvenant par nos sens et réinterprétées par le cerveau. L'augmentation ou la diminution de ces flux et leurs combinaisons changent notre perception de la réalité antérieure, créant par là même la cinétique. Ce sont des ondes caloriques, lumineuses, de pression, ou autres, mais encore et toujours des vibrations. Toujours d'accord ?

— Je te suis, mais...

— De quoi peut donc provenir le fait que certaines musiques provoquent en nous de l'émotion, de la quiétude, de la joie ou de la tristesse ? Si ce n'est que ces mêmes ondes, sur des fréquences différentes, ne font pas seulement vibrer l'air ambiant jusqu'à nos seuls tympans mais tout notre être jusqu'à nos fibres les plus intimes, notre ADN ?

— Évidemment, vu comme ça...

— Comment peut-on le voir autrement ? Et si l'on considère comme vraie cette surprenante hypothèse d'un ADN apte à la communication transdimensionnelle, acupuncture et méditation transcendantale se complètent parfaitement. Nos dissonances avec l'harmonie cosmique pourraient expliquer bon nombre de maladies, et à l'inverse, la plénitude pourrait aussi expliquer les guérisons... De ce point de vue, l'atmosphère de recueillement qu'on trouve dans les sanctuaires de n'importe quelle religion s'avère particulièrement bienfaisante. Ça expliquerait du même coup un tas de choses mystérieuses : action concrète des magnétiseurs et des chamanes, spiritisme, télépathie, radiesthésie, intuition des artistes, etc...

— Et on ne peut pas nier qu'il y a des fois où ça fonctionne... approuva Jack, d'un ton mystérieux.

— C'est un fait. Il y a des miracles, ça existe, confirma Johan se méprenant sur l'observation de Jack. Pourtant, d'un point de vue religieux, ils sont toujours aussi inexpliqués qu'inattendus. Ce qui veut dire que l'Église ne maîtrise pas pleinement ce savoir, ou ne le contrôle plus depuis longtemps si tant est qu'un seul de ses représentants l'ait jamais contrôlé. Elle l'utilise aujourd'hui de manière empirique pour les sacrements, mais aussi avec une grande ambiguïté car, par un étrange et paradoxal scepticisme de sa part, elle va jusqu'à refuser désormais aux pèlerins de Lourdes de bénir des médailles, afin de ne pas être confondue avec les faiseurs de gris-gris animistes... Preuve qu'elle n'a pas tout intégré d'un pouvoir qu'elle revendique et manipule pourtant... Elle ne reconnaît d'ailleurs qu'avec les plus grandes précautions oratoires et médicales les événements extraordinaires qui s'y produisent parfois, de manière intempestive et extérieure à sa propre action : Quand ça fonctionne, Deo Gratias, et quand ça ne marche pas, c'est parce que « Dieu vous a envoyé une épreuve »... Trop facile ! Dans les deux cas « Dieu l'a voulu » !... Pourtant, des miracles, il s'en réalise ailleurs qu'à Lourdes et même ailleurs que dans la Chrétienté.

— C'est une vieille recette que d'entretenir les gens dans l'ignorance, elle permet aux manipulateurs en tous genres de gagner à tous les coups ! insista Olivier.

— Oui, bah... Ne soyons pas trop intransigeants tout de même avec une vieille dame, corrigea Johan. L'Église aura au moins eu le mérite de préserver la Foi, même si c'était en quelque chose d'erroné ou de perverti. Car en fin de compte, qu'on ait Foi en un Dieu omnipotent, ou Foi en cette énergie qui baigne l'Univers dont nous sommes, où est la différence ?... Peu importe que l'on prie Allah, Dieu, Yahvé ou Vishnu, c'est juste une manière de nommer l'ineffable. L'important c'est de se mettre en lien avec cette « force universelle ». On peut chercher à la comprendre intellectuellement, par la science et la philosophie comme les anciens alchimistes, par la méditation comme les Bouddhistes, ou adopter aveuglément la simpliste conception religieuse en prêt-à-porter, on n'en trouve pas l'explication. Mais pourtant il arrive qu'elle agisse... L'essentiel reste d'être en accord avec cette conscience collective universelle, « en lien avec le Cosmos » selon le sens originel du vieux terme latin « religare »...

— D'accord, l'essentiel est d'être en harmonie avec cette force invisible, mais sa compréhension par la voie scientifique apporte tout de même, si j'ose dire, une sacrée indépendance d'esprit, contesta Ryan, alors que la bête foi du charbonnier conduit à une dépendance et une obéissance aveugle envers une institution par essence oligarchique qui n'a pas toujours agi pour le mieux de l'humanité, et qui prend les gens pour des moutons avec ses histoires de bergers et de bergères qui en vérité n'en sont jamais...

— C'est vrai. Et c'est une différence de taille. Mais comme nous le disait Flamel tout-à-l'heure, tout le monde ne peut pas être initié à ce savoir ésotérique... Tous ne pourraient le comprendre et l'assimiler sainement. Surtout quand le but ultime prôné par les religions ne se situe pas dans ce plan d'existence mais au niveau cosmique, ce qui est plutôt difficile à faire admettre à des gens qui n'ont pour premier souci que de vivre mieux dans ce plan-ci... L'égalité n'existe pas devant la Connaissance, et il ne suffit pas de la détenir ou de penser la détenir pour bien l'utiliser. S'il n'y avait le voile de l'ésotérisme pour filtrer l'initiation des adeptes, beaucoup s'en serviraient dans des buts inavouables. Souvenez-vous de la montée de Hitler, lui-même se croyait illuminé et voyez où ça a conduit !... La conscience et la relation au monde sont des choses complexes. Au fil de l'histoire, au Vatican comme ailleurs il y eut de bons et de mauvais bergers. L'Église fut trop souvent dirigée par des ambitieux parvenus au Saint-Siège par manœuvres et corruption, tels les Borgia, voire par crimes de sang, sans autre aspiration que d'y asseoir un pouvoir hégémonique temporel. Pourtant, il y eut aussi des gens admirables, tant papes qu'évêques, simples curés ou moines. En fonction de l'ouverture d'esprit de ses dirigeants successifs et de leur propre entendement des mystères, l'Église aura rempli sa charge du mieux qu'elle l'aura cru et pu durant ces deux millénaires... Ce n'est après tout qu'une institution humaine, avec ses qualités et ses défauts, et il est tout aussi difficile de la condamner en bloc que de la glorifier. Quelles que furent les fautes passées de cette Église ou des dogmatismes en général, les cercles d'initiés seront toujours nécessaires pour guider les peuples avec prudence...

— Je te trouve passablement magnanime avec une institution qui aura tout de même fait rôtir des milliers de brebis réfractaires à son dogme... se railla Ryan. Rien que parmi les nôtres...

— Je sais, je sais... l'interrompit Johan, de nombreux Templiers ont péri sur ses bûchers... et on n'oubliera pas non plus les cathares ou les simples particuliers condamnés pour pratiques interdites ou suspectes aux yeux de l'Église Catholique, parce qu'elles auraient pratiqué un art ancien considéré comme de la sorcellerie... Le bilan est lourd de ses méfaits, notamment celui de la sinistre Inquisition. Mais vous êtes bien placés pour le savoir, messieurs, il s'est aussi trouvé des papes pour approuver la fondation du Temple... Et cette institution aura aussi accompli de grandes choses, fût-ce parfois malgré elle, au travers de congrégations telles que les Bénédictins, Cisterciens, Carmes, Franciscains et bien d'autres qui, souvent au péril de leur vie, protégèrent les savoirs anciens contre les autodafés des inquisiteurs... Parfois même en sauvant des personnes du bûcher auquel elles étaient promises, ainsi que je soupçonne Pierre Cauchon d'avoir fait pour Jeanne dont le mystère nous a mené jusqu'ici... Et je suis heureux que nous ayons enfin trouvé le fin mot de cette mystérieuse histoire de « Voix », ça explique assez bien une autre énigme concernant la substitution de sa cédule d'abjuration.

— La quoi ?

— La cédule d'abjuration. Le document qui permit à l'évêque Cauchon d'épargner la vie de Jeanne. Mais bizarrement, ce n'est pas l'original qui figurera 25 ans plus tard au procès en Réhabilitation...

— Comment ça, pas l'original ?... Pourquoi ?

— C'est aussi ce que je me demandais et je viens d'en comprendre la raison...

Au cimetière de Saint-Ouen, à Rouen, ce 24 Mai 1431, se produit un revirement très surprenant, surtout pour les anglais qui attendent impatiemment de voir griller la Pucelle... Cauchon est en train de lire à Jeanne l'acte de sa condamnation au bûcher, déjà dressé devant « grant multitude de gens qui là estoient »... Il insiste pour que Jeanne revienne sur ses déclarations concernant ses Voix mais Jeanne ne veut rien y retrancher. Beaucoup la supplient de ne pas se laisser mener ainsi, par obstination, à cette mort horrible. C'est alors qu'un assesseur de l'évêque, Guillaume Érard, s'approche d'elle et lui parle à l'oreille... Et Jeanne se rétracte alors, enfin, visiblement à contrecœur, de ce qu'elle avait dit au sujet de ses voix et apparitions... Mais elle le fait en des termes qui n'apparaîtront pourtant pas dans la version latine rapportée au procès en réhabilitation !

Cette cédule d'abjuration, de sept à huit lignes et « pas plus longue qu'un Pâter » selon plusieurs témoins dignes de foi, que, par dérision peut-être, Jeanne signa d'une simple croix au lieu d'y écrire son nom, s'y transformera en un document de plus de vingt-cinq lignes dans le style ampoulé qu'on connaît aux clercs et ne comportant plus aucune des paroles originales de la Pucelle. Pour connaître celles-ci, il faut aller les rechercher dans le procès verbal de cette séance du 24 Mai 1431 :

« *et dist plusieurs fois que, puisque les gens d'Église disoient que ses apparicions et révélacions n'estoient point à soustenir ne à croire, elle ne les vouloit soustenir : mais du tout s'en rapportoit aux juges et à nostre mère la saincte Église* »

J'appelle ça jouer sur les mots ! Jeanne ne renie rien positivement, mais encore une fois démontre une très grande subtilité en déclarant non sans ironie que : « *puisque les gens d'Église disent que c'est impossible, alors c'est forcément faux !* », mais elle ne prononce pas expressément elle-même ce reniement !... Est-ce que ça ne rappelle pas la réplique de Jésus à Pilate lui demandant s'il était le roi des Juifs ? Le fameux : « *C'est toi qui le dis* »...

L'Église sauve la face. De la part de Jeanne c'est une astucieuse manière de paraître donner raison à ses adversaires sans endosser la responsabilité d'un mensonge volontaire ni renier aucunement le moyen par lequel elle recevait ses conseils.

On voit bien que ce ne sont pas tant les actes de Jeanne qui gênent l'Église, ni le contenu des messages reçus de ces « voix », mais bien la façon dont elle dit les recevoir... Par télépathie c'est inacceptable ! Seuls les gens d'Église peuvent parler à Dieu, sûrement pas une fille qui s'habille en homme et dort parmi les soldats... La Pucelle devait donc se dédire.

Elle le fait habilement, en fine mouche, maîtrisant parfaitement le langage à double sens des clercs. L'Église fait semblant de s'en satisfaire et aussitôt lui pardonne ses erreurs : plutôt que l'envoyer au bûcher, Cauchon sort alors de sa poche l'acte pré-écrit d'une autre condamnation qu'il substitue à celle qu'il lui lisait au début de la scène...

Il l'avait donc préparé à l'avance !

Et Jeanne sera sauve : au lieu du bûcher déjà dressé, elle subira une « admonestation » assortie de la prison à vie, à condition toutefois qu'elle ne remette plus ses habits d'homme... On sait ce qu'il adviendra de cette obligation lorsque, par un malheureux hasard quelques jours plus tard, ses geôliers anglais lui rendront ses habits d'homme après l'avoir menacée de viol dans sa prison... Elle sera alors remise au bras séculier comme « relapse » mais non plus comme hérétique et sorcière, ce qui change tout ! Et ce ne sera d'ailleurs pas elle qui montera au bûcher, mais c'est une autre histoire...

Ce qui importe, c'est qu'elle n'a rien renié de ces « voix » dont l'Église ne voulait pas entendre parler, et qu'elle, pourtant, oyait parfaitement jusqu'au cœur de sa prison... Et pour cause, nous venons d'en faire l'expérience à nos dépens et je suis très heureux d'avoir fait cette découverte en votre compagnie, mes amis.

— Je n'y crois toujours pas !... ressassa Olivier. Comment auraient fait ces gens du Moyen-âge pour découvrir et développer un tel pouvoir mental ?...

— Quelle différence, autrefois ou aujourd'hui ?... reprit Johan. Est-ce que ça te surprend qu'en notre XXIᵉ siècle les services secrets de tous les grands pays fassent des recherches dans le domaine des sciences cognitives et neurosciences ?... Non, n'est-ce pas ?... Alors, pourquoi est-ce que ça te choquerait davantage au Moyen-âge ?... Certes, la civilisation matérielle et technologique était moins développée, mais ils disposaient déjà du même cerveau que nous, tu sais... La télépathie est une discipline purement mentale qui ne nécessite aucun équipement sophistiqué, juste un savoir-faire qui nous a échappé jusque là... Je ne suis pas étonné, au contraire je trouve même parfaitement logique que sur ces sujets nos ancêtres en aient su plus que nous qui nous vautrons dans la technologie et la consommation, en oubliant trop souvent de méditer sur les mystères de la conscience... On en est aujourd'hui à devoir tout noter sur nos agendas électroniques parce qu'on ne fait plus confiance à notre mémoire... Or il faut bien se dire que le cerveau est comme un muscle, si on ne l'entraîne pas régulièrement, il s'atrophie. Il suffit d'observer nos jeunes gens, pourtant tous bacheliers, qui ne savent plus faire la moindre opération de calcul mental sans leur calculette de poche !... Autrefois, et encore aujourd'hui dans les cultures primitives, les gens se servaient de leur tête. Elle était moins encombrée de choses futiles mais remplie de l'essentiel. À l'instar des griots africains, les druides se transmettaient oralement leur savoir d'une génération à l'autre, sans écrit, précisément pour qu'il ne tombe pas entre toutes les mains mais aussi, comme les comédiens, pour entraîner leur mémoire... Au lieu de cela, qu'arrive-t-il aujourd'hui ? Si ton magnifique agenda-téléphone-caméra tombe en panne, tu te sens perdu. Et si quelqu'un le trouve il peut consulter toute ta vie... Le matérialisme a du bon, mais l'esprit humain reste le meilleur des atouts car même celui qui n'a rien dispose au moins d'une machine supérieure, impossible à égarer sans perdre la tête : son cerveau.

— Ce n'est pas faux, convint Ryan. Dans un domaine très proche, Scotty et moi avons souvent été surpris du manque de concentration et d'adresse du geste de ceux qui, en Occident, se fient à des machines pour développer leur corps. Les arts martiaux orientaux apportent tout autre chose. Ce qui, vu de sa fenêtre, ressemble à un sport, est loin de n'être que cela car l'esprit y participe à fond. À partir de certains niveaux, il y a une grande différence entre un sport occidental, même des sports de combat comme la lutte, la boxe ou l'escrime, simples entraînements physiques en vue de compétitions commerciales ou médiatiques, et un « Art martial » comme *l'Iaïdo* par exemple, *la Voie du Sabre* au Japon, ou comme le *Kung-Fu* chinois qui vous transforment l'adepte de l'intérieur... Dans ces ancestrales disciplines, on éduque autant l'esprit que le corps. Voire bien plus. C'est une ascèse, au point que certains maîtres sont capables de performances inouïes telles que stopper net et à distance un adversaire par « projection mentale » !... Proprement sidérant !... Les « mangas », ces bandes dessinées japonaises dans lesquelles les héros se bombardent de boules d'énergie naissant dans la paume de leurs mains, sont à peine exagérées... Il y a des gens capables de cela et ce n'est plus de la fiction pour les gosses, c'est du réel !... Ils prétendent maîtriser une énergie psychique appelée « *QI* » ou « *Chi* », que de son côté la médecine chinoise canalise et régule par l'acupuncture depuis des milliers d'années sans qu'on en puisse expliquer le processus... D'où tirent-ils cette énergie ?... Comment la dirigent-ils ?... Mystère... Mais comparativement à notre mode de pensée cartésien et matérialiste, la démonstration est si stupéfiante, spectaculaire et surréaliste, qu'on a du mal à y croire...

— J'ai vu de telles exhibitions de l'école Shao-Lin, confirma Johan. Impressionnant en effet ! Et dans un autre domaine mais certainement du même ordre spirituel, j'ai vu aussi des moines tibétains s'asseoir en tailleur et sécher leurs robes givrées de glace en quelques minutes par la seule méditation ! On voyait la vapeur s'élever de leurs épaules. Ça aussi c'était stupéfiant. Les ressources mentales insoupçonnées de l'homme sont encore à découvrir et je ne serais qu'à-demi étonné si on me démontrait un jour que la lévitation est une réalité.

— Mais c'en est une, intervint Scotty. On n'en parle jamais car c'est encore un de ces sujets tabous, mais de nombreux occidentaux ont déjà lévité. Pas besoin, comme Alexandra David-Neel, d'aller au Tibet pour en voir. Jésus était aucun doute capable de marcher sur les eaux, mais il ne fut pas le seul ! Il eut aussi des imitateurs comme Sainte-Théresa, une carmélite du XVIe siècle qui lévita devant 230 prêtres catholiques, ou Desa Joseph, plus connu sous le nom de Saint-Joseph de Copertino après qu'il ait rejoint l'Ordre franciscain. Sous le coup de l'émotion, il s'est même élevé au-dessus du pape, dans tous les sens du terme, le jour où il fut reçu en audience par Urbain VIII... On a répertorié ainsi plus de trois cents cas inexplicables de lévitation parmi les saints catholiques... Malheureusement aucun d'eux n'a jamais maîtrisé ce don. Contrairement à Jésus, aux lamas, brahmanes et autres yogis indiens, ça ne leur arrivait qu'en extase, n'importe quand et sans qu'ils en aient décidé. Ce qui tend à prouver que la Chrétienté n'a pas conservé tous les manuels de vol et n'en détient qu'une petite partie...

En des temps plus proches, au XIXe siècle, un célèbre lévite fut le médium Daniel Douglas Home. Lui s'éleva durant quarante ans régulièrement et à volonté devant des gens prestigieux comme Mark Twain ou Napoléon III, des politiciens ou des scientifiques. Ça n'avait pourtant rien à voir avec les numéros de music-hall truqués de célèbres illusionnistes contemporains, et on n'a jamais pu le taxer d'escroquerie. En 1934 un autre anglais, Maurice Wilson, a décidé lui de s'envoler ainsi vers le sommet de l'Everest. On a retrouvé son corps gelé l'année suivante sur les pentes de la montagne... Mais sans même parler de ces originaux et si l'on veut considérer la chose d'un point de vue purement scientifique, la revue « Nature » a publié en 1991 une photo stupéfiante : le directeur d'un laboratoire de recherche japonais flottant en l'air sur un plat en céramique supraconductrice, le tout pesant pas moins de 120 kgs !... On a baptisé ce phénomène « effet Meissner-Oschsenfeld » parce qu'en 1933 Walther Maissner et Robert Oschsenfeld ont découvert les bases de la Supraconductivité et que l'effet Meissner résulte de l'expulsion de champs magnétiques par un matériau supraconducteur. De nos jours bien sûr, des scientifiques du monde entier planchent sur l'idée que le cerveau pourrait émettre un intense champ magnétique expliquant cette lévitation par la création d'un bio-champ gravitationnel. Je n'en sais pas plus, mais c'est là aussi l'objet de recherches particulièrement actives en de nombreux pays...

—Alors là ! Tu nous as scotchés, Scotty, s'enthousiasma Johan. Nous sommes très impressionnés par ces précisions. Peut-on savoir d'où te vient cette connaissance sur la lévitation ?...

— Bah ! répondit malicieusement le jeune homme, c'est juste que je m'intéresse à tout ce qui me permet de m'élever, à tous les sens du terme !...

Les cinq amis rirent de bon cœur. Ça faisait un moment qu'ils avaient besoin de décompresser.

— En tous cas, bravo, c'est une ambition qui t'honore. Et ce que tu viens de nous apprendre est très intéressant. Comme Flamel nous le rappelait tout-à-l'heure, la Terre engendre elle-même un fabuleux champ magnétique. L'esprit, ou le mental, ou qui sait, peut-être l'ADN, aurait donc la capacité de créer un champ magnétique de signe opposé à celui de la Terre, grâce à la puissance électrique du cerveau ?... C'est une voie de recherche qui mérite en effet d'être explorée en biophysique, au même titre que la suggestion ou l'hypnose dont on commence seulement à utiliser l'incroyable potentiel en médecine.

— Et ce n'est pas tout, ajouta Ryan. Peu de gens le savent mais dans les années 60 un petit électricien a inventé une machine extraordinaire, basée sur les effets de l'électromagnétisme sur le corps, qui s'est avérée capable de guérir le cancer !... Il s'appelait Antoine Prioré. Votre ex-Premier Ministre Chaban-Delmas et une poignée de grands professeurs de médecine ont validé ses essais et le bonhomme s'est alors lancé dans la construction d'une plus grande machine. Mais incapable de déposer des brevets tant la chose était simple et craignant de trop en révéler sur le fonctionnement de son invention et d'être spolié par un trust, il a toujours gardé secrets ses minutieux réglages. Si bien qu'à sa mort, personne ne fut capable de la faire fonctionner. Dommage !

— Dommage dans ce cas précis, en effet... Il serait grandement appréciable de redécouvrir sa méthode. Malgré tout, et si tant est qu'il soit bien l'illustre alchimiste qu'il prétend être, résuma Johan, notre ami Flamel a raison. Il y a des secrets enfouis qu'il pourrait être dangereux de révéler au grand jour... d'un point de vue politique, s'entend, et bien entendu économique... Car supposons un instant que le cancer soit éradiqué de manière très simple et sans médicaments, imaginez le désastre pour l'industrie pharmaceutique ! Et si tout le monde pouvait léviter, flotter dans l'air sans appareil ni technologie sophistiquée, ce serait tout aussi dangereux pour la société que la transmission de pensée que nous évoquions tout-à-l'heure !... Adieu les avions, les voitures, les trains, les trams, les métros ! Ce serait merveilleux sur le plan écologique, mais une catastrophe économique... Adieu surtout les barrages routiers et les contrôles de police aux aéroports ! Ce serait la LIBERTÉ absolue !

— Qui n'a jamais rêvé de voler ?... Nous serions tous « Superman », nous nous déplacerions comme des anges...

— Comme des anges, oui c'est exactement ça, reprit Johan, rêveur... Mais nous sommes encore bien loin de développer ce pouvoir mental. Par contre, d'un point de vue technologique, nous y sommes... Et ça me fait penser...

— À quoi ?

— J'ai lu, il y a au moins trente ans, dans je ne sais plus quel ouvrage que, dans un apocryphe orthodoxe conservé au musée de l'Hermitage de Saint-Petersbourg, un ethnologue japonais avait découvert la « description d'un ange »... Je m'en souviens encore bien que je n'aie pas trop compris à l'époque pourquoi l'étrangeté m'en avait frappé. Aujourd'hui, familiarisé avec l'informatique, l'explication s'impose d'elle-même...

— Quelle explication ?

— Ce qui m'avait intrigué était cette description particulièrement détaillée... de mémoire, il s'agissait « *d'un être de forme humaine vêtu d'une combinaison brillante avec deux ailes qui crachaient des flammes dans son dos, et qui portait sur son avant-bras gauche un miroir par lequel Dieu lui donnait ses ordres...* »

Je passe sur le sac à dos réacteur inventé dans les années 60 et dont se servent parfois les GI's en opération ou James Bond au cinéma. Bien qu'il n'ait jamais été commercialisé pour les raisons sécuritaires qu'on imagine facilement, ça n'étonne plus personne à notre époque. Par contre, ce « *miroir par lequel Dieu donnait ses ordres* » est d'invention beaucoup plus récente... Rendez-vous compte ! On peut comprendre qu'aux tous premiers siècles la chose fut considérée comme divine ou miraculeuse par le scribe qui consigna la scène, mais aujourd'hui n'est-ce pas la description évidente d'un de nos modernes téléphones portables ?... Plus besoin de consulter son miroir pour savoir si Blanche-Neige est toujours la plus belle, ni de le traverser pour accéder à d'autres mondes comme dans le cinéma de Cocteau... Il suffit désormais de se connecter à Internet ou de composer le numéro du « patron » qui surveille la Terre depuis un satellite tout là-haut, et il vous apparaît en vidéoconférence sur votre iPhone !... Quand on y réfléchit, la pomme croquée d'Apple compense largement celle du paradis perdu. Mais pour autant, ça signifie surtout que ce dieu-là avait une image physique, qu'il n'était donc pas « pur esprit » et que l'ange décrit par ce manuscrit orthodoxe usait bien d'une « technologie » d'avant-garde, aucunement d'un quelconque pouvoir spirituel !... Et ça, c'est intéressant ! Car en effet, quand il lui aurait suffi de la télépathie dont Flamel vient de nous démontrer la réalité, pourquoi Dieu aurait-il eu besoin d'un « miroir magique » pour donner ses ordres à son messager[6] ?... Ils n'avaient donc, ni l'un ni l'autre, rien de « divin ». C'étaient des humains, comme vous et moi ! Et qui plus est des humains qui n'avaient pas encore développé la télépathie...

— Presque des primitifs, quoi !... ironisa Jack.

— D'un point de vue moderne, sans doute, mais c'est surtout l'Église d'alors qui était primitive car le document date des premiers temps de la Chrétienté. Cependant cet ange technologique avait tout de même quelque chose de plus de nous... Soit il était très en avance sur son siècle, ce qui

---

6 *En grec, Angelos = messager.*

paraît exclu sans autre trace d'une telle civilisation avancée aux temps bibliques, soit il disposait du pouvoir de changer d'époque !

— Un avantage anachronique ?... Comme disait Flamel tout-à-l'heure, peut-être l'aurons-nous aussi dans le futur ? Après tout, la notion d'espace/temps est toute nouvelle. Nous savons nous déplacer de plus en plus vite à travers l'Espace, même intersidéral, immanquablement la prochaine étape sera le déplacement temporel. Peut-être trouverons-nous bientôt des raccourcis lorsque nous aurons nous aussi compris la nature réelle de cet espace/temps qui n'est encore qu'un concept très flou...

— C'est vrai que le déroulement linéaire du temps est une notion très pratique à notre échelle, mais assurément fausse pour la Physique Quantique... À Flamel tout-à-l'heure, je brûlais de poser la question... Il paraît quoi ? Quatre-vingts ans, pas plus... Si vraiment il en a sept cents, comment fait-il pour ne pas vieillir ?...

— Il te l'a dit : l'Alchimie, précisa Johan. Sa légende prétend qu'il aurait mis au point un élixir de longue vie à partir de la rosée, et je suis porté à le croire. La rosée, et particulièrement la rosée de Mai, est en effet une condensation très particulière à laquelle les grimoires d'Alchimie accordent de contenir des principes actifs étonnants. Eugène Canselier, dernier élève supposé du grand Fulcanelli, précise que « *l'enrichissement des sels médiateurs dans le Grand-Œuvre se fait tout simplement au sein de la rosée par la solution et la subséquente cristallisation...* ».

N'étant pas alchimiste moi-même, je ne me fourvoierai pas dans une quelconque tentative d'explication des arcanes du Grand-Œuvre, mais je crois volontiers à certaines de ces vieilles recettes... D'autant que l'eau végétale, issue des plantes et que celles-ci tirent de la terre par capillarité, ce qu'on nomme à tort la rosée mais qui est la « guttation » ou l'exsudation de la plante, n'est pas exactement de même composition chimique que l'eau de pluie tombant du ciel en amalgamant à ses gouttes les impuretés atmosphériques, ou que l'eau de source resurgissant chargée de minéraux après voir traversé les diverses couches rocheuses. Il y a de nombreuses formules d'eau[7], dont beaucoup qu'on ne connaît pas pour les avoir insuffisamment étudiées...

Jack, silencieux depuis un moment, sembla sortir de sa contemplation pour asséner une évidence :

— C'est assez logique, observa-t-il, sinon toutes les eaux de sources se vaudraient, et ce n'est pas le cas.

— En effet, ce n'est pas le cas. Et ça nous ramène au Culte des Sources dont nous parlions l'autre jour à propos des anciens lieux druidiques, de ces fameuses « Notre-Dame de dessous-la-terre » et autres Vierges Noires toutes apparues à l'époque templière...

— Ah tiens !... vous aussi, s'étonna Ryan, vous avez remarqué la coïncidence ?...

Johan secoua la tête d'un air las en haussant les épaules.

— Évidemment ! Comment ce synchronisme a-t-il pu échapper aux historiens ? Aucun n'en parle, mais il faut vraiment être aveugle pour ne

---

7 *Voir en notes annexes les étranges propriétés de l'eau.*

pas le voir. Toutes ces Notre-Dame médiévales édifiées au-dessus de sources ou de cours d'eau souterrains ne sont autres que des avatars de leurs ancêtres les « fées » des romans arthuriens et des légendes celtiques. Tout ça n'a vraiment rien de catholique.

— Ce n'est pourtant pas non plus du mysticisme, objecta Ryan, puisque ces sources apportent généralement des effets bienfaisants indiscutables. On les met volontiers sur le compte des minéraux qu'elles contiennent, mais qui ne suffisent pas toujours à en expliquer l'action spécifique. Encore moins lorsqu'on assiste à des miracles à la suite de la prise de ces eaux. Malgré toute notre science et nos technologies, il y a encore des choses qui dépassent notre savoir... Et pourtant, je suis de plus en plus persuadé qu'aucun dieu n'a rien à voir là-dedans. Ce sont des processus naturels qu'on ignore et voilà tout. Les recherches toutes récentes sur les nanoparticules devraient éclairer un peu de ces mystères, mais beaucoup plus encore les recherches qu'on ne fait pas sur l'étroite imbrication de l'esprit et de la matière... Car toute matière n'est qu'illusion. Seul l'esprit la conceptualise et la concrétise à nos sens... Comme l'a si bien dit le Dalaï-lama : « *Tout ce qui est, n'est que parce qu'il communique avec le tout. Rien n'existe en soi, individuellement ; Tout a son existence dans l'autre* » !

— C'est exactement ce que disait notre ami Flamel en parlant du Temps et des sens... C'est d'ailleurs une hypothèse philosophique très ancienne et complètement dans la pensée alchimique... Sais-tu qui a dit : « *Rappelle-toi, ô homme, TOUT CE QUI EXISTE EST SIMPLEMENT UNE AUTRE FORME DE CE QUI N'EXISTE PAS* » ?

— Jolie formule ! Mais je donne ma langue au chat.

— Hermès Trismégiste, il y aurait plus de 4 000 ans dans « La Table d'Emeraude », le texte fondateur de l'Hermétisme... Assimilé au dieu égyptien Thot, on lui attribue également l'analogie entre le macrocosme et le microcosme que Jésus reprendra 2 000 ans plus tard presque mot pour mot en disant : « Ce qui est en Haut est comme ce qui est en Bas »... Tout ça me fait dire que Jésus fut assurément un homme exceptionnel de sagesse et de savoir, mais que l'Église a eu tort d'en faire un dieu en se réservant les miettes de ce savoir afin de dominer les consciences. La science et la spiritualité ont toujours été les deux faces d'une même médaille.

— C'est Rabelais je crois, avança Scotty, qui fait dire à Gargantua « *Science sans conscience n'est que ruine de l'âme* »...

— Bravo Scotty, approuva Johan. Tu as de saines lectures ! C'est en effet Gargantua qui met en garde son fils Pantagruel. Mais la réciproque est aussi vraie. Et ce n'est pas un hasard si Gargantua est présent dans le nom d'innombrables sites de France, aussi bien en Beauce qu'en Savoie, en Vendée, en Bretagne, et jusqu'au Mont-Saint-Michel... Sites très souvent marqués, comme les lieux templiers, de menhirs ou autres pierres levées. Le personnage est hautement païen et encore davantage paillard. Bref, c'est un gaulois... Gargantua est surtout un « ordonnateur du cosmos », un personnage solaire qui n'arrête pas de voyager en remodelant le paysage en fonction de ses besoins personnels, rasant une forêt ici, pissant un lac ailleurs, déposant des mottes de déjections ou de monstrueux cailloux sur son chemin, et buvant une rivière pour se désaltérer en avalant parfois quelques moines et quelques pèlerins... (par mégarde bien sûr, on connaît l'humour de Rabelais)

Quand on lit Rabelais entre les lignes, on se rend compte combien la philosophie de ce grand clerc, moine par obligation, médecin et écrivain par vocation, était éloignée de la stricte doctrine vaticane. Admirateur d'Érasme, il fut de ceux qui luttèrent ardemment à la Renaissance pour un retour aux valeurs antiques, contre les ecclésiastiques qui, selon lui, avaient fait du Moyen-âge des « ténèbres gothiques ». En somme, il serait très moderne de nos jours.

Est-ce vraiment un hasard qu'il soit né à Chinon, moins de cinquante ans après l'épopée Johannique et la résurgence des « antiques » tant sollicités par les alchimistes et par Sion ? Je ne crois pas. Il a fait ses études chez les Franciscains et fréquenté de nombreux Bénédictins avant de le devenir lui-même. En 1530, à la Faculté de Médecine de Montpellier, il a rencontré un collègue médecin et astrologue, Michel de Nostredame, le fameux Nostradamus qui, si l'on en croit les « *Dossiers Secrets* », deviendra lui-même Nautonier de *Sion* vingt-cinq ans plus tard. Et il n'aura de cesse au cours de sa vie de marteler la devise qu'il attribue à sa création, la célèbre abbaye de Thélème : « *Fais ce que (tu) voudras* »... Nul doute qu'il n'accordait pas une grande importance à une hypothétique punition divine, mais il fait pourtant dire à son Gargantua : « *Science sans conscience n'est que ruine de l'âme* »...   Il me semble évident qu'il pensait comme moi, comme nous peut-être, que l'Homme est maître de son propre destin mais, qu'en conséquence, il doit aussi agir en « responsable ».

Et puisque ce cher François était comme moi grand amateur de jeux de mots[8], je ne peux manquer de souligner que le mot « Conscience » ne désigne pas un savoir détenu par des sots, mais qu'au contraire ce préfixe « con » implique l'indissociabilité de la science et de la responsabilité morale qu'elle induit. Comme dans « compagnon » (partageant le pain avec un semblable), « contexte » (indissociable d'un écrit ou de circonstances) ou « communion » (partage d'une chose ou d'une idée avec les autres).

Ce qui implique du même coup, non pas une instruction généralisée et sans limite pour le peuple, mais à l'inverse une initiation par étapes, en fonction du degré d'éveil de l'apprenti... Indiscutablement, il y a une leçon à retenir de cette sentence gargantuesque... La « *substantifique moelle* » que Rabelais nous invite à tirer de l'os n'est autre que la « *substantia* », locution latine signifiant « ce qui est dessous », la part ésotérique des choses apparentes, c'est-à-dire la part essentielle... L'essence des choses, au sens antique du latin *substantia*, est supérieure à la matérialité que le langage moderne donne au mot « substance ». C'est l'invitation à une réflexion métaphysique sur la responsabilité de l'homme dans la Création.

Mais cette hypothèse sur la nature illusoire de la matière qu'avait déjà évoquée Aristote n'est pas la seule chose qui doive nous interpeller dans les écrits de Rabelais ou des penseurs de la Renaissance. Spinoza, par exemple, affirmait que « Dieu est la seule substance ». Encore faut-il, pour comprendre cette sentence, interpréter à sa manière la notion de Dieu :

---

8 *François Rabelais maîtrisait l'art de la contrepèterie. Ex.: « la femme folle à la messe », « Beaumont-le-Vicomte »...*

Deus sive Natura (Dieu ou La Nature) et du mot *substance*... Et là, nous achoppons encore sur une définition commune, car nous ne connaissons même pas 10% de ce qu'est véritablement la Nature. Les galaxies et les planètes ne représentent qu'une infime portion du Cosmos, et la « Matière Noire » que disait « goûter » Flamel reste parfaitement inconnue à nos sens... Contrairement à Descartes qui avait une vision dualiste du monde opposant la substance matérielle d'un côté et spirituelle ou éthérique de l'autre, conception qui préside encore dans nos sociétés contemporaines, les « philosophes » et adeptes de l'Alchimie à la Renaissance considéraient que « *Tout est en Un* », et que chaque chose ou être unique ne s'en distingue que selon les modes et arrangements divers qui les caractérisent... C'est quasiment la description de l'ADN qui rend chaque individu unique dans toute l'humanité, et même dans tout le vivant, tout en en faisant partie intégrante...

— Mes amis, intervint Jack, il m'arrive quelque chose de tout-à-fait extraordinaire !...

— Quoi donc ?... s'inquiétèrent les intéressés.

— Eh bien... Pendant que parlaient Johan et Olivier, je pensais exactement, mot pour mot et à l'instant même où ils formulaient leurs paroles, tout ce qu'ils disaient ! Comme si j'étais dans leur tête !... Ça ne marche pas pour les autres.

— Es-tu es en train de dire que tu interceptes nos pensées ?... s'inquiéta Olivier.

— C'est exactement ce que je dis, en effet. C'est très troublant... Et dérangeant !

— Surtout pour nous ! s'offusqua l'attaché ministériel.

— Excuse-moi, c'est indépendant de ma volonté. Je ne comprends pas...

— J'ai eu moi aussi cette impression, confirma Johan, mais de manière fugitive. Peut-être parce que j'étais plus préoccupé de ce que je disais que d'écouter des autres...

— Je confesse que j'ai eu moi aussi cette bizarre impression d'écho... ajouta Olivier. Et je l'ai encore. Vous croyez que ça peut durer ?...

— Je crains que oui, risqua Johan. Nous avons tous trois été « sondés » par le Visiteur... Pas Ryan ni Scotty... Est-ce que ça n'aurait pas ouvert en nous une sorte de porte de communication psychique ?... Sans vouloir vous être désagréable, j'aimerais mieux moi aussi que cette communication cesse...

Instantanément et simultanément, les trois télépathes malgré eux entendirent le même message dans leur tête, avec les intonations de voix du Veilleur :

« Je vous avais pourtant bien prévenus de fermer vos esprits... Voilà ce qui arrive aux débutants qui n'écoutent pas les conseils des anciens ! »

*

Épilogue : sage résolution
De nos jours, Paris, Place des Vosges, 18 Mai 15h00

Les peintres étaient passés, et depuis deux jours l'appartement de la place des Vosges avait presque retrouvé un aspect présentable. Quelques livres rares avaient été abîmés par le feu mais, par chance, pas les plus exceptionnels. De ce point de vue, la vieille dame retrouvait sa joie de vivre, mais elle fut consternée d'apprendre la surprenante décision prise par Jack et Johan : Ils avaient décidé de taire leurs découvertes.

— Comment pouvez-vous envisager de taire tout cela, Jack ? Vous êtes journaliste ! C'est votre devoir que d'informer les gens.

— Pas si simple, Françoise... Je me retrouve bien involontairement au centre de cette étrange aventure, et de ce fait je ne suis plus l'observateur objectif que doit être un journaliste. De plus, avec Johan nous avons bien réfléchi, et nous avons conclu que de telles révélations deviendraient immanquablement porteuses de troubles, et je ne veux pas cela. Aussi, avec nos amis templiers Olivier, Ryan, Scotty et les autres, nous avons décidé qu'il était plus sage de n'en pas faire état publiquement.

Finalement, le Sicaire aura reçu son châtiment mais le Vatican gagne tout de même la partie puisque les preuves resteront secrètes... D'un autre côté, si l'on en croit les prophéties de Saint-Malachie ainsi que le cours des astres, il reste peu de temps à l'institution romaine... À quoi servirait-il de bouleverser les croyances de millions de gens, à l'entrée de la nouvelle ère astrologique et donc à l'aube d'un probable Nouvel Évangile ?...

Johan compléta la pensée de Jack :

— Laissons le temps faire son œuvre... Déjà, nous sommes entrés dans une nouvelle ère marquée par l'Écologie, par un plus grand respect de la Terre et de ses ressources. Une prise de conscience collective, tardive mais réelle, nous amène aujourd'hui à considérer comme quasi sacrées des choses auxquelles on ne portait aucune attention auparavant, comme la préservation de l'Eau ou la richesse de la diversité de la Création. De ce point de vue, le classement par l'UNESCO de la Loire, ce dernier fleuve sauvage d'Europe, comme « Patrimoine de l'Humanité », est particulièrement révélateur d'un changement de paradigme. Ce furent les progrès techniques, ferroviaire notamment, qui mirent à mal au siècle dernier l'économie de ce fleuve et des villes qui le bordent, préfigurant une civilisation de la vitesse, de l'abondance et de la consommation qui aura duré quelques décennies. Puis, la crise est arrivée, une véritable crise de civilisation, une crise du système et non plus un simple embouteillage, et nous revenons aujourd'hui vers une société beaucoup plus mesurée et circonspecte face aux tentations quotidiennes que nous distille la publicité à longueur d'écrans. On avait juste oublié que production et consommation à outrance produisent des monceaux de déchets, jamais pris en compte dans les prix de revient, et que ces déchets polluaient tout, même la rosée du matin comme un très vieil ami nous le disait encore hier... Cette époque est terminée. Le retour de balancier nous dirige maintenant vers une ascèse qui n'est certainement pas souhaitable, mais il me paraît clair que, de gré ou de force, nous allons devoir réapprendre au minimum à consommer mieux en consommant durable, c'est-à-dire en ne gâchant plus.

Nous vivons tous sur une même planète aux ressources limitées et qu'il nous faut partager avec sept milliards d'humains, sans compter les autres espèces, au lieu de nous les approprier égoïstement. La notion d'accumulation de richesses en prend un coup. Elle devient dérisoire, pathétique et obscène. Dans le fond c'est un message très chrétien et même universel, où paradoxalement la charité n'a même plus de justification puisque le partage relève tout simplement de l'intérêt réciproque bien compris !

Dans un monde où la planète se rétrécit chaque jour, on ne peut plus glorifier l'appropriation exclusive et héréditaire de biens et territoires. Déjà, par obligation malheureusement, mais c'est un début, on voit se répandre colocation, covoiturage, location selon le besoin plutôt que collections de véhicules dans les garages, échanges d'appartements pour les vacances, logiciels libres, etc., et jusqu'au P2P sur Internet qui, s'il n'est malheureusement pas suffisamment respectueux du travail des Auteurs, participe en contrepartie à la promotion de très nombreux nouveaux talents. Tout cela m'incite à penser que nous nous dirigeons vers une société beaucoup plus dynamique, où l'Énergie et le Savoir-Faire seront plus importants que l'Avoir, où les gens « surferont » sur la vie et les biens matériels au lieu de s'y agripper comme l'Avare à sa cassette... Une nouvelle manière de vivre est nécessaire, à l'instar des nomades, dans une économie drastique où rien ne se jette, où tout ce qui est recyclable sera recyclé. On commence seulement à comprendre la dévastation que produit l'usage des insecticides en agriculture, et on revient peu à peu au « bio », aux bonnes vieilles méthodes d'autrefois pour la gestion des terres, jachères et pâtures naturellement enrichies par les engrais organiques et déjections animales ou l'azote naturel de graminées comme la luzerne. Malheureusement, ce qui est fait est fait, et il faudra du temps pour retrouver des méthodes propres, souvent oubliées, et assainir les nappes phréatiques empoisonnées par l'industrie chimique. Dame Nature a des cycles bien différents de ceux de nos cupides fonds de pensions. Ce n'est pas une raison pour se décourager d'y parvenir et ne pas laisser à nos enfants un monde propre.

Le centralisme bureaucratique est mort lui aussi. L'Étatisme omnipotent a fait, comme Dieu, la preuve de son incapacité en négligeant les aspirations personnelles des individus, et les puissances d'Argent de leur côté ont oublié d'intégrer l'humain dans leurs algorithmes financiers... Rabelais avait raison : « *Science sans conscience n'est que ruine de l'âme* »...

Le dogmatisme religieux lui aussi a raté son but. L'homme n'est pas meilleur ni pire s'il est catholique, musulman, animiste ou athée, et les sempiternels conflits dits « de civilisations » ne traduisent en vérité que la quête d'un pouvoir économique accru sur les nations voisines. À bas les religions ! Place à la philosophie... L'ère chrétienne se termine en queue de Poissons, si j'ose dire. Vive celle du Verseau qui nous nettoiera gentiment

tout ça au Kärscher, à l'eau pure, espérons-le, et sans produits lessiviels !...
Il faut encore trouver les bons équilibres et instaurer une équité dans tous
ces nouveaux usages, mais si la civilisation se réoriente vers cette nouvelle
philosophie consacrée à la Nature, je ne vois aucune raison de semer le
trouble en allant dénoncer les erreurs du passé en une bataille d'arrière-
garde.

— Ainsi, s'insurgea Françoise, vous n'allez rien révéler ?... Et vous croyez
vraiment que ça va changer ? Je vous trouve bien optimistes !... Tout de
même, c'est important de dénoncer les mensonges !... C'est même le rôle
essentiel d'un journaliste, mon cher Jack, permets-moi de te le rappeler !
J'avais personnellement été très choquée que la Presse française ne nous
apprenne que des années plus tard la double vie d'un de nos présidents !
Un homme public par définition n'a pas à cacher des pans entiers de sa vie !
À plus forte raison lorsqu'il y a des enfants... C'est une tromperie
inadmissible ! Et ce qui vaut pour un président vaut encore bien davantage
pour une institution qui érige des icônes comme Jeanne ou Jésus !

Johan reprit la parole et expliqua la décision.

— La vraie question n'est pas là, Françoise. Oui, le mensonge est
détestable. Oui, au prétexte du salut de nos âmes, il nous laisse le goût
amer d'avoir été menés durant des siècles comme des moutons à l'abattoir
par de soi-disant bons bergers. Certes, la croyance en une divinité
extérieure à nous-même confère à toute hiérarchie religieuse un
indiscutable pouvoir sur son troupeau de fidèles, et, avec bonheur ou au
contraire avec des drames, ces religions influencent l'évolution des
peuples... Pourtant ça ne change pas grand chose sur le fond. Que Jésus fût
cet incompréhensible Fils-de-Dieu que nous enseigne l'Église ou qu'il fût au
contraire un Fils-du-Cosmos rénovateur de traditions ancestrales, qu'il fût
marié ou pas, et qu'après deux mille ans il ait encore une descendance, dès
lors qu'il n'est pas lui-même cette Force Universelle qui gouverne le cours
des étoiles, tout ça est sans intérêt pour l'humanité. L'important, c'est ce
que l'on a fait en son nom, ce que l'on fait et ce que l'on fera encore, pour le
bien commun, et pas seulement celui de l'Humanité mais celui de la Planète
entière !... De ce point de vue, Jack ne fait que suivre le précepte de son
ancêtre : pardonner les fautes pour surtout ne plus avoir à vivre avec
l'entretien de rancœurs amères !... La décision de Jack est sage. Après tout,
déclencher une bataille d'arrière-garde en étalant la vérité au plein jour
serait bien inutile. Peut-être même néfaste. Ce qui est fait est fait, et ce qui
compte aujourd'hui, c'est de regarder vers l'avenir. Il appartient maintenant
à une autre forme de pensée : plus d'adoration d'un Dieu aussi
hypothétique qu'inconnaissable, mais respect de la Création qu'à tort ou à
raison on lui a si longtemps attribuée. Si la Religion se meurt, c'est parce
que ses enfants ont grandi et que la Science les rend capables aujourd'hui
d'appréhender l'Univers sans elle. D'ailleurs, d'un point de vue
philosophique, on peut parfaitement confondre la Création avec le Créateur
et qui sait, c'est peut-être cet Univers lui-même que nous devrons désormais
considérer comme Dieu...

— Rejoignant par là la croyance des amérindiens en un « Grand-Esprit »
au-dessus de la Pachamama ?... suggéra Françoise.

— Parfaitement. C'est un retour aux sources. Les Indiens ont raison, et la conception franc-maçonne d'un « Grand Architecte de l'Univers » n'est pas fausse non plus...

Quant à Jeanne d'Arc, toute son épopée a eu lieu avant qu'elle n'épouse Robert des Armoises, lorsqu'elle était encore vraiment « La Pucelle » dans toute la gloire de sa future légende dorée. Le reste, en dehors de quelques curieux comme nous, les gens l'ignorent royalement, et excepté à titre romanesque il ne servirait à rien de revenir officiellement sur la question, sauf à faire tomber l'icône de son piédestal politico-religieux, ce qui provoquerait plus de dégâts sociaux que d'avantages... En fin de compte, le Maire d'Orléans avait raison : il est des choses auxquelles mieux vaut ne pas toucher... Et pour la ville d'Orléans entre autres, que Jeanne d'Arc fut une sainte catholique ou une inavouable païenne reste au fond très anecdotique... Soyons réalistes : dans la société laïque et mercantile d'aujourd'hui, ce qui compte avant tout c'est qu'on parle d'elle comme d'une figure exemplaire, ce qu'elle fut incontestablement, et que sa légende alimente le tourisme, qui reste, comme les pèlerinages d'antan, l'une des meilleures manières de rencontrer et d'apprendre à connaître son prochain...

— À ce propos, précisa Jack, le Maire nous a appris qu'un groupe financier suisse avait l'intention de construire à Orléans un grand complexe hôtelier. Il a reçu la proposition hier, une semaine après les fêtes. Avec tout ce pataquès dans les journaux, les investisseurs ont sans doute attendu d'y voir plus clair...

— Comme quoi il y a encore des gens pour croire à l'avenir, se réjouit Johan, et je pense que Jack a raison d'être optimiste. Un changement de signe n'est pas la fin du monde. C'est tout juste la fin d'UN monde, d'une civilisation devenue obsolète. Tant d'autres se sont déjà succédés, parfois avec violence mais bien souvent sans qu'on se rendît compte que l'on glissait de l'un à l'autre...

— Tout de même, insista Françoise, je trouve que cette aventure ne se termine pas bien ! Il faut dire la vérité, la crier même !

— Je n'en suis pas certain, poursuivit Johan. C'est à Jésus lui-même, je crois, que l'on attribue cette tirade : « *Maudit celui par qui le scandale arrive !* ». Eh bien, à l'instar des initiés, nous allons suivre ce précepte. Afin d'éviter le reproche de pervertir les peuples, reproche qu'on n'eût pas manqué de leur adresser, les philosophes et adeptes de l'Alchimie refusèrent toujours d'enseigner clairement les vérités qu'ils avaient acquises ou reçues de l'antiquité. Ils ne les diffusaient qu'au compte-goutte et de manière imagée. Les initiés disent : « *sous le voile d'Isis* ». Bernardin de Saint-Pierre, qui connaissait cette règle de sagesse, déclare dans sa « Chaumière Indienne » : « *On doit chercher la vérité avec un cœur simple ; on la trouvera dans la nature ; on ne doit la dire qu'aux gens de bien* »...

Cette aventure nous a appris que certaines vérités ne doivent être révélées qu'aux sages. Et que Jeanne ait survécu au bûcher, ainsi que Jack en est la preuve vivante, ou que cette soi-disant sainte ait confessé une foi très particulière à l'instar des Templiers, ou encore le mystérieux rôle de *Sion* dans l'affaire, etc., tout cela implique qu'elle fut le personnage d'avant-scène campé au premier plan d'une pièce comportant bien d'autres actes et personnages... Cela implique surtout qu'au XVe siècle et jusqu'à nos jours, la haute hiérarchie vaticane savait que la lignée cachée existait encore, tout comme Sion, société secrète protégeant cette même lignée persécutée par Rome depuis l'origine pour étouffer dans l'œuf la philosophie ancestrale qu'elle portait en elle depuis la nuit des temps... Pourtant, à l'époque pas plus qu'aujourd'hui, aucun de ces initiés n'a rien dit, sinon sous forme voilée que nous avons eu bien du mal à découvrir... À notre tour nous suivrons leur exemple en écrivant ce que nous avons appris sous la forme d'un roman à clés, mais ne ferons pas une dénonciation publique officielle de cette tragi-comédie historique.

— Soit ! C'est votre affaire, finit par admettre Françoise. Mais pourquoi cet Ordre de *Sion* a-t-il monté une telle manigance ? Qu'y gagnait-il ? Et pourquoi l'Église qui, si j'ai bien compris, est depuis longtemps son adversaire déclaré, n'a-t-elle pas dénoncé elle non plus cette manipulation ?

— Sion n'y gagnait rien directement. Ça n'était d'ailleurs pas son but. L'enjeu véritable fut politique : l'émergence ou le retour d'une certaine conscience humaniste, contrant le dogme et donc la mainmise de Rome sur les consciences. Quant à l'Église, elle n'avait aucun intérêt à dénoncer ouvertement la manœuvre de Sion. C'eut été du même coup de sa part l'aveu de son mensonge millénaire... Mieux valait pour elle étouffer la vérité en déguisant les événements à son profit.

— Comment ça ?

— Quelle différence entre la « Foi » en un dieu et la « Confiance en Soi », Françoise ?... Je vais vous le dire : avoir Foi en Dieu, c'est faire confiance à une entité extérieure à soi-même, qu'on n'a jamais vue et qu'on ne verra jamais mais de laquelle tout est sensé procéder, et dont l'existence vous a été inculquée depuis votre plus jeune âge par un organe de pouvoir qu'on appelle une Église, laquelle a toujours prétendu détenir la Connaissance – « l'infaillibilité » même, concernant le pape ! – et le seul lien authentique à la divinité. Tout précepte n'émanant pas d'elle est d'office déclaré non conforme au dogme, donc hérétique, et doit être éradiqué...

La Science donc, et notamment sa forme antique de « philosophie » comprenant l'Alchimie, fut longtemps hérétique puisqu'elle cherchait à expliquer le monde de manière prosaïque, allant chercher au cœur de la matière comme aux tréfonds du psychisme, tandis que l'Église répondait encore à toute question embarrassante en expliquant que c'était « la Volonté de Dieu », ou bien un « mystère », ou encore un « miracle »...

Le libre-arbitre des hommes s'en trouvait réduit à peau de chagrin. Ils n'avaient plus de choix qu'entre obéir aveuglément ou « pécher par orgueil » en prétendant à d'autres explications du monde, mais surtout ne publier aucun autre schéma universel que celui imposé par le dogme. Les dernières victimes en date ayant été Copernic et Galilée...

Quelle qu'elle soit, toute église ou secte agit toujours de la même façon, même encore à notre époque. Par le conditionnement mental instillé à ses adeptes, elle acquiert un vrai pouvoir sur eux et inhibe leur capacité à prendre du recul. Ce n'est pas spécifique au Catholicisme qui a marqué l'Histoire de l'Occident, c'est le fait de toute secte en général, et l'Église de

Rome n'en est qu'une parmi d'autres qui a simplement mieux réussi parce qu'elle a su se glisser, en la repeignant de son dogme, dans la vieille enveloppe de la perplexité humaine face aux interrogations que suscite l'Univers. Confucius disait : « *Quand le sage montre la lune, l'idiot regarde le doigt* ». C'est exactement ce qui se passe avec le dogmatisme religieux. En vérité, la plupart des croyants adorent l'enveloppe dorée qu'on leur fait miroiter en méconnaissant le secret qu'elle renferme.

Or, ce que nous venons de vivre nous montre une Jeanne qui mettait en avant le courage et la confiance en soi, en ses propres forces unies à celles du Temple. Des qualités de l'être exceptionnel qu'elle était incontestablement mais des qualités purement humaines, d'un être bien terrestre qui se sentait seulement investi d'un héritage spirituel remarquable et qui rayonnait par elle.

Souvenez-vous du bon vieux principe de Guillaume d'Ockham : « *Entia non sunt multiplicanda praeter necessitatem* » (ne pas multiplier les causes sans nécessité). Il n'est pas nécessaire de recourir à des voix divines pour expliquer le mystère de Jeanne. La connaissance intime des ressorts humains, alliée à la maîtrise de ses talents naturels suffisent à expliquer cette extraordinaire épopée de Jeanne par le seul choix judicieux de dates symboliques et de méthodes psychologiques qui impressionnaient l'adversaire... Le symbolisme, que *Sion* entre autres semble avoir transmis de génération en génération au travers des alchimistes et astrologues, a joué un rôle essentiel sur les esprits du temps.

L'Anglais a perdu parce qu'il était démoralisé, vaincu parce que convaincu d'avance, grâce aux légendes qui couraient sur elle, que cette « Pucelle » détenait des pouvoirs surnaturels. C'est cela qui, selon l'expression du duc de Bedford lui-même, « terrorisait » les soldats anglais, car la plupart d'entre eux étaient « bons chrétiens craignant Dieu », au moment où de son coté Jeanne hésitait encore à répondre au comte d'Armagnac « quel était le bon pape »... tout simplement parce qu'il n'y en avait pas un plus légitime que l'autre à ses yeux.

Par sa canonisation récente, arguant de « voix célestes », au moment même où la France mettait à mal les privilèges ecclésiastiques et votait la Séparation de l'Église et de l'État, le Vatican a érigé « Sainte Jeanne d'Arc » en un archétype de la foi chrétienne, donc de la puissance divine et justifiant par conséquent l'autorité de son représentant sur Terre... C'est un détournement caractérisé des raisons véritables du succès de Jeanne. Au lieu d'être attribuées à une force d'âme exceptionnelle mais purement humaine, dynamique et tirant les hommes vers le haut dans un contexte d'espérance, elles devenaient ainsi la conséquence d'un secours divin, grâce descendante par définition, c'est-à-dire impossible à expliquer sans avoir recours aux bons offices de Rome...

— Je comprends bien le raisonnement, objecta Françoise, mais pourquoi tenez-vous tant à retirer à l'Église le bénéfice de cette « sainteté » de Jeanne ?

— Oh, mais je ne veux rien lui retirer. Je remets juste les choses en leur véritable perspective...

— Et quelle est-elle, cette perspective, selon vous ?

— Elle est purement rationnelle. Nous savons aujourd'hui que la Matière n'est qu'une forme condensée de l'Énergie et inversement. Dans ces conditions, ce que nous avons coutume d'appeler « Dieu » n'est-il pas tout simplement une « Conscience Collective Universelle », potentiel d'énergie latente composant cet océan cosmique d'où tout provient et auquel tout retourne, comme retourne l'eau à l'océan après avoir été vapeur, pluie, glace, grêle, ou torrent avant que de recommencer un nouveau cycle...

— Et la spiritualité, Monsieur le Scientiste ?

— La « spiritualité » est un terme vague qui désigne un certain niveau de pensée que l'on voudrait positive et qu'on oppose généralement à la matière. Mais la réalité est toute autre : Spiritualité et matérialité sont les deux faces indissociables d'une même médaille appelée « égo », car la pensée n'est rien d'autre qu'une onde électromagnétique, c'est-à-dire de l'énergie émise et / ou réceptionnée principalement par le cerveau, mais pas seulement, et que nous traduisons très imparfaitement en mots. Mais d'où naît-elle, cette pensée ? Où va-t-elle ? Meure-t-elle ? Nul ne le sait. Et qu'elle parvienne à un dieu barbu juché sur son nuage ou qu'elle se dilue dans l'océan de Conscience Universelle dont je parlais tout-à-l'heure, le résultat est le même : cette onde électromagnétique se fond dans le Cosmos. Peut-être, à l'instar des émissions de radios ou de télévision, y flotte-t-elle indéfiniment parmi des milliards d'autres pensées jusqu'à ce qu'un chamane, un voyant, un prophète, un musicien ou un inventeur la capte et révèle sa « découverte » au monde. Ce fut peut-être le cas pour Jésus ou Mozart.

La « moralité » quant à elle, que l'on accole souvent à tort à la « spiritualité », est une notion beaucoup plus élastique : Le Bien ou le Mal n'existent pas en tant que tels. Seules existent les conséquences bénéfiques et heureuses, ou au contraire néfastes, honteuses et attristantes, d'actions humaines réfléchies ou non commises dans notre monde physique. C'est d'ailleurs la difficulté pour tout homme, pour les hommes politiques notamment, que de bien évaluer par avance toutes les conséquences collatérales des décisions qu'il doit prendre.

Pour le croyant, la chose est plus aisée : il obéit à son catéchisme. Tout ce qui ne s'explique pas par l'activité humaine est rejeté dans la sphère de la « volonté divine » au même titre que les tremblements de terre, la fureur des volcans ou les tsunamis... Dieu l'a voulu !... C'est plus facile à faire accepter aux esprits frustres et soumis. Mais ce n'est évidemment pas si simpliste car, hormis les événements tels ceux que je viens de citer qui ont des causes naturelles (célestes pour le croyant), il en est d'autres dont les causes sont purement temporelles, tenant à l'organisation des sociétés humaines. Et encore !... car je suis certain que l'augmentation à laquelle nous assistons depuis peu du nombre et de la puissance des tsunamis et autres séismes tectoniques ou volcaniques est la conséquence de l'augmentation de température due à la cupidité des hommes...

Bref, ce qui est un bien pour les uns peut parfaitement être un mal pour d'autres et réciproquement... Par exemple, et c'est en l'occurrence la seconde loi de la Thermodynamique révélée par Sadi Carnot : dans un système supposément isolé (comme la planète Terre si l'on a le tort de négliger l'influence du soleil), l'enrichissement des uns provient nécessairement d'un relatif appauvrissement des autres. C'est particulièrement vrai en matière énergétique dès lors qu'on exclut le soleil, mais la Bourse est un autre exemple de ce système. Non qu'elle soit néfaste par nature, elle est même un outil nécessaire de recherche d'équilibre et de soutien aux entreprises, mais son accélération artificielle, due à l'avidité de spéculateurs purement financiers, conduit en fin de compte à une entropie excessive qui déséquilibre le système parce que les autres éléments ne peuvent pas suivre le même rythme d'évolution. Ce genre d'excès comportementaux conduit inéluctablement à des crises et à des guerres de la même manière que les dogmes imposés. La seule richesse qui ne se cumule pas aux dépens des autres vient de l'extérieur du système : du ciel. C'est l'énergie du Soleil. Autrement dit, ce qui fait la Vie elle-même, au travers des différents règnes minéral, végétal et animal, et de la chaîne alimentaire dont nous occupons un niveau supérieur.

L'appréciation du Bien et du Mal est donc variable en fonction du contexte, en fonction du « rapport à l'autre »... Or, nous n'avons aucun instrument de mesure du rapport spirituel et social entre humains. Nous ne savons malheureusement mesurer que le pondérable et l'économique : poids, volume, travail, argent. Il nous faudrait inventer un autre paradigme basé sur la convivialité et les calories réellement dépensées, ainsi que le moyen de « peser les âmes » sans abandonner cette tâche aux dieux d'antan...

Par ailleurs, comme nous l'enseigne la Physique depuis Newton (encore lui !), « *toute Action sur un corps entraîne une Réaction en sens contraire et d'égale ampleur* ». Si donc, comme nous le savons aujourd'hui, les pensées ont une réalité mesurable d'ondes électromagnétiques, à plus forte raison lorsqu'elles sont communes et synchrones à un grand nombre d'émetteurs, on peut en déduire que si elles sont négatives les effets qu'elles déclencheront seront d'autant plus terribles ou puissants. Dans ces conditions, plus on émettra de haine envers l'autre, et plus l'autre en renverra. C'est le principe de toute vendetta ou guerre entre nations, qui peuvent durer plusieurs générations si personne n'ose en casser la spirale...

À l'inverse, si comme le préconisait Jésus, « *tu aimes ton prochain et même ton ennemi* », alors ton ennemi pourrait aussi bien devenir ton ami, en fonction du même principe physique de « réaction contraire et d'égale ampleur »... Charles de Gaulle et le Chancelier Adenauer ont compris cela après la Seconde Guerre Mondiale, et il est dommage que les intégristes de tous bords soient toujours incapables d'intégrer cette vérité.

En digne descendante de son illustre ancêtre, Jeanne d'Arc que, selon moi, on présente à tort comme le prototype de l'héroïne guerrière alors qu'elle faisait tout pour éviter les bains de sang, pourrait bien comme son homonyme céleste Arcas n'avoir été qu'un guide donné par *Sion* à la France pour que celle-ci ne perde pas le Nord...

En instaurant l'Église de Paul dirigée par un pontife à leur botte, Constantin et Théodose se sont rendus coupables d'une tromperie perpétuée ensuite par l'Église ! En établissant sa domination sur les esprits au moyen d'un dogme plutôt que de responsabiliser les fidèles par l'éducation et leur faire prendre conscience des conséquences interactives de chacun de leurs actes personnels, elle a coupé à la racine une spiritualité originelle qui fleurissait parmi les peuples de l'Empire, conquis militairement certes mais toujours rebelles à la domination philosophico-économique de Rome... (pourquoi est-ce que ça me rappelle quelque chose d'actuel ?...)

Le citoyen de Rome était hélas corrompu par ce qu'on pouvait déjà considérer comme une « société de consommation », mais la foi originelle des chrétiens primitifs trouvait facilement sa place chez les « Gentils » parce qu'elle n'était rien d'autre qu'un retour aux sources ancestrales, un renouvellement dans la continuité accompagnant le changement d'ère astrologique. Hélas, avec son dogme et ses miracles expliqués par des interventions divines, c'est-à-dire extérieures à chaque humain, l'Église lui a donné une toute autre acception !

C'est ce qu'avait compris Clovis qui, tout en épousant une princesse chrétienne pour s'allier la pensée dominante, mit les choses au point au premier Concile des Gaules, à Orléans : laissant aux évêques la direction des cités et donc des consciences urbaines, mais confisquant la totalité du territoire au profit de « la Couronne », il préservait la Nature selon les antiques préceptes celtiques que lui avait probablement inculqués Clothilde en tant que dépositaire de l'enseignement primitif. Pas à son profit personnel, notez-le bien, mais à celui de « la Couronne » qui était à son époque aussi distincte de la propriété du roi que notre République l'est aujourd'hui de la fortune personnelle de nos présidents...

C'est cette même « Couronne » que Jeanne fera déposer presque mille ans plus tard sur la tête du « Plus Pauvre Chevalier du Royaume », indiquant clairement par là que le roi n'était qu'un intérimaire, un passeur, un mandataire mis en charge de la direction du royaume au moyen d'une cérémonie exotérique (l'onction du sacre), par la volonté d'une lignée sacrée et d'un Ordre détenteur des savoirs antiques qui, avec le soutien du Temple, veillait sur l'évolution philosophique de l'humanité !...

Pas étonnant dès lors, qu'on trouve au fil de l'Histoire de France tels ou tels personnages non conformes au dogme, tel Louis d'Orléans, Henri III ou Henri IV, ou réfractaires aux concessions religieuses comme les ducs de Guise, assassinés tour à tour par quelques spadassins ou dévots manipulés. Et jusqu'à nos jours, des assassinats politiques comme ceux de Jaurès, Kennedy[1], de Broglie[2], relèvent du même type de complot contre la Vérité, ourdis par ceux qui trouvent leur intérêt dans le mensonge et le chaos.

En réalité, Jeanne fut un personnage très subversif pour *l'Establishment* de l'époque et le serait encore aujourd'hui.

Il n'aura pas fallu longtemps pour qu'à la légende naissante de la Pucelle libératrice en fût substituée une autre concoctée par l'Église, qui récupérait ainsi au bénéfice de l'autorité papale le privilège de faire les rois !... Mais ce

---

1 *On sait aujourd'hui que l'assassinat de Kennedy fut commandité par des intérêts privés texans que Lindon Johnson s'empressa de satisfaire.*
2 *Jean de Broglie (1921-1976), homme politique assassiné sous Giscard d'Estaing était le neveu du Prix Nobel de Physique Louis-Victor de Broglie (1892-1987).*

« Roi du Ciel » au nom de qui Jeanne agissait, avez-vous bien compris de qui, Françoise, ou plutôt de QUOI il s'agissait ?...

— Ma foi... Comme tout le monde j'imagine, j'ai toujours pensé qu'il s'agissait de Jésus, que Jeanne semblait vénérer particulièrement...

— Le Fils-de-Dieu fait homme ?... Tss tss !... Si Jeanne confessait un amour particulier pour Jésus, c'était en tant que son ancêtre bien charnel ! Mais s'il existe quelque part dans l'univers une puissance divine, une « Entité Omnisciente » quel que soit le nom qu'on lui donne, il est clair qu'elle n'a jamais levé le petit doigt pour intervenir dans nos misérables querelles d'asticots se disputant le royaume aux 365 fromages !... Non, Jeanne n'invoque Jésus qu'en tant que son aïeul génétique, comme d'autres invoquent les mânes de leurs ancêtres. Mais quand elle agit au nom de son « Roi du Ciel », même si effectivement Jésus le symbolise, et ô combien, il s'agit de bien autre chose... une chose où aucune déité trinitaire n'intervient mais où tout est symbole cosmique... Elle ne fait en cela que poursuivre l'enseignement du maître en la matière, Jésus lui-même...

— Comment cela ?

— Ouvrez les yeux, Françoise ! Ne compliquez pas inutilement et prenez uniquement les faits bruts tels que nous les avons établis, sans chercher à les interpréter à la lumière d'un dogme quelconque... Et l'éclairage change. C'est d'une telle évidence !... C'est bien vous qui nous avez traduit cette fameuse « Triple Donation », n'est-ce pas ?... Faut-il donc que nous soyons tous tellement conditionnés mentalement pour ne plus voir les choses simplement pour ce qu'elles sont !...

Françoise prit un air agacé :

— Eh bien, Monsieur je-sais-tout... Si vous le savez, vous, dites-le nous ! Qui est donc ce « Roi du Ciel » ?

— Rien moins que LE SOLEIL, Françoise ! Son Roi du Ciel c'est le Soleil ! Quoi de plus évident ?... Dans toute l'Europe, le Moyen-âge se caractérise surtout par la pensée dominante du pouvoir religieux, pensée omniprésente depuis la moindre chapelle de village jusqu'aux palais royaux, tandis que la Renaissance coïncidera avec un formidable mouvement de retour à une philosophie d'avant le Christianisme. Si Jeanne est prophétesse, c'est comme annonciatrice de la Renaissance. Très loin d'être une icône catholique, elle préfigure au contraire des temps nouveaux, ceux de l'Humanisme qui révèle au grand jour un secret dont *Sion* et le Temple sont porteurs depuis les Croisades et même avant : Toute personnification d'un « dieu » est une imposture. Il n'y a aucun être divin pensant et omnipotent dans l'Univers, sauf à considérer cet Univers lui-même comme le divin créateur. L'Homme est le seul maître de sa vie et de son destin, et il n'a pas d'autre dieu à adorer que l'admirable, harmonieuse et redoutable horlogerie cosmique dont le Soleil est la première représentation, symbolique autant qu'énergétique, et la Terre nourricière notre condition humaine...

J'en veux pour preuve, une parmi bien d'autres, la cérémonie de la Sainte-Lumière qui a lieu chaque année à midi le Samedi Saint, au Saint-Sépulcre à Jérusalem. Pas de chance pour Rome, cette Sainte-Lumière ne vient que si c'est un évêque Orthodoxe qui l'invoque, mais il est clair que le soleil joue un rôle central dans l'affaire. Tout l'Évangile n'est qu'un mythe solaire, annonçant la « résurrection » certes, mais une résurrection comme celle de toute la Nature selon les cycles cosmiques !...

Dans ces conditions, quel mystère recouvre donc cette Roseline sulpicienne et cette légende d'un tombeau du Christ en France qui serait depuis des siècles protégé par Sion ?...

En fait, si ce fut un secret jalousement gardé de l'Antiquité à la Renaissance, il n'a plus rien de mystérieux de nos jours. Ce n'est rien d'autre que le « Méridien Zéro », le point de départ nécessaire pour arpenter la Terre et définir sa place dans l'Univers : L'Astronomie règle notre calendrier, mesure du Temps dont le point de repère Zéro est fixé par la naissance supposée du Christ. Mais la Géodésie, mesure de l'Espace, doit bien aussi commencer quelque part, n'est-ce pas ?... Et si l'équateur règle la question du repère de latitude, la longitude a longtemps posé problème aux navigateurs... Quoi de plus évident pour désigner cette ligne de démarcation entre l'Est et l'Ouest, pour prendre un repère dans la course du soleil, que de faire également référence à un autre « point Zéro » : la Roseline, dont on retrouve le symbolisme dans la Rose des Vents ?...

À une époque où l'on naviguait toujours en vue des côtes, la connaissance de ce repère, de ce moyen de mesure géodésique, était un avantage certain. Voilà pourquoi ce savoir des Templiers et de *Sion* devait rester secret. Il le restera longtemps encore d'ailleurs puisque, durant tout le XVᵉ siècle, les expéditions du roi portugais Henri le Navigateur chercheront toujours vers l'Est un passage pour les Indes, se contentant de longer les côtes d'Afrique. Bien que Henri fût Grand-Maître de l'Ordre du Christ, et qu'il instaura la première école de navigation de Sagres, au cap Saint-Vincent, pour compiler toutes les cartes marines que l'on pouvait trouver, certains secrets liés au Temple s'étaient perdus et il faudra attendre Christophe Colomb, en 1492, pour que quelqu'un ose prétendre rallier les Indes, que l'on savait à l'Est... en partant vers l'Ouest !

Comment Christophe Colomb a-t-il compris que cela était possible ?...

C'est que Colomb n'était pas n'importe qui. Outre le fait qu'il avait mené des opérations corsaires pour le compte de notre René d'Anjou[3], sa connaissance de la cartographie (son frère était cartographe à Lisbonne), des cartes compilées à Sagres ainsi que celles héritées de son beau-père Bartholomeu Perestrelo, sa filiation réelle lui avait permis d'avoir accès aux archives du Monastère de la Rabida et à certains secrets du Temple, à l'époque toujours représenté à Tomar[4], notamment au travers de son héritier portugais l'Ordre du Christ dont le roi du Portugal s'était institué Grand-Maître.

Le Génois Christophe Colomb n'était en effet pas plus génois que vous ou moi. Il était le fils illégitime de l'Infant portugais Don Fernando et d'Isabelle Zarco. Pour des raisons de discrétion, la jeune femme ayant été envoyée

---

3 *En 1475, Christophe Colomb avait mené pour le compte de René d'Anjou une expédition corsaire dans les eaux de Tunis pour capturer le navire aragonais « La Ferdinanda ». Il connaissait donc personnellement René d'Anjou, toujours nautonier de Sion à l'époque.*
4 *On peut encore visiter à Tomar la sépulture de Diogo de Gama, chevalier, et frère de l'illustre navigateur Vasco de Gama.*

accoucher à Gènes, Christophe est donc bien né génois, mais il n'a jamais parlé ni écrit un traître mot d'italien. Il était d'ascendance royale portugaise, et contrairement à sa légende selon laquelle il aurait eu pour parents des marins surnommés Colomba, il ne s'appelait pas « Colomb », mais Zarco, comme sa mère. Il ne signera d'ailleurs jamais « Colomb » avec « mb », mais symboliquement « Colon », car c'était une coutume des navigateurs découvrant des terres nouvelles que d'élever une « colonne » sur ces « colonies ».

Malheureusement, les Templiers ont toujours été les rois du cryptage, et près de deux siècles après l'abolition officielle de l'Ordre, la lecture de leurs cartes était difficile à qui n'était pas initié de Sion. Au Portugal, l'Ordre du Christ avait bien succédé à celui du Temple, mais le roi Henri le Navigateur s'en étant autoproclamé Grand-Maître par la vertu de sa seule volonté, les secrets importants n'avaient pas été transmis...

Depuis l'Antiquité une poignée de très rares érudits avaient perpétué cette connaissance de la forme de la Terre. On peut appeler ces gens des « initiés ». Au temps des Égyptiens et des Grecs, le centre du monde connu était la grande Alexandrie. Un peu plus tard, ce fut Rome. Puis, avec l'avènement du Catholicisme, les rares cartes élaborées furent centrées sur la ville sainte de Jérusalem. Mais après les Croisades et l'avènement du Temple et de Sion, quelque chose se passa : une véritable révolution dans la manière de concevoir l'espace et le repère, passé en France, devint « la Roseline ». Cependant, au XVᵉ siècle, très peu étaient conscients de cette vérité tant l'Église l'avait cachée. Seuls ceux ayant accès aux archives de *Sion* connaissaient la thèse du mathématicien grec Erastothène[5], lequel avait même calculé avec une relative précision la circonférence du globe. Mais les textes grecs encore très peu connus au XVᵉ siècle, on sous-estimait de beaucoup cette circonférence réelle. Colomb se fia donc aux calculs de l'évêque Pierre d'Ailly minimisant la valeur du degré de longitude, et il crut jusqu'à sa mort avoir atteint les Indes.

Reste qu'il partit bien vers l'Ouest pour atteindre l'Est... et ce, en prenant comme point de repère le Méridien Zéro, la « Roseline » ! C'est à partir de ce moment seulement que l'on acquit la certitude que la Terre était ronde ! Pas comme un disque au bord duquel on serait tombé dans le néant, mais bien comme une boule dont on pouvait espérer faire le tour.

Ainsi, deux « Points Zéro » du mythe chrétien définissent l'Espace et le Temps !...

On est là dans la science pure, plus du tout dans le spirituel. L'Église le savait parfaitement, et pourtant, en 1633 encore, elle condamnera Galilée à la prison à vie pour avoir révélé que la Terre ronde tournait autour du Soleil, et pas l'inverse !... Pourquoi tant d'acharnement à cacher les choses ? Pourquoi avoir peur de révéler la vérité aux hommes si ce n'est par crainte de perdre du pouvoir sur eux ?...

---

5 *Eratosthène : Astronome, géographe, mathématicien et philosophe du 3ᵉ siècle avant J.-C. Il fut nommé par le pharaon Ptolémée III à la tête de la grande Bibliothèque d'Alexandrie et devint le précepteur de son fils.*

Ainsi également se vérifie de façon allégorique la légende qui voudrait que le Saint-Graal soit un chaudron plein d'or et de secrets qui se trouve au pied de « l'Arc en Ciel » !... En effet, un Méridien est bien une ligne imaginaire comparable à un arc-en-ciel, à cette différence près que c'est un « arc sur Terre ». « Arques » sur Terre, en Languedoc, près de Rennes-le-Château, est-il son point de départ ? On dit que le Tombeau du Christ serait caché dans les environs et c'est comme par hasard celui de Marie-Magdeleine que découvre à la fin du roman le héros du *Da Vinci Code* sous la Pyramide inversée du Louvre Mitterrandien... Les deux en plein sur le Méridien !...

— Mais... ce *Da Vinci Code* n'est qu'un roman !... contesta Françoise. En réalité il n'y a pas, sans doute n'y a-t-il jamais eu de tombeau du Christ ou de Marie-Magdeleine, pas plus que de chaudron plein d'or... Quant à cet « Arc en Ciel » que serait le Méridien de Paris, son utilité est incontestable, mais ne l'a-t-on pas transféré en Angleterre ?...

— Vous avez raison Françoise. Le Da Vinci Code n'est qu'un roman et il n'y a pas de tombeau sous la pyramide, je vous le confirme, dit Johan dans un sourire complice à ses compagnons d'aventures souterraines. Par contre, le Méridien de Greenwich (qui se prononce *green witch* = sorcière verte) remplaça le Méridien de Paris à partir de 1911, au moment même où Jeanne d'Arc devenait officiellement une « sainte » de l'Église de Rome... Ne serait-ce point vers cette période que nous serions passés d'une ère astrologique à l'autre, du rouge sang de l'Agneau colorant la Roseline, au vert d'Eau du Verseau et de la verte Albion ?... Un vieil ami a récemment remis en perspective l'étrange poésie de notre hymne national et républicain : « *Qu'un sang impur abreuve nos sillons* » résonne à présent d'une surprenante signification. Faut-il croire que nos roux sillons étaient abreuvés d'un sang plus pur avant la Révolution ?...

Dans le spectre électromagnétique qui baigne notre planète, le vert de cette sorcière anglaise est la couleur complémentaire du rouge de la Roseline française[6]...

Quoi qu'il en soit, du flamboyant rouge de Rouget de l'Île les feux sont désormais passés aux Verts. La forte poussée des mouvements écolos au cours de ces dernières années nous porte à croire que l'Écologie est bien la nouvelle philosophie, celle du millénaire à venir, et la communion de pensées des terriens, par Internet notamment, n'y sera pas pour peu de chose...

Après le rayonnement quasi planétaire de notre Roi-Soleil – si imbus de lui-même qu'il mit son effigie à la place d'Apollon sur la façade sud de la cathédrale d'Orléans, en reconstruction à son époque –, après l'époque des Lumières, de la Révolution et du Soleil d'Austerlitz, la garde du vieux savoir celte serait-elle définitivement passée chez les Brittons ? Même le calendrier nous incite à le penser puisque la semaine anglaise commence par le jour

---

6 *À l'initiative de l'architecte Paul Chemetov (auteur du Ministère des Finances de Bercy sur décision de François Mitterrand afin de dégager le Grand Louvre et y construire la pyramide de Ieoh Ming Pei) les cérémonies célébrant l'an 2000 en France comportèrent la matérialisation de ce Méridien de Paris sous la forme d'une invitation faite aux français à partager un gigantesque pique-nique tout le long de ce qu'on appela pour l'occasion la « Méridienne Verte »... On se demande toujours pourquoi !...*

du soleil, Sunday, alors que la semaine française finissait par le jour de dieu, Dimanche.

Si le Jésus « fils de l'homme » qui a épousé Marie-Magdeleine est bien génétiquement l'ancêtre de Jeanne, et du même coup de notre Jack ici présent, si son existence historique ne fait aucun doute à mes yeux, il en va tout autrement du « Fils-de-Dieu » que nous brossent les Évangiles canoniques. Les apocryphes, surtout l'Évangile de Marie-Magdeleine, en font un portrait sensiblement différent...

Soi-disant né le 25 Décembre, au moment où le soleil est au plus bas sur l'horizon, avec ses douze apôtres figurant les douze quartiers du ciel, c'est le formidable schéma du système cosmique : de même que la Table Ronde de l'illustre roi Arthur des temps médiévaux, ce Christ-là est la figure symbolique du Soleil au centre des douze « maisons » du Zodiaque, et Marie-Magdeleine représente l'épouse, la Terre fertile fécondée par ce Soleil... Et c'est là, je pense, qu'il faut faire le distinguo entre l'Homme Jésus et « Christ » que l'on nous propose comme Fils-de-Dieu. En réalité, Christos en grec signifie « l'Oint », celui qui a reçu l'onction, donc le « roi ». Mais ainsi que le fait bien comprendre Jeanne au dauphin lors de cette curieuse « Triple Donation » de Saint-Benoît sur Loire, le roi n'est rien ! Il n'est fait que dépositaire, conservateur de son royaume, mis en charge d'une petite portion de la Création.

Jésus est dit « l'Agneau de Dieu », et si l'agneau est bien l'enfant du Bélier (l'ère précédente marquée du sacrifice d'Abraham), le symbolique « Père du Ciel » auquel il se réfère est bien le Soleil qui distribue sa bienfaisante lumière et donc la Vie !... La Nativité annonce l'entrée de ce Soleil dans le signe des « Poissons », signe double dont le dessin servira de reconnaissance aux chrétiens des catacombes et que René « de Bar » (deux bars = deux poissons), comte d'Anjou et roi de Jérusalem, portera 14 siècles plus tard dans les armoiries du duché d'où sortira notre héroïne, en y ajoutant la Croix de Jérusalem... Même le nom de Jésus comporte une signification solaire cachée !

— Comment cela ? s'exclama Jack.

— Je n'invente rien, c'est l'illustre alchimiste Fulcanelli lui-même qui le dit dans « Le Mystère des Cathédrales » : « *la Bible nous enseigne que Marie, mère de Jésus, était de la tige de Jessé. Or, le mot hébreu "Jes" signifie le feu, le soleil, la divinité. Être de la tige de Jessé, c'est donc être de la race du soleil, du feu. Comme la matière tire son origine du feu solaire (...) le nom même de Jésus nous apparaît dans sa splendeur originelle et céleste : feu, soleil, Dieu.* »... Mais Fulcanelli n'a rien inventé bien sûr ! La Bible elle-même nous désigne Jésus comme *Lucifer*, le « Porteur de Lumière » !...

Françoise sursauta.

— Quoi ? Jésus en Lucifer dans la Bible ?!!! Vous êtes fou, Johan !

— Dieu merci non, Françoise. Je ne me permettrais pas d'énoncer une telle énormité si je ne l'avais vérifiée moi-même... Dans le Nouveau Testament, en la seconde épître de Pierre (1:19), il est appelé « l'Étoile du Matin » : en grec *Phospôros*, c'est-à-dire littéralement « Porteur de Lumière » ou si l'on préfère en latin *Lucifer* dans la vulgate de Jérôme...

En quelque sorte, Jésus était un « Fils du Soleil » au même titre que les empereurs incas, ou les pharaons « Fils de Râ ». Et lorsque les disciples lui demandent quand ils devraient célébrer la prochaine Pâque, Jésus leur répond : « *Suivez l'homme qui portera une cruche d'eau sur l'épaule* »... [Luc 10:22]. En vérité, et là c'est moi qui vous le dis, Jésus ne fait qu'annoncer l'ère suivante, la nôtre, celle du « Verseau », traditionnellement représenté par un homme avec une cruche sur l'épaule... Ère où nous venons d'entrer et dans laquelle l'Eau aura bientôt une importance « cruchiale » si j'ose dire, et en tout cas telle qu'elle n'aura jamais eue depuis que ce monde existe !

À chaque ère astrologique correspond sa religion. C'est d'ailleurs très certainement le sens de la prophétie de Saint-Malachie, l'ami de Saint-Bernard, qui arrête la liste de ses devises pontificales à notre actuel Benoît XVI avec l'énigmatique *De Gloria Olivae*... Le rameau d'olivier symbolise l'ordre de Saint-Benoît mais bien qu'en ayant choisi le nom, Joseph Ratzinger ne fut jamais bénédictin. Après lui est sensé venir un certain *Petrus Romanicus* qui aurait la malchance de voir la fin du monde... Il faut en conclure que la Papauté n'a plus que peu de temps à vivre puisque l'avant-dernière des devises prêtées aux papes est l'actuelle. L'influence de Rome s'achèvera donc au seuil de l'ère du Verseau dans laquelle nous entrons désormais... Reste à définir exactement la date de cette entrée car c'est pour le moins confus.

Outre la fameuse prédiction des Mayas qui nous annonce la fin du monde pour le 21 Décembre 2012, il y a plusieurs autres candidats. Comme je le disais tout-à-l'heure, le changement de repère géodésique de Paris à Greenwich pourrait en être une. Il y en a d'autres, mais je ne suis ni astronome ni astrologue.

Par exemple, le 13 Octobre 1917, les événements de Fatima font référence à une étrange « danse » de l'astre du jour qui se serait mis à tournoyer sur lui-même sans éblouir l'assistance mais en décrivant dans le ciel des sauts incohérents... Phénomène optique sans doute, possiblement dû à la réfraction de couches d'air à diverses températures ou à quelque autre raison inconnue, et donc irrationnelle pour les esprits simples de l'époque. Bien qu'aucun observatoire ne l'enregistrât, le phénomène fut longuement décrit par les journaux et des milliers de témoins atterrés. Aurait-on craint que l'événement marquât l'entrée dans cette nouvelle ère et ne serait-ce point la raison pour laquelle on a toujours caché aux croyants le fameux « 3ème secret » enfoui dans les caves du Vatican ?...

Encore une fois, des enfants en auraient reçu l'annonce d'une Vierge[7]... Il est surprenant de constater combien les enfants sont sensibles à des choses invisibles pour les adultes. Sans doute perdons-nous certaines capacités en rationalisant ?... En tous cas, l'Église avait assez bien anticipé ce changement en officialisant à Lourdes en 1862, avant la fin de l'ère des Poissons, le dogme de l'Immaculée Conception alors que, depuis le Moyen-âge, ordres mineurs et Templiers accordaient déjà tant d'importance à Notre-Dame. Coïncidence encore sans doute, la jeune Bernadette Soubirous,

---

7 *Fatima ou Lourdes ne sont pas uniques : en 1520, à Garaison (aujourd'hui Monléon-Magnoac, 70 km de Lourdes), une jeune fille, Anglèze de Sagasan, avait aussi entendu la Vierge lui demander de construire une chapelle près de la source. La chapelle construite, la ville devint un lieu de dévotion aux cours des siècles suivants.*

qui a choisi de vivre parmi les Sœurs de la Charité[8] de Nevers – contrainte sans doute, ou en tout cas manipulée car on lui avait interdit de retourner à Lourdes – sera béatifiée peu de temps après Jeanne en 1925, la même année que Sainte-Thérèse de Lisieux, entrée elle au Carmel et qui sera déclarée « seconde Patronne de France », juste un rang après Jeanne d'Arc[9].

Lorsque en 2008 la translation des reliques de Sainte-Thérèse passera par Orléans, ce seront les mêmes pieux Chevaliers de Saint-Lazare qui en assureront l'escorte et la sécurité.

Oui, le « Roi du Ciel » de Jeanne était le Soleil, ce soi-disant « dieu » adoré tant par les Égyptiens que par les Amérindiens et qui, à l'échelle de notre système planétaire, renaissait chaque matin pour diffuser sa bienfaisante lumière sur l'antique Héliopolis. Mais contrairement à ce qu'on pourrait croire, ce n'était pas de l'idolâtrie, car ce n'était pas l'objet céleste, l'astre éblouissant, qui était adoré en tant que tel, mais, à travers ce lumineux symbole, l'énergie cosmique qui nourrit toute vie... Nous avons affaire là à une véritable foi en les forces universelles, au sens littéral et originel du latin *religare*, relier au cosmos.

Pourquoi croyez-vous donc que Jeanne ait choisi le 21 Juin, jour du solstice, pour effectuer ce pré-couronnement symbolique en un lieu qui fut l'ombilic sacré du Celtisme ?... Pourquoi allait-elle prier Notre-Dame de Greux, une Vierge Noire à plus d'un kilomètre, plutôt que le Bon Dieu de l'église paroissiale de Domrémy ?... On sait que les Vierges Noires sont la représentation symbolique de la Terre-Mère et du pouvoir de l'Eau qui l'irrigue. Pourquoi allait-elle danser sous l'Arbre de Mai ?... Pourquoi *Sion* la fait-elle symboliquement émerger un jour d'Épiphanie, au moment où les « Trois Rois » du baudrier d'Orion[10] s'alignent sur Sirius pour indiquer le lever du soleil dans le zodiaque ?... Pourquoi l'interrogatoire de Rouen s'attarde-t-il autant sur ces questions d'arbre, de date de naissance, de symboles sur son étendard ?...

Enfin, sachant que Pâques est le symbole de la résurrection de la Nature et pas seulement celle du Christ, pourquoi « *dût-elle s'y traîner sur les genoux* » disait-elle, lui fallait-il « *parvenir à Chinon avant Carême* », indiquant là une mystérieuse obligation calendaire ?...

L'issue de cette guerre interminable en aurait-elle été changée si elle avait secouru Orléans à Noël ou à la Toussaint ?... Il faut croire que oui. Ou en tout cas, il faut constater qu'elle le croyait et nombre de ses contemporains avec elle. Encore une fois, ce qui compte pour expliquer ce mystère de Jeanne, n'est pas ce que nous croyons aujourd'hui mais ce à quoi croyaient les gens de son époque !

Le Carême, faut-il le rappeler, est cette période de jeûne de quarante « jours maigres » allant du Mercredi des Cendres jusqu'à Pâques. Et Pâques, c'est le repère astronomique qui permet à l'Église de définir les dates de

---

8 *La règle des Sœurs de la Charité conjugue la spiritualité de Saint Vincent de Paul avec celle de Saint-Bernard* .

9 *Thérèse de l'Enfant-Jésus écrira même une pièce de théâtre à la gloire de Jeanne d'Arc : « Jeanne accomplissant sa mission ». Bien entendu avec une vision résolument religieuse et très différente de celle développée ici.*

10 *Alnitak, Mintaka et Alnilam sont trois étoiles du baudrier d'Orion. De magnitudes respectives de 2,2; 1,7; et 1,8; on les observe très facilement à l'œil nu.*

fêtes mobiles au calendrier. En 325, le Concile de Nicée en a défini le mode de calcul : « *Pâques est célébré le premier dimanche suivant le 14e jour de la lune montante ayant atteint cet âge au 21 Mars ou immédiatement après* »...

La formule est complexe, on croirait la détermination islamique de la date du Ramadan ! Le 21 Mars n'a rien d'une fête chrétienne, pas plus que les phases de la lune ! Par contre, ce jour était déjà célébré par les Celtes comme l'équinoxe de Printemps. Et la lune montante est bien connue pour faire croître les végétaux. Si donc Pâques, défini en rapport de ce 21 Mars, symbolise la Résurrection du Christ aux yeux des chrétiens, c'est surtout plus prosaïquement que ce 21 Mars marque l'équinoxe de printemps, une nouvelle éclosion de vie, la Renaissance de la Nature. Et c'est bien à une Renaissance que Jeanne nous convie.

On sait par les *Dossiers Secrets* que Nicolas Flamel fut l'un des Grands-Maîtres de Sion, et plus tard Nostradamus lui-même. L'astrologie n'aurait-elle pas déterminé les dates favorables à cette Délivrance d'Orléans, et sans doute bien plus...

— Ainsi que le laisse entendre Jeanne dans sa « lettre à ses fillots » ?... tenta Jack.

— Probablement, mais on n'a même plus besoin de cette lettre pour comprendre. Il suffit de s'interroger : pourquoi les Anglais ne se sont-ils décidés à mettre le siège devant cette ville après tant d'années d'occupation des autres cités de France ?... Si l'on en croit les confidences de Bedford, eux-mêmes ne le savent pas !... Quelque mystérieux augure ne le leur aurait-il pas soufflé le moment propice ?...

— Vous croyez donc que cette affaire Jeanne d'Arc résulterait d'une manipulation émanant d'un groupe philosophique ?... s'inquiéta Françoise. Une sorte de secte d'astrologues ?

— En quelque sorte, Françoise, bien que votre expression suggère un certain mépris pour ces scrutateurs du ciel. *Sion* était effectivement une organisation de savants au sens de l'époque, c'est-à-dire de mathématiciens, physiciens, médecins, artistes et astrologues qui, à l'évidence, ne faisaient pas bon ménage avec l'Église, laquelle voulait tout expliquer par la « Volonté de Dieu » sans bien comprendre elle-même ce qu'elle appelle Dieu, ou à tout le moins en se gardant soigneusement de le divulguer à ses brebis...

— Tout de même... renâcla Françoise, vous y allez fort !... Entre intervention divine et Astrologie, je ne suis pas certaine de devoir choisir...

— Je vous comprends. Personnellement je nourris aussi quelques doutes envers l'Astrologie moderne qu'on nous présente aujourd'hui comme une pseudo-science, surtout en tant qu'instrument prophétique. Cela tient sans doute à mon éducation rationaliste occidentale car beaucoup d'orientaux y croient dur comme fer et ne s'en portent pas plus mal. Et il est vrai que si l'Astrologie permettait de prédire l'avenir avec certitude, ce serait une arme fantastique qu'il ne faudrait pas mettre entre toutes les mains... Pourtant, comme on vient de le voir, il n'en reste pas moins que notre système calendaire très chrétien en tient lui-même discrètement compte depuis deux millénaires en camouflant ses calculs derrières des appellations religieuses... Et les interrogations de notre histoire trouvent les unes après les autres leurs réponses lorsque l'on considère la chose sous un angle exempt du dogme romain, mais tenant compte de l'Astrologie et des influences cosmiques auxquelles croyaient, eux, les gens de cette époque...

Alors bien sûr, on me dira que c'est facile d'expliquer les choses après coup en rapprochant des éléments qui n'ont rien à voir avec des documents historiques et relèvent de douteuses croyances. C'est vrai, j'en conviens. Cependant, bien qu'inavoué et inavouable, car ça sent toujours un peu le souffre et ce serait considéré comme une incapacité de décision, aucun de nos modernes Présidents ne se passe vraiment de ces spécialistes de l'occulte ! On ne le découvre généralement qu'après leur mandat, mais tous ou presque, et parmi les plus grands, ont eu recours à un astrologue ou un voyant, parfois les deux – ne pas confondre – qu'ils consultaient plus ou moins régulièrement...

Ce fut le cas pour de Gaulle lui-même et plus récemment pour Mitterrand[11]. Quand on connaît l'agenda chargé d'un homme politique de ce niveau, qu'on ne me dise pas qu'ils se livraient à ces consultations pour le seul plaisir de satisfaire une curiosité malsaine sans aucune influence sur leurs décisions politiques. Nos modernes rois élus continuent en somme les traditions de l'Ancien Régime.

Or, au XVe siècle, le rationalisme était loin de ce que nous connaissons aujourd'hui. Descartes ne viendra que deux siècles plus tard. L'irrationnel présidait à l'explication de toute chose inhabituelle et l'usage d'horoscopes était généralisé dans toutes les cours d'Europe et d'ailleurs. Ce fut même un temps de rayonnement unique pour l'Astrologie malgré l'acharnement de nombreux religieux et intellectuels à combattre les travaux de Ptolémée dans leur aspect purement divinatoire. Et si c'est un mathématicien et philosophe (donc alchimiste selon la définition de l'époque) et théologien allemand qui affirma que la terre tournait sur un axe[12], il fallut néanmoins un astrologue, quelques décennies plus tard, pour oser publier les travaux de Copernic (1473-1543) que l'Église condamnera encore comme hérétiques en 1616... C'est assez dire si la question des cycles de la nature était au centre des préoccupations populaires. Or, les cycles de la Nature, c'était tout le fond du vieux savoir celtique, mais aussi maya, assyrien, égyptien, grec, indien, chinois, etc.

Descendante elle-même de cette lignée sacrée qui remontait à la légende troyenne, dont le rameau essentiel était passé par la grande Alexandrie, si proche de Khéops, et par l'Héliopolis d'Akhénaton et des Esséniens, Jeanne connaissait parfaitement le vrai message de son illustre ancêtre Jésus, instruite de ce message par *Sion* et le Temple qui à son époque le maintenaient toujours comme la lumière sous le boisseau... Une petite flamme tremblotante, fragile, que le boisseau semble emprisonner mais qu'en réalité il protège du souffle trop violent des ambitieux et des manipulateurs...

---

11 *Charles de Gaulle consulta souvent un certain Maurice Vasset, astrologue opérant sous le pseudonyme de « Régulus ». François Mitterrand quant à lui recevait des prédictions de son amie Élisabeth Teissier.*
12 *Nicolas de Cues (1401-1469). Il nomma d'ailleurs sa théorie : « Théorie de la relativité du lieu et du mouvement ». Une « Théorie de la Relativité » cinq siècles avant Einstein !...*

Meurtrie de défaites militaires successives et complexée des déchirures spirituelles de l'Église, la vieille société médiévale avait perdu ses repères et sa confiance en ses guides habituels. Il fallait que quelqu'un, ou quelqu'une, se levât pour montrer la direction et incarner le changement. C'est ce qu'ont compris les Grands-Maîtres, les Nautoniers de Sion. Après tout, c'était leur rôle. Ce terme maritime que l'on pourrait croire tiré de l'Odyssée n'a certainement pas été choisi par hasard. Un « nautonier » n'a-t-il pas comme vocation première de donner le cap, nommer le pilote et diriger la « nef » selon la carte des étoiles ?...

Se substituant à une Église défaillante, déchirée par ses rivalités internes et discréditée par son obscurantisme, *Sion* a réalisé une véritable prouesse en inaugurant dès ce XVe siècle une nouvelle manière de gagner une guerre : la guerre psychologique !... Il a inventé la Pucelle, ineffable et indispensable symbole de pureté, qui allait être son « athanor social ». Une véritable opération de magie en mode réel dans la société : *Sion* a transmuté à travers elle l'énergie latente de la ferveur populaire et paysanne en un puissant moteur patriotique.

J'ai dit « patriotique » ?... Au temps pour moi ! En fait, je voulais dire « libérateur »... et pas seulement vis à vis de l'occupant anglais mais libérateur de l'Humain. *Sion* a condensé la ferveur de millions de paysans et soldats qui n'en pouvaient plus de ce conflit et qui attendaient cette « Pucelle » comme le Messie, c'est le cas de le dire. Elle a en quelque sorte cristallisé cet espoir. Et puisque j'ai parlé de transmutation, je pourrais même aller jusqu'à parler de transcendance. J'allais dire « CHristallisé » !

Encore une fois, ma manie de jouer avec les mots réapparaît, mais l'exemple vient d'en-haut ! N'est-il pas étrange en effet que ce « H » supplémentaire soit précisément le symbole divin donné à « *Abraam* » pour en faire « *Abraham* », le père du Peuple Élu ? N'oublions pas que le H, lettre hiératique, était autrefois inclus dans ce prénom de « *Jehanne* », tout comme Jeanne elle-même l'incluait dans celui de « *Jhésus* »... Ce H n'est-il pas le premier échelon de la petite échelle de Jacob qui mène au ciel ?... N'est-il pas la représentation des deux colonnes du Temple des Maçons, figure si évocatrice et que l'on retrouve en façade de chaque cathédrale avec ses deux tours et son porche ?... Quand je disais que le symbolisme était en soi une « force agissante »... Agissante essentiellement au niveau du mental, mais n'est-ce pas ce qui compte avant tout pour faire s'ébranler tout le reste ?...

Jeanne seule, par sa naissance et son illustre ascendance, pouvait faire bouger ce siècle englué dans la guerre. Et elle l'a fait ! Et aucun dieu n'y est pour rien !... Après elle, viendra en effet la RENAISSANCE, et le mot n'est pas anodin. De fait, ce fut une véritable résurrection philosophique, économique et sociale qui fut inaugurée par le XVIe siècle et ses découvertes maritimes, scientifiques, médicales, artistiques, etc. Mais elle n'a pu le faire que parce que *Sion* avait préparé, planifié, entouré son apparition sur la scène de l'Histoire d'une quantité de petits détails qui passeront inaperçus de nos grands historiens modernes mais éveillaient l'attention des gens de l'époque, bien plus attachés que nous aux « signes du ciel », astrologiques ou non, et aux superstitions ou croyances venues du fond des âges.

Oui, il s'est passé « quelque chose » lorsque est apparue la fille d'Orléans, la *Puella Aurelianensis*. Mais rien de miraculeux. Juste la personnification, l'incarnation d'un espoir formidable, suscité et nourri depuis des années par les prophéties merveilleuses d'un groupuscule ignoré du grand public mais très agissant sur les esprits et introduit dans les diverses cours, qui avait su instiller parmi le peuple la préparation psychologique indispensable à cet avènement.

Voilà la seule réalité des « pouvoirs » de Jeanne la Pucelle... Ceux qui n'avaient pas immédiatement saisi le fonctionnement de cette « machine à gagner » alimentée à l'énergie du symbolisme ne purent s'empêcher d'en constater les effets à posteriori, et cherchent encore jusqu'à aujourd'hui à les amoindrir en expliquant, par des miracles relevant du domaine religieux, le mystère qui, à l'un des pires moments de la France, porta une jeune fille à sa tête.

Par l'extraordinaire motivation qu'il a su insuffler dans le peuple – motivation préparée de longue date mais hors de l'Église, et c'est bien ce qui gênait cette dernière – *Sion* a pris la main et joué dans « l'affaire Jeanne d'Arc » le rôle de nos modernes services secrets quand ils préparent l'opinion publique à une surprise militaire ou judiciaire, en organisant dans les médias des « fuites » soigneusement étudiées.

Les rumeurs courant dès 1420 et attribuées à Merlin ou à une religieuse extra-lucide, prophétisant que « *la France perdue par une femme serait sauvée par une autre née de la première* », « *la venue d'une Vierge sortant du Bois Chenu* », relèvent de ce conditionnement préparatoire. Rien n'est plus facile que propager une rumeur. Nous en savons quelque chose à Orléans. Et on peut sans grand risque d'erreur supposer que la décision anglaise de mettre le moment venu, en 1428 et pas avant, le siège devant cette ville, fut conditionnée par une fuite du même ordre, sans jeu de mots.

L'incroyable « Opération Pucelle », imaginée et organisée de bout en bout par *Sion* au lendemain du désastre d'Azincourt, en tout cas à partir du Traité de Troyes, SE DEVAIT de commencer à Orléans – à l'époque siège de *Sion* comme Rome était celui de la papauté – et se terminer en apothéose par un sacrifice rappelant celui du Christ : un sacrifice injuste, voulu par la hiérarchie cléricale assise sur les bancs de l'Université de Paris, mais paradoxalement, voulu aussi par l'Ordre de *Sion* lui-même, qui l'a prévu et organisé !... « Apothéose » (*apo théos* en grec) ne signifie-t-il pas « devenir dieu » ?... À l'instar de son illustre ancêtre Jésus, le sacrifice apparent de la Pucelle, très certainement planifié de longue date puisqu'elle avait elle-même prédit sa capture, transformait l'héroïne en icône... Et quand on y pense, c'était révolutionnaire pour l'époque d'ériger ainsi une femme en guide spirituel et libératrice du peuple. Dans la société séculière d'alors, tous les autres ordres ou organes de pouvoir étaient essentiellement masculins, et seul *Sion* pouvait faire cela !

Je trouve assez étranges en effet, que les négociations de Jean de Luxembourg pour livrer Jeanne aux anglais passent par l'intermédiaire de Pierre Cauchon, agent double ou triple mais juriste pointu et grand metteur en scène du procès de Rouen, où il n'aura de cesse d'y faire débouter l'accusation de sorcellerie souhaitée par les anglais à l'encontre de Jeanne, et, pour finir, ne la fera condamner que pour le « port d'habits d'homme », c'est-à-dire une simple peccadille... Pas de torture, pas d'horrible supplice de « la Question », juste un interrogatoire où, succédant aux allusions alambiquées à des pratiques païennes, les réponses ambiguës de Jeanne, à minima et à mots choisis, sont toutes interprétables chrétiennement et semblent satisfaire le prélat...

Tout cela risquait pourtant de mettre à mal le peu de pouvoir qui restait à l'Église sur les âmes, surtout à un moment de l'histoire où la Papauté se déchirait : Que serait-il advenu de la magnificence de Rome, de la civilisation chrétienne, si par malheur les ouailles étaient retournées aux vieilles croyances celtiques, à toute cette vision de l'Univers que n'expliquaient pas les Évangiles canoniques, à une religion de la Nature sans intermédiaire ?... – et donc sans dîme ni aucun pouvoir temporel pour la hiérarchie ecclésiastique ! –

Par le biais de la mirifique légende établie vingt-cinq ans après les événements, à l'occasion du procès en réhabilitation, le Vatican a très habilement récupéré ces hauts faits d'armes présentés dès lors comme « miraculeux » et inspirés par le ciel, mais par son ciel à lui, pas par un vulgaire soleil !...

Fort heureusement, si elles égarent encore quelques spécialistes et ne laissent pas d'intriguer le citoyen ou même parfois quelques fidèles, ces manipulations tardives ne nous trompent plus ! En tous cas pas moi ! Ça avait l'apparence du miracle, le goût du miracle et la couleur du miracle, mais ce furent le charisme de Jeanne et l'enthousiasme soulevé qui le réalisèrent... N'était-ce pas précisément le but recherché par ses promoteurs ?...

Ne sont pas plus avérés les soi-disant miracles réalisés par son invocation et récolés cinq siècles plus tard en vue d'une sanctification politique. Comment peut-on, après cinq siècles, attester de guérisons miraculeuses quand on a déjà tant de mal à les accepter de ses contemporains ?... C'est tellement vrai qu'encore en cette fin du XIXe siècle, l'évêque d'Orléans dut solliciter auprès des malades des prières à Jeanne pour trouver en urgence les deux cas indispensables de « guérisons miraculeuses » afin de compléter le dossier de béatification... Et de fait, il en fut trouvé quatre ou cinq. Mais outre qu'ils concernaient tous des religieuses, ce qui pourrait laisser penser que Dieu privilégie injustement ses ouailles les plus dociles, ces guérisons miraculeuses portaient toutes sur des ulcères de différents organes, et l'on sait la dimension spécifiquement psychosomatique de ces atteintes... Nul doute que de nos jours une explication purement médicale ou psychique, aurait éclairé les soi-disant miracles... Tout ça ne fut donc que manipulations de clercs aux fins de conserver une domination mentale sur le troupeau des brebis, à un moment de l'histoire où la République Française montrait des signes de réticence face à l'aspiration d'hégémonie universelle démontrée par Rome.

Quoi qu'il en soit, qu'on la considère « sainte » ou non, à l'instar de son ancêtre le Galiléen en son époque, Jeanne en la sienne aura bien apporté une autre façon de « penser le divin »...

— Alors, c'était donc ça ?!... laissa échapper Françoise...

— C'était donc ça, quoi ?... releva Jack.

— Révéler au monde la véritable nature de Jeanne... C'était donc ça que voulait faire ce cher vieil Arkadiusz...

— Arkadiusz ? C'est un nom, ça ? s'étonna Jack. Je ne connais pas d'Arkadiusz !...

— Oh mais si, tu le connais ! Vous le connaissez tous les deux très bien : c'est ton éditeur, mon cher Jack !

Jack éclata de rire :

— Noon... Je ne le crois pas !... Le père Braskowitz se prénomme Arkadiusz ?!...

— Arkadiusz Aleksander Braskowitz.

— C'est donc ça ! s'écria Meredith, je me suis toujours interrogée sur ces lettres AA précédant son nom figurant sur la plaque de sa Maison d'Édition. Mais je n'aurais jamais osé lui en demander la signification...

— C'est un très très très vieil ami, continuait la vieille dame. Nous nous sommes bien connus avant guerre, en Allemagne. J'avais quinze ans, j'étais jeune et belle, il était jeune et beau... Nous nous sommes revus souvent plus tard, après la Libération, mais il m'a alors fait comprendre qu'il était investi d'une mystérieuse « mission » dépassant son propre bonheur mais dont je n'ai jamais pu connaître l'objet... C'était donc ça !...

— Hé hé !... tu m'avais caché ça, Françoise ! s'exclama Meredith. Alors comme ça, le père Brasko a été ton amoureux ?

— Arkadiusz, s'il te plaît ! Un peu de respect pour les anciens ! plaisanta Françoise. Sais-tu seulement ce que ce prénom signifie ?...

— J'avoue mon ignorance...

— C'est la version polonaise d'Arkadios, Αρκαδ en grec ancien, qui signifie « venu d'Arcadie »...

— Ah bon ? fit Jack. Lui aussi vient d'Arcadie ? C'est un Cajun comme moi alors ?...

— Ignare ! éclata Françoise, hilare. Et ça se mêle d'écrire des romans ! Il est vraiment temps que tu le prennes en main, Meredith !

— Je blaguais, Françoise, je blaguais !... Ah ! à propos d'amoureux... lança Jack comme un détail anodin, je vous annonce officiellement, à vous tous les amis, que Meredith et moi avons décidé de nous marier !... Vous êtes bien sûr tous invités.

— Quelle nouvelle ! Bravo ! s'exclama Françoise. Alors comme ça tu t'es enfin décidé à lui demander sa main ?! Que t'avais-je dit ?...

— Vous aviez raison. Meredith et moi, nous y avons beaucoup réfléchi ces deux derniers jours... Nous aurions pu rester longtemps ensemble comme ça, égoïstement et sans formaliser la chose. Et puis nous avons trouvé qu'en fin de compte le symbolisme avait du bon. Nous ferons donc ça à Paris, en l'église de la Madeleine, le 21 Juin prochain... Compte-tenu de ce que cette enquête nous aura appris, nous avons décidé d'avoir des enfants tant que nous le pouvons encore, afin de perpétuer la filiation. S'il existe probablement encore quelques descendants de la lignée sacrée, notamment par la Maison de France et d'autres branches comme les Habsbourg, il reste par contre aujourd'hui très peu de « fillots » à Jeanne d'Arc, pour ne pas dire que je suis le seul... Ça nous est donc devenu un devoir sacré que d'avoir des enfants, et il est grand temps de nous y mettre !

— Magnifique ! se réjouit Françoise. Je suis vraiment très heureuse pour vous mes amis. D'autant que vous n'avez plus aucun souci financier... Vous comptez vivre à Paris ?

— Nous prendrons sans doute un pied-à-terre à Paris, pour faciliter le relationnel, mais nous nous fixerons surtout en Val de Loire, si reposant, et pourquoi pas également une petite maison dans le Midi de la France... Johan m'a tellement vanté cette région, j'ai envie d'aller faire un tour du côté de Carcassonne et Rennes le Château... Je m'y installerai quelque temps pour écrire.

— Au fait ! Et ce bouquin avec Johan, il avance ?

— Il est quasiment terminé dans ma tête et celle de Johan. Il ne reste plus qu'à l'écrire. Mais il va prendre une forme inattendue car, comme nous l'avons déjà dit, hormis sous la forme voilée du « roman », nous avons décidé de ne pas faire part au monde de toutes nos découvertes, trop embarrassantes pour les croyants. Laissons les cycles faire leur œuvre et le Vatican vivre ses dernières décennies... De fait, ce n'est plus très important puisque ces dieux qu'on révère sous divers noms depuis des millénaires sont d'ores et déjà condamnés par l'inexorable horlogerie du Roi du Ciel à être bientôt remplacés par une nouvelle philosophie qui marquera l'ère du Verseau...

Si l'on en croit le cours des étoiles, cette ère du Verseau, qui justifie déjà son nom avec la fonte des glaces et la montée du niveau des océans, fera une place essentielle à l'énergie solaire, au respect de la Terre-Mère et surtout de l'Eau... De l'eau douce, si rare bientôt, sang de la Terre et vecteur de la Vie dans l'Univers[13]... Il est donc essentiel de conserver et transmettre la mémoire de l'ancienne culture qui rejoint celle des derniers amérindiens, afin que dans deux mille ans, au prochain changement d'ère, le monde puisse encore naître au Capricorne sous les meilleurs auspices...

*

---

13 *Voir en notes annexes les caractéristiques étonnantes de l'eau.*

Ainsi, cher lecteur, il n'y aura pas de conclusion formelle à ce roman. Chacun en tirera les déductions qu'il voudra. Les croyants le considéreront comme un pur « polar », un tantinet fantastique en sa dernière partie, brodé sur une trame historique par un romancier hérétique... Et ils auront raison...

Les autres, les sceptiques qui prendront la peine de vérifier les éléments sur lesquels il est bâti, se diront que peut-être... ce roman n'en est pas tout à fait un... et ils pourraient bien avoir raison aussi...

Si la belle légende dorée de Jeanne d'Arc fait aujourd'hui partie intégrante de l'Histoire de France, il y eut de tous temps des gens, et non des moindres, pour s'interroger sur sa vérité...

Pour n'en citer qu'un, mais d'importance, deux ans seulement après le procès en réhabilitation, en 1458, le pape Pie II écrivait dans ses Mémoires ce texte étrange :

« *Fut-ce œuvre divine ou humaine ? J'aurais peine à le dire... Il en est qui pensent que les grands du royaume s'étant divisés en présence du succès des Anglais, et ne voulant ni les uns ni les autres accepter un chef, l'un d'entre eux, le plus sage, aurait imaginé cet expédient d'alléguer que cette Pucelle était envoyée de Dieu pour prendre le commandement. Nul homme n'oserait se refuser à l'ordre de Dieu. Ainsi la conduite de la guerre aurait été confiée à la Pucelle avec le commandement des armées...* »

*

FIN

Notes annexes

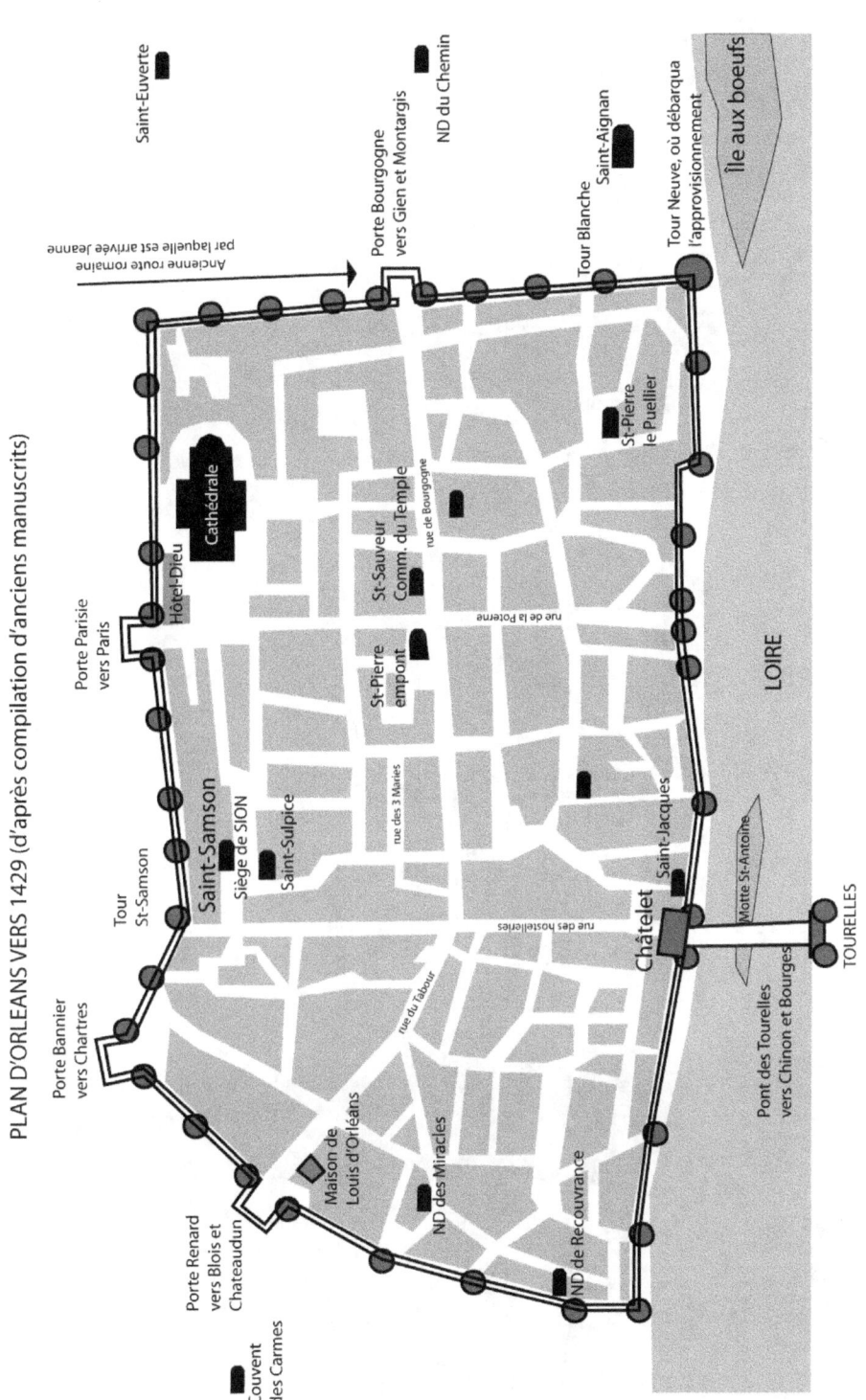

PLAN D'ORLEANS VERS 1429 (d'après compilation d'anciens manuscrits)

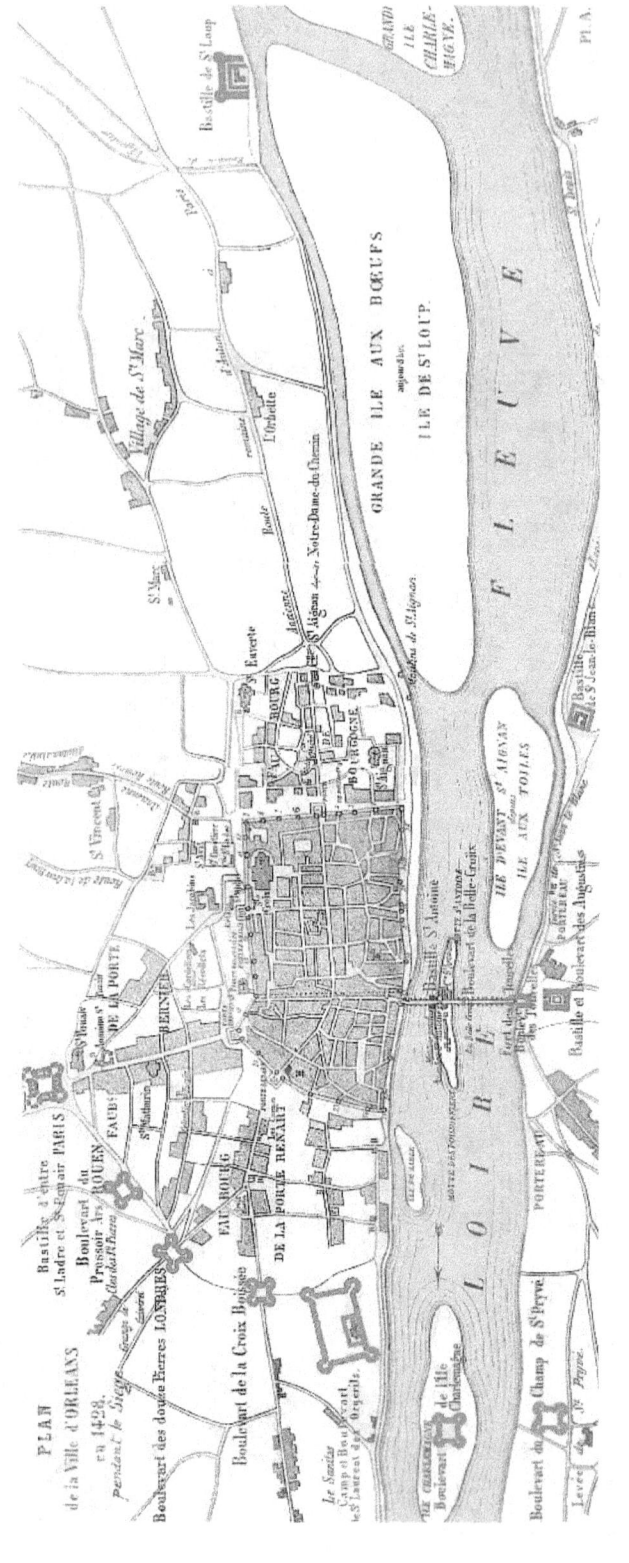

PLAN
de la Ville d'ORLÉANS
en 1428.
pendant le Siège.

LETTRE DE LA PUCELLE AUX ANGLAIS

« JHESUS + MARIA

Roy d'Angleterre, et vous duc de Bethfort qui vous dites regens le royaulme de France ; Guillaume de Lapoula, conte de Suffort, Jehan sire de Thalebot, et vous Thomas, sire d'Escalles, qui vous dictes lieutenans dudit de Bethfort, **faites rayson au roy du ciel de son sang royal** *(1) ; rendés à la Pucelle cy envoiée de par Dieu le roy du ciel, les clefs de toutes les bonnes villes que vous avés prises et violées en France. Elle est ayci (2)* **venue de par Dieu le roy du ciel, pour réclamer le sang royal** *; elle est toute preste de faire paix, se vous luy vollés faire rayson par ainssi que France vous mectés sur (3) et paiés de ce que l'avez tenu. Entre vous archiers, compaignons de guerre gentilz, et autres qui estes davant la bonne ville d'Orliens, alés vous an, de par Dieu, en vous païs ; et se ainssi ne le faictes, attendés lez nouvelles de la Pucelle qui vous ira veoir briefment à vostre bien grant domaige.*

Roy d'Angleterre, se ainssi ne le faites, je suis chief de guerre, et en quelque lieu que je attaindré vous gens en France, je lez en feray aller, veuilhent ou non veulhent ; et se ilz ne veullent obéir, je le feré toulx mourir (4), et se ilz veullient obéir, je lez prandray à mercy. Je suis cy venue (5) de par Dieu, le roy du ciel, corps pour corps pour vous bouter hors de toute France, encontre tous ceulx qui vouldroient porter traïson, malengin ne domaige au royaulme de France (6). Et n'aiés point en vostre oppinion, que vous ne tenrés mie le royaulme de France de Dieu, le roy du ciel, filz de saincte Marie ; ains le tenra le roy Charles, vray héritier ; quar Dieu, le roy du ciel, le vieult ainssi, et luy est revelé par la Pucelle : lequel entrara à Paris à bonne compaignie. Se vous ne voulés croire lez nouvelles de par Dieu de la Pucelle (7), en quelque lieu que nous vous trouverons, nous ferrons dedans à horions (8), et si ferons ung si gros hahaye, que encores ha mil années que en France ne fut fait si grant, se vous ne faictes rayson. Et créés fermement que le roy du ciel trouvera (9) plus de force à la Pucelle que vous ne luy sauriés mener de toulx assaulx, à elle et à ses bonnes gens d'armes ; et adonc verront (10) les quielx auront meilleur droit, de Dieu du ciel ou de vous (11).

Duc de Bethfort, la Pucelle vous prie et vous requiert que vous ne vous faictes pas destruire. Se vous faictes rayson, y pouverra venir lieu (12) que les François feront le plus biau fait qui oncques fut fait pour la crestienté. Et faites réponse en la cité d'Orliens, se voulés faire paix ; et se ainssi ne le faictes, de voz bien grans doumaiges vous souviengne briefment.

> *Escript le mardi de la sepmaine saincte.*
> *DE PAR LA PUCELLE »*

Et dessus : « Au duc de Bethfort, soy disant régent le royaulme de France, ou à ses lieutenans estans devant la ville d'Orliens. »

Il est à noter que des différences existent entre ce texte - tiré de Quicherat qui le dit trouvé au dos d'un manuscrit d'époque émanant d'un chevalier de Saint-Jean de Jérusalem – avec celui figurant dans les minutes du procès en Réhabilitation.

(1) « **De son sang royal** » manque dans la version insérée au procès; (mais ces mots se trouvent dans les textes rapportés p. 139 et 215 du tome IV de Quicherat).

(2) « Ayci » est la lecture de Battenay. La copie du Cabinet des titres porte « ayte » ; le texte inséré au procès , « ci ».

(3) « Jus » dans la lecture de Battenay et dans le procès.

(4) « Occire » dans le texte du procès.

(5) « Envoiée » dans le texte du procès.

(6) Tout ce membre de phrase depuis « encontre tous ceulx » n'est nulle part ailleurs.

(7) Texte du procès : « Et la Pucelle ».

(8) « A horions » manque au procès.

(9) « Envoiera » dans le texte du procès.

(10) « Et aux horrions verra-on », ibidem.

(11) Bonne variante au texte du procès, où manquent les mots « ou de ».

(12) Le texte du procès est ici préférable : « encore pourrez venir en sa compaignie toù que les François », etc. C'est une invitation indirecte au duc de Bedfort de coopérer à un triomphe universel de la foi que la Pucelle avait alors en pensée. (note de Quicherat)

(13) Cette souscription n'est nulle part ailleurs.

*

Bertrand du Guesclin

Bertrand du Guesclin, que nos manuels d'histoire présentent comme un obscur petit baron breton aussi laid que courageux et rusé, nommé Connétable par Charles V en 1370, était effectivement quelqu'un dont on nous a masqué l'importance réelle par un artifice de présentation tendant à minimiser son rôle. Tout ce qu'en retient l'histoire officielle le fait passer pour un être excessivement orgueilleux en prétendant qu'il avait lui-même fixé le montant de sa rançon à hauteur de celle d'un roi.

-"Chevalier, fixez vous-même le montant de la rançon qui vous rendra à la France" lui proposa le Prince Noir.

-"Sire, contre ma liberté, je vous donnerai cent mille florins !"

La somme est si élevée que son geôlier en fut abasourdi. Bertrand sourit :

-"Je sais que toutes les fileuses de France fileront la laine et la vendront pour vous verser ma rançon".

Et l'énorme rançon fut en effet payée. Mais cette vision des choses donne une idée fausse du personnage de Bertrand du Guesclin. On le fait passer là pour un incroyable vaniteux qui compte sur le peuple de France pour le sortir d'embarras. Or, il était sans doute très fier mais pas fou et le contraire d'un orgueilleux. Il savait juste QUI il était, ce que précisément l'histoire officielle ne nous dit pas : le Grand-maître du Temple.

Lorsqu'en 1367 il fut fait prisonnier par Pierre le Cruel, roi de Castille allié du Prince Noir, Bertrand du Guesclin avait 47 ans. Il était déjà très aimé des Français et apprécié de Charles V, mais de là à ce que le roi crée un impôt sur la laine spécialement pour le délivrer, il y avait une marge que du Guesclin ne pouvait pas mésestimer... Cette histoire de fileuses ne peut donc être qu'une belle légende.

En vérité, ce ne sont pas « toutes les fileuses de France » qui ont payé cette rançon au Prince Noir, mais pour une part le trésor royal, et pour plus de la moitié la vente du duché de Trastamarre qu'en récompense de sa victoire lui avait donné Henri, devenu roi de Castille à la place de son demi-frère, et qui s'empressera de le lui remplacer par la suite par celui de Molina. Il le fera même roi de Grenade.

On est très loin alors de l'obscur petit baron breton... Après avoir été Capitaine de Pontorson et du Mont Saint-Michel, puis Seigneur de Pontorson, Bertrand du Guesclin est à ce moment Connétable de France, duc de Longueville en France, roi de Grenade et duc de Molina en Espagne !

Or, si l'on considère comme véridique la « liste de Larménius » donnant du Guesclin pour 28e Grand-maître du Temple à partir de 1357, d'un coup les yeux se dé-cillent, et l'on comprend que dix ans plus tard la valeur de sa rançon pouvait effectivement se comparer à celle d'un roi sans qu'il fut particulièrement imbus de sa personne.

On comprend également d'autres choses : notamment pourquoi il parvint si facilement à convaincre les fameuses « Grandes Compagnies » qui rançonnaient les campagnes de France à le suivre en Espagne pour aider Henri de Castille contre son rival allié des anglais. Car la guerre s'était arrêtée pour un temps après le Traité de Brétigny, laissant place aux négociations politiques, mais les « Compagnies » en question, loin d'être des détrousseurs invétérés, n'étaient que des soldats de métiers désœuvrés rendus sans solde à la vie civile, et qui taxaient les villageois parce qu'il leur fallait bien vivre...

Et parmi eux sans doute, de nombreux nobliaux qui pourraient eux aussi avoir été des Templiers occultés. On ne peut que s'interroger sur la raison qui, en descendant vers l'Espagne avec du Guesclin à leur tête, leur fit rançonner le pape Urbain V à Avignon... Du Guesclin n'était certainement pas un bandit de grands chemins ! Au nom de quoi aurait-il permis cela ?... Un vieux compte à régler peut-être ?... une manière comme une autre de récupérer un peu des biens du Temple spoliés, et dévolus aux Hospitaliers par Clément V, le premier pape d'Avignon ?...

*

Charles de Gaulle et la Croix de Lorraine

De nombreux aspects de Charles de Gaulle laissent à penser qu'il fut lui-même un Templier occulté ou à tout le moins, comme Napoléon, un admirateur de ceux-ci :

Lors même que la résidence de sa fiancée Yvonne aurait logiquement dû les conduire à s'unir en la cathédrale, Charles de Gaulle avait choisi de se marier dans une vieille chapelle templière, Notre-Dame de Calais... Le charme des vieilles pierres, peut-être ?...

D'après les travaux de généalogistes parmi lesquels le grand-père du général, les de Gaulle descendraient d'une très ancienne famille de noblesse d'épée française pourtant inconnue des nobiliaires.

L'ancêtre connu le plus ancien du général serait un certain Richard de Gaulle, écuyer de Philippe-Auguste qui l'aurait doté d'un fief à Elbeuf-en-Bray, Normandie, en 1210 (en plein dans l'époque templière). Vers 1420, après le désastre d'Azincourt, un Jehan de Gaulle résista pendant deux ans aux Anglais à Vire, et serait ensuite parti en Bourgogne.

Aux XVIe et XVIIe siècles, des capitaines-châtelains de Gaulle laissent leur trace à Cuisery, en Bourgogne. Puis, un certain Gaspard de Gaulle, qualifié par Charles IX de **chevalier**, bailli de Chalon-sur-Saône assista aux états généraux de Blois en 1576. C'est ensuite en Champagne que l'on retrouve leur trace aux XVIIe et XVIIIe siècles, intégrés à la noblesse de robe avec charges de justice.

Sous la IVe République, la famille est considérée comme « catholique libérale », dreyfusarde, et se rallie à la République. Très tôt, son père fait découvrir au jeune Charles les œuvres de **Maurice Barrès, Henri Bergson** et **Charles Péguy.** (trois auteurs qui ont écrit sur Jeanne d'Arc, un hasard encore sans doute ?).

C'est en 1934 que le jeune officier (de cavalerie, bien sûr) achète sa résidence, La Boisserie, à Colombey-les-deux-églises. Parait-il parce que ce village se trouvait à mi-chemin de Paris et de sa garnison. Mais il y aurait eu des centaines d'autres villages répondant à ce seul critère de distance. Qu'avait donc Colombey de si attirant pour un tel homme ?...

Une réponse possible est dans le nom du village lui-même : il existait en effet autrefois deux églises à Colombey. L'une reste encore au service du culte, l'autre dépendait d'un « Prieuré Saint-Jean-Baptiste » qui datait du XIIe siècle. Et ce « prieuré » (comme par hasard dédié à Saint-Jean) disposait d'un colombier qui donnera son nom au village. Or, les colombiers au XIIe siècle sont l'apanage du Temple dont le fondateur repose dans la forêt de Clairvaux toute proche, puisqu'elle touche la commune et que la propriété de la Boisserie elle-même se trouve à moins de dix kilomètres à vol d'oiseau de l'abbaye fondée par Saint-Bernard... Coïncidence, dira-t-on ?...

Lorsqu'il était à Londres, Charles de Gaulle était appelé « Connétable » par Churchill. Il serait sans doute exagéré d'y voir une référence à du Guesclin... simple marque d'affection personnelle, n'est-ce pas ?

Le choix de la « Croix de Lorraine » pour emblème de la France Libre lui fut suggéré par une religieuse « carmélite » basée en Angleterre. Encore une coïncidence, évidemment !... Cependant, dans la tradition occultiste, la Croix de Lorraine est à la fois un mantra optique au pouvoir que l'on connaît et un symbole alchimique : 4 éléments, plus 1 dirigé vers le haut, vers le Feu. La croix latine désignant la lettre **R**, et le trait supplémentaire la lettre **A**, c'est la représentation de **RA,** le dieu-Soleil ! Mais évidemment, les sceptiques trouveront toutes les raisons de n'y rien voir d'autre qu'une bête croix...

Chacun connaît les talents militaires de Charles de Gaulle, mais sa vie spartiate, sa scrupuleuse honnêteté et son désintéressement proverbial face aux innombrables tentations qui assaillent les hommes politiques, plaident en faveur d'une éthique quasi monastique.

Alors ?... Templier, de Gaulle ?... Il en présente tous les stigmates !

Inexplicablement, il nourrira toujours une aversion à l'égard de François Mitterrand sans qu'on sache jamais trop pourquoi. Mais Mitterrand choisira la « rose », symbole alchimique, comme logo du Parti Socialiste français (certains curieux de Rennes-le-Château ont assimilé ce sigle PS à un hommage au « Prieuré de Sion »), tandis que la « Croix de Lorraine » de 44,30m de haut sera érigée en monument national et conservée comme emblème par tous les partis gaullistes.

Jacques CHIRAC, son héritier spirituel, ne semble pas avoir eu d'ancêtres illustres, mais il a épousé une « Chodron de Courcel », et on trouve son cousin Geoffroy Chodron de Courcel comme aide de camp du Général en Angleterre et la famille originaire des Trois-Évéchés (Toul, Metz et Verdun, autrement dit de Lorraine) compte parmi ses membres de nombreux autres personnages illustres, et l'une de ses tantes porte en second prénom « Jeanne d'Arc » à l'état civil !

Il y eut par ailleurs, en 1431, un certain « Thomas de Courcelles » (compte-tenu de l'évolution de l'orthographe depuis cette époque on peut supposer qu'il s'agit bien d'un ancêtre) juge-assesseur de Pierre Cauchon au procès de Rouen. C'est lui qui a déclaré : « *J'assistai au dernier sermon fait au Vieux Marché, le jour de la mort de Jeanne. Pourtant, je ne la vis pas brûler, elle...* »

François MITTERRAND (éternel adversaire de Charles de Gaulle)

Mitterrand était-il membre de Sion ? Peut-être pas lui-même, mais parmi son entourage tout semble désigner un ou deux de ses amis que nous nommerons P. P. et F. de G. comme possibles membres éminents de cette société secrète.

François Mitterrand s'est publiquement targué d'un lointain cousinage avec la reine d'Angleterre. Par ailleurs, dans son livre « Histoire de la Sorcellerie en France et dans le Monde », l'auteur Philippe Lamarque souligne que : « F. Mitterrand ne pouvait pas ignorer qu'il portait le même nom que Sanche Mittarra, duc d'Aquitaine, descendants directs des Mérovingiens... Il eut pour conseiller durant son premier mandat Raymon Abellio, fin connaisseur en symbolique, magie et sorcellerie. Et au second mandat un spécialiste de l'occulte et de la guématrie talmudique, l'auteur Jacques Attali ».

Non seulement, c'est François Mitterrand qui a fait construire la « Pyramide du Louvre », et pas en un seul exemplaire puisqu'il en existe 6 (5 + 1 inversée et invisible).

C'est lui qui, outre la Grande Bibliothèque de France, lieu de culture par excellence, a fait construire la « Grande Arche » de la Défense dans l'axe historique du Louvre, de « l'obélisque » et de la « place de l'Étoile » (rebaptisée Charles de Gaulle).

Plus étrangement encore, c'est lui aussi qui a fait construire cet étonnant édicule sur le Champ de Mars, où figure pour on ne sait quelle raison le nom de Nicolas Poussin et la phrase latine « Et in Arcadia ego ».

C'est lui encore qui a fait restaurer la statue de l'archange du Mont Saint-Michel.

C'est toujours lui qui a fait composer spécialement « l'Ode au Soleil » par Xénakis pour être joué le 21 Juin lors de la première fête de la Musique.

C'est également sous sa présidence, et très certainement sous son impulsion, que son ami l'architecte Paul Chemetov (auteur du Ministère des Finances de Bercy) organisa le 21 Juin 2000 un gigantesque pique-nique baptisé « Méridienne verte ! » le long de la « Roseline ».

Il est le seul président de la Vᵉ République qui ne soit pas allé à Rome endosser la cape de chanoine de St-Jean de Latran.

Il est le seul président de la Vᵉ République à avoir fait la visite de Rennes-le-Château, visite privée avant son élection certes, mais comme par hasard en compagnie de Patrice Pelat...

Il avait pour « fief » politique Château-Chinon, dans le Morvan où se trouve aussi la ville d'Autun en laquelle existait une pyramide de 33 mètres de hauteur et un « Temple de Janus »...

À la mort de Mitterrand, la parcelle du Mont Beuvray comprenant les ruines de la cité gauloise Bibracte a été rendue au département. Tout près de là se trouve la Roche de Solutré, dont il avait fait un lieu de pèlerinage sans qu'on sache jamais pourquoi...

Il faut savoir que cette roche de Solutré au Moyen-âge était un lieu particulier : une forteresse, que l'histoire officielle présentera plus tard comme un « repaire de bandits », se trouvait à son sommet. C'est Jean le Bon, duc de Bourgogne qui, en 1434, en pleine époque Johannique, l'a faite démembrer. Or, des fouilles récentes ont démontré que cette place-forte était en réalité une demeure fort noble et fort riche. Il ne fait aucun doute à nos yeux que c'était une place forte templière ou de Sion, et ceci donne un autre éclairage au pèlerinage annuel de Mitterrand en ce lieu. Sous la présidence de F. Mitterrand, cette Roche de Solutré sera classée « Grand Site » protégé.

Enfin, il a voulu se faire enterrer à **Jarnac**, certes lieu de sa naissance mais aussi **l'une des plus importantes Commanderies de *Sion*** du XIIᵉ au XIVᵉ siècle. On peut donc s'interroger sur l'éventuelle identité cachée de François Mitterrand due à ses origines généalogiques...

*

Le culte de l'Eau et spécialement des sources

L'eau est le seul élément sur Terre ayant la propriété de se trouver à l'état liquide dans toute cellule vivante. C'est elle qui rend propre ce qui ne l'est plus, et le baptême par immersion est à ce sujet une allégorie très parlante. C'est elle qui redonne vie à la terre, aux plantes assoiffées comme aux humains ou, plus extraordinaire encore, au Tardigrade, ce petit animalcule ayant la propriété étrange d'atteindre à l'immortalité en s'auto-desséchant et de ressusciter en jouant les éponges. C'est elle encore qui apporte les oligoéléments et les minéraux nécessaires à la guérison ou aux soins de telle ou telle maladie... On peut vivre longtemps sans nourriture, pas sans eau. L'eau, c'est la Vie ! Les anciens avaient parfaitement intégré ce constat dans leur éthique sans pour autant l'expliquer au plan biologique, mais ils savaient son importance. Il faudra attendre le XIXᵉ siècle pour découvrir sa composition chimique (H_2O), toute relative d'ailleurs puisqu'elle ne concerne que son état gazeux... Les deux autres états, liquide et solide, sont d'une bien plus grande complexité et c'est précisément cette complexité qui confère à l'Eau ses propriétés exceptionnelles...

Mais c'est surtout un élément naturel rarissime. Si la Terre en comporte dans ses océans une quantité impressionnante, c'est déjà une bénédiction car l'univers comporte 90% d'hydrogène pour seulement 0,1% d'oxygène... Quelle chance d'avoir rencontré les deux en proportions suffisantes pour créer ces océans liquides !... Et quelle chance encore que la Terre, bénéficiant d'une atmosphère qui la protège, jouisse d'un climat dont la température moyenne s'établit aux environs de 18° depuis des millions d'années...

D'autant que l'eau douce, y compris celle stockée dans les calottes glaciaires, les nuages, fleuves, rivières souterraines et nappes phréatiques, ne représente que 2,8% des 1 400 millions de km³ d'eau présente sur Terre.

C'est aussi un corps chimique fort singulier :

Contrairement à tous les autres éléments, elle augmente de volume en se refroidissant (en perdant de son énergie). Elle se dilate aussi lorsqu'elle se sublime en vapeur (en accumulant l'énergie du soleil). Elle nettoie l'atmosphère quand elle tombe en pluie, draine les sols, et retient dans ses molécules toutes sortes de minéraux pendant son parcours souterrain. Mais surtout, une découverte récente du professeur français Jacques Benveniste, confirmée par les expériences du Japonais Masaru Emoto, a montré qu'elle conserve la mémoire des ondes électromagnétiques auxquelles elle est soumise, et est capable d'en communiquer ensuite les effets à d'autres corps chimiques !

Et ce n'est pas tout, car il y a bien plus extraordinaire !... il semble aussi, selon les travaux du Pr Emoto, qu'elle s'imprègne des pensées positives ou négatives auxquelles elle est soumise !!!

(les pensées sont en effet des ondes électromagnétiques, les ondes cérébrales, qui sont une fluctuation du potentiel électrique entre diverses parties du cerveau. On peut aujourd'hui les mesurer avec un électroencéphalogramme (EEG). On ne sait toutefois en expliquer ni la cause ni l'origine. Les ondes DELTA correspondent à un état inconscient. Le passage des ondes THETA à ALPHA correspondrait à l'état onirique. (c'est dans cet état que semblent se produire les phénomènes Psi). Les ondes BETA et GAMMA correspondent à l'état de veille. Il est intéressant de constater que les phénomènes Psi se produisent à la lisière du rêve et de l'état de veille.)

Ce qui fait de l'Eau et de tous ses dérivés naturels des éléments capables de stocker le magnétisme animal, ce qui pourrait expliquer par là-même le mystère de la « Consécration » cérémonielle du vin de messe ! Pour peu qu'on se donnât la peine de la rechercher, je ne serais pas étonné que la même propriété d'accumulateur magnétique soit bientôt découverte chez certaines plantes, notamment les céréales, et peut-être même tout le Vivant car tout le Vivant contient de l'Eau...

Ainsi pourrait s'expliquer de manière scientifique, quoique encore incomplètement, le mystère de la Transsubstantiation ou Eucharistie qui n'est rien d'autre, sous des allures de magie blanche, que le transfert d'une charge magnétique à l'hostie par les mains de l'officiant, lui-même réceptacle vivant de la prière dite en commun. En poussant très peu le raisonnement, on pourrait même expliquer par ce concept, c'est-à-dire par un processus purement physique, les « miracles » de Lourdes ou d'ailleurs, compte-tenu de l'intense ferveur collective qui règne dans ces grands sanctuaires.

Comme l'a démontré le professeur Masaru Emoto par ses expériences sur les cristaux de glace, la QUALITÉ d'une eau est primordiale. Ce n'est pas un hasard si le culte des cours d'eau souterrains et des sources est si ancien, et l'on en trouvait partout dans le Celtisme, et notamment chez les Carnutes à Orléans : En 1822 un archéologue orléanais, Jean-Baptiste Jollois découvrit un portique et une stèle dédiée en ex-voto à la déesse Acionna sur l'emplacement de la Fontaine de l'Étuvée ou Fontaine d'Estives qui tirerait son nom du mot celtique « stivell » signifiant « source sortant de la roche ». Acionna de son côté serait dérivé du mot celte Axionna qui donnera Essonne. La racine celte Esse se retrouve dans plusieurs rivières de la région, notamment dans le nom des deux Chilesses qui drainaient l'agglomération avant que d'être « entuyautées » comme des égouts au XXe siècle. Par contre, la stèle à la gloire de cette Acionna, confiée au début du XXe siècle par son découvreur au Musée d'Orléans, a disparu, tout comme a disparu la plaque mortuaire de Jeanne des Armoises à Pulligny-sur-Madon. Décidément, on perdait beaucoup les choses dans les années 1900 !

Il est difficile d'établir un lien avec la disparition des pièces du Procès de Jeanne d'Arc mais on peut s'interroger sur la concomitance de ces disparitions bien arrangeantes eut égard au paganisme véhiculé.

L'eau de la Fontaine de l'Étuvée à laquelle on attribuait autrefois de grandes qualités curatives et gustatives, alimentait également des étuves que la tradition situe dans l'actuelle « rue de plat d'étain », et des thermes situés « rue du Poirier ». Les romains l'avaient amenée jusque là par un aqueduc souterrain qui passait comme par hasard sous « Notre-Dame du Mont » (actuellement l'église Saint-Euverte), sous la Cathédrale, et descendant par la rue Parisie sous Saint-Pierre Empont jusqu'aux thermes et aux étuves. Ça n'est sans doute pas un hasard si cette source faisait partie des domaines du Temple autour de l'église Saint-Marc à l'est de la ville et jusqu'à Fleury les Aubrais où se trouvait encore au XXe siècle près de l'église la source de la grande Chilesse, résurgence probable d'une partie des eaux de cette Fontaine d'Estives.

La pureté et les qualités tant gustative que thérapeutique de cette eau étaient célèbres jusqu'au XVIe siècle, et quelques poètes en ont vanté les mérites. Un avocat, Raoul Boutrays, se piquant de poésie, rédigea quelques vers à son propos dans un poème sur Orléans, « Aurelia » qu'il publia en 1615 :

Non putealis aqua est toto ulla salubrior orbe

Fonte fluit gelido, aversum cui nomen ab aestu
Numinis haud leve munus habet quo Ieniat aestum
Aurélia, ut Bromio nimium det frena potenti :
Ni fontem admisces, incendia mentibus ille
Concitat et solem geminum, duplicemque madentem
Aureliam ostentat, variis et spectra figuris.

Ce qui en bon français signifie :

Il n'y a dans tout l'univers d'eau de source meilleure pour la santé
Elle coule d'une fraîche fontaine dont le nom dérive du mot « été »
Ce don divin, Orléans l'a reçu pour lutter contre les ardeurs de l'été
Et pour dompter la force excessive de Bacchus et de son vin
Qui, si l'on n'y mêle pas l'eau de cette source, enflamme les esprits.
Fait voir deux soleils, une double Orléans tout imprégnée de vin
Et de fausses images aux formes variées

Malgré toute notre science et notre médecine moderne, on n'a jamais vu qu'une « eau du robinet », quel que soit le traitement sanitaire chimique ou antibactérien qu'on lui aura fait subir, ait les mêmes qualités gustatives ou curatives que certaines eaux de sources minérales naturelles.

Ce n'est pas un hasard si la vigne et le vin ont de tous temps été mis en valeur par des moines qui avaient besoin de vin pour célébrer la messe. Ce n'est pas sans doute un hasard non plus si au XIXe siècle, pour continuer la fabrication de leur légendaire « Eau d'Émeraude » lorsque l'antique et généreuse Fontaine de l'Étuvée fut tarie ainsi que ses effluents orléanais (les Chilesses dont l'une passait par « La Roche aux Fées » et par « Les Trois Fontaines »), les Carmélites initialement installées dans le quartier de « La Madeleine » à Orléans ont déménagé en plein cœur de la forêt d'Orléans, à Seichebrières où, parallèlement à la fabrication monastique des sœurs, une grande société commerciale embouteille aujourd'hui industriellement de l'eau minérale naturelle...

Le Légendier Alsacien rapporte de son côté qu'au centre du futur site de Strasbourg, se trouvait une source vénérée par les Celtes. Les premiers Chrétiens installés là la transformèrent en puits, et Rémi vint y puiser l'eau du baptême de Clovis qui pourrait bien avoir eu lieu à cet endroit. En tous cas, une première église y fut élevée, et c'est pourquoi fut placée sur la façade de la cathédrale, à la fin du XIIIe siècle, une statue du roi Clovis à côté de celle de Dagobert, lui aussi bienfaiteur de Strasbourg. (Clovis de l'histoire au mythe, de Laurent Theis, édition Complexe 1996)

Et les exemples de cet ordre sont légion !

*

Tabula smaragdina Hermetis Trismegisti

« Verum, sine mendacio, certum et verissimum :
quod est inferius est sicut quod est superius; et quod est superius est sicut quod est inferius, ad perpetranda miracula rei unius.
Et sicut omnes res fuerunt ab uno, meditatione unius, sic omnes res natae fuerunt ab hac una re, adaptatione.
Pater ejus est Sol, mater ejus Luna; portavit illud Ventus in ventre suo; nutrix ejus Terra est.
Pater omnis telesmi totius mundi est hic. Vis ejus integra est si versa fuerit in terram.
Separabis terram ab igne, subtile a spisso, suaviter, cum magno ingenio.
Ascendit a terra in coelum, iterumque descendit in terram, et recipit vim superiorum et inferiorum. Sic habebis gloriam totius mundi.
Ideo fugiet a te omnis obscuritas. Hic est totius fortitudine fortitudo fortis; quia vincet omnem rem subtilem, omnemque solidam penetrabit.
Sic mundus creatus est.
Hinc erunt adaptationes mirabiles, quarum modus est hic.

Itaque vocatus sum Hermes Trismegistus, habens tres partes philosophiæ totius mundi. Completum est quod dixi de operatione Solis. »

La Table d'émeraude d'Hermès Trismégiste, père des Philosophes (traduction d'après Hortulain, XIVe siècle)

« Il est vrai, sans mensonge, certain, et très véritable.

Ce qui est en bas, est comme ce qui est en haut : et ce qui est en haut est comme ce qui est en bas, pour faire les miracles d'une seule chose.

Et comme toutes les choses ont été, et sont venues d'Un, par la méditation d'Un : ainsi toutes les choses ont été nées de cette chose unique, par adaptation.

Le Soleil en est le père, la lune est sa mère, le vent l'a porté dans son ventre ; la Terre est sa nourrice.

Le père de tout le telesme(*) de tout le monde est ici. Sa force ou puissance est entière, si elle est convertie en terre.

Tu sépareras la terre du feu, le subtil de l'épais doucement, avec grande industrie.

Il monte de la terre au ciel, et derechef il descend en terre, et il reçoit la force des choses supérieures et inférieures. Tu auras par ce moyen la gloire de tout le monde ; et pour cela toute obscurité s'enfuira de toi.

C'est la force forte de toute force : car elle vaincra toute chose subtile, et pénétrera toute chose solide.

Ainsi le monde a été créé.

De ceci seront et sortiront d'admirables adaptations, desquelles le moyen en est ici.

C'est pourquoi j'ai été appelé Hermès Trismégiste, ayant les trois parties de la philosophie de tout le monde. Ce que j'ai dit de l'opération du Soleil est accompli, et parachevé. »

(*) à rapprocher de la célèbre « Abbaye de Telesme » du roman de Rabelais « Gargantua » dont la devise était : « Fais ce que tu voudras ! ». Rabelais était incontestablement un initié. Ses romans sont bourrés d'allusions et références alchimiques.

*

RENNES LE CHÂTEAU

Dans la région de Rennes-le-Château (Aude) existe une fontaine autrefois dénommée « Fontaine de la Gode »...

Dans un curieux petit ouvrage auto-édité par ses soins, l'énigmatique curé Émile Boudet indique la « Fontaine de la Gode » comme le centre du Cercle formé par un prétendu cromlech autour de Rennes-les-Bains qui remonterait à l'époque des druides. Or, Boudet intitule bizarrement son bouquin : « La Vraie Langue Celtique » laquelle, selon lui, proviendrait de l'antique anglais, et... comment dit-on Dieu en anglais ?... « GOD »... Une « Gode » est donc une « Déesse » ! Ce qui revient à dire une fée des temps celtiques. Or, cette fontaine est aujourd'hui appelée « Source de Marie-Madeleine »... Comment ne pas voir une suite logique entre ces appellations successives ?

Et en effet, qu'est-il de plus évident que le culte de l'EAU dans une région comme Rennes-les-Bains où se pratiquent depuis des millénaires des cures thermales par lesquelles cet élément apporte la guérison ? Mais évoquer une déesse des fontaines est cependant une hypothèse bien étrange sous la plume d'un curé... On comprend qu'il n'ait écrit ça que sous forme voilée.

*

Les Blanchefort (ou Biancafort)

Comte Jean-Eudes du Mont-Sion, tel est le nom de guerre de John Tornbull, né en 1170 ou 1180 de Héloïse de Gisors qui, apparemment contre la volonté de sa famille (proches parents des Payns fondateurs de l'Ordre du Temple et des Comtes de

Chaumont), épousa Rodrigue du Mont-Sion, le frère de l'évêque de *Sion* en Suisse.

De 1200 à 1205 John Tornbull, alias Jean-Eudes du Mont-Sion, est secrétaire de Geoffroy de Villehardouin ; de 1205 à 1209 il est au service de Guido II, évêque d'Assise ; de 1209 à 1216, il participe à la *Résistenza* clandestine contre Simon de Monfort qui fait la chasse aux Cathares dans le sud de la France ; de 1216 à 1220 il sert Jacques de Vitry, évêque de Saint-Jean d'Acre, puis le sultan du Caire El-Kamil ; en 1221 il se rend à plusieurs reprises à Achaïe puis fait plusieurs séjours à Assise et y rencontre Saint-François (mort en 1226).

Le nom de son fief dans le Péloponèse, Blanchefort, montre qu'il entretient pour le moins des liens étroits avec les Templiers et avec une société secrète appelée L'Ordre de *Sion* à laquelle appartiennent également Bertrand de Blanchefort (Grand-Maître des Templiers) et les Gisors. (cf. Peter Berling, *Franziskus order Das zweite Memorandum*)

Blanchefort : Nom du fief en Achaïe reçu de Geoffroy de Villehardoin par Tornbull – alias Jean-Eudes du Mont-Sion – en remerciement de services rendus. Il le légua ensuite à son fils Créan. Blanchefort passa ensuite en possession de la famille Champ-Little d'Arcady, Créan s'étant marié avec leur fille Hélène.

Étrangement, on retrouve ce nom de Blanchefort dans l'affaire de Rennes-le-Château, accolé à celui de Marie de Nègre d'Ables (ou d'Arles ?) : « dame de Blanchefort »...

Ce qui donne à cette mystérieuse affaire une direction nouvelle... On sait aujourd'hui que l'Abbé Saunière a bel et bien découvert des parchemins dans son église, mais on sait aussi que ceux qui ont été révélés au public sont des faux fabriqués par Philippe de Cherisey, ce qui revient à dire que l'on ne connaît strictement rien des vrais !

Dans ces conditions, le fameux « trésor de Rennes » pourrait bien n'avoir jamais existé que dans l'imaginaire des chercheurs, et le « secret de famille » que Marie de Nègres d'Ables, marquise d'Hautpoul et noble dame de Blanchefort, aurait confié à son confesseur l'Abbé Bigou en 1774, à la veille de la Révolution Française, pourrait parfaitement concerner les origines et la mission de Jeanne d'Arc ainsi que sa survivance au bûcher, ce qui expliquerait l'implication si importante de *Sion* dans l'affaire...

L'abbé Saunière, découvrant le pot aux roses en Juillet 1887, en plein projet de béatification de la future Sainte-Jeanne d'Arc (béatifiée en 1909 et canonisée en 1920), n'aurait-il pas tiré avantages et profits de ce secret ?

Ce qui expliquerait également la venue sur les lieux de la Comtesse de Chambord et celle d'un Habsbourg, l'une comme l'autre aussi intéressés que le Vatican par la teneur de ce secret, bien que pour des raisons radicalement opposées... La visite à Paris de Béranger Saunière aux Sulpiciens, possibles détenteurs des secrets de Sion, s'expliquerait parfaitement par la révélation de sa lignée sacrée et des véritables croyances de Jeanne en des « Forces de la Nature » à l'image des Celtes, et non en un « Dieu suprême » tel que professé par le dogme romain... Outre l'argent qu'il pouvait escompter des uns ou des autres pour ses recherches, le train de vie opulent de l'Abbé Saunière à partir de cet instant tient davantage de Carpe Diem que de la lecture quotidienne de son bréviaire... Le petit livre de l'Abbé Boudet « La Vraie langue Celtique », dans lequel l'eau et la pierre tiennent tant de place, porte à envisager une piste en ce sens...

Par ailleurs, la baronne Henriette-Catherine de Joyeuse (propriétaire de Couiza et d'Arques) avait épousé en 1610 un duc de Guise, dont on connaît les ancêtres assassinés sur la Loire, et qui détenait sans aucun doute le secret lui aussi.

On dit que l'Abbé Rivière, entendant en confession le curé Saunière avant sa mort, fut « horrifié » de ce qu'il entendit de sa bouche et, de ce jour, devint triste et morose... Si effectivement l'hypothèse développée dans ce roman est la bonne, n'importe quel religieux aurait eu de quoi être bouleversé en découvrant que le dogme catholique avait été bâti sur un mensonge, un véritale « détournement des Sources » perdurant depuis 2 000 ans !

Les Sainclair

On attribue aux Sainclair la construction à partir de 1440 de la célèbre Rosslyn Chapel (près d'Edimbourg en Écosse) achevée 40 ans plus tard. Bien que cet édifice ne soit point construit sur le Méridien de Paris ni même sur celui de Greenwich, il est clair que phonétiquement Rosslyn correspond au Roseline français et que les signes d'appartenance templière ne manquent pas à cet édifice.

Par ailleurs, les Dossiers Secrets font de deux Sainclair des « nautoniers » de Sion.

Marie de Saint-Clair est dite « La Grande Maîtresse » ; Née en 1192, en 1220 elle épouse sur son lit de mort Jean de Gisors pour assurer la succession comme Grand-Maître de l'Ordre de *Sion* au jeune Guillaume (né en 1119 de Adelaïde de Chaumont, morte en couches) ; Marie de Sainclair (ou Saint-Clair) serait aussi la mère de Blanchefleur (1224-1279, qui sera dominicaine à Montargis), fille de l'Empereur Frederick II de Hohenstaufen, lequel instaura en Europe de l'Est les Chevaliers Teutoniques sur le modèle des Templiers.

Frederick II de Hohenstaufen

Roi de Sicile par sa mère Constance de Hauteville, fille de Serge le premier roi normand de Sicile, il avait été éduqué à Palerme par un juge musulman. Frederick II de Hohenstaufen était un homme d'une culture exceptionnelle qui parlait six langues, dont l'arabe, et qui entretint avec le monde musulman d'excellentes relations. C'est donc avec quelques réticences de la part du pape Honorius III qu'en 1220 il fut couronné empereur du Saint-Empire Germanique. La papauté prétendait en effet régner aussi bien sur le temporel que sur le spirituel dans le cadre d'un *dominium mundi* et voyait d'un mauvais œil la réunion de l'Allemagne et de la Sicile sous la même couronne enserrant ainsi les États du Vatican, d'autant plus que Frédérick avait épousé Constance d'Aragon.

Antipapiste s'il en fut (le pape Grégoire IX le surnommait l'Antéchrist) Frederick II de Hohenstaufen fut l'un des plus grands protecteurs des Sciences et des Arts. Il accorda aussi aux Chevaliers Teutoniques (équivalent des Templiers à l'époque pour les pays de l'Empire Germanique) des privilèges princiers.

C'est à son époque que commencèrent les luttes entre Guelfes (partisans du pape) et Gibelins (partisans de l'Empereur), luttes qui duraient encore à l'époque de Jeanne d'Arc bien que les Empereurs et les Papes se soient succédés sur leurs trônes respectifs.

Les Béthune

À l'instigation de son neveu le futur Bernard de Clairvaux, André de MontBard (ou de « Mont-Bar » ?) fut l'un des fondateurs et le quatrième Grand-Maître de l'Ordre du Temple, fondé après la première Croisade.

En 1209, Conon (ou Gavin) de Béthune, célèbre trouvère issu de noble famille occitane, alors qu'il était jeune chevalier de 18 ans (né en 1191), Gavin Montbard de Béthune fut utilisé comme héraut par Simon de Montfort, le chef de la Croisade contre les Albigeois, pour aller offrir au seigneur Trencavel, Vicomte de Carcassonne, une reddition honorable[1]... Mais Simon de Montfort ne respecta pas la parole donnée. Le Vicomte fut fait prisonnier, puis assassiné. Dégoûté sans doute de cette chevalerie séculière félonne à la parole donnée, Gavin entra chez les Templiers et deviendra par la suite Précepteur de la Maison de l'Ordre du Temple de Rennes-le-Château... De 1217 à 1221 Gavin de Béthune fut régent de l'empire latin après la mort de Pierre de Courtenay (Prince de Sang et Empereur latin de Constantinople) ; il mourut en 1224.

Deux siècles plus tard, Jeanne est capturée à Compiègne et détenue quelque temps à Beaulieu avant d'être transférée à Beaurevoir. Elle y est fort courtoisement reçue, non comme une vulgaire bergère ou sorcière prisonnière mais comme un hôte de marque, par trois femmes de très haute condition qui l'accueillent comme une égale. Il s'agit de Jeanne de Luxembourg (la tante de Jean de Luxembourg, lequel tient Jeanne d'Arc

---

1 *La famille Trencavel passe pour être la lignée par laquelle passa le San-Graal ou Sang-Réal, le Sang du Christ. Wolfram von Reichenbach s'en servira comme modèle pour son Parsifal : Trencavel = Tranche-Val = Perce-Val = Perceval = Parsifal...*

prisonnière et la livrera aux anglais de Bedford pour 10 000 Livres), de Jeanne de Béthune son épouse et sa belle-fille, Jeanne de Bar, née d'un premier lit. Très rapidement elles deviennent des amies et ces nobles dames tentent à plusieurs reprises de convaincre Jeanne de quitter ses habits d'homme.. Celle-ci s'y refuse. Elle dira plus tard à son procès : « Si j'eusse dû le faire, je l'eusse fait à la requête des dames de Beaurevoir plus qu'à celle de toute autre dame qui fut de France... »

Mais elle ne l'a pas fait ! Sa « Mission » comptait plus que toute l'amitié qu'elles lui avaient démontrée, même venant de dames portant de tels noms et ayant une telle ascendance. Jeanne était-elle tellement convaincue d'être en charge d'une « mission divine » ?... ou est-ce que son « ordre de mission » dépendait de personnes bien plus haut placées encore que ces trois charmantes hôtesses n'auraient jamais pu le soupçonner ?...

Jeanne de Luxembourg que Jeanne rencontra en 1430 à Beaurevoir étant morte en 1431, elle n'est pas à confondre avec Elizabeth de Luxembourg qui recevra Jeanne des Armoises à Arlon en 1436. Elizabeth de Luxembourg est la fille de l'Empereur germanique Sigismond de Luxembourg qui avait refondé l'**Ordre du Dragon**. Elle épousera l'Archiduc Albert de Habsbourg qui, en 1438, deviendra Empereur à son tour. (Maison des Habsbourg dont on retrouve étrangement trace dans l'affaire de Rennes le Château).

L'étrange Principauté de Boisbelle

Au XVIᵉ siècle, on retrouve un autre célèbre Béthune dans l'histoire du Val de Loire : Maximilien de Béthune, duc de Sully, ami et conseiller de Henri IV et propriétaire du Château de Sully (tout près de Saint-Benoît sur Loire) qui appartint à Georges de la Trémoïlle et où, après la délivrance d'Orléans, Charles VII résida avec Jeanne.

C'est Sully qui découvrit dans les archives royales (quel heureux hasard !) une très ancienne charte concernant une curieuse « petite principauté » dont pourtant personne ne portait le titre de Prince... Bien qu'enclavée en plein milieu du Royaume de France, elle était souveraine et indépendante depuis au moins le XIIᵉ siècle. Située sur la Roseline un peu au-dessus de Bourges, c'est la « Principauté de Boisbelle », entre Sologne et Berry, dans la région de Ménetou-Salon. Les habitants versaient juste une dîme à l'Église, ils n'étaient soumis à aucun impôt, taille, corvée ni gabelle, et n'avaient aucune obligation militaire.

Propriété des Comtes de Nevers, Boisbelle dépendait de Charles de Gonzague quand le grand Sully (Maximilien de Béthune) la lui acheta en 1608 pour y construire la ravissante cité de Henrichemont (en hommage à Henri IV). Il en fit sa capitale personnelle tout en y conservant les privilèges attachés, afin de servir de refuge aux Protestants du Berry. Boisbelle ne passera à la Couronne qu'en 1766, à la veille de la Révolution Française. Si l'on ignore son origine et quelles en étaient ses limites exactes, ce que l'on sait, toujours par les fameux Dossiers Secrets, c'est que l'ancêtre de Charles de Gonzague, Ferdinand de Gonzague, et après lui Louis de Nevers, furent tous deux Nautoniers de *Sion* au XVIᵉ siècle. Avec le siège de *Sion* établi à Orléans depuis 1254, on ne peut que conclure que cette principauté fantôme située à quelques kilomètres relevait du domaine de Sion.

Coïncidence sans doute encore, il existe toujours à Henrichemont une « rue de Boisbelle », sortant de la cité en direction du nord, passant près du lieu-dit « vieux châteaux » et qui mène droit à quatre lieues de là sur la Départementale 8 vers la vieille forteresse templière de Blancafort...

Si « Barbe-Bleue » a été inspiré à Charles Perrault par la triste histoire de Gilles de Rais, nul doute que le conte initiatique « La Belle au Bois Dormant », lui fut inspiré par l'histoire de cette étrange principauté. En effet, Boisbelle s'était endormie durant des siècles avant qu'un prince la réveillât.

Le 31 août 1605, Charles III de Gonzague vend donc au ministre Sully "la terre et seigneurie souveraine de Boisbelle" et le 13 avril 1609 débute la construction de la ville nouvelle de Henrichemont..

Les auteurs français ne sont pas tendres avec Charles de Gonzague ! Marion, dans son

« Histoire du Berry », s'exprime en ces termes : " (...) Vers 1600, les anciennes possessions berrichonnes des Sully étaient entre les mains d'un de ces demi-fous qui semblent faits pour ruiner leurs familles, Charles de Gonzague. Ses prodigalités étaient incroyables : il était **hanté par l'idée de restaurer les Templiers** et de conquérir la Terre Sainte : en attendant il faisait ferrer ses chevaux avec de l'or et de l'argent. En 1601, Sully acquiert de lui la terre de Baugy ; en 1602, les baronnies de Sully et de la Chapelle d'Angillon ; en 1605, les terres d'Orval, Montrond, Bruère-Allichamps, Epineuil-Le-Fleuritel, la terre et seigneurie ou souveraineté de Boisbelle "assise près du pays de Berry", ce qui implique que Boisbelle était une principauté indépendante, située non pas dans le Berry, mais à coté de lui, une sorte d'état indépendant, et telle était bien, en effet, la réalité des choses (...)".

Boisbelle tenait son statut de principauté depuis au moins 1252, date à laquelle Henri II de Seuly (nom qui se transformera en « Sully ») reçut ce domaine de Louis IX. Sa souveraineté fut confirmée ultérieurement par plusieurs chartes, jusques et y compris par Philippe-le-Bel !... Il faut donc penser que, malgré son antagonisme avec le Temple, Philippe-le-Bel tenait à maintenir l'indépendance de cette minuscule principauté et les privilèges de ses mystérieux princes... On ne peut que se demander pourquoi ?...

Par la suite Boisbelle dépendit successivement des familles : d'Albret, Gonzague, et enfin Béthune (futur duc de Sully) qui la racheta de Gonzague pour la faramineuse somme de 210 000 Livres. Mais il est vrai que ce prix comprenait également les seigneuries de La Chapelle-d'Angillon et les châtellenies d'Orval, de Montrond, Saint-Amand, ainsi que leurs dépendances situées aux confins du Bourbonnais. On ne peut donc pas savoir exactement pour combien comptait dans ce marché la souveraineté de Boisbelle.

Ces Seuly étaient eux-mêmes de la branche des Beaujeu, dont sera issu le neveu du Grand-Maître Jacques de Molay par lequel ce dernier transmit sa charge de Grand-Maître du Temple à Larmenius... (oui, il faut suivre, hein ?!)

Henri II de Seuly est mort en 1269 en Italie au service de Charles d'Anjou , roi de Naples et frère de Louis IX (Saint-Louis). Sur sa dalle funéraire, en la petite église paroissiale de Saint-Firmin à Méry-ès-Bois (Cher), il est représenté dans une attitude de prière, debout sous une arcade en arc brisé, vêtu d'un haubert et d'une cotte de mailles, armé d'un bouclier et d'une épée. Les allégories du soleil et de la lune figurent dans les angles supérieurs, deux figures alchimiques qui n'ont rien de catholique mais qui montrent au contraire que ces astres faisaient bien partie de son univers cosmique.

*

La vraie religion de Jeanne

Dans la réponse qu'elle fit parvenir à Cauchon qui lui avait envoyé le résumé des accusations, l'Université de Paris semble parfaitement au fait de QUI est vraiment Jeanne la Pucelle et qu'elle sait exactement quelle foi elle confesse... Une foi très éloignée du dogme catholique. C'est en effet en des termes très précis qu'elle lui renvoie ses conclusions :

"Primo, que cette femme est schismatique, puisque le schisme est une séparation illicite de l'unité de l'Église [...] ;

- item, que cette femme erre en la foi, contredit l'article de la foi contenu dans le symbole : unam sanctam ecclesiam catholicam [...] ;

- item, que cette femme est apostate, car la chevelure que Dieu lui donna pour voile, elle la fit couper mal à propos [...] et elle abandonna l'habit de femme [...] ;

- item, que cette femme est menteuse et devineresse quand elle se dit envoyée de Dieu, et qu'elle ne se justifie pas par miracle en témoignage spécial de l'Écriture [...] ;

- item, que cette femme erre en la foi: [...] en déclarant qu'elle aime mieux ne pas recevoir le corps du Christ, ne pas se confesser dans le temps ordonné par l'Église, que de reprendre l'habit d'homme [...] ;

- item, que cette femme erre encore lorsqu'elle est aussi certaine d'être menée en Paradis que si elle était déjà dans la gloire des bienheureux [...].

- En conséquence, si cette femme, charitablement admonestée par un juge compétent, ne veut pas revenir de bon gré à l'unité de la foi catholique, abjurer publiquement son erreur, au bon plaisir de ce juge, et donner convenable satisfaction, elle doit être abandonnée à la discrétion du juge séculier et recevoir la peine due à l'importance de son crime [...] ".

Et l'on comprend alors que si Jeanne honore Jésus et Notre-Dame, c'est dans des formes et pour des raisons qui n'ont rien de catholique.

*

Lettre de Jehanne aux Hussites

Reproduite par Quicherat (Procès, t.V, p.156), l'authenticité de cette lettre est fort discutable.

Datée du 3 Mars 1430 mais trouvée seulement en 1834 dans les archives d'Autriche, elle est en effet signée « Pasquerel » et non « Jehanne », contrairement à toutes ses autres lettres connues, et il est plus que probable qu'elle résulte d'une interpolation ultérieure.

Rédigée en latin, on y lit que Jeanne aurait menacé les Hussites (disciples de Jean Hus, en Hongrie) d'abandonner la lutte contre l'Anglais en France afin d'intervenir contre eux en Hongrie pour les arracher à leur hérésie et les ramener dans le sein de l'église catholique...

Ce que nous savons de Jeanne impose que cette option est inconcevable, et qu'à l'évidence cette contrevérité fait partie de la manœuvre de récupération. Peut-être fût-ce en effet son aumônier Pasquerel qui rédigea cette lettre, mais sur ordre et bien après la mort de Jeanne, après le procès en réhabilitation.

On peut en effet considérer les Hussites comme les précurseurs du Protestantisme, et Jeanne ne se serait jamais opposée militairement à des gens qui s'élevaient contre la pratique scandaleuse de l'Église consistant à vendre des « indulgences » à qui en avait les moyens...

En 1420, au moment où *Sion* prépare « l'opération Pucelle » en France, les Hussites avaient déjà élaboré les quatre articles fondamentaux de l'Église de Prague :

- la communion sous les deux espèces (les communiants devant manger l'hostie et boire le vin) ;

- la pauvreté des ecclésiastiques ;

- la punition des péchés mortels sans distinction du rang ou de la naissance du pécheur ;

- la liberté du prêche.

Ces quatre règles des Hussites inspireront la Réforme que prêcheront Luther en Allemagne et Calvin notamment à Orléans.

De même, si Jeanne n'avait pas répondu au Comte d'Armagnac lui demandant quel était le pape légitime, c'est sans doute qu'elle n'en reconnaissait aucun pour légitime à ce moment précis, et que par ailleurs était déjà prévu le Concile de Bâle de 1431 qui érigera la suprématie du Concile sur le Pape. Ce même Concile de Bâle élèvera le duc de Savoie Amédée VIII au siège pontifical sous le nom de Félix V, en tant qu'antipape contre Eugène IV, et conclura les accords dit « Compacta » avec les Hussites, mettant ainsi fin aux croisades contre cet embryon de Protestantisme.

Rappelons que c'est sur le domaine de ce même Amédée VIII qu'après sa discrète exfiltration de Rouen Jeanne fut hébergée et cachée durant quatre ans au château de Montrottier, avant que de réapparaître en Claude des Armoises.

On ne peut donc pas prendre au sérieux, ni pour authentique de la main de Jeanne, le contenu de cette « Lettre aux Hussites » découverte dans des circonstances douteuses au XIXe siècle.

*

Généalogie de Valentine Visconti (épouse de Louis d'Orléans) :

Clovis, roi des Francs (466-511) + **Clotilde** « princesse chrétienne » reine des Francs (475-546)

Clotaire 1er roi des Francs (497-561)
Chilpéric roi des Francs (539-584)
Clotaire II roi des Francs (-629)
Dagobert 1er roi des Francs (604-639)
Ragentrude de Neustrie (632 -)
Irmina d'Oeren 650 - 708
Bertrade l'Ancienne (675 – 721)
Caribert II comte de Laon (695-747)
Gerberge de Laon (730 -)
Waldrade de Wormsgau (760 -)
Wialtrud de Vintzgau (780 -)
Robert Robertien, comte de Worms (790 - 834)
Robert, duc de Neustrie dit le Fort (815 - 866)
Robert Ier, roi de France (866 - 923)
Hugues, duc de France dit le Grand, le Blanc ou l'Abbé (897 - 956)
Hugues Ier Capet, roi de France dit le Pieux (938 - 996)
Robert II, roi de France dit le Pieux (972 - 1031) -- (et par lui aussi jusqu'à Clovis et Clotilde) --
Henri Ier, roi de France (1008 - 1060)
Philippe Ier, roi de France (1052 - 1108)
Louis VI, roi de France dit le Gros (1078 - 1137)
Robert Ier de France, comte de Dreux, Perche et Braine dit le Grand (1123 - 1188)
Robert II, comte de Dreux (1154 - 1218)
Dame Philippa de Dreux de Torcy-en-Brie et Quincy (1192 - 1242)
Dame Marguerite de Bar de Ligny (1223 - 1275)
Henri VI, comte de Luxembourg (1242 - 1288)
Henri VII, comte de Luxembourg (1274 - 1313)
Jean Ier, comte de Luxembourg dit l'Aveugle (1296 - 1346)
Bonne de Luxembourg (1315 - 1349)
Isabelle de France de Valois (1348 - 1372)
Valentine Visconti, comtesse de Vertus dite de Milan (1366 - 1408)

De plus Valentine Visconti remonte également à Robert le pieux et Robert le Fort, par Mahaut d'Artois. Il paraît clair que Louis d'Orléans choisissait ses partenaires de reproduction avec le plus grand soin.

*

Généalogie de Louis d'Orléans

Clovis, roi des Francs (466-511) + **Clotilde** reine des Francs (475-546)
Clotaire 1er roi des Francs (497-561)
Chilpéric roi des Francs (539-584)
Clotaire II roi des Francs (-629)
Dagobert 1er roi des Francs (604-639)
Ragentrude de Neustrie (632 -)
Irmina d'Oeren 650 - 708
Bertrade l'Ancienne (675 – 721)
Caribert II comte de Laon (695-747)
Gerberge de Laon (730 -)
Waldrade de Wormsgau (760 -)
Wialtrud de Vintzgau (780 -)
Robert Robertien, comte de Worms (790 - 834)
Robert, duc de Neustrie dit le Fort (815 - 866)
Robert Ier, roi de France (866 - 923)

Hugues, duc de France dit le Grand, le Blanc ou l'Abbé (897 - 956)

Hugues Ier Capet, roi de France dit le Pieux (938 - 996)

Robert II, roi de France dit le Pieux (972 - 1031)

Henri Ier, roi de France (1008 - 1060)

Philippe Ier, roi de France (1052 - 1108)

Louis VI, roi de France dit le Gros (1078 - 1137)

Louis VII, roi de France dit le Jeune (1121 – 1180) (celui-là même qui en 1154 installa *Sion* et les Templiers à Orléans ainsi que l'ordre de Saint-Lazare à Boigny. Ce fut lui également qui conclut contre l'Angleterre la fameuse « Auld Alliance » entre la France, l'Écosse et la Norvège, qu'en 1942 Charles de Gaulle qualifiera de « plus vieille alliance du monde » !)

Philippe II Auguste Dieudonné, roi de France (1165 - 1223)

Louis VIII, roi de France dit le Lion (1187 - 1226)

Louis IX, roi de France (1214 - 1270) -- SAINT LOUIS --

Philippe III, roi de France dit le Hardi (1245 - 1285)

Charles Ier de Valois, comte de Chartres (1270 - 1325)

Philippe VI, comte de Valois du Maine (1293 - 1350)

Jean II le Bon, comte de Valois, Maine et Anjou (1319 - 1364)

Charles V, roi de France dit le Sage (1337 – 1380)

Louis d'Orléans (frère de Charles VI)

*

Généalogie d'Isabeau de Bavière : Remonte également jusqu'à Clovis et Clotilde.

Clovis, roi des Francs (466-511) + **Clotilde** « Princesse Chrétienne » reine des Francs (475-546)

Clotaire 1ᵉʳ roi des Francs (497-561)

Chilpéric roi des Francs (539-584)

Clotaire II roi des Francs (-629)

Dagobert 1ᵉʳ roi des Francs (604-639)

Ragentrude de Neustrie (632 -)

Irmina d'Oeren 650 - 708

Bertrade l'Ancienne (675 – 721)

Caribert II comte de Laon (695-747)

Gerberge de Laon (730 -)

Waldrade de Wormsgau (760 -)

Wialtrud de Vintzgau (780 -)

Robert Robertien, comte de Worms (790 - 834)

Robert, duc de Neustrie dit le Fort (815 - 866)

Robert Ier, roi de France (866 - 923)

Hugues, duc de France dit le Grand, le Blanc ou l'Abbé (897 - 956)

Hugues Ier Capet, roi de France dit le Pieux (938 - 996)

Robert II, roi de France dit le Pieux (972 - 1031)

Henri Ier, roi de France (1008 - 1060)

Philippe Ier, roi de France (1052 - 1108)

Louis VII, roi de France dit le Jeune (1120 - 1180)

Philippe II Auguste Dieudonné, roi de France (1165 - 1223)

Louis VIII, roi de France dit le Lion (1187 - 1226)

Charles Ier, comte d' Anjou et Forcalquier (1224 - 1283)

Comte Charles II d' Anjou dit le Boiteux (1248 - 1309)

Éléonore de Sicile dite de Naples (1289 - 1341)

Élisabeth d' Aragon (1309 - 1349)

Étienne III, duc de Bavière (1337 – 1413)

Isabeau.

*

Ainsi, il est incontestable que si Jeanne (ou Claude) est bien la fille naturelle de Louis d'Orléans et d'Isabeau de Bavière, elle est du même coup la descendante directe des Mérovingiens et donc probablement de la Sainte-Famille...

*

La fleur de lys

Depuis des siècles c'est la fleur des rois de France, mais en fait son origine est assez floue. Certains lui donnent une origine biblique. Pour d'autres, c'est l'abeille brodée sur le manteau mérovingien qui serait devenue fleur de lys par déformation du symbole. Et en effet, on a retrouvé de telles abeilles d'or dans la tombe mérovingienne de Stenay. – Napoléon, grand admirateur lui-même des Mérovingiens reprit pour lui ce symbole de l'abeille –. Pour d'autres encore, ce serait la déformation du crapaud de ces mêmes Mérovingiens. Et ce serait pour cette raison que les anglais nous appellent des « froggies »... Pour d'autres enfin, c'est l'iris ou lys des marais qui fut choisi comme attribut par Clovis après sa victoire sur les Wisigoths.

Louis (Lovis ou Levis) prénom favori des rois de France, est dérivé de Clovis (le C a disparu par élision, et le V romain et devenu U). La "fleur de Louis", ou "fleur d'Aloys", par la même altération phonétique serait devenue « Fleur de Lys »...

En fait on ne sait pas. Mais la version biblique se rapportant à l'abeille est notre favorite car elle rend compte d'autres aspects sur l'origine des Mérovingiens :

Posant la couronne sur la tête de Clovis, St-Rémi lui dit : "Courbe la tête fier Sicambre". St-Rémi connaissait donc l'origine de ce peuple Franc et de ses lois, notamment la Loi Salique sur laquelle s'appuyèrent plus tard les barons de France pour dénier la transmission du pouvoir royal par les femmes, contrairement aux Anglo-Saxons, ce qui déclenchera la Guerre de Cent Ans...

Les Sicambres seraient l'une des tribus du peuple juif. Ayant quitté la Palestine au IVᵉ siècle avant JC, après quelques tribulations à Troie et en Phrygie (actuelle Turquie) ils auraient migré en Europe par les pays germaniques et arrivèrent en Gaules par le Nord sept siècles plus tard, s'appelant alors les Francs. Les Chefs étaient toujours issus du même sang, de la même lignée "d'élus". Quand Clovis répudia sa première épouse germanique pour épouser une « princesse chrétienne » c'était évidemment pour fonder une dynastie basée sur la Judaïté commune aux deux branches. La tradition nous présente Clothilde en tant que « princesse Chrétienne » comme comme si c'était sa nature intrinsèque, alors qu'elle avait été élevée chez les Wisigoths ariens, rejetés par Rome comme hérétiques et que combattra Clovis. Bien que « chrétienne », Clothilde n'était donc pas très « catholique »... et c'est donc clairement la voie du Sang qui était recherchée dans cette union, non la voie spirituelle... Le reste n'est que de la Politique !

La « Chronique de Cousinot » relate cette phrase de « La Geste des Nobles Françoys » : « *Histoire des rois des Francs depuis le roi Pryam de Troie jusqu'à Charles, fils de Charles le sixième, et Jeanne la Pucelle* ». On ne peut qu'en conclure que Jeanne est de lignée royale dont les origines remontent à Troie !...

Par ailleurs, dans l'escalier de cave de la maison originelle de Jacques Boucher (aujourd'hui « Maison de Jeanne d'Arc » reconstituée suite aux bombardements de la seconde guerre mondiale) figurait l'écu du duc Louis 1er d'Orléans soutenu par deux loups, avec la devise « *Lou il est* » (Loup il est). Cette devise énigmatique trouve son explication dans la mythologie : *Lycaon* (l'aïeul du *Arcas* des grecs) serait à l'origine de la race mérovingienne dont descendait Louis d'Orléans par l'union de Clovis et Clothilde.

*

Chronique du Doyen de Saint- Thibaut : (extraits)

« Le vingtième jour du mois de mai 1436, la Pucelle Jehanne qui avait été en France, vint à la Grange-aux-Hormes, près de Saint-Privey. Elle y fut amenée pour parler à quelques seigneurs de Metz.

Elle se faisait appeler Claude. Le même jour, ses deux frères arrivèrent auprès d'elle. [...] Aussitôt qu'ils la virent, ils la reconnurent, et elle les reconnut aussi. [...] Elle fut reconnue par plusieurs détails pour la Pucelle Jehanne de France qui amena Charles à

Reims. [...]

Jehanne revint à Arlon, et là fut fait le mariage de Messire Robert des Hermoises, chevalier, et de Jehanne la Pucelle. »

Cette réapparition de Jeanne aussi imprudente qu'inopportune ne manquera pas de semer le trouble. On discerne bien la lutte intestine entre *Sion* qui a fait émerger Jeanne à la France et le Vatican qui l'en a habilement faite disparaître afin de récupérer le bénéfice moral de l'opération. Mais Jeanne n'appartenait ni au Vatican ni au Roi ! Cette ressuscitée resurgissant comme un chien dans un jeu de quilles, et la reconnaissance en sa personne de la Pucelle d'Orléans par ses propres frères et par tous les Orléanais qui la croyaient morte depuis quatre ans, risquaient de gêner énormément les tractations politiques menées alors par Charles VII avec l'Angleterre. Tout en entretenant avec Jeanne des échanges épistolaires discrets, il mettra donc encore trois ans avant de la recevoir pour lui faire entendre raison : Elle devra s'effacer, pour de bon cette fois, en acceptant de se renier officiellement devant le Parlement de Paris parce qu'il est indispensable que sa légende se vérifie !

Il n'en reste pas moins que cette Jeanne des Armoises fut très certainement l'authentique Jeanne, la Pucelle d'Orléans, laquelle ne fut donc pas brûlée à Rouen. On brûla donc une autre prisonnière à sa place et Jeanne fut simplement et discrètement éloignée en un autre lieu.

L'anonyme du « Journal d'un Bourgeois de Paris » écrit qu'elle aurait été mise quatre ans au pain et à l'eau, mais en 1480 un écrivain anglais, William Caxton, écrit lui qu'elle demeura encore neuf mois prisonnière au château de Bouvreuil. Elle en aurait ensuite été extraite et conduite sous escorte par Pierre de Menthon chargé de la mener au duché de Savoie. Hypothèse confirmée par le baron Pesme (Jeanne d'Arc n'a pas été brûlée, Éditions Balzac, Angoulême) et le comte Pierre de Sermoise (Les Missions secrètes de Jeanne la Pucelle, Robert Laffont) qui expliquent quant à eux qu'elle aurait ensuite été détenue en Savoie, au château de Montrottier. C'est la piste que nous avons suivie avec d'autant plus de confiance que l'histoire de la famille Bonaparte nous en apporte une relative confirmation au travers du chambellan du duc de Savoie.

Elle en aurait été délivrée par une troupe « d'écorcheurs » commanditée par Saintrailles et menée par Jean de Blanchefort, qui l'auraient tout simplement réclamée au château pour la mener au Luxembourg. Il est bien difficile de savoir la vérité sur cet épisode mais en tout cas, on peut encore visiter de nos jours à Montrottier une chambre dite « Prison de la Pucelle ».

Le terme « d'écorcheurs » paraît aujourd'hui un peu trop sanguinolent et péjoratif. En réalité on appelait ainsi les mercenaires démobilisés par Charles VII.

En l'occurrence, s'agissant de Montrottier, il ne pouvait s'agir que d'une petite troupe d e Templiers réunie spécialement par Saintrailles pour cette mission discrète sous le commandement de Blanchefort.

Et Blanchefort ne conduit pas Jeanne n'importe où, car il faut savoir aussi qu'en 1414 le **Cardinal de Bar**, l'oncle de **René d'Anjou**, avait créé l' « **Ordre de la Fidélité** » :

« C'était l'ordre de la fidélité que Thiébaut V comte de Blamont voulut fonder mais dont le duc de Bar se déclara le chef suprême afin de lui donner plus d'éclat et de durée.

Cet ordre fut solennellement reconnu à Bar le 31 Mai 1416 et quarante chevaliers Lorrains parmi lesquels on en comptait de très jeunes s'y associèrent pendant cinq ans en s'engageant par serment à s'aimer et à se soutenir mutuellement dans la bonne comme dans la mauvaise fortune.

Leur décoration était un lévrier bleu en broderie ayant un collier sur lequel était gravée cette devise « Tout ung ».

*Parmi les chevaliers de la fidélité on distinguait Thiébaut de Blamont, Renaud et Érard du Châtelet son fils, Philibert et Pierre de Bauffremont, **Jean de Rodemack**, Robert de Sarre-Bruche (de Sarrebruck) dit le Damoisel de Commercy, Gobert d'Aspremont, **Robert des Armoises**, etc, etc. »*

(extrait de « Histoire de René d'Anjou roi de Naples, duc de Lorraine et comte de

Provence », par Louis François Villeneuve).

Outre que leur devise n'est pas sans rappeler celle utilisée plus tard par Alexandre Dumas pour ses Mousquetaires, on notera que parmi ces gentilshommes figuraient **Jean de Rodemack** auprès de qui Jeanne sera mise en sécurité par Blanchefort, et **Robert des Armoises** que Jeanne épousera mais qu'elle connaissait déjà depuis le mariage de Baudricourt.

*

La ressemblance de Jeanne des Armoises et l'apparence physique de Jeanne :

Lorsque le 20 Mai 1436 à La Grange aux Hormes près de Metz apparaît une jeune femme qui prétend être la Pucelle qu'on croyait morte depuis quatre ans. Ceux qui l'avaient connue quelques années plus tôt la reconnaissent : ses frères en premier lieu et de nombreuses autres personnes de la région. C'est vrai qu'elle en a l'âge, qu'elle est brune, vive, énergique, et que sous son costume d'homme la ressemblance est frappante. Qu'on lui offre un cheval et elle saute dessus avec l'agilité d'un sioux, montrant ainsi qu'elle est rompue à cette discipline typiquement guerrière. Bref, c'est bien elle !

Il existe pourtant deux rédactions du récit du doyen de Saint-Thibaud :

Dans la première, écrite vers 1445 (éditée par D. Calmet : Histoire de Lorraine, tome II. col. CC), il paraît stupéfait de cette survivance ; dans la seconde (Dupuy, vol. 630) et qui est postérieure à la mort de Jeanne des Armoises et au procès en Révision, il exprime l'opinion contraire, c'est-à-dire l'opinion classique, la seule admise par l'Église après 1456, selon laquelle Jeanne est bien morte à Rouen et que celle-ci n'est qu'un imposteur... N'oublions pas que le doyen de Saint-Thibaud est un prêtre et qu'il obéit à sa hiérarchie...

Par souci d'honnêteté intellectuelle Quicherat a publié l'une et l'autre (Procès, t. V, p. 321-324). Philippe de Vigneulles, messin du début du XVIe siècle, paraît aussi avoir connu les deux car, abrégeant le doyen de Saint-Thibaud, il considère l'événement comme une supercherie (Huguenin, Chroniques messines, p. 198 ; Procès, t.V, p. 324, note).

*

Cléry Saint-André : L'étrange trouvaille de Sergei Gorbenko...

Cléry-Saint-André se situe sur une ancienne route romaine et, à l'époque gauloise, un petit bourg existait déjà là, dont les habitants fréquentaient le site celtique de Mézières-lez-Cléry.

La plus ancienne trace écrite de Cléry date de l'époque où, ayant entendu parler du formidable travail de Liphard à Meung-sur-Loire, l'évêque d'Orléans Marcus, visitant le site celtique, avait voulu y rencontrer l'ermite. Mais Cléry n'a réellement été mis en valeur que vers 1280, à la suite de la trouvaille miraculeuse d'une statue de la Vierge dans un champ... Une Vierge couronnée (signe d'initiation) et portant un enfant dans les bras (signe d'accomplissement). Une « Vierge Noire », bien entendu !

Une chapelle fut donc construite à l'emplacement où, sans explication, les bœufs du paysan auteur de la trouvaille avaient obstinément refusé d'avancer plus loin.

C'est sous Saint-Louis qu'en fut entreprise la construction.

Inévitablement, s'ensuivent des miracles, dont de nombreuses guérisons. La nouvelle se répand rapidement et bientôt le chemin de Saint-Jacques de Compostelle venant du nord de la Loire par Orléans marquera à Cléry une étape incontournable. Du coup, la fréquentation du petit bourg ligérien augmente et quelques décennies plus tard, vers 1300, Philippe-le-Bel doit ordonner la construction d'une Collégiale aux lieu et place de la vieille chapelle et de quelques maisons.

Mais la succession de Philippe-le-Bel entraîne le début de la Guerre de Cent Ans et, en 1428, lors de leur préparation du siège d'Orléans, les Anglais, installés à Meung-sur-Loire et qui en tiennent le pont, rasent le bourg de Cléry et sa collégiale. Jeanne s'en émouvra et leur fera payer un peu plus tard lorsqu'elle reprendra Meung-sur-Loire.

Quelques années après l'épopée johannique, le dauphin Louis, futur Louis XI bataille dans le nord de la France en compagnie de son oncle le connétable Dunois (Jean le Bâtard d'Orléans, demi-frère de Jeanne). La victoire est incertaine et Louis fait le vœu de reconstruire Cléry si la victoire leur est accordée par la Vierge, ce qui advient.

La reconstruction de Cléry sera commencée en 1443, sous Charles VII.

Mais Cléry ne restera pas seulement une belle grande église capable d'accueillir les pèlerins sur le chemin de Compostelle. Elle deviendra Basilique royale en 1467 quand le dauphin, devenu le roi Louis XI, demandera à y être inhumé et y fera préparer son gisant de marbre blanc.

Il n'est pas interdit de penser que c'est son oncle Dunois qui a soufflé ce vœu au jeune dauphin, car Dunois est en effet seigneur de Meung et de Cléry, et, privilège extraordinaire et unique dans l'histoire – à l'exception de Bertrand du Guesclin inhumé à Saint-Denis –, Dunois fera de la basilique royale de Cléry sa nécropole familiale pour les générations suivantes.

Contrairement à tous les autres trois de France qui furent tous inhumés aux portes de Paris en la basilique de Saint-Denis (excepté Philippe Ier, inhumé à Saint-Benoît), Louis XI a choisi de l'être à Cléry, près d'Orléans.

Ses funérailles auront lieu en 1483. Conrad de Cologne lui sculpte un magnifique tombeau de marbre blanc, dans lequel le rejoindra peu après son épouse Charlotte de Savoie.

Qui était donc Charlotte de Savoie ?

Nulle autre que la petite-fille du duc Amédée de Savoie (futur antipape Félix V de 1440 à 1449), lequel avait hébergé Jeanne durant quatre ans en son château de Montrottier, et fondu l'Ordre de Saint-Lazare avec celui de Saint-Maurice spécialement créé par lui durant le séjour savoyard de Jeanne !

Si l'on ajoute à cela que les Dunois de trois générations se feront inhumer en la basilique de Cléry, on se rend compte qu'en vérité c'est toute la famille de Jeanne, sa véritable famille génétique et pas sa famille d'adoption domrémoise, qui se trouve réunie à Cléry.

Or, en 2001 le scientifique Serguei Gorbenko, spécialiste de la reconstitution faciale, autorisé par le Ministère de la Culture à fouiller les cryptes de Cléry, eut la surprise de trouver dans celle des Dunois un cercueil surnuméraire qui n'aurait pas dû s'y trouver !

En effet, l'inventaire réalisé sous Napoléon III, donc au plus tard en 1870, ne mentionnait pas ce cercueil supplétif. Il n'avait donc pu y être ajouté que depuis...

Il contenait le corps d'une femme décédée dans sa quarantaine, sans autre précision quant à son identité mais dont les mesures du squelette démontraient qu'elle avait l'habitude de monter à cheval et de fortes mains capables de manier l'épée...

La translation du corps d'une guerrière inconnue aurait donc eu lieu dans le plus grand secret et APRES 1870... Bien entendu on se demande immédiatement Qui elle était, par qui fut ordonné cette translation, et pour quelles raisons la faire en secret ?...

Comment ne pas faire le rapprochement avec la mystérieuse disparition des restes de Claude-Jeanne des Armoises en 1891 de la petite église de Pulligny-sur-Madon ?...

Si telle est la vérité, Jeanne d'Arc serait donc inhumée à Cléry-St-André, parmi les autres membres de sa famille.

« Requiescat in pace », Jeanne !

Jeanne était bien brune !

Un détail de la physionomie de Jeanne d'Arc est attesté par une preuve matérielle : un cheveu. Selon un ancien usage, on trouve en effet un cheveu dans le cachet de cire qu'on apposait autrefois sur les lettres authentiques. Ce scellé et son cheveu brun auraient été conservés jusqu'à une période récente, si l'on en croit Quicherat (Archives municipales de Riom ; Quicherat, Procès, t. V, p. 147).

Jules Quicherat écrivait au XIXᵉ siècle et la création ou l'élévation de Jeanne d'Arc en tant que « sainte » date de trois décennies après la mort de l'écrivain. De même qu'a mystérieusement disparu la plaque de l'église de Pulligny-sur-Madon au début du XXᵉe siècle, le cheveu de ce sceau qui serait de nos jours identifiable par l'ADN est-il encore disponible à l'expertise ?... Il serait intéressant de pratiquer aujourd'hui une comparaison d'ADN avec les restes de Charles VII ou sa descendance... En tous cas, elle était bien brune ! C'est là un renseignement précieux pour les artistes.

Le seul portrait de Jeanne d'Arc réalisé de son vivant fut celui fait à Reims et emporté par un écuyer écossais en cadeau pour le roi Jacques 1er d'Écosse.

Elle y avait vu « la semblance d'elle, toute armée, qui présentoit une lettre à son roy, et estoit agenouillée d'un genou... » (Chronique et procès de la Pucelle d'Orléans, p. 479, col. 1.)

C'est donc en Écosse qu'il faut chercher si l'on veut trouver un portrait fidèle de la Pucelle d'Orléans.

*

Recherche de la parenté génétique :

(extrait d'un article de vulgarisation scientifique paru dans l'hebdomadaire l'Express du 15/06/2006)

> « *Les marqueurs génétiques constituent des signatures uniques, comparables aux empreintes digitales, qui passent, telles quelles, de génération en génération. Deux personnes dont le génome porte le même signe distinctif ont donc forcément un ancêtre commun. Les biologistes qui cherchent à reconstituer les arbres généalogiques s'intéressent particulièrement aux marqueurs situés sur le chromosome Y - celui de la masculinité - qui se transmettent exclusivement de père en fils, et à ceux situés sur les gènes des mitochondries, ces organismes microscopiques qui fournissent l'énergie à la cellule et se transmettent par les femmes. ...*/... »*

Des laboratoires étrangers (anglais et espagnols notamment) vendent aujourd'hui des milliers de tests pour quelques centaines d'euros pièce aux particuliers désireux de connaître leurs origines.

Si le sceau indiqué par Quicherat au XIXᵉᵐᵉ siècle est toujours existant, il serait donc possible aujourd'hui de réaliser une comparaison d'ADN avec les descendants de Jeanne des Armoises et ceux des rois de France...

Quel Ministre de la Culture osera commanditer une telle expertise ?

*

Saint-Bernard : (vers 1090 - 20 Août 1153)

Né d'une famille de haute noblesse (père « de Chatillon », mère « de Montbard »); Il entre en 1112 dans l'ordre de Citeaux et fonde en 1115 le monastère de Clara Valis (Clairvaux). En 1130, il décide par son vote de l'élection du pape Innocent II ; en 1140, condamne le célèbre scolastique Abélard ; en 1145, accompagne le légat du pape Albéric dans sa mission contre les hérétiques albigeois. Ses prédications furent décisives pour le début de la seconde Croisade (1147-1149). Il est canonisé dès 1174.

À son instigation, son oncle André de Montbard figure parmi les fondateurs de l'Ordre du Temple dont il fut le quatrième Grand-Maître.

*

Ordre du Temple :

Son origine pourrait avoir été l'Ordre des Solitaires (ou Kaddosh).

Cet ordre était d'inspiration essénienne, gnostique et johannique (au sens de Saint-

Jean, bien sûr, pas encore de Jeanne d'Arc !) :

Un certain Arnaud de Toulouse serait parti en Palestine vers le début du IXe siècle pour étudier et pénétrer les mystères de cette société secrète. Il accéda à l'initiation des trois grades et obtint l'autorisation de fonder une émanation de l'Ordre en Europe. La première loge fut fondée en 804 à Toulouse par Arnaud sous le nom d'Amus. En l'an Mil, l'Ordre aurait compté parmi ses membres des personnages aussi remarquables que Gerber d'Aurillac (grand scientifique et futur pape Sylvestre II), et après la première Croisade : Raymond de Saint-Gilles (comte de Toulouse), Godefroi de Bouillon et les neuf chevaliers qui deviendront les fondateurs de l'Ordre du Temple.

*

Les Templiers à Orléans :
(d'après : nonnobisdominenonnobissednominituodagloriam.unblog.fr)

Maîtres de l'Ordre du Temple de Saint-Marc d'Orléans : Frère Simon Lecoq (1171), Frère Gervais du Plessis (1207), Frère Gaudefroy (1226), Frère Hilaire (1259), Frère du Hainne (1282), et très certainement Réginald de Pruino qui fut le dernier et se fit l'avocat du Temple.

La Préceptorie de Saint-Marc avait un vaste domaine à l'Est d'Orléans. Son siège était situé rue de Bourgogne, au n°218 actuel, dans l'ancienne église Saint-Sauveur, à l'emplacement d'une ancienne synagogue. Elle était relativement importante, et ses possessions, droits et autres privilèges étaient nombreux. Elle comprenait les commanderies et maisons suivantes : La Gabellière, Bou, Bucy-le-Roy, Chaumont, Acquebouille, Beaugency, La Villette, Le Mont de Cravant, Meung-sur-Loire, La Bovrie, Villiers-le-Temple, Saugirard, Villeloup, Saint-Cyr-Semblecy, Saint-Romain, Gien, Montbouy, Rouvray-Sainte-Croix.

*

L'Hôtel-Dieu d'Orléans

Son architecture devait être très instructive si l'on en croit Léon de la Buzonnière décrivant la salle Saint-Lazare dans son « Histoire Architecturale d'Orléans » :

« Neuf hautes et fines colonnes, sans base mais terminées par des chapiteaux s'épanouissant comme des têtes de palmier, illustrés de dessins imaginaires, de têtes d'homme, d'anges ailés et de lions, portaient poutres et solives laissées à découvert. »...

Ou encore à propos d'une porte extraordinairement ouvragée : « la porte était un bijou, comme on savait en faire au XVIe siècle (...). Une multitude de sujets sacrés, profanes, fantastiques s'y pressaient dans un désordre moral qui ne nuisait en rien à l'effet artistique (...) »

En bon chrétien soumis à l'atmosphère de l'époque, l'écrivain parle de « désordre moral » lié à la promiscuité de sujets profanes et fantastiques avec des sujets sacrés...

Des dessins imaginaires, qu'est-ce sinon des représentations hors dogme ?... Probablement des griffons, des sphinx, des dragons et autres bêtes symboliques. Ainsi que des palmiers, des têtes de lions... Autant de souvenirs de l'Orient et des croisades qu'à l'époque de l'évêque Jarente l'Église toute puissante voulait faire oublier.

Son souhait de voir démolir ces restes trop parlants d'un Moyen-âge trop longtemps marqué de paganisme sera paradoxalement exaucé un demi-siècle après sa mort par une municipalité en principe laïque. C'est en effet un élu, Maire d'Orléans, un certain Lacave, qui réalisa dans les années 1850 ce projet depuis longtemps soutenu par l'Église et qui visait à démolir trois témoins essentiels de l'histoire locale, en l'occurrence, **l'Hôtel-Dieu**, **Saint-Samson** et **Saint-Sulpice**, comme par hasard tous trois liés à l'histoire du Temple et de Sion...

Mais si l'évêque Jarente savait encore parfaitement à quoi s'en tenir quant aux raisons ultimes de son projet, les vandales qui le mettront à exécution soixante ans plus tard savaient-ils vraiment ce qu'ils démolissaient ?...

*

Le culte de Sainte-Anne et l'évolution de Notre-Dame en Immaculée Conception

Outre les Templiers aux XIIᵉ et XIVᵉ siècles, après la chute du Temple ce sont les Ordres Mineurs qui semblent avoir pris le relais et avoir été les locomotives du culte marial. Notamment les Franciscains et les Carmes.

Si l'on en croit l'historique officiel, après la mitigation de leur règle accordée en 1432 par Eugène IV et la réforme de l'Ordre par le Bienheureux Jean Soreth, provincial de France puis 25ᵉ Prieur général, les Carmes commencèrent à batailler aux côtés des Franciscains en faveur d'une croyance à l'Immaculée Conception. (www.carmel.asso.fr). En réalité, on ne l'appelait pas encore ainsi à l'époque mais Notre-Dame du Mont-Carmel, une conception féminine de la déité qui ressemble beaucoup à celle des Celtes.

Mais ce n'est pas là le début de leur croisade mariale. En effet, une légende voudrait que Sainte-Anne soit apparue à sa mère, Hysmeria, au cours d'une visite de cette dernière aux ermites du mont Carmel. Et dès le XIVᵉ siècle les peintures de nombreux artistes, dont Ugolino di Nerio, attestent de la réalité d'un culte à Sainte-Anne. Parmi de nombreuses autres peintures de l'époque, l'une des plus célèbres œuvres de Ugolino reste le « Sainte-Anne et la Vierge Enfant » visible au Musée des Beaux-Arts (ex Galerie Nationale) d'Ottawa – Canada –, et qui date de 1330/1335. On peut donc s'étonner du fait que la fête de Sainte-Anne, le 26 juillet, n'ait été imposée à toute l'Église catholique qu'en 1584, par Grégoire XIII, bien que le pape Urbain VI l'eût déjà ordonnée dès 1382 pour toute l'Église. Elle était assurément célébrée avant cette date dans de nombreuses régions, et notamment dans les régions de tradition celtique.

En 1204, le comte Louis de Chartres aurait sauvé du pillage de Constantinople une précieuse relique : la tête de Sainte-Anne. En 1206 la comtesse Catherine en aurait fait don à la cathédrale de Chartres.

Par ailleurs, le pape Grégoire X (mort en 1276) portait dans son cercueil une chasuble brodée représentant Sainte-Anne et la Vierge enfant, où l'on pouvait lire : « *COELESTE BENEFICIUM INTRAVIT IN ANNAM DE QUA NATA EST NOBIS MARIA VIRGO MA TER DOMINI* » *(A. del Vita, « Lo Scapolare di Papa Gregorio X », Dedalo, IV (1923-1924), p. 625-628)*

(Extraits du site « national.gallery.ca »)

*

La Mission de Jeanne

Quand elle était à Vaucouleurs, Jeanne logeait chez le charron.

Jean de Metz, l'un des seigneurs fréquentant Vaucouleurs, la vint trouver chez le charron et lui dit : « Ma mie, que faites-vous ici ? Faut-il que le roi soit chassé du royaume et que nous devenions Anglais ? »

Ce qui signifie clairement qu'il savait à qui il avait affaire et que la soi-disant « bergère » était déjà bien préparée à sa future mission !

Jeanne répond : « *Je suis venue ici, à chambre de roi (dans une ville royale), parler à Robert de Baudricourt pour qu'il me veuille mener ou faire mener au roi. Mais il ne prend souci ni de moi ni de mes paroles. Et pourtant, avant le milieu du carême, il faut que je sois devers le roi, quand je devrais user mes jambes jusqu'aux genoux... car nul au monde, ni ducs, ni fille du roi d'Écosse, ni aucun autre ne peut recouvrer le royaume de France ; et il n'y a point de secours que de moi : et certes, j'aimerais bien mieux filer auprès de ma pauvre mère, car ce n'est point mon état ; mais il faut que j'aille et que je le fasse...* »

Cette réponse laisse à penser que Jeanne est dès ce moment, déjà parfaitement au fait de son importance personnelle dans la suite des événements.

Elle a désormais PLUS D'IMPORTANCE QU'UN DUC OU QUE LA FILLE DU ROI D'ÉCOSSE !!!

Est-elle déjà initiée à sa « Mission » en tant que représentante de Sion ? Sa réponse énigmatique porte à le croire.

Elle connaît aussi exactement le calendrier et le timing qu'il lui faut absolument respecter !... Est-ce que par hasard délivrer Orléans au mois de Juin ou Juillet plutôt qu'en Mai aurait eu une autre signification ?... Assurément ! car elle n'aurait pas pu procéder au sacre de la Triple Donation au jour prévu le 21 Juin...

Il devient limpide que cette discrète cérémonie en l'abbaye de Saint-Benoît sur Loire revêtait pour elle et pour *Sion* bien plus d'importance que le sacre de Reims lui-même...

*

La Chevauchée

Le Parcours de Jeanne de Domrémy à Chinon : 11 jours de cheval qui représentent 600 kilomètres soit des étapes de 55 à 60 kms/jour... ou plutôt par nuit, car ils voyageaient de nuit pour éviter les Anglo-Bourguignons. La petite troupe semble vraiment pressée d'arriver dans les temps impartis par un calendrier déterminé !...

Domrémy – Burey – Vaucouleurs – Echenay – Poissons – Saint-Urbain – Ceffonds – Bar-sur-Aube – Clairvaux – Pothières – Auxerre – Saint-Fargeau – Gien – Selles-sur-Cher – Saint-Aignan-sur-Cher – Loches - Sainte-Catherine de Fierbois – Chinon... Autant d'étapes qui furent lieux d'établissements Templiers ou d'abbayes cisterciennes !...

Jeanne chevauche avec sept hommes d'escorte : Jean de Novelompont (dit Jean de Metz, - il faut rappeler que le blason de Metz, encore de nos jours, est « mi-partie de sable et d'argent », il n'est autre que le Baucent des Templiers -) et Bertrand de Poulengy (les deux officiers de Baudricourt qui venaient régulièrement à Domrémy), et l'écuyer Jean de Honecourt ; Pierre (ou Jean ?) d'Arc (pseudo-frère de Jeanne) ; le messager du roi Colet de Vienne, et son archer écossais Richard ; Jean Dieulewaard (écuyer de René d'Anjou) et son propre écuyer Julien.

Au cours de cette chevauchée de Vaucouleurs à Chinon, Jeanne d'Arc et ses compagnons d'armes, venus par la combe, auraient fait boire leurs chevaux à la « fontaine ronde » avant de se reposer à l'abbaye de Saint-Urbain. Après leur départ, à la sortie de Poissons, ils subirent une attaque par des Anglo-Bourguignons (ou des bandits ?) près d'une fontaine, appelée depuis « Fontaine à l'assaut ».

*

Comment était Jeanne ?

Même si elle portait des vêtements masculins, Jeanne avait des formes bien féminines, de la poitrine et un visage aux traits harmonieux. Si elle portait les cheveux courts, coupés en rond ou « en sébille » comme on disait alors, c'était tout simplement... la mode ! Pas précisément pour les femmes, mais pour tous les jouvenceaux, pages et autres damoiseaux. Devant chevaucher discrètement parmi des cavaliers mâles, Jeanne à Vaucouleurs se fit couper les cheveux comme un damoiseau, en revêtant l'habit d'homme que lui a procuré Baudricourt pour le voyage à Chinon.

Il n'empêche que Charles d'Orléans, détenu en Angleterre, lui aurait offert des vêtements d'apparat « aux couleurs des Orléans ». Outre que cela confirme son appartenance génétique à la Famille d'Orléans, on sait grâce à ce cadeau que Jeanne mesurait 1m58.

L'évêque Cauchon lui-même, à Rouen, lui fera faire sur mesure une robe de prix afin qu'elle puisse s'habiller dans sa chambre (et non pas dans sa cellule) et ainsi quitter ses habits d'homme.

*

Jeanne de Laval et l'anneau d'or :

Seconde épouse de Bertrand du Guesclin, Jeanne de Laval était beaucoup plus jeune que son défunt époux et lui survivait donc encore en 1429. Ses petit-fils, Guy et André de Laval, ainsi que son neveu Gilles de Rais furent parmi les plus proches lieutenants de Jeanne d'Arc durant ses exploits ligériens, et cette dernière envoya à Jeanne de Laval un anneau d'or après son entrée dans la ville. Si réellement Jeanne n'avait été qu'une bergère de Domrémy, on peut se demander pourquoi elle envoya cet anneau à une femme qu'elle ne connaissait pas ?...

La réponse plausible vient immédiatement à l'esprit si l'on considère l'hypothèse selon laquelle Jeanne fut l'envoyée de Sion pour commander aux Templiers.

En tant que chef de guerre et dans la mesure où les deux fils et le neveu de du Guesclin (Grand-Maître du Temple) – probablement Templiers occultés eux-mêmes, ainsi que Saintrailles et beaucoup d'autres – étaient à ses côtés pour faire lever le siège d'Orléans, et donc pour la délivrance du « Siège de Sion » (Saint-Samson), il est probable que Jeanne de Laval avait fait tenir à Jeanne l'anneau de son mari qu'elle avait reçu en tant que « symbole de commandement des Templiers » ou peut-être de réunification du Temple et de Sion.

Une autre explication, parfaitement complémentaire de la première, est que Jeanne lui ait envoyé (ou renvoyé) cet anneau comme un signe, pour lui faire savoir de manière discrète que malgré le long siège de la ville tout était bien « en ordre », c'est le cas de le dire, à Saint-Samson d'Orléans.

*

Chartes de l'abbaye du Mont-Sion

(Extrait des Mémoires de la Société nationale des Antiquaires de France, t. XVIII, Paris, 1888)

« *L'abbaye de Notre-Dame du Mont-Sion fut fondée par Godefroy de Bouillon peu de temps après l'arrivée des Francs à Jérusalem, où cette maison subsista jusqu'en 1187. Dès que la ville d'Acre fut rentrée au pouvoir des Latins, les religieux du Mont-Sion se réunirent de nouveau au prieuré de Saint-Léonard de cette ville qu'ils possédaient depuis de longues années et, en 1291, le dernier survivant de ces moines se retira en Sicile au casal du Saint-Esprit, près Catalanizetta, qui avait, été donné à l'abbaye par le comte Serge et la princesse Adelasie, sa femme...*

*...à son retour de la croisade le roi Louis VII ramena avec lui plusieurs religieux de l'abbaye du Mont-Sion; ils furent établis an prieuré de Saint-Samson d'Orléans que ce prince venait de donner à la maison de Jérusalem. **Ce fut là qu'au XIVe siècle les archives de l'abbaye du Mont-Sion, d'abord transportées en Sicile, à la suite de la prise d'Acre, furent enfin déposées.** »*

En 1429, *Sion* et ses archives étaient donc toujours à Saint-Samson d'Orléans.

Ce n'est donc pas tant la ville elle-même qui avait une importance stratégique relative, mais bien le siège de *Sion* qu'il fallait protéger car il recelait le grand secret de la « Lignée Sacrée »... au moins aussi importante pour les anglais qui voulaient se dégager de la papauté que pour le dauphin Charles incertain de ses origines.

*

Étendard, Oriflamme, ou Bannière de Jeanne

L'artisan qui réalisa cette enseigne pour Jeanne s'appelait Hans Poulvoir, drapier à Tours.

Mais qu'est-ce donc qu'une « Oriflamme » et pourquoi parle-t-on tantôt de l'Étendard, tantôt de la « Bannière » de Jeanne ?

Étendard (du Franc Standhard) : enseigne de guerre.

Oriflamme (du lat. Aurifiamma) : étendard des rois de France : Lys d'or sur champ bleu.

Bannière : sorte d'étendard réservé aux Chevaliers « bannerets ».

Comme on le constate, tous sont des « étendards » mais l'Oriflamme est uniquement royal tandis que la Bannière est immédiatement en-dessous dans la hiérarchie militaire.

Le Chevalier banneret (qui réunit des troupes sous sa « bannière ») se situait entre le Chevalier ordinaire et le Baron. Il avait le pouvoir de commander d'autres Chevaliers. Outre que la liste de Larmenius le fait apparaître comme un Grand-Maître du Temple, Bertrand du Guesclin en tant que Connétable de Charles V était un Chevalier banneret. Nul doute que Jeanne fut au moins de rang équivalent, mais probablement bien plus.

Les Chevaliers bannerets apparaissent sous Philippe-Auguste (XIIe siècle) et disparaissent avec la création des Compagnies d'Ordonnance sous Charles VII. Ces « Compagnies d'ordonnance » seront les premiers régiments professionnels permanents à disposition du roi de France, qui donneront naissance un siècle plus tard aux Compagnies de Mousquetaires. Et il est patent que les Compagnies de Mousquetaires décrites par Alexandre Dumas avaient gardé de leurs prédécesseurs une « certaine idée » du service du roi, et que les Armagnacs et Gascons enrôlés en grand nombre dans ce corps y faisaient bonne figure...

Jeanne portait-elle donc une « Oriflamme » ? Ce qui laisserait entendre son origine royale. Ou portait-elle une « Bannière » en tant que commandant en chef des Armées ?... On ne le saura sans doute jamais puisque l'étendard de Jeanne a « disparu », paraît-il au cours de sa capture à Compiègne. En fait, il semblerait qu'il y eut les deux à entrer dans la cathédrale de Reims lors du sacre...

Sur les étendards et bannières médiévales, les deux faces sont identiques mais les dessins sont inversés au revers (de même que sur les housses de chevaux, ce qui est trop souvent ignoré ou oublié par les figurinistes). C'est le principe de ce qu'on appelle des « figures contournées » en héraldique. Par exemple, un animal, tel le sanglier de l'étendard de Richemont, regarde toujours vers la hampe. Ceci avait un intérêt pratique, car pour bien flotter au vent les étendards étaient toujours d'une seule épaisseur d'étoffe que les peintures grasses pouvaient traverser sans dénaturer la décoration de l'autre face.

L'étendard de Jeanne, tel qu'il fut soi-disant « reconstitué » au début du XXe siècle pour servir aux célébrations, était une exception à ce principe avec des motifs différents à l'avers (Christ du Jugement dernier) et au revers (écu avec coulon et devise). Pesant plus de 20 kg, il était bien trop lourd et pendait lamentablement à sa hampe. Il en était d'autant moins crédible.

Depuis quelques années, il a été remplacé par une nouvelle version exécutée d'après la description que Jeanne elle-même en aurait donnée à son procès. Mais pour autant qu'on puisse faire confiance à ce document, elle l'a décrit de manière si énigmatique que l'on est porté à croire qu'elle en a sciemment donné une explication profane, destinée à satisfaire ses juges.

Voici ce qu'en dit Olivier Bouzy dans son livre « Jeanne d'Arc Mythes et Réalités » (Edition Atelier de l'Archer) :

> *« Avant de partir pour Orléans Jeanne se fit faire deux enseignes par un peintre de Tours, Hauves Poulnoir. Le "petit étendard" fut accidentellement brûlé au moment de l'entrée de Jeanne à Orléans. Le "grand étendard" disparut au moment de la capture de Jeanne par les Bourguignons à Compiègne. Il n'a pas été vu par Pierre Cauchon, qui en fit faire la description par Jeanne au cours de son procès.*

> *Jeanne elle-même a été interrogée à plusieurs reprises sur ses enseignes lors du procès de condamnation, ses réponses nous sont parvenues à la fois par les minutes françaises et le texte latin. (note de l'éditeur : ce qui est une erreur puisque les minutes françaises disparues ne nous sont connues que par leur version latine)*

> *Le 27 février 1430 (traduction) « Interrogée si, lorsqu'elle vint à Orléans, elle avait*

*une enseigne, en français estandard ou bannière, et de quelle couleur elle était, elle répond qu'elle avait une enseigne dont le champ était semé de lys, et il y avait là le monde figuré et deux anges sur les côtés, et il était de couleur blanche, de toile blanche ou boucassin, et étaient là ces devises : Jhesus Maria, **ainsi qu'il lui semble**, et les franges étaient de soie ».*

« **Ainsi qu'il lui semble** »... L'assertion est pour le moins incertaine ! Étrange de la part de celle qui avait passé commande de l'objet sur les directives de son roi du ciel...

Le 10 mars (minute « française » d'après Olivier Bouzy, en réalité une re-traduction depuis les minutes latines puisque les originales françaises ont disparu dès le XVᵉ siècle) : « Interroguée se en iceluy estaindard, le monde est painct et ses deux angles repond que saincte Katherine et saincte Marguerite luy dirent qu'elle prinst hardiement et le portast hardiement et qu'elle fist mectre en painture la le roi du Ciel... et de la signifiance ne sait aultrement ».

Le 17 mars « Interroguée s'elle les a faict paindre tielz qu'ilz viennent à elle respond qu'elle les a fait paindre tielz en la manière qu'ils sont paints es eglises. »

Le 17 mars, dans l'après-midi « Interroguée se ses deux angelz qui estoyent painctz en son estandard representoyent sainct Michiel et sainct Gabriel, respond qu'ils n'y estoient fors seulement pour l'onneur de Nostre Seigneur, qui estoit figuré tenant le monde.

Interroguée se ces deux angles, qui estoient figurés en l'estaindart estoient les deux angles qui gardent le monde, et pourquoy il n'y en avoit plus, veu qu'il luy estoit commandé par Nostre Seigneur qu'elle painst cel estaindard, respond tout l'estaindard estoit commandé par Nostre Seigneur; par les voix de sainctes Kaffierine et Marguerite qui luy dirent pren l'estaindart de par le roy du Ciel, elle y fist faire celle figure de nostre Seigneur et de deux angles et de couleur et tout le fist par leur commandement ».

Il s'agit là bien évidemment d'un témoignage de première main, mais singulièrement discret. Jeanne insiste habilement sur le fait que le « Seigneur » figuré tient le monde, ce qui est habituellement l'apanage de Dieu le Père, elle insiste aussi sur l'identité des archanges, saint Gabriel, dont l'attribut est une fleur de lys, et saint Michel, dont l'attribut est une épée. Elle peut ainsi faire croire à ses juges qu'il s'agit d'une représentation « neutre » de Dieu.

En fait les conventions iconographiques sont suffisamment éloquentes pour que cette description nous permette d'identifier un Christ du Jugement dernier, entouré de l'ange de la justice et de l'ange de la miséricorde. Le pennon portait une Annonciation... La devise était certainement « Jhesus Maria » comme sur l'étendard. Le phylactère présenté à la Vierge par la colombe de l'Esprit saint devait porter la phrase « de par le roi du ciel »...

L'étendard a disparu quelque part autour de Compiègne sans qu'il en reste rien. On peut penser qu'il a été piétiné au moment de la capture de Jean d'Aulon, qui portait habituellement l'étendard au côtés de Jeanne. Si l'étendard avait été pris intact, il aurait sans doute été accroché en trophée aux voûtes d'une église favorisée par le comte de Luxembourg, selon les usages du temps. Mais nous n'en avons aucune trace. »

Olivier BOUZY est incontestablement un spécialiste de l'Histoire Johannique. Pourtant, il ne s'avance qu'avec une extrême prudence à parler de ce qu'il ignore comme tout le monde car il dit textuellement que Jehanne : « ... peut ainsi faire croire à ses juges qu'il s'agit d'une représentation "neutre" de Dieu... ». Mais pourquoi Jehanne aurait-elle dû « faire croire » à quelque chose si la vérité n'avait été autre ?... C'est bien ça le problème épineux.

Et encore, en parlant du pennon : « La devise était certainement « Jhesus Maria » comme sur l'étendard... ». Il aurait pu dire : on est assuré que... Mais ce « certainement » là mériterait d'être suivi d'un point d'interrogation tant c'est un conditionnel, puisque nous ne saurons jamais ce qui figurait en réalité sur l'étendard lui-même ! Il est donc plus que hasardeux d'en déduire ce qui figurait sur le pennon. Nous avons pris comme hypothèse de ce roman que ce « Jhésus + Maria » était suivi de « Magdalena ». Tant que nous ne pourrons en démontrer la véracité, sans doute jamais, cette interprétation ne restera qu'une simple hypothèse de roman, mais ô combien plausible.

La « bannière » de Jeanne à Reims :

L'évêque de Reims ayant voulu s'opposer à l'entrée de ce symbole dans sa cathédrale pour le sacre de Charles VII (on se demande bien pour quelles raisons ?), Jeanne lui répondit : *« Il a été à la peine, c'est bien raison qu'il soit à l'honneur ! »*

Arrêtons-nous un instant sur deux extraits de : « Méditation sur la Politique de Jeanne d'Arc » de Charles Maurras (texte de 1929 reprenant un auteur du XVIIe siècle) :

*« S'il m'était accordé un jour de rêver la plume à la main sur cette histoire incomparable, j'aimerais, je l'avoue, de m'en tenir à une série de méditations qui porteraient expressément, uniquement, sur l'esprit et sur la raison de cette Française excellente, comblée de tous les plus beaux dons de l'intelligence de son pays. Son premier historien, Edmond Richer, voulut écrire d'elle, dans notre langue et non en latin, en raison, dit-il, de la beauté du « français » qu'elle avait parlé. Richer vivait au commencement de ce XVIIe siècle, qui s'y connut en matière de belle langue. Chez Jeanne d'Arc, la parole drue et fine, toujours pleine de sens, suivait aussi l'esprit le plus vif, le plus aisé qui ait jamais chanté sur l'arbre natal. **Tout le contraire de cette mystique hallucinée et somnambule qu'une certaine légende a voulu imposer !** L'un de ses traits distinctifs est de voir et de dire, en tout, les raisons brillantes des choses : la première beauté de ses discours et de ses actes tient au degré de lumineuse conscience qu'ils manifestent. Nul être humain n'aura mieux su ce qu'il faisait et pourquoi il le faisait. C'est le triomphe de l'intelligence limpide. »* ...*/...*

« On ne saurait trop admirer Jeanne d'Arc comme vivant reflet de l'énergique résistance instinctive de son pays. Provinces éloignées ou nouvellement réunies firent à ce moment des prodiges de fidélité. Les gens du Midi en sont particulièrement fiers, car les Armagnac composaient le parti fidèle et notre comte de Provence René, René d'Anjou et de Lorraine, s'il fut un moment ébranlé, finit par nous représenter au sacre de Reims, car il y portait l'oriflamme. »...

Avec le premier extrait on se rend compte que Jeanne, très loin d'être une bergère inculte ne sachant ni lire ni écrire, savait parfaitement s'exprimer dans un français remarquable.

Le second paragraphe nous indique qu'il y avait bien DEUX étendards au sacre de Reims. L'Oriflamme royale étant portée par René d'Anjou, l'autre ne pouvait être que la « Bannière » de Jeanne qu'elle tenait elle-même, et dont par ailleurs on ne connaît pas la composition exacte, sujet central de ce roman.

À moins que cette bannière-là ne fut le Beaucent « de sable et d'argent » des Templiers, il nous faut penser que si l'évêque a ergoté sur son entrée, c'est que la Bannière de Jeanne (réalisée sur les indications et dessins de la Pucelle par Hans Poulvoir, le drapier de Tours) présentait quelque allégorie fort dérangeante pour l'Église...

L'original ayant disparu, c'est sur une hypothèse convenant à l'atmosphère politique de l'époque qu'en 1917 fut « reconstituée » la Bannière qui servait encore il y a peu aux cérémonies officielles.

Pourtant un parfum de mystère plane sur cet étendard, qui devait faire flotter haut quelque étrange revendication si l'on en juge par l'insistance avec laquelle l'Inquisition s'y intéressera au procès :

« L'INTERROGATEUR : Qu'aimiez-vous mieux, votre bannière ou votre épée ?

« JEANNE : J'aimais quarante fois mieux ma bannière que mon épée.

« L'INTERROGATEUR : Qui vous fit faire cette peinture sur la bannière ?

« JEANNE : Je vous ai assez dit que je n'ai rien fait que du commandement de Dieu.

« L'INTERROGATEUR : Qui portait votre bannière ?

« JEANNE: C'est moi-même qui portais ladite bannière quand je chargeais les ennemis, pour éviter de tuer personne. Je n'ai jamais tué un homme.

Description de son étendard par le personnage de Jeanne dans « le Mistère du Siège d'Orléans »

> *Un estandart avoir je veuil*
> ***Tout blanc,*** *sans nulle autre couleur,*
> *Où dedans sera un **soleil**,*
> *Reluisant ainsi qu'en chaleur ;*
> *Et au milieu en grand honneur*
> *En lectre d'or escript serai*
> *Ces deux mots de digne valeur*
> *Qui sont cest : **AVE MARIA**.*
> *Et au dessus notablement*
> *Sera une majesté*
> *Pourtraicte bien et jolyment,*
> *Faicte de grant auctorité.*
> *Aux deux coutés seront assis*
> *Deux anges que chascun tiendra*
> *En leur main une fleur de liz,*
> *L'autre le **souleil** soustiendra.*

Comme on s'en rend compte, le mot « Soleil » apparaît deux fois dans la strophe, « Maria » une fois, et il n'est fait aucune mention de Jésus ou de Dieu.

L'étendard originel a été perdu dans la bataille de Compiègne, et un an plus tard au procès de Rouen l'évêque Cauchon lui-même tentera sans grand succès de faire dire à Jeanne quels symboles il représentait. Le seul fait de cet interrogatoire révèle que les symboles de cette bannière n'étaient sans doute pas exactement ceux auxquels l'Église était en droit de s'attendre...

En vérité, nul contemporain de Jeanne n'a jamais représenté sa bannière sous forme graphique et les descriptions qui en sont données par la suite sont toutes divergentes, y compris, ce qui est plus que bizarre, ses propres compagnons Pasquerel ou Dunois qui ne s'entendent pas vraiment sur la nature des inscriptions ou de la devise brodée dessus.

L'actuel étendard, utilisé pour les cérémonies depuis le début du XXᵉ siècle, est une reconstitution datant de 1909 d'après indications fournies par des illustrations religieuses postérieures.

*

Esséniens

Fraternité ou secte juive dont l'origine remonte à l'Égypte et qui se développa au bord de la Mer Morte (Qumran, Gamala) de 150 av. JC jusque vers la fin du 1er siècle. On considère qu'elle fut fondée par un avatar de Melchisedech, légendaire « Maître de Justice » ; Ce même maître invisible se retrouve sous le nom de Khidr-Elias chez les soufis avec lesquels les Templiers entretiendront de véritables relations d'amitié ;

Les Esséniens associaient la doctrine monothéiste de Moïse à celle de Zoroastre. À l'époque de Jésus et depuis deux siècles existait en Égypte, près d'Héliopolis dans le delta du Nil, un second Temple identique à celui de Salomon à Jérusalem, où une branche de ces Esséniens avait développé ce qu'on appellera les « Thérapeutes ». Ils étaient de grands spécialistes de la médecine des simples et de l'énergie vitale. Selon certains exégètes, Jésus aurait été Thérapeute, ce qui expliquerait sa grande science du corps humain, de ses défaillances et des ressources extraordinaires de l'Esprit sur la Matière qui étaient et sont encore considérées comme des miracles. Ces « Thérapeutes » tout comme leurs cousins Esséniens étaient assez mal vus de la hiérarchie cléricale et religieuse mise en place sous Hérode par les Romains et contestée par beaucoup. En fait il y a tout lieu de penser que les Esséniens eux-mêmes étaient divisés en divers courants, dont les « Nazaréens » (ou « Naziréens »). De là proviendrait l'attribut « de Nazareth » accolé au nom de Jésus, bien qu'il n'y ait jamais eu de cité nommée Nazareth à cette époque, pas davantage que de Bethleem ou en tout cas pas à l'endroit connu sous ce nom aujourd'hui. Beth-lehem signifie tout simplement « Maison du blé ». C'est en effet interprétable comme une sorte de grange, de grenier à grain et non pas d'étable. Quant à Nazareth, en vérité elle n'existait pas du temps du Christ et il a fallu l'inventer de toute pièces. « Le Naziréen » est un épithète, qualificatif d'un particularisme religieux, et les Pères de l'Église se sont donnés un mal fou pour y substituer l'attribut « de Nazareth » et ainsi escamoter le nom du véritable quartier général de Jésus, sur la montagne galiléenne au bord du lac de Tibériade : la cité de Gamala !

C'est Hélène, la mère de l'empereur Constantin qui, au IVe siècle, inventa l'implantation moderne de ces cités mythiques afin que les nombreux pèlerins se rendant déjà en Palestine à cette époque y trouvassent des lieux concordants avec la « Religion d'État » que son fils avait instaurée pour remplacer les cultes antérieurs.

C'est aussi Hélène qui fit rechercher sur le Golgotha les morceaux de la « Vraie Croix » dont les innombrables morceaux considérés comme reliques authentiques pourraient, si on les rassemblait tous, constituer une véritable forêt de gibets...

*

Hymne « À L'ÉTENDARD » (1899) des abbés Vié et Laurent (chanoine honoraire et maître de chapelle à la cathédrale d'Orléans).

1-   *Sonnez fanfares triomphales*
        Tonnez canons ! Battez tambours
        Et vous, cloches des cathédrales
        Ébranlez-vous comme aux grands jours
        En ce moment la France tout entière
        Est debout avec ses enfants
        Pour saluer comme nous la Bannière
        De la Pucelle d'Orléans

Refrain :   *Étendard de la Délivrance*
        À la victoire il mena nos aïeux.
        À leurs enfants il prêche l'espérance.
        Fils de ces preux, chantons comme eux.
        Vive Jeanne, vive la France.

2-   *Salut à la blanche bannière*
        Salut, salut aux noms bénis
        Du Christ et de sa Sainte Mère
        Inscrits par Jeanne dans ses plis :
        Par eux jadis elle sauva la France
        Aimons les donc comme autrefois
        Et de nouveau consacrons l'alliance
        De notre épée avec la Croix.

3-   *Quels noms fameux tu nous rappelles*
        Drapeau saint, toujours vainqueur
        Patay, Beaugency, les Tourelles
        Et Reims où tu fus à l'honneur.
        À ton aspect que la France reprenne
        Sa vieille foi, sa vieille ardeur
        En t'acclamant que son peuple devienne
        Plus fort, plus croyant et meilleur.

4-   *Planant au-dessus de nos têtes*
        Les grands Français de tous les temps
        Réclament leur part de nos fêtes
        En s'unissant à leurs enfants
        Les anciens Francs, les preux du Moyen-Age
        Et les braves des temps nouveaux
        À Jeanne d'Arc rendent le même hommage
        Et lui présentent leurs drapeaux.

                                        *

Anoblissement de Jeanne par Charles VII

Le roi de France Charles VII en donna acte à la Pucelle et à ses père, mère et frères en décembre 1429 à Mehun-sur-Yèvre (Cher). Malheureusement, l'ORIGINAL n'existe plus ! Pas davantage ceux concernant l'exemption d'impôts de Domrémy et Greux... Les seules pièces dont on dispose encore sont des « *vidimus* », c'est-à-dire des copies déclarées officiellement authentiques (mais par qui ?) et qu'on a du mal à considérer comme telles au vu de leurs légères différences, notamment celles portant sur ce nom « D'Arc » donné à Jeanne seulement à partir de 1455/56, c'est-à-dire 25 ans plus tard... Il est évident que ces documents ont été trafiqués a posteriori ! Nous avons retenu celui qui nous apparaissait le plus proche de la réalité, celui de Hordal, qui « aurait été » enregistré à la Cour des Comptes le 16 Janvier 1430. Et pourtant, même celui-là montre des incohérences à propos du Nom en question ! Nous les avons fait apparaître en gras dans les textes latin et français. (extrait du remarquable site « www.saintejeannedarc.net)

« Karolus Dei gratia, Francorum rex, ad perpetuam rei memoriam.
*Magnificaturi divinæ celsitudinis uberrimas nitidissimasque gratias, celebri ministerio Puellæ, **Johannæ d'Ay** de Dompremeyo, caræ et dilectæ nostræ, de ballivia Calvimontis seu ejus ressortis, nobis elargitas, et, ipsa divina cooperante clementia, amplificari speratas, decens arbitramur et opportunum, ipsam Puellam et suam, nedum ejus ob officii merita, verum et divinæ laudis præconia, totam parentelam dignis honorum nostræ regiæ majestatis insigniis attollendam et sublimandam, ut divina claritate sic illustrata, nostræ regiæ liberalitatis aliquod munus egregium generi suo relinquat, quo divina gloria et tantarum gratiarum fama perpetuis temporibus accrescat et perseveret.*
*Notum igitur facimus universis præsentibus et futuris, quod nos, præmissis attentis, considerantes insuper laudabilia, grataque et commodiosa servitia, nobis et nostro regno jam per dictam Johannam Puellam multimode impensa, et quæ in futurum impendi speramus, certisque aliis causis ad hoc animum nostrum inducentibus, præfatam Puellam, **Jacobum d'Ay** dicti loci de Dompremeyo, patrem, Ysabellam ejus uxorem, matrem, Jacqueminum et Johannem **d'Ay** et Petrum Prerelo, fratres ipsius Puellæ, et totam suam parentelam et lignagium, et in favorem et pro contemplatione ejusdem, etiam eorum posteritalem masculinam et femininam, in legitimo matrimonio natam et nascituram, nobilitavimus, et per præsentes nobilitamus et nobiles facimus, concedentes expresse ut dicta Puella, dicti Jacobus, Ysabella, Jacqueminus, Johannes et Petrus, et ipsius Puellæ tota parentela et lignagium, ac ipsorum posteritas nata et nascitura, in suis actibus, in judicio et extra, ab omnibus pro nobilibus habeantur et reputentur; et ut privilegiis, libertatibus, prærogativis, aliisque juribus, quibus alii nobiles dicti nostri regni ex nobili genere procreati, uti consueverunt et utuntur, gaudeant pacifice et fruantur, eosdemque et dictam eorum posteritatem, aliorum nobilium dicti nostri regni ex nobili stirpe procreatorum consortio aggregamus, non obstante quod ipsi, ut dictum est, ex nobili genere ortum non sumpserint, et forsan alterius quam liberæ conditionis existam Volentes eliam, ut iidem prænominati, dictaque parentela et lignagium sæpefatæ Puellæ, et eorum posteritas masculina et fœminina, dum, et quotiens eisdem placuerit, a quocumque milite militiæ cingulum*

valeant adipisci, seu decorari. Insuper concedentes eisdem et eorum posteritati tam masculinæ, quam fœmininæ in legitimo matrimonio procrealæ et procreandæ, ut ipsi feoda, et retrofeoda, et res nobiles a nobiiibus et aliis quibuscumque personis acquirant, et tam acquisitas quam acquirendas retinere, tenere et possidere perpetuo valeant atque possint, absque eo quod illas vel illa, nunc vel futuro tempore, extra manum suam innobilitatis occasione ponere cogantur ; **nec aliquam fïnanciam nobis, vel successoribus nostris, propter hanc nobilitationem, solvere quovis modo teneantur aut compellantur : quam quidem financiam, prædecessorum intuitu et consideratione, eisdem supranominatis, et dictæ parentelæ et lignagio prædictæ Puellæ, ex nostra ampliori gratia donavimus et quitavimus, donamusque et quitamus per præsentes, ordinationibus, statutis, edictis, usu, revocationibus, consuetudine, inhibitionibus, et mandatis factis, vel faciendis ad hoc contrariis, non obstantibus quibuscumque.

Quocirca dilectis et fidelibus nostris gentibus compotorum nostrorum, ac thesaurariis necnon generalibus et commissariis super facto financiarum nostrarum ordinatis seu deputandis, et ballivo dictæ balliviæ Calvimontis, cæterisque justiciariis nostris, vel eorum locatenentibus præsentibus et futuris, et cuilibet ipsorum, prout ad eum pertinuerit, damus harum serie in mandatis quatenus dictam Johannam Puellam, et dictos Jacobum, Ysabellam, Jacqueminum, Johannem et Petrum, ipsiusque Puellæ totam parentelam et lignagium, eorumque posteritatem prædictam in legitimo matrimonio, ut dictum est, natam et nascituram, nostris præsentibus gratia, nobilitatione et concessione uti, et gaudere pacifice nunc et in posterum faciant et permittant, et contra tenorera præsentium eosdem nullatenus impediant, seu molestent ; aut a quocumque molestari, seu impediri patiantur.

Quod ut perpetuæ stabilitatis robur obtineat, nostrum præsentibus apponi fecimus sigillum, in absentia magni ordinatum ; nostro in aliis, et alieno in omnibus, jure semper salvo. Datum Magduni super Ebram, mense decembri, anno Domini millesimo quadringentesimo vicesimo nono, regni vero nostri octavo.

Sur le repli : Per Regem, episcopo Sagiensi, dominis de La Tremoille et de Trevis, et aliis præsentibus. »
Signé, MALLIERE.

Et plus bas :
« Expedita in Camera compotorum regis, decima sexta mensis januarii, anno Domini millesimo cccc xxix, et ibidem registrata, libro cartarum hujus temporis, fol. Cxxi. »
Signé, AGRELLE.

Scellées du grand scel de cire verte, sur double queue, en laz de soie rouge et verte.

Traduction en français, où l'on constate l'interpolation puisque là on parle de « d'ARC » et non plus de « d'Ay » :

CHARLES, ROI DES FRANÇAIS, POUR PERPÉTUELLE MÉMOIRE.
Exalter l'effusion des grâces si éclatantes que la Divine Majesté nous a départies par le signalé ministère de notre chère et aimée Pucelle, Jeanne Darc de Domrémy, du bailliage de Chaumont ou de son ressort, et celles que nous en espérons encore, par le secours de la divine Clémence, c'est notre but; et à cette fin nous croyons convenable et opportun que ce ne soit pas seulement la Pucelle, mais encore toute sa parenté qui, non pas tant pour ses services que comme expression de divine louange, soit élevée et exaltée par de dignes marques d'honneur de la part de Notre Royale Majesté. Celle qu'environne une si divine clarté, laissant à la race d'où elle est sortie[2] un don insigne de notre royale libéralité, la gloire de Dieu ira se perpétuant et se prolongeant dans toute la suite des âges avec le souvenir de si magnifiques grâces que notre don proclamera.

---

2 *« La race d'où elle est sortie »* !... *On ne peut être plus clair sur la filiation de Jeanne sans exposer la théorie de la « Lignée Sacrée ».*

Sachent donc tous, dans le présent et dans l'avenir, qu'attendu ce qui vient d'être exposé, en considération des louables, agréables et opportuns services rendus à nous et à notre royaume de bien des manières par Jeanne la Pucelle, en considération de ceux que nous en attendons à l'avenir, pour d'autres motifs qui nous y incitent, nous avons anobli cette même Pucelle, et, en son honneur et considération, Jacques Day, dudit Domrémy, son père; Isabelle, sa mère, femme du même Jacques; Jacquemin et Jean Day et Pierre Pierrelot, ses frères, toute sa parenté et son lignage, toute leur postérité masculine et féminine, née et à naître en légitime mariage.

Par les présentes, par grâce spéciale, de science certaine et de la plénitude de notre pouvoir, nous les anoblissons et les faisons nobles, concédant expressément que ladite Pucelle, lesdits Jacques, Isabelle, Jacquemin, Jean et Pierre, toute la parenté et lignage de la même Pucelle, et leur postérité née ou à naître en légitime mariage, dans leurs actes, devant et hors les tribunaux, soient par tous tenus et réputés nobles ; qu'ils jouissent et usent pacifiquement des privilèges, libertés, prérogatives et droits quelconques dont ont coutume de jouir et d'user les autres nobles de notre royaume issus de race noble. Nous les mettons, eux et leur susdite postérité, au rang des autres nobles de notre royaume, issus de race noble, nonobstant que, comme il a été dit, ils ne soient pas par leur origine de race noble, et que peut-être ils soient d'une autre que la condition libre[3].

Nous voulons encore que les susnommés et leur postérité masculine puissent, toutes les fois qu'ils en auront la volonté, recevoir de tout chevalier le baudrier et les insignes de la chevalerie.

En outre nous concédons aux susnommés et à leur postérité masculine et féminine, née ou à naître en légitime mariage, de pouvoir acquérir tant des personnes nobles que de toute autre des fiefs, arrière-fiefs, et biens nobles ; de pouvoir conserver, garder et retenir à perpétuité les biens ainsi acquis ou à acquérir, sans que dans le présent ou à l'avenir on puisse les en déposséder par défaut de noblesse.

Que pour cet anoblissement ils ne soient tenus ni contraints de payer quoique ce soit, soit à nous, soit à nos successeurs, car, en considération des motifs ci-dessus allégués, par surcroît de grâce, nous avons fait rémission et donné quittance aux susnommés, à la parenté et lignage de la même Pucelle, de toute somme à verser, et nous leur en faisons don et quittance par les présentes, nonobstant les ordinations, statuts, édits, usages, révocations, coutumes, inhibitions et mandements à ce contraires, faits ou à faire, et quels qu'ils soient.

C'est pourquoi que nos amés et féaux préposés à nos comptes, que nos trésoriers soit généraux, soit commissaires députés ou à députer sur le fait de nos finances, que le bailli dudit bailliage de Chaumont, que nos autres hommes de justice, ou leurs lieutenants présents et à venir, que chacun d'entre eux en ce qui le regarde, sache qu'il lui est enjoint par les présentes de faire que ladite Jeanne la Pucelle, lesdits Jacques, Isabelle, Jacquemin, Jean et Pierre, que toute la parenté et lignage de cette même Pucelle, que leur susdite postérité née ou à naître en légitime mariage, use et jouisse pacifiquement maintenant et à l'avenir de nos présentes grâces, anoblissement et concession, sans leur susciter, contre la teneur des présentes, empêchement ou molestation d'aucune sorte, ne souffrant pas que qui que ce soit leur suscite empêchement ou obstacle.

Pour que nos présentes aient perpétuelle valeur et force, nous y avons fait apposer notre sceau en l'absence du grand, à ce destiné ; voulons qu'en tout le reste notre droit demeure sauf, et qu'en toutes choses soit sauf le droit d'autrui.

Donné à Meung-sur-Yèvre au mois de décembre de l'an 1429, de notre règne, le huitième.

Sur le repli : De par le roi, présents l'évêque de Séez, les seigneurs de La Trémoille et de Trèves et d'autres.

Signé : MALLIÈRES.

Vue et expédiée à la chambre des comptes, le 16 janvier de l'an 1429 (a. st.), et enregistrée au livre des chartes de ce temps, f CXXI.

---

3 *La formulation même de cette phrase laisse planer une grande ambiguïté. En effet, on peut parfaitement l'interpréter comme si la famille d'Ay était déjà noble (ce que nous croyons), malgré les racontars (« ce qui a été dit »)...*

A. GREELLE.

On s'aperçoit dans cet acte d'anoblissement tout-à-fait exceptionnel que Charles VII accorde l'hérédité nobiliaire aussi bien aux descendants féminins que masculins de la Pucelle et de ses collatéraux... C'est du jamais vu ! Assez extraordinaire pour être signalé car habituellement les titres de noblesses n'étaient pas transmis par les femmes qui perdaient cette qualité en épousant un roturier, et ça ne fait que renforcer notre hypothèse selon laquelle Jeanne est de la lignée du Saint-Graal par ses deux parents et Saint-Graal elle-même !

Pour autant, et même si l'on s'en réfère au seul acte en Latin, elle n'est pas appelée Jeanne « d'Arc » mais Jeanne « d'AY », et n'est pas faite « d'Arc » mais « du Lys ». C'est très différent... C'est d'ailleurs ce seul nom « du Lys » que porteront ses soi-disant frères.

*

Saintes-Maries de la Mer. (inspiré de wikipedia et d'un livre du père A. Mazel, (« Les Saintes-maries-de-la-Mer et la Camargue », éd. BPM Vaison - 1935 - introuvable aujourd'hui)

La première mention explicite qui est faite du village des Saintes-Maries-de-la-Mer date du IVe siècle. C'est le poète et géographe Festus Avienus qui, au IVe siècle, signale plusieurs peuplades dans la région et cite l'oppidum priscum Ra que l'historien des Gaules Camille Jullian placera à l'endroit des Saintes-Maries-de-la-Mer.

Oppidum priscum signifie « forteresse ancienne ». Il s'agit donc de l'ancienne forteresse Ra, une île consacré à Râ, dieu du Soleil égyptien. Sous la Chrétienté, Râ se transforma en « Ratis », signifiant « bateau », « radeau » ou « îlot ».. S'agit-il d'une allusion directe à la « barque d'Isis », ou à celle de IS (symbole de IésuS) ?...

En tous cas, c'est en 1448 et sous l'impulsion de René d'Anjou que s'effectue la redécouverte des reliques des saintes, Marie, Marie-Jacobé et Salomé, sans oublier Sarah.

L'archevêque d'Arles qui aurait dû être présent à cette "invention" n'y assiste pas. Il est excommunié depuis 1440 à la suite du concile de Bâle. C'est le légat **Pierre de Foix** qui représente l'autorité papale, en compagnie de l'archevêque d'Aix, Robert Damiani, et de l'évêque de Marseille, Nicolas de Brancas.

On sait déjà à l'époque qu'une église primitive du VIe siècle existait à la place de la nef actuelle. Et ce bâtiment correspondrait à une chapelle mérovingienne. Ainsi, au moins depuis les Mérovingiens, il y existait une église. Mais le site remonte à l'antiquité, et bien antérieurement à la Chrétienté un culte y était déjà célébré en hommage à **Râ, le dieu égyptien de la Lumière porteuse de Vie** et père de tous les autres dieux...

Pourquoi donc **René d'Anjou**, beau-frère de Charles VII mais surtout Nautonier de *Sion* au moment où Jeanne surgit dans l'histoire, y fit-il rechercher les reliques des saintes ?...

Comme déjà dit plus haut, le légat du pape présent lors de cette « invention » n'est autre que le Cardinal **Pierre de Foix** (de la lignée des comtes de Foix), à l'époque évêque de Comminges (de 1422 à 1450) et il s'agit du même Pierre de Foix qui, revenant de Rome, s'était arrêté à Embrun et avait renseigné son confrère **Jacques Gelu** sur la jeune Puella Aurelianensis dont la mission était déjà connue de Rome avant même son départ de Domrémy...

C'est encore le même Pierre de Foix qui, en 1459, autorisera Crescas de Carcassonne, juif converti, à prendre le nom de Peyré de Nostra Dona en Occitan (en Français : Pierre de Nostredame). On peut se demander pourquoi « de Nostredame », surtout quand on se rend compte que ce Pierre-Crescas là n'est autre que le grand-père du célèbre **Nostradamus**.

*

Nostradamus deviendra médecin astrologue et conseiller de Catherine de Médicis au moment de la Réforme, mais nous en retrouvons le nom parmi les Nautoniers de *Sion* et on le soupçonne fortement d'avoir caché des secrets templiers dans ses célèbres « Centuries »...

Le fait est que les nombres « Pi » et « Phi » jouent dans le cryptage de ses quatrains un rôle très important qui laisse transparaître un lien entre les Templiers et l'Arche d'Alliance...

Plusieurs exégètes pensent que Nostradamus n'en est d'ailleurs pas l'auteur, qu'il n'a fait que les coder et que le véritable auteur serait un moine de l'Abbaye d'Orval (près de Stenay). Même si c'est le cas, ceci porte à croire qu'il ait au moins compris leur signification.

Une autre hypothèse et que ces fameuses « Centuries » qui ont fait couler tant d'encre ne seraient pas des « prophéties » au sens de « prédictions », mais des consignes laissées pour l'avenir aux Templiers disposant des clés de décryptage, à charge par eux de concrétiser les événements au fil des siècles, ce qui a posteriori les transformerait en « prophéties ».

Concernant le fameux quatrain 0766 des Centuries de Nostradamus qui a fait couler tant d'encre, : évidemment l'hypothèse selon laquelle l'écriture « DM » signifierait « Divina Materiae » est purement romanesque et imaginée pour la circonstance, tout comme la « cave antique » sous le Carrousel du Louvre... Néanmoins, on pourrait effectivement interpréter ce quatrain comme suit :

   « *Quand l'escriture DM trouvée*,
   - *[Quand le génome humain aura été décodé]*
   et cave antique à lampe découverte,
   - *[et le sanctuaire du savoir des Anciens mis au jour (qu'il s'agisse de celui imaginé dans ce roman ou d'un autre sanctuaire existant réellement mais restant encore à trouver)]*
   Loy, Roy, et Prince Ulpian esprouvée,
   - *[Loi, roi et gouvernants seront mis à l'épreuve (de la vérité)]*
   Pavillon Royne & Duc sous la couverte »
   - *[Pavillon, reine, duc (les aristocrates et privilégiés en général) seront couverts de confusion : c'est l'annonce d'une révolution ou d'un nouveau paradigme. Peut-être Nostradamus parle-t-il de 1789, ou peut-être d'une nouvelle prise de conscience de l'humanité telle que celle, écologique, à laquelle on assiste en ce début de troisième millénaire...]*

Antoine Couillard, seigneur de Pavillon (près de Lorris en Gâtinais) et contemporain de Nostradamus, avait fait paraître en 1556 une cosmographie : « Les Antiquitez et singularités du monde », reprenant, d'après la Bible et les Antiquités, l'origine du monde et du genre humain. En citant nommément ce seigneur de Pavillon, il est permis de penser que Nostradamus fait un clin d'œil malicieux à ses futurs lecteurs relativement à la stupidité du dogme « Créationnisme et Droit Divin ».

En 1639 un autre Pavillon des plus intéressants, Nicolas Pavillon, fut nommé par Richelieu évêque d'Alet, près de Rennes-le-Château. Ce serait ce Nicolas Pavillon qui aurait commandé le tableau « Les bergers d'Arcadie » à Nicolas Poussin. Mais il paraît difficile de croire que Nostradamus parle de ce Pavillon là près d'un siècle à l'avance.

En tout état de cause, nous ne croyons pas que Nostradamus fut d'une manière quelconque un « prophète » annonçant des événements à venir, mais plutôt un « passeur de consignes » pour les initiés futurs, à charge pour eux de réaliser ses prédictions.

Sous cet angle, l'énigmatique quatrain 0766 des Centuries n'a plus rien de mystérieux. Il s'agit de déductions basées sur l'anticipation et la logique pure : à partir du moment où l'humanité sera devenue capable de décoder l'ADN du vivant et qu'elle aura accepté l'aspect multidimensionnel du Cosmos, elle sera mûre pour toutes les révélations.

*

Nicolas Poussin, « Les Bergers d'Arcadie », Nicolas Fouquet.

Actuellement conservé au Musée du Louvre, ce tableau a intéressé de très puissants personnages au cours des siècles.

Nicolas Poussin en avait déjà fait une version antérieure lorsque Nicolas Pavillon, l'évêque d'Alet mis en place par Richelieu, lui en commanda une seconde version. Datant de 1640 environ, c'est celle que tout le monde connaît aujourd'hui. Une autre version de l'histoire de ce tableau avance que ce serait une commande du cardinal Rospigliosi, qui deviendra pape sous le nom de Clément IX.

C'est en 1653 que Nicolas Fouquet est nommé surintendant des finances. En 1656 son frère, l'abbé Louis Fouquet, est à Rome où il est chargé de surveiller l'ambassadeur et de superviser les achats d'œuvres d'arts pour le château que Nicolas se fait construire à Vaux le Vicomte. Il y rencontre le peintre Poussin et écrit à Nicolas qu'il a le moyen de le rendre plus puissant qu'un roi.

Son autre frère, François Fouquet, est envoyé dans le diocèse d'Alet, et notamment à Limoux, à ND de Marceille. Il deviendra en 1659 évêque de Narbonne et gardera le Razès sous son contrôle. (Moins d'un siècle plus tard, ce sera Nicolas Pavillon qui sera nommé par Richelieu à ce même siège épiscopal. Nul doute qu'il y avait quelque chose à y trouver !)

Mais Nicolas Fouquet ne profitera jamais du luxe étincelant de son château de Vaux. En 1661 Louis XIV le fera arrêter par d'Artagnan et fera saisir et vendre aux enchères ses biens meubles, dont très certainement « Les Bergers d'Arcadie ».

Après l'étonnante arrestation de Nicolas Fouquet, Louis XIV a acquis l'œuvre d'un certain marchand d'art (sans aucun doute commandité par lui) et l'a jalousement gardée dans sa chambre durant trente ans. D'aucuns ont affirmé que le roi l'aurait lui-même retouchée.

Après la Révolution française, « Les Bergers d'Arcadie » devenu bien national est accroché par Joséphine à la Malmaison. Dans sa collection figuraient aussi : « Jacques de Molay se préparant à aller au bûcher » ; et encore « Valentine Visconti pleurant le meurtre de son époux Louis d'Orléans ». Preuve que le sujet passionnait Napoléon et pas seulement en tant qu'œuvre d'art.

En 1989, pour le bicentenaire de la Révolution, le président Mitterrand fait ériger sur le Champ de Mars un étonnant monument où l'on trouve, parmi d'autres symboles maçonniques gravés dans le bronze dès l'origine, les inscriptions suivantes : « Nicolas Poussin », « Les Bergers d'Arcadie », « Et In Arcadia Ego ».

On s'interroge sur l'intérêt que pouvait présenter l'œuvre aux yeux de ces puissants, et sur la signification de telles inscriptions sur un monument commémorant la Révolution Française...

Dans l'église de San Lorenzo, à Rome, on peut voir le buste de Nicolas Poussin, avec toujours la même représentation des « Bergers d'Arcadie », commandé par François René de Chateaubriand vers 1830 et choisi parmi quelques 200 autres œuvres de Poussin pour figurer là. En dessous se trouve une inscription latine disant : « *il se tait ici mais si tu voulais l'entendre parler, il est surprenant comme il vit et parle dans ses tableaux...* »

(Questions : Que font dans une église le tombeau et le buste d'un peintre mort en 1665 ? Pourquoi lui faire ériger ce buste 160 ans plus tard, agrémenté d'une reproduction de son fameux tableau ?)

En Angleterre, à *Shugborough Hall*, un navigateur fondateur de la fortune des Anson a fait décorer sa propriété de nombreux signes incongrus en cet endroit. Parmi ceux-ci, un bas-relief reproduisant le tableau de Poussin, mais inversé, et avec l'ajout d'une seconde tombe de forme pyramidale sur le tombeau principal, ainsi qu'une étrange inscription : « *D OUOSVAVV M* », à l'origine d'un soi-disant mystérieux « code DM » relatif au quatrain 0766.

À noter qu'il existe des inscriptions « DM » sur beaucoup d'autres stèles.

*

Liste des Grands-Maîtres du Temple en France depuis sa fondation, suivie de la **Charte de Larmenius** après l'extinction officielle de 1312. Les dix premiers sont simultanément Grands-Maîtres du Temple ET de *SION*

1	Hugues de Payens, fondateur de L'Ordre, premier Grand-Maître (Temple & Sion)	*1118*
2	Robert de Craon (ou de Crédon) (Temple & Sion)	*1159*
3	Eberhart des Barres (Temple & Sion)	*1147*
4	Bernard de Tremelay (Temple & Sion)	*1151*
5	Bertrand de Blanchefort (Temple & Sion)	*1154*
6	Philippe de Naplouse (Temple & Sion)	*1169*
7	Odon de Saint-Amand (Temple & Sion)	1171
8	Arnauld de la Tour-Rouge ou de Toroge (Temple & Sion)	1180
9	Jehan de Terric (Temple & Sion)	1185
10	Girard de Riderfort (Temple & Sion)	1187
11	Robert de Sablé ou des Sables (Temple seul)	1191
12	Gilbert Eral ou Roral d'Erals (Temple seul)	1196
13	Philippe du Plessis (Temple seul)	1201
14	Guillaume de Chartres (Temple seul)	1217
15	Pierre de Montagu ou Montaigu (Temple seul)	1218
16	Armand de Grosse-Pierre (Temple seul)	1229
17	Hermann de Périgord (Temple seul)	1237
	Guillaume de Rochefort, Régent (Temple seul)	1244
18	Guillaume de Sonnac (Temple seul)	1247
19	Renaud de Vichy ou de Vichiers (Temple seul)	1250
20	Thomas Berald ou de Beraud (Temple seul)	1257
21	Guillaume de Beaujeu (Temple seul)	1274
22	Théobald Gaudini (Temple seul)	1291
23	Jacques de Molay (Temple seul)	1298

En 1312 l'Ordre du Temple est officiellement aboli, mais en réalité seulement en France, car il perdure sous d'autres cieux. Jacques de Molay périt sur le bûcher en 1314, et le Magistère passe alors en Orient.
À partir de là commence la **Charte de Larmenius**.

24	Jehan-Marc Larmenius de Jérusalem, - donne la Charte de Transmission le 13 février 1324. Création de quatre Lieutenants-Généraux, Princes Souverains et à vie de l'Ordre.	
25	François-Thomas-Théobald d'Alexandrie	1324
26	Arnauld de Braque	1340
27	Jehan de Clermont	1349
28	Bertrand Duguesclin	1357

29	Jean II d'Armagnac dit Jean le Bossu (il ne peut pas s'agir de Jean 1er (mort en 1373) mais de son fils (1330-1388)	1381
30	Bernard VII d'Armagnac (Bernardus Arminiacus) connétable de France en 1415, mort en 1418	1392
31	Jehan IV d'Armagnac. Là non plus, il ne peut s'agir de Jean II (mort en 1388) mais certainement de Jean IV (1396-1450)	1419
32	Jean de Croy	1451
	Bernard Imbault, Lieutenant-Général d'Afrique, Régent	1472
33	Robert de Lenoncourt	1478
34	Galéas de Salazar	1497
35	Philippe de Chabot	1516
36	Gaspard de Saulx et de Tavannes	1544
37	Henri de Montmorency	1574
38	Charles de Valois	1615
39	Jacques Rouxel de Grancey	1651
40	Jacques-Henri de Durfort, Duc de Duras	1681
41	Philippe, Duc d'Orléans	1705
42	Louis-Auguste de Bourbon, Duc du Maine	1724
43	Louis-Henri de Bourbon, Prince de Condé	1737
44	Louis-François de Bourbon, Prince de Conty	1741
45	Louis-Hercules-Timoléon de Cossé, Duc de Brissac	1776
	Claude-Mathieu Radix de Chevillon, Lieutenant-Général d'Europe, Régent	1792
46	Bernard-Raymond Fabré-Palaprat de Spolette, né à Cordes (Tarn)	1804

Après une brève résurgence sous Napoléon, le Temple est à nouveau occulté. Depuis, l'inflation d'ordres néo-templistes en tous genres rend difficile à dire lequel en est vraiment l'héritier...

Liste des GM (Nautoniers) de *Sion* à partir de la séparation de Gisors en 1188 à la suite des 10 premiers Grands-Maîtres communs aux Ordres de Sion et du Temple. (d'après les « Dossiers Secrets »)

	titre	nom	né	GM de / à
1	Jean Ier	Jean de Gisors	1133	1188 / 1220†
2	Jeanne I	Marie de Saint Clair	1192	1220 / 1266†
3	Jean II	Guillaume de Gisors	1219	1266 / 1307†
4	Jean III	Édouard de Bar	1302	1307 / 1336†
5	Jeanne II	Jeanne de Bar	1295	1336 / 1351
6	Jean IV	Jean de Saint Clair	1329	1351 / 1366†
7	Jeanne III	Blanche d'Évreux	1332	1366 / 1398†
8	Jean V	Nicolas Flamel	1330	1398 / 1418†

9	Jean VI	René d'Anjou	1409	1418 / 1480†
10	Jeanne IV	Yolande de Bar	1428	1480 / 1483†
11	Jean VII	Botticelli (Sandro Filipepi)	1444	1483 / 1510†
12	Jean VIII	Léonard de Vinci	1452	1510 / 1519†
13	Jean IX	Charles III, duc de Bourbon	1490	1519 / 1527†
14	Jean X	Ferdinand de Gonzague	1507	1527 / 1556
15	Jean XI	Michel de Nostre-Dame	1503	1556 / 1566†

Inter-règne : Régence Charles de Guise secondé par Nicolas Froumenteau et le duc de Longueville 1566 / 1574†

16	Jean XII	Louis de Nevers	1539	1575 / 1595†
17	Jean XIII	Robert Fludd	1574	1595 / 1637†
18	Jean XIV	Johann Valentin Andrea	1586	1637 / 1654†
19	Jean XV	Robert Boyle	1627	1654 / 1691†
20	Jean XVI	Isaac Newton	1642	1691 / 1727†
21	Jean XVII	Charles Radclyffe	1693	1727 /1746†
22	Jean XVIII	Charles de Lorraine	1712	1746 / 1780†
23	Jean XIX	Maximilien de Lorraine	1756	1780 / 1801†
24	Jean XX	Charles Nodier	1780	1801 / 1844†
25	Jean XXI	Victor Hugo	1802	1844 / 1885†
26	Jean XXII	Claude Debussy	1862	1885 / 1918†
27	Jean XXIII	Jean Cocteau	1889	1918 / 1963†

Nous serions curieux de savoir qui tient aujourd'hui la barre de ce vaisseau fantôme ?...

*

Napoléon était incontestablement noble.

Napoléon Bonaparte était probablement franc-maçon lui-même, rien n'est certain à son sujet, mais ses frères et sœurs ainsi que tous les grands dignitaires de l'Empire l'étaient assurément, jusqu'à l'impératrice Joséphine elle-même (à une loge d'adoption), et l'on a vu sous le règne napoléonien refleurir très largement une maçonnerie qui s'était occultée durant la Terreur. Napoléon a d'ailleurs voulu opérer un rapprochement des obédiences et imposé par un concordat en 1805 une alliance entre le Rite écossais (ancien et accepté) et le Grand Orient.

En tous cas, le Vatican n'eut jamais pire adversaire que Napoléon dont, comme les Visconti, les ancêtres depuis les Croisades furent tous du parti gibelin jusqu'au temps de Jeanne...

Il est particulièrement curieux qu'un généalogiste du XVIIIᵉ siècle (cité par Foissy au XIXᵉ dans son livre « *La Famille Bonaparte, de 1264 jusqu'à nos jours* », Librairie Vergne - Paris 1830) ait cru plausible de faire descendre Napoléon du fameux Masque de Fer... :

« Emprisonné 11 ans face à Cannes sur l'île Sainte-Marguerite, dans l'archipel des Lérins, où existe le plus ancien monastère d'Occident. On sait que le Masque de Fer n'était autre que Nicolas Fouquet mis « au secret » par Louis XIV, non pas parce qu'il avait osé se montrer riche mais parce qu'il savait une chose qui devait rester tue... Si le gouverneur de la citadelle était le célèbre Cinq-Mars, son gardien s'appelait Bonpart et

avait une fille, laquelle aurait eu plusieurs enfants avec le célèbre prisonnier... Lorsque le Masque de Fer fut transféré à la Bastille, ces enfants auraient clandestinement été conduits en Corse où ils prirent le nom de leur mère : Buonaparte, selon la prononciation corse... »

Si l'histoire était vraie, Napoléon aurait eu accès à d'exceptionnelles sources familiales de renseignements sur l'histoire réelle de Fouquet, qui pourraient en effet expliquer certaines choses. Mais la bonne piste ne passe par Ste-Marguerite. Si l'histoire est belle, elle est fausse malgré tout, car on sait aujourd'hui que le masque de Ste-Marguerite n'était pas de fer mais de velours, que Nicolas Fouquet n'y a jamais mis les pieds, et qu'il s'agissait en réalité du comte Antoine-Hercule Mattioli.

Pourtant, cette autre piste est bien alléchante et instructive elle aussi, car...

Antoine-Hercule Mattioli était secrétaire d'État de Charles VI de Gonzague, duc de Nevers et de Mantoue dont le grand-père Louis IV, duc de Nevers et de Rethel fut, selon les *Dossiers Secrets*, Nautonier de *Sion* de 1575 à 1595... et dont le père, Charles de Gonzague duc de Nevers, avait vendu en 1605 à Henri de Béthune, duc de Sully, la mystérieuse « principauté de Boisbelle » (entre Bourges et Orléans).

Le duc Charles IV de Gonzague avait par ailleurs épousé en 1649 Isabelle de Habsbourg. On n'arrête pas de retrouver cette famille, depuis le refuge de Jeanne au Luxembourg jusque dans l'affaire de Rennes-le-Château !...

Mais alors, si Napoléon n'a pas eu ses renseignements par la « filière Fouquet », d'où les tenait-il donc ?...

Des éléments familiaux bien plus sérieux expliquent l'intérêt que Napoléon attachait aux anciens ordres de chevalerie et nous ramènent de manière surprenante au mystère de Jeanne... :

Il descendait en effet de la famille des Bonaparte qui furent souverains de Trévise et « patrices » florentins, dont plusieurs représentants furent, dès les XIIe et XIVe siècles, *chevaliers de Gaudens* (ou *chevaliers de la Bienheureuse Marie Glorieuse*) dont l'emblème était « *une croix rouge au pied long en forme d'épée* » (autrement dit l'une des toutes premières croix templières), et dont étaient membres quelques grands noms français comme les comtes de Montfort, de Dreux, de Montmorency, de Lévis...

De 1288 à 1352 trois Bonaparte : Nordius, Bonsemblant et Servadius, furent successivement Prieurs ou Procurateurs généraux de l'Ordre. Un de leurs descendants, Conrad Bonaparte, fut également « Chevalier de St-Jacques de l'Epée » et « Chevalier des éperons d'or ».

Ayant pris fait et cause depuis les Croisades pour le parti gibelin (parti de l'Empereur d'Autriche) contre le parti guelfe des papes, en 1441 un Bonaparte est arrêté comme gibelin, accusé de haute trahison et décapité. La branche des Bonaparte de Florence, dépouillée de ses biens, dut s'exiler en Corse et vivre modestement, mais c'était bel et bien une noblesse de vieille souche remontant aux Croisades...

Leurs armes ? bah... une petite chose bien modeste : un râteau, mais accompagné de « fleurs de lys d'or » à la manière des Bourbons !

En 1793 la domination de la Corse par les Génois, puis par les Anglais, amena la famille à déménager de nouveau pour un temps sur le continent avant que de retourner sur la terre corse juste avant qu'elle devienne française.

Mais si tout cela démontre que Napoléon était de souche noble, ça ne fait pas de lui un initié au mystère de Jeanne, me direz-vous ?... Et vous auriez raison, mais attendez la suite... :

En 1408, l'un de ces Bonaparte, Giovanni Buonaparte, est notaire et maire de Sarzane. Il est aussi commissaire de Giovanni Maria (Jean-Marie) **Visconti** pour la région de Lunigiana, en Toscane.

Valentine **Visconti** est le nom de la veuve de Louis d'Orléans, assassiné l'année précédente au sortir de l'Hôtel Barbette... Jean-Marie et Philippe-Marie Visconti ne sont autres que ses frères, les enfants du duc de Milan à qui Perceval de Boulainvilliers enverra le 21 Juin 1429 depuis Saint-Benoît sur Loire sa lettre expliquant l'arrivée de bébé Jeanne à Domrémy...

Le 24 avril 1397, ce Giovanni Buonaparte a épousé Isabella Calandrini, fille de Federico Calandrini, (Officiale della Porta San Donato à Luques marié en 1340 à Maddalena de Griffi). **Et Isabella est rien moins que la cousine du futur pape Nicolas V, demi-frère du Cardinal Filippo Calandrin**i... C'est ce même Filippo Calandrini qui, en 1449, mettra fin au Grand Schisme en convainquant l'antipape Félix V de renoncer à la tiare pontificale pour redevenir ce qu'il était précédemment : le duc de Savoie Amédée VIII...

Tiens tiens !... Précisément cet Amédée VIII à qui appartenait le château de Montrottier, près d'Annecy, où Jeanne aurait été détenue quatre ans de 1431 à 1435 sous la surveillance de Pierre de Menthon, conseiller et chambellan d'Amédée VIII...

C'est aussi ce même duc de Savoie Amédée VIII qui avait créé en 1434 – donc durant le séjour de Jeanne à Montrottier, quel hasard ! – « l'Ordre de Saint-Maurice » auquel appartint Nicod de Menthon (fils de Pierre ?), ordre dans lequel sera fondu un siècle plus tard (1572) par le pape Grégoire XIII l'ordre originel « de Saint-Lazare de Jérusalem ». (Celui portant de nos jours le nom de « Ordre de Saint-Lazare et du Mont-Carmel » fut reconstitué trente ans après (1608) par Paul V, sur demande du roi Henri IV, à partir de l'ex-branche française de Saint-Lazare dont la commanderie mère était à Boigny (près d'Orléans), et fondu avec le nouvel Ordre de « Notre-Dame du Mont-Carmel » fondé l'année précédente par Henri IV.)

À peine plus âgé que la Pucelle, le futur Nicolas V, né en 1398, sera pape à 49 ans, de 1447 à 1455. C'est lui qui fondera la fameuse et si secrète **Bibliothèque Vaticane**, et encore lui qui ouvrira le **Procès en Réhabilitation de la Pucelle d'Orléans**.

On peut légitimement se demander si les deux choses n'ont aucun lien entre elles ?...

Ne trouvez-vous pas, d'un coup, que le monde est vraiment tout petit ?...

Trois siècles plus tard notre Napoléon Ier transformera La Madeleine en temple, le Louvre en musée d'antiquités égyptiennes, et fera ramener d'Égypte ce magnifique obélisque planté juste en face sur la place de la Concorde.

Et après lui son neveu Napoléon III, si intéressé par l'histoire celte, fera réaliser par Frémiet les sculptures de la Pucelle, de Louis d'Orléans, de Du Guesclin, ainsi que le Saint-Michel du mont éponyme...

Comment ne pas penser que, par tradition familiale (par le biais d'une Isabella si proche de Nicolas V, du cardinal Calandrini et du duc de Savoie Amédée VIII), ils étaient parfaitement au fait de la survivance du Temple et de celle de Jeanne selon sa « véritable histoire » (sa détention à Montrottier), et du rôle joué par SION ?...

*

Enfin, pour la bonne bouche...

L'ambiguïté du sexe de Jeanne (ou de Claude ?)

C'est l'aumônier Jean Pasquerel lui-même qui nous renseigne sur l'ambiguïté sexuelle du personnage de Jeanne.

Il déclare textuellement dans le Procès en Réhabilitation :

« *... lorsqu'elle vint au roi, **fut inspectée par deux fois par des femmes, pour savoir ce***

qu'il en était d'elle, si elle était un homme ou une femme, *si elle était vierge ou non ; et*
on la trouva femme, mais jeune fille et vierge. L'inspectèrent, à ce qu'il apprit, la dame de
Gaucourt et la dame de Trèves.

Ensuite, elle fut conduite à Poitiers, pour y être examinée par les clercs de l'Université
présents et pour savoir ce qu'il en était d'elle ; l'examinèrent alors maître Jourdain
Morin, maître Pierre de Versailles qui est évêque de Meaux, et plusieurs autres ; après
cet examen ils conclurent, attendu la nécessité pressante où se trouvait tout le royaume,
que le roi pouvait avoir recours à elle, et qu'en elle ils n'avaient rien trouvé de contraire à
la foi catholique... »

On constate à cette occasion qu'avant même de la mener à Poitiers pour juger de sa
religion, il avait fallu un double examen par des femmes pour dire si Jeanne était un
homme ou une femme ! « *et on la trouva femme* »...

La preuve est faite s'il en était encore besoin, que Jeanne était à sa naissance d'un
sexe indéterminé.

Ce qui explique parfaitement qu'on l'ait baptisée d'un prénom ambivalent, et qu'elle se
soit déclarée « Claude » des Armoises après son mariage d'Arlon. « Claude » était
probablement son véritable prénom de baptême, gardé secret pour ne pas susciter de
questions sur cet enfant né un soir de Novembre 1407 à l'Hôtel Barbette. Et dans ces
conditions, « Jehanne » était donc rien moins que son titre, à l'instar de celui que prenait
chaque nautonier de Sion.

*

Bibliographie :

Peter Berling : « Les Enfants du Graal », éd. J.C. Lattès, Paris

Henri Wallon : « Jeanne d'Arc » , Hachette, Paris 1860

Jules Quicherat : « Procès de Jeanne d'Arc », éd.. Jules Renouard, Paris 1841

Abbé Nicolas Gedoyn : « Pausanias ou voyage historique de la Grèce » ed. Nyon, Paris 1731 (avec approbation et privilège du roi)

Jean-Baptiste Ayroles : « Jeanne d'Arc sur les autels et la régénération de la France », ed Gaume, Paris 1886

Henri Baraude : « Orléans et Jeanne d'Arc », éd. Serge-Chernoviz, Paris 1910

« Jeanne d'Arc, Procès en réhabilitation », site de l'abbaye de Saint-Benoît sur Loire

Vergnaud-Romagnesi, « Extraits des Comptes de la Ville d'Orléans », Bibliothèque Jeanne d'Arc

Salomon Reinach : « Gilles de Rais » éd. Ernest Leroux, Paris 1905-1923

Salomon Reinach : « Le Roi Supplicié » éd. Ernest Leroux, Paris 1905

Fulcanelli : « Les Demeures Philosophales », « Le Mystère des cathédrales », éd. Jean-Jacques Pauvert Paris.

Lobineau : « Les Dossiers Secrets » (Bibliothèque de Paris)

Enfin, un grand merci à Dominique MAGNIER, que je suppose être le plus modeste des auteurs puisqu'il faut rechercher son identité jusque sur l'annuaire des sites internet « whois », mais pas la moindre des sources car son admirable site Internet (www.stejeannedarc.net), formidable collection de dizaines de textes originaux sur Jeanne d'Arc, représente une véritable mine pour les chercheurs.

TABLE DES MATIÈRES
Première partie

Seconde partie

Troisième partie

Annexes